鲁迅著译编年全集

王世家
止庵 编

人民出版社

鲁迅著译编年全集

壹

总　目

凡　例

　　一，本书收录迄今所发现的鲁迅全部作品，含创作、翻译、书信和日记。鲁迅生前编入自己文集而确系他人所作或由他人代笔者，列为附录。其余他人之作，包括鲁迅编集时文后所附"备考"，概不收入。

　　二，收入本书的作品，均依完成先后排列。同一时间项下，以日记、创作、翻译、书信为序；著译作品先小说，后散文、诗歌。能系日者系日，无法系日者系月，无法系月者系年。写作时间未明，则系以初次发表时间，于题目右上方标一星花以示区别。

　　三，凡能独立成篇者，无拘长短，均单立一题；中、长篇作品，亦一律保持完整，不予割裂。

　　四，鲁迅对自己的作品每有修改，此次编集，只收录最后定稿。惟致许广平信与《两地书》所收鲁迅文字分属"书信"与"作品"两种文本，故一并收入。

　　五，收入本书的著译作品，均以鲁迅生前最后定稿版为底本，未收集者以原载报刊为底本，参校各版《鲁迅全集》及一九五八年版《鲁迅译文集》。某些篇目据手稿录入。日记、书信据手稿影印本校勘、整理。借鉴他人之处，谨致谢忱。

　　六，日记和某些原无标点的文章，悉由编者重新标点。

　　七，全书文字校订，除改正此前印本明显错字外，还包括将繁体改为简体，但可通假者及作者习惯用法，仍予保留。又所涉人名中简、繁二体不能完全对应之字，采用繁体。外国人名、地名译法，则悉从其旧。同一字的用法，同一人、地名称，在一篇文章内予以统一。

八，编者于各篇篇末，对最初发表时间，所载报刊，作者署名（署"鲁迅"者略）及首次收集情况（限于鲁迅自己所编者）略作说明。

九，全书之末附有篇目索引，以供检索。

十，本书旨在为读者和研究者提供一部"纵向阅读"鲁迅的文本，在编辑体例上仅是一种尝试。不当之处，敬请方家教正。

目　录

一八九八

本年

一九〇〇

三月

本年

一九〇一

二月

四月

一九〇八

三月

六月

八月

十二月

一九〇九

二月

三月

四月

五月

七月

本年

一八九八

本年

戛剑生杂记

行人于斜日将堕之时，暝色逼人，四顾满目，非故乡之人，细聆满耳，皆异乡之语，一念及家乡万里，老亲弱弟，必时时相语，谓可当至某处矣，此时真觉柔肠欲断，涕不可仰。故予有句云：日暮客愁集，烟深人语喧。皆所身历，非托诸空言也。

生鲈鱼与新粳米炊熟，鱼须斫小方块，去骨加秋油，谓之鲈鱼饭。味甚鲜美，名极雅饬，可入林洪《山家清供》。

夷人呼茶为梯，闽语也。闽人始贩茶至夷，故夷人效其语也。

试烧酒法，以缸一只，猛注酒于中，视其上面浮花，顷刻迸散净尽者为活酒，味佳，花浮水面不动者为死酒，味减。

录自周作人 1901 年日记所附《柑酒听鹂笔记》。
初未收集。

一九〇〇

三月

十八日

别 诸 弟

谋生无奈日奔驰,有弟偏教各别离。
最是令人凄绝处,孤檠长夜雨来时。

还家未久又离家,日暮新愁分外加。
夹道万株杨柳树,望中都化断肠花。

从来一别又经年,万里长风送客船。
我有一言应记取,文章得失不由天。

录自周作人 1901 年 4 月 12 日日记所附诗抄。
初未收集。

本年

莲 蓬 人

芰裳荇带处仙乡，风定犹闻碧玉香。
鹭影不来秋瑟瑟，苇花伴宿露瀼瀼。
扫除腻粉呈风骨，褪却红衣学淡妆。
好向濂溪称净植，莫随残叶堕寒塘。

录自周作人1901年日记所附《柑酒听鹂笔记》。署名
戛剑生。

初未收集。

一九〇一

二月

十一日

庚子送灶即事

只鸡胶牙糖,典衣供瓣香。
家中无长物,岂独少黄羊。

录自周作人 1901 年日记所附《柑酒听鹂笔记》。署名
戛剑生。
初未收集。

十八日

祭 书 神 文

上章困敦之岁,贾子祭诗之夕,会稽戛剑生等谨以寒泉冷
华,祀书神长恩,而缀之以俚词曰:
今之夕兮除夕,香焰氤氲兮烛焰赤。钱神醉兮钱奴忙,君独何
为兮守残籍?华筵开兮腊酒香,更点点兮夜长。人喧呼兮入醉乡,
谁荐君兮一觞。绝交阿堵兮尚剩残书,把酒大呼兮君临我居。绌旗

兮芸舆，挈脉望兮驾蚕鱼。寒泉兮菊葅，狂诵《离骚》兮为君娱，君之来兮毋除除。君友漆妃兮管城侯，向笔海而啸傲兮，倚文冢以淹留。不妨导脉望而登仙兮，引蚕鱼之来游。俗丁伧父兮为君仇，勿使履阈兮增君羞。若勿听兮止以吴钩，示之《丘》《索》兮棘其喉。令管城脱颖以出兮，使彼惙惙以心忧。宁召书癖兮来诗囚，君为我守兮乐未休。他年芹茂而樨香兮，购异籍以相酬。

录自周作人 1901 年日记所附《柑酒听鹂笔记》。署名戛剑生。

初未收集。

本月

重订《徐霞客游记》目录及跋

四　飞

滇十之十三

书牍　墓志　传　考异　辩伪　补编

戊戌正月二十九日晨购于武林申昌书画室。原八册,重订为四。庚子冬杪重阅一过,拟以"独鹤与飞"四字为次。　　稽山戬剑生挑灯志

据手稿整理编入。原题作《〈徐霞客游记〉四册》。初未收集。

四月

二日

和仲弟送别元韵 并跋

梦魂常向故乡驰，始信人间苦别离。
夜半倚床忆诸弟，残灯如豆月明时。

日暮舟停老圃家，棘篱绕屋树交加。
怅然回忆家乡乐，抱瓮何时共养花。

春风容易送韶年，一棹烟波夜驶船。
何事脊令偏傲我，时随帆顶过长天。

仲弟次予去春留别元韵三章，即以送别，并索和。予每把笔，辄黯然而止。越十余日，客窗偶暇，潦草成句，即邮寄之。嗟乎，登楼陨涕，英雄未必忘家；执手消魂，兄弟竟居异地；深秋明月，照游子而更明；寒夜怨笛，遇羁人而增怨。此情此景，盖未有不悄然以悲者矣。

辛丑仲春戛剑生拟删草

录自周作人1901年4月12日日记。
初未收集。

14

本年

莳花杂志

晚香玉,本名土秘蠃斯,出塞外,叶阔似吉祥草,花生穗间,每穗四五球,每球四五朵,色白,至夜尤香,形如喇叭,长寸余,瓣五六七不等,都中最盛。昔　圣祖仁皇帝,因其名俗,改赐今名。

里低母斯,苔类也,取其汁为水,可染蓝色纸,遇酸水则变为红,遇硷水又复为蓝。其色变换不定,西人每之试验化学。

录自周作人 1901 年日记所附《柑酒听鹂笔记》。
初未收集。

一九〇二

一月

十二日

挽丁耀卿

男儿死耳,恨壮志未酬,何日令威来华表?
魂兮归去,知夜台难瞑,深更幽魄绕萱帏。

录自周作人 1902 年 1 月 12 日日记。署名豫才周树人。
初未收集。

六月

八日

题照赠仲弟

会稽山下之平民，日出国中之游子，弘文学院之制服，铃木真一之撮影，二十余龄之青年，四月中旬之吉日，走五千余里之邮筒，达星杓仲弟之英盼。兄树人顿首。

录自周作人 1902 年 6 月 16 日日记，题在同年 6 月 8 日
鲁迅从日本寄回的照片上。原无标题。

初未收集。

一九〇三

六月

十五日

哀 尘*

[法国]嚣俄

惠克德尔·嚣俄既于前土曜日（礼拜六）举学士院会员，经两日，居辣斐的街之席拉罩夫人，折简招嚣俄而飨以晚餐。

球歌特亦与其列，尔时渠仅一将官，适任亚耳惹利亚大守，行将就任之际也。

球歌特者，龄既六十有五，精神矍铄，而颜色润泽，痘痕历历满面，觉有一种粗豪气，然决非粗野者。渠盖以戆拙兼意气，以古风杂今样者也。复无耄年长者自意之癖，一机转之可人也。

席拉罩夫人令将官坐其右，嚣俄坐其左，而自处其中。于是此诗人与武人之间，乃生纵论。

将官于亚耳惹利亚一事，心滋不平。其论曰："法国取此是使法国尔后无辞以对欧罗巴也。夫攻取之易者，莫亚耳惹利亚若。在亚耳惹利亚，其兵易于围击，捕其兵无以异捕鼠，其兵直可张口唉之耳。且欲殖民于亚耳惹利亚有綦难者，以厥土贫瘠故也。间尝躬历其地，见所艺黍每茎相距者尺有半。"

嚣俄曰："诚然，古罗马人所视为太仓者，今乃若是欤？虽然即信如君言，而余尚以此次之胜利为幸事，为盛事。盖灭野蛮者，文明也；先蒙昧之民者，开化之民也。吾侪居今日，世界之希腊人也。庄严世界,谊属吾曹,吾侪之事,今方进步。余惟歌'霍散那'而已。君与余意,显属背驰,然君为武人,为当事者,故云尔。余为哲学者,为道理家,故云尔耳。"

未既,嚣俄辞席拉罩夫人以行。时方一月九日,雪花如掌,缤纷乱飞。嚣俄仅着薄半鞋,径出街上,知不能以徒步归也,乃往泰波的街,盖以素知街角有马车之憩场故。既至,则万径寥寂,绝无轮音。嚣俄遂鹄立路隅,以待马车之至。

嚣俄如受主命之仆,鹄立以俟。瞥见一少年,衣裳丽都,俯而握雪,以投立路角着短领衣之一女子之背。女子忽惊呼,奔恶少年而击之,少年亦返击,女子复答之,于是两人斗益烈。以其益烈也,瞬间而巡查至。

巡查皆竞执此女子而不敢触少年。

彼不幸之女子,见巡查之捕己也,乃力抗之,然终被捕。尔时渠乃宛转悲鸣,巡查各执其双手,曳令行。女子呼曰:"余未为害,余可保必无。彼绅士实先击余者,余实无罪,乞就此释余,余实未为一害者也。实如是,实如是。"

巡查曰其速行,依定律,请若尝试此六阅月间。

曰:"请若尝试此六阅月间。"闻斯言也,彼不幸之女子,乃解辩益力,乞哀再三。巡查任其悲鸣,漠然不稍动,终曳此女子至大剧场后之霞骇街之警署。

嚣俄恻恻,悲此不幸之女子,惘然若有失。凡是等事起,例多旁观者,遂厕入喧笑之群众间,以随之行。

既达警署,嚣俄欲径入为女子雪其罪。复自省曰:己之名,已多知者,且迩日报章,亦遍揭之,因是等事而辄厕入其中,则物议所从生也,要之。嚣俄毋入署。

拘此女子之警署,则在楼下,前临通衢。嚣俄欲悉其究竟,据窗窥之,见此女子以失望之馀,惨然伏地而搔其发。嚣俄怦然心动,恻怛不堪。渠复深思,终而觉悟曰:嚣俄应入署。

嚣俄方入,有一明烛,据案而书者,顾而发微弱之声曰:"若何为者?"答之曰:"贵官,余适所起一事之证人也。余将以目击之次第,为此女子告足下,故敢来此言次。"此女子凝视嚣俄,若惟惊且诧者。其人曰:"即信如君言,有多少利害存其间,然终无益也。此女子犯大道击人之科,渠曾殴辱一绅士,渠应处以六月之禁锢。"

女子乃复悲泣,转辗于地。忽有数女子径至渠侧,谓渠云:"我侪可来访君,愿君勿忧。我侪当赍衣服以与君,可姑受之。"是等女子,尔时乃与以货币及食物。

嚣俄曰:"设若知予名,恐若言动当不如是,若其听予言。"

其人曰:"然则君何人乎?"

嚣俄早知无不告以名而事得释之理。

嚣俄告以名,警部(其人乃警部也)忽起,谢无状,其前之倨傲倏一易而为足恭,且以椅进嚣俄乞之坐。

嚣俄谓警部曰:"吾以吾目亲见之,彼绅士握雪为丸,以投女子之背,此女子固未尝识绅士,因被击而发痛苦之声。渠固先奔绅士以击之,然渠之权利所应尔也。即不措问其暴乱,而雪丸之苦痛与激冷,此女子之蒙害,固已甚矣。珍当事其母或育其儿之女子,而夺之食,则警部无宁科罚镪之为愈。是则在肇衅之绅士,盖应捕者,实非此女子而绅士也。"辩护既毕,此女子欢喜与感激交见于面。渠惟曰:"此绅士如何之善人欤!渠如何之善人欤!余未知有若斯之善人者,然余未曾遇渠,余未尝识渠。"警部谓嚣俄曰:"余深信君言,然巡查已述始末,诉状既成矣,君之证言,当列诸诉状内,君其安心,然终当审理,故余不能释此女子。"

嚣俄曰:"噫,是何言欤?余今为君言者,事实甚明,实君所不能争者,而亦无可争者,而君尚欲加此女子以罪乎?则此审理乃大非理也!"

警部曰:"欲释此事,兹惟一法耳,即君署名于君之证言是也,君署名否欤?"

应之曰:"惟视此女子之释否,以定余之署名,兹……"

而嚣俄遂署名。

女子惟再三曰:"此绅士如何之善人乎! 渠如何之善人乎!"

是等不幸之女子,待以亲切,不仅惊感而已,待以正理亦然。

译者曰:此嚣俄《随见录》之一,记一贱女子芳梯事者也。氏之《水夫传》叙曰:"宗教,社会,天物者,人之三敌也。而三要亦存是:人必求依归,故有寺院;必求存立,故有都邑;必求生活,故耕地,航海。三要如此,而为害尤酷。凡人生之艰苦而难悟其理者,无一非生于斯者也。故人常苦于执迷,常苦于弊习,常苦于风火水土。于是,宗教教义有足以杀人者,社会法律有足以压抑人者,天物有不能以人力奈何者。作者尝于《诺铁耳谭》发其一,于《哀史》表其二,今于此示其三云。"芳梯者,《哀史》中之一人,生而为无心薄命之贱女子,复不幸举一女,阅尽为母之哀,而转辗苦痛于社会之陷穽者其人也。"依定律请若尝试此六阅月间",噫嘻定律,胡独加此贱女子之身! 频那夜迦,衣文明之衣,跳踉大跃于璀璨庄严之世界;而彼贱女子者,乃仅求为一贱女子而不可得,谁实为之,而令若是! 老氏有言:"圣人不死,大盗不止。"彼非恶圣人也,恶伪圣之足以致盗也。嗟社会之陷穽兮,莽莽尘球,亚欧同慨;滔滔逝水,来日方长! 使嚣俄而生斯世也,则剖南山之竹,会有穷时,而《哀史》辍书,其在何日欤,其在何日欤?

原载 1903 年 6 月 15 日《浙江潮》第 5 期。署名庚辰。

初未收集。

八月

月界旅行辨言

在昔人智未辟，天然擅权，积山长波，皆足为阻。递有刳木剡木之智，乃胎交通，而桨而帆，日益衍进。惟遥望重洋，水天相接，则犹魄悸体慄，谢不敏也。既而驱铁使汽，车舰风驰，人治日张，天行自逊，五州同室，交贻文明，以成今日之世界。然造化不仁，限制是乐，山水之险，虽失其力，复有吸力空气，束缚群生，使难越雷池一步，以与诸星球人类相交际。沉沦黑狱，耳窒目朦，夔以相欺，日颂至德，斯固造物所乐，而人类所羞者矣。然人类者，有希望进步之生物也，故其一部分，略得光明，犹不知餍，发大希望，思斥吸力，胜空气，泠然神行，无有障碍。若培伦氏，实以其尚武之精神，写此希望之进化者也。凡事以理想为因，实行为果，既莳厥种，乃亦有秋。尔后殖民星球，旅行月界，虽贩夫稚子，必将夷然视之，习不为诧。据理以推，有固然也。如是，则虽地球之大同可期，而星球之战祸又起。呜呼！琼孙之福地，弥尔之乐园，遍觅尘球，竟成幻想，冥冥黄族，可以兴矣。

培伦者，名查理士，美国硕儒也。学术既覃，理想复富。默揣世界将来之进步，独抒奇想，托之说部。经以科学，纬以人情。离合悲欢，谈故涉险，均综错其中。间杂讥弹，亦复谭言微中。十九世纪时之说月界者，允以是为巨擘矣。然因比事属词，必洽学理，非徒摭山川动植，侈为诡辩者比。故当觥觥大谈之际，或不免微露遁辞，人智有涯，天则甚奥，无如何也。至小说家积习，多借女性之魔力，以增读者之美感,此书独借三雄,自成组织,绝无一女子厕足其间,而仍光怪陆离,不感寂寞,尤为超俗。

盖胪陈科学,常人厌之,阅不终篇,辄欲睡去,强人所难,势必然矣。惟假小说之能力,被优孟之衣冠,则虽析理谭玄,亦能浸淫脑筋,不生厌倦。彼纤儿俗子,《山海经》,《三国志》诸书,未尝梦见,而亦能津津然识长股奇肱之域,道周郎葛亮之名者,实《镜花缘》及《三国演义》之赐也。故掇取学理,去庄而谐,使读者触目会心,不劳思索,则必能于不知不觉间,获一斑之智识,破遗传之迷信,改良思想,补助文明,势力之伟,有如此者!我国说部,若言情谈故刺时志怪者,架栋汗牛,而独于科学小说,乃如麟角。智识荒隘,此实一端。故苟欲弥今日译界之缺点,导中国人群以进行,必自科学小说始。

《月界旅行》原书,为日本井上勤氏译本,凡二十八章,例若杂记。今截长补短,得十四回。初拟译以俗语,稍逸读者之思索,然纯用俗语,复嫌冗繁,因参用文言,以省篇页。其措辞无味,不适于我国人者,删易少许。体杂言庞之讥,知难幸免。书名原属"自地球至月球在九十七小时二十分间"意,今亦简略之曰《月界旅行》。

癸卯新秋,译者识于日本古江户之旅舍。

最初印入 1903 年 10 月东京进化社版《月界旅行》。
初未收集。

十月

十日

说　镭[*]

　　昔之学者曰："太阳而外，宇宙间殆无所有。"历纪以来，翕然从之；怀疑之徒，竟不可得。乃不谓忽有一不可思议之原质，自发光热，煌煌焉出现于世界，辉新世纪之曙光，破旧学者之迷梦。若能力保存说，若原子说，若物质不灭说，皆蒙极酷之袭击，踉跄倾欹，不可终日。由是而思想界大革命之风潮，得日益磅薄，未可知也！此新原质以何因缘，乃得发见？则不能不曰："X 线（旧译透物电光）之赐。"

　　X 线者，一八九五年顷，德人林达根所发明者也。其性质之奇异：若（一）贯通不透明体，（二）感写真干板，（三）与气体以导电性等。大惹学者之注意，谓 X 线外，当更有 Y 线，若 Z 线等者。相率覃思，冀获新质。乃果也驰运涅伏，必获报酬。翌年而法人勃克雷复有一大发见。

　　或曰，勃氏以厚黑纸二重，包写真干板，暴之日光，越一二日，略无感应，乃上置磷光体铀盐，欲再行实验，而天适晦，不得已姑纳机兜中，数日后检之，则不待日光，已感干板。勃氏大骇异，细测其理，知其力非借磷光，而铀之盐类，实自具一种类似 X 线之辐射线，爰名之曰铀线，生此种线之体曰刺伽刻伕夫体。此种物体所放射之线，则例以发见者之名名之曰勃克雷线。犹 X 线之亦名林达根线也。

29

然铀线则无待器械电气之助,而自能放射,故较 X 线已大进步。

尔后研究益盛,学者涅伏中,均结种种 Y 线 Z 线之影。至一八九八年,休密德氏于钍之化合物中,亦发见林达根线。

同时,法国巴黎工艺化学学校教授古篱夫人,于授业时,为空气传导之装置,偶于别及不兰(奥大利产之复杂矿物)中,见有类似 X 线之放射线,闪闪然光甚烈。亟告其夫古篱,研究之末,知含有铋化合物,其放射性凡四千倍于铀盐。以夫人生于坡兰德故,即以坡罗尼恩名之。既发表于世,学者大感谢,法国学士会院复酬以四千法郎,古篱夫妇益奋励,日事研究,遂于别及不兰中,又得一新原质曰钼(Radium),符号为 Ra。(按旧译 Germanium 曰钼。然其音义于 Radium 尤惬,故篡取之,而 Germanium 则别立新名可耳。)

一八九九年,独比伦氏亦于别及不兰中得他种刺伽刻佉夫体,名曰爱客地恩。然其辐射性不及钼。

坡罗尼恩与铋,爱客地恩与钍,钼与钡,均有相似之性质。而其纯质,皆不可得。惟钼则经古篱夫人辛苦经营,始得略纯粹者少许,测定分剂及光图,已确认为一新原质,其他则尚在疑似之间,或谓仅得保存其能力而已。

钼盐类之水溶液,加以钲,或轻二硫,或钲二硫,不生沉淀。钼硫养四或钼炭养三,不溶解于水,其钼绿二,则易溶于水,而不溶解于强盐酸及酒精中。利用此性,可于制铀之别及不兰残滓中,分析钼质。然因性殊类钡,故钡恒羼杂其间,去钡之法,须先令成盐化物,溶于水中,再注酒精,即生沉淀,然终不免有钡少许,存留溶液内,反复至再,始得略纯之钼盐。至于纯质,则迄今未能得也。且其量极稀,制铀残滓五千吨,所得钼盐不及一启罗格兰,此三年间所取纯与不纯者合计仅五百格兰耳。而有谓世界中全量恐已尽是者,其珍贵如此。故值亦綦昂,虽含钡甚多者,每一格兰,非三十五弗不能得。至古篱氏之最纯品,以世界惟一称者,亦仅如微尘大,积二万购之,犹不可得,其放射力则强于铀盐百万倍云。

此最纯品,即钼绿二也。昨年古篱夫人化分其绿,令成银绿二,计其量,然后算得钼之分剂为二百二十五。

多漠尔愢氏曾照以分光器,钼之特有光图外,不复有他光图,亦为新原质之一证。钼线虽多与X线同,而此外复有与玻璃陶器以褐色或革色,令银绿二复原,岩盐带色,染白纸,一昼夜间变黄磷为赤磷,及灭亡种子发芽力之种种性。又以色儿路多皿贮钼盐(放射性强于铀线五千倍者),握掌中二时间,则皮肤被灼,今古篱氏伤痕历历犹未灭也。古篱氏曰:"若有人入置纯钼一密里格兰之室中,则当丧明焚身,甚或致死。"而加奈大之卢索夫氏,则谓纯钼一格兰,足起一磅之重高及一呎。甚或有谓足击英国所有军舰,飞上英国第一高山辩那维之巅者,则维廉可洛克之言也。综观诸说,虽觉近夸,而放射力之强,亦可想见矣。尤奇者,其放射力,毫不假于外物,而自发于微小之本体中,与太阳无异。

钼线亦若X线然,有贯通金属力,此外若纸木皮肉等,俱无所沮。然放射后,每为被贯通之物质所吸收,而力变弱,设以钼线通过○○○二五密里之铂箔,则强率变为其初之四十九%,再一次则又减为三十六%,二次以后,减率乃不如初之著矣。由是知钼线决非单纯,有易被他物所吸收者,有强于贯通力者,其贯物而过也若滤分然。各放射线,析为数种,感写真干板之力强者,即贯通线也,其中复有善感眼之组织者,故虽瞑目不视,而仍见其所在。

钼之奇性,犹不止是。有拔尔敦者,曾于暗室中,解包出钼,忽闪闪然发青白色光,室中骤明,其纸裹亦受微光,良久不灭。是即副放射线,感写真干板之作用,亦与主放射同。盖钼能本体发光,及与光于接近物体之二性质,宛如太阳与光于周围游星然。其能力之根源,竟不可测。

或曰勃克雷氏贮比较的纯钼于管中,藏之衣底,六小时后,体上忽现焦灼痕,未几忽隐现于头腕间,不能指其定处。后古篱氏乃设法测其热度,法用热电柱,其一方接合点,置纯铜盐,他方接合点,置含铜盐六分一之锡盐。计算所生电流之强率,知置铜盐处之温度,高一度半。又以篷然测热器,测定〇·〇八格兰之纯钼盐所生温度,一小时凡十四加罗厘;即一格兰所放射之热,每一小时凡百加罗厘以上也。其光与热,既非出于燃烧,亦无化学的变化,不知此多量能力,以何为根?如曰本体所自发欤,则昔所谓能力之原则者,不得不破。如曰由外围能力而发欤,则钼必当有利用外围能力之性,而此能力之本性,又为吾人所未及知者也。

钼线亦有与空气以导电性之性质,设有钢板及锌板各一,联以铜丝,两板间之空气,令钼线通过之,则铜丝即生电流,与两板各浸于稀硫酸液中无稍异。盖钼线能令气体为衣益(集于两极间之电解质之总名),分出荷阴阳电气之部分,故气体之作用,遂与液体电解质同。钼线中之易被他物吸收者,此性尤著。

从克尔格司管阴极发生之恺多图线,及林达根线,及钼线,若受强磁力之作用,则进行必偏,设与钼线成直角之方向,有磁力作用,则钼线即越与磁力相对之左而行;然因钼线非单纯者,故析出屈于磁力及不屈于磁力之种种线,进路各不相同,与日光过三棱玻璃而成七色无异。钼线中之强于贯通力者,此性尤著,且因对于磁力之作用,故钼线之大部分,遂含有荷阴电气而飞运极迅之微粒云。

被磁力而偏之钼线中,既含有荷阴电之微粒,则以之投射于或物体,亦当得阴电。古篱夫妇曾用封蜡绝缘之导电体,投以钼线,而确得阴电;又以同法绝缘之铜盐,因带阴电之微粒飞去,而荷阳电。此电气之集积量,每一平方密厘每一秒时凡得 4×19^{-12} 安培云。钼线中带阴电之微粒,在强电场时,必偏其进行方向,即在一密厘有一万波的之强电场,则偏四生的许,此勃克雷氏所实证者也。

自钼所发射微粒之速度,每秒凡 1.6×10^{10} 密厘,约当光速度之半,因此微粒之飞散,故钼于一小时所失之能力额凡 4.4×10^{-6} 加罗厘,与前记之放出热量较,则觉甚微。又从钼之表面一平方密厘所放射之微粒,其质量亦綦少,计每一格兰之飞散,约需十亿万年。准此,则其微粒之大,应为轻气原子三千分之一,是名电子。

电子说曰,"凡物质中,皆含原子,而原子中,复含电子,电子之于原子,犹原子之于物质也。此电子受四围之电气与磁气之感化,循环飞运,无有已时,凡诸物体,罔不如是,虽吾人类,亦由是成。然飞运迟速,则因物而异,钼之电子,乃极速者,以过速故,有一部分,飞出体外,而光与热,自然发生,为辐射线。"然是说也,必电子自具物质构成之能,乃得秩然成理。不然,则纵调和之曰飞散极微,悠久之曰须无量截,而于物质不灭之说,则仍无救也。且创原子说者,非以是为至微极小,分割物质之达于究极者乎。电子说兴,知飞动之微点,实小于原子千分之一,乃不得不褫原子宇宙间小达极点之嘉名,以归电子,而原子说亡。

自 X 线之研究,而得钼线;由钼线之研究,而生电子说。由是而关于物质之观念,倏一震动,生大变象。最人涅伏,吐故纳新,败果既落,新葩欲吐,虽曰古篱夫人之伟功,而终当脱冠以谢十九世末之 X 线发见者林达根氏。

原载 1903 年 10 月 10 日《浙江潮》月刊第 8 期。署名自树。

初收 1935 年 5 月上海群众图书公司版《集外集》。

本月

中国地质略论[*]

第一　绪　言

觇国非难。入其境,搜其市,无一幅自制之精密地形图,非文明国。无一幅自制之精密地质图（并地文土性等图），非文明国。不宁惟是；必殆将化为僵石，供后人摩挲叹息，谥曰绝种 Extract species 之祥也。

　　吾广漠美丽最可爱之中国兮！而实世界之天府，文明之鼻祖也，凡诸科学，发达已昔，况测地造图之末技哉。而胡为图绘地形者，分图虽多，集之则界线不合；河流俯视，山岳则恒作旁形。乖谬昏蒙，茫不思起，更何论夫地质，更何论夫地质之图。呜呼，此一细事，而令吾惧，令吾悲，吾盖见五印详图，曾招飓于伦敦之肆矣。况吾中国，亦为孤儿，人得而挞楚鱼肉之；而此孤儿，复昏昧乏识，不知其家之田宅货颊旺，凡得几许。盗据其室，持以赠盗，为主人者，漠不加察，得残羹冷炙，辄大感叹曰："若衣食我，若衣食我。"而独于兄弟行，则争锱铢，较毫末，刀杖寻仇，以自相杀。呜呼，现象如是，虽弱水四环，锁户孤立，犹将汰于天行，以日退化，为猿鸟蜃藻，以至非生物。况当强种鳞鳞，蔓我四周，伸手如箕，垂涎成雨，造图列说，奔走相议，非左操刀右握算，吾不知将何以生活也。而何图风水宅相之说，犹深刻人心，力杜富源，自就阿鼻。不知宅相大佳，公等亦死；风水不破，公等亦亡，谥曰至愚，孰云不洽。复有冀获微资，引盗入室，巨资既虏，还焚其家，是诚我汉族之大敌也。凡是因迷信以弱国，利身家而害群者；虽曰历代民贼所经营养成者矣，而亦惟地质学不发达故。

　　地质学者，地球之进化史也；凡岩石之成因，地壳之构造，皆所深究。取以贡中国，则可知荦然尘球，无非经历劫变化以来，造成此相；虽涵无量宝旺，足以缮吾生，初无大神秘不可思议之物，存乎其间，以支配吾人之运命。斩绝妄念，文明乃兴。然欲历举其说，则又非一小册子所能尽也。故先掇学者所发表关于中国地质之说，著为短篇，报告吾族。虽空谭几溢于本论，然读此则吾中国大陆里面之情状，似亦略得其概矣。

第二　外人之地质调查者

中国者,中国人之中国。可容外族之研究,不容外族之探捡;可容外族之赞叹,不容外族之觊觎者也。然彼不惮重茧,入吾内地,狼顾而鹰睨,将胡为者?诗曰:"子有钟鼓,弗鼓弗考。宛其死矣,他人是保。"则未来之圣主人,以将惠临,先稽帐目,夫何怪焉。左举诸子,皆最著名。其他幻形旅人,变相侦探,更不知其几许。虽曰跋涉山川,探索秘密。世界学人,皆尔尔矣;然吾知之,恒为毛戴血涌,吾不知何祥也。

千八百七十一年,德人利忒何芬 Richthofen 者,受上海商业会议所之嘱托,由香港入广东,湖南(衡州,岳州),湖北(襄阳)遂达四川(重庆,叙州,雅州,成都,昭化);入陕西(凤翔,西安,潼关),山西(平阳,太原)而之直隶(正定,保定,北京)。复下湖北(汉口,襄阳),往来山西间(泽州,南阳,平阳,太原),经河南之怀庆,以至上海,入杭州,登宁波之舟山岛,遍勘全浙。复溯江至芜湖,捡江西北部,折而之江苏(镇江,扬州,淮安),遂入山东(沂州,泰安,济南,莱州,芝罘)。碧眼炯炯,击节大诧若所悟。然其志未熄也;三涉山西(太原,大同),再至直隶(宣化,北京,三河,丰润),徘徊于开平炭山,入盛京(奉天,锦州),始由凤皇城而出营口。历时三年,其旅行线强于二万里,作报告书三册,于是世界第一石炭国之名,乃大噪于世界。其意曰:支那大陆均蓄石炭,而山西尤盛;然矿业盛衰,首关输运,惟扼胶州,则足制山西之矿业,故分割支那,以先得胶州为第一着。鸣呼,今竟何如?毋曰一文弱之地质家,而眼光足迹间,实涵有无量刚劲善战之军队。盖自利氏游历以来,胶州早非我有矣。今也森林民族,复往来山西间,是皆利忒何芬之化身,而中国大陆沦陷之天使也,吾同胞其奈何。

千八百八十年,匈牙利伯爵式奚尼初丧爱妻,欲借旅行以漓其恨。乃偕地理学者三人，由上海溯江以达湖北（汉口，襄阳），经陕（西安）甘（静宁，安定，兰州，凉州，甘州）而出国境；复入甘肃（安定，巩昌），捡四川（成都，雅州）云南（大理）由缅甸以去。历时三年，挥金十万，著纪行三册行于世。盖于利忒何芬氏探捡未详之地，尤加意焉。

越四年，俄人阿布伐夫探捡北部之满洲，直隶（北京，保定，正定），山西（太原），甘肃（宁夏，兰州，凉州，甘州），蒙古等。其后三年，复有法国里昂商业会议所之探捡队十人，探捡南部之广西，河南（河内），云南，四川（雅州，松潘）等。调查精密，于广西，四川尤详。是诸地者，非连接于俄法之殖民地者欤？其能勿惧！

先年，日本理学博士神保，巨智部，铃木之辽东，理学士西和田之热河，学士平林，井上，斋藤之南部诸地，均以调查地质为目的。递和田，小川，细井，岩浦，山田五专门家，复勘诸处，一订前探捡者报告之谬，则去岁事也。

第三　地质之分布

昔德儒康德 Kant 唱星云说，法儒拉布拉 Laplace 和之。以地球为宇宙间大气体中析出之一份，回旋空间，不知历几亿万劫，凝为流质；尔后日就冷缩，外皮遂坚，是曰地壳。至其中心，议者綦众：有内部融体说，有内部非融体说，有内外固体中挟融体说。各据学理，以文其议。然地球中心，奥不可测，欲辨孰长，盖甚难矣。惟以理想名地面之始曰基础统系 Fundamental formation，其上地层，则据当时气候状态，及蕴藏僵石 Fossil 之种类，分四大代 Era，细析之曰纪 Period，析纪曰世 Epoch。然此诸地层则又非掘吾人立足地，即能灿然毕备也。大都错综残缺，散布诸方。如吾中国，常于此见新，而于彼则获古。盖以荒古气候水陆之不齐，而地层遂难一致。犹谭人类史者，昌言专制立宪共和，为政体进化之公例；然专制方严，一血刃而骤列于共和者,宁不能得之历史间哉。地层变例,亦如是耳。今言中国,则以地质年代 Geological Chronology 为次。

(一)原始代或太古代 Archean Era

地球初成,汽凝为水,是即当时之遗迹,居基础统系之上,而始为地质学家所目击者也。故吾侪目所能见之地层,以是为极古。其岩石以片麻,云母,绿泥为至多,然大都经火力而变质。捡际石层,略无生物,惟据石类析之为:

(12)老连志亚纪 Laurentian Period

(11)比宇鲁亚纪 Huronian Period

二纪。后虽有发见阿屯(意即初生生物)之说,而经德人眉彪研究以来,已知其谬;盖尔时实惟荒天赤地,绝无微生命存其间也。所难解者,岩石中时含石灰石墨之属。夫石灰为动物之遗蜕,石墨为植物之槁株,设无生物存,何得有是? 而或有谓是等全非由生物之力而来者,迄于今尚存疑焉。索之吾中国,则两纪均于黄海沿岸遇之。虽未能知其蕴藏何如,然太古代地层中,则恒产金银铜铂电石红宝石之属,意吾国黄海沿岸地方,亦当如是耳。

(二)古生代 Palaeozoic Era

以始有生物,故以生命名者也,分六纪:

(10)寒武利亚纪 Cambrian Period

(9)志留利亚纪 Silurian Period

(8)泥盆纪 Devonian Period

(7)石炭纪 Carboniferous Period

(6)二叠纪 Permian Period

岩石繁多,以水成者,若砂,硅,粘板,石炭等;以火成者,若花刚,闪丝,辉丝等。石类既自少而至多,生物亦由简以进复,然当(10)纪时,尚鲜见也。递及(9)纪,则藻类,三叶虫,珊瑚虫之族日盛,然惟水产物而止耳。入(8)纪,而鱼,而苇,而鳞木,而印木,渐由水产以超陆产。然亦惟隐花植物而已,高贵生物,未获见也。降及(6)纪,而两栖动物及爬虫出,盖已随时日之变迁,以日趋于高等矣。是即造化自著之进化论,而达尔文剽窃之以成十九世纪之伟著者也。

蕴藏矿物以是代为最富。(10)纪之见于中国者,自辽东半岛直亘朝鲜北部;虽土质确莘,不宜稼穑,而所产金银铜锡之属,实远胜于他纪诸岩石,土人仅耕石田,于生计可绰有余裕焉。其(9)纪岩石,则分布于陕西至四川之山间,以产金著。其(8)纪岩石,则在云南北境及四川之东北。变质岩中,常含玉类,而岩石脉络间,亦少产银铁铜铅,搜全世界,以此纪岩石为至多,而石类亦均适于用。其上则(7)纪矣,产煤铁綦多,故以石炭名其纪。而吾中国本部,实蔓延分布,无地无之,合计石炭之量,远驾欧土(详见第五);是实榜陀罗Pandora之万祸箧底之希望,得之则日近于光明璀灿之前途,失之则惟愁苦终穷以死者也,吾国人其善所择哉。

(三)中生代 Mesozoic Era

组成是代之岩石为粘板,角,硅,及粘土等,或遇如含有岩盐石炭石膏之地层,分三纪,即:

(5)三叠纪 Triassic Period

(4)侏罗纪 Jurassic Period

(3)白垩纪 Cretaceous Period

是也。前纪生物已日归于消灭,故(5)纪时,鳞印诸木,衰落既久,而松柏,苏铁,羊齿诸科,乃代之握植界之主权。至(3)纪则无花果,白杨,柳,槠等诸被子植物出,与现世界几无大异矣。动物则前代已生之爬虫,日益发达,有袋类亦生,为乳哺类之先导。至(4)纪而诡形之龙类(旧译作鼍),跋扈于陆地,有齿之大鸟,飞翔于太空,盖自有生物以来,未有若斯之瑰奇繁盛者也。且菊石,箭石之属,亦大繁殖,其遗蜕遂造成(3)纪之地层,即学校日用之垩笔,亦此微虫之余惠耳。至(3)纪时,生物界乃大变革,旧生动植,或衰或灭,而真阔叶树及硬骨鱼兴。

(5)纪之在中国者,为西藏,有用卝物则有岩盐石膏铜铁铅等。(4)纪则自西伯利亚东方,以至中国之本部,虽时有卝物,而极鲜石炭。(3)纪则并有用卝物亦鲜见矣,中国之极西方是也。

（四）　新生代 Cenozoic Era

新生代者,地质时代中最终之地层,而其末叶,即吾人生息之历史也,别为二纪,曰:

(2)第三纪 Tertiary Period

(1)第四纪 Quaternary Period

其岩石为粗面,流纹,玄武,及粘土,砂砾,柔石炭等。其生物虽与今几无大异,然细察之,则不同之点綦多,如象,貘,张角兽,恐鸟是也。如是盛衰递嬗,益衍益进,至洪积世 Diluvium 而人类生。

(2)纪分布于中国全部,其卝物有金属,且产石炭,然以新成,故远逊于石炭纪者。(1)纪则全世界无不见之,如中国扬子江北部之累斯 Loess(黄色无层之灰质岩石),即为是时积聚之砂土;黄河附近之黄土,亦是时发育之垆埌之一种也。

第四　地质上之发育

地球未成以先,吾中国亦气体中之一份耳,无可言者,故以地球成后始。

（一）太古代之中国　太古代之地球,洪水澎湃,烈火郁盘,地鲜出水,奚言生物,瞑想其状,当惟见洪流激浪而已。然火力所激,而地壳变形,昆仑山脉,忽然隆出;蒙古之一部分,及今之山东,亦离水成陆,崛起海中,其他则惟巨浸无际,怒浪拂天已耳。

（二）古生代之中国　地壳地心,鏖战既久,其后地心花刚岩之溶液,挟火力以泉涌,流溢海陆,地壳随之隆出水面,乃构成东方亚细亚之大陆。秦岭以北断层分走于诸方,即为台地,大苇鳞木印木等巨大植物,于焉繁殖。以北,则地层恒作波折形,似曾为山脉者。厥后经风雨之剥蚀,海浪之冲激,秦岭以北,渐成海底,无量植物,受水石之迫压,及地心热力,相率僵死。然地心火力,则犹冲突而未有已也,故复隆出水中,成阶级状之台地,所谓支那炭田者,实形成于此时焉。然其南部,尚潜海底,迨因受西北方之横压力,而秦岭以南之地层,遂成波状之崛起,即所谓支那山系(南岭)者是也。

(三)中生代之中国　火山之活动,至是稍衰,惟南方之一部,渐至沦陷,成新地中海,是实今日四川省之洼地(四川之赤盆砂地),而南支那之炭田也。迨喜马拉牙山崭然显头角,而南部中国始全为陆地。厥后南京与汉江之北,生分走北东之两断层,陷落而成中原,即为历代枭雄逐鹿地,以造成我中国旧史之骨子者也。

(四)新生代之中国　入新生代之初,水火之威日杀,甘肃及蒙古地方,昔为内海,至是亦渐就干涸,砂漠成焉。然以暴风所经营,故土砂埃尘,均随风飞动,运入黄河流域地方,积为黄土。扬子江北部,亦广大之砂漠耳,后以风之吹拂,雨之浸润,遂成累斯,故累斯大发育于中国。其他则与今日地形,几无大异矣。

第五　世界第一石炭国

世界第一石炭国。石炭者,与国家经济消长有密接之关系,而足以决盛衰生死之大问题者也。盖以汽生力之世界,无不以石炭为原动力者,失之则能令机械悉死,铁舰不神。虽曰将以电生力矣,然石炭亦能分握一方霸权,操一国之生死,则吾所敢断言也。故若英若美,均假僵死植物之灵,以横绝一世;今且垂尽矣,此彼都人士,所为抚心愁叹,皇皇大索者也。列邦如是,我国如何?利式何芬曰:"世界第一石炭国!……"今据日本之地质调查者所报告,石炭田之

大小位置,图际于左,即:

- ●满洲七处
  - 芜河水
  - 赛马集
  - 太子河沿岸(上流)　　辽东
  - 本溪湖
  - 锦州府(大小凌河上流)
  - 宁远县　　辽西
  - 中后所
- ●直隶省六处
  - 石门塞(临榆县)
  - 开平
  - 北京之西方(房山县附近)
  - 保安州
  - 蔚州　　　　　　　西宁州
- ●山西省六处
  - 东南部炭田　　　　西南部炭田
  - 五台县　　　　　　大同宁民府间炭田
  - 中路(译音)　　　　西印子(译音)
- ●四川省一处
  - 雅州府
- ●河南省两处
  - 南召县　　　　　　鲁山县附近
- ●江西省六处
  - 丰城　　　　新喻
  - 萍乡　　　　兴安
  - 乐平　　　　饶州

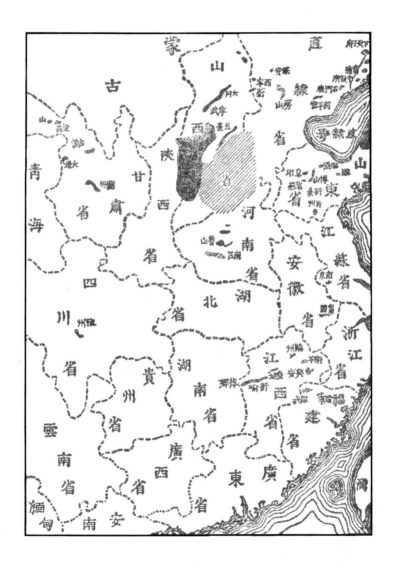

- 福建省两处

  邵武县　　　　　建宁府
- 安徽省一处

  宣城
- 山东省七处

  沂州府　　　　　新泰县

  莱芜县　　　　　章丘县

  临榆县　　　　　通县

  博山县及淄川县
- 甘肃省五处

  兰州府　　　　　大通县

  古浪县　　　　　定羌县

  山丹州

等四十三处是也。或谓此外有湖南东南部有烟无烟炭田，无虑二万一千方迈尔，虽未得其的据，然吾中国炭田之未发见者，固不知其几许，宁止湖南？今仅就图中(见 15 页)山西省有烟无烟大炭田计之，约各一万三千五百方迈尔，合计七百万步。加以他处炭田，拟一极少数，为一千万步。设平均厚率为三十尺，一立方坪之重量为八吨，则其总量凡一万二千亿吨，即每年采掘一亿二千万吨，亦可保持至一万年之久而未有尽也。况加以湖南传说之炭田，五百六十六万步即约六千八百亿吨乎。吾以之自熹，吾以之自慰。然有一奇现象焉，即与吾前言反对者，曰中国将以石炭亡是也。列强领土之中，既将告罄，而中国乃直当其解决盛衰问题之冲，列国将来工业之盛衰，几一系于占领支那之得失，遂攘臂而起，惧为人先。复以不能越势力平均之范围，乃相率而谈分割，血眼欲裂，直睨炭田。而我复麻木罔觉，挟无量巨资，不知所用，惟沾沾于微利以自贼，于是今日山西某炭田夺于英，明日山东各炭田夺于德，而诸国犹群相要曰："采掘权！采掘权！！"呜呼，不待十年，将见此肮肮中原，已非复吾曹之故

44

国,握炭田之旧主,乃为采炭之奴,弃宝藏之荡子,反获鄙夫之谥。虽曰炭田有以诲盗,而慢藏不用,则谁之罪哉。

第六 结 论

吾既述地质之分布,地形之发育,连类而之矿藏,不觉生敬爱忧惧种种心,掷笔大叹,思吾故国,如何如何。乃见黄神啸吟,白眚舞蹈,足迹所至,要索随之,既得矿权,遂伏潜力,曰某曰某,均非我有。今者俄复索我金州复州海龙盖平诸矿地矣。初有清商某以自行采掘请,奉天将军诺之,既而闻其阴市于俄也,欲毁其约,俄人剧怒,大肆要求。呜呼,此垂亡之国,翼翼爱护之,犹恐不至,独奈何引盗入室,助之折榱挠栋,以速大厦之倾哉。今复见于吾浙矣。以吾所闻,浙绅某者,窃某商之故智,而实为外人伥,约将定矣。设我浙人若政府,起而沮尼之,度其结果,亦若俄之于金州诸地耳。试问我畏葸文弱之浙人,老病昏瞆之政府,有何权力,敢遏其锋;阖口自臧,犹将罹祸,而此獠偏提外人耳而促之曰:"若盍索吾浙矿。"呜呼,鬼蜮为谋,猛鸷张口,其亡其亡,复何疑焉。吾尝豫测将来,窃为吾浙惧,若在北方,则无矕耳。彼等既饱尝外人枪刃之风味,淫掠之德政,不敢不慑伏诡媚,以博未来之圣主欢,夺最爱之妻女,犹不敢怨,更何有于毫无爱想之片土哉!若吾浙则不然,台处衢严诸府,教士说法,犹酿巨蠹。况忽见碧瞳皙面之异种人,指挥经营,丁丁然日凿吾土,必有一种不能思议之感想,浮游于脑,而惊,而惧,而愤,挥梃而起,苟刘之以为快。而外人乃复得口实,以要索,以示威,枭颅成束,流血碧地之惨象,将复演于南方,未可知也。即不然,他国执势力平均之说,群起夺地,倏忽瓜分,灭国之祸,惟我自速。即幸而数十年后,竟得独立,荣光纠纷,符吾梦想;而吾浙矿产,本逊他省,复以外族入室,罗掘一空,工商诸业,遂难优胜,于是失败迭来,日趋贫病。呜呼,浙人而不甘分致戎之谤也,其可不谋所以挽救之者乎。

救之奈何？曰小儿见群儿之将夺其食也，则攫而自吞之，师是可耳。夫中国虽以弱著，吾侪固犹是中国之主人，结合大群起而兴业，群儿虽狡，孰敢沮者，则要索之机绝。乡人相见，可以理喻，非若异族，横目为仇，则民变之祸弭。况工业繁兴，机械为用，文明之影，日印于脑，尘尘相续，遂孕良果，吾知豪侠之士，必有恨恨以思，奋袂而起者矣。不然，则吾将忧服箱受策之不暇，宁有如许闲情，喋喋以言地质哉。

原载 1903 年 10 月《浙江潮》月刊第 8 期。署名索子。
初未收集。

月界旅行[*]

［美国］培伦

第一回　悲太平会员怀旧　破寥寂社长贻书

凡读过世界地理同历史的，都晓得有个亚美利加的地方。至于亚美利加独立战争一事，连孩子也晓得是惊天动地；应该时时记得，永远不忘的。今且不说，单说那独立战争时，合众国中，有一个麦烈兰国，其首府名曰拔尔祛摩，是个有名街市。真是行人接踵，车马如云。这府中有一所会社，壮大是不消说，一见他国旗高挑，随风飞舞，就令人起一种肃然致敬的光景。原来是时濒年战斗，人心恟恟，经商者捐资财，操舟者弃舟楫，无不竭力尽心考究兵事。那在坡茵兵学校的，更觉热心如炽。这个说我为大将，那个说我做少将。此外一切，真是视而不见，听而不闻，食而不知其味的了。尔后，费却许多兵器弹药，金资人命，遂占全胜，脱了奴隶的羁轭，造成一个烈烈轰轰的合众国。诸君若问他得胜原因，却并无他故：古人道，工欲善其事,必先利其器;美国也不外自造兵器,十分精工,不比不惜重资,却去买外国废铁,当作枪炮的;所以愈造愈精,一日千里,连英法诸强国极大钢炮,与他相比,也同僬侥国人遇着龙伯一般,免不得相形见绌了。此时说来,似乎过于夸大。其实美国人炮术,天下闻名。犹如伊大利人之于音乐,德国人之于心理学一般。既已在世界上独一无二,他偏又聚精会神,日求进步。所以连欧洲新发明的"安脱仑格""排利造""波留"等有名大炮,也不免要退避三舍了。……诸君,你想!偌大一个地球,为什么独有美国炮术,精妙一至于此呢?前文说那拔尔祛摩府中,不是有一座壮大无匹,花旗招飐的会社吗?这便是制造枪炮的所在。当初设立时,并不托官绅势力,也不借富商巨资;单是一个大炮发明家,同一个铸铁师,商量既定,又招一个钻手,立下这枪炮会社的基础,行过开社的仪式。不料未及一月,就有尽力社员一千八百三十三人,同志社员三万五千六十五人。当下立定条约,说是万一新发明大炮难以成功,则须别出心裁,制造别种斩新利器。至于手枪短铳等细小物件,却并不介意,惟有专心致志铸造大炮,便是这会社的宗旨。到后来会社中社员,越聚越多,也有大将,也有少将,一切将校,无所不有。若把这会社社员题名簿一翻,不是写着战死,就是注着阵亡;即偶有几个生还,亦复残缺不完,疮痍遍体:有扶着拐杖的,有用木头假造手足的,有用树胶补着面颊的,有用银嵌着脑盖骨的,有用白金镶着鼻子的,蹒跚来往,宛然一座废人会馆。从前有名政治家卑得刻儿曾说道:"把枪炮会社中人四个合在一处,没一条完全臂膊;六个合在一处,没一双满足的腿。"可想见这些社员情形了!虽然,老骥伏枥,志在千里;他们虽五体不全,而雄心未死,常抚着弹创刀痕,恨不得再到战场,将簇新大炮对敌军一试。晋人陶渊明先生有诗道:

精卫衔微木,将以填苍海;

形天舞干戚,猛志固常在。

像是说这会社同社员的精神一样。那晓得世事循环,战争早毕,大炮炸弹,尽成无用长物。当初杀人成阜的沙场,也都变了桑麻如林的沃壤。老幼熙熙,欢声载道。只有枪炮会社社员,却像解馆先生,十分烦闷。虽是只管制造,想发明空前绝后的大炮;无奈不能实地试验,只好徒托空言罢了。加之会社零落,堂室荒芜,新闻纸堆累几上,霉菌毵毵,竟无一人过问。可怜从前车马络绎,议论嚣嚣的所在,竟变做荒凉寂寞的地方。回想当初,硝烟惨淡,铁雨纷飞的情形,不是做梦,还遇得着么?人说可喜的是天下太平,四海无事,那晓得上马杀贼的壮士,却着实伤心呢!……一日天晚,有一会员叫做汉佗的,走进自己的休息所,把木镶的假腿向火炉上一烘,说道:"目下时势,岂不怪极了吗!我辈竟无一事可为,岂不是一可悲叹的世界吗!不知什么时候,才能够有霹雳似的炮声,给我畅畅快快的听一听呢?"旁边坐着的毕尔斯排,本来极其洒落,把断腕一伸,连忙答道:"如此快事,那里还有呢!虽然遇着过愉快的时候,谁料半途中竟把战争中止了。从前的大将,仍然去做商贾;弹丸的仓库,竟堆了棉花。唉,将来亚美利加炮术,怕还绝迹的了。"有名的麦思敦,把树胶作的头盖骨且搔且说道:"是的。此刻时势太平,已非研究炮术学的时候,所以我想造一种叫做白炮的,今日已制成雏形,此炮一出,倒可以一变将来战争模样。"汉佗忽然记起麦思敦新发明的第一回就打死三百七十三人的大炮,忙问道:"当真吗?"麦思敦道:"决非虚言。然须加一层工夫精神,故尚未成就。目下亚美利加景况,百姓悠然,只想过太平日子;然而人口非常增多,有的说恐怕又要闹事了。"大佐白伦彼理道:"这些事,总是为欧罗巴洲近时国体上的争论罢了。"麦思敦道:"不错不错!我所希望,大约终有用处,而且又有益于欧罗巴洲。"毕尔斯排大声道:"你们做甚乱梦!研究炮术,却想欧洲人用么?"大佐白伦彼理答道:"我想给欧洲人用,比不用却好些。"麦思敦道:"不错。然而已后不去尽力研究他,亦无不可。"大佐白伦彼理道:"为什么呢?"麦思敦道:"想欧罗巴的进步,却同亚美利加人思想相反,他不从兵卒渐渐升等,是不能做大将的。不是自造铁炮,是不能打的。"汉佗正拿着小刀,在那里削椅子的靠手,一面说道:"可笑得很! 要是这般,我们只好种烟草榨鲸油了。"麦思敦发恨道:"那是什么话呢! 难道以后就没有改良火器的事情吗? 就没有试验我们火器的好机会吗? 难道我们的炮火,辉映空中的时候,竟会没有吗? 同大西洋外面国度的国际上纷争,就永远绝迹了吗? 或者法国人把我们的汽船撞沉了,或者英国人不同我们商量竟把两三人缢杀了,这宗事情,就会没有吗? ……倘若我新发明的白炮,竟没实地试验的好机会,惟有诀别诸君,葬身于爱洱噶尼沙的平野罢了。"众人齐声答道:"果然如此,则我们亦当奉陪。"大家无情无绪,没精打彩的谈了一会,不觉夜深,于是各人告别回房,各自安寝不表。到了次日,忽见有个邮信夫进来,手上拿着书信,放下自去。社员连忙拆开看时,只见上写道:

　　　本月五日集会时,欲议一古今未有之奇事。谨乞

　　　同盟诸君子贲临,勿迟是幸!

　　　十月三日,书于拔尔祛摩。枪炮会社社长巴比堪。

　　社员看毕,没一个晓得这哑谜儿,惟有面面相觑。那性急的,恨不能立刻就到初五,一听社长的报告。正是:

　　　壮士不甘空岁月,秋鸿何事下庭除。

　　究竟为着甚事,且听下回分解。

第二回　搜新地奇想惊天　登演坛雄谭震俗

　　却说社员接了书信以后,光阴迅速,不觉初五。好容易挨到八点钟,天色也黑了,连忙整理衣冠,跑到纽翁思开尔街第二十一号枪炮会社。一进大门,便见满地是人,黑潮似的四处汹涌。原来住在拔尔祛摩的社员,多已先到;外加赶热闹的百姓,把个极大会社,满满的塞个铁紧,尚且源源而来。没坐处的是不消说,连没立处的也不知多少,有的立在边室,有的立在廊下,乱推乱挤,各自争先,要听

古今未有的奇事。美国人民本来是用"自治说"教育出来的,所以把人乱推,还说这是自由的弊病,是不免的了。至于"自由者以他人之自由为界"的公理,那里能个个明白呢!会堂里面,单是尽力社员,同着同志社员,簇齐的坐着,一排一排,如精兵布阵一般,井井有条,一丝不乱。其余不论是外国人,是做官的,一概不能进内,只好也混在百姓里边,伸着脖子,顺势乱涌罢了。惟有身材高大的,却讨便宜,看得见里面情景,说是诸般装饰,无不光采夺目,壮丽惊人。上边列着大炮,下面排着臼炮,古今火器,不知有几千万样,罗列满屋。照着汽灯,越显得光芒万丈,闪闪逼人。正中设一张社长坐的椅子,是照三十四寸臼炮台的样式做的,脚下有四个轮子,可以前后左右随意转动。前面是"恺儿乃德"炮式的铁镶六足几,几上放着玻璃墨汁壶,壁上挂着新式最大自鸣钟。两边分坐着四名监事,静悄悄的只待社长的报告。……这社长,年纪不过四旬,是美洲人,幼年贩买木材,获了巨利,到独立战争时,当了一个炮兵长,极有盛名。且发明许多兵器,虽是细小事情,也精心考究,不肯轻易放过,所以远近闻名,无不佩服的。等了许久,那壁上挂的大自鸣钟,忽然当当的打了八下,社长像被发条弹机弹起来似的,肃然起立。众人看得分明:是戴着黑缘峨冠,穿着黑呢礼服,身材魁伟,相貌庄严。对台下大众行过礼,把手按在几上,默然停了一会,便朗朗的说道:

"我最勇敢的同盟社员诸君!你看世上久已承平,我们遂变了无用的长物。战争久已绝迹,我们遂至事业荒芜,不能进步。若是兵器有用,果然是我们的好机会。然而看现在的事情同形势,那里还有非常之事呢!唉,我们大炮震动天地的时候,在几年之后,是不能豫料的了。所以我想,与其株守无期的机会,空抛贵重的光阴,反不如研磨精神,奋励志力,做件在太平世界上能占个好地位的事业。……以前几月间,我曾把全副精神,注在一个大目的上,常常以心问心道:十九世纪的文明世界,还没时有这样大事业吗?炮术极其精微的时候,还做不成这大事业吗？此后细心研究推算，遂晓得这各国都做不成的大事业，是可以成功，而且确凿有据的。今日奉邀诸君者，就是报告此事。且此事不但有益于现今诸人，连枪炮会社的将来，都大有利益。倘若事竟成功，量这全世界也要震动呢！……"

刚才说毕，社员同听众像加一层气力似的，满堂动摇起来。社长把峨冠整一整，又向天指了一指，慢慢说道：

"我最勇敢的同盟社员诸君！请观这苍穹上，不是一轮月吗？今晚演说，就为着这'夜之女王'可做一番大事业的缘故。这大事业是什么呢？请诸君勿必惊疑，就是搜索这众人还没知道的月界，要同哥伦波发见我邦一般。然而做这大事业，断不是一人独力可以成功的，所以报告诸君，想诸君协力赞助，精查这秘密世界，把我合众三十六联邦版图中，加个月界给大家看。（拍手）从前日夜焦心苦虑，把那月界的重量，以及周围，直径，组织，运动，连那距离同占有位置，都算得明明白白，画了一幅太阴图，其精密完全，虽不能胜于地图，却还不亚于他呢。关系月界的事情，现在虽大都明白，然而自古迄今，还没见有从我地球到那月界开条通路的事业。（大喝采）只有理想上想着探捡月界的，却也不少。今日约略述给诸君听一听：当初一千七百年时，有个叫飞勃力的，常常说肉眼看见月界的居民。再往前说，则一千六百四十九年，有法国人波端，曾做过一册《西班牙大胆者公石力子氏月界旅行》。同时又有个陪儿格拉也是法国人，也做一册叫什么《法国成功月界旅行》的。后来有部《多数世界》，著者就是法国风耐儿，极有盛名，说'地球之外尚有许多世界。'到一千八百三十五年，有一本小册子出板，讲的是'有个约翰哈沙，于天文学上，算得极其致密。在喜望峰头，立一个大望远镜，镜里照着火，因为装置极精，遂把月的距离缩成了八十码，里面情形，看得十分清楚：有许多河马进出的大洞，有黄金色笹缘似的东西圈着山麓的青山，有角如象牙的羊，有浑身白色的鹿,而且有人两腋生着肉翅,宛然一只蝙蝠。'著者就是我国洛克先生。他的书到是销流甚广的。还有一书说:'古时有个排尔,坐着盛满淡气的气球,过了十九点钟,遂到月界。'著者也是美国人,那有名的亚波就是了。(大喝采)然总不过纸上的理论,不能确信。至于今日报告诸君的,却是实地研究,真要对月界开一条通路。五六年前,普国有个算术家,说要研究大学术,到了西伯利亚平原,用光线反射的性质,造了一幅算学图,内中也有同'弦之平方'相关的道理,就是法国人叫做'爱斯勃力其'的。那算术家曾说道:'聪明人看了这算图,是没有不解的。倘要同月界开条通路,不能不依这道理。至于交通之后,对月界居民说话,新造一种字母,也甚容易。'那算术家话虽如此,总没实行。从纪元到今日,连同月界结个定约的也没见过。到今日,月界交通的事情,我美国人实地研究的结果,同勇敢不挠的精神,应该自任,是不消说的了。至于到月界的方法,极其简便,确实决没差误,这便是想对诸君商议的一大要点。(喝采舞蹈)五六年来,炮术进步的迅速,是诸君所熟知的,不消细说。若讲大略,则大炮的抵抗力,同火药的弹拨力,没有限量的道理,已经确凿明白,所以据这原理,用装置精巧的弹丸,能否到达月界的问题,自然因此而起了。"

社长说完,听众都着出神,静悄悄的像没有人一般。过一会,渐渐解过演说的意思,不觉又霹雳似的拍手喝采起来,把好大会堂,震得四壁飒飒乱动。社长再要往下说,连一字也听不清楚了。过了半点钟,才觉稍稍镇静,只听得社长又说道:

"请诸君少安,给我说完罢。我于此事,常自问自答,精细研钻,才晓得把弹丸用第一速力每秒走一万二千码的时候,可以射入月界,是确实无疑的。我最勇敢的同盟社员诸君!鄙意便是要试做这一番极大事业,所以特来报告,诸君以为何如呢?"

社长还没说完，那众人欢喜情形，早已不可名状，呼的，叫的，笑的，吼的，嚣嚣嗥嗥，如十万军声，如夜半怒涛，就是堂中陈列的大炮，一齐发射，也不至此。正是：

> 莫问广寒在何许， 据坛雄辩已惊神！

要知以后情形，且待下回分解。

第三回　巴比堪列炬游诸市　观象台寄简论天文

却说社长坐在听众之间，睁着眼看他们狂呼乱叫，再想说话，站起身来，众人那里还理会得。也有打击呼钟，想镇定大众；无如大众呼声，却高过钟声几倍，竟全然不觉，反跑上来，围着社长，称誉赞美，不胜其烦。当下依美国通例，社员列成行伍，点着松明，到各街市巡行了一遍。住在麦烈兰的外国人，都交口称誉，叫喊不止，直有除却华盛顿，便算巴比堪的样子。加之天又凑趣，长空一碧，星斗灿然，当中悬着一轮明月，光辉闪闪，照着社长，格外分明。众人仰看这灿烂圆满的月华，愈觉精神百倍，那临时抱佛脚，买望远镜的，更不知其数。听说福尔街远镜店，就因此获了巨利的。到了半夜，仍是十分热闹，扰扰攘攘，引动了街市人民，不论是学者，是巨商，是学生；下至车夫担夫，个个踊跃万分，赞叹这震铄古今的事业。凡是住在岸上的，则在埠头；住在船上的，则在船坞；都举杯欢饮，空罐如山。那欢笑声音，宛如四面楚歌，嚣嚣不歇。社长在如疯如狂的大众里面，拉的，推的，抬的，像不倒翁一般，和着赞叹声音，四处乱转。到两点钟，才觉渐渐平静，远处来的外国人，也坐着火车各自散去。社长忙了一夜，然正在欢喜，也不觉得辛苦，归家去了。到第二日，众人议论，愈加纷纷不一，原来美国人的性质，最是坚定，听了巴比堪的报告，不但没一人惊怪，却都说确实无疑，必可成功的。当初拿坡仑道："因字典中有'不能成'三字，人都受欺，其实地球上那里有不能成的事呢！"美国人人佩服这话，所以不论什么事，亚美利加人民,是从不大惊小怪的。报告传将开去,自然是个个欢喜。五百种新闻杂志,都执笔批评,也有据形体上立说的,也有以气象学为主的,也有从政治上发议的,也有从政治上立论归到开化的,有的道:"月界竟同我地球一般,样样完全吗?有同地球相似的空气吗?发见月界之后,就该移住吗?"并说:"月界统属美国,则欧洲国权,不能平均,恐肇事端"的,亦复不少。可惜这本书里,载不尽那些名言伟论,没奈何只好割爱了。此外有薄斯东的博物学社,亚尔白尼的学术社,纽约的地理国志社,飞拉特非亚的理学社,华盛顿的斯密敦社,都从邮局纷纷寄信,祝贺枪炮会社的大事业。还有醵合金资,补助一切费用的,也不知多少。社长的名誉,真如旭日初升一般,竟个个赞美崇拜起来。五六日之后,拔尔祛摩有座英商开的戏园,造一本戏,暗中含着讥刺的意思。大众说他毁损社长,几乎把戏园打得落花流水。英商没奈何,谢过众人,改了关目,却奉承起来,倒获了大利。这是细事,按下不表。……却说社长归家之后,真是食不下咽,寝不安席,没昼没夜,总是计画着月界旅行一件事业。屡次招集同盟社员,议了又议,解释了许多疑问。若是天文上的关系,商酌清楚;然后再把器械决定,这大试验,就算毫无缺陷了。当下大家议妥,连夜修书,把关着天文上的疑问,写在里面,寄到沫设克谁夫府的侃勃烈其天象台,求他帮助解决。这府是从前联邦合众的第一处,最有名的,而且好本领的天文家,多在此处。庞多氏决定彗星的星云,克拉克发见雪留星的卫星,曾得了大名誉,他们所用至精极微的望远镜,也都是这天文台制造的。接到枪炮会社书信之后,自然是大家欢喜,极力赞成。不到三日,巴比堪家中,就接得回函,一切疑问,都解释了。回函道:

> 本月六日,获贵社来书,辱询一切,即日招集同人,互相讨论,折衷众言,拟为答议,并撮其要旨,作约言五则,附诸简末,以俟采择。我侃勃烈其天象台同人,于天文理论上之关系,既经剖析,并为美国人民,祝此伟业!

第一问曰:弹丸能否送入月界? 答议曰:若令弹丸每秒具一万二千码之第一速力,则必能达其目的,盖离地上升,则吸力递减,与距离成逆比例。——即距离三尺,则较一尺时,其吸力必减少九倍。故弹丸重量,亦因之减轻。迨月球与地球之吸力两相平均,则成零点。其处即弹丸飞路之五十二分中之四十七分也。是时弹丸全失其重量,既越零点,则仅受月界吸力,必向月界而下堕矣。由理论观之,自必成功无疑,既如上述;然亦不能不关于所用之机械力。

第二问曰:月与地球之精密距离凡几何? 答议曰:月之环行我地球也,其轨道非真圆而椭圆,地适居椭圆轨道之中,故太阴周回地球,其距离远近不相等。天文家有谓"胚利其"(意即月球运行时与地球最近之处)或"爱薄其"(意即月球运行时与地球最远之处)者即此。其最远最近两距离差之浩大,有为思虑所难及者,据近来确算:月地距离,最远则二十四万七千五百五十二英里;最近则二十一万八千六百五十七英里,两距离之差,凡二万八千八百九十五英里,即多于全距离之九分之一也。故应以最近最远,为计算之根。

第三问曰:具第一速力之弹丸,令达月界,需几何时? 又应何时放射,则可达月界之一点? 答议曰:若令弹丸一秒时恒具一万二千码之第一速力,则惟九小时,即达月界。然第一速力,必至减小,故达月与地两吸力之平均点,需时三十万秒即八十三时二十分。再由此点直达月界,需时五万秒,即十三时五十三分二十秒也。故若对瞄定之一点,放射弹丸,应于太阴未到前之九十七时十三分二十秒。

第四问曰:月球行至最适于弹丸到达处,应在何时? 答议曰:解答第三疑问外,有尤要者,即择月与地距离最近之时刻,及经过天心之时刻是也。届是时,其距离可减去等于地球半径长率。(即三千九百十九英里)弹丸直达月界之飞路,仅余二十一万四千九百七十六英里而已。然月至地球最近处,虽月必一次,而又同时。适经天心则甚鲜,非历多年,不能遇之,是事当以选同时适遇右二事为第一义。所幸者机会适至,来年十二月四日夜半,月球正为"胚利其",即至地球最近处而又同时适经天心。

第五问曰:放射弹丸时所用大炮,应瞄准天之何一点? 答议曰:来年适遇良机,既如上述,则大炮自应瞄准其处之天心。故若置大炮,令成垂线,则临放射时弹丸可速离地球吸力之感触点,然因月球到达发炮处之天心,故其处以在超过月球倾斜之纬度为良,即零度及北纬或南纬二十八度间是也。否则弹丸必须斜射,为起业一大妨害。

第六问曰:弹丸发射时,月悬天之何处? 答议曰:当弹丸飞行天际时,月亦每日进行十三度十分三十五秒故与天心相距,凡四倍于每日进行之度数,共五十二度四十分二十秒,是即弹丸达月,及月球进行相等之时刻也。然因地球运转,而弹丸进路,遂不得不复生差异,其差由地球十六半径即月之轨道推之,凡十一度,此十一度中,应加右之五十二度四十分二十秒。(令分秒数进位,则几近六十四度。)故弹丸放射时,发炮处之垂线,应令与月球半径成六十四度角。

约言:(一)置炮地应在零度及北纬或南纬二十八度间。(二)大炮发射时,应以天心为目的,而瞄准之。(三)放射弹丸,应令每秒具一万二千码之第一速力。(四)放射弹丸,应在来年十二月朔日午后十时四十四秒。(五)弹丸发射后四日,当达月界,即十二月四日夜半,恰经天心之时也。

拔尔祛摩枪炮会社社长巴比堪君阁下:

　　天象台职员总代理侃勃烈其天象台司长培儿斐斯顿首。

众人读过来书,于天文上的疑问,都不觉涣然冰释,自然是称誉不迭的。各种学术杂志上,也登载殆遍,并加上许多批评议论的话,

引动了世人注目,又都纷纷赞美起来。正是:

　　　大人决战,人定胜天。人鉴不远,天将何言!

　　天文上的疑问,都已解释;那器械却如何商量呢? 下回再说。

第四回　喻星使麦氏颂飞丸　废螺旋社长定巨炮

　　却说社长接到天象台回书的次日,正是初八,便摆设盛宴,招集尽力社员,都到立柏勃力康街第三号巴比堪的本宅,开一大会,决定大炮弹丸硝药三大要件。当下依投票选举法,选于学术上有大智识者四人,担当各种事务。少刻检票看时,最多数的是社长巴比堪,大将穆尔刚,少将亚芬斯东,那盛名鼎鼎的社员麦思敦,是不消说,一定有分的,而且是个监事之职。四人也不推辞,都慨然应允了。社长先说道:"诸君! 我们今日,应把炮术学来决这最紧要的问题,第一次会合时,于论定所用器械为第一步的意见,已经都无异议的。然而再三思索,却不如先议弹丸,后议大炮的妥当。因为大炮大小,是不能不依着弹丸做的。"大众还未答应,麦思敦慌忙起立,大声说道:"兄弟尚有一言,社长说先议弹丸,鄙意亦复如是。为什么呢?这回到月界的弹丸,是同派遣的使节一般,倘若内中不学无术,便是外貌庄严,也不免受外人嘲骂。所以据兄弟的意思,应以修身为第一义。外形果然要壮丽精工,内中也应该坚强缜密。诸君以为何如呢? 那创造星辰的是造化,创造弹丸的是我们;造化常以电气光线风籁等之迅速自负;我们不该以弹丸速率捷于奔马或汽车数百倍自负吗? 况且驾着一秒时走七英里的新制弹丸,向月界进发,是何等名誉呢! 诸君! 怕那月界居民,不用大礼迎我地球的使节吗?"这雄辩家说完,稍觉疲乏,返身归坐,把机上摆的盐肉,又一片吃了。社长道:"我们已说过颂词,该研究实事了。"大众一面吃肉,一面都应个"是。"社长又道:"此刻应议者,是用什么法子,可以使弹丸一秒时有一万二千码的速力。故从古迄今,经验过的速力,不可不详细说明。此事是要劳穆尔刚君了。"大将穆尔刚答道:"此事兄弟颇知一二,当从前战争时,曾任炮术试验职员,所以至今也还记得。那达路格连氏百磅炮放射以后,经过五千码距离,尚有每秒五百码的第一速力,还有浩特曼哥仑比亚炮,用半吨弹丸,每秒速力八百码,也达六英里的距离。这等结果,究竟非英国巨炮'安脱仑格''排利造'所能及的。"麦思敦叹息道:"唉,这样弹丸,加上这样速力,就是我发明的臼炮,也未免破裂的了。"社长徐徐答道:"是定要破裂的。然而我们这事业,八百码的速力,未免过小,还该增加二十倍呢。要议增加二十倍速力的方法,就先要注意,同这大速力比例适当的弹丸大小,应该如何。至于半吨重的小弹丸,于我们的事业,毫无用处,谅诸君都知道的。"少将亚芬斯东问道:"何故呢?"麦思敦代答道:"何故吗,便是以弹丸之巨大,令月界居民惊惧的意思。"社长道:"还有一层不能不用巨大弹丸的缘故,从我地球启行,直达月界,旅路甚遥,所以我们不可不时时了望的。"大将穆尔刚,少将亚芬斯东大惊,齐声问道:"这是怎讲呢?"社长道:"弹丸向月界进发的时候,若不能从地球上察看,则这回的大试验,如何晓得成功与否呢?"少将亚芬斯东忙应道:"然则君的意见,是要造古今无比的巨大弹丸了?"社长道:"否,否!听我说完罢。目下视学上的机械,竟已非常精巧,有一种望远镜,可以把视物放大六千倍,月地的距离,缩近至四十英里了。故此距离之内,观察六十尺平面物体,是毫无疑难的。惟不把望远镜的视力增加,而物体又比六十尺较小,则仅借着月球的极弱光线,却不能看这小物体了。"大将穆尔刚道:"是的。然则阁下要如何呢?难道就要制造直径六十尺的弹丸吗?"社长摇摇头。穆尔刚又说道:"然则阁下的卓见,是要增加月球的光线力吗?"社长道:"君言甚是!这光线薄弱,全因空气浓厚的缘故,所以把蔽塞光线线路的空气弄稀薄了,那月光自然而然的增加起来。再把望远镜装置在最高的山顶,一定可以成功的。兄弟意见,就是如此。"少将问道:"如此说来,要用放大几倍的望远镜呢?"社长道:"若用放大四万八千倍的机械,则月球可以缩到五英里之近,此时有直径不小于九尺的物体,必能看见的。"麦思敦道:"然则我们大试验时用的弹丸,其直径不必大于九尺了。"少将亚芬斯东接口道:"请诸君想一想,这直径九尺的弹丸,该有若干重量呢?"社长道:"我的亲友!且莫讲弹丸的重量,让我把古人的奇事说一说罢。然鄙意并不以为炮术之学,今不如古,无非因中世时古人做的事业,颇可惊奇,却像今人远不及的样子。约略说来,似非无益的。从前一千四百五十三年,蓦哈默德二世,围孔泰诺波儿的时候,曾用过重量一千九百磅的石弹丸。又在叫马尔佗的地方的沁胎耳木砦时,放射的弹丸,重量直有二千五百磅。你说奇不奇呢!至于兄弟亲见的,则有安脱仑格炮,放射过五百磅的弹丸。洛特曼炮,也放射过半吨的弹丸。若察古推今,观炮术上的进步,目下就造比蓦哈默德二世的石弹丸,并洛特曼炮弹大十倍的,也不至十分为难罢。"少将连连称"是"。又问道:"制造弹丸,用什么金属呢?"大将道:"自然是熔铁了。"少将道:"弹丸的重量,同容量,有比例的这直径九尺的铁丸,岂非要有非常的重量么?"大将道:"那是实丸了。这回用的是空丸,不至于此。"少将道:"这弹丸侧面该厚多少呢?"大将答道:"直径一百八英寸的弹丸,常例不过二尺。"社长也答道:"我们此回用的弹丸,并非攻石砦击铁舰者可比。只要厚量胜得过空气压力就好了。此刻的问题,是制一直径九尺的中空铁丸,而不能重于二万磅。其侧该厚多少,请麦君确实推算,说给我们听罢。"麦思敦道:"不过二寸有余。"少将听了,满心惊疑,忙问道:"够么?"社长道:"必不够的。"少将双眉一蹙,睁着眼道:"怎好呢?只得把他种金属来代熔铁了。"大将道:"铜吗?"麦思敦只是摇头,说道:"还重,还重!"少将急甚,正想开口,社长道:"莫妙于用铝。"大将少将及麦思敦,齐声问道:"真用铝么?"社长道:"这个金属,有银之色泽,金之坚刚,轻如玻璃,粘如精铁,易熔如铜一般,轻于铁者三倍。这样看来,我们大事业上,用他制造弹丸,最是恰当的。"少将道:"社长,这种金属,不是狠贵么?"社长道:"初发见时,果然狠贵,此时也不过每磅九圆，并非我们力所不及的。"大将道："然则弹丸的重量多少呢？"社长道："前经算定，凡径一百八英寸，厚十二英寸之弹丸，如用铁制，应重六万七千四百四十磅；如用铝制，只有一万九千二百五十磅了。至于价值呢，大约十七万三千五百圆之谱。兄弟都已算定，不过用去这回大事业资本的九牛一毛，诸君可不必疑虑的。"三位社员，齐答道："君言极是。就此决定用铝一事。此外一切，明日再议罢。"说毕，大家行过礼，退会出来，早已红日沉山，暝烟四起了。按下不表。……再说次日，社员又纷纷聚会。凡欧美人最重要的是时刻，第一天约定，从不失信的，所以不一会儿，便都齐集。社长便道："同盟诸君！今日且不论别的，单把从大炮制造法至长短，及物质重量等项，先行决定。然制造大炮，虽说只要无比的巨大就好，不知其间却有许多难处，要望诸君指教了。此次应议的，是令重量二万磅的空丸，每秒有一万二千码的第一速力，该用如何方法便是？还有同弹丸相关的三力，不能不先行说明：一，硝药之激发力；二，地球之吸力；三，空气之抵抗力是也。这三力中，空气抵力，无甚妨碍，包地球面的空气，不过厚四十英里，若有上次所说一般速力的弹丸，不消五秒时，就能飞过空气圈，这抵抗力是微乎其微的。至于吸力呢，从前已说过，弹丸重量，与去地距离为逆比例，渐渐减轻，譬如有一件物体，全不加力而落于地面，则一秒时，落下五尺；然照离地渐高，落下渐慢的公理推去，则离地二十五万七千五百四十二英里时，（即月与地之距离）那堕落尺度，自然大减，竟同不动一般了。所以使硝药力胜得地球吸力，则我们的鸿业，必得成功，毫无疑义的。"少将道："这却有点难处。"社长道："诚然诚然！这激发力，同大炮的长短及硝药力相关，所以应把大炮的大小长短论定。虽是古来大炮，总没越过二十五尺，我们却不必拘此为例。况且大炮短小，则弹丸在空气中飞路加长，故总以非常长大为妙。"少将应道："然则应长几许呢？寻常大炮之长率，约弹丸直径的二十倍，或二十五倍；其重量是二百三十五倍，或二百四十倍。"麦思敦大声道："不够！"少将道："据这比例，则直径九尺，重二万磅的弹丸，其炮该长二百二十五尺，重七百二十万磅。"麦思敦义大声道："可笑得很，这是手枪了！"社长也笑道："正是呢。我的愚见，就再加上三倍，造个九百尺长的，还恐未足。"少将道："把如此巨炮，用车转运的方法，阁下似未虑及？"麦思敦道："真可谓奇想天开了。"社长道："并无方法，然而想在炮身上加许多铁轮，埋在地里，用大石或漆灰装置坚固，至于铸造大炮时，该精细穿成一直线炮孔，弹丸同炮孔之间，教他间不容发，则火药向横边的激发力，便可变为前进力了。"少将道："炮膛中不用螺旋线么？"社长道："此次所用弹丸，不比战争，惟有第一速力，最为要着。从螺旋炮中出来的弹丸，不是比没螺旋炮中出来的慢多么？"少将点头称"是"。此时已议论许久，大众都觉饥饿，只得停会，各人用膳。不一刻，渐渐归坐，重新议论起来。社长道："铸炮的金属，不可不有最大粘力，及强坚易熔等质，该用什么呢？"少将答道："必须如此，然因为数过巨，反觉难于选择了。"大将穆尔刚道："有种最好的混合金属，是用铜百分，锡十二分，黄铜六分合成的。"社长道："这种金属，虽极合用，无奈价值过贵，不若用熔铁罢。价值既廉，熔铸又易，就用沙模也铸造得。不但经济上简便，并省却许多工夫。听说从前围阿兰陀的时候，用铁制大炮，二十分时，放射一千次，还没一丝破损：如此看来，这熔铁是最适当的。"社长一面说着，一面对麦思敦道："厚六尺，穿过直径九尺炮孔的铁炮，该重多少，请算一算罢，麦思敦君！"麦思敦毫不踌躇，即刻答道："六万八千四十吨，其价每磅二钱，共二百五十一万七百另一圆。"众人听了，大惊失色，都目不转睛的觑着社长。社长会意，便道："昨日已对诸君说了，这数百万元资本金，都在兄弟手中，可以不必过虑。"社员始各安心，约定会期，忻然散去。次日再把硝药决定，就算圆满功德。那月界居民，免不得要——

　　吴质不眠倚桂树，泉明无计觅桃源。

　　要知后事如何，且看下回分解。

第五回　闻决议两州争地　逞反对一士悬金

前回说过，弹丸大小，及大炮长短，不费两日工夫，都已议定，所缺的只有硝药问题了。世人都想先晓得决议如何，热心探问的，不知多少。然而不晓得火药的道理，就是坐在傍听席上，也不免头绪毫无，味如嚼蜡，不若趁此时尚未开议，先把火药起原，说给诸君听听，这火药起原，有说是上古时支那人发明的，有说是千四百年时，僧侣修华之发明的，然都是后来臆说，不足凭信。惟从前希腊国曾用过硝石与硫黄和合的烟火，却是史上确据，凿凿可信的。此外还有一层紧要的，就是火药之机械力，凡火药一里得（量名），计重二十一磅，燃烧起来，便变成气质四百里得。这气质又受二千四百度热力的振动，质点忽然膨胀，变了四千里得。如此看来，火药的容量，可以骤然增至四千倍，所以把炮孔闭住的时候，这里边激发力之强大，就可不言而喻了。是日会议，首先发论的，是少将亚芬斯东。少将在独立战争时，曾当火药制造厂主任之职，故关于火药的理法，无所不知。他说道："余先把经验过的事业，略举一二，做个计算的基础罢。如旧制二十四磅弹丸，是用火药百六十一磅发射的。"社长大叫道："确实么？"少将道："实是如此。还有安脱仑格的八百磅弹丸，只用了七百五十磅火药；洛特曼哥仑比亚炮，用千六百另一磅火药，把半吨弹丸，射至六英里之遥，这皆是亲身实验，确凿无误的。"大将在旁，也帮着说毫无差误。少将又道："如此看来，这火药容量，明明不依弹丸重量而增加的。据二十四磅弹丸，用百六十一磅火药算来，半吨弹丸，该用三千三百三十一磅火药；然而只用千六百另一磅，不是铁证么！"麦思敦怔怔的看着少将道："亚芬斯东君！把阁下说的道理，扩而充之，则具无上重量的弹丸，定然用不着火药了。"少将忍不住又气又笑，大声说道："麦先生，如此紧要的时候，你还播弄人么！我在独立战争时，实是试验过的：最巨大炮所用火药，只要弹丸重量的十分之一，便能奏效了。"大将道："其实如是。然我的意见……"少将不等说完，便接着说道："还该用大粒火药，因颗粒稍大，则堆积起来，空处便多，易于发火。"大将道："只是损害大炮，未必有甚益处。"少将道："果然不免有些损害，然而此次事业，只要发火迅速就佳，所以还可用得。"麦思敦道："不若多设火门，以便几处同时发火。"少将道："铸造时必然为难，还是用大粒火药的好。那洛特曼氏哥仑比亚炮用的火药，颗粒有栗子般大小，单是从铁锅中烧干的柳炭制成的，质既坚固，又有光泽，内含轻气淡气很多，发火亦易，虽炮膛略有损伤，然炮口倒决不会破裂的。"是日社长并没多说，只是默默的坐着，静听大众议论，听到此处，突然问道："究竟用多少火药呢？"三个社员正谈得高兴，忽然来个不及料的问题，都面面相觑，不能立时答应。大将想了良久，才说道："二十万磅。"少将也接口道："五十万磅。"麦思敦大声道："该用八十万磅。"三人挨次说完，便默然不语，社长慢慢说道："诸君！据'大炮抵力实无限量'这句原理，直可吓煞麦君，并证明麦君推算，未免过于懦怯。我想所用火药，该八十万磅的二倍才是。"麦思敦大呼道："一百六十万磅么？"社长道："是的！火药百六十万磅，其容量凡二万立方尺。我们所造大炮的炮膛，不过五万四千立方尺，装上火药，炮膛便所余无几，不能有很强的激发力加到弹丸了，所以大炮若无半英里之长，是断断不行的！"大将道："这怎好呢！"社长道："惟有存其力而减其量之一法而已。"大将道："果然妙法，然怎能够呢？"社长答道："把这巨大容量减至四分之一，亦非难事。凡一物含有多种原质者，世上极稀，是尽人知道的；然而棉花却内含许多原质，若浸入冷硝强水时，便生出难熔，易烧，爆发等性，这是纪元千八百三十二年顷，法国化学家勃辣工拿氏发明的，名曰'奇录特因'。到千八百四十二年，舍密家司空培英氏始用之战争，那叫'滒录奇儿'的，就是此物了。（'滒录奇儿'译言'棉花火药'）至于制法，倒也颇为简便，惟将干净棉花，浸入硝强水内，经十五分钟后，尽行取出，用冷水洗净，缓缓晾干，就能应用了。"大将道:"果然简便得很!"社长又道:"这种火药,无潮湿之患,大炮装药后,不能即刻放射的,用之最佳。且遇着一百七十度的热度,便立时发火,其燃烧之容易,直同点火于寻常火药一般。"少将拍手道:"好,好!可惜……"麦思敦连忙道:"勿愁价贵!"少将便不言语了。社长道:"用寻常火药,百六十万磅,若代以棉花火药四百万磅,就尽够了。每棉花五百磅,可压成二十七立方尺,所以四万磅棉花装入哥仑比亚炮时,不出百八十尺以上,装弹丸的地位,便绰有余裕了。"此时麦思敦早已如飞的离座起立,手舞足蹈起来,闹得大众都难静坐。幸而会议既毕,便趁势闭会,渐渐散去。于是三大要件,都已决定,所余者只有置炮的所在,未曾议妥。据侃勃烈其天象台回书道,大炮应向天心放射,而月球非纬度之零度与二十八度间,则不经天心;所以议决铸造哥仑比亚巨炮该在地球上什么所在的问题,亦颇紧要。到了十月二十日,社长重复腾出工夫,招集社员,拿着一册合众国地图,且翻且说道:"诸君,我们起业的所在,该在合众国版图中,是不消再说的。幸而我合众国正亘北纬二十八度,请细看这页地图,这狄克石与弗罗理窦南方全部是最好的。"社长说完,大众多半同意,立时就决定在两处之中,任择一处,行铸造巨炮的事业。原来二十八度的纬线,乃是横截美国海岸的萧罗理窦半岛中央,入墨西哥湾,于爱耳白漠,米斯西北,路衣雪那,恰成弓状,沿狄克石而成角度,横断梭诺拉,加利福尔尼,以迄于太平洋。这萧罗理窦南部,并无繁华城市,只有几个小砦,是为防漂流土人之攻击而设的。其中的天波地方,原野荒芜,人烟寥落,是好个兴行工业的所在。狄克石却并不然,人口很多,繁华的城邑,亦复不少,只有纬度,甚为相合。这日枪炮会社的决议,传扬出来,不料惹得两处人民,起了极烈的争竞,各举代表人,连夜赶进拔尔祛摩府,把会社团团围着,甲道请到我们这里去;乙道该到我们这里来;互相竞争,两不相下,甚至执着兵器,横行街市。会社社员,怕闹出事来,都怀忧惧,幸而两处人民,把竞争场都移到新闻纸上,纽约府的《海拉德》及《芝立宾新闻》，是左袒狄克石人民的；《泰晤士》及《亚美利坚立日》是都帮着弗罗理窦的人说话。这边狄克石人联合二十六邦，还自负着产物精良；那边莽罗理窦人，也与十二国同盟，常说沙地平旷，宜于铸炮，在新闻纸上，揭载数日，终没分出胜负，看看竟要械斗起来。亏得调数队民兵，到来弹压，才觉渐渐平静。社长百忙中忽遇如此风潮，也不免束手无策。加之各种书信，雨点似的递来，把书室里面，堆成一座小阜，这也是两处人民寄来，内中无非都夸奖本地风光，要请他兴铸炮的事业。社长没奈何，又招集同志，细细推敲。而社员的意见，都不相同，仍然不能结局。社长独自想去想来，决意择莽罗理窦同天波间地方。那晓得狄克石人听了，个个暴躁如雷，强迫会社社员，定要改变这番决议。幸而社长的口才生得好，设法慰谕劝解，好容易才慰解转来，都点头应允，坐着一点钟走三十英里的临时汽车，回狄克石去了。如此万苦千辛，才把天文，机械，地理三个大疑问，渐次决定。美国人民，都不胜之喜，无论民家，旅店，茗馆，酒楼，所议论传说的，不是月界旅行的大事业，便是社长巴比堪的言论行为，个个磨拳摩掌，巴不得立时訇的一声，看这颗大弹丸向月界如飞而去，便好拍手大叫，把多日的盼望热情，向长空吐个爽快罄尽。话虽如此，这热情像怒涛般的人民中，终不免有主张反对者，羼杂在内。此等人或生性拘迂，或心怀嫉妒，某诗说什么，"高峰突出诸山炉，"这是在在皆的。即如社长巴比堪，学问渊深，是不消说，便是月界旅行的问题，也算得剖析详明，毫无疑窦了。谁料正在殚心竭力，惨澹惨经营的时候，忽然跳出一个人来，拼命攻击，竟说得一文不值。你道懊恼不懊恼呢！若是个庸碌无能的，便加几千万倍，也无妨害；无奈这人，正是美国的硕儒，社长的敌手，家居飞拉特非亚，名曰臬科尔，学术精深，性情勇敢，草成数十篇驳论，揭在各种新闻纸上，痛说社长不明炮术的原理。可惜的是过于激烈些了，所以反对起来，未免不留余地，有一篇驳论的大略道："任何物体，有令其速力每秒得万二千码之法耶？即具此速力矣，而若干重量之弹丸，必不能越我地球之气界。设更进而谓有与以如此速力之方法，则蕞尔一弹丸，宁能支百六十万磅火药所生气质之压力乎？借曰能支亦必不能敌气质之大热度。其出哥仑比亚炮口时，必将熔解变形，飞铁成雨，灼灼然喷薄于观者之头矣！"云云，可喜的是社长连日甚忙，接了驳论，并不理会。若在平日，定要争辩起来，或竟两下会面，则两人性质，都是一样激烈，闹出不测来，都不能料的。然而桌科尔却仍不干休，又把论锋一转，说什么"会社之大业，危险与否姑勿言；而近地居民，必因是而蒙不可名状之巨害。且若不幸而弹丸不入月界，复堕地球，则地球虽不至于破裂，而世界人民，因是而蒙如何之巨灾，实有难于逆料者。故抑制因游戏而殃及全球人民之事业，不得谓非我政府之义务也！"等语，絮絮滔滔，说个不了。幸而还只桌科尔一人，此外并没人随声附和，倒省却会社社员，四处作书辩解的许多气力。桌科尔没法，竟开列五条用金赌赛的条约，登在《栗起蒙德》新闻纸上，说若不应其言，便把这项巨资输与枪炮会社，那金额是：

第一金一千圆　会社大业之切要资本未经筹定。

第二金二千圆　铸造九百尺大炮不能告成。

第三金三千圆　哥仑比亚炮内之棉花火药，因弹丸重量而爆发。

第四金四千圆　哥仑比亚炮于第一次放射时，忽然破裂。

第五金五千圆　弹丸不能升至六英里以上，发射后经数秒时而堕落。

　　共计悬了一万五千圆的巨额彩金，要同会社决个胜负。若是没学问的顽固起来，倒不打紧，惟有那有学问的顽固起来，就顽固得不可救药，这桌科尔就是个铁证了。登报的次日，枪炮会社社员，便修一封解辩驳论的书信，交邮局带去。这封书信，给桌科尔收将起来，作者未曾寓目，故而不能将全文录出，给诸君一阅；惟听说是委宛周详，言简意尽的。正是：

　　　　啾啾蟋蛄，宁知春秋！惟大哲士，乃逍遥游。

要知后事如何,且听下回分解。

第六回　觅石丘联骑入山　鼓洪炉飞铁成瀑

　　然而资本一事,却果甚烦难。若豫算起来,如铸炮,建厂,造药等,约需五百万弗左右。忆从前南北战争时,因用值一千弗的弹丸,已声动全世界耳目。此番工业,却加上五千倍,真非一家一国所能独立措办的了。那晓得社长却早成竹在胸,豫先已草就一张募启,说道:探月大举,实于世界万国,均有鸿益,且亦诸国应尽之义务,不可旁观云云。交邮局分寄亚,欧,非各处,并在拔尔祛摩设一所募金总局,此外分局,更难枚举。果然不到三日,美国各地捐金,已满三百万圆之谱;尚有从各国寄来,络绎不绝。那各国是:

俄罗斯	三十六万八千七百三十三罗卜
法兰西	一百二十五万三千九百三十佛郎
澳地利	二十一万六千勿罗林
瑞典瑙威	五万二千弗
日耳曼	二十五万打儿
土耳其	百三十七万二千六百四十比斯多
白耳义	五十一万三千佛郎
丁抹	九千求卡
意大利	二十万黎儿
葡萄牙西班牙等	若干
总计	五百四十万六千六百七十五弗

　　刹时间募集了如许重金,会社事业,早已十分巩固。至十月二十日,便为纽约府司泼灵商会,订定合同,社长巴比堪同司泼灵制造局长飞孙,各捺了印章。交换毕,就将设置望远镜的费用,交给侃勃烈其天象台;制造铅弹,托了亚尔白尼的布拉维商会;自己却偕麦思敦,亚芬斯东并司泼灵制造局副长,向萧罗理窦进发。翌日,四人到

纽械林地方,换坐丹必哥汽船,刹时鼓轮前进,回顾路衣雪那海岸的绝景,渐觉依微,同残烟而消失了。不满三日,已越四百八十英里,遥见莆罗理窦海岸,宛如一发,青出波涛间,旅客皆拍手称快。少顷泊岸,四人鱼贯而登。细察地形,颇见平坦,草木不繁,沿岸有一带细流,海老牡蛎,繁殖甚夥。迨至十月二十二日,午后七时,船入三多港,四人上陆,天波居民,来迎者几三千人,延入弗兰克林旅馆。社长道:"我们无暇闲居,明日黎明,就要探捡地势的。"众人答应。第二日清晨,果有莆罗理窦骑兵一队,军装执铳,待立门外,一则保护社长,一则导引路途。社长等四人,跨马居中。有一少年道:"此处是有'奢米诺儿'的。"社长不解。少年又道:"这就是漂泊平原的蛮夷,劫物杀人,无所不至。我们五十人,便为此而来的。"麦思敦不信道:"未必有罢。"少年道:"实是有的。"社长忙道:"诸君高谊,可感之至! 然从前虽有,今日已无,亦不可料。"诸人谈笑之间,不觉已过爱耳非亚河畔,再策马向东而进。……这莆罗理窦地方,本为雷翁所发见,初名摆襄莆罗理窦,以高燥得名,行进数里,渐见地质膏胰,绿畴万顷,欣欣草木,均有迎人欲笑之状。其他烟叶木棉,蕃椒松杉等,森然成林,极目一碧。社长大喜,回首说道:"非如此地形,断不能作置炮场的。"麦思敦道:"因与月球相近么?"社长道:"否,否! 君不知土地高燥,则兴业更宜。若不然,掘一深坑时,水忽涌出,就难办了。"麦思敦点头称是。到午前十时,不觉又行了十二英里,深林郁郁,不见日光,更有密柑,无花果,橄榄,杏,甘蕉,佛手柑等,幽香缕缕,随微风扑鼻。观树下幽禽成队,婉转飞鸣。麦思敦及亚芬斯东两人,对此天然美景,不觉点头太息,疑入仙源,勒马不复前进。无奈社长无心眺望,只促趱行,只得加上一鞭,又过了许多沼泽。社长忽大声道:"幸而我们已到松林了。"亚芬斯东道:"怕就是野蛮的巢穴呢。"说还未毕,果见野蛮一大队,奇形怪状,执刀驰来。然见社长等无加害之意,又有骑兵保护,也就呼啸一声,四下散去了。又前进一里余,已到一岩石高原,草木不生,日光如火,而地势却甚高燥。

社长勒马问道:"此地何名?"茀罗理窦人答道:"司通雪尔。"(译言石丘)社长默然下马,取测量器械,细测置炮场所。诸人肃然正列,寂无微声。少顷,社长道:"此地高于海面千八百尺,约北纬二十七度七分,华盛顿子午线约西径五度余也。岩石既多,又无草木,宛然造化预造,以供我们试验之用似的。"大众听了,都欢喜无量,拍手赞叹,欣欣然归了天波。此外有许多社员工人,尚留住在司通雪尔,预备兴工诸事。机械师马起孙,又坐丹必哥汽船,运造器械工人,由纽械林进发,过了八日,到三多港,工人都带妻孥,像迁居似的,万分杂沓;外加工作用的器械等,直到五六日后,方才搬运完毕。十一月初旬,社长亦到,筑一条十五英里长的铁路,以联络司通雪尔与天波两地消息。又在石丘周围,建造铁屋,外围铁栏,竟同一座小都府无异了。准备完后,又把地质调查多次,遂定于十一月四日开工。是日招集工人,聚立一处,社长演说道:"招集诸君,到如此荒僻地方的意思,想诸君早已了然,不必再说。须说明的,是此番工业,最小也应铸直径九尺厚六尺的巨炮,故其周围,当筑厚一丈九尺五寸的石壁,据此算来,则大坑直径应宽六十尺,深九百尺。而此工业,复必须在八个月告成,即每日应凿二千立方尺也。还祈诸君努力!"说毕,作礼而退。至午前八时,遂各开工。工人凡五十名,每三小时,换班一次。起手六英尺,纯是黑泥;次二尺,都是细沙,质甚纯净,可作铸炮模型;其下为一种粘土,颇与英国白垩相类;深约四尺,再下便是坚土,须兴凿石工业了。如是逐日作工,顷刻不息,到翌年的六月初十,居然工成。四周均砌石块,底面是排着三十尺长的木材,比社长豫约时期,反早了二十日。社长社员,及机械师马起孙,见竣工之速,都喜出望外,夸奖不已。……再说这八个月间,一边凿坑,一边便连日运铁。以前第三回会议时,应用熔铁一事,已经社长决定,此铁粘质最多,用石炭融解后,比他种金属更好。所以大炮汽机及制书机等,凡要极大抵抗力者,大都用此。然铁质融解后,原质不能不变,若要他复原,必须再融一次。故这回用的铁质,系先拣极佳铁矿,在司泼灵制铁厂大反射炉内融化,再加石炭,并含水矽养,添助最高热度,且分离杂质,便成了纯净的熔铁,于是铸成长条,共重一亿三千六百万磅。厂主早在纽约府捡选船舶,共借得体质坚牢,容积千吨的六十八只,装满熔铁。第五月三日,便由纽约一齐开轮,但见黑烟卷水,白浪掀天,电吼雷鸣一般,破万里浪而去。本月十日,已溯三多港,直至天波的港湾,也不纳税,安然上陆,渐渐运至置炮场近地。这大坑四边,已设立大反射炉一千二百座,每炉相隔三尺,各容熔铁十四万磅,距坑六百码,算计周围,共长两英里,炉式系不等边平行方形,上有椭圆承尘,全用不融青石砌成,以便焚烧石炭;下置熔铁,底面倾斜三十五度,可以令已融的熔铁流过笕筒,注入坑内……却说大坑凿成的次日,社长便令在中心筑造圆柱,系用粘土细沙两种混合后,再用切短藁草,羼入搅匀,便能格外坚固。高凡九百尺,对径九尺,与炮孔粗细相同;离坑边六尺,亦与炮身的厚薄相等。周围绕着数十个铁轮,系在坑边的铁纽,令圆柱悬挂当中,毫无偏倚。到六月八日,圆柱也告成功,遂议定次日铸铁。麦思敦忽问社长道:“铸造大炮,岂不是大礼么?”社长道:“自然是大礼,然不能算公众的。”麦思敦又问道:“铸炮之日,听说君想闭栅,不准外人参观,可是真的?”社长道:“真的。我想铸造哥仑比亚炮时,虽没危险,然工业却甚精密。众庶杂沓,狠不相宜。发射时也是如此。”社长话虽如是,其实此番工业,真有万分危险,若众人喧哗起来,惹出大祸,也未可料的。所以终以不许参观,使工人得运动自由,不误工作为妙。到铸炮日期,果然除会社委员外,不许外人阑入,那委员中最有力的是:

毕尔斯排 汉陀 大佐白伦彼理 少将亚芬斯东 大将穆尔刚

当时麦思敦居先,导引诸人,察看器械库,工作局诸处,迨把千二百座反射炉一一看完,诸人早已目眩神疲,不能再走了。此时各炉中,已分装熔铁十一万四千磅,将铁条纵横排列,令火焰易入空隙,热力更猛,又因铁汁入坑,非在同时不可,另备信炮一尊,以传号令。倘信炮鸣时,便把这千二百座反射炉的漏孔,同时拽开,使炉中铁汁,齐注坑内。诸事准备已完,大众权且休息。到次日黎明,各炉一齐举火,上有千二百支烟筒,下有六万八千吨石炭,只见齐吐浓烟,刹时间已如黑绒天幕,把太阳光线,遮得一丝不露了。加以炉内热力无量,直冲空际,鸣声如雷,火光炳灼,又有通风机械,招集天风,增加势力,吹得呼呼作响。炉中熔铁,便沸滚起来,渐与空中的养气化合。此时工人,都已挥汗如雨,喘息不已,连站在远处的各委员,也都头晕眼花,热不能耐,眼巴巴的只望信炮一声,当服清凉良剂。然而铁质虽融,其中尚含有许多杂质,必待分离以后,方能注入。好容易才听得自鸣钟锵锵的打了十二下,信炮忽响,硝烟一缕,直上太空,千二百座反射炉中的铁汁,登时齐由笕筒奔出,如尼格拉大瀑布一般,明晃晃直落在九百尺深的坑内。声如巨雷,土地震动,刹时间黑烟卷地而起,直上霄汉,把近地草木,都摧残零落,如遭飓风。复从炮心圆柱中逼出一股水气,酿成浓云,恰如盛夏时顽云蔽天,暴雨将至情景。各委员虽然胆识有余,无所恐惧,然而不知不觉的皮肤上生起粟来,颤动不止。还有莆罗理窦近地几个野蛮,都疑火山喷火,吓得漫山遍野,奔避不迭。正是:

　　　　心血为炉熔黑铁,雄风和雨暗青林。

　　要知铸造哥仑比亚巨炮能否成功,且待下回再说。

第七回　祝成功地府畅华筵　访同志舵楼遇畸士

　　前回虽说过铸造大炮的盛况,然而毕竟能否成功,却非经许多时日后,不能确定。诸社员各执己见,推测将来,有说可以成功的,有说不能成功的,嚣嚣然连日不息;然总之都是空谭,毫没证据的。过了旬余,烟焰未息,宛如极大圆柱,屹立地面,其柱端直接着云脚,随风荡漾。而地面又因受了铁汁的热力,渐渐发热,在二百尺之中,不能驻足,社员如热锅上蚂蚁一般,只在四傍团团乱转,近不得一步。至第八个月,十日,麦思敦心中,大不耐烦起来,高叫道:"从今日至十二月间,只有四个月了,我们的大业,怎生是好呢!"社长听了,默然不答。诸社员也没主意,都看着社长举动,虽然不言,却并无忧闷之色,仿佛可保成功似的,方才把心放下。此时地面热力,已日减一日,从二百尺减至百五十尺,又减至百尺。到八月十五日,黑烟也渐淡薄,三四日后,仅吐一缕轻烟,浮游空际而已。社长大喜,于八月二十二日,招集了同盟社员及机械师等,走至大坑左近,热力已消,按地上铁块,亦不觉热。社长仰天叹道:"呜呼,上帝佑我,把巨炮铸成了! 上帝佑我,把巨炮铸成了!"即命再兴工业,将炮内圆柱取去,并把炮膛磨光。然而内部泥沙,经热力激压后,非常牢固,虽有凿孔钻,鹤嘴锄等件,都是蜻蜓撼大树,动不得分寸。后来借了机器的力量,才将泥沙渐渐掘出,迨至九月三日,居然十分清净。社长又加添工资,以奖励工作,命磨光炮膛。俗谚说:"有钱使得鬼推磨",工人等见加多工资,自然尽力去做,不到四周间,已磨得像一间镜室,四壁晶莹。竟不待十二月,已见伟大无敌,一望胆寒的巨炮,功行圆满了。其时诸会员,不知不觉的满面笑容,手舞足蹈。而麦思敦更是忻喜欲狂,忽跃忽踊,仰视苍苍的昊天,俯瞰杳杳的地窟,一失脚,跌入炮孔中去了。——这炮孔深九百尺,跌下去时,不消说是血肉横飞,都成齑粉。麦思敦未立奇功,先成怨鬼,你道可悲不可悲呢! 然幸而白伦彼理正立身傍,连忙揪住衣襟,提起来掷于地上。麦思敦本是口不绝声,专好戏弄人的,至此时也只喊一声"阿呀",默然睡倒了。众人见他如此,都跑过来,扶起麦思敦,贺再生之喜。有的嘲笑他道:"君如先到地狱旅行,把口上生成的巨炮一发,便可震破鬼族的耳膜,将来我辈死后,不但阎罗耳聋,不能得一正当的判断,便是对旧鬼谈天,恐也不能够了。"说毕大笑。不表大家欢喜,且说此时有一最失意的,就是那主张铸炮不成的臬科尔老先生。十月十六日,照条约上第一二两条,把彩金三千弗,交给社长。人说他从此染病卧床,多日不出。然条约五条中,尚有三条,合计十二千金,未决胜负,此时虽输去三千,那三条尚不知鹿死谁手,又何必忧愤至此呢!不知枭科尔的意思,却并非在金钱上着想,实因铸炮之成否,与一生的名誉有关,今见自己议论龃龉,又羞又愤,不觉成疾。凡世上好名之人,每每如是,无足怪的。……至九月二十三日以后,社长令开丘外栅门,许众人进内游览。栅门开处,有许多老幼男女,早已蜂涌而来,把偌大石丘,满满的占了个无立锥之地。而天波市至石丘间一带地方,犹复车马络绎,喧嚣不可名状。亦可想见美国人民热心的景况了。然各人热心,却非从大炮成后而起的,当初铸造时,各处人民,来看铸铁景象的,不知多少;无奈社长坚闭栅门,不容进内,众人涌挤栅外,但见黑雾濛濛,上冲天末,急得像索乳的小儿一般,乱啼乱跳,呼着社长的名字骂道:"我们最公平的美国人民中,为甚有如此不公平的事呢!"众人齐声呐喊,几乎有推翻铁栅,冲进巨丘之意。社员皆栗栗危惧,恐肇大祸,然社长却毫不动心,把华盛顿独立战争时,在硝烟弹雨中,指挥大军的手段,施展出来,惟督责作工,此外诸事,均付之不闻不见,倒也平安无事的过去了。后来社长见大众热心欲狂,仿佛有仅入石丘,尚未满意;苟能一游炮膛,则虽死无憾的情况,于是开放栅门以后,再造许多大笼,上连绳索,用滑车下垂炮底,收放均用汽机,运转不费人工,另写许多告白,粘贴栅外道:"欲进炮内游览者,每人收资五弗。"那边告白还未贴完,这边汽机已不暇应接。不到两月,已收入五十万金。会社中又得了许多补助。据此看来,倘大炮发射时,不知更要加多几亿万倍。有人说:若到是时,欧洲各国人民,必当群集海峡(谓天波);而欧洲忽成旷土,以致美国地租,非常腾贵云云。虽系过言,亦非无理的。二十五日之夜,社长创议在炮底开一落成祝宴,以电气为镫,光彩灿然,照彻四壁。中置大桌,上复绒毡,社长巴比堪,社员麦思敦,少将亚芬斯东,大将穆尔刚,大佐白伦彼理,及社员等十余人,均坐笼中,徐徐垂下。少顷,支那的花纹瓷,法国的葡萄酒,皆由地面上直送至九百尺之下，罗列满案。社长等相视大笑，拍掌称奇。酒至半酣，渐渐喧笑起来，有歌的，有叫的，有抛蒸饼的，有掷酒杯的，到后来竟个个行步蹒跚，口里不知说些什么，惟闻嚣嚣然的声音，充满炮内。从此点反应彼点，或由此处传达彼处，忽出炮口，宛如平空起了霹雳，在地面上的听了，都拍手呐喊，欢声震天；挟着地底里的声音，轰轰不绝，刹时间把一座石丘，竟变成大歌海了。社长等听得分明，也十分欢喜。那麦思敦更觉气色傲然，或饮或食，忽踊忽歌，大有"此间乐不思蜀"之意。直至曙色苍然，方才散会。从此诸事告成，只待发射弹丸一事。然众人经此两月，恰如数十星霜，焦急欲死。诸新闻馆，各派访事员数名，探听消息，凡一举一动，无不详细登载，众人争先购读，新闻馆因此致富的，颇为不少云。……至九月三十日午后，社长处得一电报，系经过白隆西亚与纽芬兰间海底电线，又过亚美利加大洲线直达天波的。社长拆开看时，唇忽发白，两目昏花，像十分惊疑模样。那电报道：

> "圆椎形弹丸，可改作正圆形。余将驾以探月界，故今日已乘阿兰陀汽船，由此启行。九月三十日四时，由巴黎发。　密佚尔亚电"

电报如此，亦甚平常，社长为甚惊疑至此呢？不知以前由邮局寄来信中，如此者正复不少，然无非都是嘲笑会社的事业罢了。此番却用电报告知，有十分郑重之意。难道世界上，竟有这许多视生命如土芥的大人物么？于是招集社员，把电报朗诵一遍，问道："诸君以为何如？"诸社员想了好一会，有的说是嘲笑，有的说是滑稽，惟麦思敦默然不语，待众人说毕，忽大声道："诸君意见，虽纷纷不同，然亚电氏的志气，亦可谓大极了。"诸社员都不能答，只得怅怅的散去。且不说社员怀疑，便是近地居民，也私有许多议论，没到半日工夫，密佚尔亚电的声名，已传遍亚美利加全国了。然有无其人，则尚是一个哑谜儿，不能猜破。每日寻社长问消息的，不知其数，后来竟像观剧一般，涌挤不开。其中有人伸着脖子问道："亚电氏从法国启行了么?"社长在宅内应道:"尚未分明。"那人又问道:"我们是为探听确信而来的。"社长道:"到那时便知确信了。"然而众人尚不肯散,纠缠不休。又问什么改变弹形,什么亚电的电报,社长被缠不过,只得整冠出门,带领众人,到了电报分局,发一电给烈伯布儿的货物保险会社社员道:

　　汽船阿兰陀,何日由欧洲启行? 其旅客中,有法国人名密佚尔亚电者否?

　　发电后,社长等便坐在局中。不到两点钟,果然得了回电,上写道:

　　汽船阿兰陀,于十月二十日由烈伯布儿开行,向天波市进发。查该船旅客名氏簿中,有一法国人,名密佚尔亚电者。

　　接到回电后,大众才放心散去。社长胸中的疑团,也刹时雪消冰释,连忙发信至布拉维商会,命把制造弹丸一事,暂停数日,待亚电到后,再作商量。至十月二十日午前,遥望海面,果有淡烟一缕,在若隐若现之间;未及正午,已见一艘巨大汽船,樯头锦旗,随风飘动,直入三多港,惟留下一道黑烟,蜿蜒天半,其行如矢,忽过赫耳波罗湾而去。将到天波市,轮动渐缓,少顷已至码头,刚要抛锚时,早有无数小舟,团团围住,争先跳上汽船,招揽生活。其中没命第一个的跳上的,便是社长巴比堪。未到上面,即放声大叫道:"亚电君!亚电君!亚电君何在?"连叫数声,竟无应者。社长心慌,跑至舵楼边,竭力大叫,忽闻舵楼上有长啸声,且答道:"余在此耳!"抬头看时,则其人年约四十,体格魁梧,头圆额广,黄发垂肩,如狮子鬣状,鬓赤黄色,纵横两颊间,眼圆而锐,惟略如近视,在楼上或左或右,运动不止,忽而自啮指甲,忽与傍人谈笑,其气力之活泼,真一探捡月界的好身手也。社长忙登舵楼,远远的喊道:"今日见君,实侥幸之至!"那人也跑过来,握一握手。社长正欲述自己意见,并问亚电来意,不防天波居民,竟海潮般的涌到面前,围住亚电,乱叫狂呼,虽听不清说些什么,大约是赞美的意思。亚电及社长两人,挤在当中,连气也喘不得一口。好容易才分开众人。躲入亚电房内,关上门,喘息一会,亚电先问道:"阁下就是巴比堪君么?"社长答应。亚电又道:"好好! 君无恙乎?"社长道:"幸无恙! 君真决意往月世界去么?"亚电笑道:"如素无坚强不屈之志,那有远来此地之理呢!"社长道:"君此次远行,妻子等竟没留难么?"亚电道:"没有没有。我电报到后,君已把弹形改革否?"社长道:"此事必当与君斟酌,故得来电以后,望君如大旱之云霓。今幸君至,想必早有卓见了?"亚电道:"余幸逢君,与此伟业,得旅行月界的机缘,岂非无上幸福么! 故于弹丸一事,久经思索,颇有所得的。"社长见亚电临危不惊,谈笑自若,真有侠男儿的气魄,心中已十分敬服,便道:"余知君必有高见。"两人宛如久别的良朋,各诉抱负,娓娓不倦。亚电又道:"余此来颇有许多鄙见,欲向大众一谈,如君以为无妨,乞明日招集亚美利加全国人民,开一大会,余将陈说意见,对付驳论,以破众人之惑。乞君为我谋之!"社长点头称善。即出房告了大众,都拍手大喜,欢声如雷。麦思敦怪声怪气的大叫道:"呜呼! 不料今日,竟遇着绝世侠男儿了! 把我们去比较这种勇敢欧人,怕还不及一弱女子呢。"此时社长又安慰一番,并劝众人散去。遂复回至亚电房中,讲了许多闲话,方才握手作别。那船上自鸣钟,正当当的打了十二下。正是:

　　　　幸逢宾主皆倾盖,独悟天人一振衣。

　　要知第二日盛会的情形,亚电的雄辩,须听下回分解。

第八回　温素互和调剂人生　天行就降改良地轴

　　却说汽船到着的翌日,便是大会。社长怕来听者好丑不齐,有妨亚电演说,想只准有学问的,入场辩论,其余一概屏绝。无奈人心汹汹,比火焰还烈,要是防止他,真比遏尼格拉大瀑布还难几倍。社长设法,只得拣一块大平原,约距天波市一里,想张许多帆布,遮盖日光,不料次日黎明,大平原上已无容足之地,那里还能张什么帆布呢！社长商议道："你看此等人，太阳未出的时候，我们去张帆布，他便连说'不要不要'，好像我们多事似的。到了上午，却要翻转面来，骂我们不周到哩！"果然，一到上午，日光渐烈，众人焦热不堪，便一齐责骂社长，其声如雷，轰轰地不绝。其人数不下三十余万，在前面的，尚能观听一切，其余则只听得喧哗的声音，看着无数的帽顶，宛如落在大旋涡中，转来转去，头晕耳鸣，却连那演坛的形式也看不见一点。少顷，忽然大众向两面闪开，让出一条大路，那边缓缓行来的，便是亚电。右有社长巴比堪，左是社员麦思敦，各著礼服，映着日光光线，缤纷四射，夺人目睛。三人徐上演坛，举目一望，但见无量黑帽，簇拥如波。亚电虽十分欢喜，却如平日一般，略无仓皇之色。此时大众微发欢声，赞美其志。亚电忙脱帽鞠躬作礼，又举手向下一按，是表明请众人镇静之意，便操英语说道：

"诸君不厌炎天，辱临兹地，余实荣幸无量！余既非雄辩者流，又未常以博物家名于世，何敢在博闻多识的诸彦之前，摇唇弄舌耶！然窃闻吾友巴比堪氏所言，知诸君颇不以余为不足共语，故不揣冒渎，谨呈片言，以慰诸君子热望之盛情于万一。倘言语之间，偶有纰谬，尚乞勿罪！……诸君若闻余言，必以为不辨难易的大愚公，出现于世。然以余观之，则驾弹丸，作月界旅行的事业，征之理论实际，皆易成功。不见人事进化的法则么？其初为步行，继而以人力挽轻车，继而易之以马，遂有迅速的汽车，横行于世；据此推之，当必有以弹为车之一日。及尔时，则诸惑星与地球上通信之法，甚易处置了。然诸君至此，必曰奈弹丸之速力何？而余则以为如此速力，一无足畏，请观彼众星的速力，岂非远胜弹丸速力么？又此地球之载吾人以运行于太阳之周围也，实速于弹丸三倍，而与他惑星相较，则宛如老人策杖徐步，与骏马之驰驱，其差异为何如？……"

说至此，有人大呼道："惑星的速力，将来是增加抑是减却呢？"

亚电道：

"其速力渐渐减却的。……诸君！或人脑小如芥,禁锢于地球之内,遂谓除此一块土外,必难转移他处,真是偏执已极了！此等人物,在今日虽呐呐诽议,而至将来,必如从烈伯布儿至纽约一般,有迅速,容易,安全三事,以得有彼月界于惑星及他众星之自由。"

大众寂然无声,倾听法国侠男儿的雄辩。至此忽现惊异之色,如疑亚电之好为大言,故造奇语者。亚电早知其意,面含微笑,从容说道:

"诸君颇有疑虑之意么？假令余言皆虚,则所疑固非无理。然诸君曷不试算以临时汽车从地球至月球之日数乎？不过三百日耳。两球间之距离,不过地球周围之九倍耳。毫无可异者在,乃已如听《天方夜谭》,骇怪至此！设有人欲向太阳二十七亿二千余万里而运转的奈布青星以旅行,则君等将何如？且以爱克佚斯星距我数千万里之距离,想象地球与月球之距离,则君等又将何如？噫,近若比邻,而妄人乃曰何星与地球之距离凡几许,地球与太阳之距离凡几许,频说天体各个之距离,岂非背理之至么？……余就太阳系思之,此太阳系者,系坚固之实质体,组织之众惑星,皆互相密接,所谓存在其间之空间,仅如金,银,铜,铂等至微极细的空间而已。故彼等所谓何星与地球之距离几何,太阳与何星之距离几何者,果何为乎？其间无真距离之可言也。诸君其思之否？诸君其思之否？"

语声未绝,忽有大呼者道:"道星与地球间,无空间之存在耶！"则麦思敦也。亚电正想着下文演说,不备防忽地霹雳般的大声,直冲耳膜,大吃一惊,几乎从演坛落下,幸而连忙扶住,方免于难。若竟跌落演坛,则身负重伤,是不消说;便是喋喋辩论的无空间说,也可惜从演坛落至地面的实有空间,而大悟彻底了。听众口虽不言,而眉目间却显出嘲笑的影子。亚电知道人有嘲我之态,整一整衣,泰然说道:

"听众诸君,适所论地球与月球之距离,惟一细事,殊无足深思者。总之:不越二十年,我地球上人民之半,必能旅行月中,一新耳目。所憾余孤陋乏识,不能解释此极大问题,深用自愧!今乃屡蒙垂问,余不觉忻喜欲狂,遂至失仪,有凌诸彦,罪诚无赦矣。诸君若宥其罪,而再赐以问难,则余必竭所识以对诸君。"

演说者既表明解释疑问之意,社长见他勇气凛凛,力敌万人,十分敬爱,想把实验上的疑问,提出几条,互相问难,以鼓其气,便肃然起立,先述发明之事,令亚电注意,才说道:"我新交之良友乎,君以为月世界及他惑星中,必有人类栖住的么?"亚电微笑答道:

"社长阁下,蒙君不弃,垂询极大疑问,余幸何如!抑此疑问,虽布留佗,瑞典,巴格波儿等诸硕儒,犹不能究其蕴奥,况不学无术如余者乎!然仅就余所见言之,则当从穷理学者之说,以下见解,即由'宇宙间废物无形'一语想来,则彼世界必可供人类之栖居;既能栖居,则所栖居当必有人类。"

社长道:"此疑问未经确定,亦不能援引定理,惟由个人思之,自不能不生月球及惑星中,能否栖居之问题耳。故余之独断,则窃以为月球及惑星,乃人类可居之处也。"亚电道:"余意亦复如是。"两人问难之间,坛下众人,也各纷纷议论,甲发论,乙驳击,丙折衷,声如鼎沸,而其多数,则皆执界及惑星中无可居人类之理。其说道:"若人类欲栖居他世界中,则天授的性质,必当随惑星与太阳的距离而大行变革,否则或为大热力所炙,或为大寒威所虐,断无生存之理的。"亚电答道:

"余适与社长言,未及细听诸君之说,敢谢诸君,并乞少令会场静肃,余将表明反对之意见矣。盖余实将主张,彼世界适于人类之说,以搅破诸君之迷梦者也!余虽非穷理家,然亦略通其义。穷理家云:接近太阳的诸惑星,皆各含少许温素,其温素于轨道上回转之际,与远离太阳诸惑星的多温素,因运转之力,互相均和,得热力平均,以成适于有机体如吾人者可栖居的温度。设余真为穷理学者,余将曰:造化于地球上动物中,示特别生活状态之例甚多,如鱼,如水陆两栖类,其理均难索解。如栖居海中的一种动物,居极深之水底,受与五十或六十气压相等的海水压力,而身体毫无破碎之患。又如栖居水中的一种微虫,于温度全无所感,或在蒸腾如沸的温泉中,或在固结如石的冰海下,像鱼一般,游泳自得。彼造化制造动物,令之生活的方法,千汇万状,固非无理;而为吾人微智所能测者,仅可屈指数耳。然谓因惑星中热力,而动物遂难栖居,则余虽不敏,敢独排众议,力斥其诬者也。使余为化学者,余将曰:世有称雷石者,地球外物也,若分析之,其物质中,含炭素少许,据拉赫来排夫氏之精细试验,知其根源为有机体,且有生命之动物也。使余为神学者,余将曰:信圣保罗言,则神之救援人类的至爱,不仅在此地球,无量世界,无不普遍。然不幸而余非神学者,非化学者,非穷理学者,复非论理学家,不能知造化调和宇宙间物之大法,而惟想象于冥冥之中而已。以是于月世界及他惑星中,适否人类栖居之问题,遂难解决。以不能解决故,余所以汲汲以求之者也!"

右演说才毕,大众已发声狂吼,轰然震天,恐虽两军交战,杀人如麻的时候,也未必有此壮观。其中有几个反对的,高声驳击,却被众人的声音遮断,亚电并没听到一句。其后叫声渐歇,那反对的也就不语了。亚电见无人出来反对,便又慢慢的说道:

"听众诸君,余以浅识,不足释社长之问,只就所见者略言一二而已。然余今所欲言者,非复惑星中能否栖居人类之问题,尚乞垂听之!……余将对固守惑星非人类可居之僻说者,略抒所见。夫诸君以细小之精神,指地球为至良无上的世界,岂不惧大背于理的么?即如诸君所熟知的,地球卫星,只有一个,而裘辟陀,乌拉纽,撒达恩,那布青等星的卫星,却有数个,那有劣于地球之理呢？抑此地球，因其轨道之平面二轴的倾向，而生昼夜长短之差，以苦吾人；又因其倾向，而生四季之差，以苦吾人。吾人所居的不幸之大球面，时而烈寒，时而酷暑。约言之：即交冬令，则僵冻欲死；入夏季，则头脑如灼。其尤不幸者，若骨节痛，若咳嗽，若气喘，若癫，病种万状，以苦吾人，甚至有苦不欲生，以早入鬼箓为快者。而如裘辟陀星等的平面则不然，回转之际，倾斜甚微，设有居民，则必因各带气候，终年相同，而得无垠之乐康，以消岁月。至其气候，此处常春，而卉木明媚；彼处恒夏，而炎阳逼人；甲部分则落叶瑟瑟，时打庭除；乙部分则积雪皑皑，永封溪谷。故裘辟陀星之居民，喜春阳者至春地，宜夏景者适热带，好秋气者居秋地，爱冬日者之寒带，各从所好，以养其生，岂非极大的幸福么！诸君试思余言，即可知裘辟陀星实优于地球远甚，而栖居其中的人类，与吾曹不幸之人类较，其才智体力，必当优胜之理，也就毫无疑义了。今于他事，姑不措问，吾人若欲如裘辟陀星一般，达于圆满之域，则不可缺者惟一事，即令回转之地轴，轨道上之倾斜减少而已。"

此时只听得大呼一声，宛如夏日白雨之先，起个霹雳，其中有人道：

"若吾人人力所及，盍协力发明一大机械，以改良地轴回转的方法何如！"

说还未了，赞叹的声音，又如雷动。发言者为谁？则名轰美国的大滑稽家麦思敦也。凡美国人性质，假使果略有改良地轴法的理，他必凝无量功夫，造调理地球的巨大杠杆，扛举地球，改良方向，所惜者吾人尚未发见此理，虽长于机械学如美国人，亦只得付之无可如何而已。噫！正是：

天则不仁，四时攸异；盲谭改良，聊且快意！

此次大演说，究竟如何情形，如何结果，下回再表。

第九回　侠男儿演坛奏凯　老社长人海逢仇

却说麦思敦说了一句笑话，又闹了许久，才觉渐渐镇定。有人说道："雄辩的演说者乎，闻君所言，已明白许多想象之说了。乞说入本旨，把月界旅行的疑问，实地上研究一研究罢。"其人说完，渐挤近演坛，睁眼看着亚电，见并没有回答，又高声说道："我等来此，非欲议论地球，我等不是因议月界旅行一事而来的么？"众视其人，则躯干短小，鬓如羚羊，即美国所谓"哥佉犇"也。目灼灼直视坛上，众人挨挤，都置不问。亚电听了大喜道："君言甚善！此时议论，已入歧路，以后当谈月界之事。"说未毕，即有人喊道："君言地球的卫星，适于人类之栖居，果如此，则人类必全无气息而后可，盖月球之表面，实无如空气等小分子之物质也。余以此告君者，系发于慈意，且以警……"亚电把头一摇，赤发散乱，大有争斗之态。既而以锐利的眼光，直睨其人，厉声道："汝言月球全无空气，惟假定之说耳。至其真实，则谁敢任之？"答道："达于学术的人任之。"亚电道："真么？"那人道："真的。"亚电昂头笑道："噫，阁下，余素爱学者，然金玉其外，败絮其中的伪学者，却深恶之。请君勿复言！"又有人问道："君知伪学者为何状乎？"亚电曰："余固知之，如我法兰西以学士自命的先生，乃谓由算术上言，鸟无能飞翔空中之理。又有自许超伦轶群的大人物，乃谓由论理上言，鱼无游泳水中之能。呜呼！此种人物，非狂而何！余实不欲与言，且亦不足与言。"亚电才说完，有人大声叫道："汝学不修，乃敢论人不学么！"其语势大含轻薄之意。亚电亦大声答道："余素不学，一无所知；然此身却有敌泰山当北海之勇！"那人道："然则暴虎凭河之勇而已，非愚即狂。"亚电听了，肃然正色道："听众诸君，余此来非争学者之徽号，苟月界旅行的事业告成，即我事已毕，其他细故，何必喋喋为！"社长及同盟社员，都注目亚电，见其挺孤身以敌万众，协助鸿业，略无畏葸之概，叹赏不迭。所虑者亚

82

电既是外国人,与众人毫不相谂,今又论议一变,将成争斗,或有险象,也未可知。心中颇怀疑惧。少顷,听得又有人反对道:"演说先生,据余所知,足证月球周围,全无空气之说者甚多。即偶有之,亦必为地球吸力所吸,而被夺于地球。且余尚将引证他说以……"亚电忙道:"可尽君所有,一一言之!"反对者道:"如君所知,光线为气体所横截,则直的光线,必屈折而变方向,故于有星从月后行来时,注视月球,则自星发射的光线,皆直过月球平面的缘端,毫无屈折变向之状。若有空气,何至有如此现象呢?"亚电微笑道:"君言殊似有理,即真修学术之徒,恐亦未免结舌。而余则大不为然。因其系牵强附会之说也。君颇似辩士,请为余略言月中有无火山之事。"其人答道:"有是有的,然今已不喷火了。"亚电道:"然则火山惟一时喷火,而今则仅留遗迹耶?"答道:"然而此不足为空气存在之证。"亚电道:"若惟偏于理论,恐遂无决定之时。今更进一步,略论实验上的事罢。纪元千七百十五年,有著名天文学士路比及哈累二人,察看五月三日的月蚀,于月球中发见奇异的火光,两学士遂确定为月球中由空气而生之电火。"反对者道:"那两人视察时,以地球上从水气发生之现象,误为月球之现象,当时即知其非,大受哂笑,这是经他学士所证明的。"亚电答道:"余犹有说。千七百八十七年时,哈沙氏于月球之表面,发见无数光点,天下咸知之,君辈乃不知么?"那人道:"知之。然君于实论未下注释,余今为注释之:盖因哈沙氏发见之光点,遂谓可推论月球不应缺乏空气之理,余未有闻也。且波亚及埋读夫,岂非研究月球的专门名家么?此两人均主月球无气之说,而其说则若合符节的。"此时大众静听二人讨论,愈出愈奇,都精神发扬,四处乱涌,如大海的波澜一般。虽默不一语,而自有一种奔腾澎湃的声音,弥漫坛下。少顷,亚电又说道:"余请更进一步论之。若著名之法国天文家罗色陀氏,于纪元千八百六十年七月十八日月蚀时,明见新月尖处至凹部间,有横截月球面空气的太阳光线屈折形状,不是个铁证么!阁下还有何说?"那人不能再驳,默然退去。

不复有人再来反对。此时亚电恰如大将凯还一般，兵士的欢声，洋洋盈耳，亚电也喜色满面，徐徐说道："诸君，今虽有非议月球表面空气存在说者，全属谬想，无足与辩。然彼世界的空气，较为稀薄，则容或有之。"有人问道："设空气稀薄，如君所言，则大山之巅，必无空气，人将何以登山巅呢？"亚电微笑道："实然。空气惠在山间之平地，其高不过四五百尺而已。"那人又道："恐有时竟与全无相等，故至月世界时，不可不豫备此事，君以为何如？"亚电道："先生所言，极合于理。然空气虽薄，必足养人，设忽遇变故，空气竟非常稀薄，则余有一节俭之法，即除特别不可缺时外，全不呼吸是也。"说至此，众人大笑，亚电不能再说，待了许久，笑声才歇，又说道："诸君于余所言，既无异议，则于月球间空气存在说，谅必亦无疑义了。如此则月球表面，又必有水；若果有水，实余之极大幸福也。且反对诸君……余犹有说，吾辈所见者，仅月球之一面而已。此面既有少许空气，则不能见之一面，必含空气更多。"有人忙问道："这是什么理呢？"亚电道："其理么？月球受地球吸力之作用，成鸡卵形，我等所见者，为卵形之尖顶。据荷然氏之测算，则重力中心，应在我们不能见的他半球，故那一半月球，必有更多之水与空气。"亚电说完，颇有人疑为架空想象之说者。亚电道："此乃纯粹的理论，而发源于机械之定则者。那有可容攻击之理呢！然而我等在可生活的月世界中，能否保全生命的问题，却还要质之听众诸君子。"此时三十余万的听众，忽发赞叹之声，远近相和，虽有几个反对的发论驳击，而如失水的鱼一般，只见他唇腮开阖，声音则并无一丝，传入亚电之耳，那反对的，便着急起来，极力大叫不已。当时激恼了众人，把许多人推出场外，口里喊道："赶出这些反对的狂人！赶出这些狂人！！"反对的且行且说道："演说的先生，不欲闻余二三疑问么？"亚电招手道："汝说汝说，余甚好之！"反对的得了亚电的许可，才立住脚，喘吁吁的说道："君何故不留意至此耶！驾圆椎形弹丸而至月界，噫，不幸哉！……发射之际，因反动力而有粉身碎骨之祸……君以为何如？"亚电笑道：

"我的反对先生，所言亦非无理，然余思美国人以刚强不挠的精神任事，必有免此奇险的良法。君其勿疑！"那人又道："弹丸飞过空气时，飞力极速，不至发生大热力么？"亚电道："不然不然！弹丸极厚，且我等当疾飞以出空气之外。"那人道："食物呢？"亚电道："余以算术测定，贮足支十二个月之量，而旅行时，只得四日，惟用其少许而已。"那人问道："弹丸中空气不虑缺乏么？"亚电道："余以化学之法制造之。"那人又道："弹丸能恰落在月球之上么？"亚电道："落于月球中，与落于地球上相较，其力只六分之一耳。故弹丸重量，较在地球时，必减轻六分之一。"反对论者略想一想，又道："然以余所见，当弹丸堕落时，因重力所激，君的躯体，必至如掷琉璃于石上一般，纷纷四散而不可见……今假令凡诸危难，诸阻碍，均有趋避之法，如君豫想，驾大弹丸，安然以达月中，其后将用何方法，再归地球呢？"亚电道："余固无再归地球之志。"众人听了，骤不解亚电之意，愕然噤不发语。有几个反对的，趁着空闲，便说："什么？如此则于学术，仍无裨益；如此则与横死无殊！"其中一人大呼道："君辈言太过，待我问之。"亚电厉声道："谁复敢与亚电言者！"有人答道："欲与君言者，系以人为诞妄不足取，以事为虚伪不能成，而不学无识之一人也。"社长静观亚电与众人讨论，容貌肃然，大有不顾一切之概。至此时，忽见发语的是个社员，便忍不住立起身来，想分开众人，走下去把那人的言语禁止。不料才近众人，已被抑留，一齐举手，把社长擎起，又把亚电擎起，发声呐喊，以表扬两人的名誉。众人争来擎举，杂踏不可言状，其中虽有许多反对的，只是张开两臂，防为他人推倒不迭，那里还有工夫再来驳击。但见万头攒动之间，社长并亚电两人，夹着呐喊声音，忽在此处，忽在彼处，摇动运转之状，宛如狂涛无际的海中，浮着一叶，倏起倏落，见之魂悸！两人乘着有足的船，一刹那时，已到天波地方。天波居民，又有擎举两人，表扬荣誉之意。亚电晓得了，忙逃入弗兰克林旅馆，觉疲劳已极，亟拣一处最好卧室，倒头便睡。惟有社长仍在众人之间，挤来挤去，见还有反对的，遂大声喊道:"有反对会社的大业者,请随我来!来!!"说还未了,已有一人,直跟着社长向捷温司福尔码头而去。其地甚为寥寂,绝无行人。社长立住问道:"君是谁?"其人答道:"余臬科尔也。"社长大声道:"余欲见君,已非一日,今乃相遇于此,何幸如之!"臬科尔道:"余亦如是,故来见君。"社长道:"君曾侮我。"臬科尔道:"然。"社长道:"余将举轻侮三条件以问君,君能答乎!"臬科尔道:"谓立时能答否耶?"社长道:"否否!余欲与君言者,乃重大事,不可令外人知,故当秘密一切,不可不择一寥寂之地,互相决议。去天波市一二里许,有犬森林,名曰斯慨挠森林,汝知之否?"臬科尔道:"余夙知之。"社长道:"乞君于明日入森林中待我。……君如与余同意,则余亦来觅君。……且勿忘携汝之旋条枪。"臬科尔道:"汝亦勿忘携汝之旋条枪。"两人谈毕,约期而别。唉,诸君,这一回,有分教:

　　　　硝药影中灰大业,暗云堆里泣雄魂。

　　要知明日在斯慨挠森林,两人演出什么惨剧,且听下回分解。

第十回　空山觅友游子断魂　森林无人两雄决斗

　　却说亚电进了弗兰克林旅馆,因过于疲劳,食卒就睡,耳鸣头眩,如置身大弹丸中一般,拥着重衾,不数分时,已沉沉入梦。便是雷鸣地震,也不能把铜像似的睡汉,搅醒过来。未几东方渐明,日光熹微,早映窗幔,只听得有人打门,大呼道:"有大事,君何不开门!何不开门!!"然在门外的,虽似十分惶急;而在门内的,却仍冥然罔觉,只是鼾声雷动。大呼数回,才答应了一声。此时门外诸人,已不耐烦起来,哗啷一响,窗户大开,窗上玻璃,也如胡蝶般乱舞。亚电大惊,坐起看时,乃许多枪炮会社同盟社员,争从窗口纷纷跳入房内。第一个便是麦思敦,不待亚电开口,便满房乱跳,大喊道:"我们的社长,昨晚竟被辱于万众之前,侮之者谁,便是那个臬科尔。故社长已与彼约定在斯慨挠大森林中决一死战。此是社长自己告我的。

若不幸战败,则会社的大业,不要成了水泡么?唉,危!危险!!我等该阻止才是。然一人独力,那能遏社长决斗之志呢!余想此事,惟亚电君。除了亚电君,他人不能!"亚电听麦思敦之言,默不一语,至此忽从床上跃起,不到数秒钟,已穿好衣服,开了门,同着麦思敦,如飞的出了旅馆,径奔那大森林而去。行了一刻,麦思敦把臬科尔如何反对,如何写信辩论,如何悬金赌赛,如何与社长相争的颠末,细细告知亚电。亚电忽发颤声,道:"唉,愚哉!唉,何其愚哉!若已决斗,呜呼!……将如何,将如何!故我等不可缓行,宜急走!急走!!"读者须知美国风俗,这决斗之事,殊可怕的。如两人私论不合时,便约定所在,或用手枪,或用利刃,互决胜负,不死不休。视当日社长与臬科尔定约情形,不消说是枪声响处,这阄如虓虎的两雄,必有一人要告别的了。亚电等两人,大踏步飞跑,过荒野,攀危岩,过稻田,早已朝露沾衣,砾石破履。又有不识数的樵夫,把砍倒的大木,积满路口,费尽气力,才匋了过去。远远见一白发樵夫,在那里伐木,麦思敦飞跑上前,大声问道:"樵夫,汝见提旋条枪的人么?——即我的朋友枪炮会社社长巴比堪氏也。"然而一个山内樵夫,晓得什么社长,睁着眼不知所对。亚电忙说道:"是像猎夫的人。"樵夫笑道:"你们寻这像猎夫的人么?此人在一点钟前,早已过去了。"麦思敦闻言,颜色骤变,叹道:"既在一点钟前,则我等已迟了。"亚电问道:"你听得枪声么?"麦思敦道:"还没有。"亚电即握着麦思敦的手,连说"快走",拔步奔入灌木林中。此地有杉,枫,秋立布,橄榄,槲等树,其他嘉卉异草,更难枚举,枝柯交错,密叶如织,咫尺不能辨。两人恐致失散,携着手,分开积棘,彳亍前进,两耳听着枪声,两目看着前路。有几处似有人迹,疑巴比堪曾从此经过,而细心检查,却连足迹也寻不出一个。又行二三百步后,积棘更多,树枝更密,太阳光线,不能透入,几与昏夜无异。两人没奈何,立住脚,麦思敦发失望的声音说道:"余此时实已不知所为。"亚电道:"我等已至此,若决斗时,枪声必当传入我耳。此时未有所闻,似可无虑。"亚电虽如此说，殊不知社长的性质，乃是见危不怖，遇刚则茹，既已约定时期，那有不来之理呢。况枪声传播，常随风向，或既经放射，而两人未曾听得，亦理所恒有的。麦思敦愈想愈怕，颤声道："我想……我等到此过迟，彼等必已决斗了，君以为然否？"亚电不答，只催前行。继而知徒行无益，两人思得一法，相约各放声大呼。麦思敦呼社长的姓名；亚电呼着臬科尔。无奈喊破喉咙，终无应者。只见山鸟惊飞，鹿子暗遁而已。此时跋涉森林，已及大半，而社长及臬科尔的影子，也不可得。两人大为失望，颇有言归之意。亚电忽遥指远处大呼道："麦思敦君，那不是人么？"麦思敦望了良久，答道："像是人……那是人？然彼不动，其傍又无像旋条枪的东西，那是做什么的呢？"亚电本来近视，遂问道："你亦认不清么？"麦思敦道："哦，我看清楚了，他亦遥望我等，彼……彼臬科尔也。"亚电大声道："臬科尔么？"其声似酸楚不堪者。停一会，又道："余当至彼处，定其真伪。"乃急行五六十步，定神一观：噫，果是臬科尔，其傍有数株秋立布树，蛛网纵横，缠住一个小鸟，振翼悲鸣，而一大蜘蛛，伸长足捉之，不得逃遁。臬科尔置旋条枪在地，折树枝击蜘蛛，以救小鸟，且破其网，小鸟遂欣然飞去。臬科尔目送之，色甚愉快。回首忽见亚电，愕然道："君以何事，乃深入此大森林中？"亚电道："余欲防君杀我社长，且阻社长害君，故来此耳。"臬科尔道："社长何在？余亟欲见之，然已寻觅二时间，终不能得。"亚电道："君若真觅社长，必无不得之理。然未知是未曾寻觅，抑真觅之不得欤？使社长尚存于世，则必无不得之理的。"臬科尔大声道："巴比堪氏与余，不死其一，必难结局，故大竞争是万不能免的。"亚电愕然良久，说道："汝何意？噫，汝何意！汝真可谓猛烈如野狮了！"臬科尔道："余已有战斗之意矣。"麦思敦上前大声道："臬科尔君，余为社长的良友，而社长亦善爱余，君若杀人之心，不能自抑，则请杀麦思敦以代社长！"臬科尔忽拾起身傍旋条枪，摇手道："君毋戏言！"亚电道："我友麦思敦，决无戏言，余能力保其杀身代友之志，实出于血诚。然余在此，决不令社长或麦思敦氏的生命，丧汝铁丸之下，余将在君及社长之前，敬呈一言。"臬科尔似欲即闻其言，忙问道："君欲言者何事耶？与何事有关系者耶？"亚电答道："姑待之，姑待之。非在社长的目前，余不言。"臬科尔道："然则请与余共觅社长何如？"于是亚电及麦思敦，跟着臬科尔，复入森林，往来寻觅。所遇者无非是枯木孤藤，奇岩怪石，而社长则连影子也不可见。麦思敦忽向臬科尔说："我想社长尚在，必无难遇之理，莫不是君……与社长，既决斗了么？"亚电亦甚心疑，迫着臬科尔要索还社长。臬科尔力白其诬，且辩且走，不觉又行了二三百步。麦思敦忽举手一指道："好了！"两人抬头看时，见四五十步外，仿佛有人倚着大石，坚坐不动。麦思敦又道："看！看呀！！那是人……那不是社长么？"三人大喜，飞奔而前，果是巴比堪氏，坐在石上。亚电大呼道："巴比堪君！巴比堪君！！"喊了数声，社长并不答应，也不回头。只见他手执铅笔，在手帖上绘画地图，傍边倚着旋条枪，也没装药，仿佛把决斗的事已经忘却了一般。亚电大踏步上前，径握其腕。社长愕然惊起，默不一语。亚电大呼道："余发见我的良友了。噫，社长，君在此何为耶？"社长欣然道："余方计画一大事业，故思虑不遑他及。"亚电道："何为？"社长答道："我等月界旅行的弹丸，体裁甚大，故震动亦大，不可不设法减却之。余所谓大事业者即此。"亚电看了臬科尔一眼，答道："当真么？"社长也忽举首，见麦思敦在傍，便道："麦思敦君，汝何故亦来此？我等岂无用水以防震动之妙法乎？"亚电道："君忘臬科尔君之事乎？"说毕，即招臬科尔至自己身傍，社长满面笑容，大呼道："臬科尔君，请恕我罪！余已忘夙约矣。然于战斗之事，则早已准备。"亚电忙阑入两人中间，仰天说道："余谢天帝的仁惠，不使两勇者早相会合！"又回顾左右，说道："巴比堪君，……臬科尔君乎！君辈非地球上人所谓学者耶？天地间之理，无一不可解者。今君等必欲以铁丸破脑骨，果何心欤！若如此，则地球上又失两大学者，君等纵不自哀，乃不为我地球上惜耶？"亚电说至此，暗视两人，均含微笑，无求斗决死之态，殊出意外。暗想不若设法解劝，以弭两人的勇气,遂微笑说道:"我良友之诸君,此番会社企图之事业,徒以议论从事,殊属误解。而于此误解之事,又精摹细复,岂非误解中的误解么?不若勿再喋喋,听余一言。"枭科尔勃然变色,怒目道:"君以议论决事件之是非为无益,而余则殊有所见,亟欲吐之。今君既有言,其速言,毋挠余说。其速言!"亚电道:"我友巴比堪氏所测,驾弹丸达月界之说,必可信,必无疑的。"社长道:"余固谓然。而枭科尔君乃谓发射以后,不能直达月界,而再堕落于地球,竟与余意见大异。"枭科尔道:"吾决其必不能达月界,必再堕落于地球。"亚电道:"君所思者,任君思之,余无臧否之意,亦毫无屈人就己之心。虽然,余有一言,……君盍与余等共驾弹丸,以至月世界乎!则堕落与否,得实证矣。"麦思敦大喊道:"君何言!君何言耶!!"社长及枭科尔两勇者,于不留意间,骤闻麦思敦大叫,均吃一惊,默然良久。盖社长欲先待枭科尔如何发言,而枭科尔又欲先观社长有如何的意见,我待你,你待我,遂张目相持,良久不语。亚电道:"空谈成败,终不如实验为优。故弹丸震动等疑问,此时可不必提。其大小诸事,亦不必虑。"社长大呼道:"诚然!事以实验为优,余亦作如是想。"亚电听了,拍手踊跃,忻然说道:"唉,可贺!可喜!此实勇敢之言。呜呼,我良友之诸君,以此一言,遂得大事业的结局,岂不可喜!可贺么!"

正是:

　　　　赖有莲花舌,仇消谈笑间。独怜麦壮士,从此惨朱颜。

　　社长与枭科尔的深仇,既已消释,又去了一重障碍了。至于以后情形,则且待下回再说。

第十一回　羡逍遥游麦公含愤　试震动力栗鼠蒙殃

　　却说美国人民,初听得社长与枭科尔决斗之事,甚为惊惶。继知因亚电与麦思敦的调和,已得结局,都不胜忻喜,连在远处的,也各派代表,以申祝贺之意。亚电所居旅馆门外,忽如繁华的都市一般,甲去乙来,丙归丁至,每日不知有几千万。亚电不但无休息之时,即两手亦握得麻木不仁,全失知觉。而诸代表人,又因他是探捡月界的伟男儿,常欲略谈数语,以为荣幸纪念,故门外固来往如潮,而旅馆中也几至无立锥之地。其他诸方人民,设宴招请的,更不计其数。即全身毛发,悉化小亚电,也不遑应接。此外尚有许多人民,要亚电周游美国,令全国人等,皆得一面,且拟送数百万圆的旅费。亚电左右为难,只得一切谢绝,而众人崇拜仰望的热情,比火还烈,不得已购买照相,以慰饥渴,不论大小,求索一空,各处照相店,终日汲汲,只晒亚电的照相,尚觉不足。至于他人照相,自然是概行停止的了。还有一种可笑的画师,毫不知亚电的相貌如何,只任自己的猜度,随手乱涂,口索高价,而买者也不辨真伪,随手买去。这些崇拜亚电的,不但男子而已,就是女子,亦不知多少。更有各地贫民,难觅生计者,千百为群,要与亚电同往月球,待发财以后,再归地上,每日围着旅馆,如大军攻孤城一般,喧嚣之状,不能笔述。后经亚电再三抚慰,且许可了,才纷纷散去。亚电向社长道:"愚民之愚,一至于此哉!……君想月球与我地球上人民的疾病,有关系否?"社长道:"余想月球关系疾病这些话,皆诞妄不足信的。"亚电道:"读古时史乘,颇有实迹,而余则殊不谓然。若举其一二,则如千六百九十三年时,传染病流行甚厉,人均称罹病者,多在月食既的时候。又如硕儒培根,虽身体素强健无疾,而每逢月蚀时,常气息厌厌欲绝。千三百九十九年时,查理第六世,有时因月之盈亏而发狂疾。又据歌尔氏的实证,知凡因病发狂者,当新月及满月之际,必发病两次,其所据极确。又由热病或睡行症(谓睡眠中忽起而行者),及其他人类诸病观之,彼月球与我人类的身体,皆确有可惊的感觉的。"社长笑道:"然其理不可解!"亚电亦笑道:"此疑问惟可借古时某学者答人之言解之,即:'传说以奇而不足信'是也。"亚电既于大会时,解释一切,诸凡障碍,都已除去,得稍闲暇,遂赴燕数处,以慰众人之望。且带领诸友,游览各地,递至炮口旁,无不如进无间地狱一般,战栗却退。

亚电则上睨苍天,下窥炮底,欣喜无限。暂且按下。再说麦思敦言社长等三人,旅行月界的日期将近,不胜歆羡,想了数日,定欲同行,遂将其希望之意,告知社长。社长因旅行人数,既经决定,不能再行增加,甚欲拒绝,又怕麦思敦悲愤,挫了勇气。乃把弹丸狭小,难容四人同居之理告之。麦思敦不能答,怏怏退出,想去想来,越觉壮志勃勃,不能自制,亟访亚电,请代往月界,并乞在社长处为之转圜,且说了许多自己往月界时,有如何利益的话。亚电欣然答道:“余之老友,余所信者,将为君一身计,或触讳忌,乞勿见责!……君何不自查身体,可是个完全无缺的?身体不完者,不惟难适如月世界等的异国而已,即在地球上,可能自由运动么?以后请勿再望月界旅行了。”麦思敦听毕,甚觉悲楚,问道:“因余身体不完,遂为不适于居月世界的人物么?”亚电道:“实于月世界中极不相宜的,余之老友,如略言其理,则此次月界旅行,乃我地球上第一次派遣的使节,如有肢体不完者,厕足其间,不能不曰非我地球上的大耻辱。君不以为辱么?能对月界居民恬然无愧么?若在大燕会中,追谈往事,必变快乐之情,为酸辛之思,非汗我地球使节的重任么!若说起斫肝损脑的原因,则我地球上人,恶如猛兽,互相搏噬之事,必当吐露,岂不惹彼等的嗤笑么!且我地球,足容人千亿,而月界中不过一亿而已。我浩大的地球上人民,乃为细小的月球中人民所哗笑,诚一大耻辱事,请君熟思之!”麦思敦闻言,甚不愉快,勉强说道:“君所言者,均非无理。然达月球而后,重力一震,都成粉末,则余之残缺的贱躯,与君之完全的贵体,恐未必有什么差别了。君以为何如?”亚电即答道:“君言亦是。然我等已得确算,达月界时,必与我从法国来美国时无异的。”麦思敦默然不能答,遂握手而别。……且说以前诸种试验,颇获良果,社长亦甚安心。惟弹丸发射时震动力的强弱如何,则因未经试验,故难确定。社长忽思得良法,以试其事,乃从宾洒哥拉(莆罗理窦之一港)造兵所,借了一尊三十八英寸的臼炮,令许多雇工,运至罗夺堤上。其装置系炮口向外,正对海面,弹丸飞出后,即堕入水中,可免破裂之患。盖试验目的,非欲观堕落的模样,只要看发射后的震动力如何而已。此时已先造成圆锥形弹丸,内部空虚,用弹力最强的极良的钢铁,编成网形,恰与铁制鸟巢无异。觅猫一匹,并把麦思敦平日爱养的小栗鼠强夺了来,一同闭置弹内,以验发射之后,两小兽有无震死或晕眩的情状。扃键既固,便与百六十磅硝药,装入臼炮。少顷,只听得社长高呼"放射"一声,那弹丸已以极大速力,飞行天半,其飞路成浩大无边的弓形,高达千尺以上,而堕落于海。麦思敦立在烟焰之中,仰天叹道:"良机一失,不可再逢。弹丸狭小,不能容我,遗憾何极!唉,栗鼠栗鼠,你比我侥幸多了!"社长闻言,心颇不忍,然亦无法慰藉,默然挥豫泊海边的小艇,齐向弹丸落处而进。社长等四人,亦乘舟在后,诸艇中共有善于泅水者数十人,手持绳索,刹时跳入海中,觅得弹丸。其上本有小穴,即用绳索系住,牵上甲板,计从发射至今,不过五分钟而已。然弹丸经发射后一震动,开之甚难,费尽气力,才开了铁键,把猫引出。四人仔细看时,则身上虽微有擦伤,而活泼仍无异平日,且舔嘴咂舌,向麦思敦叫了一声,大有骄傲之意。四人大喜道:"驾弹丸以凌太空,已得佳征,可喜可喜!"然再觅麦思敦的栗鼠,则已不翼而飞,毫不见影。社长疑甚,细察弹丸内面,微见血痕,始悟此猫在旅行时,已将共患难的良朋果了枵腹,却装着不干我事的模样,欣欣然归来了。麦思敦素爱栗鼠如性命,今为猫所食,悲愤不堪,定要与栗鼠复仇。社长等三人大笑,力劝方罢。自此猫安然归来以后,那些说不成功的,或危险的人,都如反舌无声,杜门不出。社长本来尚疑震动之力,有害身体,至此亦涣然冰释,绝不留痕。过了两日,忽从合众国大统领处派来了一个专使,以表祝贺之意。又援那著名的辉轶之例,许亚电用"亚美利加合众国府民"的名号,以示宠异。正是:

　　侠士热心炉宇宙,明君折节礼英雄。

　　从此月界旅行的难问题,都已解释。只待时日一到,便可束装首途。若要知后事如何,下回再表。

第十二回　新实验勇士服气　大创造巨鉴窥天

前回虽说诸事既毕，只待日期。然而尚有弹丸，未曾告竣。此物自接到亚电的电报后，已命停工。迨亚电到了，商酌多日，始差一专使，驰至布拉维商会，重令制造，故至十一月二日，乃得告成。从东方铁道输运，十一月十日，到了石丘。社长巴比堪及臬科尔亚电三人，便去细心查检，原来这弹丸的周围，皆贮清水，其深三尺，底面塞以圆形水板，令水不漏，且能自由运行于弹丸之中。旅客居住的地方，宛如水上木筏，下有直立的厚木板，以备分开水力。当发射时，全部之水，因受了震动力，都从下部逆流而入上部，汇集于漏水管中；此管口有木塞，装置甚固，颇难脱落，然因流水压迫之力极大，故木塞忽脱，水即如瀑布一般，由管口喷出；喷尽以后，旅客必受弹丸的强回旋运动，微觉晕眩。然出炮口时的第一大回旋运动，则因水之流动杀其势，已无大患。加之弹丸上部，遍张最良厚革，并钉钢铁弹条，漏水管即在此弹条下面，故豫防第一大回旋运动之法，已尽全力，若尚不能防，则非发明一铁作精神的妙法，别无他术了。弹丸上部，有一小穴，用纯铝为门，可以开阖，内面固以螺旋；如至月界，则旅客可由此门出入，以休长途之疲劳，探异地之胜迹。至于飞行时察看太空的，则另有四个金属制的天窗，上下各二，嵌着极厚玻璃，引入光线，且用电气生火，以御严寒。真是千绪万端，无不周备。所虑者，只有弹丸中空气新陈交谢之法，尚未筹定而已。社长于此一事，绞尽脑力，屡废寝食，才得一线光明，研究之末，遂获善法。盖地球上空气的成分，每百分中为养气二十一与淡气七十九分所和合，人类呼吸一次，则收养气百分之五，而代以吐出之炭养二，此炭养二即由体上热力，及血液元素之沸腾而生。故人若居弹丸中，密闭诸户，绝新旧空气交谢之作用，则若干时后，空气中的养气，全被吸尽，剩下许多炭养二，充满空中，人类遂至闷绝。防御此患，惟有二法：

94

一,用新鲜养气,以补充消耗的养气,二,将人类呼出的炭养二,设法消散。行此二法,亦不甚难,只用钾养绿养二,及钾养二物而已。钾养绿养者,为化学中药品之一,属乎盐类,形如水晶,加热至四百度,则变为钾绿,而放散其所含的养气,布满空中。用二十八磅钾养绿养五,可生养气七磅,即法国量二千四百里得,旅行者二十四时间的呼吸,已绰有余裕了。钾养者,亦属化学药品,其性与炭养二有极大爱力,故置之瓶中,屡屡摇动,则渐与空气中的炭养二化合,变了钾养炭养二,而弹内空气,常得清净。据此理论想来,则兼用二法,一能令腐败空气,复归清洁;一能生新鲜养气,保养人间。然天下事多据理论,极少实验,笔舌间虽娓娓可听,而实验时终无成效者,亦颇不鲜。故社长发明之法,虽似美善,而不用人类试验,则到底不能确信。麦思敦道:"此实验也不肯让我去么? 我想在弹丸中必可保一周间之生活。"诸社员夙服其勇敢,不忍拒绝,遂购了许多药品及食物,置之弹中。麦思敦于十一月十二日午前六时,别了诸友,并约定二十日午前六时出外,得意扬扬的钻入弹中去了。是后石丘之上,不闻麦思敦大谈狂笑的声音,十分寂寞。社员于无聊之时,常常忆及,且恐有不测,愈难安心,每日往来弹丸之旁,探听消息,伫立良久,忽闻麦思敦吟诗声,嘤嘤然透出弹外,始知此老无恙,欢喜而去云。……前回曾说会社开了募金局,报告以后,天下万国,无不响应,一刹时间,已得了巨大金额,足敷会社之用,遂将募金局锁闭。社长于去年十月二十日,将金资若干,交给侃勃烈其天象台,托制巨鉴一架,可以见月球表面上直径九尺之物体者。此时虽光线之学,已极蕴奥,机械学亦达高度,而世界上有名的巨大望远镜,有浩大视力者,却只两个:一为哈沙氏所造,其高三丈六尺,有直径四尺六英寸的目镜,视力强度,可放大物体至六千倍。二为罗德洛慈氏所有,在爱兰的佗翁派克地方,管长四丈八尺,目镜直径六尺,视力六千四百倍,重量十二吨半,其巨大及重量,虽足惊人,而放大物体之力,则仅六千余倍,故大如月球,亦惟可缩近至三十九英里以内。若非极长,或直径六十尺的物体,仍不能见。今旅行的弹丸,仅直径九尺,长一丈五尺而已,故不可不将月球缩近至五英里以内,即放大物体至四万八千倍也。侃勃烈其天象台,招集了会员,大兴论议,或深研原理,或覃思方法,遂决定望远镜之管,应长二百八十尺,内容新式反射镜,目镜直径,应宽一丈六尺。绘了图形,开工制造,此镜在地球上,虽已巨大无匹,而较之先年天文学家芙克从思想造出的一万尺望远镜,则不免小如微尘了。第二步应研究的,便是置镜的所在,天象台职员,意见颇不相同,因此甚费争论。盖装制巨镜,不可不择一最高的山巅,而合众国中,高山极少,最著名者仅两道山脉,川王及米斯西比两大河,流贯其间,在东者名曰阿白喇丁山,最高处为纽汉北西亚,凡五千六百尺,殊不足副高山之称;在西者曰落机之高岳,山脉连亘,岩石嵯峨,有一望千里之概。山脉由麦改兰海峡发端,蜿蜒回环于南亚美利加的西方海岸,其名称或一变而为安提司,或一转而成可昔雷拉,其他各部分,异名甚多;进而横截巴拿马地峡,贯通全部北亚美利加,终达北冰洋而止。虽高不过一万七百余尺,然美国本无高山,不得不推落机为第一,遂决定于此山脉中,拣一最高所在,装置巨镜。先运应用器械,及派人夫,至密梭里的轮庞克山巅,始把望远镜诸物,设法搬运。数万工人,过沙漠,穿深林,千辛万苦,屡折不回,未到十二月,这伟大无比的望远镜,已登积雪不化的山巅,高耸于太空无际之里了。忆从前有美国机械师自夸道:"与我任何重量,令置任何高处,无不如意。"闻者皆以为妄,嗤之以鼻。自此大工业告成,世人始知其不谬。而美国人之长于机械学,亦于是可略见一斑了。然总计制造搬运诸费,却用去了四十万圆以上,此款则前回已经说明,是由社长豫先交付的。……望远镜装置既毕,各天文视察职员的心脏,自然是怦怦鼓动,急欲一观天界之奇景。盖据我等想来,则用视力四万八千倍的巨镜,窥察月球,不惟其放大形象,当出吾人想象之外,即其表面的动,植,都,邑,湖,海的真况,亦必历历可数，会萃镜中。那些天文大家，虽比我等聪明，然何常不作是想呢！那晓得窥看之后，竟大失望。除了古人据学理所发明者之外，仍属惝怳迷离，不能确定，所见者惟火山残滓，累累如陵，略能辨其性质而已。然将在天的极点处之数万星辰，测定直径，则不能不曰此镜之伟绩。又天象台职员克拉克，审定了一种星云，亦为罗德洛慈氏的望远镜所不能见的。正是：

> 谭天骀衍原非妄，机械终难敌慧观。

这望远镜，毕竟能否看出月球上的弹丸，须待下回分解。

第十三回　防蛮族亚电论武器　迎远客明月照飞丸

却说光阴如电，又届初冬。实验日期，愈觉逼近。各社员的心魂，早已飞向九天，作环游月界之想。独有臬科尔依然顽固如昔，坚说不能成功。他说道："哥仑比亚炮中装入引火棉四十万磅，重量如此，燃烧必易，况又加弹丸压力，则引火棉必要生火，酿成奇祸的。"然社长则已思虑周详，毫无疑窦，一任臬科尔终日唠叨，总是屹然不动，亲自指挥工头，教授搬运之法。其法系将引火棉分成小份，装入小箱，封缄严密，始从天波运至丘下；又有数百工人，由推行铁道，输运炮旁，再用起重器械，吊入炮底。盖引火棉的性质，最易发火，若用汽械，不免有磨擦之患，终不如人工之佳。当搬运时，工业场二英里内，禁绝烟火；后又因太阳光线，颇觉酷烈，恐光线激射，酿了巨祸，遂索性在夜中作工，并仿桑恪凌夫之法，借真空中发光的光线，直照炮底，先用火药小包，排列引火棉下，火药包间，各有金属丝联络，以通放射时发火的电气。到十一月二十八日，那八百个火药小包，竟安然运入哥仑比亚炮底，近村人民，得知其事，又渐渐蝟集，愈聚愈多，竟欲入内观览。社长不允，令人坚闭栅门，尽力防御，而大众狂呼乱叫，骚扰不休。社长无可奈何，暗想把火药包给众人一看，或可稍慰他们的渴望，遂吩咐工人，把引火棉箱排列栅内，以餍众目。而自己同麦思敦两人,往来巡行,防众人误将吸残烟草,掷入栅里。此时来观者,已增至三十万左右,麦思敦便有千目千手,也无异一个蚊子,想负起昆拉密图(在埃及之金字塔),终日飞跑,不遑应接,遂大声喊道:"诸君切勿吸烟,防生奇祸!"然狂澜似的大众,那里听得一分,依旧雪茄如林,吹烟成雾,宛如英京伦敦市的炊烟,袅袅然罩住了石丘一带。麦思敦见众人置之不理,怒不可遏,跳出栅门,拔了小刀,随手乱挥,如汽车上的车轮一般,滚入人海,把所有卷烟草,不论衔在口的,拿在手的,都抢过来,熄了火抛在一边,刹时间已成了一座小阜。众人见这位老夫子生气,便都虚心让步,渐渐镇定了。及至装完火药,果然毫没差池。臬科尔的豫言,又成了一件失败的话柄,按下不表。……却说月界旅行时,还有一件不可不虑的,便是食物及器具。设月界中也如地球上一般,有屠牛的,有造面包的,有酿葡萄酒的,则虽孑身独往,亦不愁冻馁。无奈自古以来,终未得一确信。若稍有疏忽,岂非历来的劳苦,都成了泡影么?亚电便写一张应用物件的目录,同社长商量数次,拣最要紧的,陆续购办。不到几日,把弹丸室内,已堆积得无容足之地,社长遂将必不可缺的物件,拣了许多,其余一概取去,零碎物件,则封入箱内。即验温器,风雨表,望远镜等,路上要紧的物品,也装入机械箱中,不令露出。又买几张波亚及穆埃雷绘的月世界地图,以备参考差异,及订正谬误。此图测量极密,月中的山岳平原,危峰大海,及喷火口等的广狭大小,位置名称;并自月球东方的雷普涅子及德弗儿飞山,至北极的木勒拂力科山诸地方,无不记载详尽,有条不紊。另购旋条枪并猎枪各两支,连许多弹丸硝药,一并排列室内。亚电笑道:"到月界时,如有人类,与我等无异,则遇不速之客,必来款待,或赠美酒,或贻佳果;善言论者抵掌而谈,问地球一切事;好奇者设宴,或歌或舞,极人生之欢,则适合我等之希望,荣幸何极。若不然,如入印度内地一般,或蛮人跳梁,举兵来袭,碎裂我等,以充饥肠;又或猛禽怪兽,充满酒地,磨牙舞爪,馋涎如泉,则我等将用何法防御呢?"社长问道:"君想月界中必有此种野蛮居住的么?"亚电道:"余亦推测而已。全其实情,古无知者。然昔贤有言曰,'专心于足者不蹶,'余亦用此为金杖,以豫防不测耳。"社长道:"然据余所见,则月界中当无此种恶物,读古书可知。"亚电大惊道:"所谓古书者,何书耶?"社长笑道:"无非小说之类耳。然书中谓月界之山岳,无巨莽森林,难容猛兽,则极可信。余即由此臆度的。"亚电道:"君以臆测之故,遽不设备,岂非大错么! 余等此番旅行,实非为一身计,故不可不再返故国,以报告全地球人民。若被食于野蛮猛兽,不是劳而无功,徒留笑柄么!"社长点首道:"甚是甚是。余已无可言,此后惟听君之指挥。"亚电道:"君言几窘杀我! 余实不甚解旅行一切事,不能不求助于君。"社长道:"余固有助君之志。"亚电道:"余想防御器机,万不可缺,即鹤嘴锄,铁棍,大斧,手枪等是也。其他冬夏衣服,亦应完备。……又余等虽深恶蛇属,或虎,狮,豺,象等;而无牛,马,犬,羊诸家畜,则甚难生存,还该携去数匹才是。"社长大笑道:"我良友亚电君乎! 余前虽言听君指挥,今实不复能忍矣。君不知旅行弹丸的大小,与古时'爱克船'无异么? 不知'爱克船'的幅员,却大于我等的旅行弹丸么? 那有可携如许物品之理呢! 不如让我选择罢。"亚电回想前言,也自失笑,遂托社长选择。社长于不急之物,尽行除去,加上臬科尔的爱犬,并纽芬兰种犬各一匹,又小树数株,种子数十包,以备在月界中辟地莳植。亚电又道:"此种子必与月球的土性不宜,非另带地球上肥土不可。且数株灌木,应防其槁,须加土于根,缠以绳索才妙。"社长依言,安排妥洽。又买菜,汁,盐,肉,酒类等,足支一年之食物,均纳弹中,便将弹丸运上石丘,举起鹤颈称,吊入炮内。诸社员握手咽唾,恐酿巨灾,而渐入炮膛,毫无障碍。不一时,已达炮底,社长仰天呼了一声"上帝",臬科尔却坐在远处出神,亚电跑过去笑说道:"君的赌金,又输去了。余要拿去赠月世界国王的。"诸社员轰然大笑。臬科尔看了亚电一眼,默不发言。亚电又对熟识的友人道:"余虽拜别诸公,而至月界,然并非诀绝的。诸公切勿视余为天人，余且拟报告月界的真态。"麦思敦笑道："不必愁，不必愁！余是断不肯以君为着羽衣之天人的。"社员又大笑不已。连臬科尔也不觉失笑，囊囊的走过来了。……却说实验日期，越加切近，一转瞬间，已遇十二月朔日的良宵。当夜十点钟四十分四十六秒时，月球冉冉，正过天心，并最与地球相近，若错过机会，则会社的大试验，便不能不待至十八年以后了。是日天色蔚蓝，日光闪灼，不待黎明，石丘近傍，已来了无数观客。连天波市也车马如云，十分热闹。平原一带，有张天幕的，有建高楼的，有营小屋的，荒凉寂寞的所在，竟变了一大都府，各国人民，无不骈集，所操语言，若英，若法，若俄，若德，千差万别，不可究详，一片平原，竟与一个小地球无别。美国人则更不消说，自然农罢耕耘，商废贸易，不论贵贱，老幼，男女，皆忻喜欲狂。茀罗理窦地方，扰扰攘攘，宛如鼎沸。迨近发射时期，众人颇觉惶惧，那胆小的，不免战栗。私语渐绝，寂如无人。未几时限愈逼，人更不安，有逃遁之状，忽然摇动起来，如怒涛啮岸一般，汹汹然令人骇绝。又少刻，自鸣钟打了七下。众人举首看时，则明月一轮，冉冉而上，大千世界，骤放光明；便是直径尺余的金刚石，亦难比其价值。喝采之声，忽如雷动。此时栅门之内，倏见有许多同盟社员，排了行列，万足一步，直行向前；其后便是三个旅行的勇士，容貌庄肃，举止雍容，头戴礼冠，身披礼服，鱼贯而出。并有欧洲各国派来的天象台职员，警卫于后。社长巴比堪，左右奔驰，指挥行列，臬科尔负手于背，昂然徐行。亚电着新制旅衣，喜色可掬，向麦思敦道："余将远行，与君离别。君若能以地球上新事相告，忻幸何如！"麦思敦道："余固欲以异闻奇事告君，然苦无良法耳。"亚电道："君不见世界上进化之状态么？必因人类以此事为不可为，而其事遂不能成；苟尽力为之，必无不成之理。即如此番旅行，当初谁不疑虑，虽以大学者自命如臬科尔先生，亦尽力反对，不留余地。幸社长不顾舆论，勇往直前，始有今日。君若待余启行以后，运用奇想，一切旁观者言，均视为狂吠，毫不措意，惟潜思壹志，研究通信之良法，则到底必获成功。余于故国政府之变革，以及人民之进步等事，终有一日可以洞悉的。"时臬科尔正立亚电背后，闻历数其失，且含讥刺，怒不可遏，遽迈步上前，大声道："亚电君！……今所言者，固皆余之过失，然非君所应讪笑者也。君因将远行，乃大笑骂我，以损我之荣誉耶！"说毕擦掌磨拳，颇有争斗之势。麦思敦急握其腕，怒目道："君以私愤，遂想妨害大业么？然则为我等之大敌。我等之大敌，即阖地球人类之大敌也！为人类公敌者，天下虽大，不能容其身，君将如何？"臬科尔不能答，含怒走开。此时自鸣钟已报十点，发射之期，切迫万分。炮旁起重机的铁索，摇荡有声，豫备将三个勇士，垂入炮底。社员皆肃然正列，寂静无哗。麦思敦虽禀性刚强，从不屈挠，三岁以后，未曾哭泣一次，至此时也免不得两行老泪，沾湿衣衿；拭泪向社长道："尚可从容，君不偕余同去么？"社长大声答道："我老友麦思敦君乎！余实不能伴汝。不但弹丸狭小而已，君已颓龄，难受辛苦，不如居此地球，静候余等的报告罢！"麦思敦不能再说，含泪而退。旅行三勇士，遂诀别了朋友，垂入弹中，关上铝门，将螺旋捻紧。一轮璧月，渐近中天，天地无声，万众屏息，只听得机械师马起孙大呼道：

"三十五秒——三十六秒——三十七秒——三十八秒——三十九秒——四十秒——放射！"

轰的一声，天柱折，地维缺，无数的旁观者，如飓风摧稻穗一般，东倒西歪，七颠八倒，有目不能见，有耳不能闻，那里还有如许闲工夫，来看弹丸的进路。咄！

咄尔旁观，　仓皇遍野；　而彼三侠，　泠然善也！

要知放射以后，这弹丸能否直达月球，不堕地上，且待下回再表。

第十四回　纵诡辩汽扇驱云　报佳音弹丸达月

却说旅行弹丸发射时，烈火如柱，矗立天外，宛如火龙张爪，蜿蜒上升，少顷蓬勃四散，照耀莽罗理窦地方，成一火焰世界。凡在三百英里以内，虽在深夜，而微虫蠕动，亦历历可见。致其震动之力，实为千古未有之大地震，而莽罗理窦适为震域之中心。由硝药所生之气体，以极大势力，震动空气，空中忽生人造之大暴风，数千万观客，不论何人，均被吹倒，纵横满地，卧不能起。其中的麦思敦，生来是胆大包身，不惧艰险，因欲细看弹丸进路，独立在一百五十码以内，谁料一发之后，竟如弩箭离弦一般，直掷出至百二十尺之外，头晕气绝，冥然如死，良久始醒，抚着腰大叫道："唉，余痛甚！唉，余痛甚！亚电君！巴比堪君！臬科尔君！君等已向月界启行了么？君等在地球时均与余善，而独于月界旅行竟不我许，余虽年老，然较之懒惰青年，却胜万倍，今居然掷余于百尺以外，苦痛欲死，何无情至此耶！"麦思敦大声疾呼，竟无应者。巨大弹丸，已飞行于太空万里之上了。其他众观客，因刹时之间，大受震动，惊怖气绝者，不计其数。少顷渐渐苏生，有抚腰的，有包头的，有络手的，因此耳聋者，亦约有三千左右，宛如大战以后一般，狼狈情形，不能言喻。静了一刻，呼痛之声，忽然大震，其音与弹丸发射时，竟不相上下。众人一面呼痛，一面昂首，想看弹丸的进路。岂知太空冥冥，一碧无际，那有弹丸的片影？仰首问天，天无耳目口舌，寂然不答，只得裹伤扶杖，慢慢回家，除静候轮庇克山望远镜视察者的报告外，别无希望了。此视察者，为侃勃烈其天象台司长，名曰培儿斐斯，既通天文，又精测算，穷理之学，更入蕴奥，为地球上第一天象名家，故托其视察弹丸，诚属妥当已极的。所惜者发射以后，天气骤变，黑云满空，宛如泼墨，加以二十万磅的引火棉，皆化细灰，和入空气，虽略一呼吸，亦不免大害于卫生。翌日更甚，烟雾蔽天，白日失色，虽咫尺亦不能辨。此黑烟渐散渐远,竟达落机山巅,视察者空对着大望远镜,束手痴坐,不能窥见一丝弹丸的影子。麦思敦终日提心吊胆,坐立不安,到第二日清晨,已不可耐,便骑了马,跑至望远镜建设处,见过司长,叹道:"俗语说劳而无功,而余则劳而得祸,余自制造大炮,以迄研究弹丸,无不尽心竭力者,实出于旅行月界之热诚而已。岂料社长不仁,竟不许偕往,且掷之百二十尺以外,仅免于死。因是腰脊受伤,昔独立战争时击伤之脑骨,今复破损,真是不幸之至了!"司长笑道:"君今年高龄几何了?"麦思敦道:"只六十八岁耳。"司长大笑道:"如此,则当以善保余生为第一义,何必侈想旅行呢!"麦思敦愤然作色,怒目道:"这是什么话呢! 凡人类者,苟手足自由,运动无滞,则应为世界谋利益,为己身谋利益,肉体可灰,精神不懈,乃成一人类之资格。君不知此理么?"司长道:"诚然! 然人类之孳孳汲汲,不遑宁处者,虽曰为世界谋公益,亦半为营菟裘计耳。故壮而逸居,老而劳动者,不能谓之智。君固矍铄,然已无劳动理,社长不令同行,殊非无意的。"麦思敦道:"此事是非,今且勿论,人已仆地,何必再来觅杖呢。然不达余志,则甚有遗憾耳。"司长蹙额道:"麦思敦君乎,黑云蔽天,虽昼亦晦,余等挥霍巨资以制造之望远镜,竟无微效,计自放射至今,已越三日,而太空间仍罩着无边的黑天幕。今日午后,社长等三人当达月界,故不可不视察其结果,报告全球;而天色仍如是,奈何?"麦思敦想了一会,说道:"没有消散黑云的良法么?"司长道:"作汽械巨扇,立空际,鼓动烈风,或可消散于万里之外。"麦思敦拍手道:"妙极,妙极! 其大若干?"司长答道:"直径应大二千四百尺。"麦思敦愕然良久,大呼道:"司长先生,天下有造如此巨扇之法的么? 余不信。"司长笑道:"君言误矣! 以此与月界旅行相较,其难易何止天渊。月界旅行,今已告成,则区区汽扇,岂有不能制造之理! 然至今日方才提议,则殊与获盗而后绚绳无异,君视为《天方夜谭》之诡论可耳!"麦思敦笑道:"余亦姑妄听之耳,并非信以为真的。"司长道:"总之,黑云不散,则难见弹丸;不见弹丸,则此望远镜便为赘物。奈何奈何！"麦思敦道："余等惟待其消散而已，那里有他法呢……"计自十二月四日至六日，美洲虽烟雾涨天，不辨咫尺，而欧洲则晴空如洗，绝无微瑕。哈沙，罗德洛慈，福柯路得三大天象台，皆了望月球，不舍昼夜，无奈视力太弱，不能达极远之处，只得束手长叹罢了。至初七早晨，忽见旭日半轮，隐跃天末，司长及麦思敦两人，喜出望外，急至客堂商议夜间视察之法，岂知不到午后，黑云如磐，又堆满了空际。麦思敦不禁焦急，只是对着司长连呼"奈何！"司长亦握手顿足，无法可施。麦思敦道："噫，徒忧无益，不如小饮为佳！"司长道："余亦喜饮酒，与君对酌何如？"两人遂行过望远镜旁，进了新筑室内，司长呼使丁取出许多酒类，问道："葡萄，白兰地，香宾皆有，君生平好饮那一种的？"麦思敦道："从汝所好。"司长点头，酾一盏葡萄酒，递给麦思敦，又自斟了一盏，且谈且饮，不觉尽醉。初八九两日，依然浓云密布，不能视察。司长及麦思敦两人，醉而醒，醒而歌，歌而饮，饮而醉，终日蕾腾，不知朝夕。至初十日，麦思敦宿醒甫解，即忆及弹丸之事，大叫道："天尚未晴，天帝何妨余之甚耶！彼三个勇士，不惜身命，冒险旅行，冀补助学术于万一，天帝岂可不眷佑之？然胡为使地球上人，不能知其所在耶！"司长醒来，推窗一望，亦默然无言，仰天长叹。幸十一日午后，烈风骤起，乱卷暗云，遥望长天，宛如斑锦。入夜，已空明如洗，不复有微云一点，渣滓太清，于是弹丸进路，遂得发见，自亚美利加全洲，以至欧洲诸国，均用电报通知，他人私信，因此阻止者，不知多少。司长即致一书于侃勃烈其天象台道：

　　　迩日天色黯淡，浓云连绵，虽有巨鉴，不能远瞩，问天不语，引领成劳，如何如何！昨晚赖风伯之威，顽魔始退，并借麦思敦氏臂助，乃发见由司通雪尔地方哥仑比亚炮所发射弹丸之进路，再三思索，知因发射稍迟，遂与月球相左；所幸者距离非遥，必能受吸力而落于月界，然复非立时堕落，当随月球回转之速力，以环游月世界一周。侃勃烈其天象台职员诸君阁下：

十二月十二日。 培儿斐斯。

此时天下万国,既得电报,诸新闻杂志,皆细述颠末,作论祝贺。麦思敦欣喜过望,向司长雀跃不止。且说道:"呜呼伟业,今已告成,彼等三人,正游月界;若余者,虽近若地球,亦未尝环游一次,对彼等大人物,能不羡煞妒煞么!"司长道:"余亦甚羡之,然只得以老自解嘲耳。"麦思敦若无所闻,又说道:"此时余之三良友,推窗凭眺,奇景殊物,来会目下,巴比堪氏必详记于手帖,将以报告余等,故余等宜静俟之。"司长道:"然,余亦惟静俟巴比堪氏之报告而已。"

未另发表。

1903 年 10 月由日本东京进化社出版,署中国教育普及社译印。

十一月

八日

斯巴达之魂[*]

西历纪元前四百八十年，波斯王泽耳士大举侵希腊。斯巴达王黎河尼佗将市民三百，同盟军数千，扼温泉门（德尔摩比勒）。敌由间道至。斯巴达将士殊死战，全军歼焉。兵气萧森，鬼雄昼啸，迨浦累皆之役，大仇斯复，迄今读史，犹懔懔有生气也。我今掇其逸事，贻我青年。呜呼！世有不甘自下于巾帼之男子乎？必有掷笔而起者矣。译者无文，不足摹拟其万一。噫，吾辱读者，吾辱斯巴达之魂！

依格那海上之曙色，潜入摩利逊之湾，衣驮第一峰之宿云，亦冉冉呈霁色。湾山之间，温泉门石垒之后，大无畏大无敌之希腊军，置黎河尼佗王麾下之七千希腊同盟军，露刃枕戈，以待天曙。而孰知波斯军数万，已乘深夜，得间道，拂晓而达衣驮山之绝顶。趁朝暾之瑟然，偷守兵之微睡。如长蛇赴壑，蜿蜒以逾峰后。

旭日最初之光线，今也闪闪射垒角，照此淋漓欲滴之碧血，其语人以昨日战争之烈兮。垒外死士之残甲累累成阜，上刻波斯文"不死军"三字，其示人以昨日敌军之败绩兮。然大军三百万，夫岂惩此败北，夫岂消其锐气。噫嘻，今日血战哉！血战哉！黎河尼佗终夜防御，以待袭来。然天既曙而敌竟杳，敌幕之乌，向初日而噪，众军大惧;而果也斥候于不及防之地,赍不及防之警报至。

　　有奢刹利利人曰爱飞得者,以衣狨山中峰有他间道告敌;故敌军万余,乘夜进击,败佛雪守兵,而攻我军背。

咄咄危哉! 大事去矣! 警报戟脑,全军沮丧,退军之声,嚣嚣然挟飞尘以磅礴于军中。黎河尼佗爰集同盟将校,以议去留,金谓守地既失,留亦徒然,不若退温泉门以为保护希腊将来计。黎河尼佗不复言,而徐告诸将曰,"希腊存亡,系此一战,有为保护将来计而思退者,其速去此。惟斯巴达人有'一履战地,不胜则死'之国法,今惟决死! 今惟决死战! 余者其留意。"

于是而胚罗蓬诸州军三千退,而访嘻斯军一千退,而螺克烈军六百退,未退者惟刹司骇人七百耳。慨然偕斯巴达武士,誓与同生死,同苦战,同名誉,以留此危极凄极壮绝之旧垒。惟西蒲斯人若干,为反复无常之本国质,而被抑留于黎河尼佗。

嗟此斯巴达军,其数仅三百;然此大无畏大无敌之三百军,彼等曾临敌而笑,结怒欲冲冠之长发,以示一瞑不视之决志。黎河尼佗王,亦于将战之时,毅然谓得"王不死则国亡"之神诫;今无所迟疑,无所犹豫,同盟军既旋,乃向亚波罗神而再拜,从斯巴达之军律,舆椊以待强敌,以待战死。

呜呼全军,惟待战死。然有三人焉,王欲生之者也,其二为王戚,一则古名祭司之裔,曰豫言者息每卡而向以神诫告王者也。息每卡故侍王侧,王窃语之,彼固有家,然彼有子,彼不欲亡国而生,誓愿殉国以死,遂侃然谢王命。其二王戚,则均弱冠矣;正抚大好头颅,屹立阵头,以待进击。而执意王召之至,全军肃肃,谨听王言。噫,二少年,今日生矣,意者其雀跃返国,聚父母亲友作再生之华筵耶! 而斯巴达武士岂其然? 噫,如是我闻,而王遂语,且熟视其乳毛未褪之颜。

　　王"卿等知将死乎?"少年甲"然,陛下。"王"何以死?"甲"不待言:战死! 战死!"王"然则与卿等以最佳之战地,何如?"甲乙"臣等固所愿。"王"然则卿等持此书返国以报战状。"

异哉！王何心乎？青年愕然疑，肃肃全军，谛听谛听。而青年恍然悟，厉声答王曰，"王欲生我乎？臣以执盾至，不作寄书邮。"志决矣，示必死矣，不可夺矣。而王犹欲遣甲，而甲不奉诏；欲遣乙，而乙不奉诏。曰，"今日之战，即所以报国人也。"噫，不可夺矣。而王乃曰，"伟哉，斯巴达之武士！予复何言。"一青年退而谢王命之辱。飘飘大旗，荣光闪灼，於铄豪杰，鼓铸全军，诸君诸君，男儿死耳！

初日上，征尘起。睁目四顾，惟见如火如荼之敌军先锋队，挟三倍之势，潮鸣电击以阵于斯巴达军后。然未挑战，未进击，盖将待第二第三队至也。斯巴达王以斯巴达军为第一队，刹司骏军次之，西蒲斯军殿；策马露刃，以速制敌。壮哉劲气亘天，竣乌退舍。未几惟闻"进击"一声，而金鼓忽大振于血碧沙晶之大战斗场里；此大无畏，大无敌之劲军，于左海右山，危不容足之峡间，与波斯军遇。呐喊格击，鲜血倒流，如鸣潮飞沫，奔腾喷薄于荒矶。不刹那顷，而敌军无数死于刃，无数落于海，无数蹂躏于后援。大将号令，指挥官叱咤，队长鞭遁者，鼓声盈耳哉！然敌军不敢迎此朱血涂附，日光斜射，愈增熌灿，而霍霍如旋风之白刃，大军一万，蜂涌至矣。然敌军不能撼此拥盾屹立，士气如山，若不动明王之大磐石。

然未与此战者，犹有斯巴达武士二人存也；以罹目疾故，远送之爱尔俾尼之邑。于郁郁闲居中，忽得战报。其一欲止，其一遂行。偕一仆以赴战场，登高远瞩，呐喊盈耳，踊跃三百，勇魂早浮动盘旋于战云黯淡处。然日光益烈，目不得瞬，徒促仆而问战状。

刀碎矣！镞尽矣！壮士歼矣！王战死矣！敌军猬集，欲劫王尸，而我军殊死战，咄咄……然危哉，危哉！其仆之言盖如是。嗟此壮士，热血滴沥于将盲之目，攘臂大跃，直趋战垒；其仆欲劝止，欲代死，而不可，而终不可。今也主仆连袂，大呼"我亦斯巴达武士"一声，以阗入层层乱军里。左顾王尸，右拂敌刃，而再而三；终以疲惫故，引入热血朱殷之垒后，而此最后决战之英雄队，遂向敌列战死之枕。噫，死者长已矣，而我闻其言：

汝旅人兮，我从国法而战死，其告我斯巴达之同胞。

巍巍乎温泉门之峡，地球不灭，则终存此斯巴达武士之魂；而七百刹司骇人，亦掷头颅，洒热血，以分其无量名誉。此荣光纠纷之旁，犹记通敌卖国之奢刹利人爱飞得，降敌乞命之四百西蒲斯军。虽然，此温泉门一战而得无量光荣无量名誉之斯巴达武士间，乃亦有由爱尔俾尼目病院而生还者。

夏夜半阑，屋阴覆路，惟柝声断续，犬吠如豹而已。斯巴达府之山下，犹有未寝之家。灯光黯然，微透窗际。未几有一少妇，送老妪出，切切作离别语；旋铿然阖门，惨淡入闺里。孤灯如豆，照影成三；首若飞蓬，非无膏沐，盖将临蓐，默祝愿生刚勇强毅之丈夫子，为国民有所尽耳。时适万籁寥寂，酸风戛窗，脉脉无言，似闻叹息，忆征戍欤？梦沙场欤？噫，此美少妇而女丈夫也，宁有叹息事？叹息岂斯巴达女子事？惟斯巴达女子能支配男儿，惟斯巴达女子能生男儿。此非黎河尼佗王后格尔歌与夷国女王应答之言，而添斯巴达女子以万丈荣光者乎。噫，斯巴达女子宁知叹息事。

长夜未央，万籁悉死。噫，触耳膜而益明者何声欤？则有剥啄叩关者。少妇出问曰："其克力泰士君乎？请以明日至。"应曰，"否否，予生还矣！"咄咄，此何人？此何人？时斜月残灯，交映其面，则温泉门战士其夫也。

少妇惊且疑。久之久之乃言曰："何则……生还……污妾耳矣！我夫既战死，生还者非我夫，意其鬼雄欤。告母国以吉占兮，归者其鬼雄，愿归者其鬼雄。"

读者得勿疑非人情乎？然斯巴达固尔尔也。激战告终，例行国葬，烈士之毅魄，化无量微尘分子，随军歌激越间，而磅礴轕刺于国民脑筋里。而国民乃大呼曰，"为国民死！为国民死！"且指送葬者一人曰，"若夫为国民死，名誉何若！荣光何若！"而不然者，则将何以当斯巴达女子之嘉名？诸君不见下第者乎？泥金不来，妇泣于室,异感而同情耳。今夫也不良,二三其死,奚能勿悲,能勿怒?而户外男子曰,"涘烈娜乎?卿勿疑。予之生还也,故有理在。"遂推户脱扃,潜入室内,少妇如怨如怒,疾诘其故。彼具告之。且曰,"前以目疾未愈,不甘徒死。设今夜而有战地也,即洒吾血耳。"

少妇曰,"君非斯巴达之武士乎?何故其然,不甘徒死,而遽生还。则彼三百人者,奚为而死?噫嘻君乎!不胜则死,忘斯巴达之国法耶?以目疾而遂忘斯巴达之国法耶?'愿汝持盾而归来,不然则乘盾而归来。'君习闻之……而目疾乃更重于斯巴达武士之荣光乎?来日之行葬式也,妾为君妻,得参其列。国民思君,友朋思君,父母妻子,无不思君。呜呼,而君乃生还矣!"

侃侃哉其言。如风霜疾来,袭击耳膜;懦夫懦夫,其勿言矣。而彼犹嗫嚅曰,"以爱卿故。"少妇怫然怒曰,"其诚言耶!夫夫妇之契,孰则不相爱者。然国以外不言爱之斯巴达武士,其爱其妻为何若?而三百人中,无一生还者何……君诚爱妾,曷不誉妾以战死者之妻。妾将娩矣,设为男子,弱也则弃之泰噶托士之谷;强也则忆温泉门之陈迹,将何以厕身于为国民死之同胞间乎?……君诚爱妾,愿君速亡,否则杀妾。呜呼,君犹佩剑,剑犹佩于君,使剑而有灵,奚不离其人?奚不为其人折?奚不断其人首?设其人知耻,奚不解剑?奚不以其剑战?奚不以其剑断敌人头?噫,斯巴达之武德其式微哉!妾辱夫矣,请伏剑于君侧。"

丈夫生矣,女子死耳。颈血上薄,其气魂魂,人或疑长夜之曙光云。惜也一应一答,一死一生,暮夜无知,伟影将灭。不知有慕涘烈娜之克力泰士者,虽遭投梭之拒,而未能忘情者也。是时也,彼乃潜行墙角以去。

初日瞳瞳,照斯巴达之郊外。旅人寒起,胥驻足于大逵。中有老人,说温泉门地形,杂以往事;昔也石垒,今也战场,絮絮不休止。噫,何为者?——则其间有立木存,上书曰:

"有捕温泉门堕落武士亚里士多德至者膺上赏。"

盖政府之令,而克力泰士所诉也。亚里士多德者,昔身受迅雷,以霁神怒之贤王,而其余烈,乃不能致一士之战死,咄咄不可解。

观者益众,聚讼嚣嚣。遥望斯巴达府,有一队少年军,鍪甲映旭日,闪闪若金蛇状。及大逵,析为二队,相背驰去,且抗声而歌曰:

"战哉!此战场伟大而庄严兮,尔何为遗尔友而生还兮?尔生还兮蒙大耻,尔母笞尔兮死则止!"

老人曰,"彼等其觅亚里士多德者欤……不闻抗声之高歌乎?此二百年前之军歌也,迄今犹歌之。"

而亚里士多德则何如?史不曰:浦累皆之战乎,世界大决战之一也,波斯军三十万,拥大将漠多尼之尸,如秋风吹落叶,纵横零乱于大漠。斯巴达鬼雄三百,则凭将军柏撒纽,以敌人颈血,一洗积年之殊怨。酸风夜鸣,薤露竞落,其窃告人生之脆者欤。初月相照,皎皎残尸,马迹之间,血痕犹湿,其悲蝶尔飞神之不灵者欤。斯巴达军人,各觅其同胞至高至贵之遗骸,运于高原,将行葬式。不图累累敌尸间,有凛然僵卧者,月影朦胧,似曾相识。其一人大呼曰,"何战之烈也!噫,何不死于温泉门而死于此。"识者谁:克力泰士也。彼已为戍兵矣,遂奔告将军柏撒纽。将军欲葬之,以询全军;而全军哗然,甚咎亚里士多德。将军乃演说于军中曰:

"然则从斯巴达军人之公言,令彼无墓。然吾见无墓者之战死,益令我感,令我喜,吾益见斯巴达武德之卓绝。夫子勖哉,不见夫杀国人媚异族之奴隶国乎,为谍为伥又奚论?而我国则宁弃不义之余生,以偿既破之国法。嗟尔诸士,彼虽无墓,彼终有斯巴达武士之魂!"

克力泰士不觉卒然呼曰,"是因其妻浃烈娜以死谏!"阵云寂寂,响渡寥天;万目如炬,齐注其面。将军柏撒纽返问曰,"其妻以死谏?"

全军咽唾,耸听其说。克力泰士欲言不言,愧恧无地;然以不忍没女丈夫之轶事也,乃述颠末。将军推案起曰,

"猗欤女丈夫……为此无墓者之妻立纪念碑则何如？"

军容益庄，惟呼欢殷殷若春雷起。

斯巴达府之北，侑洛佗士之谷，行人指一翼然倚天者走相告曰，"此淏烈娜之碑也，亦即斯巴达之国！"

原载 1903 年 6 月 15 日、11 月 8 日《浙江潮》月刊第 5、9 期。署名自树。

初收 1935 年 5 月上海群众图书公司版《集外集》。

本年

自题小像

灵台无计逃神矢，风雨如磐暗故园。
寄意寒星荃不察，我以我血荐轩辕。

未另发表。据作者1931年所书手迹编入。
初未收集。

地质学残稿

地壳第二

壹　石

地壳构造，在古非繁，惟历时绵长，动变恒起，则遂淆杂有如今日。治理首要，厥惟其材，为之材者曰石。凡石者，不必坚确磊砢之谓，散如沙砾，柔如土壤，咸入斯族选。枉言之，则虽方降之雪，初凝之冰，苟被地表，均得谓之焉。石之区分，因于成就，今约析为三：一曰火成石，二曰水成石，三曰变成石。

一　火成石

石汁之凝者谓之。状若块，故亦称块石。其类有二：一凝地表，一在地中，名甲曰囟成石，乙曰蕴成石。识别甲乙，当察厥状。甲之凝骤，故结精率不全，内含矿质，亦复如是，名之曰斑精，其石曰石基。乙蕴地中，凝定以渐，故石与所含矿结晶，大氐具足，审视石理，作粒状也。

所以成石者为矿物，或成于一，或成于数。如垩石及大理石，选自方解石，而安兑斯石成自慈铁矿 Feldspor 及辉石，花刚石成自长石，云母及石英。凡此群矿，各为成分之主，故见其一，即知为花刚或安兑斯石矣。

火成石之成，凝自石汁，故所含质，可以了然，非若水成，曾经繁变，盖其造就，实原始耳。以是一因，则识别矿物之事，遂尤要于水成者。是石成就，如制波黎，石汁未坚，亦作流状，设令急冷，不暇结精，乃澄澈可以透视，如地卤波黎及黑曜石。假其凝冷较徐，则略作精态，有如微晶。载使更徐，乃结晶亦愈巨，是名斑精，其尚作波黎状者，则石基也。徐益甚，而石基亦成微晶，为微晶质，蕴成石中。花刚之凝极缓，故石英，长石，云母之品，得结晶时，圆满具足，互相句联，为状若一焉。

主要之石

一，花刚石　是为蕴成石。石英、云母及正长石，其主分也。

二，石英斑石　此古之卤成石，石基缜密，有石英及正长石之斑晶丽之。

三，流文石　此新卤成石，第三纪时所喷薄者也，合分如上。

右列之种，含矽酸至七〇％……十，故亦谓之酸性石。

四，闪黑石　此为蕴成，主分则角闪石与正长石，惟不含石英，与花刚异，满洲有之。

五，甲错石　此为卤成，合分如上，第三纪以后之喷薄物也。

六，闪绿石　此为蕴成，状类花刚，而主分为斜长石与角闪石。

七，小炓石　此为古之卤成，合分如上。

八，安兑斯石　新卤成石，此最常见，微晶或潜晶之石基中，有斜长石及辉石之斑晶丽之。

右列五种,为中性石,含矽酸约六〇％,什四五为酸性,六七为盐基性。

九,飞白石　此由蕴成,主分为斜长石及异制石。

十,辉绿石　此由卤成,主分为斜长石及辉石。

十一,玄武石　此为新卤成石,合分如前,斜长石富盐基性,又有慈铁矿及橄榄石蕴之。

二　水成石

地壳之石,复遇外力,剥落破碎,沉著水中而成者谓之。故地见斯石,古必在水,且其初就,必与水平。审核石理,可见层累,故亦称层石,而层累则谓之地层。水之为用有几:变其形一,变其质二。受甲力者为沙石,砾石等,受乙力者为垩石,矽石等。

主要之石

甲,精质石或非赍屑石:

一,冰。

二,石盐　此为大层,介水成石之内。

三,垩石　垩质之物,沉积海底,则集合为垩石。状或缜密,或结晶。名甲曰缜密垩石,乙曰大理石。

四,矽石　石英之集合也。

五,石炭　古之植物,埋埋地中,酸素既饶,遂炭化为石炭。

右列五种,成为质变之石。

乙,赍屑石:

一,沙砾。

二,沙石　沙受埴垩,及矽石之粘联者谓之。

三,砾石　石质破碎,水去其觚,复受粘质所合者谓之。

四,觚石　觚棱小石之所合也。

五,埴。

六,叶石　此为埴之固者,可叶叶离析之。

七,埴石　此亦埴之固者,而理至缜密,且亦坚贞。

右列七种,咸为形变之石。

三 变成石

变成石亦名剥石,状具层叠,有如水成,顾含精质,复与火成石似。核其成因,为说有几:一曰古石在继生石下,历年特久,温度压力之来也大,于是巨块糜碎,屑末乃溶,而结精爰复成就;二曰地壳收缩,生横压力,转化为热,促之质变,遂分解以成结精;三曰地下之水,每函矿物,此假地中蕴热暨其压力,逞质学之力,以使石质易常,为变成石。总此三说,谊各相殊,顾根寻归结,则压力,温度,其宗主也。

主要之石

一,片麻石 此为地壳最古之石,世界广有,成自长石,石英,云母三。因有剥性,可与花刚石别。言成因者有二:一谓最初凝定之石,为地壳权舆;一谓初尝沉着于尔时热海中,厥后乃质变而为此。

二,精质剥石。

三,辉石 尖屑结晶状石也。

四,千叶石 为微精或潜精质,石理作片状,至为具足,故名。云母,绿泥石,长石及石英之小片造之。

贰 地壳之构造

石层 水成石与火成石,缘起既异,为状遂殊。成于火者,如块如枝。成于水者,若累板,若叠叶,且因沉积,故作水平,相其累层,犟然可析。是为地层,其居上者,常新于下。殆皆平行,以与他层相接,名接处曰地层面,自上至下曰层厚率,一以上之层曰累层。

变位 层之方成,大氐平坦,顾久而蒙地心之力,遂易其常,或隆陷为襞积,或中绝成断层,是名变位。变位之起,古者为多,在新者则较鲜。

地层 偏倚,有词表之:其与水平面相切之向,谓之层向;层所偏至,即与层向之线相交作直角之方,谓之偏。所以计之之器曰偏至计。

襞积　地层襞积,巨者为山,如阿尔布,如喜马拉牙,皆成于此。为类有二:一曰正襞,一曰覆襞。或石二部自左右而下中央,或自中央而倾左右。名甲曰向邪部,或曰层盘;乙曰背邪部,或曰层鞍。其直立者曰直层,下上颠倒者曰倒层。又因其形而为之名,则曰单斜,曰扇,曰倒扇。通观地形与层之构造,每多相反,层盘为山,层鞍为谷,往往有之,此足注目者。

断层　地层之中绝者谓之。若其厚率渐减,终乃就无,则谓之锐灭。地中横压,胜石层弹力,是生断层,在变位层见之。地壳隆陷,是生锐灭,在海滨见之。

地层面上,所见裂纹之向,谓之断层线。其断面曰断层面。面与层向平行者,曰层向断层;与偏倚之向平行者,曰偏至断层;其否者,曰邪断层。又因其形而为之名,则曰阶,曰渠,曰梁,曰釜。

整合　累层各面,略以平行相累者谓之;否者曰不整合。甲之所示,为地层成就时,绵不间隔,亦且平安;乙则示二层成就之间,尝经大年,受大变。故识别此二,而辨地层之时代,察地质之构造,犹观火焉。

二 气

气之为用,甚类于水,可别之为数事。

质变　质变者,风化之谓。如颢气成分,淡素而外,则有酸素及碳酸水气,遭会石质,能令变易,露处之。故石,久经风雨,则内外色泽,截然相殊,而渐致析分,终于成植者亦有之。

形变　前言水挟沙砾,相磋益细,惟风益然。当其飞扬,必互相抵,诸沙交砺,终如微尘。若击石质,尤能侵蚀其表,令日减损。如海滨之近沙碛者,可见三角石,足为显证。一石犹尔,大山可知。故戈壁及其它沙漠,山石每受磨砻,爰成圆穴。而埃及与阿拉伯古宇,亦多为所湮没,或形状蒙龙,仅能辨认焉。

若山为层石,有软有坚,风沙搏击而后,软者先损,如乱叠书。

盖地在沙漠,山石多露,故直受颣气之用,使其上披泥土,植物遂长,则作用亦以缓。惟滨海之处,波涛所击,大都童然无卉木,则沙为风运,积如丘陵,时或骈为几列,延及数里,其度面风者缓,反风者急,是名沙丘。能埋圃田,使农夫蒙其害,故植松为林,所以御风亦以防此也。

中国陕西,甘肃,山西,直隶,河南五省,地被黄土,细如飞尘,原及数百密。审核其状,异于地层,不得沉积之迹,独借风力,因以致是耳。盖第四纪初,中国北方气候旱干,甚异今日,地则为斯提普,草木不繁。而中亚实有沙漠,西风怒吹,扬沙而东,距离既远,互磨益细,沉着于野,是为今之黄土。故草或动物之僵石,每能得之于斯。黄河之黄,实亦因是。若求例于异域,则如来因及多瑙流域皆然,故不如中国之著。

此他因颣气而形变者,复有垆姆。是本轻石,出于地囱,巨者积聚近处,其细则乘风而荡,沉着于远,日久分解,遂以生成。故在是中,每见轻石小粒,拈以二指,即糜散为垆姆。此亦来自第四纪初,地囱大决之顷,樛无层累,非如埄之可以理析。实其特有之状,故可一见识之。

生物之分布　生物分布亦假于风。有鸟与虫,常冯之以迁下风之地。昆虫在陆,不能逾海,而风能作之辅,俾入孤岛。他如植物之子胞华粉,以至果实,其能年益曼衍,布及大区者,亦因是耳。

三　生物

植物　植物之力,莫若于破石。世所谓致密之石,大抵多孔,根荄节隙,能入其间,初如毫毛,继乃弥巨,渐使判列,如楔子析木也。况当是时,水亦随进,植物之根,则施行代谢,其峀泌分酸类,令石变质。故虽至坚之石,久亦糜碎,是谓之霉蚀。

植物既朽,炭乃独存,故壤土之表,色常较黑。函此腐植,则宜于播种,虽不加人力,而所获丰,足兴农林之业。如俄之南以至西伯利亚西南,爰有大野,被以黑壤,树菽不假粪溉,以欧洲之太仓称于时。是本黄土，厥后乃生森林，林木枯朽，留炭归，土故色转黑，而地力不就瘠薄。

植物繁生，复有益于地形天候，如调气候，致雨泽，更吸其水，以免洪水之泛滥。覆盖地表，使与风雨不直，遇而迟其解析，凡此皆植物之力也。

若下级植物，则作用之大，有益以奇觚者。如海及薮泽，实生矽藻。矽石为甲，凑会精眇游泳水中，能自运动，死而遗蜕在，水遂沉淀为白色，土厚者至三十尺，是名矽藻土，在磨砻金石时用之。

动物　下级动物，其力亦伟。如珊瑚为物，生热带及次热带澄水中，气候平均得摄氏二十度地。大抵团集成群，造作礁屿，因形锡字，可类为三：一曰缘礁，依陆而生；二曰堡礁，间水遂陆；三曰环礁，则无陆而虚中。达尔文曾核其理，谓三者实相系属，由一转二，次复成之。惟地陷故，乃见此象，故环礁为状，外峻内坦，坦者由于昔之依陆，而水中养分在外独多，爰益发达而外侧为之加峻云。顾有反其说者，为穆黎氏，谓珊瑚礁经年既多，自能离陆。亚额什支氏亦谓地表隆上之处，亦生珊瑚。然达尔文氏说，则尚不能为其破。

浮游海中者，复有幺麽动物。一曰杂娄虫，以垩为甲，大者如栗如钱，细者非显镜不之见。一曰辐射虫，以矽石为甲，赖形素缩伸，成其运动，死而留蜕，渐积为层。故探索海底，大抵如其郛中。若夫泥沙，乃惟近陆之处有之耳。动物之在陆者，首推蚁子，能柔地表，其用如霜，又能造小丹椎形塔，与地卤仿佛。次若獭之群居川畔，乃往往穿凿孔窍，以决堤防。而人类之业，如开山填海，或凿运河，则亦转易地形之著者也。

未另发表。据手稿编入。

初未收集。

一九〇四

十月

八日

致 蒋抑卮

拜启者:前尝由江户奉一书,想经察入。尔来索居仙台,又复匝月,形不吊影,弥觉无聊。昨忽由任君克任寄至《黑奴吁天录》一部及所手录之《释人》一篇,乃大欢喜,穷日读之,竟毕。拳拳盛意,感莫可言。树人到仙台后,离中国主人翁颇遥,所恨尚有怪事奇闻由新闻纸以触我目。曼思故国,来日方长,载悲黑奴前车如是,弥益感喟。闻素民已东渡,此外浙人颇多,相隔非遥,竟不得会。惟日本同学来访者颇不寡,此阿利安人亦殊懒与酬对,所聊慰情者,厪我旧友之笔音耳。近数日间,深入彼学生社会间,略一相度,敢决言其思想行为决不居我震旦青年上,惟社交活泼,则彼辈为长。以乐观的思之,黄帝之灵或当不馁欤。

此地颇冷,晌午较温。其风景尚佳,而下宿则大劣。再觅一东樱馆,绝不可得。即所谓旅馆,亦殊不宏。今此所居,月只八円。人哗于前,日射于后。日日食我者,则例为鱼耳。现拟即迁土樋町,此亦非乐乡,不过距校较近,少免奔波而已。事物不相校雠,辄昧善恶。而今而后,吾将以乌托邦目东樱馆,即贵临馆亦不妨称华严界也。

校中功课大忙,日不得息。以七时始,午后二时始竣。树人晏起，正与为雠。所授有物理，化学，解剖，组织，独乙种种学，皆奔逸至迅，莫暇应接。组织，解剖二科，名词皆兼用腊丁，独乙，日必暗记，脑力顿疲。幸教师语言尚能领会，自问苟侥幸卒业，或不至为杀人之医。解剖人体已略视之。树人自信性颇酷忍，然目睹之后，胸中亦殊作恶，形状历久犹灼然陈于目前。然观已，即归寓大嗢，健饭如恒，差足自喜。同校相处尚善，校内待遇不劣不优。惟往纳学费，则拒不受，彼既不收，我亦不逊。至晚即化为时计，入我怀中，计亦良得也。

仙台久雨，今已放晴，遥思吾乡，想亦久作秋气。校中功课，只求记忆，不须思索，修习未久，脑力顿锢。四年而后，恐如木偶人矣。　兄之耳谅已全愈，殊念。秋气萧萧，至祈摄卫，倘有余暑，乞时赐教言，幸甚，幸甚。临楮草草，不尽所言，容后续上。此颂

抑卮长兄大人进步。　　　　　　　　　　　　弟树人　言

　　八月二十九日

再，如来函，可寄"日本陆前国仙台市土樋百五十四番地宫川方"为要。

前曾译《物理新诠》，此书凡八章，皆理论，颇新颖可听。只成其《世界进化论》及《原素周期则》二章，竟中止，不暇握管。而今而后，只能修死学问，不能旁及矣，恨事！恨事！

一九〇五

造人术*

[米国]路易斯托仑

疏林居中,与正室隔。一小庐,三面围峻篱。窗仅一,长方形。南向,垂青缟幔。光灼然,常透照庭面。内燃劲电,无间昼夜,故然。

此宅,为波士顿理化大学非职教授化学士伊尼他氏邸。此庐,婢仆勿俟言,即妻子亦不得入,为氏治化学之秘密地。

伊尼他氏,六年前辞教授,力避交际。二六时中,恒守此庐,如有所治。

世传伊尼他氏,乃造人芽,力冀发明,震聋世界。顾词支离甚,孰信?氏在公宴偶自信,皆大喝以摈。虽氏素心固未作斯想,终无和者。若戚友,则以氏长者故,意所执主的,将益人,将利世,曷效力欤。作如是想,劳心者亦非无有。

而实若何?

实则伊尼他氏,因以造人芽为毕生志,负大造之意气,以从事兹。往六年,二千一百九十日,未尝一日忘是事。

是故资产半罄,世事就荒。众笑嗤嗤然,而不怒。验实重数十百次,败而不挠。惟曰:此可就,吾竟能之。

自信如金石。

夫献身学术,悉谢欢娱之学者,尘俗喜怒不撄心,何待言说。不撄心则喜怒不形面,更何待言说。二十五龄之昔,三十八龄之今,瞻伊尼他氏面,容光绝无异,其旧两皆云然。

虽然,今竟何如?今日今时竟何如?彼之容止,将日冷淡耶?

视之！彼颊晕矣。呼翕暴，故彼肩低且昂。

彼握显镜之手，栗栗颤，彼视线所注，赫然横者何物？

此何物耶！？

伊尼他氏前，陈独立几，上有波黎器，弯曲有口似水注，正横卧。

有白色波，自横卧屈曲水注状器之口出，流以滞。端见玄珠，极黑，极微。伊尼他视线所注者此。

视之！视之！

此小玄珠，如有生，如蠕动，如形成，乃弥硼（膨）大，乃如呼翕，乃能驰张。此实质耶？实物耶？实在耶？幻视幻觉，罔我者非耶。我目非狂瞀耶。我脑非坏乱耶。

否否——重视之，重视之。

隆然者非颅欤？翘然者非腕欤？后萌双角，非其足欤？咄咄！怪玄珠渐起，乃将离液，乃将遁回。

伊尼他氏，若觉有凉气来袭，未几愈，又觉欲狂。虽然，质学智力，使复故我。乃定脑平意，复注眸子，以检此怪玄珠。

检弥久，时弥进，怪玄珠之体，从而弥备。

视之！视之！视之！

其隆然者，倏生二纹，纹弥大。咄咄！裂矣，生罅隙矣。噫嘻！此非双眸子耶？

怪珠之目，眴而睫，如椒目。

于是伊尼他氏大欢喜，雀跃绕室疾走，噫吁唏，世界之秘，非爱发耶？人间之怪，非爱释耶？假世界有第一造物主，则吾非其亚耶？生命，吾能创作！世界，吾能创作！天上天下，造化之主，舍我其谁！吾人之人之人也，吾王之王之王也！人生而为造物主，快哉！

感谢之冷泪，累累然循新造物主颊……

原载 1905 年《女子世界》第 4、5 期合刊。署名索子。

初未收集。

一九〇六

三月

地底旅行[*]

[英国]威男

第一回　寄书照眼九地路通　流光逼人尺波电谢

溯学术初胎,文明肇辟以来,那欧洲人士,皆沥血剖心,凝神竭智,与天为战,无有已时;渐而得万汇之秘机,窥宇宙之大法,人间品位,日以益尊。所惜天下地上,人类所居,而地球内部情形,却至今犹聚讼盈庭,究不知谁非谁是。从前有个学者工石力子,曾说:"地球中心,全为液体。"一般学子,翕然从之。迨波灵氏出,竟驳击不留余地,其说道:"设地球中心,是沸热的液体,则其强大之力必将膨胀,地壳难免有破裂之患。犹气罐然,蒸气既达极度,则訇然作声,忽至龟坼。然我等所居的地球,为甚至今还是完全的呢?"波氏之说出,这班随声附和的学士先生,也只得闭口攒眉,逡巡退去了。今且不说,单说地壳厚薄,仍然是学说纷纭,莫衷一是。有的说是十万尺,有的说是三十七万尺,有的说是十六万尺,而有名的英国硕儒迦布庚,则说是自百七十至二百十五万尺。唉,好了好了,不必说了!理想难凭,贵在实行。终至假电气之光辉,探地府之秘密者,其势有不容已者欤。

却说开明之欧土中,有技术秀出,学问渊深,大为欧美人士所钦仰之国曰德意志。鸿儒硕士,蔚若牛毛。而中有一畸人焉,名亚蓊士,幼即居其叔父列曼家,研究矿山及测地之学。列曼为博物学士,甚有盛名,矿物,地质两科,尤为生平得意之学;故常屏绝家事,蛰居书斋,几上罗列着无数光怪陆离的金石,穷日比较研究,视为至乐。且年逾五十,体力不衰,骨格魁梧,精神矍铄,隆准斑发,双眸炯炯有光。其明敏活泼的性质,便是青年,也不免要让他几步。一日,独居书斋,涉猎古籍,不知有何得意,忽然大笑几声,虾蟆似的四处乱跳。亚蔑士正从对面走来,见如此情形,不觉惊甚。忙问傍边的灶下婢道:"叔父何故如是?"灶下婢摇手答道:"不知,主人没吃午餐,并命晚餐亦不必备,停了片刻,便跳跃起来,谅是不吃饭的高兴了。"亚蔑士越加惊疑,暗想此必发狂无疑,惟呼洛因来,或可稍解其烦闷。仰首吐息,涉想方殷。不图列曼学士早经瞥见,大声叫道:"亚蔑士!亚蔑士!来来!"亚蔑士闻言,连忙入室,列曼命他坐下。徐说道:"余顷读腊丁奇书,知衣兰岬岛的斯捺弗黎山,有最高峰曰斯恺忒列。每年七月顷,喷火以后,其巅留一巨穴。余欢喜无量,不觉雀跃,余覃思大念,欲旅行地底者久矣。今幸获新知,可偿夙愿,故决计一行,汝将如何?行乎抑居乎?"这亚蔑士,本有献身学术的牺牲之志,今闻列曼言,也不觉手舞足蹈,不待说完,便拍手大呼道:"赞成!赞成!愿从愿从!"列曼笑道:"事不深思,便呼赞成,遽欲实行,必至畏缩,尔须再三思维,不可如是草率。若一闻创论,想也不想,即满口答应,到后来却踟蹰不进,是要贻笑于大方的。"亚蔑士子细一想,果然有点危险。然丈夫作事,宁惧艰危?为学术的牺牲,固当尔尔。便把决心之故,告知了列曼,起身辞出。万端感想,倏涌心头,意大地中心,必有无穷嶮巇,或遇酷热,熔石为河;或遭冱寒,坚冰成陆,怕比风灾鬼难之域,更当艰辛万倍哩!唉!行路难,行路难!想去想来,那明月丽光,已辉屋脊。只见洛因已从门外款款而入,黛眼波澄,蜷发金灿,微笑问道:"君气色大恶,遮莫有烦恼么?"亚蔑士道:"洛因洛因!长为别矣,不及黄泉,不能相见。这人间界,是卿的领分了!"洛因见亚蔑士如醉如狂,满口呓语,愕然道:"君何故吓妾,今愿速闻其详。"亚蔑士道:"我忧吾叔父狂耳。"洛因道:

"狂？妾今晨殊不见有狂态。"亚薾士道："真的！君试与谭，便知狂态。"洛因道："究因何事呢？"说毕双眸灼灼，促其速答。亚薾士便从虾蟆似的跳跃说起，自头至尾，细细讲了一遍。洛因且听且思，不觉乐甚，反安慰亚薾士道："叔父安排，必无错误，君可勿忧。"并说了许多闲话，从容而去。

原来这洛因，是列曼的亲戚。生得蕙心兰质，楚楚可怜，与亚薾士极相契合。然洛因虽是女子，却具有冒险的精神，敌天的豪气。所以得知此番地底旅行，却比亚薾士更为欢喜。而亚薾士，则自洛因去后，敛心抑气，徘徊房中，久之久之。洛因含笑入室，两道视线，直射亚薾士之面，说道："妾适聆叔父之言，极有义理，决无不虞，且知君当时极力赞成，今为甚背地里如此为难呢？噫！行矣男儿！亚薾士君！"雄赳赳的说了几句，返身归房去了。亚薾士转想，果然不错，大丈夫不当如是么？便制定心猿，展衾就睡，无奈三尸作怪，梦中不是见熔岩喷溢的火山，便是遇怪石嵯峨的深谷，徬徨四顾，寂无一人，危哉危哉，悲声成嗄，及大呼出险，醒来才知是自己的声音。探首望玻璃窗，已有初日的美丽光线，闪闪然作红蔷薇色了。

亚薾士急推衾披衣，推窗一望，见已有许多人夫，蚂蚁似的盘旋中庭。列曼屹立其间，指挥收拾行李。亚薾士失声道："呀，迟了，这位老叔父，不知又要唠叨多少话哩！"便匆匆出房。这列老先生，果然大有嘲笑之色，冷笑道："哼！俪真勤极，睡至此时，俪是做什么的呢？此刻不是十点钟么？"亚薾士漫应道："是十点钟了，然叔父为甚匆促至是呢？"列曼道："俪还不晓得么？我等是明天要动身的！"亚薾士闻言，惊其过速，问了一句，"为甚明天就要动身？"而列老先生又发起恨来了，他说道："我等是优游卒岁的人么？俪怕死么？如此推托，俪惜别么？同那洛因，有长图大念的人，是可以惜别的么？"列曼絮絮叨叨，说个不了。亚薾士没法，只得装着悠然的样子，强辩道："我是一无所惧的，有谁说我是怕事的，谅未必有罢。我的意思，不过以为从容办事，才能完善，后面又没催促的，何必像逃难一般汲汲如是呢。"列曼道："没有催促的么？这光阴不是么？"亚蔨士还说道："今日是五月廿九，至六月杪，尚有……"列曼道："儞开口便说尚有，这'尚有'两字，便足为儞是懦夫之证了！须知我等往衣兰岬岛，是遥遥远道，与赴巴黎不同。儞以为同往巴黎一样么？若非我昨日终日犇驰，儞连那从可奔哈侃至雷加惠克（衣兰岬之首府）的汽船，只在每月廿二展轮一次的事情，还没晓得呢！"亚蔨士不能辩，期期答道："原来如此，我却未曾留神。"列曼又道："若待廿二，惟恐后时。我等须早往可奔哈侃才是。"此时一切行李，如绳梯，卷索，火绳，铁键，铁柄的木棍，铁锤等，都已停妥。重复细心调查了几遍，装入行箧中。把螺旋捻紧，只待翌日启行。亚蔨士也神气发皇，奋力理事。盖自趋绝地，壮士或为逡巡，然死迫目前，懦夫亦能强项。亚蔨士之奋迅雄毅，一变故态者，如是乎？抑非如是乎？

青年亚蔨士，于一刹那顷，大悟彻底，舍身决志，以赴冥冥不测之黄泉。洛因亦来，百方慰藉，亚蔨士为之奋然生踏天踔地之概。时长夜迢迢，更漏渐渐，雄风凛凛，私语切切，残月上窗，万籁俱绝，而亚蔨士眠矣，而洛因去矣。不知何时，忽闻有弹窗以呼者曰："亚蔨士君！亚蔨士君！"亚蔨士心中一跳，跃然而起。

第二回　割爱情挥手上征途　教冒险登高吓游子

却说亚蔨士梦中听得叫声，吓了一跳，幸而子细听去，是平日常来惊梦的洛因，在外扣窗说道："亚蔨士君，再不起来，又要讨叔父的骂了。"亚蔨士连声称是。急忙起床，洗盥毕，已是朝餐时候。走进食堂，见叔父列曼，笑容可掬的，已吃得腹笥便便，还拿乳羔炙鸡，张着口大唻不止。瞥见亚蔨士进来，招手命坐，满口含着食物，含糊问道："儞一切事都豫备了没有？"亚蔨士答道："都妥当了，我本来没有豫备的事。"列曼拍手笑道："好好！既如此，儞快吃朝餐，那驿马已在门外等久了！"遂回过首向洛因道："亚蔨士远行，儞要寂寞了，然我望儞善自摄卫,与时相宜。"洛因微笑道:"这自然,多谢叔父。"列曼点点头,又对灶下婢说了许多看守门户的要领,侍奉洛因的规矩。才说完,便把两目直注在亚葰士吃饭的口上,呆呆立着。亚葰士虽才半饱,然没奈何也只得投匕而起。列曼口里嚷道:"走罢走罢!"便橐橐的先自出去。亚葰士见叔父先行,便来同洛因握了一握手。洛因还说什么前途保重努力加餐这些话。亚葰士却说不出一句话来,装着笑容,返身便走,上了马车,在列曼对面坐下。驭者加上一鞭,黄尘拥轮,去如激箭。亚葰士眼中,惟仿佛见亭亭倩影,遥望车尘;而马车一转,正被列曼遮着,暗忖道:"予欲望洛兮,叔父蔽之……"然马车已抵迦修荆士汽车驿了。两人即换坐辇车中,未几汽笛一声,车动蠕蠕,既而如风行电掣一般,自驿间驰出。亚葰士检点过行李,列曼从怀中取出一封绍介信,说道:"这是我故乡刚勃迦府的驻扎领事丁抹国的芬烈谦然氏写的。"便要读给亚葰士听,什么"有博物学士列曼君",又是什么"有地底旅行之大志",亚葰士虽随口答应,其实并没听得半分。只见四围景色,都如过眼烟云;一带高原,倏在辇车之后,不多时竟到吉黎海岸了。

列曼学士说一声"我觅汽船去!"早已执杖下车。亚葰士招呼行李毕,急到船坞。见这老叔父,已面红耳赤,在汽船上乱跳,口里说道:"其实可恨,儞们总欢喜待,岂非浪费光阴么?我看儞们待到什么时候!"原来这艘汽船,必待夜中方能出发,非静候九时间,不能启行。他性质本来褊急,越想越气,所以寻着船长,又在那里大加教训了。船长却悠然答道:"阁下何必着急如是呢?荒村景色,处处宜人,策杖寻幽,岂不大佳么?"亚葰士亦在旁笑道:"终日奔驰,独未探得此事,此刻有什么法子呢?"列曼没法,只得走到平原,瞻眺风景。但见茅屋参差,远林如荠,晚禾黄处,小鸟欢鸣;乳羊成群,牧童偷睡。亚葰士亦为之心旷神怡,大赏旅行的佳趣。渐而晚山争赭,暮霭苍然,两人便入村中,饮了几瓶啤酒,徐步登舟,已将夜半。少顷,汽船埃雷,已吐烟排浪,向哥逐尔庐进发。翌日十点钟,到了可奔哈侃府郭外。遂舍舟登陆,在芬尼士旅亭解了行李,小憩片时,列曼呼使仆问道:"此地的北方博物馆何在?"使仆答道:"此去不远。"列曼遂偕亚蔼士出门,向博物馆而行。此博物馆,虽基础不宽,构造甚质,然经干事汤珊氏多年辛苦经营,故北方的名产古物,无不搜罗荟萃。每年观客,实繁有徒。汤珊闻二人来游,欢喜不迭,待遇极为优渥。列曼将调查往衣兰岬汽船的出发日期一事托了汤珊。汤珊道:"六月二日,恰有丁抹国的华利吉猎舰,向雷加惠克府进发。"列曼大喜,谢了汤珊。又拉亚蔼士同去拜会舰长,说明来意。舰长拔伦道:"二君可于礼拜五午前七时来此。"列曼也不再责他待时,唯唯作别,归了旅馆,豫计行期,尚距数日。二人旅居大都,纵览名胜,还不至十分寂寞。惟亚蔼士虽历览雄都,终不免时生遐想,望伊人兮天一方;挑灯偶语,联袂游行,都如昨梦,不可得矣!亚蔼士方支颐驰思,怳若有亡,而好事的叔父,却偏惠然肯来,早立其侧,问道:"亚蔼士!俪想甚么?想上这谯楼一游么?我陪你去。"一面说,一面向空中乱指,亚蔼士连忙答道:"不是不是,我登高时,要昏眩的。"列曼笑道:"晕眩这种事情,都不能习惯么?不行不行。"亚蔼士还不肯,无奈列曼苦劝不已,只得懒懒的同到谯楼,但见古壁图云,飞甍入汉,真好个所在。列曼令门守开了门,偕亚蔼士拾级而上,其中冷气森然,昏不见掌。亚蔼士已浑身寒栗,不能复耐,行了几百级,目眩头晕,几欲仆地。大叫道:"我不上去了。"列曼怒叱道:"你如此懦弱,是个支那学校请安装烟科学生的胚子!能旅行地底的么?"亚蔼士不得已,绁着列曼衣襟,战战兢兢,竭力向上,不一时,竟达绝顶,开眸一望,则飞云如瀑,御风而驰,轻帆疑鸥,浮游波际。瑞士的海岸,正返照入两目之中,其景色之高尚伟大,为生平未曾梦见。约一时后,乃徐步下楼。亚蔼士才觉筋骨爽然,如释重负。然年龄方幼,未涉征途,受了一点钟的冒险教育,不免又生游子天涯之感。幸而得了一个朋友,是法国人,渐相契合。或探古迹,或游梨园,拿这人作了挂杖,始免羁旅之苦。盖丁抹梨园,华丽甲天下,优人之尊,世无其匹,有入大学兼修数种学科而卒业者,有出入宫禁,王公大臣争来交欢,愿为其义子从仆而不可得者云。

第三回　助探险壮士识途　纾贫辛荒村驻马

前回说亚莴士自得了法国朋友观剧探幽,颇免羁旅之苦。然华年易逝,不觉又过几时,行期益迫,汤珊氏便送了三封绍介书,一致雷加惠克府长官,一致大教正,一致府尹,嘱其善为招待。至初二日清晨,将所有行李,均搬入华利吉猎舰内,舰长引两人进了船室,虽小仅容膝,然种种装饰,却精美绝伦,颇堪娱目。少顷,汽笛礇礇然鸣了几声,飞沫激舷,遗烟如缐,已向茫漠海原间驶去。亚莴士登高远眺,极目无垠,白云在天,波静成觳,景色伟大,嗒焉若忘。然偶入船室,则即闻老叔父狺狺然的声音,促膝相对,愈无聊赖。好容易过了两周间,已抵哈怐呵图港口,哈怐呵图者,衣兰岬首府雷加惠克之郊外也。其北有峰,上凌天末,积雪皑皑,绕以游云;列曼望见之大喜,指谓亚莴士道:"此即火山斯捺勿黎!斯捺勿黎也!!汝盍视之。"亚莴士那有如许工夫,来看火山,只管招呼行李,舍舟上陆。又把三封绍介书,交了邮局,诸人知之,皆大欢迎,款待优渥。其中雷加惠克府的博物博士萧力克孙,与亚莴士尤契。博士善腊丁语,负盛名,好宾客;而亚莴士则寂寞寡俦。殆将匝月,略一跳荡,老叔父辄呵责随之。今不意得博士,一见如故,羁思为春,天涯游子,喜可知也。

雷加惠克府者,为火山脉地,以繁庶称。彼都人士,熙熙有古风。纪元八百六十一年顷,有海盗曰那独治者,漂流至此,遂率从卒与土蛮战,歼之。荜蕗褴褛,以启山林,渐而占有全岛,名之曰衣兰岬。今之尽力以教岛民开文化为己任者,即萧力克孙博士。风土习俗,知之最深。列曼及亚莴士就之请益者,日必涉数时间。一日,列曼乘间劝道:"君能从我作地底游乎?"萧力克孙怅然道:"固所愿也。

137

无奈土人留余,逆之恐不利。"列曼道:"君隐遁于未辟之区,余深为君惜。"甫力克孙微笑不答,荐一猎师为两人作导者。列曼称谢而别。次日,果有一壮士,气象威猛,自称猎夫梗斯,踵门求见。亚蔼士见其仪表非凡,欢喜不迭,忙出来应接。无奈这人操着丁抹语言,亚蔼士毫不能解,面面相觑,默然无言;只得请出老叔父来,咭咭唧唧的谭了良久,才知雷加惠克府中,虽有水路,却无舟楫。欲至火山左近,必须陆行。此时送行之人,已拥挤了满屋,列曼也不暇应酬,只管摒挡一切,检了各种器械,及磁石,显微镜,轻便电光镫等,并六个月的食物,装入马车,与诸人作过别,跨马登程。梗斯徒步向前,登山越岭,如履平地。然衣兰岬种的健马,也不劣于梗斯。无论积雪暴风,危岩峻坂,都无畏怖。三人两骑,如离弦的弩箭一般,蹴衰草,逾薮泽,沿寂寞之海岸,入阴郁之森林,渐与叫怀黎吉留的寺院相近。驰驱终日,大觉疲劳。然衣兰岬地方,与欧洲大都不同。每逢六七月间,则杲杲皎乌,终夜不没。故虽近午后七时,仍如白昼。惟烈风砭骨,渐觉肌肤生粟而已。少时,抵一古村,向民家借了宿。村中民情淳朴,古道犹存。款客者虽无非蔬食菜羹,而其意却十分周挚。小儿绕膝,驯不避人。女子行觞,嫣然劝客。亚蔼士睹此情景,疑入桃源,欢喜无量。叹道:"文明之欧洲,此风坠地久矣!"翌日,列曼报以金,拒不受。三人遂殷勤道谢,策马趱行。

列曼等一行三人,晓行夜宿,看看渐近火山,走路也十分艰苦,沮洳没体,荆棘钩衣,人马曾为劳瘁;然都勇猛前进,不萌退心。又数日,竟到所谓四无人踪,惟石岩峣峣的所在。但见幽泉暗流,鸣禽巧啭。许多火石岩,更为奇绝:有似鬼怪的,有似美人的,有似动植的,有似刀斧的。怪章诡质,栩栩欲生。凡诸草木,诸金石,无不殊特珍奇,震骇心目。列曼鹗顾四面,不暇究详。口里说着什么:"伟哉夫造化!"大有流连忘返之状。既而怀黎吉留寺院已在目前。寺中住持,衣垢衣,履敝舄,扶杖出迓,盖此寺中僧侣,皆或猎或佃,自食其力;与自称持斋念佛之混帐行子不同,故衣履亦不遑修饰。然其性行却曾坚苦清白,迩于神人。道气盎然,现乎其面。昔衣兰岬岛有诗人曰大罗克逊者,曾幽栖于此。有诗云:"我生七十年,未离乞者相。"力田自食,冲淡无为。至一千八百二十一年,溘然蜕化。四邻居民,亦均有遗世独立之概。其地之高尚可知。亚莪士等三人,即驻马于此寺。雇了几个土人,令搬着行李,向火山口进发。途中列曼与梗斯两人,纵论火山诸事,渐涉危险。列曼笑问道:"君能从我游乎?"梗斯大笑道:"上穷碧落下黄泉,吾犹不惧!况区区火山口乎?吾往矣!"亚莪士突然问道:"叔父不怕失道么?此地险甚。"列曼道:"胡说!俪随我走!不必怕的!"亚莪士默然,极目所见,除草木鹿豕外,几无别物,忧惧殊甚。只得又问道:"火山喷火之前,是呈如何征候,须问明土人才是。"列曼怒叱道:"俪平日的学问都忘了么?不信我的话么?我已说过,不会错的。"两人且语且行,已至一峡。火山飞灰,漫山皆是。余气勃勃,蒸成白云。列曼道:"这不是已经喷火过的凭据么?决无危险的!"亚莪士口虽应是,心中终难释然。递夜息旅馆中,忧思过深,屡见噩梦,大呼而醒者数次,此六月二十三日事也。

第四回　拼生命奋身入火口　择中道联步向地心

这斯捺勿黎火山,高五千仞,戴雪负云,每逢喷火时,照耀四方,虽深夜亦如白昼。亚莪士及列曼两人,跟着梗斯,彳亍前进,路细如绠,不能容足。亚莪士至此,始将物理及测地学之原则,参照所见,获益甚多。又察地质,知衣兰岬岛往古必潜海底,火力郁盘,一激而上,遂为陆地。更不知经几何的人治天行,乃成此境。点首太息,徘徊不前。此时路道大难,危险无匹。凝结的火石,光滑如玻璃一般,不能托足。二人口里呼着:"滑!滑!"连爬带走,紧随梗斯,不肯稍退。无奈越高越滑,列曼一不留心,忽向下滚。幸而所持铁杖,钩住了火石阶级,始免坠至山脚之祸。到三点钟时,已抵三千二百仞的高处。冷气如冰，拂面欲裂。亚蔼士血色已失，寸步难移。连列曼的老好汉，也气喘不止，身如负重，大呼道："梗斯！梗斯！暂且歇息罢！"梗斯向前指道："将到绝顶了，略耐一刻，快走罢！"列曼无法，只得绾着梗斯拄着杖，伛偻再走。忽见尘埃石块，乘着旋风，如大铁柱一般，当面扑到。梗斯大惊，忙麾两人躲在山窈里面，才能避出；旋风已蓬蓬然向前飞去。梗斯道："这是常有的，倘若躲避不迭，我等都不免化成齑粉。"亚蔼士闻言，心甚惊惧，豫计行程，约须五个时间，始达绝顶，骑虎难下，暗自担忧。加之空气渐稀，呼吸亦迫，宛如失水的鱼，张着口喘息不已。幸而夜间十二点钟，竟至火口左近，向下一望，仅见浮云。足底的太阳，青光荧荧，不能普照。睹其阴森惨憺的情形，几疑非复人间世界。梗斯取出面包，各饱餐了一顿，卧地歇息。岩石之冷，冰人欲僵。片刻后，又向南方进发。偶瞰下界，邃谷如盂，大河如丝，而广厦重楼，则已不可复辨。列曼遥指西方道："此格林兰角岛也。"亚蔼士抬头看时，果见西方仿佛有若云点者，闪闪天际。惊问道："这就是格林兰角岛么？"列曼道："正是。然与此处仅距三十五万尺而已。"亚蔼士再取望远镜细视，大喜道："果然！果然！我连在水边游泳的白熊，都看见了。"列曼指一高峰，从前曾由此经过者，问梗斯道："此峰何名？"梗斯端详了一会，答道："名曰斯恺忒烈者，即此是也。"

是时，斯捺勿黎火山，已在目前。光泽莹然，形如覆釜。周围直径凡五千尺，深约二万万尺。探首俯视，杳如黄泉。梗斯从囊中取出绳索，系在两人腰间，叫道："小心！小心！！"竟引入杳杳冥冥的黑狱之内。到十二点钟，已达中央，偶一举首，惟见青天一规，蔚蓝澄寂，寒星炯炯，微生芒角而已。洞中复分三岔，直径约各百"跌得"，深浅不知，昼夜莫辨。列曼站在中央的岩石上，放声大呼，四壁震应。亚蔼士骤闻之，疑其坠入深坑之内，高呼救命，战栗不知所为。列曼冷笑道："我好好的在此，俪喊救做甚？"亚蔼士才觉放心，急走近列曼身傍，两手在列曼头上乱摸。列曼笑道："我说在此，俪还不相信么？然梗斯如何了？"梗斯忽冷然答道："我倦欲眠，略纾辛苦，君等盍亦少安乎？"亚莴士，列曼两人，便也摸索至梗斯身边，曲肱而卧。然洞穴之中，风声如啸。辗转终夜，难入睡乡。迨第二日，忽遇霖雨，淅淅不止，直至廿八日晌午，始见赫赫日光，射入洞穴之内。列曼忻然指着中央一穴，大声道："此即达地球中央之道也。亚莴士乎，梗斯乎，其从我来！"于是两人亦摸索而行，到了洞口，测其直径，约百"趺得"，周围三百"趺得"，偻身一窥，深杳不知所届，毛发为之悚然。亚莴士战战兢兢，捉着梗斯的手腕，暗自悔恨道："余当初偶登谯楼，便生厌恶，早知如此，倒不如多登几次的好了。"列曼忽说道："俺们各把行李分开，负在背上，然后下降。"亚莴士道："若粮食诸物，则我能背负的。然衣服，绳索，梯子，将如何处置呢？"列曼道："把他摔下去，就是了。"亚莴士大惊道："摔下去么？"列曼见他又发呆问，便大声道："这何足为奇？俺何必如此大惊小怪呢！你看，你看！"遂命梗斯，将粗重物件，都摔下洞去，刹时而尽。惟留下轻便的家伙，粮食，分作三包，各负于背。梗斯在前，列曼及亚莴士后继，徐徐走入深奥。虽有电光镫，然发光如豆，仅足照见方寸，仍是黑魆魆的，不辨路径高低。渐走至百"趺得"的所在，则阴气萧森，竖人毛发，土石崩坠，悉率有声，嵚巇不可言状。约半点钟，忽听得梗斯大呼道："不要进来！诸君不要进来！！"

第五回　假光明造物欺人　大徼幸灵泉医渴

　　却说亚莴士及列曼闻梗斯之言，慌忙立住，梗斯道："呵！俺看前面是甚么东西？莫是妖魔窟么？"两人定睛看时，果见远处，仿佛有光，闪闪作怪。列曼大声道："莫慌，决不要紧的。明日一看，便知底细。"亚莴士亦大声道："不是出路么？"列曼道："或者有之，亦难豫料。今日姑休息于此。清晨再走罢。"梗斯遂取出食物，罗列地下，三人围坐而食。食毕就睡不表。次日醒来，越觉前途似有一线光明，照破黑暗世界。面目衣服，依稀可辨。心中皆甚愉快。列曼途中安慰亚蔺士道："俪看幽寂如此，在家乡刚勃迦时，遇得着如此佳境么？"亚蔺士答道："幽寂果然幽寂，然未免有凄凉的样子。"列曼道："俪怕么？以后不许再说这宗议论，前路正长，不可自伤锐气的！"亚蔺士道："叔父，俪开口便说前路，究竟这前路何时能到？何时才息呢？"列曼傲然道："据理讲来，这洞穴之底，必与海面平行。故能探见蕴奥，便可遄返了。"列曼左手提着电镫，右手执杖，且行且语，已出了一道长廊，大笑道："所谓出路，居然到了。"亚蔺士大失所望，狂叫道："唉！所见光明，乃即此物耶？"原来前面石壁间，排列着许多天然结晶的石片，棱角修整，如加琢磨；光怪陆离，互相掩映，宛然七宝装成的世界。加以映着电光，愈显得十色五花，缤纷夺目。三人赏观良久，复向前行，踏着从岩上坠落的疏土，足下苏苏有声，疑行秋径。到夜间五点钟，检一地方，预备安息。穴中虽空气颇稀，不够呼吸，然时有微风吹拂，披襟当之，倒觉满身愉快。于不知不觉间，入了睡乡。次日临行，亚蔺士取出水囊，饮了几掬。忽然埋怨道，"我久已说过，多带些水来，而叔父偏说地中必有石泉，不消携去。今我们已走了这许多日子，可有一滴石泉看见么？此番便不烧死，也一定要渴死的了。"列曼道："不消着急，俪怕没水吃么？囊中的水，饮用五日，尚绰绰有余。那时更行向前，石泉不知多少，谅俪还吃他不尽哩！"亚蔺士道："向前？前面难道与后面不同？未必有罢！"列曼道："再进深处时，觉温度渐增，必遇泉水。倘若没有，俪回去就是了。"亚蔺士见列曼发怒，不敢再说，却曲而行；盖尔时已在深六千"跌得"之处矣。

至七月二日，忽遇十字隧道，三人毫不犹疑，仍向前进。其地既无微光，又甚狭窄，亚蔺士大惧，问道："毕竟往那一方走，才是？"列曼不答，折而东行，两人只得跟着。或佝偻，或匍匐，难易莫择，艰辛万状。盖地中旅行，既无先导，复无把握，不同在地面上，有地图罗盘，指示方向，只凭着列曼指挥，向前乱撞。倘偶然大意，不消说是难免有性命之忧。然梗斯是个猎夫，不晓得忧深虑远，惟亚蔺士思前想后，步步生愁，将四面石壁，端详了一会，对列曼道："观此洞穴的两傍岩石，大有渐近地面之状了。"列曼道："儞莫乱想！我们极难的地方，已经过了不知多少，便是渐近地面，有何可怕呢？"亚蔺士大声道："真的！真的！我们此刻走路，不是像登山一般么？"列曼怒叱道："胡说！"亚蔺士争道："胡说？是山！一定是山！！"列曼置之不理，纵身飞跑。亚蔺士没法，也只得拼命疾走。忽见电镫的光，返照稍薄，知岩石之质，已与前者不同。便大叫道："啊！地球第二变革时代的岩石到了。"列曼道："儞又来胡说！"亚蔺士道："我是在此考察学问！儞莫听错了！"便提起电镫，照着岩上的石灰沙土，给列曼看。列曼默然。亚蔺士暗想道："儞也有闭口的时候的么？"然终日说话不止，又觉口干，便向列曼要水。列曼道："囊中已无滴水，待前面觅得时再饮罢！"亚蔺士不语。过了半日，大叫道："口又渴，足又酸，不能走了！"列曼大怒道："儞故意纡滞，想回去么？已走了这许多路，能回去的么？"便来搀着亚蔺士的手，挽之前行。亚蔺士且走且说道："昔哥仑波之探亚美利加也，在舟中合掌誓神，以慰愤懑不平之麦多罗士曰：'汝姑忍之，若三日后不遇新洲，则誓归故国。'今我亦誓于神，告我叔父曰：'若一日之后，尚无泉水，我也只得回去的。'"列曼应道："甚好！甚好！若再无泉水，我亦偕汝言归！汝姑忍之！"此时疾行如飞，又进了一条隧道。久之久之，仍不见有泉水的形迹，连强项的列曼，也只可叹一口气，翻身卧倒，束手待毙了。三人张着口，渴不能耐，喉痛欲裂。亚蔺士伏在列曼身边，喘息不止。梗斯则四处乱钻，寻觅泉水，忽然不知所往。今也两人希望已穷，焦渴欲死。僵卧饮泣，惨不可言！倏见梗斯从对面跑来，尽平生之力，大呼道："域颠！域颠！！"列曼闻之，一跃而起，曳着亚蔺士，没命的飞奔。原来"域颠"为衣兰岬岛方言，即"水"的意思。所以列曼闻之，如得神托一般，欢喜无尽。忙问道："在那里!?"梗斯向前乱指，遂随之行。约二千"跌得"，已听得淙淙然的声音，料不在远。列曼大喜,额手道:"此正石泉也!"亚蒍士至此,神色稍定,声嘶道:"流水么?"列曼抚其背,答道:"正是! 正是!"然觅了良久,终不见石泉的所在。子细听时,却在后面,越走越远,水声越微。三人十分忧闷,只得返身回来。梗斯静听片时,忽从腰间取出铁锥,向石壁击去。亚蒍士大惊道:"危险! 危险! 倘凿开石壁,积水涌出,我们不要溺死的么?"列曼道:"不妨! 不妨! ……泉伏石中,我竟未曾想到,真昏瞶极了!"梗斯神色从容,穿了两"跌得",已达泉脉。飞泉如弩箭一般,直向外射。亚蒍士急用手去掬,忽大叫一声,退了几步,滑倒在地。列曼大惊道:"为何? 为何?"亚蒍士呻吟道:"痛甚,这水是沸的!"列曼回头看时,则水中蒸气,已向上冒,袅袅如雾,弥漫穴中。梗斯取出器具,接了泉水,放在地上,尚未冷透。亚蒍士已爬过来,牛饮而尽。三人又另饮了数盂。列曼道:"此铁矿泉也。故臭味如此!"梗斯又将水囊装满,就近搬了土石,把孔塞住。然流水已汤汤遍地,复从穴间渗出不止。三人至此,始复人色,惘然久之。列曼道:"此水任其自然就下之性,不必理会。亦无什么危险。我们权息于此,待明日再走罢!"于是检了一处干燥地面,一同休息。是日过于疲劳,一卧倒便都酣然睡去,虽水声潺潺,不复能惊梦寐了。

第六回　亚蒍士痛哭无人乡　勇梗斯力造渡津筏

却说翌日醒来,都忘苦渴。亚蒍士锐气勃勃,勇健如常,奋然在前,掉臂而进,且放声高歌,震得两傍石壁,皆嗡嗡作响。自励道:"以后再不可却退了!"至八点钟,这一道长廊,仍然迂回纡曲,如卧长蛇。惟觉偏向东南,非一直线。溢出的泉水,亦汹汹下流,不舍昼夜,若追踪逐迹者然。列曼道:"水必就下,迄于地心。我等随之行,终有达地底之一日。"三人晓行夜宿,不觉到了十二,仿佛已至雷加惠克东南方三十"迷黎"的所在。迨十七日,又下降了七"迷黎"。大约自斯捺勿黎火山直起,已在五十"迷黎"之下。亚蒍士想及此,忽然拍手大笑。列曼在后,问道:"儞笑什么?"亚蓠士道:"我既居衣兰岬岛之直下矣,怎么不笑呢!"列曼道:"正是!正是!儞的话,一毫不错。"便取出磁针,测量器,寒温表等,将远近纵横,寒温方角,细细检查了一遍。说道:"我们已过旛兰特岬,不消几时,即可在大海之下矣。"亚蓠士道:"正是!我们将到大海之下了。我们头上,必有悲风煽水,怒浪拂天,鲸鲵啸吟,鳄鱼蠕动的情景。旅客一叹,舟子再泣,诚足忧悲,不可说也。彼等岂知乃有忘人间世而生活于地球里之我辈哉!"三人跟着流水,又向前行。出长廊,经洞穴,遇崎岖之险道,攀崚嶒之危岩。转瞬之间,已将半月。虽然辛苦,然以较从前,则还算平安无事。一日,亚蓠士居前,进了一个洞穴。岩石磊落,艰险无伦。偶不措意,忽跌倒于地,所提电镫,正磕在一块尖角石上,哗啷一声,碎为微尘。亚蓠士躺了半日,爬得起来,列曼已不知所往。只得竭力大叫,摸索而行。不料这个洞穴,竟是一条死路。愈走愈狭,渐难容身。四壁阒然,不闻人语。想列曼等两人,已从他道走远了,亚蓠士身上又痛,心里又愁,路径又暗,一步一跌的出了洞穴,仍然不见一点镫光。暗想追着流泉,或能相见。然无奈电镫既熄,流水无声,不知往那里走才是。一时万虑攒簇心头,忽目眩耳鸣,伏地不能起。忽觉身上冷汗沾衣,用手一摸,嗅之微有血腥,知皮肤已受擦伤。然窘急之余,竟不觉十分疼痛,定神细想,悲不自胜。恨列曼,骂梗斯,忆洛因,大声道:"汝以谓我尚旅行地底乎?吾死久矣!"说毕,泪如雨下。停一会,只得又站起来,大叫道:"叔父!梗斯!"仿佛似有应者。然侧耳细听,则无非四壁反应的声音,如嘲如怒而已。亚蓠士没法,按定了心神,匍匐而前,大呼不辍。耳畔忽有声道:"亚蓠士!……"子细听去,却又寂然!又忽见前途似有一点火光,荧荧如豆。自思道:"莫不是我目中的幻觉么?"擦眼注视,果然还在。只听得又呼道:"亚蓠士!亚蓠士!"亚蓠士至此,真如赤子得乳一般,止了哭,拼命向镫光跑去。果然见列曼提镫迎来,大呼道:"吾亚蓠士,汝在此乎?"亚蓠士忙抢上前,追着列曼,又啜泣不已。列曼坐在地上，喘息道："我疲甚，汝其告我！"亚菡士遂将失散情形，一一告知列曼。列曼也有凄怆之色。自责道："我过矣！我当初闻儞叫唤，疑儞在后撒娇，故置之不理，放步前行。孰料汝竟狼狈至是哉！呜呼！我过矣！迟了良久，儞竟不来，倚耳壁间，亦不闻声息，我乃返身搜寻，不期相遇于是，此我之过也！苦汝甚矣！"握着手，惘然不知所为。时适梗斯踵至，看见亚菡士，便说了一声："孳特台。"（译言佳日）亚菡士道："唉，梗斯，此时何时？今日何日乎？"列曼道："汝惫甚矣！前面地方，较此稍好，再走几步，略为休息罢！这些话，明日再谭。"于是列曼及梗斯两人，搀着亚菡士彳亍前行，到一处宽阔地方，一同坐下。亚菡士又问道："今日究竟何日呢？"列曼道："今日八月十一日矣！"亚菡士点头，闭目静息，似闻有波涛汹涌，冲激断岸之声。心中大疑，暗想道："真耶梦耶？抑我脑病耶？"开眸看时，则又见有一道光线，与日光相似，不觉又甚惊疑。正拟定睛细看，则列曼已从对面过来，在旁边坐下，拿着一块面包，递给亚菡士道："儞且吃此，善养精神。我们明日要泛海了！"亚菡士瞿然道："明日泛海？海在那里？船在那里？"列曼笑道："海么？名曰列曼海。"亚菡士问道："列曼海？这海难道是叔父的么？"列曼徐徐答道："发见此海，乃由我始，故名列曼，以志不忘。"亚菡士大喜，慌忙吃了面包，一跃而起，向前急行。不半日，其地忽然开豁，别有一天。苔菌繁生，青林欲滴。出了树林，已见大海如镜，微波鳞鳞。三人相视，喜色可掬。在海岸边，纵览植物，则奇草珍木，交互枝柯，多为世间有名植物学家所未经梦见。入夜，露宿海边。一夜无话。次日，亚菡士健康已复，游步荒矶。列曼劝道："此海水与地中海无异，设能游泳，颇益身体，汝盍为之！"亚菡士依言解衣入海，沐了浴起来，则梗斯已炊晨餐，罗列岸上，三人共食，觉芬芳甘美，与平日不同。食毕，梗斯收拾了器具，持斧自去。亚菡士及列曼两人，谈论了许多湖水成因的道理，及推测这大海之广狭，造船之方法。不一会，梗斯汗流满面，飞跑回来，向前指道："造船的树木，已砍来了。"两人忙走去看,树形甚奇。列曼道:"此是什么树木?"梗斯道:"这就是生在海底的枞松及其他之针叶树,正可以造船的。"便拿起斧来,或削或砍,无异一个大匠。至第二日,居然告成。亚葛士取出极韧的绳索,编了一艘大筏。长十"跌得",宽五"跌得",列曼见了,不胜欢喜。择八月十四日晨,拖筏下海。上面立一支桅樯,挂着衣服,权作风帆之用。三人上了筏,列曼道:"把此港立一佳名才是。"亚葛士忙答道:"名洛因港何如?"列曼看了亚葛士一眼,拍手笑道:"好极!好极!以后呼作洛因港就是了。"梗斯取起木篙,推筏离岸。此地空气稠密,压力大增。加以西北风,飘飘吹来,风帆饱孕,早已放乎中流,直指彼岸。列曼道:"如此速率,二十四时间,可行三十'迷黎'。登陆之期,当不在远。"亚葛士危坐筏首,仰视晴昊,俯听波声,欢喜不尽。遂又拍手高歌起来,其歌道:

"进兮,进兮,伟丈夫!日居月诸浩迁徂!曷弗大啸上征途,努力不为天所奴!沥血奋斗红模糊,迅雷震首,我心惊栗乎?迷阳棘足,我行却曲乎?战天而败神不痛,意气须学撒但粗!吁嗟乎!尔曹胡为彷徨而踟蹰!呜呼!"(撒但与天帝战,不胜,遁于九地,说见弥儿敦《失乐园》。)

第七回　泛巨海垂钓获盲鱼　入战场飞波现古兽

却说三人从洛因港解缆后,好风相送,一刹时已前进了许多路途。遥望洛因港,青如一发,隐约波间,既而竟不可辨。惟茫茫海原,与天相接,其中有一筏与三人而已。至八月十六日,西北风起,筏行更疾,知离岸已约三十"密黎"。加之晴空如洗,大海不波,其愉快诚不可言喻。梗斯乐甚,自语道:"这海中有鱼没有?"便取出一支钓竿,用一粒面包作饵,垂入波间。少顷,向上一提,竟得小鱼一尾,泼剌筏面。列曼惊喜道:"鱼么?"亚葛士道:"此即'阿蓄蛰儿'鱼也。"两人子细看时,却又不然。其头颇圆,其口无齿。鳍虽尚大,而尾则无。博物学家皆列之"阿蓄蛰儿"族中,实非真的"阿蓄蛰儿"鱼也。此鱼生于荒古,种类甚卑,又无双目。列曼指着鱼头,说道:"此佛帖力鱼之属耳。"亚蔼士道:"正是!正是!合众国侃达吉州地下洞穴中的盲鱼,其可谓无独有偶了。"列曼道:"不然,此种盲鱼,与地球上者异。即如澳国西南部卡拉纽赖州的地下洞穴中,栖有鲵鱼之一种,曰'布罗鸠士',亦为盲鱼,然去其外皮,则内仍有发育不完之双目。试抉而检察之,知其幼时之构造,本与他种脊椎动物中之鱼类无殊。特水晶体欠缺,及网膜之色素层不完全而已。盖此鱼在荒古时,本具炯眼,后因栖息黑暗世界,视官无所为用,发育乃停。遗传久之,遂成此相。而此佛帖力鱼,则原与此种不同。"亚蔼士点首受教,随问梗斯要了钓竿,一连钓了许多。大地之中,竟获海味以充庖厨,三人不胜忻喜。波路壮阔,彼岸难望,不觉又是几日。所见生物,类皆珍奇瑰怪,不可究详。亚蔼士本好博物之学,际此几忘饥渴。尤奇者为飞鼋,像蝙蝠一般,生着两扇肉翅,颈修似蛇,喙利于鸟;齿如编贝,凡六十四枚;足有锐爪,可以升木;若登陆时,则以前足步行。各国动物学家,尚无定论。有说是属鸟类的,有说是属蝙蝠类的,有说是属水陆并栖的飞族的。许多硕学鸿儒,终不能下一明确的见解。亚蔼士见了,又惊又喜,忙绘成图形,不免又同列曼讨论一番。议论虽皆新颖可听,惜此间不暇细表。

　　到了十七日,仍是弥望汪洋,毫无陆影。亚蔼士久居海中,渐觉快快。列曼亦有不乐之色。取出望远镜,向四方眺望了良久。忽把望远镜向额上一推,问道:"俪想什么?"亚蔼士道:"我没有想。"列曼道:"否!否!俪颇有不乐之色!必定又动乡思了!俪须晓得筏行虽速,海路甚遥,不能性急的。"说罢,面有怒色。亚蔼士暗想,不知他有何不悦,却来拿我出气?遂索性返问道:"当离岸时,叔父说至地底不过三十'密黎',今已经了两倍的路,……"列曼大声道:"走这小海,如在沼中作滑冰之戏一般,又何必怕呢!"亚蔼士只得低头不语。过了一日,也与往时无异,惟觉清风徐来,心地为爽。亚蔼士忍不住又问道:"这海的大小,莫与地中海、波罗的海差不多么?"列曼点头。取出一条绳索,系了铁锥,垂入海面,意欲测其深率。孰料二百"赛寻"(度名),还不见底,想收回索子时,则如钉入海底一般,牢不可拔。遂呼梗斯相助,用尽气力,才收了上来。梗斯一看,向列曼咕咕咭咭说了许多话。亚薾士虽不解衣兰岬方言,然察言观色,料知必有怪异。忙抢铁锤看时,则上有齿痕一排,历历可辨。大惊道:"怪极!"梗斯随又取长衣当作风帆,疾行前进。亚薾士暗忖道:"设伦敦博物院所藏开辟前巨兽之遗骸,复生于今日,则或有如许魔力。然此种动物,灭迹已久,莫非刚勃迦府博物馆所藏三十'跌得'大守宫一类的东西么?抑是潜伏海底的鳄鱼呢?"越想越怕,两目直注海面,不敢稍瞬。然至二十日,仍无变怪之事。三人颇为安心。是晚,波涛不兴,海面如镜,木筏悠悠进发,竟渐颠簸起来。飘风倏起,杂以微腥。梗斯远眺良久,忽向前一指,亚薾士忙举头一望,乃是两个黑青似的怪物。失声道,"啊! 大海豚!"列曼道:"不是! 不是! 这是极大的海栖守宫。……"亚薾士大呼道:"也不是。……这鳄鱼! 妖怪!!"三人至是,不免心慌,再定睛细看,则一如牛头,一似蛇首,巨眼裂腮,露着白巉巉的尖齿,灿如列刃。那牛头上,忽喷出两道海水,若水晶柱一般,直射空际,还坠海面,溆湃有声。亚薾士已吓得面如土色。忙叫道:"脱帆! 脱帆!!"梗斯摇摇手,仿佛说是听天由命的意思。亚薾士发恨道:"天是靠不住的! 快自己设法罢!"然此时木筏,已趁着顺风,愈走愈近。列曼忽道:"这两兽争斗起来了。"亚薾士道:"这来附和的,不是许多海龟,蜥蜴么?"梗斯道:"海兽实止两匹,此外惟激浪而已。"列曼不语,取出望远镜看了一会,说道:"原来这就是往日在僵石中所见的鱼鼍与蛇颈鼍两物。地球表面,虽久绝迹,而不意尚生活于无人之乡。我辈眼福,诚非浅鲜。"说时迟,那时快,木筏又前进了不少。两个怪物,分明如绘,鱼鼍长约百余"跌得",运动敏捷,遍身浴血,怒目如镫。蹴着荒浪,狞猛不可言状。蛇颈鼍则身被坚鳞,把三十"跌得"的长颈,伸出水面。张开血盆巨口,奋力激战。颓波如山,直击筏舷,摇摇欲复。列曼及亚蔺士取了枪,装好弹药,瞄定两个怪物,以备不虞。少顷,两兽似已困惫,略一游泳,便悠然而逝。三人始喘过气来。停不一会,只见一条长颈,复伸出水面,向四围睨顾。列曼忙取枪时,却又钻入波里,杳不可见,惟闻动水激筏,淙淙作声而已。

第八回　大声出水浮屿拟龙　怪火搏人荒天掣电

木筏箭激,忽脱战场。到八月二十二日,气候甚热,风力益加,每点钟竟能走至三"密黎"半。时近正午,酷暑如居热带中。水天而外,不复有物。三人正诧异间,忽訇的一声,把听觉最敏的亚蔺士吓了一跳,便大嚷起来。梗斯忙升木樯,向四方眺望了良久。俯首说道:"没有……没有东西!"列曼道:"这不过波浪冲激暗礁而已,何足惊怪!"梗斯又子细察看,仍无所见,始都放了心。约过三时,仍是訇的一声,宛如喷瀑。亚蔺士道:"这一定是瀑布了。"列曼摇头道:"未必,未必。"亚蔺士还疑讶不止,木筏又进了二三"迷黎"。其声愈强,硎确不绝,暗想道:"天上耶? 抑海底耶?"然仰视晴昊,则一碧无垠,浮云都拭。俯察大海,则细波如縠,更无旋涡。大讶道:"毕竟从何处来的呢?"列曼不语,正欲取出望远镜,则梗斯已攀上樯头,昂首远眺。忽大叫道:"不好! 龙!! 龙头!!! 那边龙吸水了。"亚蔺士忙道:"快转舵避难罢!"列曼冷笑道:"又来胡说。地球上有龙的么?"坚执不允。亚蔺士纠缠不已,才把舵稍横,又前进了两"迷黎"左右。时已薄暮,暝色笼空。只听得大声轰然,较前更厉。三人忙向前看时,则正是一个怪物,形如浮岛,长千"赛寻",其色黑黝,遍身窈凸,头上喷沫成柱,上接太空。往昔听取的,便是这喷水的声息。亚蔺士大惊道:"快回转罢! 快回转罢!!"列曼尚未答应,梗斯忽笑道:"哈! 哈! 原来是座浮岛,却来装着怪相吓人!"列曼问道:"龙头呢?"梗斯道:"就是喷火的所在,名叫'噶舌'的家伙了。"列曼闻言,觑着亚蔺士，拍手大笑。亚蔼士不免惭愧。自恨道：“人说剑胆琴心，我为何偏生着琴胆。以此揣事，每陷巨谬，奈何！奈何！”想至此，又怕叔父嘲笑，愈觉刺促不安。幸而列曼也不再提及。渐行渐近，果然分明是座浮岛，吐火赫然。列曼命停了筏，三人登岛巡游。梗斯不肯，只执着长篙鹄立筏上，忻然在那里眺望。两人便跨上垂岩，循着花刚岩石前进，足下沙石疏松，著履欲陷。少顷，见前有潴水，蒸气升腾。亚蔼士即取寒暑表，插入水中，知其热度，在百六十以上，游览既遍，甚为忻喜。便名此浮岛，曰亚蔼士屿。徐步回筏，则梗斯已豫备妥洽。离岸首途，绕出南岸，顺风驶去。此时离洛因港既二百七十“密黎”。衣兰岬岛既六百二十“密黎”。一筏三人，正居英吉利之下。至八月二十三日，新发见的亚蔼士屿，已隐见筏后。未几，水气冥蒙，阴云黯澹。那恃为性命的电光镫，已如浓雾里的秋萤，惨然失色。愈进愈暗，种种奇云，更不可缕述。或如乱缣，或如积絮。亚蔼士道：“此暴风之朕也。从速准备！”说还未了，盲风骤来，大雾垂空，酿成电气。引着三人，毛发为之森立。至十时顷，黑云如磐，昏不见掌。亚蔼士急问道：“恁好呢？”列曼口虽不言，心中也不免着急。命梗斯停了筏，泛泛波间。四面凄然，天地阒寂。亚蔼士忍不住又大叫道：“叔父！快卸帆罢！”列曼怒道：“莫慌！便触着岩石，筏沉了，能算什么？”说时迟，那时速，遥望天南，也生暗色，云奔风吼，白雨乱飞。三人如不倒翁一般，只在筏上乱滚。亚蔼士怕极，匍匐而行。正摸着列曼。列曼故意道：“如此风景，好看极了！”亚蔼士没法，定睛偷觑梗斯，则黑暗丛中，横篙屹立。暴风吹面，虬髯蓬飞，其勇猛奇诡之形，宛若与鱼鼍蛇颈鼍同时代的怪物。是时，风雨益剧，帆布紧张，木筏摇摇，几有乘风飞去之势。亚蔼士只是叫卸帆，列曼只是不肯。刹那间，电光煜然，飞舞空际。继而雷鸣轰隆，霰雹竞落。那波涛便如丘陵一般，或起或伏。亚蔼士已目瞀神昏，力抱筏樯，不敢稍动，幸此日却尚无事。至二十五六日，险恶仍不逊从前，雷电行天，波涛过筏。三人耳膜垂破，眼帘比矇。便想讲话，亦惟两颐翕张,更听不到片言半语。亚薾士觅得石笔,写了一篇,劝列曼卸帆。列曼知拗不过,始点一点头。方欲告知梗斯,则訇然一声,如鸣万炮。声中一团怪火,色带青白,向列曼劈面飞来。列曼只叫得一声:"阿哟!"已蒲伏梗斯足下!梗斯独岸然不惧,睁着怪眼,觑定火球。只见这火球晃了几晃,又向梗斯射去。此时连梗斯也不能不惊,倒退了数步,跌倒筏上。待亚薾士喃喃呼天,则火球已不知何往。但觉空中淡气充塞,呼吸皆艰。意欲起身,而宛若吃了蒙汗药一般,手足竟不能自主。亚薾士大诧道:"阿哟!怪物禁住我了!……"列曼道:"笨伯,这不是电气的作为么?"亚薾士想了一会,果然有理,才得安心。迨二十七日,风雨尚不休止,一叶木筏,无翼而飞,莫知所届。三人也只得拼了性命,束手任之。惟风声雨声中,仿佛似有岩石当波,砰磕震耳。子细推算,大约既逾英吉利达法兰西的地下了。所憾者,眼前暗黑,彼岸难望。除了与筏沉浮,直想不到一万全的方法。亚薾士身软神昏,似睡非睡,恍惚觉木筏正触着岸边,偶不留神,遽翻身落水。待呼救时,则海水汤汤入口,苦闷不可名言。幸梗斯颇善于泅水,忙跳入海中,抓住衣领,只一提,已提到筏间。避开了怒浪狂涛,觅得一平易的所在,停了筏,抱亚薾士登岸,令静卧列曼身傍,默然相对。梗斯又上木筏,搬取什物。列曼不忍坐视,也来相掣。两人同在筏上,忽一个涛头,扑着海岸,那筏被浪一激,直向后退,刹时间离岸已远,人影模糊,不复可辨。亚薾士独卧沙上,欲起无力,欲叫无音,只瞪着双睛,自观就死。挣扎了好一会,才放声哭叫道:"叔父!"

第九回　掷磁针碛间呵造化　拾匕首碣上识英雄

却说烈雨盲风,相继者三昼夜。亚薾士体力微弱,竟坠海中,才得苏生,又遭大难,不免五内寸裂,悲极亡音。蒙胧间,觉有人抚肩道:"亚薾士,你说甚?"睁眼看时,原来仍卧沙上。叔父列曼踞坐于旁,愀然道:"俪道甚？见了噩梦么？"亚蔶士定一定神,始如释了重负。揩去冷汗,放眼四观,则天色虽尚不放晴,而风雨却较前稍杀。梗斯取出石炭,煮些食物,劝亚蔶士加餐。然三日三夜,不得安息的亚蔶士,那里饮得半滴。只是唉声叹气,闭目不言。至第二日,仿佛天地五行,都商量妥协似的,云雨全收,暴风亦止。三人颇喜,气力渐增。亚蔶士自语道:"前日暴风,竟不肯吹此筏到刚勃迦地底,可谓不近人情了!"列曼听得,忙问道:"昨晚睡得着么?"亚蔶士道:"正是,叔父想亦如此。"列曼道:"我较平日更佳!"亚蔶士不语,停一会,忍不住又嗫嚅问道:"叔父,还要旅行么?"列曼道:"早得狠哩! 走到地心,便告毕了。"亚蔶士道:"究竟什么时候,才回去呢? ……"说了半句,列曼遽道:"俪莫再说这宗话了。不到地底极点,能回去的么?"亚蔶士不能再问,改口道:"果如此,则应先修缮了木筏。还有食物,也不可不先检点的。"列曼道:"汝言诚然! 梗斯于此种事情,颇能注意,我们去检点一遍就是。"两人遂徐徐起立,且说且行,不数百步,见梗斯已拖筏上陆,执着斧,补好了数处。许多物品,都挨次排列,有条不紊。列曼感极,走上前握着梗斯的手,说了许多致谢的话。梗斯只略点头,运斤自若。列曼历检什物,损失颇多。幸最紧要的火药与磁针等,却均无恙。亚蔶士问道:"食物呢?"梗斯道:"尚有鱼,肉,面包,酒类。四个月余,还吃不尽哩!"列曼大喜道:"好极! 好极! 待我到过地底,然后回家,还可招亲戚故旧,饱餐这不可多得的珍物哩! 不是么? 亚蔶士?"说毕鼓掌大笑。亚蔶士暗忖道:"此老倔强犹昔,大约是抵死不变的。"便随口问道:"我们离亚蔶士岛既七十'密黎',离衣兰岬岛该有六百'密黎'了?"列曼道:"可恨这暴风雨,阻了我的行程。然走过的路,大略如此。我想列曼海,广必有六百'密黎'上下,同地中海大小相仿佛的。"亚蔶士道:"叔父,我们可就在地中海的底下么?"列曼道:"或正如是。"亚蔶士又道:"据此算来,离雷加惠克已九百'密黎'了。"列曼张着口,半晌不答。良久,才说道:"据实说,则我们是否在地中海或土耳其抑哀兰狄克海下,即我也莫名其妙了。烈风暴雨时,磁针变了方向,叫我有什么方法呢?"亚蒍士道:"三昼夜间,风力虽强,方向却似不甚变换。必在洛因港的东南,一看磁针便明白了。"列曼称是不迭。忙取出磁针,注视长久,忽瞠目结舌,只看着亚蒍士不发一言。亚蒍士急问道:"何如?"列曼道:"儞来!儞来!"跑过去看时,则尖端已不指南方,变了北向。两人都大惊异,把磁针着实摇了一遍,放在地上,待其静定,仍指南方。亚蒍士只是发楞,列曼却垂头默想。少顷,神色大变,仰首道:"我们竟不得不归原路么?"说至此,又俯首不语,左思右想,终莫得其故。愤火骤炽,把磁针一掷,大叫道:"天地五行,共设奸谋,宁能伤我!我惟鼓我的勇,何难克天!从此照直线进行,怕他作甚!天人决战,就在此时了!"又叹了一口气,突然起立说道:"天地五行,我与儞战一合罢!亚蒍士,儞应晓得,竞名好胜,惟人界为然。我悬衣为帆,联木作筏,横行此杳不可测之黄泉;天地害我,五行阻我,叫我有什么方法呢!"亚蒍士见他如醉如痴,不知所对,搭赸着说道:"久居于此,终非长策,总以前进为是。"列曼蹙着双眉,略一首肯,遂大踏步去寻梗斯,则木筏已修理整齐,拖入海南。一切什物,都搬运上筏,只待启行。列曼也不言语,呼了亚蒍士,同到岸边。梗斯本来是只听列曼命令的,即跳上筏,执了篙,鹄立以俟。时西北风起,空气澄清,呼吸爽然,较前数日有天壤之别。列曼忽挥手道:"明天走罢!明天走罢!"亚蒍士惊疑道:"这又何故呢?"列曼笑道:"我平日只凭天运,遂得大祸。今日偏不走,要调查了这沿岸的形势,才得安心!权在此地宿一夜罢!"于是梗斯又跳上岸,系了筏,列曼等两人,徐步沙碛间,采了许多鳞介,草木,亚蒍士犇走方将,忽见短刀一柄,不觉称异。拾起看时,则土花陆离,似已废弃多日,急跑去告知了列曼。列曼亦大惊。想了良久,忽道:"定是儞瞒着我,从家里带来的。"亚蒍士道:"如果是我的,此时又何必来对叔父说呢。"列曼道:"然则必是梗斯的了。衣兰岬岛人好带短刃,不知如何遗落于此,呼来一问,便知端的!"遂即呼梗斯至,取刃示之。梗斯摇首道:"不是!

不是！敝处除士人而外，不能带刀，如我有此物，还来给君辈撑筏么？"列曼愈疑。以手拍额，遂恍然道："此必有先我至此者！亚藟士，我们去搜索一过，何如？"亚藟士连声应诺，踰岩降谷，各处搜寻，终不见有类乎人迹的所在。比至对面岸角，始得一穴，与平常不同；壁皆花刚(石名)，深不可测。两人交口称异，没命的赶至洞口。……奇哉！奇哉！壁上竟挂着一方石造的扁额。石液浸渍，古色斑斓。亚藟士拭了双目，子细看时，原来其上勒有文字，而且是三百年前的文字。遂高声读道："亚仑……萨力耨山！"

第十回　埋爆药再辟亚仑洞　遇旋涡共堕焦热狱

啊……亚仑萨力耨山！诸君知道欧洲古时的事迹么？世传往昔有个英雄，曾旅行地底者，便是这刻在石上的亚仑。可怜列曼舍命奋身，旅行多日，从此无量辛苦，都付逝波，只留下给我做小说的话柄。诸君，俪想伤心不伤心呢？他摩挲老眼，凝视久之。终失声大叫道："这就是亚仑开的隧道么！"亚藟士笑道："容或有之。"又向身旁一指道："叔父，俪看，还有他的遗迹在这里呢！"于是手舞足蹈，向前便跑。列曼忙赶上前，一把抓住衣襟，一面伸着手招呼梗斯，命撑筏到了岸角，亚藟士忻然道："幸而到了这里，否则不知怎样哩！不但亚仑遗迹莫得而知，恐还出不了地底呢！"又跳了几跳，向四方乱指道："此后到瑞典，至俄罗斯西伯利亚，又至亚非利加，更到那里，到那里，……一直至地底。"列曼看着亚藟士，也不答应，只是点头。时梗斯已登了岸，亚藟士得空，复欲向洞中钻去，仍被列曼牵住。亚藟士大呼道："壮士一去不复还，毁了筏罢！"列曼急禁止道："且慢！且慢！先把石壁查察一过才是。"遂系了筏，走近洞旁，审视良久，知广约五"跌得"，望之窅然。其深则不可知。惟推究形状，却确是一条隧道。三人放开胆，沿一直线进行，不数丈，便是石块碌砢，闭塞前途。先把向前飞跑的亚藟士头上凿了一个栗暴。亚藟士连声呼痛，回身便奔。列曼举起电镫，向前照去，则土花蔓碧，石骨撑青，更不见有可容一肢半节的微隙。列曼道："石块么？"亚蔼士一手抚头，一手摸壁，答道："不是！不是！崩解的土石罢了。屡易星霜，自然如此。唉！刚勃迦，我竟与俪不能再一相见么？"列曼在后，擎着电镫，焦急道："说甚梦话，快用凿罢！"亚蔼士道："这宗器械，能济甚事？唉！刚勃迦！"列曼道："莫慌！我用爆药！……"亚蔼士惊道："爆药？"列曼道："轰去土石，便可进行。除了爆药，有方法么？"即招了梗斯，命他按法装置，加上引绳，至夜半已告完成。亚蔼士上前道："叔父，俪上筏去罢，待我来引火。"列曼答一声"危险"，便伸手抱亚蔼士，拖入筏间。梗斯用力一撑，离岸已逾十丈。三人六目，齐注穴中。只听得轰然一声，爆药暴发；砂飞石走，激水成涡，海底污泥，都如黑云一般，盘旋上冒，余势卷筏，竟飞出丈余。三人以手抱樯，不敢稍动。一个电镫也訇的一声，乘势飞入海中去了。亚蔼士尚欲有言，无奈水火战声，如奔万马。即叫破声带，也属枉然。说时迟，那时速，爆药裂处，忽生巨穴。穴中旋涡，奔跃如爆，其力极伟。看看已将木筏，引入涡中，三人惧甚，各握着手，以防坠水。目花耳窒，神魂飘摇，但觉两腋生风，飞涛沾发。一叶木筏，已以一点钟三十"密黎"的速率，飞渡盘涡，向穴中射去。亚蔼士叫道："亚仑的……！亚仑的……！！"少时略定，伸手摸时，则电镫是不消说，即器械糇粮，也都孝敬了海若，所幸者，热度表及磁针犹依然筱在木隙。亚蔼士知失了食物，不胜担忧。两颐翕张了好一会，仍默不一语。梗斯摸出火种，造了篝火，然如幽林萤火，虽有若无，微光荧然，微照筏首。列曼等握手匍伏，不知所为。既而亚蔼士道："叔父，食物呢？"列曼回头瞧了梗斯一眼，梗斯摇首道："完了！完了！"列曼大惊道："没有了吗？"梗斯道："只有干肉了。"列曼颇为沮丧，默默不言。未越一点钟，三人皆饥，遂取余剩干肉，各食少许。咀嚼未毕，炎熇渐增。汗出如浆，呼吸迫甚。亚蔼士大呼道："溺死，烧死，抑是饿死，必不免的了！"列曼支颐冥想，闭目不答；良久，才道："我只能束手待死，那留下的干肉，索性也吃了罢。"亚藜士便分成三份，一分递给梗斯，一分与了列曼，自己则胸膈欲裂，不得沾唇。惟梗斯沉勇如常，脱了帽，满舀海水，交与两人。亚藜士静坐少刻，忽叹道："这是最后的食物了!"便把干肉抛入口中，拼命咽下。时愈进愈热，如居热鏊。刚勇若列曼，也不觉潜然流泪。三人脱了外衣，又脱了裤，又脱了衬衣，仍是白汗如珠，滚滚入海。亚藜士跃起道："啊! 死了! 我们到了矿物熔解的所在哩!"列曼且喘且说道："岂有此理!"亚藜士道："岂有此理! 俪说是那里呢? 叔父!"一面说，一面伸手向石壁上去摩，忽呀的一声，指上早受了火创。忙缩回手，浸入海水，岂知海水亦热如沸油。又是呀的一声，忙把两指衔入口中，呼痛不止。耳中又听得爆药应声，传入穴底，隆隆不绝，若旋辘轳。加以石壁震动，土石交飞，蒸汽都在上面，凝成水滴，霏霏而下。一枚磁针，也发了狂，或左或右，飞舞自如，指无定向。亚藜士道："死了! 叔父! 地震哩!"列曼道："不是。"亚藜士道："叔父，俪没留心，真是地震了!"列曼微笑道："这是喷火。"亚藜士大惊道："阿，焦热地狱!!"列曼道："岂不甚么好?"亚藜士道："好?!"偷看列曼举动，颇似泰然，极少仓皇之状，大惑不能解，驰想久之，才遭诘道："叔父，什么甚好? 我们卷入火焰，化为死灰，好么?"列曼向眼镜边上射出眼光，注定亚藜士，大声说道："唉! 亚藜士! 俪竟不知，欲归故乡，舍是……尚有方法么?"

第十一回　乘热潮入火出火　堕乐土舍生得生

却说三人一筏，刹时已趁着盘涡，直入叫唤大地狱。血液内凝，烈焰外炽，焦热苦闷，不可名言。亚藜士如死如生，忽觉化为死灰，散布六合。忽觉随了木筏，飞升九天。恍惚自思道："这是北方么? 还是衣兰岬的地下呢? 还是恺噶儿火山的下面呢? 西边隔亚美利加西岸五百'密黎'，有火山山脉。至于东方，则纬八十度处，亦有央曼岛的爱士克火山。可怜这筏,不知向那边的火山去寻死哩!"想了一会,便又惘然。至翌朝,觉身体震荡更甚,挣起来向下一瞰,则木筏早已离海,惟见下皆立石,烟焰赫然,傍有略阔的两条隧道,色如泼墨,蒸汽盘旋,火光如金蛇,下照幽谷。亚葛士惊极,只叫得一声:"叔父!"列曼泰然道:"这又何足为奇呢!火山喷火的时候,硫黄并燃,青光明灭,是常有的。"亚葛士道:"我固知道,然这烟焰如此利害,万一卷了筏,……"列曼道:"决不至此,俪放心罢!"两人问答未终,火焰竟较前稍杀。惟筏下浓厚物质,滚滚如潮,寒暖计已升至百度。列曼道:"啊!"亚葛士忙道:"怎了?"列曼道:"筏停了!"亚葛士道:"喷火歇了么?"列曼笑道:"哈!哈!正是!正是!我等也歇了。"亚葛士再定神看时,则灰石乱飞,轻于蛱蝶。游烟缕缕,夭矫若神龙。亚葛士又大嚷道:"叔父!叔父!又上去了!"列曼道:"俪嚷作甚?俪直想歇在这里么?"不过两分时,却又停止。列曼便从怀里掏出时表,看定指针,自语道:"再有十分。"亚葛士道:"每过十分,停止一次么?"列曼点头道:"正是!这火山喷火,是间歇的。故我等亦略得休憩。"话未毕,果然如弩箭离弦一般,又向上直射。亚葛士深恐堕落,竭力抱定木筏,目眩头晕,如登云雾。那木筏忽止忽行,也不知几次。只在朦胧间,觉四体不仁,喉舌欲裂。时而闻雷音大震,时而见石液狂飞,几疑有牛首阿旁,将扇煽火,火化无量蛇舌,围着木筏,伸缩吓人。而面目奇魄的梗斯,却犹隐见于烟火盘旋之中,齿粲目圆,如怒如笑。尔时亚葛士,怀无量恐怖苦闷,也不暇顾列曼,也不能看梗斯,双目复瞑,昏瞀冈觉。不知何时,忽闻有狮子吼,天地震荡,两耳亦自嗡嗡作声。欲待挣扎,却又如被梦魇,动不得分寸。少顷,又觉有人把左臂一提,才得苏醒,睁目看时,梗斯正屹立身旁。列曼欲立又伏,口中大嚷道:"这是那里!这是那里!!"亚葛士重定了神,张目四顾,知已僵仆山间。不远有一巨穴,便点首会意,叫道:"我等喷出火口了,这是衣兰岬么?"梗斯笑道:"不是,不是。"亚葛士道:"不是么?"随声仰首,则当初戴雪耀光的高山,更不可见。但有烈日光线，直射童岩，地底地表，不能辨识。亚莴士沉思良久，忽道：
"必不是地底了！然又不是衣兰岬央曼岛么？还是息毕哈侃呢？"列
曼道："总之不是衣兰岬。"亚莴士道："央曼岛么？"列曼道："也不然。
俩看这火山，非与北方终年负雪，由花刚石所成立者不同么？啊！
亚莴士，俩看，……俩留心，……"便向上一指，亚莴士的眼光，即随
着列曼指尖，直向上射。但见绝顶的巨穴，每隔十五分时，辄火光赫
然，火石烟灰，蓬蓬上舞。亚莴士忆及前事，张口结舌，不知所云。
三人静息良久，气力稍复，始放眼观察这火山的形势。原来此山形
如覆釜，高约三百"赛寻"，山麓郁苍，有"阿黎夫卡"，"佛额"，葡萄诸
植物，交柯结叶，夐与冱寒的北方不同。数里以外，有湖水湛然，远
树森森，如排青茅，仿佛是一座岛屿一般。再望东方，则飞甍参差，
居然一大都会。后面有小船坞，奇形殊状的船舶，泛泛碧波间，樯棹
成林，帆动疑蝶。再向远处望去又有无数小屿浅渚，簇然似蚁垤。
西惟大海，一碧无垠；水天相接处，露出一座漏斗形的火山，时吐烟
雾。北方则仅见沙渚一弯，轻帆几叶而已。亚莴士喜极，顿忘劳苦，
乱跑乱嚷道："这毕竟是什么所在！乐土！乐土！不是梦么?!"列
曼，梗斯，皆不知所对。亚莴士又独自跑了一个圈子，才见梗斯开口
道："我虽不知是甚么地方，然炎热异常，震荡不息，恐必不是善地。
走罢！走罢！免得给飞来的灰石打死了！"亚莴士也不理会，又张着
两手，跑了出去。远眺许久，忽见列曼等两人，已徐步下山。没奈
何，也只得追踪而往。回思前事，不异梦游。四面景色，皆平生所未
曾梦见。自忖道："入黄泉隔天日之我，为甚忽到如此乐土呢!?"且
走且想，越想越奇。不一会，大声说道："是亚细亚！已经过印度海岸
马拉斯几岛之下了！我等此时，不是正与在欧洲本国的同胞足迹相对
么？"列曼愕然，只说得一句："磁针！"亚莴士忙应道："磁针么？……磁
针么？据磁针，是明明向北去的！"列曼道："今日何故却到了热带
呢？那个磁针竟如此捉弄人么？"亚莴士侧着头，默然不答。列曼又
道："此地难道是北极！"亚莴士大惊道："北极？不然……然是北极，

到也未可料的。"

第十二回　返故乡新说服群儒　悟至理伟功归怪火

　　且说一行且语且走,到了一片大平原,心神定后,渐觉劳瘁,渐觉炎热,渐觉饥渴,便都停住足,草卧了两小时,始向前进。未几,见远远里有一丛村落;前临清溪,翠竹白沙,明瑟如画。林中石榴粲血,葡萄垂房。三人见了,都垂涎千丈。忙摘取红熟果实,欲啖一饱;其傍恰巧是玲珑树荫,潺湲清泉,遂又脱帽解衣,濯了手足。亚蔼士一昂首,骤见前面林中,显出一个童子,失声叹道:"童子何幸,居此乐郊! 仙乎! 仙乎!"子细看时,却又不然。但见他垢面敝衣,不异乞丐。张皇四顾,有惊异之状。列曼笑道:"我等远来,容仪不饰,此地必无如是莽男子,惹人惊诧,亦理所应有的。"童子探望未久,返身欲行。梗斯忙大踏步上前,捉住衣袖。列曼等也都走去,先用德国语问道:"这山叫甚么名字?"连问数次,童子不答。惟目不转睛的看定列曼,把头乱摇。列曼道:"是了,这必不是我德国的地方,我德国境界中是没有火山的。"便又操英语问道:"儞晓得这火山的名字么?"童子仍是摇首,默然无言。亚蔼士道:"叔父,他是哑子。"列曼微笑,仿佛对着童子,卖弄博物学似的,又咭咭唰唰说了几句伊大利语。童子那里理会,又照例把头摇了两摇。到此时,任儞博物大博士,也只得搔首攒眉,施不出别的本领。列曼闷极,伸手一推,大声道:"儞真不懂么?"童子也顺势一挣,只说一句:"色轮不离!"便跑入"阿黎夫卡"林中去了。亚蔼士大惊道:"色轮不离么?"列曼也大惊道:"啊! 色轮不离……这青灰色山东边的,就是额拉布山么? 在南方天末的,就是亚支拿山么?"原来这色轮不离,即古昔口碑所说极奇怪的围力斯儿群岛之一。昔有英雄,名雅耳者,曾锁风伯海若于此,传颂至今,几于无人不知的。三人听得"色轮不离"四字,便想起古事,忻喜不胜,口中乱嚷,没命的向山下奔去。伊大利人见了，疑从九幽地狱飞出来的魔鬼，便也大嚷起来。惟几个胆大的，却围着观看，列曼恐来加害，忙用伊大利语说道："我等遭风，漂流至此，别无他故的。诸君不必惊怪！"众人始渐散去，三人依旧趱行。列曼垂着首，只说："磁针！磁针！"反复不已。亚薨士也明知磁针作怪，致今日不北而南，然以莫明其理，便不敢言语。两小时后，已过了村落，渐近圣威兼码头，购办衣冠，休憩两日；即雇了一叶扁舟，到密希拿地方。至九月十三，乘着法国邮船朴陆尔，三日后。抵马耳塞上陆，二十日晚，已归刚勃迦。洛因闻声，出门相迓，倒依然容色颇丰，腰围不减。行过礼，自然是休憩片刻，再说地底情形。岂知这旅行地底的奇事，早已传遍了远近，一刹时，亲戚故旧，未知已知，都蜂拥而至。即漠不相识的，亦一若向列曼点一点头，便大有荣誉也者。足恭卑色，缠绕不休。列曼也不暇一一理会，只择情不可却的，自去酬酢。又张了几日大宴，以报戚友之情。且留住梗斯，做个见证。草了几篇论说，痛斥地底剧热之说，缕述身历目击诸事，以证其前言之不诬。许多学者，都赞叹不迭。虽有几个反对的，说这种事迹，又似有理，又似无理，像小说一般，殊难深信。然不过如九牛一毛，既没人见信，又没人雷同。数日后，也只得索性随着众人，拍手大赞。众人甚喜，说他颇识时务。反对者既获美名，也就闭口不语了。于是有许多人说："列曼是伟人。"又说："是空前的豪杰！"其他奇士，英雄，冒险家等徽号，尚不一而足。德意志人，也从此都把两颗眼球，移上额角。说什么惟我德人，是环游地底的始祖！荣光赫赫，全球皆知！把索士译著的微劳，磁针变向的奇事，都瞒下不说。惟博士列曼，虽负着鼎鼎盛名，终觉于心有些未惬。每日祇是磁针磁针的自语不止，一日，亚薨士走入书斋，偶在矿物堆中，检得一物，大惊道："便是这磁针……方向何尝误呢！"列曼熟视良久，笑道："是了！那时的磁针，必发狂无疑。"亚薨士也笑道："是了，我等过列曼海时，不是遇着飓风怪火么？那团怪火，吸着铁器，直奔筏中，磁针方向，便在此时变的。"列曼鼓掌大笑道："正是！正是！……噫！我知之矣！……伟哉电力！"

前二回初载 1903 年 12 月《浙江潮》月刊第 10 期。1906
年 3 月由南京启新书局印行,署"之江索士译演"。

四月

《中国矿产志》例言

一，是书概分二篇。首导言，以志中国今日所知之地质；次本言，以志中国今日所知之矿产。二者联属若形影，不知地质，无以知矿产，故首志之以为矿产导。

一，中国地质，中国未尝自为。其检索最详者，首推德人聂诃芬Richthofen 氏，然亦偏而不全。今并刺取此他诸说，累集成篇，供参考已耳。兹事体大，即博通斯学者，亦非独力所能成。意者中国学术方将日蒸，旦暮必有兴者，吾惟蕲此书之早覆瓴耳。又篇中专名为多，而中国旧译，凡地层悉以数计，今则译其义若音，地史系统亦然。试为列表如次，以备稽考。

（一）原始代 Archaean Era

　　（1）片麻岩纪 Geniss Period

　　（2）结晶片岩纪 Crystalline schist Period

（二）太古代 Palaeozoic Era

　　（1）康勃利亚纪 Cambrian Period ⎫

　　（2）希庐利亚纪 Silurian Period ⎬ 太古代前半期

　　（3）叠伏尼亚纪 Devonian Period ⎭

　　（4）煤纪 Carboniferous Period ⎫

　　（5）二叠纪 Permian Period ⎬ 太古代后半期

（三）中古代 Mesozoic Era

　　（1）三叠纪 Triassic Period

(2)儞拉纪 Jurassic Period

(3)白垩纪 Cretaceous Period

(四)近古代 Cainozoic Era

(1)第三纪 Tertiary Period $\begin{cases} 古期 \\ 新期 \end{cases}$

(2)第四纪 Quaternary Period $\begin{cases} 洪积世 \\ 冲积世（即现世） \end{cases}$

一，中国矿产，因幅员广大，检索未详，故下举诸矿地，皆仅就已知者志之，非谓已尽于此也。又其间虽分金及非金两属，而所区别，又非确指纯质为言，如非金属中之矾石，硝石等皆是。幸勿以学术上之分类法例之。

一，矿产所在，皆揭其地。其较大者，略为说明，然亦多拾外人之言，正确与否，纂者亦难自决。第近臆说者，则固已节去之矣。

一，言中国地质及矿产之书，鲜见于世。而纂者于普通矿学虽略窥门径，然系非其专门。此所记载，悉钩稽群籍为之。其羌无左证者，虽不敢率录，第事既创作，而当纂辑，又在课余，误谬知不可免。行将添削，蕲于尔雅。阅者指摘匡正之，则幸甚。

丙午年三月　纂述者识

最初印入 1906 年 5 月上海普及书屋版《中国矿产志》。

中国矿产志

导　言

第一章　矿产与矿业

世所称支那，其面积凡五百三十八万方哩，广袤轶全欧，足与大西洋四。试十二分全世界，支那占其一份焉中国面积常视算者而异，此据日本矢津昌永氏《清国地志》。即仅就本部言，亦越百十三万方哩上。汉族攸居。昔命之曰：中国者兹土。

中国面积，广漠既如是。蕴藏綦富，理当然尔。今试言其概：则北部（直隶 山东 山西 河南 陕西 甘肃）有金，银，铜，铅，锡，铁，煤油，硝石之属，且怀煤无量。即黄河流域一带地所蕴蓄，亦足支全世界之工业航海者数百年。中部（浙江 江苏 江西 安徽 湖南 湖北 贵州 四川）则五金而外，有铅，锑，硫磺，煤油，石盐及煤矿。南部（福建 广东 广西 云南）则有银，铜，锌，锡，铅，铁，含银之铅硫及煤矿等。云南境内，并产宝石焉。

中国矿产，富有既如是，故帝轩辕氏，始采铜于首山，善用地也。唐虞之世，爰铸金银铅铁。逮周而矿制成，厥后则战国以降采丹青，南北朝以降采矾石，唐以降采煤炭，及宋乃弥多，比明而益盛，业亦大矣。降及今兹，亦具矿制，顾所经营者，以官业为多，非人民所敢染指。其偶有民业者，辄干涉诛求。非疲弊不已，改良进步，又何冀焉？世目中国矿业为儿戏，夫岂溢恶之言哉？矧下愚之徒，复深信地气风水诸说，必天阏其业。始就帖然，而所张皇曰某矿某矿者，则又仅拾暴露地表之数枚石而止。呜呼！中国之所谓矿业，如是而已，与世所谓矿业之义盖大异。故世人曰："支那多矿产，支那无矿业。"

虽然，矿业不将竞起耶？主人苴莽，暴客乃张，今日让与，明日特许。如孤儿之饴，任有恃者之褫夺；如嫠妇之产，任强梁者之剖分。益以赂饷馈遗，若恐不尽。将裘马以换恶酒之达者，迭出久矣，又何患无矿业？行将见斧凿丁丁然，震惊吾民族；窟穴渊渊然，蜂房吾土地，又何患无矿业？虽然，及尔时，中国有矿业，中国无矿产矣。

今也，吾将于垂尽之家产，稍有所钩稽克核矣。顾昔之宗祖，既无所诏垂；今之同人，复无所告语。目注吾广大富丽之中国，徒茫然尔。无已，则询之客，以转语我同人。夫吾所自有之家产，乃必询之客而始能转语我同人也,悲夫!

第二章　地质及矿产之调查者

客者谁?异国人是已。《诗》有之曰:"子有钟鼓,弗鼓弗考。宛其死矣,他人是保。"客其将保我者欤?则吾汉族,直后日之客耳。暂客吾国,及往来吾国者,不悉其几何人。今举最著者如次。半学者也,吾视以彗。

千八百七十一年,德人聂诃芬 Richthofen 氏者,由香港入广东,湖南(衡州 岳州),湖北(襄阳)达四川(重庆 叙州 雅州 成都 昭化),入陕西(凤翔 西安 潼关),山西(平阳 太原)而至直隶(正定 保定 北京)。复下湖北(汉口 襄阳),往来山西(泽州 平阳 南阳 太原)间。经河南之怀庆以至上海。入杭州,登宁波之舟山,遍勘全浙。复溯江至芜湖,检江西北部。折而之江苏(镇江 扬州 淮安),遂入山东(沂州 泰安 济南 莱州 芝罘),顾其意犹未溢也。三涉山西(太原 大同),再至直隶(宣化 北京 三河 丰润),复低徊于开平炭山。入盛京(奉天 锦州),始由凤凰城出营口,为时三载。其旅行线凡二万余里,著报告曰《支那》者三钜册。于是世界第一煤国之名,乃大噪于全球。氏尝曰:"支那大陆,广蕴煤炭,而山西尤多。然矿业盛衰,首视输运。惟扼胶州,则足制山西矿业之死命。故分割支那,以先得胶州为第一着。"今也其言验。

聂诃芬氏刊《支那》第一册。在千八百七十七年至八十年之四年间,时有匈牙利伯爵曰揩显尼 Graf Szecheny 及克雷德纳 Kretiner 氏,发愿偕地质学者子爵洛奇 V. lo'Czy 氏,探检中国。揩及克留日本之横滨,洛奇先检江苏,江西两省之地质矿产。继而同由上海溯扬子江以达湖北(汉口 襄阳)。渡汉江,越秦岭山,济黄河,经陕西(西安),复西北行抵甘肃(兰州 静宁 安定 凉州 甘州)。履长城西端,再折入肃州,勾留者数月。遂南进过青海西宁,经秦州,达四川省(成都 雅州)。由是至西藏之打箭炉。历扬子江上流,抵金沙江巴塘。

南转至云南(大理)，过暹罗以去。为时三年，挥金十万。著记行三册行于世。盖于聂河芬氏探检未详之地，尤加意焉。

千八百八十四年，俄人阿布尔窃夫 Obrucheff 氏，探检北部之直隶(北京 正定 保定)，山西(太原)，甘肃(宁夏 兰州 凉州 甘州)及满洲，蒙古等。越六年，其旅行记《北清中央亚细亚及南山》成。

千八百八十七年，法国里昂商会之探检队十人，查南部之广西，河南(河内)，云南，四川(雅州 松潘)等，勘察至密，而于广西，四川尤详。

前四年，日本理学博士神保铃木及农商务省地质调查所长巨智部之辽东，理学士西和田，山崎之热河长城，学士平林佐藤、井上斋藤之南部诸地，均以调查地质矿山为目的，成《概告》一册。越三年，和田，小川，细川，严浦，山田五专门家，复勘诸地，一订前误。今兹则东西学者，履迹弥繁，所得亦弥确。后此所言，则其所得之成果也。

第三章　中国地质之构造

第一节　地相(参照中国地相图)

亚欧两大陆间，有高台桀然。颖视群岳者曰帕米尔 Pamir，五山脉所从出也，人又称之曰"世界之梁"Roof of the world。五山脉中，其三东向。三山脉中，其一南行，向印度洋面，纡曲为喜马拉牙 Himalaya 山系；其二趋北，崛为天山 Thian Shan 系；而其三则居前两山系间，自葱岭 Mont Bolor 中部，东向其首，延为昆仑 Kuenluen 山系。此三山系，弥展弥遥，终而广野高原，毕归怀抱焉。如昆仑与喜马拉牙山间，有西藏之高原。葱岭在其西，东则群峰屹立如屏障，高原居其环中。虽峻逊葱岭，然横览世界，固已无足与伦俪者矣。试南越喜马拉牙，则降印度之低原。北逾昆仑，则践西蒙古地。更越东境，则临四川之野。惟西邻地独秀出，不越境则无以攀世界之梁。故西藏高原者,大陆中之大陆也。无长流大河,流注其地。岩石解涊,积累四邻,风力所飏,旋为平野。而其地南北东周缘之低地则反是,大河细川,交织如网,樊然四张,溉其流域。因而谿谷倍深,河脉倍众,地相倍复焉。视两者之地理地文若生物界,无不大有径庭,为地质构造之反射者。盖甲受风威,乙蒙水力,故甲则童然赤地,卉木式微,天相寂寥,凄如死国;乙则雨露所泽,植物遂长,百昌活动,连属其乡。猗地相之伟力,于以见矣。此言中国者,指居西藏高原之东麓,怀山抱野,亚洲东方之周缘地,即世所谓支那本部 China Proper 者也。相度其地相,则蒙昆仑余脉之影响也实多。盖昆仑山系,不仅直走东西而已,其成复最古此据地质时代而言。当南邻喜马拉牙,犹潜海底,而此已屹然为山。故昆仑山系者,实中国大陆之骨骼也。迹其本系之构造,爰有始原界之片麻 Gneiss,晶片 Crystalline schist 诸岩石。则昆仑山系者,实又中国大陆地盘之干系也。古者地壳之波,皱不复坦。故山系南,有骈行之脉甚多。北麓形若阶级,成断层山,终抵北方而为隰。系尾则远涉东部,其长凡四十经度千二百里,以是世常区西,中,东三部言之。

西昆仑者,始于葱岭,迄罗布湖 Lob-nor。其初高度几同,绝少峻险。既而东向,比抵琪利亚府 Kiria,岐为二:一曰当拉山系 Tangla or Sangla,一曰俄罗斯山系 Russia Range。本系则至罗布湖裔,展为平原与中国地相,盖无甚深之关系。中昆仑状若楔,至中国,入河南,后受南北行断层所中断,陷为低地,更隆为淮山,蜿蜒之南京而毕。是即秦岭山系 Tsin-ling,界中国为南北二区者也。古山脉之有力于人事者,以斯为最。有是而动植气候若工商之业,南北因以毕殊。盖不徒天然之分域,亦中国地质构造之至要者已。

秦岭之北有黄河,南有长江。北之气候,夏乃酷暑,冬乃祁寒。地相殊简,多平原台野。著名之黄土 Loess 及尘埃泥泞,掩蔽地盘,不宜草木。地无立植,稼穑维艰,所获者仅棉麦属耳。南则反是,有峻峰深谷,林木蓊蔚。降至低地,冲积层在焉。厥土富沃,植物滋生,蔓延于甸野。寒暑不厉,霖雨以时。棉麦而外,则有禾,茶,桑,麻,薯蓣之属,竞向荣焉。秦岭山腹之南北,其天然之殊,有如是者。然试取北之渭水地,与南之汉江域较,则两者之为殊异,盖尤著也。

中昆仑在青海北,幅员广甚,且有骈行山脉十。其南脉纡回于南,为西藏之东境。南行缅甸及暹罗,余波犹及于马来群岛。中央干部曰巴颜喀喇 Baian Kara,东向走,与积石,西倾,岷山等相属。尚于渭水之南,枞为秦岭,又自故都西安之北,起为伏牛 Tuniu。凡秦岭以东总称秦岭山系,即东昆仑也。中东二山相接处,为西藏东境,即四川西北,甘肃之南。层冰峨峨,覆掩山体,或谓昔较喜马拉牙尤秀出云。四川西境之大雪岭,不过其一分耳。又一脉自甘肃之南山岭出,走山西太原府,比至辽东之野,遇断层,其迹乃绝。既而抵满洲朝鲜之界,再崛起为长白山,此亦昆仑之孙枝也。

有大断层,自汉江上流,襄阳府之边,北东走,东侧陷落,中断东昆仑。所谓中原者,即其东方地也。此断层过黄河北,由北京平地,东望其面,外表殆似山脉,实则台地之东坂耳,是名太行之山。台地则西联山陕之高原,复与蒙古相属,中国之大煤田在焉。其断层山,走北京之西,崛起为凤山。既而北展,成大兴安岭,作满洲与东蒙古台地之界域。秦岭既断,至湖北,微隆为淮山。东泳东海,再兴为日本昆仑,以构成日本南部地。与此断层骈行者,再见于山东。顾此则西侧独陷,微隆而成泰岳,远及于辽东。所谓辽东半岛者,其东侧隆地也。

今更旋面目而顾南方,复得一山脉,自秦岭山系,分趋东南者也。在四川东北,则走汉江之上流,以大巴山及荆门山名。在宜昌重庆间,则斜行扬子江,江畔有三峡栈道之险者以此。山脉与西藏间,为四川洼地。构以砂岩,色带赤,地质学者遂字之曰:"四川之赤洼"。山脉余波达云南而毕。与此骈行者,在中国东南岸闽粤地,走广东福建及浙江之西境,尽于宁波。凡此皆自西南而趋东北。大庾岭仙霞岭,其分名也。总称之曰支那山系 Sinical system,与北方之秦岭相对。系之西里,有湖南湖北之低地,鄱阳洞庭,则低地中之尤低者也。

第二节　地质上之发育史

自中央亚细亚以至中国,地质上古多变动,与世俱进,迄于今兹。故究中国之发育史者,必先知亚细亚东部之转变。今先陈其概,而以序及吾国焉。

(一)第一周期……原始代

最初之地球,其表至薄,熔岩未凝,如芦苻之裹沸沈。时则片麻岩等,凝聚累积,挟火上飞,地壳为之龟坼,而熔岩乃复弥缝灌注之,如水就下,后凝为火成岩,今称花岗岩 Granite 者即是。以上盖第一变动也。地盘上升,成一山岳峻嶒之大陆,既乃静止。烈风怒吹,暴雨频集,浸润克削,海面日高,终而巨浸无际,怒浪拂天而外,更无所有。是时也,则为原始代 Archaean Era。

原始代岩石之见于亚细亚东部者,在朝鲜满洲及中国之山东福建诸省,名片麻岩。古者喷涌出地,凝为一大陆。厥后经风雨所剥蚀,波涛所激冲,零星尽矣。逮第一变动起,熔岩上涌,地盘亦偕以俱升,而东部亚细亚之大陆骤现。惟地层运动,不一其致,故秦岭以北,断层分走于诸方,是成台地;以南则地层恒作波形,屈曲为山脉焉。此第一周期终。而中国南北两部地质上之历史遂异。

(二)第二周期……太古代前半

原始代既去,康勃利亚纪 Cambrian Period,希庐利亚纪 Sil-uriah Period,叠伏尼亚纪 Devonian Period 继之。其所经岁月,殆不能缕指数。尔时洪水襄陵,为力至伟,故土砂之属,多湔涤入海,累积为砂岩泥岩及白垩岩。后地盘再震,海底复昂然为陆,而中央亚细亚及中国之陆地山岳成,是为第二变动。递既静止,风雨竞集,翘然出水者日以卑,坦然滨海者日以削。洪涛所啮,地盘日低,大陆沉沦,海若再伟。此太古代 Palaeozoic Era 之前半也。中国当静止时,风雨则陵其陆地,海波则蚀其东南,弥蚀弥进。而南满洲、山东、山西、陕西、直隶及河南诸地,终为水国。陆上之砂砾土泥,输运入海,悉沉集浅处。其距岸较遥之深海,则生灰石之累层。此海曰"康勃利亚纪海"。海之南岸,即秦岭也,其以南之中国,乃非海而陆,故康勃利亚属不可见。尔后北方之海,渐涸为干土;秦岭以南,地盘又陷,成"希庐利亚纪及叠伏尼亚纪海",海底则陆上之土泥累积之。稽此海,盖尝入中昆仑,通天山,经西伯利亚,而与欧洲之俄罗斯相属云。

(三)第三周期……太古代后半至近古代

此一周期,以煤纪 Carboniferous Period 始。其先群植滋殖,长林郁翳,故当波浪蚀陆之际,其波足所及者,辄挟土沙以掩瘗之。水逼其上,火燔其下,爰相率僵死,造成广漠无量之煤田。此煤纪末叶,地盘之变动又起,海隆成陆,而今日中国及中央亚细亚之地相,乃粗定矣。秦岭以北,因遇数断层,遂生台地,形错落若阶级;以南则地表曲蟠,崛出为连岭。悬想当时,盖较喜马拉牙尤秀出焉。推地球他部之僵石若地层,知其历年盖甚长,其为变复甚复。惟东部亚细亚独不然,煤纪时隆为大陆,后历中古代及近古代之第三纪 Tertiary Period,为变甚微。仅雨雪凑集,山岳崩溃,销耗磨灭,高者渐卑,完者日泐而已。与今日亚细亚之现象,殆无以异也,其稍著者,则有小山脉之勃兴,断层之陷落。断层之大者,在秦岭东,自汉江上流,北北东走,延及北京。北方之兴安岭,亦乘时崛起,其一则与前者平行,自南京斜掠山东及辽东以去。两断层间,复大陷落,窅然以深。秦岭山系,遂因之中绝于湖北。渤海湾及辽东之平野,即其低地带之一部也。是为中原历代枭雄所角逐竞争,造成一部相斫书者皆在是。

进究中国北部之变动史,则当煤纪时,有大海自朝鲜西向。原始代及康勃利亚纪之大陆蟠其北,秦岭、昆仑二山当其南,而瀚海 Drysea(东蒙古沙漠之位置)则侵入天山南,与俄罗斯之"煤纪海"相联续。其近邻复有一煤纪之大海,开展于中昆仑及秦岭半岛南。时淮山山畔,尝为海峡,故得与北海合。复包日本,经云南及缅甸之海峡,以达印度之赤道洋。此南北两大海,矿藏异量,僵石殊致。本纪初,北海本极深邃,厥后经煤岩之沉貌累积,于以日浅,或竟出水成陆,植物群生。陆稍降则植物又受海中土沙所掩蔽。一降一升,地变迭起,终造成一冠绝世界之煤田。后遭转变,全土上升,成江西陕西之煤层台地。东抵山东,西经甘肃,尚遥及于瀚海。南岸之桀然者,曰秦岭,曰中昆仑,迄今兹未尝再沦于水国。故除中古代之中原陷落外,谓今日中国之地相,已粗备于尔时,固无不可耳。

顾南部之变动史则异是。自煤纪以至二叠纪 Permian Period,惟天水相衔,更无陆影,故煤层遂未由成。迨北海成陆,地盘始稍变动,时则有横压力自西北来,秦岭以南之地层,遂崛起为峻岭,连绵闽粤间,所谓支那山系 Sinical system 者是矣。厥后时有转变,不至故常。内部生数断层,其一部分,终沦陷为海,则中古代 Mesozoic Era 之始也,其海曰"三叠纪之大洋"。此其为海,达西藏之东境,自缅甸喜马拉牙至大西洋,今日欧非间之地中海,其余沥耳。三叠纪 Triassic Period 后曰儸拉纪 Jurassic Period。中国南部之海日蹙,渐成"新地中海"。其位置,即今之四川洼地也。地盘构造,纯以赤砂,故亦称"赤盆砂地"。尔时植物瘗赤砂中,化而为煤,后成中国南部之煤田焉。其所历岁月,较北部者为稚,可推知已。迨入白垩纪 Cretaceous Period,海再隆为陆,故白垩纪之地层不可见。

前言两断层间,窅然以深之中原,即成于中古代,此中国南北两部共有之变动也。两断层中,一自汉江,贯黄河,至北京,复生山西之台地及北京之卑脉;一在其东,自辽河之野,经渤海湾,贯山东西缘,抵南京之郊外。中挟中原,实则地质学上之沟底而已。沟底微隆成淮山,踞河南及湖北之界。继乃受昆仑余脉,至镇江,再崛兴于日本。斯时也,中生代将终,地相底定。厥后变故虽多,顾微细无伟力,未足以移易中国之地相也。

自白垩纪以迄今日,中国之山地,既屹然成陆,中原亦然。独蒙古沙漠及甘肃方面地,当近古代 Cainozoic Era 之第三纪 Teriary Period 末叶,尝为内海耳。故中国本部,自白垩纪后,已为干地。其来凌藉蹂躏者,厥惟风霜雨雪之属。意者尔时之秦岭山系,高必胜于今兹,与淮山及山东之山相联络,以环绕中国北部。逮第四纪 Quaternary Period 之洪积世 Diluvial Epoch 时,欧洲为祁寒之冰河时代,中国内部,则当温湿风自南方来,辄为山壁所阻阏,雨泽悉竭。其北复有烈风,气候干涸,与大漠殆无以异。故土砂埃尘,均随暴风飞动,沉积其地,久而诸山日卑。气候渐变,乃始有雨,以润泽此土砂埃尘,渐就坚实,于以成中国之黄土 Loess。黄土所在,惟扬子江北,不见于南方。所谓黄河,则以灌溉兹地,遂含色获名者也。又其流水,朝宗于海,水色为变,是名黄海。其影响所及,有如此者,而不仅此也。试一悬想,假当时无是,则中国北部之平原,将未由成;有之,则地又因以硗确而不适于稼穑。此有名之黄土,殆无以异地质上之鸡肋欤。

洪积世去,现世 Recent 继之。其转变之行,亦无待重为言议,特为变徐徐,远逊往古之猛烈,故从约焉。

第四章　地层之播布

第一节　原始层

熔岩初凝,渐成地壳。是即当时之遗迹,始为地质学家所目睹者也。所见地层,此为最古,故以原始名。所历时日,此为最长,故屡受变动。其断层最多,襞积亦最甚。检视石层,略无生物。昔美国达逊 Dawson 氏,尝于加拿大石灰岩 Canada limestone 中,见有若有孔虫之遗迹者,遂取原生生物意,名之曰阿屯 Eozone,后经覈核,其说竟破。意者尔时殆惟荒天赤地,绝无微生命之胚胎欤。顾岩石中,时含石灰石墨之属。夫石灰为动物之遗蜕,石墨为植物之槁株。设无生物,何能有是? 又次之太古层中,得三叶虫 Trilobites 之僵石。三叶虫者,动物之高等者也。按进化说,则劣者必先,优者必后。故意者尔时亦非无至劣动物,生活其间,特遗蜕模糊,莫能辨识耳。以是,此层惟据岩石之性质,析为二:其一曰片麻岩层,次曰晶片岩层。

是层之岩石,见于辽东半岛,及山东福建诸省,延及朝鲜,矿产甚富,以产银,铅,铜,铁,铂,玉著。此他则昆仑,秦岭,戈壁,瀚海等。盖戈壁者,实原始层之浸蚀相 Erodel facies;而瀚海,则合花岗岩所构造者也。

第二节　太古层

始见僵石,故亦以古生名。然所谓生物者,复非原生,吾曹所能目击之最古者耳。其尤古者,则沉薶转变,无得而稽考矣。其岩石皆自少而至多。以火成者,有花岗,闪绿,辉绿等;以水成者,有砂硅,粘板,石灰等。生物亦由简以趋复。厥初则有藻类,三叶虫,珊瑚之族,然皆水产而已。既而鱼而荸而鳞印诸木,渐由水产以超陆产。然高等者,未获睹也。再降则两栖动物及爬虫现,而古生层终。此依僵石,细别为五:

(一)康勃利亚层。此复细别为三:中国辽东之石灰岩,其上层也。据聂诃芬 Richthofen 氏说,则自辽东半岛,直亘朝鲜之咸镜道,厚数千呎。石灰岩所函僵石,以苛诺罗利飞 Conocoryphe,亚梧诺士都 Agnostus 等之三叶虫,及灵古累拉 Lingulella,亚尔气士 Orthis 等之腕足介,为特征云。惟此层所布,则土质常硗确不宜耕稼。所赖者,产金,银,铜,锡之属,远胜他层,为足弥其缺陷耳。

(二)希庐利亚层。此层岩石之在中国者,自陕西汉中府以至四川广元县之山间。含三叶虫,腕足介,珊瑚之属,产五金焉。

(三)叠伏尼亚层。此层产地,在秦岭山之南,云南之北,四川之东北等。聂诃芬氏尝采僵石探究之,则嘉陵江之北,有五房介 Pemtamerus,美喀罗登 Megalodon sp.,蜂房珊瑚 Fanosites 之属,而石燕 Spirifer Canolifer 尤多。云南之潞江,则有恺马罗复利亚 Chamarophoria,小口介 Rhyuchonella,亚气利士 Athyris,苛内梯士 Chonetes,蜂房珊瑚,石燕之属。凡此皆本属之上部与中部也。变质岩中,常含玉类。岩石脉络间,亦恒产银,铁,锌,锡等。

(四)煤层。产煤最且良,故名。据所函僵石,析为二部:曰下部,曰上部。其下部在南山,抚顺,天山,四川,甘肃之肃州与甘州间,巴尔丹译音河畔,山东之博山县,皆海成层也。僵石以珊瑚 Coral,腕足类 Brachiodada 为主。上部之海成层在甘肃之山丹,西宁配灵山北侧,勾佺川下,泰甲山之赛门关以上四地皆译音,僵石以腕足类及纺锤虫 Fusulna 著。江苏,湖北,僵石以有孔虫著。江西,僵石以软三叶虫及鱼类著。夹层煤之播布,亦广大焉。陆成层在盛京,直隶,山东,陕西,山西,河南,四川,湖南,广东诸省,其僵石以大苇 Calamites,鳞木 Lepidodendron,印木 Sigillariods,羊齿 Ferus 等著,层中夹煤最多。聂诃芬氏尝谓山陕煤田,面积殊广大。如陕西东南部煤层,其总积凡四千八百方里,厚自十六尺至三十尺以上,并富铁矿云。此外则甘肃,陕西,云南及昆仑山附近,亦见煤层。惟僵石种类,艰于识别,故今兹犹未辨其部属焉。

(五)二叠层。此层始自西藏东北部,至江西,延及江苏之南京与镇江间。岩石以石灰岩为多,僵石以腕足介为著。有用矿物,则石盐,石膏,铜,铁,铅,煤之属也。

第三节　中古层

此层以粘板,角岩,硅岩,粘土等为多,时含石盐,煤,石膏之属,生物则前此者渐归灭绝。故鳞印诸木,初即衰落,而松,柏,苏铁,羊齿等,与之代兴。继而无花果,白杨,槠,柳之属出,其景象殆无异于现世矣。动物则前代爬虫,日臻发达。有袋类亦生,为哺乳类导。次则诡形之龙类,跋扈于陆地;有齿之大鸟,腾跃于太空。盖自有生物以来,未有若斯之瑰奇繁盛者也。菊石,箭石之属,亦大繁殖。遗蜕累积,成白垩层。再降则生物复大变革。旧生动植,或衰或灭,而真阔叶树及硬骨鱼兴。僵石既三变易,故此层亦从而析为三,如次:

(一)三叠层。此层之在德国者凡三叠,故名。最下叠见于西藏北部,岩石多石灰,僵石多菊石 Ceratites。中叠则云南有之,僵石及岩石之特征与前者相若。产辉铅,白铅,铜,硫,铁等矿及孔雀石焉。上叠尝见于贵州,所含矿物,与中叠等。

(二)儴拉层。凡三部:下部色黑,中部色褐,上部色白。在中国者,多褐色儴拉层。即其中部也,产植物僵石,如山西大同府,四川之广元县,湖北之黄州,大同两府,及直隶省皆然。煤,铁等矿,亦恒有之。

(三)白垩层。中国自儴拉纪后,渐隆为陆,故白垩层不可见。

第四节 近古层

此为最终之地层。细别成二:末叶之洪积层,见人类焉,岩石以粗面流纹及黏土柔垩之属为多。其层广布于中国,如北部之黄土 Loess 即洪积层也。厚越二千三百尺,函哺乳动物及陆生介类,且曼衍至西藏,蒙古,叶尔羌及波斯。此黄土成因,解者甚众。如斯克揭黎 Skerchey 氏谓此乃冰河所运之漂土,比冰河中绝时代 Interglacial Period 复为空气所运,积为累层;又荆格斯弥尔 Kingsmill 氏则谓山东附近之黄土,古必沉积于水中,非风力所致。然聂诃芬氏则归之风力焉。

本 言

第一章 直隶省矿产

第一节 金属矿

金 矿

顺天府房山县宝金山   顺天府密云县

永平府迁安县宽河川   顺天府大兴县

永平府卢龙县　　　　　　　　热河

右诸矿产,惟在热河者,有都统寿荫之覆奏见光绪二十四年北京官报可得其概。虽诚妄不可知,今姑再录之。略谓金厂沟梁,以光绪十八年始。矿石坚致,日获金四五十两。双山子金矿,日获二三十两,利益殊丰。宽沟等处,虽兴业垂二三十年,然拮据甚。土槽子,遍山线,热水诸地,亦纳税悉不厚云。

银　矿
　顺天府大兴县　　　　　　　　顺天府密云县
　永平府迁安县　　　　　　　　顺天府昌平州河子涧村
　永平府卢龙县距城西十五里椒山　永平府抚宁县
　承德府丰宁县　　　　　　　　宣化府蔚州
　热河

铜　矿
　顺天府大兴县　　　　　　　　永平府卢龙县孤竹山
　保定府　　　　　　　　　　　承德府平泉州每年约获五十余万斤

铁　矿
　顺天府遵化州　　　　　　　　顺天府密云县大峪椎山
　顺天府大兴县　　　　　　　　顺天府宛平县
　保定府满城县　　　　　　　　宣化府龙门县
　永平府迁安县　　　　　　　　永平府卢龙县城西十五里

锡　矿
　广平府磁州　　　　　　　　　承德府
　永平府迁安县

第二节　非金属矿

煤　矿
　顺天府房山县无烟煤　　　　　顺天府宛平县同上
　永平府抚宁县无烟煤　　　　　宣化府蔚州同上

定州曲阳县白石沟及野北村　　宣化府宣化县鸡鸣山

承德府朝阳县　　　　　　　　正定府灵寿县

宣化府保安州无烟煤　　　　　宣化府西宁县无烟煤

顺天府保定县同上　　　　　　宣化府万全县同上

永平府临榆县同上　　　　　　宣化府开平煤矿

　　开平煤矿，在永平府滦州之石城与唐山间，系明代所已发见者
云。井凡十三，深约千五百呎至千七百呎，煤层之数与井等，其倾斜
约四十五度。煤质最良者，为第五，第九，第十三诸层，余悉不善。
顾其量则甲东洋一切煤矿，日所获凡二千三四百吨。矿区之宏，煤
层之厚，皆仅见者也。

海　盐

　　顺天府宁河县　　　　　　　遵化州丰润县

　　天津府章武县　　　　　　　永平府滨海诸县

玛　瑙

　　宣化府

硝　石

　　大名府土硝　　　　　　　　天津府天津县

石　棉一名不灰木

　　承德府滦平县　　　　　　　宣化府蔚州

绿　矾

　　天津府　　　　　　　　　　宣化府有青白及土粉三种

水　晶

　　顺天府昌平县　　　　　　　宣化县

第二章　山西省矿产

第一节　金属矿

银　矿

178

解州安邑县　　　　　　　　　　解州平陆县银穴三十四区

铜　　矿

　　绛州垣曲县　　　　　　　　　解州平陆县

　　平阳府曲沃县　　　　　　　　潞安州长安县

　　大同府　　　　　　　　　　　忻州定襄县

沙　　金

　　隰州大宁县　　　　　　　　　泽州阳城县

　　绛州闻喜县　　　　　　　　　平定州盂县

铅　　矿

　　绛州垣曲县　　　　　　　　　隰州

锡　　矿

　　解州安邑县　　　　　　　　　沁州沁源县

　　泽州阳城县　　　　　　　　　解州平陆县

铁　　矿

　　太原府太原县　　　　　　　　太原府榆次县

　　平阳府临汾县　　　　　　　　平阳府曲沃县

　　平阳府翼城县　　　　　　　　平阳府岳阳县

　　平阳府汾西县　　　　　　　　平阳府洪洞县

　　平阳府吉州　　　　　　　　　平阳府乡宁县

　　解州安邑县　　　　　　　　　保德州

　　汾州府孝义县　　　　　　　　泽州阳城县

　　大同府怀仁县　　　　　　　　绛州绛县

　　沁州武乡县　　　　　　　　　代州

　　潞安州　　　　　　　　　　　汾州府

　　汾州府宁乡县　　　　　　　　霍州灵石县

　　平定州盂县　　　　　　　　　沁州沁源县

　　本省铁矿,以平定州盂县,及自潞安府至泽州阳城县者为最著。
其开采似始于二千五百余年前,逮唐乃弥盛。惜迄今日,而所操方术，与欧西数世纪前者，犹无甚异耳。特铁质则纯良甚，经土法制炼后，不逊瑞典产，盖因矿悉褐铁及镜铁故也。

第二节　非金属矿

煤　矿

平定州寿阳县无烟煤	平定州盂县同上
忻州静乐县无烟煤	平阳府翼城县无烟煤
平阳府岳阳县同上	平阳府临汾县同上
平阳府洪洞县同上	平阳府浮山县同上
平阳府太平县	霍州灵石县同上
霍州赵城县	泽州阳城县同上厚达七迈当半
隰州大宁县	汾州府临县
大同府广宁县	宁武府神池县
代州五台县	太原府太原县
潞安州长安县	

　　矿区广袤，凡一万三千五百平方哩，脉皆相蝉联，绝少崩裂者。煤层则厚自二十五呎至五十呎，其平均数，必不在四十呎下。凡此悉得诸亲就矿穴之实测，非仅据外象为言者也。质复佳绝，焚之无烟。假从前说以煤层率为厚四十呎，比重为一·五，则量当达六千三百亿吨。又假定现全世界之用煤量为六亿吨，则山西一省所函煤量，已足支一千余载。矧矿脉仅微斜，故于煤层中，凿长数哩之导水坑，为事亦易。上乃沙岩，无侯支柱。地复富实，利于经营。又取煤质与他国产者较，盖不逊英国之优等煤。东洋诸国所产，恐莫与京云。此聂河芬氏说也。

石　盐

太原府阳曲县	太原府徐沟县
太原府太原县	忻州定襄县
太原府文水县	大同府大同县

大同府浑源县　　　　　　大同府应州

解州安邑县　　　　　　　霍州

隰州　　　　　　　　　　保德州

硝　石

汾州府永宁县　　　　　　解州有硝池

明　矾

平定府寿阳县　　　　　　平阳府吉州

绛州垣曲县　　　　　　　解州

钟　矿

泽州

绿　矾

大同府　　　　　　　　　平定州

解州有胆矾窟　　　　　　绛州垣曲县同上

石　棉一名不灰木

潞安府黎城县　　　　　　潞安府壶关县

石　膏

汾州府永宁州　　　　　　汾州府介休县

玛　瑙

大同府

水　晶

汾州府永宁州　　　　　　泽州

琥　珀

潞安府

硫　磺

太原府阳曲县王封山　　　隰州

煤　油一名石脑油

潞安府　　　　　　　　　泽州陵川县

平定州　　　　　　　　　平阳府

肃州

第三章　陕西省矿产

第一节　金属矿

金　矿

西安府临龙县　　　　　西安府南山

兴化府西城汉水汉阴月川　商州雒南县
　　　　水皆有金明初封禁

汉中府西乡县　　　　　兴化府汉阴厅

银　矿

西安府　　　　　　　　商州山阳县

汉中府

汞　矿

商州雒南县　　　　　　汉中府略阳县

兴化府洵阳县

铜　矿

西安府终南山　　　　　兴化府

兴化府金州出自然铜

鄜州产自然铜　　　　　商州

铁　矿

西安府临潼县　　　　　邠州长武县

西安府南山　　　　　　凤翔府郿县

凤翔府陇州　　　　　　汉中府略阳县

汉中府城固县　　　　　凤翔府汧阳县

商州　　　　　　　　　汉中府沔县

鄜州中部县　　　　　　鄜州宜君县

锡　矿

商州

朱　砂

　汉中府　　　　　　　　　　　　　商州

第二节　非金属矿

煤　矿

　　榆林府榆林县无烟煤　　　　　　同州府

　　汉中府凤县

煤　油即石油

　　延安府延川县　　　　　　　　　延安府延长县

　　鄜州

石　盐

　　榆林府葭州　　　　　　　　　　榆林府榆林县

　　延安府定边县

明　矾

　　同州府澄城县　　　　　　　　　西安府同官县

钟　矿

　　汉中府凤县

玉

　　西安府蓝田县　　　　　　　　　西安府临潼县

　　商州雒南县　　　　　　　　　　汉中府略阳县

　　兴化府洵阳县　　　　　　　　　西安府南山

笔　铅即石墨

　　凤翔府汧阳县

玛　瑙

　　榆林府府谷县　　　　　　　　　榆林府神木县

硫　磺

　　西安府同官县　　　　　　　　　鄜州宜君县

琥　珀

　　汉中府

第四章　甘肃省矿产

第一节　金属矿

金　矿

　　巩昌府珉州　　　　　　　　肃州酒泉洞庭山

　　西宁府西宁县　　　　　　　阶州文县

　　西宁府廓州　　　　　　　　兰州府

　　凉州府镇蕃县

　　阶州文县有金窟,在麻仓,与绍化县接界。窟如井,取之甚难。

银　矿

　　平凉府平凉县　　　　　　　平凉府华亭县

　　阶州文县　　　　　　　　　巩昌府宁远县

　　秦州秦安县　　　　　　　　秦州清水县

　　秦州两当县

水　银

　　阶州文县将利　　　　　　　秦州徽县

铜　矿

　　平凉府平凉县　　　　　　　巩昌府宁远县

　　秦州秦安县　　　　　　　　平凉府华亭县

铁　矿

　　平凉府平凉县　　　　　　　巩昌府宁远县

　　平凉府华亭县　　　　　　　秦州秦安县

　　秦州徽县　　　　　　　　　庆阳府安化县

　　宁夏府麦采山　　　　　　　庆阳府城北横岭

铅　矿

秦州徽县　　　　　　　　　平凉府华亭县

宁夏府

第二节　非金属矿

煤　矿

　兰州府狄道州　　　　　　　兰州府金县

　秦州秦安县　　　　　　　　巩昌府通渭县

　凉州府永昌县　　　　　　　凉州府古浪县

　西宁府大通县　　　　　　　甘州府山丹县

　巩昌府伏羌县　　　　　　　宁夏府平罗县

煤　油

　甘州府山丹县有井十二

石　盐

　平凉府华亭县　　　　　　　巩昌府西和县

　宁夏府中卫县回乐　　　　　凉州府镇番县

　肃州福禄　　　　　　　　　秦州

　西宁府　　　　　　　　　　阶州

钟　矿

　巩昌府岷州　　　　　　　　阶州

硝　石

　巩昌府宁远县　　　　　　　庆阳府安化县朴硝

　巩昌府会宁县　　　　　　　阶州

庆阳府　各县俱出元和志有窟一所
　　　　在会州北一百里朱家办课

玛　瑙

　巩昌府岷州　　　　　　　　阶州

硇　砂

兰州府各县俱有

石　膏

　　安西州沙州

矾　石

　　宁夏府俱贺兰山　　　　　　　阶州

　　安西州瓜州沙州

第五章　山东省矿产

第一节　金属矿

金　矿

　　沂州府兰山县　　　　　　　　登州府招远县

　　青州府临朐县　　　　　　　　沂州府莒州 古石港有银洞系明代开采者

　　登州府栖霞县　　　　　　　　登州府蓬莱县

　　上举诸地,所产多沙金。凡自结晶质岩石山中,流出之河流间,有之。惟丰饶产地,则迄今未获。故开采者,不久辄废置云。

银　矿

　　沂州府兰山县　　　　　　　　沂州府莒州

　　沂州府蒙阴县　　　　　　　　青州府临朐县

　　济南府般阳济南二处

　　去莒州北一百里,有七宝山,产金,银,铜,铁,锡之属。又南十五里曰古石港,其地有银穴,明万历间尝采之。

汞　矿即朱砂又名丹砂。

　　沂州府蒙阴县　　　　　　　　青州府临朐县丹砂

朱　砂丹砂

　　武定府茅焦台东

铜　矿

186

泰安府莱芜县   兖州府峄县

济南府新城县   沂州府莒州

青州府临朐县

铁　矿

济南府淄川县   济南府新城县

登州府栖霞县   兖州府峄县

泰安府莱芜县   青州府益都县

沂州府莒州   青州府乐安县

青州府临淄县有魏时铜官迹   青州府临朐县

登州府蓬莱县   青州府博山县

青州府高苑县

锡　矿

兖州府峄县   沂州府莒州

青州府临朐县

铝　矿

沂州府沂水县   沂州府莒州

青州府临朐县

第二节　非金属矿

煤　矿

青州府益都县   青州府博山县

登州府黄县   登州府招远县

青州府临淄县   莱州府潍县

济南府章丘县   济南府淄川县

沂州府剡城县   兖州府峄县

泰安府新泰县井深自五十   泰安府莱芜县
尺至百尺

沂州府莒州   青州府昌乐县

187

山东煤矿，德人聂诃芬氏检核最详。据所言，则上揭诸地，以沂州，博山，章丘，潍县为冠，莱芜次之，新泰尤亚。前四地中，面积首推博山，质量需用，亦居第一云。今为概说如次：

博山煤田　山东北部最大之煤田也。博山县城，以工业著，制玻璃、磁器殊有名。市居洼地中，其东北有博山庙，左近产石灰岩，函腕足类及他种僵石，盖煤层下部之石灰岩也。南产沙岩，次为驳色黏土，次为白云岩，色作褐，面殊嵯峨，取以陶、磁器者即此。更次为石灰岩，灰色，有白色石脉，纵横旁午其间，诸层倾斜，皆南向。市傍悉沙岩，其西者夹煤层厚自一尺五寸至四尺，然煤质杂土胶，劣品也。市南曰黑山，其层，沙岩与粘板岩相错，上覆粘沙岩，夹数煤层。且产石灰岩，函腕足介，与博山庙左近者等。此二地间，石灰岩岭横贯之。南有断层，以同层累同斜度。出地者再，有竖穴两所，一深百六十尺，一深二百尺。共采一煤层，厚自六尺至八尺，积约二亿坪强。煤质良好，恒煅之作枯煤，计所获，日约六十至八十吨，吨值九马克半，一岁所产，凡十九万吨许，亦中国煤矿之尤也。然聂氏则谓将来之望，恐逊沂州云。

临淄煤田　地未勘检，莫知其详。惟据全体地层推之，则倾斜颇微。虽下凿不深，似亦能与煤层会。矧交通甚便，适于贸迁。其为事简而所获巨，亦将来之良煤田也。

潍县煤田　市南有地，悉黄土。一岩层自此隆出，南向微斜，中夹煤层，面积广袤凡二六〇方里。厚自三尺至五尺，煤质较博山为劣。性既不黏，复函硫铁，故不能用以作枯煤，意者此殆因仅取接近地表者而然。设开采弥深，当获佳品，顾值则昂甚，吨售二十二马克半，他处所未有也。又更南有第二竖井，属前者之下层，厚约四尺，惟所得常零星细碎，其巨大者，仅见而已。

章丘煤田　面积凡博山煤田之三分一，层厚约四尺，煤质复佳。惟在平地，排水殊难，故不能与博山竞耳。独其位置远胜博山，且苟穿凿至深，则所采煤层下，或能更与数煤层会。故假能修缮规模，改善方术,则进为良煤田,固瞬间事尔。

新泰煤田　田在县治北,煤层厚约二尺,凿五十尺至百尺之竖坑取之。煤作片状,有光泽,撮之污指,质复粗疏易碎。当聂氏旅行斯土时,其值每吨十四·〇四马克云。

莱芜煤田　地偏僻不适贸迁,煤质复劣,观泰安、新泰所用枯煤,必购自博山,则斯土之艰于开采,可犁然已。

沂州煤田　沂州近傍颇平坦,其西南稍隆起,渐及百尺至百五十尺。距市五里许,有高丘,约五百尺左右。而北、北东,则高山嵯峨,岩石奇古,此即蒙北方断层所轩举者也。沂州之南,地表覆黏土,含赤铁矿,色赤而坚,西十五里地,名红土店者因此。煤层出地,即始于红土店,层约东倾二十度,厚三尺至五尺。更西复微隆,有地层夹煤,采取颇盛,煤质良好,可制枯煤,计面积凡十二亿二千万坪。今假定能采取者,不过十分之一,而所余犹一亿坪,亦山东之大煤田也。

山东诸煤矿,虽多星散不群,莫能与山西煤田角,然煤质绝佳。地复滨海,其交通输运,易于山西。故据地理决之,则中国北部诸煤矿中,出地最先者,舍山东盖无可指也。

水　晶

　　泰安府莱芜县　　　　　　　兖州府

　　沂州府

明　矾

　　青州府益都县

硝　石

　　青州府

石　盐

　　武定府霑化县　　　　　　　青州府诸城县

　　青州府寿光县　　　　　　　东昌府聊城县

　　东昌府茌平县　　　　　　　登州府各县俱出

青州府乐安县 　　　　　　　武定府滨州

沂州府莒县 　　　　　　　　武定府利津县

石　膏

登州府蓬莱县

石　棉一名不灰木

登州府

玻璃原料白沙

青州府博山县

第六章　江苏省矿产

第一节　金属矿

银　矿

江宁府句容县铜冶山及手巾山方山等 　　　　江宁府六合县冶山

铜　矿

江宁府江宁县金牛山及牛首山 　　　　江宁府溧水县

江宁府句容县铜冶山手巾山赤山等 　　　　徐州府铜山县

镇江府丹徒县巢凤山 　　　　扬州府

镇江府溧阳县

铁　矿

江宁府句容县 　　　　　　　　江宁府六合县冶山

镇江府溧阳县据唐志 　　　　　　淮安府盐城县

徐州府铜山县彭城利国驿盘马山贾家汪家等处 　　镇江府丹徒县产磁铁矿又铁冈头响水凹马鞍山曹王山西德古山

汞　矿

江宁府

第二节　非金属矿

铅　矿

镇江府丹徒县西乡蔡礵湾螺丝营山

煤　矿

江宁府上元县青龙山幕府山栖霞山等处　　江宁府江宁县牛首山

江宁府句容县龙潭等处　　徐州府萧县无烟煤利国驿贾家汪家等处

镇江府丹徒县曹王山中德古山老虎洞　　扬州府

江苏东部，平野茫然，绝少山岳，故煤层从而难获。比西进，近安徽省界，矿始渐多。其开采者，为龙潭，栖霞，元山，祠山，湖山，林山，马扒井，直堎山，幕府山，幕府寺，石澜山，关桥，老虎洞，王家窃，石兰山，太平山，等子山，华山，小茅山，冈山，朱家坳等，凡二十余处。而青龙山煤矿有井二，产煤较多。今废。

笔　铅

镇江府丹徒县泷王山中

玻璃原料白沙

江宁府句容县　　海州

徐州府宿迁县

盐

通州　　海州

淮安府　　松江府南汇县

淮安府盐城县

第七章　安徽省矿产

第一节　金属矿

金　矿

徽州府绩溪县

银矿及铅矿

徽州府   池州府

泗州天长县   徽州府绩溪县大鄣山

凤阳府怀远县涂山

铜　矿

宁国府南陵县   宁国府宁国县

池州府青阳县   池州府铜陵县铜官山

徽州府   广德州

宁国府   滁州

安庆府   太平府繁昌县铜山

泗州   太平府当涂县

铁　矿

安庆府潜山县   宁国府南陵县

池州府铜陵县   太平府当涂县

泗州天长县冶山

水　银

安庆府

第二节　非金属矿

煤　矿

安庆府宿松县传家垅汪家湾   安庆府潜山县

宁国府宁国县   太平府芜湖县

太平府繁昌县五华山强家山   和州含山县

宁国府泾县猺头山   池州府东流县喜山养山等处

池州府贵池县荷岭猪形洞   广德州牛头山翎猪洞梁家山

凤阳府宿州烈山   庐州府巢县净土庵山

泗州天长县冶山   安庆府太湖县夹坳山

宁国府宣城县 狗毛山犬形 山簸箕山

安徽地相,江南多山,地自芜湖左近,隆为丘陵,终递高至千五百呎,连属其乡,故矿藏自富。上列诸地,产煤悉丰,尤多者为繁昌县南乡之九华山。煤井三,深者三十余丈,浅者亦二十丈。每井一昼夜所得煤,约四百石至一千石一石重约六十磅。煤质无烟,不让开平产。其西北一带地方,有煤矿殊多,采取亦盛。

宣城煤矿,日本大日方氏尝勘检之。煤层露县治内,倾斜约二十度至三十度。据其时凿验,共得三层,至薄者如芦苇,至厚者二十五尺。厚薄相间,忽窄忽张,面积约数百方里。质亦佳良,可鼓汽舰。三十余年前,洪氏之党尝采之云。

明　矾

庐州庐江县　　　　　　　　凤阳府

第八章　河南省矿产

第一节　金属矿

金　矿

河南府嵩县杨树林

银　矿

陕州卢氏县　　　　　　　　河南府嵩县

汝宁府罗山县　　　　　　　南阳府邓州

河南府境内

铜　矿

南汤府镇平县　　　　　　　彰德府涉县自然铜

开封府禹州　　　　　　　　怀庆府济源县

开封府自然铜　　　　　　　彰德府安阳县自然铜

铁　矿

河南府巩县	河南府新安县
河南府宜阳县	河南府登封县
河南府西安县	河南府嵩县
南阳府南阳县	南阳府泌阳县
开封府禹州	开封府大騩之山
南阳府镇平县骑立山	汝宁府信阳州
彰德府涉县	南阳府内乡县
彰德府安阳县	汝州
彰德府林县林虑山	彰德府武安县
卫辉府汲县	彰德府各县俱出

铅　矿

河南府嵩县	南阳府邓州

锡　矿

河南府嵩县	陕州灵宝县
彰德府武安县	南阳府裕州
河南府永宁县	陕州卢氏县
汝州境内	卫辉府境内
卫辉府淇县	

第二节　非金属矿

煤　矿

开封府禹州 三峰山近已设有煤矿公司闻获利甚厚云	河南府巩县
河南府洛阳县	河南府新安县
南阳府南召县	汝州鲁山县
彰德府安阳县	彰德府汤阴县

硝　石

全省俱有

194

硫　黄

　怀庆府

明　矾

　彰德府红色　　　　　　　　彰德府武安县
　南阳府舞阳县

第九章　湖北省矿产

第一节　金属矿

金　矿

　黄州府黄冈县　　　　　　　黄州府黄安县
　施南府建始县　　　　　　　荆州府江陵县

银　矿

　武昌府江夏县　　　　　　　武昌府鄂县
　施南府建始县　　　　　　　武昌府兴国县 西黄姑山旧
有银场今废

锡　矿

　武昌通城县　　　　　　　　郧阳府竹山县

铜　矿

　武昌府江夏县　　　　　　　武昌府武昌县
　武昌府鄂州　　　　　　　　郧阳府房县 城南盘水河
及荡水河
　施南府建始县　　　　　　　武昌府大冶县 白雉山旧
有银场

铁　矿

　武昌府鄂州　　　　　　　　施南府建始县
　武昌府大冶县

　　大冶县内，丘陵起伏，北有二山脉，一为石灰质岩，一为火成岩，此二山间，铁矿在焉，总称曰大冶铁山。采铁应用，似昉于数千载

195

前,后竟废。逮千八百八十九年,拟再兴业。越三年工成,德人所计划也。矿凡二种,一为磁铁及赤铁,一为褐铁。

　　磁铁及赤铁矿之出地者,自铁山左近始,东迄下陆,约十二启罗迈当,倾斜平均二十七度,宽平均约七十五启罗。外露者七地,曰铁山开采最先,后以所得矿含磷过多,遂中止,曰沙帽子山,曰新北乡译音,曰师子山第一雄,曰师子山第二雄,曰康山,曰下陆,合计矿量,凡九九六六九六八八法吨,所制铁,当得五九六二九〇〇二法吨云。此技师赖曼氏所调查也。褐铁矿始于铁山馆西北之一小山,东贯勃希乡译音及白杨林间二山,作成弧状。面东南走者一启罗迈当半,至铁道线路石淮杆再现而终,约计矿量,凡四〇三二〇〇法吨,设制铁后,当得一八一四四〇法吨。

第二节　非金属矿

煤　矿

武昌府大冶县	黄州府
宜昌府归州	宜昌府巴东县
宜昌府长乐县	郧阳府房县
荆州府监利县	荆州府技江县
荆州府宜都县	宜昌府长阳县

硝　石

宜昌州	宜昌府东湖县

明　矾

汉阳府	郧阳府房县苍矾

硫　黄

施南府建始县

水　晶

武昌府兴国州潘家山

玛　瑙

宜昌府府境洪溪山

第十章 四川省矿产

第一节 金属矿

金 矿

成都府简州	成都府温江县
成都府崇庆州	成都府彭县
绵州安县	宁远府盐源县
保宁府巴州	保宁府剑州
重庆府合州	重庆府大足县
重庆府荣昌县	重庆府涪州
重庆府渝州	龙安府平武县
夔州府万县	龙安府江油县
宁远府	绥定府大竹县
忠州	资州仁寿县
绥定府达县	眉州
雅州浮图水出	酉阳州黔江县
雅州府打箭炉附近万石坪地方金矿	泸州中江水出
绵州	嘉峨府定边厅
茂州	嘉定府嘉州

　　四川多沙金,几于随地而有,其尤著者,为雅州府下打箭炉,年产二万余两。成都府附近川北管下中霸场,年产万余两。建昌及嘉定府年产五千余两,合计有三万七千余两。其他则扬子江上流,当江水涸时,可从事采取,其地以重庆城下为适。顾地方官,则禁遏之。至下流所产,则江水上流之余泽而已。

银 矿

成都府 宁远府会理州明时尝置银场
潼川府梓州 龙安府江油县
保宁府晋寿 嘉定府银沟厂在夷地
潼川府中江县梓州 宁远府盐源县
绵州巴西县

水　银

重庆府綦江县 酉阳州彭水县
酉阳州黔江县 茂州
龙安府

铜　矿

成都府简州 成都府金堂县
宁远府冕宁县 宁远府会理州
宁远府西昌县 宁远府越隽厅 邛部南山天乌
河中有铜胎
重庆府綦江 潼川府中江县飞乌铜山
嘉定府洪雅县 雅州府荣经县
雅州府天全州 邛州
泸州

铁　矿

潼川府射洪县 忠州酆都县
成都府 重庆府合州
邛州 绵州巴西县
资州 茂州
顺庆府 雅州府荣经县
宁远府盐源县 夔州府云阳县
夔州府巫山县 龙安府
嘉定府荣县 绥定府东乡县
邛州蒲江县 泸州

朱　砂即丹砂

　　重庆府涪陵丹兴溱州　　　　茂州

　　雅州府天全州　　　　　　　西阳州

锡　矿

　　夔州府　　　　　　　　　　龙安府

　　绵州　　　　　　　　　　　资州

铝　矿

　　保宁府剑州　　　　　　　　龙安府

　　雅州府　　　　　　　　　　夔州府石柱厅

　　绥定府邃县

第二节　非金属矿

煤　矿

　　嘉定府犍为县　　　　　　　重庆府

　　嘉定府威达县　　　　　　　雅州府

　　叙州府

石　盐

　　成都府灌州　　　　　　　　资州资阳县

　　宁远府会理州　　　　　　　资州内江县

　　资州仁寿县　　　　　　　　资州井研县

　　忠州　　　　　　　　　　　眉州彭山县

　　宁远府盐源县　　　　　　　保宁府阆中县

　　保宁府南部县　　　　　　　叙州府富顺县

　　叙州府长宁县　　　　　　　潼川府射洪县

　　潼川府乐至县　　　　　　　重庆府巴县

　　重庆州璧山县　　　　　　　夔州府万县

　　夔州府巫山县　　　　　　　夔州府云阳县

　　夔州府奉节县　　　　　　　夔州府开县

绥定府大竹县　　　　　　　绥定府达县

眉州彭山县　　　　　　　　嘉定府达盛县

嘉定府荣县　　　　　　　　嘉定府犍为县

嘉定府乐山县　　　　　　　邛州蒲江县

泸州江安县　　　　　　　　顺庆府

硝　石

眉州东馆乡鹞儿井出　　　　嘉定府威达县

玛　瑙

嘉定府产夷地

煤　油

叙州府富顺县　　　　　　　重庆府

嘉定府　　　　　　　　　　成都府

保宁府　　　　　　　　　　邛州

琥　珀

忠州梁县　　　　　　　　　夔州府巫山县

夔州府大宁县　　　　　　　绥定府大竹县

石　棉一名不灰木

龙安府　　　　　　　　　　宁远府会理州

雅州府　　　　　　　　　　茂州

宁远府越隽厅

第十一章　江西省矿产

第一节　金属矿

金　矿

南昌府奉新县　　　　　　　抚州府临川县 宋置场在城西四十里

抚州府临川县　　　　　　　饶州府鄱阳县

赣州府雩都县	宁都府瑞金县
瑞州府高安县	袁州府萍乡县大安岭金沙沟
广信府上饶县	

　　萍乡县产地,为叶线坑,七宝山,大安里,棚家坊四处,本省人尝言之,第诚伪不可辨。

银　矿

赣州府雩都县	赣州府会昌县
九江府浔阳	抚州府临川县金溪场
宁都府瑞金县	广信府弋阳县
广信府玉山县	抚州府金谿县
饶州府德兴县	临江府
建昌府南城县宋史地理志南城有太平等四银场今无	瑞州府上高县

铜　矿

南昌府洪州有铜坑	广信府上饶县
饶州府德兴县	抚州府临川县
袁州府按唐地理志袁州有铜今久闭	南安府上犹县
临江府新喻县	赣州府长宁县
九江府浔阳	九江府彭泽县
吉安府	赣州府赣县垅下铜矿
宁都府瑞金县	

铁　矿

南昌府丰城县	南昌府进贤县
广信府弋阳县	广信府贵溪县
赣州府会昌县	袁州府分宜县
抚州府临川县宋志乾道间置东山铁场今废	广信府玉山县
广信府上饶县	南安府大庾县

赣州府安远县	吉安府永兴县
袁州府宜春县	袁州府萍乡县刘公庙上涞岭
临江府清江县	

锡　矿

南安府南康县	赣州府安远县
南安府崇义县	赣州府零都县 　皆有锡场今废
南安府大庾县	赣州府会昌县

铅　矿

广信府铅山县 铅山多善乡杨梅山等	南安府崇义县
广信府上饶县	南安府大庾县
吉安府吉水县	袁州府宜春县
袁州府萍乡县	南安府南康县

宜春矿区,曰石园,曰登休里,韩婆坳,以多量称。萍乡则陈塘冲谢坪及青山下也。

锰　矿

袁州府

第二节　非金属矿

煤　矿

袁州府宜春县	袁州府萍乡县
九江府德化县马祖山	广信府铅山县佛母岭
南昌府丰城县	南昌府武宁县
广信府兴安县	临江府新喻县
饶州府乐平县	饶州府余干县
九江府彭泽县	抚州府金谿县
抚州府东乡县	瑞州府高安县
吉安府吉水县	古安府永兴县

202

江西亦中国产煤地之一。盖其地势上，实蒙湖南西部矿产之泽者。故全省煤矿，以袁州为尤。如溯渝水以上三百里，煤层出地，历历可辨。又鹅沟则兴业经年，所获殊巨。其他采煤，仅就出水五十尺至三百尺之山腹若山麓，作阶级状。直自地表取之，绝少用机械者，渝州上流诸矿亦然。其能纵横开凿，可副隧道之名者，仅见而已。袁州煤矿中，最著者曰宜春，曰萍乡。

宜春煤矿，在城东八十里，日获四五十石。煤分三种：曰无烟煤，曰块煤，曰粉煤。其无烟煤量最少，且含硫，色黝黑，与开平煤相伯仲。

萍乡煤矿以袁州之西，距芦溪四十里之云居铺左近者为最。煤脉綦大，故采取之术，亦较宜春为良，一年所获约十万吨左右。质与宜春产无大异，惟含硫较少耳，所得半制焦煤。汉阳铁政局所用者，即萍乡产也。

其他则若丰城县之南神岭，下汶，武宁县之天尊山，兴安县之北乡，新喻县之燕窝口，花鼓山，乐平县之鸣山，缸镙山，汪家山，众家山，赶龙山及牛皮坞左近，余干县之大小石里，三宫山，坞石山，张家埂，马鞍山，彭泽县之毕家湾，榆树坞，桃子山，老虎洞，盏坞，鸽子棚，茶坞，金谿县之车坊村，狮子岭，和尚山，李公坳，东乡县之小璜墟，愉怡街，七宝岭，湖冈等，均以产煤闻。

水　晶

　广信府上饶县

石　墨即笔铅

　吉安府安福县

明　矾

　广信府铅山县

第十二章　湖南省矿产

第一节　金属矿

金　矿

长沙府长沙县	长沙府安化县
长沙府攸县	衡州府
常德府	长沙府
长沙府湘潭县	岳州府平江县
青州	岳州府巴陵县

　　按:《明史》"成化中开湖广金场,得金仅五十三两。"于是复闭。

银　矿

长沙府	衡州府
永州府	桂阳州
岳州府	宝庆府武冈县

汞　矿

长沙府	沅州府
衡州府	辰州府永绥厅
辰州府凤凰厅	宝庆府武冈县
醴陵县	

朱　砂

长沙府	辰州府丹砂又名辰砂
辰州府沅陵县	

铜矿及铅矿

长沙府	辰州府
桂阳府	郴州
郴州宜章县	

锡　矿

长沙府 衡州府

永州府

铁　矿

长沙府浏阳县　　　　　　长沙府安化县

辰州府泸溪县　　　　　　辰州府溆浦县

辰州府辰溪县　　　　　　长沙府茶陵县

长沙府宁乡县　　　　　　长沙府醴陵县

长沙府攸县　　　　　　　衡州府

永州府零陵县　　　　　　永州府祁阳县

永州府江华县　　　　　　永顺府

岳州府　　　　　　　　　永州府永明县

永州府宁远县　　　　　　宝庆府新宁县

常德府　　　　　　　　　沅州府芷江县

靖州绥宁县　　　　　　　郴州桂阳县

郴州永兴县　　　　　　　郴州宜章县

桂阳州　　　　　　　　　郴州

锑　矿

宝庆府新化县　　　　　　岳州府

永州府　　　　　　　　　长沙府益阳县

　　湖南饶锑,几遍全省,且亘湖北,近时始发见之。上所举诸地,其尤著者也,所得量月约四五百吨。设改善方术,加以经营,则月得千吨不难云。

第二节　非金属矿

煤　矿

衡州府衡山县　　　　　　衡州府来阳县

衡州府清泉县　　　　　　宝庆府新宁县

宝庆府邵阳县

硝　石

永顺府　　　　　　　　　　　　保靖府

明　矾

长沙府浏阳县　　　　　　　　　衡县府来阳县

桂阳府山矾本州及各县俱出　　　衡州府各县俱出山矾

水　晶

沅州府

第十三章　贵州省矿产

第一节　金属矿

金　矿

遵义府西高州　　　　　　　　　遵义府桐梓县

铜仁府省溪提溪二司出金

银　矿

贵阳府　　　　　　　　　　　　遵义府

威宁州　　　　　　　　　　　　铜仁府

思南府印江县

朱　砂

贵阳府开州　　　　　　　　　　遵义府夷州

思南府　　　　　　　　　　　　大定府黔西州

思州府　　　　　　　　　　　　安顺府普安县

铜仁府

水　银

贵阳府开州　　　　　　　　　　思南府婺川县产本攸板场崖头等处

遵义府夷州	铜仁府大万山
南笼府废安	思州府
石阡府	

按:开州水银即以朱砂升炼而成,又有生于沙中,不待升炼者,谓之自然汞,但不易得。今开州有朱砂及水银厂。

铜　矿

大定府威宁州产额甚富	铜仁府省溪提溪二司出铜

锡　矿

大定府威宁州

锑　矿

大定府威宁州

铅　矿

都匀府出府城东久禁未开。	都匀府清平县香炉山
思州府府城东有龙塘山	大定府威宁州

铁　矿

思州府府城东龙塘山。	铜仁府铜仁县
黎平府	石阡府
思南府印江县	大定府威宁州
思南府安化县	

第二节　非金属矿

煤　矿

大定府威宁州_{掘地三尺即见煤层}	遵义府仁怀县

威宁煤矿产额甚富,将来如能筑路运煤,则获利必厚。前曾聘二日人到该处开采,因法未善,今已作废。

玉

思南府印江县

钟

　　遵义府桐梓县　　　　　　　　　兴义府

水　晶

　　安顺府

紫石英

　　安顺县紫石英大小不一皆六方两角

第十四章　浙江省矿产

第一节　金属矿

金　矿

　　宁波府　　　　　　　　　　　　严州府

　　处州府松泉县　　　　　　　　　处州府松阳县

银　矿

　　处州府龙阳县　　　　　　　　　处州府龙泉县

　　宁波府奉化县　　　　　　　　　台州府天台县

　　衢州府常山县　　　　　　　　　衢州府西安县

　　处州府各县俱出。按旧唐志土产银铅各县并有坑今久经封禁

　　严州府遂安县　　　　　　　　　严州府建德县

　　温州府平阳县焦溪山天井洋赤岩山等永乐中采今皆封禁据浙江通志

水　银

　　绍兴府余姚县龙泉山。

朱　砂

　　杭州府

铜　矿

　　杭州府余杭县　　　　　　　　　金华府金华县

　　嘉兴府海盐县章山　　　　　　　湖州府安吉县

湖州府武康县	湖州府长兴县
严州府遂安县	绍兴府余姚县
宁波府奉化县	台州府宁海县
衢州府西安县	严州府建德县
处州府龙泉县	

铅　矿

| 台州府天台县 | 处州府松阳县 |
| 台州府黄岩县郭婆坑 | 处州府各县俱出 |

锡　矿

湖州府安吉县	绍兴府余姚县
湖州府长兴县	处州府松阳县
湖州府武康县	

铁　矿

温州府瑞安县	嘉兴府海盐县
温州府平阳县	台州府宁海县
温州府泰顺县	处州府青田县
处州府宣平县	处州府龙泉县

第二节　非金属矿

煤　矿

湖州府长兴县	金华府
衢州府西安县西山南山	衢州府常山县
严州府桐庐县皇甫村	衢州府江山县
杭州府余杭县车口坂	杭州府富阳县境之宋庙村等处颇多

　　金华产煤，光泽少烟。井深三百尺至八百尺，每四十尺至五十尺，辄作一磴，转折而下，其所得煤，送以滑车运之。江山左近之青湖，亦有煤井，径三尺半，深约三百尺，其方术至拙，故每日所获，不

越千斤。又凤林地方,亦产煤,多采取者云。

明　矾

　　温州府平阳县宋洋山

石　英

　　绍兴府诸暨县紫石英　　　　　　严州府遂安县白石英

石　膏

　　杭州府钱塘县有石膏山

玛　瑙

　　杭州府玛瑙坡在孤山东

水　晶

　　严州府遂安县　　　　　　　　　湖州府乌程县垄山

金刚砂

　　台州府樱旗山

海　盐

　　杭州府钱塘县　　　　　　　　　杭州府海宁县
　　宁波府　　　　　　　　　　　　嘉兴府海盐县
　　杭州府仁和县　　　　　　　　　台州府宁海县有盐场曰杜渎
　　台州府临海县　　　　　　　　　台州府黄岩县

第十五章　福建省矿产

第一节　金属矿

金　矿

　　福州府　　　　　　　　　　　　汀州府上杭县钟密金场

银　矿

　　建宁府建安县　　　　　　　　　建宁府建阳县

　　建宁府浦城县　　　　　　　　　建宁府福和县　以上四府俱
　　　　　　　　　　　　　　　　　　　　　　　　有银场今废

汀州府宁化县	福宁府福安县
福州府闽清县	福州府福清县
福州府连江县	福宁府宁德县
福州府罗源县	延平府附近

汀州府长汀县寰宇记汀州出银长汀县有黄焙场并宁化县有龙门场俱
出银

铜　矿

建宁府建阳县	延平府尤溪县
汀州府长汀县	延平府南平县
延平府沙县以上三府俱有铜场	福宁府宁德县
延平府顺昌县	邵武府邵武县

铅　矿

永春州大田县	龙岩州
福州府闽清县	漳州府平和县
福宁府宁德县	延平府附近
福州府连江县	

锡　矿

汀州府长汀县宋史地理志 有上宝锡场	福州府罗源县
福州府福清县	福州府长乐县

铁　矿

福州府侯官县	福州府罗源县
福州府福清县	福州府闽县
福州府闽清县	福州府古田县
泉州府同安县	泉州府安溪县
福州府永福县	建宁府建安县
建宁府福和县	邵武府邵武县
漳州府南靖县	建宁府瓯宁县

建宁府松溪县 漳州府漳浦县

延平府尤溪县 延平府南平县 _{明一统志有铁冶在南平者四尤溪者十七}

汀州府宁化县 汀州府上杭县

汀州府长汀县 漳州府龙溪县

福宁府宁德县 永春州德化县

龙岩州附近 泉州府附近

第二节 非金属矿

煤 矿

兴化府无烟煤 福州府古田县

邵武府建宁县 建宁府建安县无烟煤

龙岩州漳平县 漳州府海澄县

建宁县 邵武府

永春州大田县 厦门南大武山

水 晶

漳州府漳浦县大帽山及梁山 泉州府

盐

福州府长乐县 福州府侯官县

漳州府龙溪县 漳州府漳浦县

福宁府霞浦县 福州府宁德县

福州府连江县 泉州府晋江县

泉州府惠安县 泉州府同安县

福宁府福安县 福宁府福鼎县

明 矾

建宁府福和县

第十六章 广东省矿产

第一节 金属矿

金　矿

肇庆府四会县金冈山　　　　　琼州府儋州

肇庆府开建县涌流地方　　　　琼州府崖州

廉州府钦州　　　　　　　　　德庆州

肇庆府　　　　　　　　　　　琼州府万州

琼州府本州及新崖州　　　　　肇庆府康州新州恩州勤州

银　矿

广州府　　　　　　　　　　　广州府南海县

惠州府归善县有银场　　　　　广州府清远县

广州府东莞县　　　　　　　　连州

韶州府曲江县　　　　　　　　广州府番禺县

韶州府乐昌县　　　　　　　　潮州府海阳县

嘉应州　　　　　　　　　　　韶州府翁源县

肇庆府高要县　　　　　　　　肇庆府

高州府石城县　　　　　　　　韶州府英德县

嘉应州兴宁县　　　　　　　　琼州府

肇庆府封川县　　　　　　　　肇庆府阳江县

肇庆府新兴县　　　　　　　　肇庆府四会县

高州府化州　　　　　　　　　肇庆府阳春县

高州府信宜县　　　　　　　　琼州府万州

琼州府崖州　　　　　　　　　高州府窦州辨州罗州电州潘州

　　按:《府志·阳江县》"南津银坑山,矿脉甚微,明万历中皆尝开
采,今罢"。

铜　矿

| 广州府 | 连州 连山有铜官宋史地理志阳山有铜坑 |
| 韶州府 | 肇庆府 |

水　银

| 连州府 | 广州府 |

连州所产,年约万罐,每罐容五十余斤。广州则年约六百二十余万斤,银朱也。

丹　砂

连州

锡　矿

广州府新会县	惠州府海丰县
韶州府	惠州府归善县
嘉应州程乡	潮州府
嘉应州长乐县	罗定府
肇庆州	惠州府河源县

铁　矿

肇庆府新兴县	广州府番禺县
韶州府仁化县有铁场	广州府香山县
广州府清远县	肇庆府高要县
嘉应州程乡	肇庆府阳江县梅峒山
连州连山县连山及桂阳山	肇庆府阳春县 铁坑山及东南芙蓉都诸山
罗定州东安县	

按:《通志》"广铁出阳春及新兴二县"。今新兴产铁诸山,割入东安,商贩从罗宗江运集佛山,以罗定为最良云。

锑　矿

广州府清远县

铅　矿

| 肇庆府府境 | 惠州府 |

肇庆府阳春县东南芙蓉山

惠州产者为铅粉,有青白两色,适于涂舰,年约产五十八万五千余斤。

第二节 非金属矿

煤　矿

　　嘉应州兴宁县　　　　　　　韶州府曲江县

煤　油

　　南雄州始兴县

玻璃原料及金刚砂

　　广州府　　　　　　　　　　琼州府

　　廉州府各县俱出

水　晶

　　广州府

盐

　　广州府新会县　　　　　　　惠州府归善县

　　广州府东莞县　　　　　　　惠州府海丰县

　　潮州府海阳县　　　　　　　肇庆府高要县

　　潮州府潮阳县　　　　　　　罗定府

　　高州府吴川县　　　　　　　肇庆府阳江县

　　高州府化州　　　　　　　　高州府 废廉江干水零绿三处俱煎盐输廉州

硫　磺

　　潮州府丰顺县

石　墨即笔铅

　　南雄府始兴县

　　《明一统志》:"始兴县南五里,小溪中长短巨细似墨。"杨慎《丹铅录》:"始兴县小溪中,产石墨,妇女取以画眉,故又名画眉石。"

第十七章　广西省矿产

第一节　金属矿

金　矿

桂林府　　　　　　　　　　思恩府宾州

思恩府上林县　　　　　　　思恩府迁江县

平乐府　　　　　　　　　　太平府

南宁府横州　　　　　　　　柳州府融州

浔州府贵县天平山　　　　　柳州府来宾州

梧州府苍梧县涌北卡水黎老金鸡山等

银　矿

桂林府　　　　　　　　　　浔州府

庆远府河池州　　　　　　　柳州府

庆远府宜州　　　　　　　　浔州府贵县

庆远府南丹州孟英山　　　　平乐府照潭

浔州府贵县天平山　　　　　平乐府贺县

南宁府　　　　　　　　　　南宁府横州

铜　矿

桂林府　　　　　　　　　　思恩府

平乐府临贺有铜冶在橘山　　庆远府

浔州府

铁　矿

柳州府融县　　　　　　　　平乐府贺县桂岭

思恩府　　　　　　　　　　桂林府

浔州府　　　　　　　　　　太平府

锡　矿

庆远府河池州　　　　　　　平乐府贺县冯乘临贺

庆远府南丹州　　　　　　　平乐府昭平县富州

铅　矿

　　平乐府照潭　　　　　　　　浔州府贵县

　　南宁府上思州　　　　　　　思恩府上林县

　　平乐府昭平县富州

朱　砂

　　桂林府　　　　　　　　　　庆远府宜州抚水州

第二节　非金属矿

　　未详

第十八章　云南省矿产

第一节　金属矿

金　矿

　　云南府　　　　　　　　　　永昌府永北厅

　　楚雄府姚州　　　　　　　　东川府

　　开化府　　　　　　　　　　大理府

　　丽江府金沙江出

　　永昌府永平县 博南南界又西山高三十里越
得澜沧水有金沙洗取熔为金

银　矿

　　楚雄府楚雄州　　　　　　　楚雄府南安州

　　云南府　　　　　　　　　　曲靖府

　　武定州　　　　　　　　　　永昌府

铜　矿

　　永昌府腾越县　　　　　　　大理府太和县自然铜

永昌府永北厅　　　　　　　大理府宾州县

　丽江府自然铜　　　　　　　曲靖府

　武定州　　　　　　　　　　澄江府

　普洱府蒙化厅

铁　矿

　云南府昆明县滇池　　　　　云南府易门县

　曲靖府陆凉县　　　　　　　武定州

　曲靖府宣威州霑益　　　　　普洱府

　东川府　　　　　　　　　　丽江府

铅　矿

　云南府

锡　矿

　永昌府永北厅　　　　　　　曲靖府

　武定州

银　矿

　云南府

第二节　非金属矿

盐

　云南府安宁州山盐　　　　　大理府浪穹县

　楚雄府定远县产黑盐　　　　楚雄府白盐井

　永昌府永北厅　　　　　　　楚雄府黑盐井俱产黑盐

　东川府镇沅厅　　　　　　　丽江府云盘山

　楚雄府广通县产黑盐

琥　珀

　丽江府　　　　　　　　　　永昌府

玛　瑙

　永昌府保山县分红玛瑙白玛瑙紫玛瑙三种

明　矾

　　武定州元谋县

玉

　　澄江府

石　膏

　　楚雄府

地质时代一览表

（Ⅰ）大古代（Archaean Era）　　　　　　　界（Group）

　　（1）片麻岩纪（Gneiss Period）　　　　系（System）

　　（2）云母片岩纪（Mica Schist Period）·　系（System）

　　（3）千枚岩纪（Phyllite Period）　　　　系（System）

（Ⅱ）古生代（Palaeozoic Era）　　　　　　界（Group）

　　（1）康勃利亚纪（Cambrian Period）　　系（System）

　　（2）希庐利亚纪（Silurian Period）　　　系（System）

　　　（a）下希庐利亚世（Lower Silurian Epoch）

　　　（b）中希庐利亚世（Middle Silurian Epoch）

　　　（c）上希庐利亚世（Upper Silurian Epoch）

　　（3）叠伏尼亚纪（Devonian Period）　　系（System）

　　（4）煤炭纪（Carboniferous Period）　　系（System）

　　　（a）山灰世（Carboniferous Limestone Epoch）

　　　（b）硬砂世（Millstone Grit Epoch）

　　　（c）夹炭世（Coal-Measures Epoch）

　　（5）二叠纪（Dyas or Permian Period）　系（System）

　　　（a）赤底世（Rothliegendes Epoch）

　　　（b）苦灰世（Zechstein Epoch）

（Ⅲ）中生代（Mesozoie Era）　　　　　　　界（Group）

（1）三叠纪（Triassic Period）　　　　　　系（System）

　　（a）斑砂世（Bunter Epoch）

　　（b）壳灰世（Muschelkalk Epoch）

　　（c）上叠世（Keuper Epoch）

（2）傀拉纪（Jurassic Period）　　　　　　系（System）

　　（a）黑傀拉世（Liassic Epoch）

　　（b）褐傀拉世（Dogger Epoch）

　　（c）白傀拉世（Malm Epoch）

（3）白垩纪（Cretaceous Period）　　　　　系（System）

　　（a）前绿世（Neocomian Epoch）

　　（b）中绿世（Gault Epoch）

　　（c）后绿世（Cenomanion Epoch）

　　（d）底垩世（Turonion Epoch）

　　（e）上垩世（Senonian Epoch）

（Ⅳ）新生代（Cainozoic Era）　　　　　　界（Group）

　（1）第三纪（Tertiary Period）　　　　　系（System）

　　（a）始新世（Eocene Epoch）

　　（b）渐新世（Oligocene Epoch）

　　（c）中新世（Miocene Epoch）

　　（d）鲜新世（Pilocene Epoch）

　（2）第四纪（Quatemary Period）　　　　系（System）

　　（a）洪积世（Diluvial Epoch）

　　（b）冲积世（Alluvial Epoch）

中国各省矿产一览表

（金属矿产）　　　　　　　　　　　　　　　　（非金属矿产）

矿目＼省名	金矿	银矿	铜矿	铁矿	锡矿	铅矿	水银	朱砂	锑矿	锰矿	煤矿	煤油	玛瑙	琥珀	玉类	水晶
直隶	六	九	四	一〇	一						一四		一			二
山西	四	二	六	二四	四	二					一九	五	一	一		二
陕西	六	三	五	一三	一		三				三	三	二	一	五	
甘肃	八	七	四	八				三	二		一〇	一	二			
山东	五	五	五	一三	三	三	二	一			一四					三
江苏		二	五	六							六					
安徽	一	五	一二	六				三	一		一五					
河南	一	五	六	二二	一〇						八					
湖北	四	四	六	三	二						一〇					
四川	二九	九	六	一八	四		五	五	四		四	六	一	四		
江西	九	一三	一三	一五	五	九			一		一六					
湖南	一〇	六	五	二五	三			八	三	四	五					
贵州	三	五	二	七	一		四	七	七	一	二				一	
浙江	四	一〇	一四	七	五		四	一			七					
福建	二	一三	九	二六	四			七			一〇					二
广东	九	二八	四	一二	一〇	三	二				二	一				
广西	一一	一二	五	六	四	五										
云南	八	六	九	八	三			一							二	一
总计	一二〇	一四四	一二〇	二二九	六〇	五一	三二	二二	六	一	一四五	一六	八	八	七	一五

矿目＼省名	硝石	硫磺	石膏	石盐	海盐	明矾	绿矾	钾矿	碙砂	笔铅	金刚砂	石棉	玻璃原料	紫石英	总计
直隶	二			四		一						二			五六
山西	二	二	二	一二		四	四	一				二			九九
陕西		三		三		一	一					一			五八
甘肃	五		一	八		三	一	一							六五

221

〔续上〕

山东	一			一	一〇	一						一	一		六九
江苏				五					一			三			二九
安徽					二										四五
河南	二二				一										七七
湖北	二	一			一	一									三六
四川	一			三	二						五				一三三
江西					一				一						八四
湖南	二				四										七六
贵州						二								一	四四
浙江		一		八	一								二		六六
福建				一	二	一									八六
广东		一		一	四			一	一		一				九二
广西															四五
云南		一	三												四三
总计	三七	七	五	五九	五三	一七	一〇	六	一	四	一	一一	五	三	一二〇三

1906 年 5 月由上海普及书屋出版。署"江宁顾琅会稽周树人合纂"。

一九〇七

二月

二十七日

《中国矿产志》征求资料广告

中国不患无矿产,而患无研究矿产之人;不患无研究矿产之人,而患不确知矿产之地。近者我国于矿务一事,虽有争条约,废合同,集资本,立公司等法,以求保存此命脉。然命脉岂幽玄杳渺,得诸臆说者乎?其关系于地层地质者,必有其实据确证之所在。得其实据确证,而后施以保存方法,乃得有所措手,以济于事。仆等有感于斯,爰搜辑东西秘本数十种,采取名师讲义若干帙,撮精删芜,以成是书。岂有他哉?亦欲使我国国民,知其省其地之矿产而已,知其省其地之命脉而已,知其省其地之命脉所在而已。然仆等求学他邦,羁留异国,足迹不能遍履内地,广为调查,其遗漏而不详赡者,盖所不免。惟望披阅是书者,念吾国宝藏之将亡,怜仆等才力之不逮,一为援手而佽助焉。凡有知某省某地之矿产所在者,或以报告,或以函牍,惠示仆等,赞成斯举,则不第仆等之私幸,亦吾国之大幸也。其已经开采者,务详记其现用资本若干,现容矿夫若干,每日平均产额若干,销路之旺否,出路之便否,一以供吾国民前鉴之资,一以为吾国民后日开拓之助;其未经开采者,现有外人垂涎与否,产状若何。各就乡土所知,详实记录。如蒙赐书,请寄至上海三马路昼锦里本书发行所普及书局,不胜企盼之至。

丙午年十二月编纂者谨白

原载 1907 年 2 月 27 日《中国矿产志》增订本三版封底。题作《本书征求资料广告》。

初未收集。

十一月

《红星佚史》之诗[*]

一

雄矢浩唱兮声幽仵，玄弧寄语兮弦以音。

鸣镝噭兮胡不续，胡不续发兮餍人肉。

迅其步，娎以飞。予来遥遥兮自远，如彼肉攫兮赴兹征宴。予薜苢诸飞路兮天风飔飔，浩气掠余兮余翼为揉。

火花驰逐兮雪风是吹，吾众瞥至兮惟死之之。娎以飞，迅其步。余来自远兮远且遥，如鸟斯迈兮迈斯战桥。

噫吁嘻！鬼魂泣血兮矢著人，镞饫热露兮相欢欣。

苍镝浩唱兮声幽仵，玄弧寄语兮弦以音。

二

猗！鏖搏之一时，会其届尔。箭影飞扬，尔仇将逝。

胡不使青铜之喙，深啄而中之？

盍麏彼征禽，翱翔其上兮？嗟彼睡人，死其襁兮。

嘻嘻！苍镝浩歌，声幽仵兮。玄弧寄语，弦以音兮。

三

纵东方之不作，且蹯蹯以竞驰。历荒波之浩荡，禁灵曜于

227

崦嵫。洵予行之茕偶，吾心尚其委蛇。纵远蹈夫异路，循血海之修涯。尚忍旃而毋却，昔奚胜于今兹。忆淫游兮丧友，吾终免而无夷。面凶死其竟脱，遗员目于岩栖。时湔血之洒洒，涅窈堂而褚之。穷忧穷忧兮吾何惧为，厉运纵至兮无为吾灾。宁不见夫故乡赫然其入望兮，但留荒野与残尸。

四

惟神示朕，吾主圣尊。聿降厥渗，于彼格恩。撕擘繁华，纤屑靡存。神鬼旁皇，蹋面无言。

孰召蛙黾，填兹灵殿。孰致尘埃，污兹冠缘。恨种诸皇，爰淄厥面。已矣已矣，神绝格恩，祸来无间。

五

神镫故故，照吾前路兮。格恩沉沉，凶朕来赴兮。
地有古皇，而主是搒掠。民亦有神，而投厥面以屏。
彼意昔斯有牴，主是禠而彼谴。截罗亚之日车，而断其驭索。
主呼耶枯勃，吾民爰起。彼膝其弛，呜呜而死。其一
主赍吾货，一掠而得之。吾掠何得？银鬟金卮。
猗耶和华，吾父吾友。眷佑耶枯勃，而煦育是久。
主叱彼神，而神折厥首。荒凉大庭，爬虫是走。
主障日面，光曜爰灭。古皇有鞭，揉之断折。其二
主持答策，罚其生民。吾背何负，忧患困仑。
惟及厥裔，而涒然是作。其作如海潮，而荡彼憾之田郭。
彼有古皇，主是搒掠。民亦有神，而投厥面以屏。
咦咦！神镫故故，照吾前路兮。格恩沉沉，祸来赴兮。其三

228

六

婉婉问欢兮，问欢情之向谁。相思相失兮，惟夫君其有之。
载辞旧欢兮，梦痕溘其都尽。载离长眠兮，为夫君而终醒。
恶梦袭斯匡床兮，深宵见兹大魅。鬐汝欢以新生兮，兼幽
情与古爱。
胡恶梦大魅为兮，惟圣且神。相失相思兮，忍余死以待君。

七

尔胡余慕？且余须兮。浮图之下，众胡为是于于兮？尔会
胜我，且挫余兮，命弗得长。偷吾生之须臾兮，爱为吾傽。而死
倏其前狙兮，搂其新妇，而揉碎是繁花之株株兮。
尔聆余诏，诏渊如兮。众视所觉，而美是攸居兮。噫消瘦
之胡自？凡夫蠢其笑呼兮。夜阑何守，守空无兮。美不常住，
先朝阳而槁枯兮。伊人有欢，爱其殂兮。

八

孰合欢而共命，旦夕惨其将离兮。伊惆怅而长别，会双宿
之有时兮。精魂冥通，长相思兮。神明湛净，胡涴而胡疵兮。
古欢抑抑，上灵台兮。芳情有希，未参差兮。
伊惆怅而长别，会双宿之有时兮。彼姝婉其延伫，望韶光
之迟迟兮。黄尘晻暧，点芳姿兮。容黯澹其若瘁，百忧悍以来
欺兮。形躯妄累，犹是羁縻兮。缅丰神之绰约，嗟已去而胡
之兮。
宁爱缘之多庋，夫夫尚其有怡兮。彼众生之罔爱，胥是索

而是蕲兮。惟乐有真，非俗能淄兮。惟是与彼，永追随兮。媵以欢娱，无或亏兮。天上人间，爱莫能萎兮。

入梦恍其有遇，遇彼姝之珊而兮。美人迟暮，颜色倘其未衰兮。世界胡状，骎寒渐兮。凡歌已唱，尽微辞兮。梦魂把晤，欢相知兮。幽情宛转，故娇小而葳蕤兮。

九

擘朱丝而抽金缕兮，为传兹健战之军容。

缘爱而战兮战为侬，海陆警兮攻剽凶。

旧尘点染兮图画中，离愁今昔兮欢无踪。其一

愿寿健者而承其唇兮，绘余吻以为卮。

纵华年之弗久兮，当及余金云之未衰。

并图余美与离合之神光兮，一世界奴主而兼之。其二

舟车纷其既接兮，鸣骸去以纵横。

战浪崩腾，来搏厥美兮，美犹曙星。

美犹曙星兮森索，照战浪兮冥冥。其三

火焦天以鳞鳞兮，多罗倏而就降。

彼憾据垒兮军容弗张，角声动兮士成行。

殊死战兮临沙场，无常来趁兮如曙光。其四

已矣哉！欢眷余兮欢意稠，奈余心之宛转兮，无以答欢意之绸缪。

城芜人尽兮鬼夜愁，上侬心兮多烦忧。其五

人乎神乎！世宁无一斯人兮，余心乃长此而孤单。

及百事之未了其究竟兮，战漫漫而未阑。

宁有一人兮日光之下，宛宛来前兮前为吾欢。其六

十

怀欢情之未分明兮,余心怒焉如饥。

心自振而寱呓兮,恍婴儿之夜啼。

儿啼夜半兮人声希,地萧瑟兮心凄迷。其一

觉兮觉兮! 宁饥寒之撄吾心耶? 胡为是惆怅而呻吟?

陈忧傝而填膺兮,若含楚其岑岑。

前因恍惚兮谶无根,余怀有忆兮忆欢情之昨今。其二

余怀有忆兮,宁灵犀之适悟耶,抑仅是旧梦之重温?

托余体兮大千,怡余情兮芳辰。

黄金地兮黄金天,战云不作兮超劫尘。其三

奈余缘之过美满兮,神爰忌而弗愉。

剖吾侪而使生离兮,结凶运之孪如。

宁信高明之逼神恶兮,神乃命长蛇以间余。其四

神赫戏以垂训兮,曰汝曹去而竞前。

人自物色兮恨自缠绵,怀欢容而不见兮,惟对倩影之依然。

梦魂萦转兮自年年,柔情荡漾兮长回旋。

汝怜欢影之亭亭兮,影亦亭亭而汝怜。其五

十一

何战器之偪人兮,金铁接而有声。声铿锵以反震兮,复联犴而不停。人天会战兮生死并,生人辟易兮,噫蹒跚而倒行。命被冥僇兮,身为鬼撄。

缅哀歌之有节兮,乐音于以既调。嗟余生之幸存兮,乃亦以节此战器。阿旁狂宴兮鬼伯舞跳,余步会颠兮随舞影而俱消。迄末日其何届兮,时自去以迢迢。

故欢倏而异物兮，抽余思其悠悠。无常见乘兮旧爱都休，旧爱都休兮夙恨终留。嗟夫嗟夫！世宁无人兮能余有而余求。命不彼厄兮，来为吾俦。

十二

故欢倏而异物兮，抽余思其悠悠。无常是克兮夙恨靡留，夙恨靡留兮旧爱俱休。嗟夫嗟夫！世宁无人兮能余有而余求，命不彼厄兮，来为吾俦。

嗟壮士其安居兮，孰能历冥刃而弗瘳。倘袖斯之有神兮，伊人会其来归。伊人归而余魂警兮，如地母之感时也。挹涕泪于艳阳兮，傍春日之偎依也。

归兮归兮！余心故如止水兮。玄雪纷其满天，今胡泮而熊熊兮，如炬火之当吾前。昔余情之浩荡兮，爱胡突至而余牵。牵余情而袭余心兮，恍伊人之笑言。世界胡欲？余今乃识其名兮，与夫欲焰之洞然。

欲焰洞然。朔风来吹兮，余身如熛火而骤扬。朔风来吹兮，风又胡如是之寒厉而不祥？余希终瘳兮会复僵，余爱方生兮旋就亡。旋就亡而如昔兮，嗟吾爱其弗长。

十三

巨 弓

醒兮醒兮，纵汝欢之尔拥而尔偎耶。

念战声之信甘兮，甘逾欢唇之如饴。

情话纵其清脆兮，角声尤美而靡靡。

信彼腕之温柔兮，又宁如恶战之可怡。

剑光高举，青铜娟以照眼兮，眼波都逊兹明媚。
世亦安有是酥胸兮，乃如吾盾之莹腻。
纵蔷薇花鬘之信芳兮，亦焉能去兜鍪而弗被。
矧好梦之难甘兮，惟战尸而能有斯沉睡。

神　蛇

睡兮睡兮，胡不更为一时之休耶？
犹冥魂之欲息而终醒兮，汝亦会寤而不汝留。
故鬼惕然如有觉兮，入荒冢其幽幽。
缳其胸而缚其臂兮，乃有长蛇之蟠蟉。
是有林木而余攸居兮，彼欢亦于以为好。
见真爱之倏其回身兮，乃向幽欢而就抱。

巨　弓

是有林木而余以形成兮，证彼业缘之草草。
吾呼屠伯其兴起兮，汝行为尘埃而上周道。

神　蛇

咄余死亡之女兮，其扪汝舌而勿言。
毋嘘汝息而高歌兮，搅彼欢之宴眠。

巨　弓

噫吾罪业之母兮，其亦缄嘿而勿余愬。
护彼死商之沉睡兮，是余责之仔吾肩。

神　蛇

宇宙之早了其究竟兮，何汝生之瞠乎后。
汝年犹是其雏稚兮，世界惟吾之为久。

巨 弓

顾微余而汝且负兮，纵汝力其何有。

汝罪业而余死亡兮，余汝女而汝吾母。

十 四

宁羞楚之填臆，胡不忍此须臾。善恶悉其已造，良吾日之就除。瞻袖斯之金座，望双尊于太虚。为众生而造种，布哀哭与欢娱。今生趣之已满，尽乐方而无余。既遍历夫爱战，又祸福之与俱。盍努力以奋斗，赢末战而就殂。趣冥路兮无言，索故友于幽都。有赫多兮相俟，与多罗之征夫。噫嘻！宁吾将不复战兮，抑战之弗吾愉。纵西方之黯澹兮，日不临此暗隅。顾汝将于兹永息兮，脱尘系之烦拿，嗟吾心兮忍诸。

十 五

倘旧爱而重新兮，繄云胡其弗乐。

或鉴汝悔而昭苏兮，怜余生之飘泊。

猗欢乐之何如兮，爱其蓬蓬而觉耶。

将爱宥之能薪兮，荒广田其胡获耶。其一

余飞习习，迅以前兮，胡弗踵既逸之芳情耶？

余呼余媒，宁终虚兮，抑爱将能吾听耶。

嗟夫嗟夫！余求辗转，终成空兮，抑又呼吁之无灵也？

爱乎爱乎，弗听余言而绝余兮，爱其将不复醒也。其二

十 六

繄余亦焰，汝乃以焰，焚我灵所耶？

汝携死亡,来驯吾美,美宁就殚耶?

汝倾烈火以见逼,而不知我亦火耶?

又胡忌世界之欲,而报汝欢子之仇恨于我耶? 其一

未也,妇人,世界不灭,汝欢虽在,非尔可人也。

终欢情之弗汝属,欢情所向,惟海伦也。

惟余颜之是索,人面胡见,悉余笑鞻也。

汝欢长跑,其仅一时,且旋起而逐余以行也。其二

　　录自1907年11月上海商务印书馆版《红星佚史》(周作人译)。

　　初未收集。

十二月

人之历史*

德国黑格尔氏种族发生学之一元研究诠解

进化之说,黏灼于希腊智者德黎(Thales),至达尔文(Ch. Darwin)而大定。德之黑格尔(E. Haeckel)者,犹赫胥黎(T. H. Huxley)然,亦近世达尔文说之讴歌者也;顾亦不笃于旧,多所更张,作生物进化系图,远追动植之绳迹,明其曼衍之由,间有不足,则补以化石,区分记述,蔚为鸿裁,上自单幺,近迄人类,会成一统,征信历然。虽后世学人,或更上征而无底极,然十九世纪末之言进化者,固已大就于斯人矣。中国迩日,进化之语,几成常言,喜新者凭以丽其辞,而笃故者则病侪人类于猕猴,辄沮遏以全力。德哲学家保罗生(Fr. Paulsen)亦曰,读黑格尔书者多,吾德之羞也。夫德意志为学术渊丛,保罗生亦爱智之士,而犹有斯言,则中国抱残守阙之辈,耳新声而疾走,固无足异矣。虽然,人类进化之说,实未尝渎灵长也,自卑而高,日进无既,斯益见人类之能,超乎群动,系统何防,宁足耻乎?黑氏著书至多,辄明斯旨,且立种族发生学(Phylogenie),使与个体发生学(Ontogenie)并,远稽人类由来,及其曼衍之迹,群疑冰泮,大阂犁然,为近日生物学之峰极。今乃敷张其义,先述此论造端,止于近世,而以黑氏所张皇者终。

人类种族发生学者,乃言人类发生及其系统之学,职所治理,在动物种族,何所由防,事始近四十年来,生物学分支之最新者也。盖古之哲士宗徒,无不目人为灵长,超迈群生,故纵疑官品起原,亦彷徨于神话之歧途，诠释率神阂而不可思议。如中国古说，谓盘古辟地，女娲死而遗骸为天地，则上下未形，人类已现，冥昭瞢暗，安所措足乎？屈灵均谓鳌载山抃，何以安之，衷怀疑而词见也。西国创造之谭，摩西最古，其《创世记》开篇，即云帝以七日作天地万有，抟埴成男，析其肋为女。当十三世纪时，力大伟于欧土，科学隐耀，妄信横行，罗马法王，又竭全力以塞学者之口，天下为之智昏，黑格尔谥之曰世界史之大欺罔者（Die grossten Gaukler Weltgeschichte），非虚言也。已而宗教改萌，景教之迷信亦渐破，歌白尼（Copernicus）首出，知地实绕日而运，恒动不居，于此地球中心之说雩，而考核人类之士，亦稍稍现，如韦赛黎（A. Vesalius）欧斯泰儿（Eustachi）等，无不以钪验之术，进智识于光明。至动物系统论，则以林那出而一振。

林那（K. von Linné）者，瑞典耆宿也，病其时诸国之治天物者，率以方言命名，繁杂而不可理，则著《天物系统论》，悉名动植以腊丁，立二名法，与以属名与种名二。如猫虎狮三物大同，则谓之猫属（Felis）；而三物又各异，则猫曰 Felis domestica，虎曰 Felis tigris，狮曰 Felis leo。又集与此相似者，谓之猫科；科进为目，为纲，为门，为界。界者，动植之判也。且所著书中，复各各记其特点，使一披而了然。惟天物繁多，不可猝尽，故每见新种，必与新名，于是世之欲以得新种博令誉者，皆相竞搜采，所得至多，林那之名大显，而物种（Arten）者何，与其内容界域之疑问，亦同为学者所注目矣。虽然，林那于此，固仍袭摩西创造之说也，《创世记》谓今之生物，皆造自世界开辟之初，故《天物系统论》亦云免诺亚时洪水之难，而留遗于今者，是为物种，凡动植种类，绝无增损变化，以殊异于神所手创云。盖林那仅知现在之生物，而往古无量数年前，尝有生物栖息地球之上，为今日所无有者，则未之觉，故起原之研究，遂不可几。并世博物家，亦笃守旧说，无所发挥，即偶有觉者，谓生物种类，经久久年月间，不无微变，而世人闻之皆峻拒，不能昌也。递十九世纪初，乃始诚有知生物进化之事实，立理论以诠释之者，其人曰兰麻克，而寇伟实先之。

寇伟(G. Cuvier)法国人,勤学博识,于学术有伟绩,尤所致力者,为动物比较解剖及化石之研究,著《化石骨骼论》,为今日古生物学所由昉。盖化石者,太古生物之遗体,留迹石中,历无数劫以至今,其形了然可识,于以知前世界动植之状态,于以知古今生物之不同,实造化之历史,自洌其业于人间者也。揣古希腊哲人,似不无微知此意者,而厥后则牵强附会之说大行,或谓化石之成,不过造化之游戏,或谓两间精气,中人为胎,迷入石中,则为石蛤石螺之属。逮兰麻克查贝类之化石,寇伟查鱼兽之化石,始知化石诚古生物之留蜕,其物已不存于今,而林那创造以来无增减变迁之说遂失当。然寇伟为人,固仍袭生物种类永住不变之观念者也,前说垂破,则别建"变动说"以解之。其言曰,今日生存动物之种属,皆开辟之时,造自天帝之手者尔。特动植之遭开辟,非止一回,每开辟前,必有大变,水转成陆,海坟为山,于是旧种死而新种生,故今兹化石,悉由神造,惟造之时不同,则为状自异,其间无系属也。高山之巅,实见鱼贝,足为故海之征,而化石为形,大率撑拒惨苦,人可知其变之剧矣。自开辟以今,地球表面之大故,至少亦十五六度,每一变动起,旧种悉亡,爰成化石,留后世也。其说逗肊,无实可征,而当时力乃至伟,崇信者满学界,惟圣契黎(E. Geoffroy St. Hilaire)与抗于巴黎学士会院,而寇伟博识,据垒极坚,圣契黎动物进化之说,复不具足。于是千八百三十年七月三十日之讨论,圣契黎遂败。寇伟变动之说,盛行于时。

虽然,不变之说,遂不足久餍学者之心也,十八世纪后叶,已多欲以自然释其疑问,于是有瞿提(W. von Goethe)起,建"形蜕论"。瞿提者,德之大诗人也,又邃于哲理,故其论虽凭理想以立言,不尽根于事实,而识见既博,思力复丰,则犁然知生物有相互之关系,其由来本于一原。千七百九十年,著《植物形态论》,谓诸种植物,出皆原型,即其机关,亦悉从原官而出;原官者,叶也。次复比较骨骼,造诣至深,知动物之骨,亦当归一,即在人类,更无别于他种动物之型,而外状之异,特缘形变而已。形变之因,有大力之构成作用二:在内谓之求心力,在外谓之离心力,求心力所以归同,离心力所以趋异。归同犹今之遗传,趋异犹今之适应。盖瞿提所研究,为从自然哲学深入官品构造及变成之因,虽谓为兰麻克达尔文之先驱,蔑不可也。所憾者则其进化之观念,与康德(I. Kant)倭堪(L. Oken)诸哲学家立意略同,不能奋其伟力,以撼种族不变说之基础耳。有之,自兰麻克始。

兰麻克(Jean de Lamarck)者,法之大科学家也,千八百二年所著《生体论》,已言及种族之不恒,与形态之转变;而精力所注,尤在《动物哲学》一书,中所张皇,先在生物种别,由于人为之立异。其言曰,凡在地球之上,无间有生无生,决无差别,空间凡有,悉归于一,故支配非官品之原因,亦即支配有官品之原因,而吾党所执以治非官品者,亦即治有官品之途术。盖世所谓生,仅力学的现象而已。动植诸物,与人类同,无不能诠解以自然之律;惟种亦然,决非如《圣书》所言,出天帝之创造。况寇伟之说,谓经十余回改作者乎?凡此有生,皆自古代联绵继续而来,起于无官,结构至简,继随地球之转变,以渐即于高等,如今日也。至最下等生物,渐趋高等之因,则氏有二律,一曰假有动物,雏而未壮,用一官独多,则其官必日强,作用亦日盛。至新能力之大小强弱,则视使用之久暂有差。浅譬之,如锻人之腕,荷夫之胫,初固弗殊于常人,逮就职之日多,则力亦加进,使反是,废而不用,则官渐小弱,能力亦亡,如盲肠者,鸟以转化食品,而无用于人,则日萎,耳筋者,兽以动耳者也,至人而失其用,则留微迹而已:是为适应。二曰凡动物一生中,由外缘所得或失之性质,必依生殖作用,而授诸子孙。官之大小强弱亦然,惟在此时,必其父母之性质相等:是为遗传。适应之说,迄今日学人犹奉为圭臬,遗传之说,则论诤方烈,未有折衷,惟其所言,固进化之大法,即谓以机械作用,进动物于高等是已。试翻《动物哲学》一书,殆纯以一元论眼光,烛天物之系统，而所凭借，则进化论也。故进化论之成，自破神造说始。兰麻克亦如圣契黎然，力驳寇伟，而不为世所知。盖当是时，生物学之研究方殷，比较解剖及生理之学亦盛，且细胞说初成，更近于个体发生学者一步，于是萃人心于一隅，遂蔑有致意于物种由来之故者。而一般人士，又笃守旧说，得新见无所动其心，故兰麻克之论既出，应者寂然，即寇伟之《动物学年报》中，亦不为一记，则说之孤立无和，可以知矣。迨千八百五十八年而达尔文暨华累斯(A. R. Wallace)之"天择论"现，越一年而达尔文《物种由来》成，举世震动，盖生物学界之光明，扫群疑于一说之下者也。

达尔文治生学之术，不同兰麻克，主用内籀，集知识之大成，年二十二，即乘汽舰壁克耳，环世界一周，历审生物，因悟物种所由始，渐而搜集事实，融会贯通，立生物进化之大原，且晓形变之因，本于淘汰，而淘汰原理，乃在争存，建"淘汰论"，亦曰"达尔文说"(Selektionstheorie od. Darwinismus)，空前古者也。举其要旨，首为人择，设有人立一定之仪的，择动物之与相近者育之，既得苗裔，则又育其子之近似，历年既永，宜者遂传。古之牧者园丁，已知此术，赫胥黎谓亚美利加有豰羊者，惧羊跳踉，超圈而去，则留短足者而渐汰其他，递生子孙，亦复如是，久之短足者独传，修胫遂绝，此以人力传宜种者也。然此特人择动植而已，天然之力，亦择生物，与人择动植无大殊，所异者人择出人意，而天择则以生物争存之故，行于不知不觉间耳。盖生物增加，皆遵几何级数，设有动物一偶于此，毕生能产四子，四子又育，当得八孙，五传六十四，十传而千二十八，如是递增，繁殖至迅。然时有强物，灭其耎弱，沮其长成，故强之种日昌，而弱之种日耗；时代既久，宜者遂留，而天择即行其中，使生物臻于极适。达尔文言此，所征引信据，盖至繁博而坚实也。故究进化论历史，当首德黎，继乃局脊于神造之论；比至兰麻克而一进；得达尔文而大成；迨黑格尔出，复总会前此之结果，建官品之种族发生学，于是人类演进之事，昭然无疑影矣。

黑格尔以前，凡云发生，皆指个体，至氏而建此学，使与个体发生学对立，著《生物发生学上之根本律》一卷，言二学有至密之关系，种族进化，亦缘遗传及适应二律而来，而尤所置重者，为形蜕论。其律曰，凡个体发生，实为种族发生之反复，特期短而事迅者耳，至所以决定之者，遗传及适应之生理作用也。黑氏以此法治个体发生，知禽兽鱼虫，虽繁不可计，而遡推本原，咸归于一；又以治种族发生，知一切生物，实肇自至简之原官，由进化而繁变，以至于人。盖人类女性之胚卵，亦与他种脊椎动物之胚卵，同为极简之细胞；男性精丝，亦复无异。二性既会，是成根干细胞，此细胞成，而个人之存在遂始。若求诸动物界，为阿弥巴属，构造至简，仅有自动及求食之力而已，继乃分裂，依几何级数成细胞群，如班陀黎那（Pandorina），作桑葚状，甚空其中，渐而内陷，是成原肠，今日淡水沟渠中动物希特拉（Hydra），亦如是也。更进，则由心房生血管四偶，曲向左右，状如鱼鳃，胎儿届此时，适合动物界之鱼类；复次之发达，皆与人类以外之高等动物无微殊，即已有脑髓耳目及足，而以较他种脊椎动物之胎儿，仍无辨也。凡此研究，皆能目击，日审胚胎之发育而得其变化。惟种族发生学独不然，所追迹者，事距今数千万载，其为演进，目不可窥，即直接观察，亦局于至隘之分域，可据者仅间接推理与批判反省二术，及取诸科学所经验荟萃之材，较量覃究之而已。故黑格尔曰，此其为学，肆治滋难，决非个体发生学所能较也。

往之言此事者，有达尔文《原人论》，赫胥黎《化中人位论》。黑格尔著《人类发生学》，则以古生物学个体发生学及形态学证人类之系统，知动物进化，与人类胎儿之发达同，凡脊椎动物之始为鱼类，见地质学上太古代之僦罗纪，继为迭逢纪之蛙鱼，为石墨纪之两栖，为二叠纪之爬虫，及中古代之哺乳动物，递近古代第三纪，乃见半猿，次生真猿，猿有狭鼻族，由其族生犬猿，次生人猿，人猿生猿人，不能言语，降而能语，是谓之人，此皆比较解剖个体发生及脊椎动物所明证者也。惟个体发达之序亦然，故曰种族发生，为个体发生之

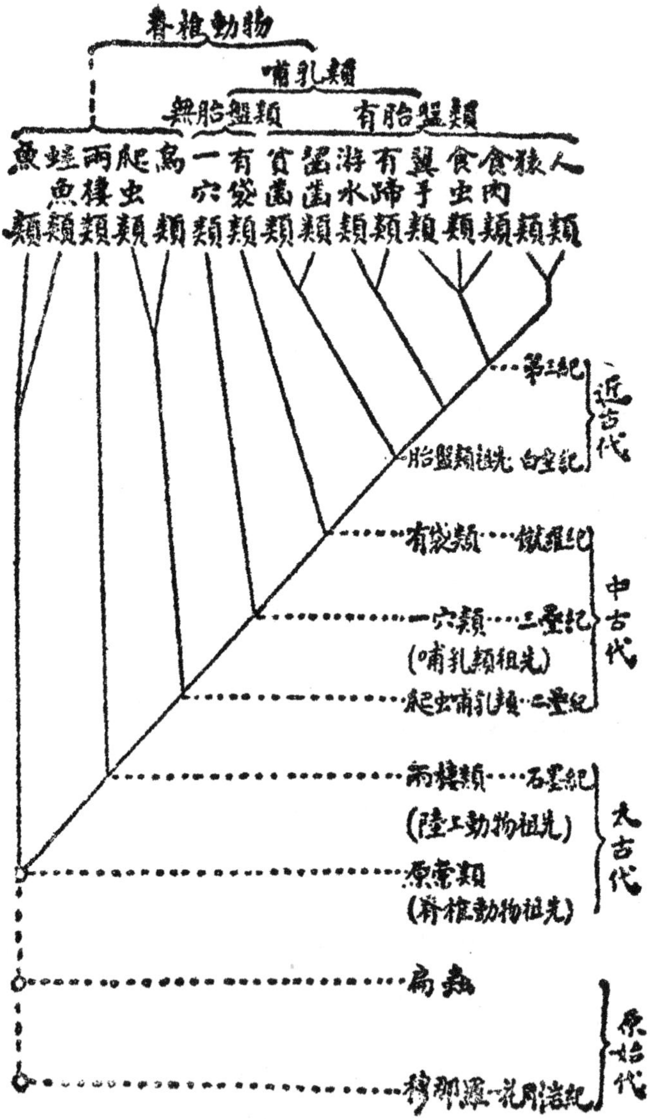
脊椎動物
哺乳類
無胎盤類
有胎盤類
魚類
蛭魚類
兩棲類
爬虫類
鳥類
一穴類
有袋類
貧齒類
齧齒類
游水類
有蹄類
翼手類
食虫類
食肉類
猿類
人類
第三紀
胎盤類祖先 白堊紀
近古代
有袋類……侏羅紀
一穴類……三疊紀
(哺乳類祖先)
爬虫哺乳類…二疊紀
中古代
兩棲類……石炭紀
(陸上動物祖先)
原索類
(脊椎動物祖先)
太古代
扁蟲
穆那羅…花岡岩紀
原始代

反复。然此仅有脊椎动物而已，若更上溯无脊椎动物而探其统系，为业尤艰巨于前。盖此种动物，无骨骼之存，故不见于化石，特据生物学原则，知人类所始为原生动物，与胎孕时之根干细胞相当，下此亦各有相当之动物。于是黑格尔乃追进化之迹而识别之，间有不足，则补以化石与悬拟之生物，而自单么以至人类之系图遂成，图中所载，即自穆那罗（Monera）渐进以至人类之历史，生物学上所谓种族的发生者是也。其系图如别幅。

近三十年来，古生物学之发见，亦多有力之证，最著者为爪哇之猿人化石，是石现，而人类系统遂大成。盖往者狭鼻猿类与人之系属，缺不可见，逮得化石，征信弥真，力不逊比较解剖及个体发生学也。故论人类从出，为物至卑，曰原生动物。原生动物出自穆那罗，穆那罗出自泼罗比翁（Probion）；泼罗比翁，原生物也。若更究原生物由来，则以那格黎（Naegeli）氏说为近理，其说曰，有生始于无生，盖质力不灭律所生之成果尔；若物质全界，无不由因果而成，宇宙间现象，亦遵此律，则成于非官品之质，且终转化而为非官品之官品，究其本始，亦为非官品必矣。近者法有学人，能以质力之变，转非官品为植物，又有以毒鸩金属杀之，易其导电传热之性者。故有生无生二界，且日益近接，终不能分，无生物之转有生，是成不易之真理，十九世纪末学术之足惊怖，有如是也。至无生物所始，则当俟宇宙发生学（Kosmogenie）言之。

一九〇七年作。

原载 1907 年 12 月《河南》月刊第 1 号。题作《人间之历史》。署名令飞。

初收 1927 年 3 月北京未名社版《坟》。

一九○八

三月

摩罗诗力说[*]

求古源尽者将求方来之泉，将求新源。嗟我昆弟，新生之作，新泉之涌于渊深，其非远矣。

——尼佉

一

人有读古国文化史者，循代而下，至于卷末，必凄以有所觉，如脱春温而入于秋肃，勾萌绝朕，枯槁在前，吾无以名，姑谓之萧条而止。盖人文之留遗后世者，最有力莫如心声。古民神思，接天然之阂宫，冥契万有，与之灵会，道其能道，爰为诗歌。其声度时劫而入人心，不与缄口同绝；且益曼衍，视其种人。递文事式微，则种人之运命亦尽，群生辍响，荣华收光；读史者萧条之感，即以怒起，而此文明史记，亦渐临末页矣。凡负令誉于史初，开文化之曙色，而今日转为影国者，无不如斯。使举国人所习闻，最适莫如天竺。天竺古有《韦陀》四种，瑰丽幽夐，称世界大文；其《摩诃波罗多》暨《罗摩衍那》二赋，亦至美妙。厥后有诗人加黎陀萨（Kalidasa）者出，以传奇鸣世，间染抒情之篇；日耳曼诗宗瞿提（W. von Goethe），至崇为两间之绝唱。降及种人失力，而文事亦共零夷，至大之声，渐不生于彼国民之灵府，流转异域，如亡人也。次为希伯来，虽多涉信仰教诫，而文章以幽邃庄严胜，教宗文术，此其源泉，灌溉人心，迄今兹未艾。特

247

在以色列族，则止耶利米（Jeremiah）之声；列王荒矣，帝怒以赫，耶路撒冷遂隳，而种人之舌亦默。当彼流离异地，虽不遽忘其宗邦，方言正信，拳拳未释，然《哀歌》而下，无赓响矣。复次为伊兰埃及，皆中道废弛，有如断绠，灿烂于古，萧瑟于今。若震旦而逸斯列，则人生大戚，无逾于此。何以故？英人加勒尔（Th. Carlyle）曰，得昭明之声，洋洋乎歌心意而生者，为国民之首义。意太利分崩矣，然实一统也，彼生但丁（Dante Alighieri），彼有意语。大俄罗斯之札尔，有兵刃炮火，政治之上，能辖大区，行大业。然奈何无声？中或有大物，而其为大也暗。（中略）迨兵刃炮火，无不腐蚀，而但丁之声依然。有但丁者统一，而无声兆之俄人，终支离而已。

尼佉（Fr. Nietzsche）不恶野人，谓中有新力，言亦确凿不可移。盖文明之胅，固孕于蛮荒，野人狉獉其形，而隐曜即伏于内。文明如华，蛮野如蕾，文明如实，蛮野如华，上征在是，希望亦在是。惟文化已止之古民不然：发展既央，隳败随起，况久席古宗祖之光荣，尝首出周围之下国，暮气之作，每不自知，自用而愚，污如死海。其煌煌居历史之首，而终匿形于卷末者，殆以此欤？俄之无声，激响在焉。俄如孺子，而非暗人；俄如伏流，而非古井。十九世纪前叶，果有鄂戈理（N. Gogol）者起，以不可见之泪痕悲色，振其邦人，或以拟英之狭斯丕尔（W. Shakespeare），即加勒尔所赞扬崇拜者也。顾瞻人间，新声争起，无不以殊特雄丽之言，自振其精神而绍介其伟美于世界；若渊默而无动者，独前举天竺以下数古国而已。嗟夫，古民之心声手泽，非不庄严，非不崇大，然呼吸不通于今，则取以供览古之人，使摩挲咏叹而外，更何物及其子孙？否亦仅自语其前此光荣，即以形迩来之寂寞，反不如新起之邦，纵文化未昌，而大有望于方来之足致敬也。故所谓古文明国者，悲凉之语耳，嘲讽之辞耳！中落之胄，故家荒矣，则喋喋语人，谓厥祖在时，其为智慧武怒者何似，尝有闳宇崇楼，珠玉犬马，尊显胜于凡人。有闻其言，孰不腾笑？夫国民发展，功虽有在于怀古，然其怀也，思理朗然，如鉴明镜，时时上征，时时反顾，时时进光明之长途，时时念辉煌之旧有，故其新者日新，而其古亦不死。若不知所以然，漫夸耀以自悦，则长夜之始，即在斯时。今试履中国之大衢，当有见军人蹀躞而过市者，张口作军歌，痛斥印度波阑之奴性；有漫为国歌者亦然。盖中国今日，亦颇思历举前有之耿光，特未能言，则姑曰左邻已奴，右邻且死，择亡国而较量之，冀自显其佳胜。夫二国与震旦究孰劣，今姑弗言；若云颂美之什，国民之声，则天下之咏者虽多，固未见有此作法矣。诗人绝迹，事若甚微，而萧条之感，辄以来袭。意者欲扬宗邦之真大，首在审己，亦必知人，比较既周，爰生自觉。自觉之声发，每响必中于人心，清晰昭明，不同凡响。非然者，口舌一结，众语俱沦，沉默之来，倍于前此。盖魂意方梦，何能有言？即震于外缘，强自扬厉，不惟不大，徒增欷耳。故曰国民精神之发扬，与世界识见之广博有所属。

今且置古事不道，别求新声于异邦，而其因即动于怀古。新声之别，不可究详；至力足以振人，且语之较有深趣者，实莫如摩罗诗派。摩罗之言，假自天竺，此云天魔，欧人谓之撒但，人本以目裴伦（G. Byron）。今则举一切诗人中，凡立意在反抗，指归在动作，而为世所不甚愉悦者悉入之，为传其言行思惟，流别影响，始宗主裴伦，终以摩迦（匈加利）文士。凡是群人，外状至异，各禀自国之特色，发为光华；而要其大归，则趣于一：大都不为顺世和乐之音，动吭一呼，闻者兴起，争天拒俗，而精神复深感后世人心，绵延至于无已。虽未生以前，解脱而后，或以其声为不足听；若其生活两间，居天然之掌握，辗转而未得脱者，则使之闻之，固声之最雄桀伟美者矣。然以语平和之民，则言者滋惧。

二

平和为物，不见于人间。其强谓之平和者，不过战事方已或未始之时，外状若宁，暗流仍伏，时劫一会，动作始矣。故观之天然，则

和风拂林，甘雨润物，似无不以降福祉于人世，然烈火在下，出为地
囟，一旦偾兴，万有同坏。其风雨时作，特暂伏之见象，非能永劫安
易，如亚当之故家也。人事亦然，衣食家室邦国之争，形现既昭，已
不可以讳掩；而二士室处，亦有吸呼，于是生颢气之争，强肺者致胜。
故杀机之防，与有生偕；平和之名，等于无有。特生民之始，既以武
健勇烈，抗拒战斗，渐进于文明矣，化定俗移，转为新懦，知前征之至
险，则爽然思归其雌，而战场在前，复自知不可避，于是运其神思，创
为理想之邦，或托之人所莫至之区，或迟之不可计年以后。自柏拉
图（Platon）《邦国论》始，西方哲士，作此念者不知几何人。虽自古迄
今，绝无此平和之朕，而延颈方来，神驰所慕之仪的，日逐而不舍，要
亦人间进化之一因子欤？吾中国爱智之士，独不与西方同，心神所
注，辽远在于唐虞，或迳入古初，游于人兽杂居之世；谓其时万祸不
作，人安其天，不如斯世之恶浊陷危，无以生活。其说照之人类进化
史实，事正背驰。盖古民曼衍播迁，其为争抗劬劳，纵不厉于今，而
视今必无所减；特历时既永，史乘无存，汗迹血腥，泯灭都尽，则追而
思之，似其时为至足乐耳。傥使置身当时，与古民同其忧患，则颓唐
侘傺，复远念盘古未生，斧凿未经之世，又事之所必有者已。故作此
念者，为无希望，为无上征，为无努力，较以西方思理，犹水火然；非
自杀以从古人，将终其身更无可希冀经营，致人我于所仪之主的，束
手浩叹，神质同瘰焉而已。且更为忖度其言，又将见古之思士，决不
以华土为可乐，如今人所张皇；惟自知良懦无可为，乃独图脱屣尘
埃，惝恍古国，任人群堕于虫兽，而己身以隐逸终。思士如是，社会
善之，咸谓之高蹈之人，而自云我虫兽我虫兽也。其不然者，乃立言
辞，欲致人同归于朴古，老子之辈，盖其枭雄。老子书五千语，要在
不撄人心；以不撄人心故，则必先自致楛木之心，立无为之治；以无
为之为化社会，而世即于太平。其术善也。然奈何星气既凝，人类
既出而后，无时无物，不禀杀机，进化或可停，而生物不能返本。使
拂逆其前征，势即入于苓落，世界之内，实例至多，一览古国，悉其信

证。若诚能渐致人间，使归于禽虫卉木原生物，复由渐即于无情，则宇宙自大，有情已去，一切虚无，宁非至净。而不幸进化如飞矢，非堕落不止，非著物不止，祈逆飞而归弦，为理势所无有。此人世所以可悲，而摩罗宗之为至伟也。人得是力，乃以发生，乃以曼衍，乃以上征，乃至于人所能至之极点。

中国之治，理想在不撄，而意异于前说。有人撄人，或有人得撄者，为帝大禁，其意在保位，使子孙王千万世，无有底止，故性解(Genius)之出，必竭全力死之；有人撄我，或有能撄人者，为民大禁，其意在安生，宁蜷伏堕落而恶进取，故性解之出，亦必竭全力死之。柏拉图建神思之邦，谓诗人乱治，当放域外；虽国之美污，意之高下有不同，而术实出于一。盖诗人者，撄人心者也。凡人之心，无不有诗，如诗人作诗，诗不为诗人独有，凡一读其诗，心即会解者，即无不自有诗人之诗。无之何以能解？惟有而未能言，诗人为之语，则握拨一弹，心弦立应，其声澈于灵府，令有情皆举其首，如睹晓日，益为之美伟强力高尚发扬，而污浊之平和，以之将破。平和之破，人道蒸也。虽然，上极天帝，下至舆台，则不能不因此变其前时之生活；协力而天阏之，思永保其故态，殆亦人情已。故态永存，是曰古国。惟诗究不可灭尽，则又设范以囚之。如中国之诗，舜云言志；而后贤立说，乃云持人性情，三百之旨，无邪所蔽。夫既言志矣，何持之云？强以无邪，即非人志。许自繇于鞭策羁縻之下，殆此事乎？然厥后文章，乃果辗转不逾此界。其颂祝主人，悦媚豪右之作，可无俟言。即或心应虫鸟，情感林泉，发为韵语，亦多拘于无形之囹圄，不能舒两间之真美；否则悲慨世事，感怀前贤，可有可无之作，聊行于世。倘其嗫嚅之中，偶涉眷爱，而儒服之士，即交口非之。况言之至反常俗者乎？惟灵均将逝，脑海波起，通于汨罗，返顾高丘，哀其无女，则抽写哀怨，郁为奇文。茫洋在前，顾忌皆去，怼世俗之浑浊，颂己身之修能，怀疑自遂古之初，直至百物之琐末，放言无惮，为前人所不敢言。然中亦多芳菲凄恻之音，而反抗挑战，则终其篇未能见，感动后世，为力非强。刘彦和所谓才高者菀其鸿裁，中巧者猎其艳辞，吟讽者衔其山川，童蒙者拾其香草。皆著意外形，不涉内质，孤伟自死，社会依然，四语之中，函深哀焉。故伟美之声，不震吾人之耳鼓者，亦不始于今日。大都诗人自倡，生民不耽。试稽自有文字以至今日，凡诗宗词客，能宣彼妙音，传其灵觉，以美善吾人之性情，崇大吾人之思理者，果几何人？上下求索，几无有矣。第此亦不能为彼徒罪也，人人之心，无不渤二大字曰实利，不获则劳，既获便睡。纵有激响，何能撄之？夫心不受撄，非槁死则缩朒耳，而况实利之念，复黏黏热于中，且其为利，又至陋劣不足道，则驯至卑懦俭啬，退让畏葸，无古民之朴野，有末世之浇漓，又必然之势矣，此亦古哲人所不及料也。夫云将以诗移人性情，使即于诚善美伟强力敢为之域，闻者或哂其迂远乎；而事复无形，效不显于顷刻。使举一密栗之反证，殆莫如古国之见灭于外仇矣。凡如是者，盖不止笞击縻系，易于毛角而已，且无有为沉痛著大之声，撄其后人，使之兴起；即间有之，受者亦不为之动，创痛少去，即复营营于治生，活身是图，不恤污下，外仇又至，摧败继之。故不争之民，其遭遇战事，常较好争之民多，而畏死之民，其苓落殇亡，亦视强项敢死之民众。

千八百有六年八月，拿坡仑大挫普鲁士军，翌年七月，普鲁士乞和，为从属之国。然其时德之民族，虽遭败亡窘辱，而古之精神光耀，固尚保有而未隳。于是有爱伦德（E. M. Arndt）者出，著《时代精神篇》（*Geist der Zeit*），以伟大壮丽之笔，宣独立自繇之音，国人得之，敌忾之心大炽；已而为敌觉察，探索极严，乃走瑞士。递千八百十二年，拿坡仑挫于墨斯科之酷寒大火，逃归巴黎，欧土遂为云扰，竞举其反抗之兵。翌年，普鲁士帝威廉三世乃下令召国民成军，宣言为三事战，曰自由正义祖国；英年之学生诗人美术家争赴之。爱伦德亦归，著《国民军者何》暨《莱因为德国大川特非其界》二篇，以鼓青年之意气。而义勇军中，时亦有人曰台陀开纳（Theodor Körner），慨然投笔，辞维也纳国立剧场诗人之职，别其父母爱者，遂执兵行；作书贻父母曰，普鲁士之鹫，已以鹫击诚心，觉德意志民族之大望矣。吾之吟咏，无不为宗邦神往。吾将舍所有福祉欢欣，为宗国战死。嗟夫，吾以明神之力，已得大悟。为邦人之自由与人道之善故，牺牲孰大于是？热力无量，涌吾灵台，吾起矣！后此之《竖琴长剑》(*Leier und Schwert*)一集，亦无不以是精神，凝为高响，展卷方诵，血脉已张。然时之怀热诚灵悟如斯状者，盖非止开纳一人也，举德国青年，无不如是。开纳之声，即全德人之声，开纳之血，亦即全德人之血耳。故推而论之，败拿坡仑者，不为国家，不为皇帝，不为兵刃，国民而已。国民皆诗，亦皆诗人之具，而德卒以不亡。此岂笃守功利，摈斥诗歌，或抱异域之朽兵败甲，冀自卫其衣食室家者，意料之所能至哉？然此亦仅譬诗力于米盐，聊以震崇实之士，使知黄金黑铁，断不足以兴国家，德法二国之外形，亦非吾邦所可活剥；示其内质，冀略有所悟解而已。此篇本意，固不在是也。

三

由纯文学上言之，则以一切美术之本质，皆在使观听之人，为之兴感怡悦。文章为美术之一，质当亦然，与个人暨邦国之存，无所系属，实利离尽，究理弗存。故其为效，益智不如史乘，诚人不如格言，致富不如工商，弋功名不如卒业之券。特世有文章，而人乃以几于具足。英人道覃(E. Dowden)有言曰，美术文章之桀出于世者，观诵而后，似无裨于人间者，往往有之。然吾人乐于观诵，如游巨浸，前临渺茫，浮游波际，游泳既已，神质悉移。而彼之大海，实仅波起涛飞，绝无情愫，未始以一教训一格言相授。顾游者之元气体力，则为之陡增也。故文章之于人生，其为用决不次于衣食，宫室，宗教，道德。盖缘人在两间，必有时自觉以勤劬，有时丧我而惝恍，时必致力于善生，时必并忘其善生之事而入于醇乐，时或活动于现实之区，时或神驰于理想之域；苟致力于其偏，是谓之不具足。严冬永留，春气不至,生其躯壳,死其精魂,其人虽生,而人生之道失。文章不用之用,其在斯乎?约翰穆黎曰,近世文明,无不以科学为术,合理为神,功利为鹄。大势如是,而文章之用益神。所以者何?以能涵养吾人之神思耳。涵养人之神思,即文章之职与用也。

此他丽于文章能事者,犹有特殊之用一。盖世界大文,无不能启人生之闳机,而直语其事实法则,为科学所不能言者。所谓闳机,即人生之诚理是已。此为诚理,微妙幽玄,不能假口于学子。如热带人未见冰前,为之语冰,虽喻以物理生理二学,而不知水之能凝,冰之为冷如故;惟直示以冰,使之触之,则虽不言质力二性,而冰之为物,昭然在前,将直解无所疑沮。惟文章亦然,虽缕判条分,理密不如学术,而人生诚理,直笼其辞句中,使闻其声者,灵府朗然,与人生即会。如热带人既见冰后,曩之竭研究思索而弗能喻者,今宛在矣。昔爱诺尔特(M. Arnold)氏以诗为人生评骘,亦正此意。故人若读鄂谟(Homeros)以降大文,则不徒近诗,且自与人生会,历历见其优胜缺陷之所存,更力自就于圆满。此其效力,有教示意;既为教示,斯益人生;而其教复非常教,自觉勇猛发扬精进,彼实示之。凡苓落颓唐之邦,无不以不耳此教示始。

顾有据群学见地以观诗者,其为说复异:要在文章与道德之相关。谓诗有主分,曰观念之诚。其诚奈何?则曰为诗人之思想感情,与人类普遍观念之一致。得诚奈何?则曰在据极溥博之经验。故所据之人群经验愈溥博,则诗之溥博视之。所谓道德,不外人类普遍观念所形成。故诗与道德之相关,缘盖出于造化。诗与道德合,即为观念之诚,生命在是,不朽在是。非如是者,必与群法僻驰。以背群法故,必反人类之普遍观念;以反普遍观念故,必不得观念之诚。观念之诚失,其诗宜亡。故诗之亡也,恒以反道德故。然诗有反道德而竟存者奈何?则曰,暂耳。无邪之说,实与此契。苟中国文事复兴之有日,虑操此说以力削其萌蘖者,当有徒也。而欧洲评骘之士,亦多抱是说以律文章。十九世纪初,世界动于法国革命之风潮,德意志西班牙意太利希腊皆兴起,往之梦意,一晓而苏;惟英国较无动。顾上下相连,时有不平,而诗人裴伦,实生此际。其前有司各德(W. Scott)辈,为文率平妥翔实,与旧之宗教道德极相容。迨有裴伦,乃超脱古范,直抒所信,其文章无不函刚健抗拒破坏挑战之声。平和之人,能无惧乎? 于是谓之撒但。此言始于苏惹(R. Southey),而众和之;后或扩以称修黎(P. B. Shelley)以下数人,至今不废。苏惹亦诗人,以其言能得当时人群普遍之诚故,获月桂冠,攻裴伦甚力。裴伦亦以恶声报之,谓之诗商。所著有《纳尔逊传》(*The Life of Lord Nelson*)今最行于世。

《旧约》记神既以七日造天地,终乃抟埴为男子,名曰亚当,已而病其寂也,复抽其肋为女子,是名夏娃,皆居伊甸。更益以鸟兽卉木;四水出焉。伊甸有树,一曰生命,一曰知识。神禁人勿食其实;魔乃侂蛇以诱夏娃,使食之,爰得生命知识。神怒,立逐人而诅蛇,蛇腹行而土食;人则既劳其生,又得其死,罚且及于子孙,无不如是。英诗人弥耳敦(J. Milton),尝取其事作《失乐园》(*The Paradise Lost*),有天神与撒但战事,以喻光明与黑暗之争。撒但为状,复至狞厉。是诗而后,人之恶撒但遂益深。然使震旦人士异其信仰者观之,则亚当之居伊甸,盖不殊于笼禽,不识不知,惟帝是悦,使无天魔之诱,人类将无由生。故世间人,当蔑弗秉有魔血,惠之及人世者,撒但其首矣。然为基督宗徒,则身被此名,正如中国所谓叛道,人群共弃,艰于置身,非强怒善战黠达能思之士,不任受也。亚当夏娃既去乐园,乃举二子,长曰亚伯,次曰凯因。亚伯牧羊,凯因耕植是事,尝出所有以献神。神喜脂膏而恶黍实,斥凯因献不视;以是,凯因渐与亚伯争,终杀之。神则诅凯因,使不获地力,流于殊方。裴伦取其事作传奇,于神多所诘难。教徒皆怒,谓为渎圣害俗,张皇灵魂有尽之诗,攻之至力。迄今日评骘之士,亦尚有以是难裴伦者。尔时独穆亚(Th. Moore)及修黎二人,深称其诗之雄美伟大。德诗宗瞿提,亦谓为绝世之文,在英国文章中,此为至上之作;后之劝遏克曼(J.

P. Eckermann)治英国语言,盖即冀其直读斯篇云。《约》又记凯因既流,亚当更得一子,历岁永永,人类益繁,于是心所思惟,多涉恶事。主神乃悔,将殄之。有挪亚独善事神,神令致亚斐木为方舟,将眷属动植,各从其类居之。遂作大雨四十昼夜,洪水泛滥,生物灭尽,而挪亚之族独完,水退居地,复生子孙,至今日不绝。吾人记事涉此,当觉神之能悔,为事至奇;而人之恶撒但,其理乃无足诧。盖既为挪亚子孙,自必力斥抗者,敬事主神,战战兢兢,绳其祖武,冀洪水再作之日,更得密诏而自保于方舟耳。抑吾闻生学家言,有云反种一事,为生物中每现异品,肖其远先,如人所牧马,往往出野物,类之不拉(Zebra),盖未驯以前状,复现于今日者。撒但诗人之出,殆亦如是,非异事也。独众马怒其不伏箱,群起而交蹴之,斯足悯叹焉耳。

四

裴伦名乔治戈登(George Gordon),系出司堪第那比亚海贼蒲隆(Burun)族。其族后居诺曼,从威廉入英,递显理二世时,始用今字。裴伦以千七百八十八年一月二十二日生于伦敦,十二岁即为诗;长游堪勃力俱大学不成,渐决去英国,作汗漫游,始于波陀牙,东至希腊突厥及小亚细亚,历审其天物之美,民俗之异,成《哈洛尔特游草》(*Childe Harold's Pilgrimage*)二卷,波谲云诡,世为之惊绝。次作《不信者》(*The Giaour*)暨《阿毕陀斯新妇行》(*The Bride of Abydos*)二篇,皆取材于突厥。前者记不信者(对回教而言)通哈山之妻,哈山投其妻于水,不信者逸去,后终归而杀哈山,诣庙自忏;绝望之悲,溢于毫素,读者哀之。次为女子苏黎加爱舍林,而其父将以婚他人,女偕舍林出奔,已而被获,舍林斗死,女亦终尽;其言有反抗之音。迨千八百十四年一月,赋《海贼》(*The Corsair*)之诗。篇中英雄曰康拉德,于世已无一切眷爱,遗一切道德,惟以强大之意志,为贼渠魁,领其从者,建大邦于海上。孤舟利剑,所向悉如其意。独家有爱妻,他更无有;往虽有神,而康拉德早弃之,神亦已弃康拉德矣。故一剑之力,即其权利,国家之法度,社会之道德,视之蔑如。权力若具,即用行其意志,他人奈何,天帝何命,非所问也。若问定命之何如?则曰,在鞘中,一旦外辉,彗且失色而已。然康拉德为人,初非元恶,内秉高尚纯洁之想,尝欲尽其心力,以致益于人间;比见细人蔽明,谗诡害聪,凡人营营,多猜忌中伤之性,则渐冷淡,则渐坚凝,则渐嫌厌;终乃以受自或人之怨毒,举而报之全群,利剑轻舟,无间人神,所向无不抗战。盖复仇一事,独贯注其全精神矣。一日攻塞特,败而见囚,塞特有妃爱其勇,助之脱狱,泛舟同奔,遇从者于波上,乃大呼曰,此吾舟,此吾血色之旗也,吾运未尽于海上!然归故家,则银釭暗而爱妻逝矣。既而康拉德亦失去,其徒求之波间海角,踪迹杳然,独有以无量罪恶,系一德义之名,永存于世界而已。裴伦之祖约翰,尝念先人为海王,因投海军为之帅;裴伦赋此,缘起似同;有即以海贼字裴伦者,裴伦闻之窃喜,则篇中康拉德为人,实即此诗人变相,殆无可疑已。越三月,又作赋曰《罗罗》(Lara),记其人尝杀人不异海贼,后图起事,败而伤,飞矢来贯其胸,遂死。所叙自尊之夫,力抗不可避之定命,为状惨烈,莫可比方。此他犹有所制,特非雄篇。其诗格多师司各德,而司各德由是锐意于小说,不复为诗,避裴伦也。已而裴伦去其妇,世虽不知去之之故,然争难之,每临会议,嘲骂即四起,且禁其赴剧场。其友穆亚为之传,评是事曰,世于裴伦,不异其母,忽爱忽恶,无判决也。顾窘戮天才,殆人群恒状,滔滔皆是,宁止英伦。中国汉晋以来,凡负文名者,多受谤毁,刘彦和为之辩曰,人禀五才,修短殊用,自非上哲,难以求备,然将相以位隆特达,文士以职卑多诮,此江河所以腾涌,涓流所以寸析者。东方恶习,尽此数言。然裴伦之祸,则缘起非如前陈,实反由于名盛,社会顽愚,仇敌窥觊,乘隙立起,众则不察而妄和之;若颂高官而厄寒士者,其污且甚于此矣。顾裴伦由是遂不能居英,自曰,使世之评骘诚,吾在英为无值,若评骘谬,则英于我为无值矣。吾其行乎?然未已也,虽赴异邦,彼且蹴我。已而终去英伦,千八百十六年十月,抵意太利。自此,裴伦之作乃益雄。

裴伦在异域所为文,有《哈洛尔特游草》之续,《堂祥》(*Don Juan*)之诗,及三传奇称最伟,无不张撒但而抗天帝,言人所不能言。一曰《曼弗列特》(*Manfred*),记曼以失爱绝欢,陷于巨苦,欲忘弗能,鬼神见形问所欲,曼云欲忘,鬼神告以忘在死,则对曰,死果能令人忘耶?复衷疑而弗信也。后有魅来降曼弗列特,而曼忽以意志制苦,毅然斥之曰,汝曹决不能诱惑灭亡我。(中略)我,自坏者也。行矣,魅众!死之手诚加我矣,然非汝手也。意盖谓己有善恶,则褒贬赏罚,亦悉在己,神天魔龙,无以相凌,况其他乎?曼弗列特意志之强如是,裴伦亦如是。论者或以拟瞿提之传奇《法斯忒》(*Faust*)云。二曰《凯因》(*Cain*),典据已见于前分,中有魔曰卢希飞勒,导凯因登太空,为论善恶生死之故,凯因悟,遂师摩罗。比行世,大遭教徒攻击,则作《天地》(*Heaven and Earth*)以报之,英雄为耶彼第,博爱而厌世,亦以诘难教宗,鸣其非理者。夫撒但何由昉乎?以彼教言,则亦天使之大者,徒以陆起大望,生背神心,败而堕狱,是云魔鬼。由是言之,则魔亦神所手创者矣。已而潜入乐园,至善美安乐之伊甸,以一言而立毁,非具大能力,曷克至是?伊甸,神所保也,而魔毁之,神安得云全能?况自创恶物,又从而惩之,且更瓜蔓以惩人,其慈又安在?故凯因曰,神为不幸之因。神亦自不幸,手造破灭之不幸者,何幸福之可言?而吾父曰,神全能也。问之曰,神善,何复恶邪?则曰,恶者,就善之道尔。神之为善,诚如其言:先以冻馁,乃与之衣食;先以疠疫,乃施之救援;手造罪人,而曰吾赦汝矣。人则曰,神可颂哉,神可颂哉!营营而建伽兰焉。卢希飞勒不然,曰吾誓之两间,吾实有胜我之强者,而无有加于我之上位。彼胜我故,名我曰恶,若我致胜,恶且在神,善恶易位耳。此其论善恶,正异尼佉。尼佉意谓强胜弱故,弱者乃字其所为曰恶,故恶实强之代名;此则以恶为弱之冤谥。故尼佉欲自强,而并颂强者;此则亦欲自强,而力抗强者,好恶至不同,特图强则一而已。人谓神强,因亦至善。顾善者乃不喜华果,特嗜腥膻,凯因之献,纯洁无似,则以旋风振而落之。人类之始,实由主神,一拂其心,即发洪水,并无罪之禽虫卉木而殄之。人则曰,爰灭罪恶,神可颂哉!耶彼第乃曰,汝得救孺子众!汝以为脱身狂涛,获天幸欤?汝曹偷生,逞其食色,目击世界之亡,而不生其悯叹;复无勇力,敢当大波,与同胞之人,共其运命;偕厥考逃于方舟,而建都邑于世界之墓上,竟无惭耶?然人竟无惭也,方伏地赞颂,无有休止,以是之故,主神遂强。使众生去而不之理,更何威力之能有?人既授神以力,复假之以厄撒但;而此种人,又即主神往所殄灭之同类。以撒但之意观之,其为顽愚陋劣,如何可言?将晓之欤,则音声未宣,众已疾走,内容何若,不省察也。将任之欤,则非撒但之心矣,故复以权力现于世。神,一权力也;撒但,亦一权力也。惟撒但之力,即生于神,神力若亡,不为之代;上则以力抗天帝,下则以力制众生,行之背驰,莫甚于此。顾其制众生也,即以抗故。倘其众生同抗,更何制之云?裴伦亦然,自必居人前,而怒人之后于众。盖非自居人前,不能使人勿后于众故;任人居后而自为之前,又为撒但大耻故。故既揄扬威力,颂美强者矣,复曰,吾爱亚美利加,此自由之区,神之绿野,不被压制之地也。由是观之,裴伦既喜拿坡仑之毁世界,亦爱华盛顿之争自由,既心仪海贼之横行,亦孤援希腊之独立,压制反抗,兼以一人矣。虽然,自由在是,人道亦在是。

五

自尊至者,不平恒继之,忿世嫉俗,发为巨震,与对蹠之徒争衡。盖人既独尊,自无退让,自无调和,意力所如,非达不已,乃以是渐与社会生冲突,乃以是渐有所厌倦于人间。若裴伦者,即其一矣。其言曰,硗确之区,吾侪奚获耶?(中略)凡有事物,无不定以习俗至谬之衡,所谓舆论,实具大力,而舆论则以昏黑蔽全球也。此其所言,与近世诺威文人伊孛生（H. Ibsen）所见合，伊氏生于近世，愤世俗之昏迷，悲真理之匿耀，假《社会之敌》以立言，使医士斯托克曼为全书主者，死守真理，以拒庸愚，终获群敌之谥。自既见放于地主，其子复受斥于学校，而终奋斗，不为之摇。末乃曰，吾又见真理矣。地球上至强之人，至独立者也！其处世之道如是。顾裴伦不尽然，凡所描绘，皆禀种种思，具种种行，或以不平而厌世，远离人群，宁与天地为俦偶，如哈洛尔特；或厌世至极，乃希灭亡，如曼弗列特；或被人天之楚毒，至于刻骨，乃咸希破坏，以复仇雠，如康拉德与卢希飞勒；或弃斥德义，塞视淫游，以嘲弄社会，聊快其意，如堂祥。其非然者，则尊侠尚义，扶弱者而平不平，颠仆有力之蠢愚，虽获罪于全群无惧，即裴伦最后之时是已。彼当前时，经历一如上述书中众士，特未歔歔断望，愿自遂于人间，如曼弗列特之所为而已。故怀抱不平，突突上发，则倨傲纵逸，不恤人言，破坏复仇，无所顾忌，而义侠之性，亦即伏此烈火之中，重独立而爱自繇，苟奴隶立其前，必衷悲而疾视，衷悲所以哀其不幸，疾视所以怒其不争，此诗人所为援希腊之独立，而终死于其军中者也。盖裴伦者，自繇主义之人耳，尝有言曰，若为自由故，不必战于宗邦，则当为战于他国。是时意太利适制于墺，失其自由，有秘密政党起，谋独立，乃密与其事，以扩张自由之元气者自任，虽狙击密侦之徒，环绕其侧，终不为废游步驰马之事。后秘密政党破于墺人，企望悉已，而精神终不消。裴伦之所督励，力直及于后日，起马志尼，起加富尔，于是意之独立成。故马志尼曰，意太利实大有赖于裴伦。彼，起吾国者也！盖诚言已。裴伦平时，又至有情愫于希腊，思想所趣，如磁指南。特希腊时自由悉丧，入突厥版图，受其羁縻，不敢抗拒。诗人惋惜悲愤，往往见于篇章，怀前古之光荣，哀后人之零落，或与斥责，或加激励，思使之攘突厥而复兴，更睹往日耀灿庄严之希腊，如所作《不信者》暨《堂祥》二诗中，其怨愤谯责之切，与希冀之诚，无不历然可征信也。比千八百二十三年，伦敦之希腊协会驰书托裴伦，请援希腊之独立。裴伦平日，至不满于希腊今人，尝称之曰世袭之奴，曰自由苗裔之奴，因不即应；顾以义愤故，则终诺之，遂行。而希腊人民之堕落，乃诚如其说，励之再振，为业至难，因羁滞于克弗洛尼亚岛者五月，始向密淑伦其。其时海陆军方奇困，闻裴伦至，狂喜，群集迓之，如得天使也。次年一月，独立政府任以总督，并授军事及民事之全权，而希腊是时，财政大匮，兵无宿粮，大势几去。加以式列阿忒佣兵见裴伦宽大，复多所要索，稍不满，辄欲背去；希腊堕落之民，又诱之使窘裴伦。裴伦大愤，极诋彼国民性之陋劣；前所谓世袭之奴，乃果不可猝救如是也。而裴伦志尚不灰，自立革命之中枢，当四围之艰险，将士内讧，则为之调和，以己为楷模，教之人道，更设法举债，以振其穷，又定印刷之制，且坚堡垒以备战。内争方烈，而突厥果攻密淑伦其，式列阿忒佣兵三百人，复乘乱占要害地。裴伦方病，闻之泰然，力平党派之争，使一心以面敌。特内外迫拶，神质剧劳，久之，疾乃渐革。将死，其从者持楮墨，将录其遗言。裴伦曰否，时已过矣。不之语，已而微呼人名，终乃曰，吾言已毕。从者曰，吾不解公言。裴伦曰，吁，不解乎？呜呼晚矣！状若甚苦。有间，复曰，吾既以吾物暨吾康健，悉付希腊矣。今更付之吾生。他更何有？遂死，时千八百二十四年四月十八日夕六时也。今为反念前时，则裴伦抱大望而来，将以天纵之才，致希腊复归于往时之荣誉，自意振臂一呼，人必将靡然向之。盖以异域之人，犹凭义愤为希腊致力，而彼邦人，纵堕落腐败者日久，然旧泽尚存，人心未死，岂意遂无情愫于故国乎？特至今兹，则前此所图，悉如梦迹，知自由苗裔之奴，乃果不可猝救有如此也。次日，希腊独立政府为举国民表，市肆悉罢，炮台鸣炮三十七，如裴伦寿也。

　　吾今为案其为作思惟，索诗人一生之内阁，则所遇常抗，所向必动，贵力而尚强，尊己而好战，其战复不如野兽，为独立自由人道也，此已略言之前分矣。故其平生，如狂涛如厉风，举一切伪饰陋习，悉与荡涤，瞻顾前后，素所不知；精神郁勃，莫可制抑，力战而毙，亦必自救其精神；不克厥敌，战则不止。而复率真行诚，无所讳掩，谓世之毁誉褒贬是非善恶，皆缘习俗而非诚，因悉措而不理也。盖英伦尔时，虚伪满于社会，以虚文缛礼为真道德，有秉自由思想而探究者，世辄谓之恶人。裴伦善抗，性又率真，夫自不可以默矣，故托凯因而言曰，恶魔者，说真理者也。遂不恤与人群敌。世之贵道德者，又即以此交非之。遏克曼亦尝问瞿提以裴伦之文，有无教训。瞿提对曰，裴伦之刚毅雄大，教训即函其中；苟能知之，斯获教训。若夫纯洁之云，道德之云，吾人何问焉。盖知伟人者，亦惟伟人焉而已。裴伦亦尝评朋思（R. Burns）曰，斯人也，心情反张，柔而刚，疏而密，精神而质，高尚而卑，有神圣者焉，有不净者焉，互和合也。裴伦亦然，自尊而怜人之为奴，制人而援人之独立，无惧于狂涛而大傲于乘马，好战崇力，遇敌无所宽假，而于累囚之苦，有同情焉。意者摩罗为性，有如此乎？且此亦不独摩罗为然，凡为伟人，大率如是。即一切人，若去其面具，诚心以思，有纯禀世所谓善性而无恶分者，果几何人？遍观众生，必几无有，则裴伦虽负摩罗之号，亦人而已，夫何诧焉。顾其不容于英伦，终放浪颠沛而死异域者，特面具为之害耳。此即裴伦所反抗破坏，而迄今犹杀真人而未有止者也。嗟夫，虚伪之毒，有如是哉！裴伦平时，其制诗极诚，尝曰，英人评骘，不介我心。若以我诗为愉快，任之而已。吾何能阿其所好为？吾之握管，不为妇孺庸俗，乃以吾全心全情感全意志，与多量之精神而成诗，非欲聆彼辈柔声而作者也。夫如是，故凡一字一辞，无不即其人呼吸精神之形现，中于人心，神弦立应，其力之曼衍于欧土，例不能别求之英诗人中；仅司各德所为说部，差足与相伦比而已。若问其力奈何？则意太利希腊二国，已如上述，可毋赘言。此他西班牙德意志诸邦，亦悉蒙其影响。次复入斯拉夫族而新其精神，流泽之长，莫可阐述。至其本国，则犹有修黎（Percy Bysshe Shelley）一人。契支（John Keats）虽亦蒙摩罗诗人之名，而与裴伦别派，故不述于此。

六

修黎生三十年而死,其三十年悉奇迹也,而亦即无韵之诗。时既艰危,性复狷介,世不彼爱,而彼亦不爱世,人不容彼,而彼亦不容人,客意太利之南方,终以壮龄而夭死,谓一生即悲剧之实现,盖非夸也。修黎者,以千七百九十二年生于英之名门,姿状端丽,夙好静思;比入中学,大为学友暨校师所不喜,虐遇不可堪。诗人之心,乃早萌反抗之朕兆;后作说部,以所得值赡其友八人,负狂人之名而去。次入恶斯佛大学,修爱智之学,屡驰书乞教于名人。而尔时宗教,权悉归于冥顽之牧师,因以妨自由之崇信。修黎蹶起,著《无神论之要》一篇,略谓惟慈爱平等三,乃使世界为乐园之要素,若夫宗教,于此无功,无有可也。书成行世,校长见之大震,终逐之;其父亦惊绝,使谢罪返校,而修黎不从,因不能归。天地虽大,故乡已失,于是至伦敦,时年十八,顾已孤立两间,欢爱悉绝,不得不与社会战矣。已而知戈德文(W. Godwin),读其著述,博爱之精神益张。次年入爱尔兰,檄其人士,于政治宗教,皆欲有所更革,顾终不成。逮千八百十五年,其诗《阿剌斯多》(Alastor)始出世,记怀抱神思之人,索求美者,遍历不见,终死旷原,如自叙也。次年乃识裴伦于瑞士;裴伦深称其人,谓奋迅如狮子,又善其诗,而世犹无顾之者。又次年成《伊式阑转轮篇》(The Revolt of Islam)。凡修黎怀抱,多抒于此。篇中英雄曰罗昂,以热诚雄辩,警其国民,鼓吹自由,掊击压制,顾正义终败,而压制以凯还,罗昂遂为正义死。是诗所函,有无量希望信仰,暨无穷之爱,穷追不舍,终以殒亡。盖罗昂者,实诗人之先觉,亦即修黎之化身也。

至其杰作,尤在剧诗;尤伟者二,一曰《解放之普洛美迢斯》(Prometheus Unbound),一曰《黏希》(The Cenci)。前者事本希腊神话,意近裴伦之《凯因》。假普洛美迢为人类之精神,以爱与正义自由故，不恤艰苦，力抗压制主者俄毕多，窃火贻人，受絷于山顶，猛鹫日啄其肉，而终不降。俄毕多为之辟易；普洛美迢乃眷女子珂希亚，获其爱而毕。珂希亚者，理想也。《黏希》之篇，事出意太利，记女子黏希之父，酷虐无道，毒虐无所弗至，黏希终杀之，与其后母兄弟，同戮于市。论者或谓之不伦。顾失常之事，不能绝于人间，即中国《春秋》，修自圣人之手者，类此之事，且数数见，又多直书无所讳，吾人独于修黎所作，乃和众口而难之耶？上述二篇，诗人悉出以全力，尝自言曰，吾诗为众而作，读者将多。又曰，此可登诸剧场者。顾诗成而后，实乃反是，社会以谓不足读，伶人以谓不可为；修黎抗伪俗弊习以成诗，而诗亦即受伪俗弊习之夭阏，此十九稘上叶精神界之战士，所为多抱正义而骈殒者也。虽然，往时去矣，任其自去，若夫修黎之真值，则至今日而大昭。革新之潮，此其巨派，戈德文书出，初启其端，得诗人之声，乃益深入世人之灵府。凡正义自由真理以至博爱希望诸说，无不化而成醇，或为罗昂，或为普洛美迢，或为伊式阑之壮士，现于人前，与旧习对立，更张破坏，无稍假借也。旧习既破，何物斯存，则惟改革之新精神而已。十九世纪机运之新，实赖有此。朋思唱于前，裴伦修黎起其后，掊击排斥，人渐为之仓皇；而仓皇之中，即亟人生之改进。故世之嫉视破坏，加之恶名者，特见一偏而未得其全体者尔。若为案其真状，则光明希望，实伏于中。恶物悉颠，于群何毒？破坏之云，特可发自冥顽牧师之口，而不可出诸全群者也。若其闻之，则破坏为业，斯愈益贵矣！况修黎者，神思之人，求索而无止期，猛进而不退转，浅人之所观察，殊莫可得其渊深。若能真识其人，将见品性之卓，出于云间，热诚勃然，无可沮遏，自趁其神思而奔神思之乡；此其为乡，则爱有美之本体。奥古斯丁曰，吾未有爱而吾欲爱，因抱希冀以求足爱者也。惟修黎亦然，故终出人间而神行，冀自达其所崇信之境；复以妙音，喻一切未觉，使知人类曼衍之大故，暨人生价值之所存，扬同情之精神，而张其上征渴仰之思想，使怀大希以奋进，与时劫同其无穷。世则谓之恶魔，而修黎遂以孤立;群复加以排挤,使不可久留于人间,于是压制凯还,修黎以死,盖宛然阿剌斯多之殒于大漠也。

虽然,其独慰诗人之心者,则尚有天然在焉。人生不可知,社会不可恃,则对天物之不伪,遂寄之无限之温情。一切人心,孰不如是。特缘受染有异,所感斯殊,故目睛夺于实利,则欲驱天然为之得金资;智力集于科学,则思制天然而见其法则;若至下者,乃自春徂冬,于两间崇高伟大美妙之见象,绝无所感应于心,自堕神智于深渊,寿虽百年,而迄不知光明为何物,又奚解所谓卧天然之怀,作婴儿之笑矣。修黎幼时,素亲天物,尝曰,吾幼即爱山河林壑之幽寂,游戏于断厓绝壁之为危险,吾伴侣也。考其生平,诚如自述。方在稚齿,已盘桓于密林幽谷之中,晨瞻晓日,夕观繁星,俯则瞰大都中人事之盛衰,或思前此压制抗拒之陈迹;而芜城古邑,或破屋中贫人啼饥号寒之状,亦时复历历入其目中。其神思之澡雪,既至异于常人,则旷观天然,自感神闷,凡万汇之当其前,皆若有情而至可念也。故心弦之动,自与天籁合调,发为抒情之什,品悉至神,莫可方物,非狭斯丕尔暨斯宾塞所作,不有足与相伦比者。比千八百十九年春,修黎定居罗马,次年迁毕撒;裴伦亦至,此他之友多集,为其一生中至乐之时。迨二十二年七月八日,偕其友乘舟泛海,而暴风猝起,益以奔电疾雷,少顷波平,孤舟遂杳。裴伦闻信大震,遣使四出侦之,终得诗人之骸于水裔,乃葬罗马焉。修黎生时,久欲与生死问题以诠解,自曰,未来之事,吾意已满于柏拉图暨培庚之所言,吾心至定,无畏而多望,人居今日之躯壳,能力悉蔽于阴云,惟死亡来解脱其身,则秘密始能阐发。又曰,吾无所知,亦不能证,灵府至奥之思想,不能出以言辞,而此种事,纵吾身亦莫能解尔。嗟乎,死生之事大矣,而理至闷,置而不解,诗人未能,而解之之术,又独有死而已。故修黎曾泛舟坠海,乃大悦呼曰,今使吾释其秘密矣!然不死。一日浴于海,则伏而不起,友引之出,施救始苏,曰,吾恒欲探井中,人谓诚理伏焉,当我见诚,而君见我死也。然及今日,则修黎真死矣,而人生之闷，亦以真释，特知之者，亦独修黎已耳。

七

若夫斯拉夫民族，思想殊异于西欧，而裴伦之诗，亦疾进无所沮核。俄罗斯当十九世纪初叶，文事始新，渐乃独立，日益昭明，今则已有齐驱先觉诸邦之概，令西欧人士，无不惊其美伟矣。顾夷考权舆，实本三士：曰普式庚，曰来尔孟多夫，曰鄂戈理。前二者以诗名世，均受影响于裴伦；惟鄂戈理以描绘社会人生之黑暗著名，与二人异趣，不属于此焉。

普式庚（A. Pushkin）以千七百九十九年生于墨斯科，幼即为诗，初建罗曼宗于其文界，名以大扬。顾其时俄多内讧，时势方亟，而普式庚诗多讽喻，人即借而挤之，将流鲜卑，有数耆宿力为之辩，始获免，谪居南方。其时始读裴伦诗，深感其大，思理文形，悉受转化，小诗亦尝摹裴伦；尤著者有《高加索累因行》，至与《哈洛尔特游草》相类。中记俄之绝望青年，因于异域，有少女为释缚纵之行，青年之情意复苏，而厥后终于孤去。其《及泼希》（Gypsy）一诗亦然，及泼希者，流浪欧洲之民，以游牧为生者也。有失望于世之人曰阿勒戈，慕是中绝色，因入其族，与为婚因，顾多嫉，渐察女有他爱，终杀之。女之父不施报，特令去不与居焉。二者为诗，虽有裴伦之色，然又至殊，凡厥中勇士，等是见放于人群，顾复不离亚历山大时俄国社会之一质分，易于失望，速于奋兴，有厌世之风，而其志至不固。普式庚于此，已不与以同情，诸凡切于报复而观念无所胜人之失，悉指摘不为讳饰。故社会之伪善，既灼然现于人前，而及泼希之朴野纯全，亦相形为之益显。论者谓普式庚所爱，渐去裴伦式勇士而向祖国纯朴之民，盖实自斯时始也。尔后巨制，曰《阿内庚》（Eugiene Onieguine），诗材至简，而文特富丽，尔时俄之社会，情状略具于斯。惟以推敲八年，所蒙之影响至不一，故性格迁流，首尾多异。厥初二章,尚受裴伦之感化,则其英雄阿内庚为性,力抗社会,断望人间,有裴伦式英雄之概,特已不凭神思,渐近真然,与尔时其国青年之性质肖矣。厥后外缘转变,诗人之性格亦移,于是渐离裴伦,所作日趣于独立;而文章益妙,著述亦多。至与裴伦分道之因,则为说亦不一:或谓裴伦绝望奋战,意向峻绝,实与普式庚性格不相容,曩之信崇,盖出一时之激越,迨风涛大定,自即弃置而返其初;或谓国民性之不同,当为是事之枢纽,西欧思想,绝异于俄,其去裴伦,实由天性,天性不合,则裴伦之长存自难矣。凡此二说,无不近理;特就普式庚个人论之,则其对于裴伦,仅摹外状,迨放浪之生涯毕,乃骤返其本然,不能如来尔孟多夫,终执消极观念而不舍也。故旋墨斯科后,立言益务平和,凡足与社会生冲突者,咸力避而不道,且多赞诵,美其国之武功。千八百三十一年波阑抗俄,西欧诸国右波阑,于俄多所憎恶。普式庚乃作《俄国之谗谤者》暨《波罗及诺之一周年》二篇,以自明爱国。丹麦评骘家勃阑兑思(G. Brandes)于是有微辞,谓惟武力之恃而狼藉人之自由,虽云爱国,顾为兽爱。特此亦不仅普式庚为然,即今之君子,日日言爱国者,于国有诚为人爱而不坠于兽爱者,亦仅见也。及晚年,与和阑公使子覃提斯连,终于决斗被击中腹,越二日而逝,时为千八百三十七年。俄自有普式庚,文界始独立,故文史家芘宾谓真之俄国文章,实与斯人偕起也。而裴伦之摩罗思想,则又经普式庚而传来尔孟多夫。

来尔孟多夫(M. Lermontov)生于千八百十四年,与普式庚略并世。其先来尔孟斯(T. Learmont)氏,英之苏格兰人;故每有不平,辄云将去此冰雪警吏之地,归其故乡。顾性格全如俄人,妙思善感,惆怅无间,少即能缀德语成诗;后入大学被黜,乃居陆军学校二年,出为士官,如常武士,惟自谓仅于香宾酒中,加少许诗趣而已。及为禁军骑兵小校,始仿裴伦诗纪东方事,且至慕裴伦为人。其自记有曰,今吾读《世胄裴伦传》,知其生涯有同我者;而此偶然之同,乃大惊我。又曰,裴伦更有同我者一事,即尝在苏格兰,有媪谓裴伦母曰,此儿必成伟人,且当再娶。而在高加索,亦有媪告吾大母,言与此同。纵不幸如裴伦,吾亦愿如其说。顾来尔孟多夫为人,又近修黎。修黎所作《解放之普洛美迢》,感之甚力,于人生善恶竞争诸问,至为不宁,而诗则不之仿。初虽摹裴伦及普式庚,后亦自立。且思想复类德之哲人勘宾赫尔,知习俗之道德大原,悉当改革,因寄其意于二诗,一曰《神摩》(Demon),一曰《谟哜黎》(Mtsyri)。前者托旨于巨灵,以天堂之逐客,又为人间道德之憎者,超越凡情,因生疾恶,与天地斗争,苟见众生动于凡情,则辄施以贱视。后者一少年求自由之呼号也。有孺子焉,生长山寺,长老意已断其情感希望,而孺子魂梦,不离故园,一夜暴风雨,乃乘长老方祷,潜遁出寺,彷徨林中者三日,自由无限,毕生莫伦。后言曰,尔时吾自觉如野兽,力与风雨电光猛虎战也。顾少年迷林中不能返,数日始得之,惟已以斗豹得伤,竟以是殒。尝语侍疾老僧曰,丘墓吾所弗惧,人言毕生忧患,将入睡眠,与之永寂,第忧与吾生别耳。……吾犹少年。……宁汝尚忆少年之梦,抑已忘前此世间憎爱耶?倘然,则此世于汝,失其美矣。汝弱且老,灭诸希望矣。少年又为述林中所见,与所觉自由之感,并及斗豹之事曰,汝欲知吾获自由时,何所为乎? 吾生矣。老人,吾生矣。使尽吾生无此三日者,且将惨淡冥暗,逾汝暮年耳。及普式庚斗死,来尔孟多夫又赋诗以寄其悲,末解有曰,汝侪朝人,天才自由之屠伯,今有法律以自庇,士师盖无如汝何,第犹有尊严之帝在天,汝不能以金资为赂。……以汝黑血,不能涤吾诗人之血痕也。诗出,举国传诵,而来尔孟多夫亦由是得罪,定流鲜卑;后遇援,乃戍高加索,见其地之物色,诗益雄美。惟当少时,不满于世者义至博大,故作《神摩》,其物犹撒但,恶人生诸凡陋劣之行,力与之敌。如勇猛者,所遇无不庸懦,则生激怒;以天生崇美之感,而众生扰扰,不能相知,爰起厌倦,憎恨人世也。顾后乃渐即于实,凡所不满,已不在天地人间,退而止于一代;后且更变,而猝死于决斗。决斗之因,即肇于来尔孟多夫所为书曰《并世英雄记》。人初疑书中主人,即著者自序,迨再印,乃辨言曰,英雄不为一人,实吾曹并时众恶之象。盖其书所述,实即当时人士之状尔。于是有友摩尔迭诺夫者,谓来尔孟多夫取其状以入书,因与索斗。来尔孟多夫不欲杀其友,仅举枪射空中;顾摩尔迭诺夫则拟而射之,遂死,年止二十七。

前此二人之于裴伦,同汲其流,而复殊别。普式庚在厌世主义之外形,来尔孟多夫则直在消极之观念。故普式庚终服帝力,入于平和,而来尔孟多夫则奋战力拒,不稍退转。波覃勖迭氏评之曰,来尔孟多夫不能胜来追之运命,而当降伏之际,亦至猛而骄。凡所为诗,无不有强烈弗和与踔厉不平之响者,良以是耳。来尔孟多夫亦甚爱国,顾绝异普式庚,不以武力若何,形其伟大。凡所眷爱,乃在乡村大野,及村人之生活;且推其爱而及高加索土人。此土人者,以自由故,力敌俄国者也;来尔孟多夫虽自从军,两与其役,然终爱之,所作《伊思迈尔培》(*Ismail－Bey*)一篇,即纪其事。来尔孟多夫之于拿坡仑,亦稍与裴伦异趣。裴伦初尝责拿坡仑对于革命思想之谬,及既败,乃有愤于野犬之食死狮而崇之。来尔孟多夫则专责法人,谓自陷其雄士。至其自信,亦如裴伦,谓吾之良友,仅有一人,即是自己。又负雄心,期所过必留影迹。然裴伦所谓非憎人间,特去之而已,或云吾非爱人少,惟爱自然多耳等意,则不能闻之来尔孟多夫。彼之平生,常以憎人者自命,凡天物之美,足以乐英诗人者,在俄国英雄之目,则长此黯淡,浓云疾雷而不见霁日也。盖二国人之异,亦差可于是见之矣。

八

丹麦人勃阑兑思,于波阑之罗曼派,举密克威支(A. Mickiewicz)斯洛伐支奇(J. Slowacki)克拉旬斯奇(S. Krasinski)三诗人。密克威支者,俄文家普式庚同时人,以千七百九十八年生于札希亚小村之故家。村在列图尼亚,与波阑邻比。十八岁出就维尔那大学,治言语之学,初尝爱邻女马理维来苏萨加,而马理他去,密克威支为之不欢。后渐读裴伦诗,又作诗曰《死人之祭》(Dziady)。中数份叙列图尼亚旧俗,每十一月二日,必置酒果于垅上,用享死者,聚村人牧者术士一人,暨众冥鬼,中有失爱自杀之人,已经冥判,每届是日,必更历苦如前此;而诗止断片未成。尔后居加夫诺(Kowno)为教师;二三年返维尔那。递千八百二十二年,捕于俄吏,居囚室十阅月,窗牖皆木制,莫辨昼夜;乃送圣彼得堡,又徙阿兑塞,而其地无需教师,遂之克利米亚,揽其风物以助咏吟,后成《克利米亚诗集》一卷。已而返墨斯科,从事总督府中,著诗二种,一曰《格罗苏那》(Grazyna),记有王子烈泰威尔,与其外父域多勒特连,将乞外兵为援,其妇格罗苏那知之,不能令勿叛,惟命守者,勿容日耳曼使人入诺华格罗迭克。援军遂怒,不攻域多勒特而引军薄烈泰威尔,格罗苏那自擐甲,伪为王子与战,已而王子归,虽幸胜,而格罗苏那中流丸,旋死。及葬,縶发炮者同置之火,烈泰威尔亦殉焉。此篇之意,盖在假有妇人,第以祖国之故,则虽背夫子之命,斥去援兵,欺其军士,濒国于险,且召战争,皆不为过,苟以是至高之目的,则一切事,无不可为者也。一曰《华连洛德》(Wallenrod),其诗取材古代,有英雄以败亡之余,谋复国仇,因伪降敌陈,渐为其长,得一举而复之。此盖以意太利文人摩契阿威黎(Machiavelli)之意,附诸裴伦之英雄,故初视之亦第罗曼派言情之作。检文者不喻其意,听其付梓,密克威支名遂大起。未几得间,因至德国,见其文人瞿提。此他犹有《佗兑支氏》(Pan Tadeusz)一诗,写苏字烈加暨诃什支珂二族之事,描绘物色,为世所称。其中虽以佗兑支为主人,而其父约舍克易名出家,实其主的。初记二人熊猎,有名华伊斯奇者吹角,起自微声,以至洪响,自榆度榆,自櫑至櫑,渐乃如千万角声,合于一角;正如密克威支所为诗,有今昔国人之声,寄于是焉。诸凡诗中之声,清澈弘厉,万感悉至,直至波阑一角之天,悉满歌声,虽至今日,而影响于波阑人之心者,力犹无限。令人忆诗中所云,听者当华伊斯奇吹角久已,而尚疑其方吹未已也。

密克威支者，盖即生于彼歌声反响之中，至于无尽者夫。

　　密克威支至崇拿坡仑，谓其实造裴伦，而裴伦之生活暨其光耀，则觉普式庚于俄国，故拿坡仑亦间接起普式庚。拿坡仑使命，盖在解放国民，因及世界，而其一生，则为最高之诗。至于裴伦，亦极崇仰，谓裴伦所作，实出于拿坡仑，英国同代之人，虽被其天才影响，而卒莫能并大。盖自诗人死后，而英国文章，状态又归前纪矣。若在俄国，则善普式庚，二人同为斯拉夫文章首领，亦裴伦分支，迭年渐进，亦均渐趋于国粹；所异者，普式庚少时欲畔帝力，一举不成，遂以铩羽，且感帝意，愿为之臣，失其英年时之主义，而密克威支则长此保持，洎死始已。当二人相见时，普式庚有《铜马》一诗，密克威支则有《大彼得像》一诗为其记念。盖千八百二十九年顷，二人尝避雨像次，密克威支因赋诗纪所语，假普式庚为言，末解曰，马足已虚，而帝不勒之返。彼曳其枚，行且坠碎。历时百年，今犹未堕，是犹山泉喷水，著寒而冰，临悬崖之侧耳。顾自由日出，熏风西集，寒沍之地，因以昭苏，则喷泉将何如，暴政将何如也？虽然，此实密克威支之言，特托之普式庚者耳。波阑破后，二人遂不相见，普式庚有诗怀之；普式庚伤死，密克威支亦念之至切。顾二人虽甚稔，又同本裴伦，而亦有特异者，如普式庚于晚出诸作，恒自谓少年眷爱自繇之梦，已背之而去，又谓前路已不见仪的之存，而密克威支则仪的如是，决无疑贰也。

　　斯洛伐支奇以千八百九年生克尔舍密涅克（Krzemieniec），少孤，育于后父；尝入维尔那大学，性情思想如裴伦。二十一岁入华骚户部为书记；越二年，忽以事去国，不能复返。初至伦敦；已而至巴黎，成诗一卷，仿裴伦诗体。时密克威支亦来相见，未几而迕。所作诗歌，多惨苦之音。千八百三十五年去巴黎，作东方之游，经希腊埃及叙利亚；三十七年返意太利，道出葛尔爱列须阻疫，滞留久之，作《大漠中之疫》一诗。记有亚剌伯人，为言目击四子三女，洎其妇相继死于疫，哀情涌于毫素，读之令人忆希腊尼阿字（Niobe）事，亡国之痛,隐然在焉。且又不止此苦难之诗而已,凶惨之作,恒与俱起,而斯洛伐支奇为尤。凡诗词中,靡不可见身受楚毒之印象或其见闻,最著者或根史实,如《克垒勒度克》(*Król Duch*)中所述俄帝伊凡四世,以剑钉使者之足于地一节,盖本诸古典者也。

波阑诗人多写狱中戍中刑罚之事,如密克威支作《死人之祭》第三卷中,几尽绘己身所历,倘读其《契珂夫斯奇》(*Cichowski*)一章,或《娑波卢夫斯奇》(*Sobolewski*)之什,记见少年二十橇,送赴鲜卑事,不为之生愤激者盖鲜也。而读上述二人吟咏,又往往闻报复之声。如《死人祭》第三篇,有囚人所歌者:其一央珂夫斯奇曰,欲我为信徒,必见耶稣马理,先惩污吾国土之俄帝而后可。俄帝若在,无能令我呼耶稣之名。其二加罗珂夫斯奇曰,设吾当受谪放,劳役缧绁,得为俄帝作工,夫何靳耶? 吾在刑中,所当力作,自语曰,愿此苍铁,有日为帝成一斧也。吾若出狱,当迎鞑靼女子,语之曰,为帝生一巴棱(杀保罗一世者)。吾若迁居植民地,当为其长,尽吾陇亩,为帝植麻,以之成一苍色巨索,织以银丝,俾阿尔洛夫(杀彼得三世者)得之,可缳俄帝颈也。末为康拉德歌曰,吾神已寂,歌在坟墓中矣。惟吾灵神,已嗅血腥,一噭而起,有如血蝠(Vampire),欲人血也。渴血渴血,复仇复仇! 仇吾屠伯! 天意如是,固报矣;即不如是,亦报尔! 报复诗华,盖萃于是,使神不之直,则彼且自报之耳。

如上所言报复之事,盖皆隐藏,出于不意,其旨在凡窘于天人之民,得用诸术,拯其父国,为圣法也。故格罗苏那虽背其夫而拒敌,义为非谬;华连洛德亦然。苟拒异族之军,虽用诈伪,不云非法,华连洛德伪附于敌,乃歼日耳曼军,故土自由,而自亦忏悔而死。其意盖以为一人苟有所图,得当以报,则虽降敌,不为罪愆。如《阿勒普耶罗斯》(*Alpujarras*)一诗,益可以见其意。中叙摩亚之王阿勒曼若,以城方大疫,且不得不以格拉那陀地降西班牙,因夜出。西班牙人方聚饮,忽白有人乞见,来者一阿剌伯人,进而呼曰,西班牙人,吾愿奉汝明神,信汝先哲,为汝奴仆! 众识之,盖阿勒曼若也。西人长者抱之为吻礼，诸首领皆礼之。而阿勒曼若忽仆地，攫其巾大悦呼曰，吾中疫矣！盖以彼忍辱一行，而疫亦入西班牙之军矣。斯洛伐支奇为诗，亦时责奸人自行诈于国，而以诈术陷敌，则甚美之，如《阑勃罗》(Lambro)《珂尔强》(Kordjan)皆是。《阑勃罗》为希腊人事，其人背教为盗，俾得自由以仇突厥，性至凶酷，为世所无，惟裴伦东方诗中能见之耳。珂尔强者，波阑人谋刺俄帝尼可拉一世者也。凡是二诗，其主旨所在，皆特报复而已矣。

上二士者，以绝望故，遂于凡可祸敌，靡不许可，如格罗苏那之行诈，如华连洛德之伪降，如阿勒曼若之种疫，如珂尔强之谋刺，皆是也。而克拉旬斯奇之见，则与此反。此主力报，彼主爱化。顾其为诗，莫不追怀绝泽，念祖国之忧患。波阑人动于其诗，因有千八百三十年之举；余忆所及，而六十三年大变，亦因之起矣。即在今兹，精神未忘，难亦未已也。

九

若匈加利当沉默蜷伏之顷，则兴者有裴彖飞(A. Petöfi)，沽肉者子也，以千八百二十三年生于吉思珂罗(Kiskörös)。其区为匈之低地，有广漠之普斯多(Puszta 此翻平原)，道周之小旅以及村舍，种种物色，感之至深。盖普斯多之在匈，犹俄之有斯第宇(Steppe 此亦翻平原)，善能起诗人焉。父虽贾人，而殊有学，能解腊丁文。裴彖飞十岁出学于科勒多，既而至阿琐特，治文法三年。然生有殊禀，挚爱自繇，愿为俳优；天性又长于吟咏。比至舍勒美支，入高等学校三月，其父闻裴彖飞与优人伍，令止读，遂徒步至菩特沛思德，入国民剧场为杂役。后为亲故所得，留养之，乃始为诗咏邻女，时方十六龄。顾亲属谓其无成，仅能为剧，遂任之去。裴彖飞忽投军为兵，虽性恶压制而爱自由，顾亦居军中者十八月，以病疟罢。又入巴波大学，时亦为优，生计极艰，译英法小说自度。千八百四十四年访伟罗思摩谛(M. Vörösmarty),伟为梓其诗,自是遂专力于文,不复为优。此其半生之转点,名亦陡起,众目为匈加利之大诗人矣,次年春,其所爱之女死,因旅行北方自遣,及秋始归。洎四十七年,乃访诗人阿阑尼(J. Arany)于萨伦多,而阿阑尼杰作《约尔提》(Joldi)适竣,读之叹赏,订交焉。四十八年以始,裴彖飞诗渐倾于政事,盖知革命将兴,不期而感,犹野禽之识地震也。是年三月,墺大利人革命报至沛思德,裴彖飞感之,作《兴矣摩迦人》(Tolpra Magyar)一诗,次日诵以徇众,至解末叠句云,誓将不复为奴! 则众皆和,持至检文之局,逐其吏而自印之,立俟其毕,各持之行。文之脱检,实自此始。裴彖飞亦尝自言曰,吾琴一音,吾笔一下,不为利役也。居吾心者,爱有天神,使吾歌且吟。天神非他,即自由耳。顾所为文章,时多过情,或与众忤;尝作《致诸帝》一诗,人多责之。裴彖飞自记曰,去三月十五数日而后,吾忽为众恶之人矣,褫夺花冠,独研深谷之中,顾吾终幸不屈也。比国事渐急,诗人知战争死亡且近,极思赴之。自曰,天不生我于孤寂,将召赴战场矣。吾今得闻角声召战,吾魂几欲骧前,不及待令矣。遂投国民军(Honvéd)中,四十九年转隶贝谟将军麾下。贝谟者,波阑武人,千八百三十年之役,力战俄人者也。时轲苏士招之来,使当脱阑希勒伐尼亚一面,甚爱裴彖飞,如家人父子然。裴彖飞三去其地,而不久即返,似或引之。是年七月三十一日舍俱思跋之战,遂殁于军。平日所谓为爱而歌,为国而死者,盖至今日而践矣。裴彖飞幼时,尝治裴伦暨修黎之诗,所作率纵言自由,诞放激烈,性情亦仿佛如二人。曾自言曰,吾心如反响之森林,受一呼声,应以百响者也。又善体物色,著之诗歌,妙绝人世,自称为无边自然之野花。所著长诗,有《英雄约诺斯》(János Vitéz)一篇,取材于古传,述其人悲欢畸迹。又小说一卷曰《缢吏之缳》(A Hóhér Kötele),记以眷爱起争,肇生孽障,提尔尼阿遂终陷安陀罗奇之子于法。安陀罗奇失爱绝欢,庐其子垅上,一日得提尔尼阿,将杀之。而从者止之曰,敢问死与生之忧患孰大? 曰,生哉! 乃纵之使去;终诱其孙令自经,而其为绳,即昔日缳安陀罗奇子之颈者也。观其首引耶和华言,意盖云厥祖罪愆,小可报诸其苗裔,受施必复,且不嫌加甚焉。至于诗人一生,亦至殊异,浪游变易,殆无宁时。虽少逸豫者一时,而其静亦非真静,殆犹大海漩洑中心之静点而已。设有孤舟,卷于旋风,当有一瞬间忽尔都寂,如风云已息,水波不兴,水色青如微笑,顾漩洑偏急,舟复入卷,乃至破没矣。彼诗人之暂静,盖亦犹是焉耳。

上述诸人,其为品性言行思惟,虽以种族有殊,外缘多别,因现种种状,而实统于一宗:无不刚健不挠,抱诚守真;不取媚于群,以随顺旧俗;发为雄声,以起其国人之新生,而大其国于天下。求之华土,孰比之哉?夫中国之立于亚洲也,文明先进,四邻莫之与伦,蹇视高步,因益为特别之发达;及今日虽凋苓,而犹与西欧对立,此其幸也。顾使往昔以来,不事闭关,能与世界大势相接,思想为作,日趣于新,则今日方卓立宇内,无所愧逊于他邦,荣光俨然,可无苍黄变革之事,又从可知尔。故一为相度其位置,稽考其邂近,则震旦为国,得失滋不云微。得者以文化不受影响于异邦,自具特异之光采,近虽中衰,亦世希有。失者则以孤立自是,不遇校雠,终至堕落而之实利;为时既久,精神沦亡,逮蒙新力一击,即眢然冰泮,莫有起而与之抗。加以旧染既深,辄以习惯之目光,观察一切,凡所然否,谬解为多,此所为呼维新既二十年,而新声迄不起于中国也。夫如是,则精神界之战士贵矣。英当十八世纪时,社会习于伪,宗教安于陋,其为文章,亦摹故旧而事涂饰,不能闻真之心声。于是哲人洛克首出,力排政治宗教之积弊,唱思想言议之自由,转轮之兴,此其播种。而在文界,则有农人朋思生苏格阑,举全力以抗社会,宣众生平等之音,不惧权威,不跽金帛,洒其热血,注诸韵言;然精神界之伟人,非遂即人群之骄子,辄轲流落,终以夭亡。而裴伦修黎继起,转战反抗,具如前陈。其力如巨涛,直薄旧社会之柱石。余波流衍,入俄则起国民诗人普式庚,至波阑则作报复诗人密克威支,入匈加利则觉爱国诗人裴彖飞；其他宗徒，不胜具道。顾裴伦修黎，虽蒙摩罗之谥，亦第人焉而已。凡其同人，实亦不必曰摩罗宗，苟在人间，必有如是。此盖聆热诚之声而顿觉者也，此盖同怀热诚而互契者也。故其平生，亦甚神肖，大都执兵流血，如角剑之士，转辗于众之目前，使抱战栗与愉快而观其鏖扑。故无流血于众之目前者，其群祸矣；虽有而众不之视，或且进而杀之，斯其为群，乃愈益祸而不可救也！

今索诸中国，为精神界之战士者安在？有作至诚之声，致吾人于善美刚健者乎？有作温煦之声，援吾人出于荒寒者乎？家国荒矣，而赋最末哀歌，以诉天下贻后人之耶利米，且未之有也。非彼不生，即生而贼于众，居其一或兼其二，则中国遂以萧条。劳劳独躯壳之事是图，而精神日就于荒落；新潮来袭，遂以不支。众皆曰维新，此即自白其历来罪恶之声也，犹云改悔焉尔。顾既维新矣，而希望亦与偕始，吾人所待，则有介绍新文化之士人。特十余年来，介绍无已，而究其所携将以来归者；乃又舍治饼饵守圄圉之术而外，无他有也。则中国尔后，且永续其萧条，而第二维新之声，亦将再举，盖可准前事而无疑者矣。俄文人凯罗连珂（V. Korolenko）作《末光》一书，有记老人教童子读书于鲜卑者，曰，书中述樱花黄鸟，而鲜卑沍寒，不有此也。翁则解之曰，此鸟即止于樱木，引吭为好音者耳。少年乃沉思。然夫，少年处萧条之中，即不诚闻其好音，亦当得先觉之诠解；而先觉之声，乃又不来破中国之萧条也。然则吾人，其亦沉思而已夫，其亦惟沉思而已夫！

一九〇七年作。

原载 1908 年 2 月、3 月《河南》月刊第 2、3 号。署名令飞。

初收 1927 年 3 月北京未名社版《坟》。

六月

科学史教篇[*]

观于今之世，不瞿然者几何人哉？自然之力，既听命于人间，发纵指挥，如使其马，束以器械而用之；交通贸迁，利于前时，虽高山大川，无足沮核；饥疠之害减；教育之功全；较以百祀前之社会，改革盖无烈于是也。孰先驱是，孰偕行是？察其外状，虽不易于犁然，而实则多缘科学之进步。盖科学者，以其知识，历探自然见象之深微，久而得效，改革遂及于社会，继复流衍，来溅远东，浸及震旦，而洪流所向，则尚浩荡而未有止也。观其所发之强，斯足测所蕴之厚，知科学盛大，决不缘于一朝。索其真源，盖远在夫希腊，既而中止，几一千年，递十七世纪中叶，乃复决为大川，状益汪洋，流益曼衍，无有断绝，以至今兹。实益骈生，人间生活之幸福，悉以增进。第相科学历来发达之绳迹，则勤劬艰苦之影在焉，谓之教训。

希腊罗马科学之盛，殊不逊于艺文。尔时巨制，有毕撒哥拉（Pythagoras）之生理音阶，亚里士多德（Aristoteles）之解剖气象二学，柏拉图（Platon）之《谛妙斯篇》（Timaeus）暨《邦国篇》，迪穆克黎多（Demokritos）之"质点论"，至流质力学则昉于亚勒密提士（Archimedes），几何则建于宥克立（Eukleides），械具学则成于希伦（Heron），此他学者，犹难列举。其亚利山德大学，特称学者渊薮，藏书至十万余卷，较以近时，盖无愧色。而思想之伟妙，亦至足以铄今。盖尔时智者，实不仅启上举诸学之端而已，且运其思理，至于精微，冀直解宇宙之元质，德黎（Thales）谓水，亚那克希美纳（Anaximenes）谓气,希拉克黎多(Herakleitos)谓火。其说无当,固不俟言。华惠尔尝言其故曰,探自然必赖夫玄念,而希腊学者无有是,即有亦极微,盖缘定此念之意义,非名学之助不为功也。(中略)而尔时诸士,直欲以今日吾曹滥用之文字,解宇宙之玄纽而去之。然其精神,则毅然起叩古人所未知,研索天然,不肯止于肤廓,方诸近世,直无优劣之可言。盖世之评一时代历史者,褒贬所加,辄不一致,以当时人文所现,合之近今,得其差池,因生不满。若自设为古之一人,返其旧心,不思近世,平意求索,与之批评,则所论始云不妄,略有思理之士,无不然矣。若据此立言,则希腊学术之隆,为至可褒而不可黜;其他亦然。世有哂神话为迷信,斥古教为谫陋者,胥自迷之徒耳,足悯谏也。盖凡论往古人文,加之轩轾,必取他种人与是相当之时劫,相度其所能至而较量之,决论之出,斯近正耳。惟张皇近世学说,无不本之古人,一切新声,胥为绍述,则意之所执,与蔑古亦相同。盖神思一端,虽古之胜今,非无前例,而学则构思验实,必与时代之进而俱升,古所未知,后无可愧,且亦无庸讳也。昔英人设水道于天竺,其国人恶而拒之,有谓水道本创自天竺古贤,久而术失,白人不过窃取而更新之者,水道始大行。旧国笃古之余,每至不惜于自欺如是。震旦死抱国粹之士,作此说者最多,一若今之学术艺文,皆我数千载前所已具。不知意之所在,将如天竺造说之人,聊弄术以入新学,抑诚尸祝往时,视为全能而不可越也?虽然,非是不协不听之社会,亦有罪焉已。

希腊既苓落,罗马亦衰,而亚剌伯人继起,受学于那思得理亚与俶思人,翻译诠释之业大盛;眩其新异,妄信以生,于是科学之观念漠然,而进步亦遂止。盖希腊罗马之科学,在探未知,而亚剌伯之科学,在模前有,故以注疏易征验,以评骘代会通,博览之风兴,而发见之事少,宇宙见象,在当时乃又神秘而不可测矣。怀念既尔,所学遂妄,科学隐,幻术兴,天学不昌,占星代起,所谓点金通幽之术,皆以昉也。顾亦有不可贬者,为尔时学士,实非懒散而无为,精神之弛,因人退守;徒以方术之误,结果乃止于无功,至所致力,固有足以惊叹。如当时回教新立,政事学术,相辅而蒸,可尔特跋暨巴格达德之二帝,对峙东西,竞导希腊罗马之学,传之其国,又好读亚里士多德与柏拉图书。而学校亦林立,以治文理数理爱智质学及医药之事;质学有醇酒硝硫酸之发明,数学有代数三角之进步;又复设度测地,以摆计时,星表之作,亦始此顷,其学术之盛,盖几世界之中枢矣。而景教子弟,复多出入于日斯巴尼亚之学校,取亚剌伯科学而传诸宗邦,景教国之学术,为之一振;递十一世纪,始衰微也。赫胥黎作《十九世纪后叶科学进步志》,论之曰,中世学校,咸以天文几何算术音乐为高等教育之四分科,学者非知其一,不足称有适当之教育;今不遇此,吾徒耻之。此其言表,与震旦谋新之士,大号兴学者若同,特中之所指,乃理论科学居其三,非此之重有形应用科学而又其方术者,所可取以自涂泽其说者也。

时亚剌伯虽如是,而景教诸国,则于科学无发扬。且不独不发扬而已,又进而摈斥夭阏之,谓人之最可贵者,无逾于道德上之义务与宗教上之希望,苟致力于科学,斯谬用其所能。有拉克坦谛(Lactantius)者,彼教之能才也,尝曰,探万汇之原因,问大地之动定,谈月表之隆陷,究星辰之悬属,考成天之质分,而焦心苦思于此诸问端者,犹絮陈未见之国都,其愚为不可几及。贤者如是,庸俗可知,科学之光,遂以黯淡。顾大势如是,究亦不起于无因。准丁达尔(J. Tyndall)言,则以其时罗马及他国之都,道德无不颓废,景教适以时起,宣福音于平人,制非极严,不足以矫俗,故宗徒之遭害虽多,而终得以制胜。惟心意之受婴久,斯痕迹之漫漶也难,于是虽奉为灵粮之圣文,亦以供科学之判决。见象如是,夫何进步之可期乎?至厥后教会与列国政府间之冲突,亦于攀究之受妨,与有力也。由是观之,可知人间教育诸科,每不即于中道,甲张则乙弛,乙盛则甲衰,迭代往来,无有纪极。如希腊罗马之科学,以极盛称,迨亚剌伯学者兴,则一归于学古;景教诸国,则建至严之教,为德育本根,知识之不

279

绝者如线。特以世事反复,时势迁流,终乃屹然更兴,蒸蒸以至今日。所谓世界不直进,常曲折如螺旋,大波小波,起伏万状,进退久之而达水裔,盖诚言哉。且此又不独知识与道德为然也,即科学与美艺之关系亦然。欧洲中世,画事各有原则,迨科学进,又益以他因,而美术为之中落,迨复遵守,则辄近事耳。惟此消长,论者亦无利害之可言,盖中世宗教暴起,压抑科学,事或足以震惊,而社会精神,乃于此不无洗涤,熏染陶冶,亦胎嘉葩。二千年来,其色益显,或为路德,或为克灵威尔,为弥耳敦,为华盛顿,为嘉来勒,后世瞻思其业,将孰谓之不伟欤? 此其成果,以偿沮遏科学之失,绰然有余裕也。盖无间教宗学术美艺文章,均人间曼衍之要旨,定其孰要,今兹未能。惟若眩至显之实利,摹至肤之方术,则准史实所垂,当反本心而获恶果,可决论而已。此何以故? 则以如是种人之得久,盖于文明政事二史皆未之见也。

迄今所述,止于昏黄,若去而求明星于尔时,则亦有可言者一二,如十二世纪有摩格那思(A. Magnus),十三世纪有洛及培庚(Roger Bacon 生一二一四年,中国所习闻者生十六世纪与此异),尝作书论失学之故,画恢复之策,中多名言,至足称述;然其见知于世,去今才百余年耳。书首举失学元因凡四:曰摹古,曰伪智,曰泥于习,曰惑于常。近世华惠尔亦论之,籍当时见象,统归四因,与培庚言殊异,因一曰思不坚,二曰卑琐,三曰不假之性,四曰热中之性,且多援例以实之。丁达尔后出,于第四因有违言,谓热中妨学,盖指脑之弱者耳,若其诚强,乃反足以助学。科学者耄,所发见必不多,此非智力衰也,正坐热中之性渐微故。故人有谓知识的事业,当与道德力分者,此其说为不真,使诚脱是力之鞭策而惟知识之依,则所营为,特可悯者耳。发见之故,此其一也。今更进究发见之深因,则尤有大于此者。盖科学发见,常受超科学之力,易语以释之,亦可曰非科学的理想之感动,古今知名之士,概如是矣。阑喀曰,孰辅相人,而使得至真之知识乎? 不为真者,不为可知者,盖理想耳。此足据为铁证者也。英之赫胥黎，则谓发见本于圣觉，不与人之能力相关；如是圣觉，即名曰真理发见者。有此觉而中才亦成宏功，如无此觉，则虽天纵之才，事亦终于不集。说亦至深切而可听也。萧勒那尔以力数学之研究有名，尝柬其友曰，名誉之心，去已久矣。吾今所为，不以令誉，特以吾意之嘉受耳。其恬淡如是。且发见之誉大矣，而威累司逊其成就于达尔文，本生付其勤劬于吉息霍甫，其谦逊又如是。故科学者，必常恬淡，常逊让，有理想，有圣觉，一切无有，而能贻业绩于后世者，未之有闻。即其他事业，亦胥如此矣。若曰，此累叶之言，皆空虚而无当于实效？则曰然亦近世实益增进之母耳。此述其母，为厥子故，即以慰之。

前此黑暗期中，虽有图复古之一二伟人出，而终亦不能如其所期，东方之光，盖实作于十五六两世纪顷。惟苓落既久，思想大荒，虽冀履前人之旧迹，亦不可以猝得，故直近十七世纪中叶，人始诚闻夫晓声，回顾其前，则歌白尼（N. Copernicus）首出，说太阳系，开布勒（J. Kepler）行星运动之法继之，此他有格里累阿（Galileo Galilei），于星力二学，多所发明，又善导人，使事斯学；后复有思迭文（S. Stevin）之机械学，吉勒衰德（W. Gilbert）之磁学，哈维（W. Harvey）之生理学。法朗西意大利诸国学校，则解剖之学大盛；科学协会亦始立，意之林舍亚克特美（Accademia dei Lincei）即科学研究之渊薮也。事业之盛，足惊叹矣。夫气运所趣既如此，则桀士自以笃生，故英则有法朗希思培庚，法则有特嘉尔。

培庚（F. Bacon 1561—1626）著书，序古来科学之进步，与何以达其主的之法曰《格致新机》。虽后之结果，不如著者所希，而平议其业，决不可云不伟。惟中所张主，为循序内籀之术，而不更云征验：后以是多讶之。顾培庚之时，学风至异，得一二琐末之事实，辄视为大法之前因，培庚思矫其俗，势自不得不斥前古悬拟夸大之风，而一偏于内籀，则其不崇外籀之事，固非得已矣。况此又特末之语耳，察其思惟，亦非偏废；氏所述理董自然见象者凡二法：初由经验而入公论,次更由公论而入新经验。故其言曰,事物之成,以手乎,抑以心乎？此不完于一。必有机械而辅以其他,乃以具足焉。盖事业者,成以手,亦赖乎心者也。观于此言,则《新机论》第二分中,当必有言外籀者,然其第二分未行世也。顾由是而培庚之术为不完,凡所张皇,仅至具足内籀而止。内籀之具足者,不为人所能,其所成就,亦无逾于实历；就实历而探新理,且更进而窥宇宙之大法,学者难之。况悬拟虽培庚所不喜,而今日之有大功于科学,致诸盛大之域者,实多悬拟为之乎？然其说之偏于一方,视为匡世之术可耳,无足深难也。

后斯人几三十年,有特嘉尔(R. Descartes 1596—1650)生于法,以数学名,近世哲学之基,亦赖以立。尝屹然扇尊疑之大潮,信真理之有在,于是专心一志,求基础于意识,觅方术于数理。其言有曰,治几何者,能以至简之名理,会解定理之繁多。吾因悟凡人智以内事,亦咸得以如是法解。若不以不真者为真,而履当履之道,则事之不成物之不解者,将无有矣。故其哲理,盖全本外籀而成,扩而用之,即以驭科学,所谓由因入果,非自果导因,为其著《哲学要义》中所自述,亦特嘉尔方术之本根,思理之枢机也。至其方术,则论者亦谓之不完,奉而不贰,弊亦弗异于偏倚培庚之内籀,惟于过重经验者,可为救正之用而已。若其执中,则偏于培庚之内籀者固非,而笃于特嘉尔之外籀者,亦不云是。二术俱用,真理始昭,而科学之有今日,亦实以有会二术而为之者故。如格里累阿,如哈维,如波尔(R. Boyle),如奈端(I. Newton),皆偏内籀不如培庚,守外籀不如特嘉尔,卓然独立,居中道而经营者也。培庚生时,于国民之富有,与实践之结果,企望极坚,越百年,科学益进而事乃不如其意。奈端发见至卓,特嘉尔数理亦至精,而世人所得,仅脑海之富而止；国之安舒,生之乐易,未能获也。他若波尔立质力二学征实之法,巴斯加耳(B. Pascal)暨多烈舍黎(E. Torricelli)测大气之量,摩勒毕奇(M. Malpighi)等精窒官品之理,而工业如故,交通未良,矿业亦无所进益,惟以机械学之结果,始见极粗之时辰表而已。至十八世纪中叶,英法德意诸国科学之士辈出,质学生学地学之进步,灿然可观,惟所以福社会者若何,则论者尚难于置对。迨酝酿既久,实益乃昭,当同世纪末叶,其效忽大著,举工业之械具资材,植物之滋殖繁养,动物之畜牧改良,无不蒙科学之泽,所谓十九世纪之物质文明,亦即胚胎于是时矣。洪波浩然,精神亦以振,国民风气,因而一新。顾治科学之桀士,则不以是婴心也,如前所言,盖仅以知真理为惟一之仪的,扩脑海之波澜,扫学区之荒秽,因举其身心时力,日探自然之大法而已。尔时之科学名家,无不如是,如侯失勒(J. Herschel)暨拉布拉(S. de Laplace)之于星学,扬俱(Th. Young)暨弗勒那尔(A. Fresnel)之于光学,欧思第德(H. C. Oersted)之于力学,兰麻克(J. de Lamarck)之于生学,迭亢陀耳(A. de Candolle)之于植物学,威那(A. G. Werner)之于矿物学,哈敦(J. Hutton)之于地学,瓦特(J. Watt)之于机械学,其尤著者也。试察所仪,岂在实利哉?然防火灯作矣,汽机出矣,矿术兴矣。而社会之耳目,乃独震惊有此点,日颂当前之结果,于学者独恝然而置之。倒果为因,莫甚于此。欲以求进,殆无异鼓鞭于马勒驮,夫安得如所期?第谓惟科学足以生实业,而实业更无利于科学,人皆慕科学之荣,则又不如是也。社会之事繁,分业之要起,人自不得不有所专,相互为援,于以两进。故实业之蒙益于科学者固多,而科学得实业之助者亦非鲜。今试置身于野人之中,显镜衡机不俟言,即醇酒玻璃,亦不可致,则科学者将何如,仅得运其思理而已。思理孤运,此雅典暨亚历山德府科学之所以中衰也。事多共其悲喜,盖亦诚言也夫。

故震他国之强大,栗然自危,兴业振兵之说,日腾于口者,外状固若成然觉矣,按其实则仅眩于当前之物,而未得其真谛。夫欧人之来,最眩人者,固莫前举二事若,然此亦非本柢而特葩叶耳。寻其根源,深无底极,一隅之学,夫何力焉。顾著者于此,亦非谓人必以科学为先务,待其结果之成,始以振兵兴业也,特信进步有序,曼衍有源，虑举国惟枝叶之求，而无一二士寻其本，则有源者日长，逐末者仍立拨耳。居今之世，不与古同，尊实利可，摹方术亦可，而有不为大潮所漂泛，屹然当横流，如古贤人，能播将来之佳果于今兹，移有根之福祉于宗国者，亦不能不要求于社会，且亦当为社会要求者矣。丁达尔不云乎：止属目于外物，或但以政事之感，而误凡事之真者，每谓邦国安危，一系于政治之思想，顾至公之历史，则立证其不然。夫法之有今日也，宁有他因耶？特以科学之长，胜他国耳。千七百九十二年之变，全欧嚣然，争执干戈以攻法国，联军伺其外，内讧兴于中，武库空虚，战士多死，既不能以疲卒当锐兵，而又无粮以济守者，武人抚剑而视太空，政家饮泪而悲来日，束手衔恨，俟天运矣。而时之振作其国人者何人？震怖其外敌者又何人？曰，科学也。其时学者，无不尽其心力，竭其智能，见兵士不足，则补以发明，武具不足，则补以发明，当防守之际，即知有科学者在，而后之战胜必矣。然此犹可曰丁达尔自治科学，因阿所好而立言耳，然证以阿罗戈之所载书，乃益明其不妄，书所记曰，时公会征九十万人，盖御外敌之四集，实非此不胜用尔。而人不如数；众乃大惧。加以武库久空，战备不足，故目前之急，有非人力所能救者。盖时所必要，首为弹药，而原料硝石，曩悉来自印度，至此时遂穷。次为枪炮，而法地产铜不多，必仰俄英印度之给，至今亦绝。三为钢铁，然平日亦取诸外国，制造之术，无知之者。于是行最后之策，集通国学者，开会议之，其最要而最难得者为火药。政府使者皆知不能成，叹曰，硝石安在？声未绝，学者孟耆即起曰，有之。至适当之地，如马厩土仓中，有硝石无量，为汝所梦想不到者。氏禀天才，加以知识，爱国出于至诚，乃睥睨阖室曰，吾能集其土为之！不越三日，火药就矣，于是以至简之法，晓谕国中，老弱妇稚，悉能制造，俄顷间全法国如大工厂也。此外有质学家，以法化分钟铜，用作武器，而炼铁新法亦防于是时，凡铸刀剑枪械，无不可用国产。柔皮术亦不日竟成，制履之韦，因以不匮。尔时所称异之气球暨空气中之电报，亦均改良扩张，用之争战，前者即摩洛将军乘之探敌阵，得其情实，因制殊胜者也。丁达尔乃论曰，法国尔时，实生二物，曰：科学与爱国。其至有力者，为孟耆（Monge）与加尔诺（Carnot），与有力者，为孚勒克洛，穆勒惠，暨巴列克黎之徒。大业之成，此其枢纽。故科学者，神圣之光，照世界者也，可以遏末流而生感动。时泰，则为人性之光；时危，则由其灵感，生整理者如加尔诺，生强者强于拿坡仑之战将云。今试总观前例，本根之要，洞然可知。盖末虽亦能灿烂于一时，而所宅不坚，顷刻可以蕉萃，储能于初，始长久耳。顾犹有不可忽者，为当防社会入于偏，日趋而之一极，精神渐失，则破灭亦随之。盖使举世惟知识之崇，人生必大归于枯寂，如是既久，则美上之感情漓，明敏之思想失，所谓科学，亦同趣于无有矣。故人群所当希冀要求者，不惟奈端已也，亦希诗人如狭斯丕尔（Shakespeare）；不惟波尔，亦希画师如洛菲罗（Raphaelo）；既有康德，亦必有乐人如培得诃芬（Beethoven）；既有达尔文，亦必有文人如嘉来勒（Garlyle）。凡此者，皆所以致人性于全，不使之偏倚，因以见今日之文明者也。嗟夫，彼人文史实之所垂示，固如是已！

一九〇七年作。

原载 1908 年 6 月《河南》月刊第 5 号。署名令飞。
初收 1927 年 3 月北京未名社版《坟》。

八月

五日

文化偏至论[*]

中国既以自尊大昭闻天下,善诋谇者,或谓之顽固;且将抱守残阙,以底于灭亡。近世人士,稍稍耳新学之语,则亦引以为愧,翻然思变,言非同西方之理弗道,事非合西方之术弗行,掊击旧物,惟恐不力,日将以革前缪而图富强也。间尝论之:昔者帝轩辕氏之戡蚩尤而定居于华土也,典章文物,于以权舆,有苗裔之繁衍于兹,则更改张皇,益臻美大。其蠢蠢于四方者,胥猿尔小蛮夷耳,厥种之所创成,无一足为中国法,是故化成发达,咸出于己而无取乎人。降及周秦,西方有希腊罗马起,艺文思理,灿然可观,顾以道路之艰,波涛之恶,交通梗塞,未能择其善者以为师资。洎元明时,虽有一二景教父师,以教理暨历算质学干中国,而其道非盛。故迄于海禁既开,哲人踵至之顷,中国之在天下,见夫四夷之则效上国,革面来宾者有之;或野心怒发,狡焉思逞者有之;若其文化昭明,诚足以相上下者,盖未之有也。屹然出中央而无校雠,则其益自尊大,宝自有而傲睨万物,固人情所宜然,亦非甚背于理极者矣。虽然,惟无校雠故,则宴安日久,苓落以胎,迫拶不来,上征亦辍,使人茶,使人屯,其极为见善而不思式。有新国林起于西,以其殊异之方术来向,一施吹拂,块然踣僵,人心始自危,而轻才小慧之徒,于是竞言武事。后有学于殊域者,近不知中国之情,远复不察欧美之实,以所拾尘芥,罗列人前,谓钩爪锯牙，为国家首事，又引文明之语，用以自文，征印度波兰，作之前鉴。夫以力角盈绌者，于文野亦何关？远之则罗马之于东西戈尔，迩之则中国之于蒙古女真，此程度之离距为何如，决之不待智者。然其胜负之数，果奈何矣？苟曰是惟往古为然，今则机械其先，非以力取，故胜负所判，即文野之由分也。则曷弗启人智而开发其性灵，使知罟获戈矛，不过以御豺虎，而喋喋誉白人肉攫之心，以为极世界之文明者又何耶？且使如其言矣，而举国犹孱，授之巨兵，奚能胜任，仍有僵死而已矣。嗟夫，夫子盖以习兵事为生，故不根本之图，而仅提所学以干天下；虽兜牟深隐其面，威武若不可陵，而干禄之色，固灼然现于外矣！计其次者，乃复有制造商估立宪国会之说。前二者素见重于中国青年间，纵不主张，治之者亦将不可缕数。盖国若一日存，固足以假力图富强之名，博志士之誉；即有不幸，宗社为墟，而广有金资，大能温饱，即使怙恃既失，或被虐杀如犹太遗黎，然善自退藏，或不至于身受；纵大祸垂及矣，而幸免者非无人，其人又适为己，则能得温饱又如故也。若夫后二，可无论已。中较善者，或诚痛乎外侮迭来，不可终日，自既荒陋，则不得已，姑拾他人之绪余，思鸠大群以抗御，而又飞扬其性，善能攘扰，见异己者兴，必借众以陵寡，托言众治，压制乃尤烈于暴君。此非独于理至悖也，即缘救国是图，不惜以个人为供献，而考索未用，思虑粗疏，茫未识其所以然，辄皈依于众志，盖无殊痼疾之人，去药石摄卫之道弗讲，而乞灵于不知之力，拜祷稽首于祝由之门者哉。至尤下而居多数者，乃无过假是空名，遂其私欲，不顾见诸实事，将事权言议，悉归奔走干进之徒，或至愚屯之富人，否亦善垄断之市侩，特以自长营揖，当列其班，况复掩自利之恶名，以福群之令誉，捷径在目，斯不惮竭蹶以求之耳。呜呼，古之临民者，一独夫也；由今之道，且顿变而为千万无赖之尤，民不堪命矣，于兴国究何与焉。顾若而人者，当其号召张皇，盖蔑弗托近世文明为后盾，有佛戾其说者起，辄谥之曰野人，谓为辱国害群，罪当甚于流放。第不知彼所谓文明者，将已立准则，慎施去取,指善美而可行诸中国之文明乎,抑成事旧章,咸弃捐不顾,独指西方文化而为言乎? 物质也,众数也,十九世纪末叶文明之一面或在兹,而论者不以为有当。盖今所成就,无一不绳前时之遗迹,则文明必日有其迁流,又或抗往代之大潮,则文明亦不能无偏至。诚若为今立计,所当稽求既往,相度方来,掊物质而张灵明,任个人而排众数。人既发扬踔厉矣,则邦国亦以兴起。奚事抱枝拾叶,徒金铁国会立宪之云乎? 夫势利之念昌狂于中,则是非之辨为之昧,措置张主,辄失其宜,况乎志行污下,将借新文明之名,以大遂其私欲者乎? 是故今所谓识时之彦,为按其实,则多数常为盲子,宝赤菽以为玄珠,少数乃为巨奸,垂微饵以冀鲸鲵。即不若是,中心皆中正无瑕玷矣,于是拮据辛苦,展其雄才,渐乃志遂事成,终致彼所谓新文明者,举而纳之中国,而此迁流偏至之物,已陈旧于殊方者,馨香顶礼,吾又何为若是其芒芒哉! 是何也? 曰物质也,众数也,其道偏至。根史实而见于西方者不得已,横取而施之中国则非也。借曰非乎? 请循其本——

夫世纪之元,肇于耶稣出世,历年既百,是为一期,大故若兴,斯即此世纪所有事,盖从历来之旧贯,而假是为区分,无奥义也。诚以人事连绵,深有本柢,如流水之必自原泉,卉木之苗于根荄,倏忽隐见,理之必无。故苟为寻绎其条贯本末,大都蝉联而不可离,若所谓某世纪文明之特色何在者,特举荦荦大者而为言耳。按之史实,乃如罗马统一欧洲以来,始生大洲通有之历史;已而教皇以其权力,制御全欧,使列国靡然受圈,如同社会,疆域之判,等于一区;益以梏亡人心,思想之自由几绝,聪明英特之士,虽摘发新理,怀抱新见,而束于教令,胥缄口结舌而不敢言。虽然,民如大波,受沮益浩,则于是始思脱宗教之系缚,英德二国,不平者多,法皇宫庭,实为怨府,又以居于意也,乃并意太利人而疾之。林林之民,咸致同情于不平者,凡有能阻泥教旨,抗拒法皇,无间是非,辄与赞和。时则有路德(M. Luther)者起于德,谓宗教根元,在乎信仰,制度戒法,悉其荣华,力击旧教而仆之。自所创建，在废弃阶级，黜法皇僧正诸号，而代以牧师，职宣神命，置身社会，弗殊常人；仪式祷祈，亦简其法。至精神所注，则在牧师地位，无所胜于平人也。转轮既始，烈票遍于欧洲，受其改革者，盖非独宗教而已，且波及于其他人事，如邦国离合，争战原因，后兹大变，多基于是。加以束缚弛落，思索自由，社会蔑不有新色，则有尔后超形气学上之发见，与形气学上之发明。以是胚胎，又作新事：发隐地也，善机械也，展学艺而拓贸迁也，非去羁勒而纵人心，不有此也。顾世事之常，有动无定，宗教之改革已，自必益进而求政治之更张。溯厥由来，则以往者颠覆法皇，一假君主之权力，变革既毕，其力乃张，以一意孤临万民，在下者不能加之抑制，日夕孳孳，惟开拓封域是务，驱民纳诸水火，绝无所动于心：生计绌，人力耗矣。而物反于穷，民意遂动，革命于是见于英，继起于美，复次则大起于法朗西，扫荡门第，平一尊卑，政治之权，主以百姓，平等自由之念，社会民主之思，弥漫于人心。流风至今，则凡社会政治经济上一切权利，义必悉公诸众人，而风俗习惯道德宗教趣味好尚言语暨其他为作，俱欲去上下贤不肖之闲，以大归乎无差别。同是是者，独是者非，以多数临天下而暴独特者，实十九世纪大潮之一派，且曼衍入今而未有既者也。更举其他，则物质文明之进步是已。当旧教盛时，威力绝世，学者有见，大率默然，其有毅然表白于众者，每每获囚戮之祸。递教力堕地，思想自由，凡百学术之事，勃焉兴起，学理为用，实益遂生，故至十九世纪，而物质文明之盛，直傲睨前此二千余年之业绩。数其著者，乃有棉铁石炭之属，产生倍旧，应用多方，施之战斗制造交通，无不功越于往日；为汽为电，咸听指挥，世界之情状顿更，人民之事业益利。久食其赐，信乃弥坚，渐而奉为圭臬，视若一切存在之本根，且将以之范围精神界所有事，现实生活，胶不可移，惟此是尊，惟此是尚，此又十九世纪大潮之一派，且曼衍入今而未有既者也。虽然，教权庞大，则覆之假手于帝王，比大权尽集一人，则又颠之以众庶。理若极于众庶矣，而众庶果足以极是非之端也耶？

宴安逾法，则矫之以教宗，递教宗淫用其权威，则又掊之以质力。事若尽于物质矣，而物质果足尽人生之本也耶？平意思之，必不然矣。然而大势如是者，盖如前言，文明无不根旧迹而演来，亦以矫往事而生偏至，缘督校量，其颇灼然，犹子与甓焉耳。特其见于欧洲也，为不得已，且亦不可去，去子与甓，斯失子与甓之德，而留者为空无。不安受宝重之者奈何？顾横被之不相系之中国而膜拜之，又宁见其有当也？明者微睇，察逾众凡，大士哲人，乃蚤识其弊而生愤叹，此十九世纪末叶思潮之所以变矣。德人尼佉（Fr. Nietzsche）氏，则假察罗图斯德罗（Zarathustra）之言曰，吾行太远，孑然失其侣，返而观夫今之世，文明之邦国矣，斑斓之社会矣。特其为社会也，无确固之崇信；众庶之于知识也，无作始之性质。邦国如是，奚能淹留？吾见放于父母之邦矣！聊可望者，独苗裔耳。此其深思遐瞩，见近世文明之伪与偏，又无望于今之人，不得已而念来叶者也。

　　然则十九世纪末思想之为变也，其原安在，其实若何，其力之及于将来也又奚若？曰言其本质，即以矫十九世纪文明而起者耳。盖五十年来，人智弥进，渐乃返观前此，得其通弊，察其黯暗，于是浮焉兴作，会为大潮，以反动破坏充其精神，以获新生为其希望，专向旧有之文明，而加之掊击扫荡焉。全欧人士，为之栗然震惊者有之，芒然自失者有之，其力之烈，盖深入于人之灵府矣。然其根柢，乃远在十九世纪初叶神思一派；递夫后叶，受感化于其时现实之精神，已而更立新形，起以抗前时之现实，即所谓神思宗之至新者也。若夫影响，则眇眇来世，肊测殊难，特知此派之兴，决非突见而靡人心，亦不至突灭而归乌有，据地极固，函义甚深。以是为二十世纪文化始基，虽云早计，然其为将来新思想之朕兆，亦新生活之先驱，则按诸史实所昭垂，可不俟繁言而解者已。顾新者虽作，旧亦未僵，方遍满欧洲，冥通其地人民之呼吸，余力流衍，乃扰远东，使中国之人，由旧梦而入于新梦，冲决嚣叫，状犹狂酲。夫方贱古尊新，而所得既非新，又至偏而至伪，且复横决，浩乎难收，则一国之悲哀亦大矣。今为此篇,非云已尽西方最近思想之全,亦不为中国将来立则,惟疾其已甚,施之抨弹,犹神思新宗之意焉耳。故所述止于二事:曰非物质,曰重个人。

个人一语,入中国未三四年,号称识时之士,多引以为大诟,苟被其谥,与民贼同。意者未遑深知明察,而迷误为害人利己之义也欤?夷考其实,至不然矣。而十九世纪末之重个人,则吊诡殊恒,尤不能与往者比论。试案尔时人性,莫不绝异其前,入于自识,趣于我执,刚愎主己,于庸俗无所顾忌。如诗歌说部之所记述,每以骄蹇不逊者为全局之主人。此非操觚之士,独凭神思构架而然也,社会思潮,先发其朕,则迻之载籍而已矣。盖自法朗西大革命以来,平等自由,为凡事首,继而普通教育及国民教育,无不基是以遍施。久浴文化,则渐悟人类之尊严;既知自我,则顿识个性之价值;加以往之习惯坠地,崇信荡摇,则其自觉之精神,自一转而之极端之主我。且社会民主之倾向,势亦大张,凡个人者,即社会之一分子,夷隆实陷,是为指归,使天下人人归于一致,社会之内,荡无高卑。此其为理想诚美矣,顾于个人殊特之性,视之蔑如,既不加之别分,且欲致之灭绝。更举黮暗,则流弊所至,将使文化之纯粹者,精神益趋于固陋,颓波日逝,纤屑靡存焉。盖所谓平社会者,大都夷峻而不湮卑,若信至程度大同,必在前此进步水平以下。况人群之内,明哲非多,伧俗横行,浩不可御,风潮剥蚀,全体以沦于凡庸。非超越尘埃,解脱人事,或愚屯罔识,惟众是从者,其能缄口而无言乎?物反于极,则先觉善斗之士出矣:德人斯契纳尔(M. Stirner)乃先以极端之个人主义现于世。谓真之进步,在于己之足下。人必发挥自性,而脱观念世界之执持。惟此自性,即造物主。惟有此我,本属自由;既本有矣,而更外求也,是曰矛盾。自由之得以力,而力即在乎个人,亦即资财,亦即权利。故苟有外力来被,则无间出于寡人,或出于众庶,皆专制也。国家谓吾当与国民合其意志,亦一专制也。众意表现为法律,吾即受其束缚,虽曰为我之舆台,顾同是舆台耳。去之奈何?曰:在绝义务。义务废绝，而法律与偕亡矣。意盖谓凡一个人，其思想行为，必以己为中枢，亦以己为终极：即立我性为绝对之自由者也。至勖宾霍尔（A. Schopenhauer），则自既以兀傲刚愎有名，言行奇觚，为世希有；又见夫盲瞽鄙倍之众，充塞两间，乃视之与至劣之动物并等，愈益主我扬己而尊天才也。至丹麦哲人契开迦尔（S. Kierkegaard）则愤发疾呼，谓惟发挥个性，为至高之道德，而顾瞻他事，胥无益焉。其后有显理伊勃生（Henrik Ibsen）见于文界，瑰才卓识，以契开迦尔之诠释者称。其所著书，往往反社会民主之倾向，精力旁注，则无间习惯信仰道德，苟有拘于虚而偏至者，无不加之抵排。更睹近世人生，每托平等之名，实乃愈趋于恶浊，庸凡凉薄，日益以深，顽愚之道行，伪诈之势逞，而气宇品性，卓尔不群之士，乃反穷于草莽，辱于泥涂，个性之尊严，人类之价值，将咸归于无有，则常为慷慨激昂而不能自已也。如其《民敌》一书，谓有人宝守真理，不阿世媚俗，而不见容于人群，狡狯之徒，乃巍然独为众愚领袖，借多陵寡，植党自私，于是战斗以兴，而其书亦止：社会之象，宛然具于是焉。若夫尼佉，斯个人主义之至雄桀者矣，希望所寄，惟在大士天才；而以愚民为本位，则恶之不殊蛇蝎。意盖谓治任多数，则社会元气，一旦可隳，不若用庸众为牺牲，以冀一二天才之出世，递天才出而社会之活动亦以萌，即所谓超人之说，尝震惊欧洲之思想界者也。由是观之，彼之讴歌众数，奉若神明者，盖仅见光明一端，他未遍知，因加赞颂，使反而观诸黑暗，当立悟其不然矣。一梭格拉第也，而众希腊人鸩之，一耶稣基督也，而众犹太人磔之，后世论者，孰不云缪，顾其时则从众志耳。设留今之众志，迻诸载籍，以俟评骘于来哲，则其是非倒置，或正如今人之视往古，未可知也。故多数相朋，而仁义之途，是非之端，樊然淆乱；惟常言是解，于奥义也漠然。常言奥义，孰近正矣？是故布鲁多既杀该撒，昭告市人，其词秩然有条，名分大义，炳如观火；而众之受感，乃不如安多尼指血衣之数言。于是方群推为爱国之伟人，忽见逐于域外。夫誉之者众数也，逐之者又众数也，一

292

瞬息中,变易反复,其无特操不俟言;即观现象,已足知不祥之消息矣。故是非不可公于众,公之则果不诚;政事不可公于众,公之则治不郅。惟超人出,世乃太平。苟不能然,则在英哲。嗟夫,彼持无政府主义者,其颠覆满盈,铲除阶级,亦已至矣,而建说创业诸雄,大都以导师自命。夫一导众从,智愚之别即在斯。与其抑英哲以就凡庸,曷若置众人而希英哲?则多数之说,缪不中经,个性之尊,所当张大,盖揆之是非利害,已不待繁言深虑而可知矣。虽然,此亦赖夫勇猛无畏之人,独立自强,去离尘垢,排舆言而弗沦于俗囿者也。

若夫非物质主义者,犹个人主义然,亦兴起于抗俗。盖唯物之倾向,固以现实为权舆,浸润人心,久而不止。故在十九世纪,爰为大潮,据地极坚,且被来叶,一若生活本根,舍此将莫有在者。不知纵令物质文明,即现实生活之大本,而崇奉逾度,倾向偏趋,外此诸端,悉弃置而不顾,则按其究竟,必将缘偏颇之恶因,失文明之神旨,先以消耗,终以灭亡,历世精神,不百年而具尽矣。递夫十九世纪后叶,而其弊果益昭,诸凡事物,无不质化,灵明日以亏蚀,旨趣流于平庸,人惟客观之物质世界是趋,而主观之内面精神,乃舍置不之一省。重其外,放其内,取其质,遗其神,林林众生,物欲来蔽,社会憔悴,进步以停,于是一切诈伪罪恶,蔑弗乘之而萌,使性灵之光,愈益就于黯淡:十九世纪文明一面之通弊,盖如此矣。时乃有新神思宗徒出,或崇奉主观,或张皇意力,匡纠流俗,厉如电霆,使天下群伦,为闻声而摇荡。即其他评骘之士,以至学者文家,虽意主和平,不与世迕,而见此唯物极端,且杀精神生活,则亦悲观愤叹,知主观与意力主义之兴,功有伟于洪水之有方舟者焉。主观主义者,其趣凡二:一谓惟以主观为准则,用律诸物;一谓视主观之心灵界,当较客观之物质界为尤尊。前者为主观倾向之极端,力特著于十九世纪末叶,然其趋势,颇与主我及我执殊途,仅于客观之习惯,无所盲从,或不置重,而以自有之主观世界为至高之标准而已。以是之故,则思虑动作,咸离外物,独往来于自心之天地,确信在是,满足亦在是,谓之渐自省其内曜之成果可也。若夫兴起之由，则原于外者，为大势所向，胥在平庸之客观习惯，动不由己，发如机械，识者不能堪，斯生反动；其原于内者，乃实以近世人心，日进于自觉，知物质万能之说，且逸个人之情意，使独创之力，归于槁枯，故不得不以自悟者悟人，冀挽狂澜于方倒耳。如尼佉伊勃生诸人，皆据其所信，力抗时俗，示主观倾向之极致；而契开迦尔则谓真理准则，独在主观，惟主观性，即为真理，至凡有道德行为，亦可弗问客观之结果若何，而一任主观之善恶为判断焉。其说出世，和者日多，于是思潮为之更张，骛外者渐转而趣内，渊思冥想之风作，自省抒情之意苏，去现实物质与自然之樊，以就其本有心灵之域；知精神现象实人类生活之极颠，非发挥其辉光，于人生为无当；而张大个人之人格，又人生之第一义也。然尔时所要求之人格，有甚异于前者。往所理想，在知见情操，两皆调整，若主智一派，则在聪明睿智，能移客观之大世界于主观之中者。如是思惟，迨黑该尔（F. Hegel）出而达其极。若罗曼暨尚古一派，则息孚支培黎（Shaftesbury）承卢骚（J. Rousseau）之后，尚容情感之要求，特必与情操相统一调和，始合其理想之人格。而希籁（Fr. Schiller）氏者，乃谓必知感两性，圆满无间，然后谓之全人。顾至十九世纪垂终，则理想为之一变。明哲之士，反省于内面者深，因以知古人所设具足调协之人，决不能得之今世；惟有意力轶众，所当希求，能于情意一端，处现实之世，而有勇猛奋斗之才，虽屡踣屡僵，终得现其理想；其为人格，如是焉耳。故如勖宾霍尔所张主，则以内省诸己，豁然贯通，因曰意力为世界之本体也；尼佉之所希冀，则意力绝世，几近神明之超人也；伊勃生之所描写，则以更革为生命，多力善斗，即近万众不惬之强者也。夫诸凡理想，大致如斯者，诚以人丁转轮之时，处现实之世，使不若是，每至舍己从人，沉溺逝波，莫知所届，文明真髓，顷刻荡然；惟有刚毅不挠，虽遇外物而弗为移，始足作社会桢干。排斥万难，黾勉上征，人类尊严，于此攸赖，则具有绝大意力之士贵耳。虽然，此又特其一端而已。试察其他，乃亦以见末叶人民之弱点，盖往之文明流弊，浸灌性灵,众庶率纤弱颓靡,日益以甚,渐乃反观诸己,为之欿然,于是刻意求意力之人,冀倚为将来之柱石。此正犹洪水横流,自将火烒,乃神驰彼岸,出全力以呼善没者尔,悲夫!

由是观之,欧洲十九世纪之文明,其度越前古,凌驾亚东,诚不俟明察而见矣。然既以改革而胎,反抗为本,则偏于一极,固理势所必然。洎夫末流,弊乃自显。于是新宗蹶起,特反其初,复以热烈之情,勇猛之行,起大波而加之涤荡。直至今日,益复浩然。其将来之结果若何,盖未可以率测。然作旧弊之药石,造新生之津梁,流衍方长,曼不遽已,则相其本质,察其精神,有可得而征信者。意者文化常进于幽深,人心不安于固定,二十世纪之文明,当必沉邃庄严,至与十九世纪之文明异趣。新生一作,虚伪道消,内部之生活,其将愈深且强欤?精神生活之光耀,将愈兴起而发扬欤?成然以觉,出客观梦幻之世界,而主观与自觉之生活,将由是而益张欤?内部之生活强,则人生之意义亦愈邃,个人尊严之旨趣亦愈明,二十世纪之新精神,殆将立狂风怒浪之间,恃意力以辟生路者也。中国在今,内密既发,四邻竞集而迫拶,情状自不能无所变迁。夫安弱守雌,笃于旧习,固无以争存于天下。第所以匡救之者,缪而失正,则虽日易故常,哭泣叫号之不已,于忧患又何补矣?此所为明哲之士,必洞达世界之大势,权衡校量,去其偏颇,得其神明,施之国中,翕合无间。外之既不后于世界之思潮,内之仍弗失固有之血脉,取今复古,别立新宗,人生意义,致之深邃,则国人之自觉至,个性张,沙聚之邦,由是转为人国。人国既建,乃始雄厉无前,屹然独见于天下,更何有于肤浅凡庸之事物哉?顾今者翻然思变,历岁已多,青年之所思惟,大都归罪恶于古之文物,甚或斥言文为蛮野,鄙思想为简陋,风发浡起,皇皇焉欲进欧西之物而代之,而于适所言十九世纪末之思潮,乃漠然不一措意。凡所张主,惟质为多,取其质犹可也,更按其实,则又质之至伪而偏,无所可用。虽不为将来立计,仅图救今日之阽危,而其术其心,违戾亦已甚矣。况乎凡造言任事者,又复有假改革公名,而阴以遂其私欲者哉？今敢问号称志士者曰，将以富有为文明欤，则犹太遗黎，性长居积，欧人之善贾者，莫与比伦，然其民之遭遇何如矣？将以路矿为文明欤，则五十年来非澳二洲，莫不兴铁路矿事，顾此二洲土著之文化何如矣？将以众治为文明欤，则西班牙波陀牙二国，立宪且久，顾其国之情状又何如矣？若曰惟物质为文化之基也，则列机括，陈粮食，遂足以雄长天下欤？曰惟多数得是非之正也，则以一人与众禺处，其亦将木居而芋食欤？此虽妇竖，必否之矣。然欧美之强，莫不以是炫天下者，则根柢在人，而此特现象之末，本原深而难见，荣华昭而易识也。是故将生存两间，角逐列国是务，其首在立人，人立而后凡事举；若其道术，乃必尊个性而张精神。假不如是，槁丧且不俟夫一世。夫中国在昔，本尚物质而疾天才矣，先王之泽，日以殄绝，逮蒙外力，乃退然不可自存。而轾才小慧之徒，则又号召张皇，重杀之以物质而囿之以多数，个人之性，剥夺无余。往者为本体自发之偏枯，今则获以交通传来之新疫，二患交伐，而中国之沉沦遂以益速矣。呜呼，眷念方来，亦已焉哉！

一九〇七年作。

原载 1908 年 8 月 5 日《河南》月刊第 7 号。署名迅行。
初收 1927 年 3 月北京未名社版《坟》。

裴彖飞诗论 *

[匈牙利] 赖息

往作《摩罗诗力说》，曾略及匈加利裴彖飞事。独恨文字差绝，欲迻异国诗曲，翻为夏言，其业滋艰，非今兹能至。顷见其国人籁息 Reich E. 所著《匈加利文章史》，中有《裴彖飞诗论》一章，则译诸此，冀以考见其国之风土景物，诗人情性，与夫著作旨趣之一斑云。

摩陀尔多文士，如吉斯福庐提 Kisfaludy C. 佛勒思摩谛 Vörösmarty M. 约息迦 Josika N. 开默尼 Kemény S. 胥艺苑之俊也。顾情辞洵耀艳矣，而相其文质，大都以冯依得美，或局囿于一国性情，超轶樊畦，至复希有。使其索求如是，仅得裴彖飞一人而已。裴彖飞在匈加利诗人中，独能和会摩陀尔特钟之诗美，与欧土鸿文，具足无间，使心解诗趣者，咸能赏析。疆域之别，言语之异，无由判分。盖诸有真诗，亦犹真乐，不以内外今昔，起其迁流。裴缘飞之诗，其真者也。此他诗人，亦有巧于抽写，复善调谐音节，名极一时，或能造作体式，虽丛脞无足言，而颇婴感兴，又或赋宗教道德爱国诸事，尚移人情，博其忭伏者。顾裴彖飞技不止此，其造言特美富，而所以度越侪辈。又不独恃造言，且不假宗教道德之力，以自推举，创造诗景，实其天能。今假有对境在斯，凡人莫能诗化，裴彖飞乃幻为仙乡，诗之思想人物境地，于中流衍。真诗人之能得新国者，赖创造也。夫自然者本如市肆，中不函诗，并不见思想道途，与哲学数理。诸所为作，妙难于名，或如估人，大散其积，而资用无匮；或如混沌无思虑，而相其行事，思虑之迹历然。于是治数理者，则自是寻见法式，为之名曰自然之律，顾天行之不遵此律，又事之至昭著者矣。特在吾人，乃总束见象，秩然会解伦纪，始以有知。因亦觉其便益可用，自然恶见知于人。而人欲奋迅，求识愿大，则自有思想家起，以法式被其见象而诠释之矣。

惟诗亦尔。其所宅寓，不在自然，当俟人之诊发创造，不殊音乐，使于事故景色人物，摘发独多。复能移人，俾觉诗趣者，即为诗人中大。若其诊发之术，乃至难言。又问自境地人物，暨自然见象中，何处得此。则无间人己，又弗能道也。特有一至确凿者，即诊发之尔。裴彖飞未生前数百年，匈加利有驳合之民，山渎薮泽，与普斯多 Puszta（此翻平原）之神闶，动裴彖飞而树其绝唱者，不异今日。顾能解此神阂之言者独一裴彖飞，能法自然以制诗者独一裴彖飞，能逐写匈加利天然之渊默而不息者，又独一裴彖飞也。设在普斯多中，见有古久蓬庐。常人念及，必为草具藜床，暨恶客数辈而止。凡诗人所念及，亦不过苓落悲哀之诗致耳。而在裴彖飞，乃一见蓬庐，即起人生诗景，盛大衰颓，纷不一致，转此传舍 Csárda，顿成有情。其室四隅，咸吐诗曲乐音，古欢来思。于是道周逆旅，焕然为创造物之至新，画师收之入图，乐人取以合乐，皆新物矣。裴彖飞每遇天物人群，诗之见象必立成，即用为酬答。风之过匈加利平野者，摩摩然不存节奏，然与诗人邂逅，声辄转为庄严。如经伯赫 Bach 之笛，凡所有物，胥如是焉。裴彖飞所咏，爱恋为多，而自见爱于女子特鲜。盖女子之性，较近自然，其系属于诗，深密不如男子。故使遇一少年，纵诗歌宝匦，满其心曲，而独无金资，则将奈何矣。第此非能核沮诗人，反以振起。裴彖飞之爱博，即其爱至约也。爱之对于诗人，如普斯多，及迭思川水与凯勃及耶诸山，为巨极之默示。爱如大海，迨其度此，而诗歌新陆，乃在目前。所遇妇人，虽流妓女伶常人贵胄，以至村舍女子客传女奴，莫不推爱。特此又不缘于冲龄（裴彖飞以二十六岁卒），情切诗歌，因以有此。凡是诸女，皆为造景机宜，景虽万殊，而无不满以诗致。正犹在山林川水中，处处见自然景色耳。自称曰无边自然之野华 A Korláttalan természet vadvirága vagyok én，当矣。裴彖飞造诗之状，至合自然。心舒一诗，屹如紫华出地，回顾与机缄并绝，亦无迟疑。泊夫行行而下，其自信之贞固，乃犹玫瑰之华，发柯干也。又其覃思而不懋，阁彻而清新，妙极自然，宛同天物。更言其审，则曰，与匈加利之自然，大相似耳。若其自神思高处，崇如凯勃及耶之山，冷如戴雪之野者。而归乡思也，乃如微禽翩然投于田陇。其烈情之发也，或缘爱国，或缘他因，莫不浩如迭思之水，涨而芒洋，使人震怖。顾其诗虽或气焰健行，时见摇荡，而时或极静肃如东方。若据诗人之意言之，则曰，与匈加利之普斯多，又大相似耳。裴彖飞行迹遍全国，其后有诗，以中央与南匈荒野为至美。普斯多之在匈加利者数凡三千，而兑勃烈生左近之霍耳德巴吉最有名，时见之裴象飞吟咏。诸普斯多为状，各各殊异，多或满以麦田烟圃，及荏粟之林，多或为池沼平芜下隰，且时或茂密，时或荒寒，时或苍凉，时或艳美，大似匈加利人狂歌之性，而尤近裴象飞。使旅人先历荒野多数，渐入一市，当见是中人物如绘，咸作普斯多景色。有村人暨其便给之妇，又有牛羊豕马之牧者，衣饰不同，人亦各具流亡者诸相。牧羊人 Bojtár 在草野间，视羔羖一大队，性温和，善音乐，且知秘密医方，盖所牧羊或病，辄自择草食之，旋愈。牧者审谛，因以博识卉木，熟习自然，类术士焉。牧牛者 Gulyás 掌大物牝牡，禀彝自鲁莽好斗，怒牛奔突欲入泽，辄与之觝，又斗普斯多中窃牛之贼。牧豕者 Kondás 最下，性既阴郁不得意，又善怒，易流为盗。惟牧马者 Csikos 最善，日引多马，游食匈加利草原，跋阿令（此或翻笭）弗卢籥（笛之属）为匈加利乐器，马亦匈加利国兽。谚有云，摩陀尔天生居马上 Lora termett a magyar 也。乡人贵胄，无不善骑，其爱马至是，故诗人亦以入诗，不异亚剌伯人。牧马者勇健捷敏，长于歌舞，能即兴赋诗。友善其马，所以御马与马盗之术皆晓彻。女郎率钦仰之。以其衣浓色有声之衣，又武勇士也。众中之最异者，莫如可怜儿 Szegény legény，即普斯多中暴客。第有吊诡之趣，盖人谓其违法逆经，必缘败北于人生之战，或见伤于爱恋故耳。若夫景色之胜，则为蜃楼 Déli báb。每届长夏，亭午溽暑，空中往往现城寨浮图大泽山林之象，发大光辉，行人如入仙乡，而顷刻尽灭，为普斯多者盖如此。

普斯多之影响于摩陀尔诗人者，不可掩蔽，而在裴象飞尤然。观其倾倒于大野风光，大似归依宗教。第诗人与国，其关系亦犹行人之于蜃楼也。必既有人，外物斯现。裴象飞盖能创造蜃楼，现之天表，以庄严其挚爱之普斯多者尔。裴象飞虽以抒情诗人名世，而其诗纯属客观，凡杰作多可述以散文，或迻之他国言文，不损美致。盖诗趣满中，永久无间，所以为美，非仅赖其声调言辞者也。日耳曼诗人赫纳，极盛时足相上下，而不能常与骈驰。裴象飞诗率甚短，仅以数句述境地而诗化之，言外余韵，何感于心，则一任诸读者。如赫纳诗言北方雪峰之顶，有松孤立，因怀远东煽阳之下，岩上棕榈。此区区二解，所言才及二树，而读者心弦应响，乃迥出言辞之外。客观之诗，此之谓矣。裴象飞为诗，制胜亦即在是。且少时已具此德，如千八百四十三年作《失马》Lopottlo 一篇，述普斯多逸事，会过去现在将来三者，归之于一。语复简削，以寥寥数语，尽数人事迹，而不见其匮。荒芒大野，爰有什珂 Csikos（此翻牧马者详见上）乘失马疾驰。主者适过，见状，呼而止之，命归其马。骑者不听，奔如故。而忽复止，顾主者曰，若毋过惜一马，若马尚多耳，吾胸仅有一心，哀哉为若女碎之矣。遂没野中，不复之见。诗言少年之爱，女之不情，富人之骄睨，与夫少年报怨，逸为暴客，皆包罗于数语中。别有诗为千八百四十四年作，以首句为题曰《逆旅主妇爱盗》A csaplárosne a betyárt szerette 篇，亦能以短句写人世真爱，破于恶缘。有盗过普斯多逆旅，爱主人妇之女。而妇自爱盗，既不得当，则逐其女，寒冻死野中。盗遂杀妇，自归就法，缳首以死，坦然无所恨，自言生命已不直淡巴菰一叶矣。此他一诗，记一夜有群儿聚噪村中旅次，旋闻窗外剥啄有声，厉辞呵止，谓惧扰贵人。儿不听，而语益嚣。已而又闻叩关，有人婉告，请儿勿喧，以母方病也。其时众嚣立寂，儿悉去矣。诗景如是，而遣词简妙，见裴象飞之才。然其诗又非绝无色味，尝之泊然者。当彼童年，已多悲感，而出语乃谐妙无方，此洵可惊异者已。况复谐而不失于稚，温润而欢愉，与英人呵德所谓哀弦无悦响者正反。盖裴象飞诸作，妙怡人情，而讥刺深刻，又不如裴伦赫纳之厉。试读名什《刺摩陀尔士夫》A magyar nemes 一诗，当见大刀阔斧，直与奋斗，更无针锋之刺，亦不作山都之野笑也。（未完）

原载 1908 年 8 月 5 日《河南》月刊第 7 号。周作人口译，鲁迅笔述。署令飞译。

初未收集。

十二月

五日

破恶声论*

本根剥丧，神气旁皇，华国将自槁于子孙之攻伐，而举天下无违言，寂漠为政，天地闭矣。狂蛊中于人心，妄行者日昌炽，进毒操刀，若惟恐宗邦之不蚤崩裂，而举天下无违言，寂漠为政，天地闭矣。吾未绝大冀于方来，则思聆知者之心声而相观其内曜。内曜者，破黮暗者也；心声者，离伪诈者也。人群有是，乃如雷霆发于孟春，而百卉为之萌动，曙色东作，深夜逝矣。惟此亦不大众之祈，而属望止一二士，立之为极，俾众瞻观，则人亦庶乎免沦没；望虽小陋，顾亦留独弦于槁梧，仰孤星于秋昊也。使其无是，斯增欷尔。夫外缘来会，惟须弥泰岳或不为之摇，此他有情，不能无应。然而厉风过窍，骄阳薄河，受其力者，则咸起损益变易，物性然也。至于有生，应乃愈著，阳气方动，元驹贲焉，杪秋之至，鸣虫默焉，蠖飞蠕动，无不以外缘而异其情状者，则以生理然也。若夫人类，首出群伦，其遇外缘而生感动拒受者，虽如他生，然又有其特异；神畅于春，心凝于夏，志沉于萧索，虑肃于伏藏。情若迁于时矣，顾时则有所连拒，天时人事，胥无足易其心，诚于中而有言；反其心者，虽天下皆唱而不与之和。其言也，以充实而不可自已故也，以光曜之发于心故也，以波涛之作于脑故也。是故其声出而天下昭苏，力或伟于天物，震人间世，使之瞿然。瞿然者，向上之权舆已。盖惟声发自心，朕归于我，而人始自有己；人各有己，而群之大觉近矣。若其靡然合趣，万喙同鸣，鸣又不揆诸心，仅从人而发若机栝；林籁也，鸟声也，恶浊扰攘，不若此也，此其增悲，盖视寂漠且愈其矣。而今之中国，则正一寂漠境哉。乃者诸夏丧乱，外寇乘之，兵燹之下，民救死不给，美人墨面，硕士则赴清泠之渊；旧念犹存否于后人之胸，虽不可度，顾相观外象，则疲苶卷挛，蛰伏而无动者，固已久矣。洎夫今兹，大势复变，殊异之思，诐诡之物，渐渐入中国，志士多危心，亦相率赴欧墨，欲采掇其文化，而纳之宗邦。凡所浴颢气则新绝，凡所遇思潮则新绝，顾环流其营卫者，则依然炎黄之血已。荣华在中，厄于肃杀，婴以外物，勃焉怒生。于是苏古掇新，精神阗彻，自既大自我于无竟，又复时返顾其旧乡，披厥心而成声，殷若雷霆之起物。梦者自梦，觉者是之，则中国之人，庶赖此数硕士而不殄灭，国人之存者一，中国斯侂生于是已。虽然，日月逝矣，而寂漠犹未央也。上下求索，阒其无人，不自发中，不见应外，颛蒙默止，若存若亡，意者往之见戕贼者深，因将长楛枯而不复菀与，此则可为坠心陨涕者也。顾吾亦知难者则有辞矣。殆谓十余年来，受侮既甚，人士因之渐渐出梦寐，知云何为国，云何为人，急公好义之心萌，独立自存之志固，言议波捅，为作日多。外人之来游者，莫不愕然惊中国维新之捷，内地士夫，则出接异域之文物，效其好尚语言，峨冠短服而步乎大衢，与西人一握为笑，无逊色也。其居内而沐新思潮者，亦胥争提国人之耳，厉声而呼，示以生存二十世纪之国民，当作何状；而聆之者则蔑弗首肯，尽力任事惟恐后，且又日鼓舞之以报章，间协助之以书籍，中之文词，虽诘诎聱牙，难于尽晓，顾究亦输入文明之利器也。倘其革新武备，振起工商，则国之富强，计日可待。豫备时代者今之世，事物胥变易矣，苟起陈死人于垄中而示以状，且将唇惊乎今之论议经营，无不胜于前古，而自憾其身之蚤殒矣，胡寂漠之云云也。若如是，则今之中国，其正一扰攘世哉！世之言何言，人之事何事乎。心声也，内曜也，不可见也。时势既迁，活身之术随变，人虑冻馁，则竞趋于异途，掣维新之衣，用蔽其自私之体，为匠者乃颂斧斤，而谓国弱于农人之有耒耜，事猎者则扬剑铳，而曰民困于渔父之宝网罟；倘其游行欧土，偏学制女子束腰道具之术以归，则再拜贞虫而谓之文明，且昌言不纤腰者为野蛮矣。顾使诚匠人诚猎师诚制束腰道具者，斯犹善也，试按其实，乃并方术且非所喻，灵府荒秽，徒炫耀耳食以罔当时。故纵唱者万千，和者亿兆，亦绝不足破人界之荒凉；而鸩毒日投，适益以速中国之隳败，则其增悲，不较寂漠且愈甚与。故今之所贵所望，在有不和众嚣，独具我见之士，洞瞩幽隐，评骘文明，弗与妄惑者同其是非，惟向所信是诣，举世誉之而不加劝，举世毁之而不加沮，有从者则任其来，假其投以笑侮，使之孤立于世，亦无慑也。则庶几烛幽暗以天光，发国人之内曜，人各有己，不随风波，而中国亦以立。今者古国胜民，素为吾志士所鄙夷不屑道者，则咸入自觉之境矣。披心而嗷，其声昭明，精神发扬，渐不为强暴之力谲诈之术之所克制，而中国独何依然寂漠而无声也？岂其道莣不可行，故硕士艰于出世；抑以众谨盈于人耳，莫能闻渊深之心声，则宁缄口而无言耶。嗟夫，观史实之所垂，吾则知先路前驱，而为之辟启廓清者，固必先有其健者矣。顾浊流茫洋，并健者亦以沦没，肮肮华土，凄如荒原，黄神啸吟，种性放失，心声内曜，两不可期已。虽然，事多失于自臧，而一苇之投，望则大于俟他士之造巨筏，吾未绝大冀于方来，则斯论之所由作也。

聚今人之所张主，理而察之，假名之曰类，则其为类之大较二：一曰汝其为国民，一曰汝其为世界人。前者慑以不如是则亡中国，后者慑以不如是则畔文明。寻其立意，虽都无条贯主的，而皆灭人之自我，使之混然不敢自别异，泯于大群，如掩诸色以晦黑，假不随驸，乃即以大群为鞭筶，攻击迫拶，俾之靡骋。往者迫于仇则呼群为之援助，苦于暴主则呼群为之拨除，今之见制于大群，孰有寄之同情与？故民中之有独夫，昉于今日，以独制众者古，而众或反离，以众虐独者今，而不许其抵拒，众昌言自由，而自由之蕉萃孤虚实莫甚焉。人丧其我矣，谁则呼之兴起？顾谨嚣乃方昌狂而未有既也。二类所言，虽或若反，特其灭裂个性也大同。总计言议而举其大端，则甲之说曰，破迷信也，崇侵略也，尽义务也；乙之说曰，同文字也，弃祖国也，尚齐一也，非然者将不足生存于二十世纪。至所持为坚盾以自卫者，则有科学，有适用之事，有进化，有文明，其言尚矣，若不可以易。特于科学何物，适用何事，进化之状奈何，文明之谊何解，乃独函胡而不与之明言，甚或操利矛以自陷。嗟夫，根本且动摇矣，其柯叶又何侂焉。岂诚其随波弟靡，莫能自主，则姑从于唱喁以荧惑人；抑亦自知其小陋，时为饮啖计，不得不假此面具以钓名声于天下耶。名声得而腹腴矣，奈他人之见戕贼何！故病中国今日之扰攘者，则患志士英雄之多而患人之少。志士英雄，非不祥也，顾蒙帼面而不能白心，则神气恶浊，每感人而令之病。奥古斯丁也，托尔斯泰也，约翰卢骚也，伟哉其自忏之书，心声之洋溢者也。若其本无有物，徒附丽是宗，辄岸然曰善国善天下，则吾愿先闻其白心。使其羞白心于人前，则不若伏藏其论议，荡涤秽恶，俾众清明，容性解之竺生，以起人之内曜。如是而后，人生之意义庶几明，而个性亦不至沉沦于浊水乎。顾志士英雄不肯也，则惟解析其言，用晓其张主之非是而已矣。

破迷信者，于今为烈，不特时腾沸于士人之口，且哀然成巨帙矣。顾胥不先语人以正信；正信不立，又乌从比校而知其迷妄也。夫人在两间，若知识混沌，思虑简陋，斯无论已；倘其不安物质之生活，则自必有形上之需求。故吠陁之民，见夫凄风烈雨，黑云如盘，奔电时作，则以为因陁罗与敌斗，为之栗然生虔敬念。希伯来之民，大观天然，怀不思议，则神来之事与接神之术兴，后之宗教，即以萌蘖。虽中国志士谓之迷，而吾则谓此乃向上之民，欲离是有限相对之现世，以趣无限绝对之至上者也。人心必有所冯依，非信无以立，宗教之作，不可已矣。顾吾中国，则夙以普崇万物为文化本根，敬天礼地，实与法式，发育张大，整然不紊。覆载为之首，而次及于万汇，凡一切睿知义理与邦国家族之制，无不据是为始基焉。效果所著，大莫可名，以是而不轻旧乡，以是而不生阶级；他若虽一卉木竹石，视之均函有神閟性灵，玄义在中，不同凡品，其所崇爱之溥博，世未见有其匹也。顾民生多艰，是性日薄，洎夫今，乃仅能见诸古人之记录，与气禀未失之农人；求之于士大夫，戛戛乎难得矣。设有人，谓中国人之所崇拜者，不在无形而在实体，不在一宰而在百昌，斯其信崇，即为迷妄，则敢问无形一主，何以独为正神？宗教由来，本向上之民所自建，纵对象有多一虚实之别，而足充人心向上之需要则同然。顾瞻百昌，审谛万物，若无不有灵觉妙义焉，此即诗歌也，即美妙也，今世冥通神閟之士之所归也，而中国已于四千载前有之矣；斥此谓之迷，则正信为物将奈何矣。盖浇季士夫，精神窒塞，惟肤薄之功利是尚，躯壳虽存，灵觉且失。于是昧人生有趣神閟之事，天物罗列，不关其心，自惟为稻粱折腰；则执己律人，以他人有信仰为大怪，举丧师辱国之罪，悉以归之，造作蜚言，必尽颠其隐依乃快。不悟墟社稷毁家庙者，征之历史，正多无信仰之士人，而乡曲小民无与。伪士当去，迷信可存，今日之急也。若夫自谓其言之尤光大者，则有奉科学为圭臬之辈，稍耳物质之说，即曰："磷，元素之一也；不为鬼火。"略翻生理之书，即曰："人体，细胞所合成也；安有灵魂？"知识未能周，而辄欲以所拾质力杂说之至浅而多谬者，解释万事。不思事理神閟变化，决不为理科入门一册之所范围，依此攻彼，不亦愦乎。夫欲以科学为宗教者，欧西则固有人矣，德之学者黑格尔，研究官品，终立一元之说，其于宗教，则谓当别立理性之神祠，以奉十九世纪三位一体之真者。三位云何？诚善美也。顾仍奉行仪式，俾人易知执着现世，而求精进。至尼佉氏，则刺取达尔文进化之说，掊击景教，别说超人。虽云据科学为根，而宗教与幻想之臭味不脱，则其张主，特为易信仰，而非灭信仰昭然矣。顾迄今兹，犹不昌大。盖以科学所底，不极精深，揭是以招众生，聆之者则未能满志；惟首唱之士，其思虑学术志行，大都博大渊邃，勇猛坚贞，纵迕时人不惧，才士也夫！观于此，则惟酒食是仪，他无执持，而妄欲夺人之崇信者，虽有元素细胞,为之甲胄,顾其违妄而无当于事理,已可弗繁言而解矣。吾不知耳其论者,何尚顶礼而赞颂之也。虽然,前此所陈,则犹其上尔;更数污下,乃有以毁伽兰为专务者。国民既觉,学事当兴,而志士多贫穷,富人则往往吝啬,救国不可缓,计惟有占祠庙以教子弟;于是先破迷信,次乃毁击像偶,自为其酋,聘一教师,使总一切,而学校立。夫佛教崇高,凡有识者所同可,何怨于震旦,而汲汲灭其法。若谓无功于民,则当先自省民德之堕落;欲与挽救,方昌大之不暇,胡毁裂也。况学校之在中国,乃何状乎?教师常寡学,虽西学之肤浅者不憭,徒作新态,用惑乱人。讲古史则有黄帝之伐某尤,国字且不周识矣;言地理则云地球常破,顾亦可以修复,大地实体与地球模型且不能判矣。学生得此,则以增骄,自命中国桢干,未治一事,而兀傲过于开国元老;顾志操特卑下,所希仅在科名,赖以立将来之中国,岌岌哉!迩来桑门虽衰退,然校诸学生,其清净远矣。若在南方,乃更有一意于禁止赛会之志士。农人耕稼,岁几无休时,递得余闲,则有报赛,举酒自劳,洁牲酬神,精神体质,两愉悦也。号志士者起,乃谓乡人事此,足以丧财费时,奔走号呼,力施遏止,而钩其财帛为公用。嗟夫,自未破迷信以来,生财之道,固未有捷于此者矣。夫使人元气黮浊,性如沉垔,或灵明已亏,沦溺嗜欲,斯已耳;倘其朴素之民,厥心纯白,则劳作终岁,必求一扬其精神。故农则年答大戬于天,自亦蒙麻而大酺,稍息心体,备更服劳。今并此而止之,是使学轭下之牛马也,人不能堪,必别有所以发泄者矣。况乎自慰之事,他人不当犯干,诗人朗咏以写心,虽暴主不相犯也;舞人屈申以舒体,虽暴主不相犯也;农人之慰,而志士犯之,则志士之祸,烈于暴主远矣。乱之上也,治之下也,至于细流,乃尚万别。举其大略,首有嘲神话者,总希腊埃及印度,咸与诽笑,谓足作解颐之具。夫神话之作,本于古民,睹天物之奇觚,则逞神思而施以人化,想出古异,诙诡可观,虽信之失当,而嘲之则大惑也。太古之民,神思如是,为后人者,当若何惊异瑰大之;矧欧西艺文,多蒙其泽,思想文术,赖是而庄严美妙者，不知几何。倘欲究西国人文，治此则其首事，盖不知神话，即莫由解其艺文，暗艺文者，于内部文明何获焉。若谓埃及以迷信亡，举彼上古文明，胥加呵斥，则竖子之见，古今之别，且不能知者，虽一哂可靳之矣。复次乃有借口科学，怀疑于中国古然之神龙者，按其由来，实在拾外人之余唾。彼徒除利力而外，无蕴于中，见中国式微，则虽一石一华，亦加轻薄，于是吹索抉剔，以动物学之定理，断神龙为必无。夫龙之为物，本吾古民神思所创造，例以动物学，则既自白其愚矣，而华土同人，贩此又何为者？抑国民有是，非特无足愧恧已也，神思美富，益可自扬。古则有印度希腊，近之则东欧与北欧诸邦，神话古传以至神物重言之丰，他国莫与并，而民性亦瑰奇渊雅，甲天下焉，吾未见其为世诟病也。惟不能自造神话神物，而贩诸殊方，则念古民神思之穷，有足媿尔。嗟乎，龙为国徽，而加之谤，旧物将不存于世矣！顾俄罗斯枳首之鹰，英吉利人立之兽，独不蒙垢者，则以国势异也。科学为之被，利力实其心，若尔人者，其可与庄语乎，直唾之耳。且今者更将创天下古今未闻之事，定宗教以强中国人之信奉矣，心夺于人，信不繇己，然此破迷信之志士，则正敕定正信教宗之健仆哉。

崇侵略者类有机，兽性其上也，最有奴子性，中国志士何隶乎？夫古民惟群，后乃成国，分画疆界，生长于斯，使其用天之宜，食地之利，借自力以善生事，辑睦而不相攻，此盖至善，亦非不能也。人类顾由防，乃在微生，自虫蛆虎豹猿狄以至今日，古性伏中，时复显露，于是有嗜杀戮侵略之事，夺土地子女玉帛以厌野心；而间恤人言，则造作诸美名以自盖，历时既久，入人者深，众遂渐不知所由来，性偕习而俱变，虽哲人硕士，染秽恶焉。如俄罗斯什赫诸邦，夙有一切斯拉夫主义，居高位者，抱而动定，惟不溥及农人间，顾思士诗人，则熏染于心，虽瑰意鸿思不能涤。其所谓爱国，大都不以艺文思理，足为人类荣华者是尚，惟援甲兵剑戟之精锐，获地杀人之众多，喋喋为宗国晖光。至于近世，则知别有天识在人，虎狼之行，非其首事，而此风为稍杀。特在下士，未能脱也，识者有忧之，于是恶兵如蛇蝎，而大呼平和于人间，其声亦震心曲，豫言者托尔斯泰其一也。其言谓人生之至可贵者，莫如自食力而生活，侵掠攻夺，足为大禁，下民无不乐平和，而在上者乃爱喋血，驱之出战，丧人民元，于是家室不完，无庇者遍全国，民失其所，政家之罪也。何以药之？莫如不奉命。令出征而士不集，仍秉耒耜而耕，熙熙也；令捕治而吏不集，亦仍秉耒耜而耕，熙熙也，独夫孤立于上，而臣仆不听命于下，则天下治矣。然平议以为非是，载使全俄朝如是，敌军则可以夕至，民朝弃戈矛于足次，迨夕则失其土田，流离散亡，烈于前此。故其所言，为理想诚善，而见诸事实，乃佛戾初志远矣。第此犹曰仅揆之利害之言也，察人类之不齐，亦当悟斯言之非至。夫人历进化之道途，其度则大有差等，或留蛆虫性，或猿狙性，纵越万祀，不能大同。即同矣，见一异者，而全群之治立败，民性柔和，既如乳羔，则一狼入其牧场，能杀之使无遗子，及是时而求保障，悔迟莫矣。是故嗜杀戮攻夺，思廓其国威于天下者，兽性之爱国也，人欲超禽虫，则不当慕其思。顾战争绝迹，平和永存，乃又须迟之人类灭尽，大地崩离以后；则甲兵之寿，盖又与人类同终始者已。然此特所以自捍卫，辟虎狼也，不假之为爪牙，以残食世之小弱，令兵为人用，而不强人为兵奴，人知此义，乃庶可与语武事，而不至为两间大厉也与。虽然，察我中国，则世之论者，殆皆非也，云爱国者有人，崇武士者有人，而其志特甚犷野，托体文化，口则作肉攫之鸣，假使傅以爪牙，若余勇犹可以蹂躏大地，此其为性，狞暴甚矣，顾亦不可谥之兽性。何以言之？曰诚于中而外见者，得二事焉，兽性爱国者之所无也。二事云何？则一曰崇强国，次曰侮胜民。盖兽性爱国之士，必生于强大之邦，势力盛强，威足以凌天下，则孤尊自国，蔑视异方，执进化留良之言，攻小弱以逞欲，非混一寰宇，异种悉为其臣仆不慊也。然中国则何如国矣，民乐耕稼，轻去其乡，上而好远功，在野者辄怨怼，凡所自诩，乃在文明之光华美大，而不借暴力以凌四夷，宝爱平和，天下鲜有。惟晏安长久，防卫日弛,虎狼突来,民乃涂炭。第此非吾民罪也,恶喋血,恶杀人,不忍别离,安于劳作,人之性则如是。倘使举天下之习同中国,犹托尔斯泰之所言,则大地之上,虽种族繁多,邦国殊别,而此疆尔界,执守不相侵,历万世无乱离焉可也。兽性者起,而平和之民始大骇,日夕岌岌,若不能存,苟不斥去之,固无以自生活;然此亦惟驱之适旧乡,而不自反于兽性,况其戴牙角以戕贼小弱孤露者乎。而吾志士弗念也,举世滔滔,颂美侵略,暴俄强德,向往之如慕乐园,至受厄无告如印度波兰之民,则以冰寒之言嘲其陨落。夫吾华土之苦于强暴,亦已久矣,未至陈尸,鸷鸟先集,丧地不足,益以金资,而人亦为之寒饿野死。而今而后,所当有利兵坚盾,环卫其身,毋俾封豕长蛇,荐食上国;然此则所以自卫而已,非效侵略者之行,非将以侵略人也。不尚侵略者何?曰反诸己也,兽性者之敌也。至于波兰印度,乃华土同病之邦矣,波兰虽素不相往来,顾其民多情愫,爱自繇,凡人之有情愫宝自繇者,胥爱其国为二事征象,盖人不乐为皂隶,则孰能不眷慕悲悼之。印度则交通自古,贻我大祥,思想信仰道德艺文,无不蒙觊,虽兄弟眷属,何以加之。使二国而危者,吾当为之抑郁,二国而陨,吾当为之号咷,无祸则上祷于天,俾与吾华土同其无极。今志士奈何独不念之,谓自取其殃而加之谤,岂其屡蒙兵火,久俛伏于强暴者之足下,则旧性失,同情漓,灵台之中,满以势利,因迷谬亡识而为此与!故总度今日佳兵之士,自屈于强暴久,因渐成奴子之性,忘本来而崇侵略者最下;人云亦云,不持自见者上也。间亦有不隶二类,而偶反其未为人类前之性者,吾尝一二见于诗歌,其大旨在援德皇威廉二世黄祸之说以自豪,厉声而嗥,欲毁伦敦而覆罗马;巴黎一地,则以供淫游焉。倡黄祸者,虽拟黄人以兽,顾其烈则未至于此矣。今兹敢告华土壮者曰,勇健有力,果毅不怯斗,固人生宜有事,特此则以自臧,而非用以搏噬无辜之国。使其自树既固,有余勇焉,则当如波兰武士贝谟之辅匈加利,英吉利诗人裴伦之助希腊,为自繇张其元气,颠仆压制,去诸两间,凡有危邦,咸与扶掖,先起友国,次及其他，令人间世，自歉具足，眈眈晳种，失其臣奴，则黄祸始以实现。若夫今日，其可收艳羡强暴之心，而说自卫之要矣。乌乎，吾华土亦一受侵略之国也，而不自省也乎。（未完）

原载 1908 年 12 月 5 日《河南》月刊第 8 号。署名迅行。
初未收集。

一九〇九

二月

五日

《域外小说集》序言

《域外小说集》为书，词致朴讷，不足方近世名人译本。特收录至审慎，迻译亦期弗失文情。异域文术新宗，自此始入华土。使有士卓特，不为常俗所囿，必将犁然有当于心。按邦国时期，籀读其心声，以相度神思之所在，则此虽大涛之微沤与，而性解思惟，实寓于此。中国译界，亦由是无迟莫之感矣。

己酉正月十五日。

最初印入 1909 年 3 月 2 日日本东京神田印刷所版《域外小说集》第 1 册。

三月

二日

《域外小说集》略例 *

一　集中所录，以近世小品为多，后当渐及十九世纪以前名作。又以近世文潮，北欧最盛，故采译自有偏至。惟累卷既多，则以次及南欧暨泰东诸邦，使符域外一言之实。

一　装钉均从新式，三面任其本然，不施切削；故虽翻阅数次绝无污染。前后篇首尾，各不相衔，他日能视其邦国古今之别，类聚成书。且纸之四周，皆极广博，故订定时亦不病隘陋。

一　人地名悉如原音，不加省节者，缘音译本以代殊域之言，留其同响；任情删易，即为不诚。故宁拂戾时人，迻徙具足耳。地名无他奥谊。人名则德，法，意，英，美诸国，大氏二言，首名次氏。俄三言，首本名，次父名加子谊，次氏。二人相呼，多举上二名，曰某之子某，而不举其氏。匈加利独先氏后名，大同华土；第近时效法他国，间亦逆施。

一　！表大声，？表问难，近已习见，不俟诠释。此他有虚线以表语不尽，或语中辍。有直线以表略停顿，或在句之上下，则为用同于括弧。如"名门之儿僮——年十四五耳——亦至"者，犹云名门之儿僮亦至；而儿僮之年，乃十四五也。

一　文中典故，间以括弧注其下。此他不关鸿旨者，则与著者小传及未译原文等，并录卷末杂识中。读时幸检视之。

最初印入 1909 年 3 月 2 日日本东京神田印刷所版《域外小说集》第 1 册。

《域外小说集》杂识（一）*

安特来夫

生于一千八百七十一年。初作《默》一篇，遂有名；为俄国当世文人之著者。其文神秘幽深，自成一家。所作小品甚多，长篇有《赤咲》一卷，记俄日战争事，列国竞传译之。

迦尔洵

生一千八百五十五年，俄土之役，尝投军为兵，负伤而返，作《四日》及《走卒伊凡诺夫日记》。氏悲世至深，遂狂易，久之始愈，有《绛华》一篇，即自记其状。晚岁为文，尤哀而伤。今译其一，文情皆异，迥殊凡作也。八十五年忽自投阁下，遂死，年止三十。

"记诵"下法文：谊曰：阿迭修斯别后，加列普娑无以自遣矣。（事本希腊和美洛斯史诗。）

"腻目视我"下德文：谊曰：今则汝为吾爱矣，吾之挚爱无上者。

那阇：那及什陀之暱称。

最初印入 1909 年 3 月 2 日日本东京神田印刷所版《域外小说集》第 1 册。

谩[*]

［俄国］安特来夫

一

吾曰，"汝谩耳！吾知汝谩。"

曰，"汝何事狂呼，必使人闻之耶？"

此亦谩也。吾固未狂呼，特作低语，低极昌昌然，执其手，而此含毒之字曰谩者，乃尚鸣如短蛇。

女复次曰，"吾爱君，汝宜信我。此言未足信汝耶？"遂吻我。顾吾欲牵之就抱，则又逝矣。其逝出薄暗回廊间，有盛宴将已，吾亦从之行。是地何地，吾又安知者。惟以女祈吾苾止，则遂来，观彼舞偶如何婆娑至终夜。众不顾我，亦弗交言，吾离其群，独茕然坐室隅，与乐工次。巨角之口，正当吾坐，自是中发滞声，而每二分时，辄有作野笑者曰，呵——呵——呵！

白云馥郁，时复近我，则彼人也。吾不知胡以能辟除众目，来贡媚于吾一人。顾一刹那间，乃觉共肩与吾倚。一刹那间，吾下其目，乃见颈色皎洁，露素衣华缝中。上其目，乃见辅颊，其白如象齿，发亦盛制。计惟天神，屈膝幽垅之上，为见忘于世之人悲者，始有之也。吾又视其目，则美大而靖，憬于流光，目睛蔚蓝，抱黑瞳子。方吾相度时，其为黑常尔，为深邃不可彻常尔。特能视者又止一时，恐且不逾吾心一跃。惟所感至悠之久，至大之力，皆不前经。吾为之恂栗痛苦，似全生命自化微光，见摄于眸子，以至丧我，——空虚无力，几死矣。而彼人复去，运吾生俱行。偕一伟美傲岸者舞，吾因得审谛其纤微，凡履之形，膊之广，以至鬓发回旋同一之状皆悉。时是人忽目我，初不经意，而几迫吾入于壁。吾受目，亦自平坦无有，若室壁也。

众渐灭火，吾始进就之曰，"时至矣，请导君归。"女愕然曰，"第吾偕斯人往耳。"随指一高华美丽，目不瞬及吾辈者相示。次入虚室，乃复吻我。吾低语曰，"汝谩耳。"而女对曰，"今日尚当相见，君其访我矣。"

及吾就归路时，碧色霜晨，已见屋山之背，而全衢止二生物，其一御者，一我也。御者坐而沉思，首前屈，吾坐其后，亦垂首至匈。御者自有其思，吾亦自有，而吾辈所过长衢垣后，睡者百千，又莫不自具所思，自见所梦。吾方思彼人，思彼人谩，复思吾死，时则若崇垣之浴曙色者，实已前见吾死，故其森然鹄立有如此也。吾殊不识御者何思，亦不识睡垣阴者何梦，而吾何思何梦，人亦弗能知。时经大道，既长且直，晨光登于屋脊，万物未动，其色皓然，有冷云馥郁，忽来近我，接耳则闻笑作滞声曰，呵——呵——呵！

二

彼人竟弗至，吾期虚矣，暮色降自旻天，而吾殊弗知如何自昏入夕，夕复入夜，一切特如一遥夜，思之栗然。吾惟运期人之步，反复往来，第又不敢近吾欢所居，仅往来相对地而止。每当面进，目必注琉璃小窗，退则又延伫反顾者屡。雪华如针，因刺吾面，而针复铦冷且长，深入心曲，以愆期之嗔恚苦恼，来伤吾心。寒风起于白朔，径趣玄南，拂负冰屋山，则挟雪沙俱下，乱打人首；复扑路次虚镫，镫方有黄焰茕茕，负寒而伏。伤哉焰也！黎明而死耳。以是则得吾怜，念彼乃必以孤生留此道上，况吾亦且去矣。居孤虚凛冽中，焰颤未已，而雪华互逐，正满天下也。

吾待彼矣，而彼乃弗至，时思孤焰与我，殆有甚仿佛者，独吾镫未虚已耳。前此往来大道，已见行人。往往窃起吾后，渐过吾前，状巨且黯，次忽没入白色大宅之隅，旋灭如影。而隅次行人复见，益益密迩，终又入缁色寒空而隐。人悉重裹，弗辨其形，且寂然，甚与吾肖。意往来者十余人，盖无不类我矣。皆有待，皆寒冻，皆寂然，又方深思，悲哀而闷。

吾待彼矣，而彼乃弗至！

吾不知陷苦恼中，胡为不泣且呼也！

吾不知胡以时复大乐，破颜而笑，指则拳曲如鹰爪，中执一小者，毒者，鸣者，——厥状如蛇，——谩也。谩蜿蜒夺手出，进啮吾心，以此啮之毒，而吾首遂眩。嗟夫，一切谩耳！——

既往方在，方在将来之界域泯矣。时劫之识，如吾未生，与吾生方始，其在我同然，无不似吾常生，或未生，或常生既者。——盖吾未生与吾生方始时，彼实已君我。而思之尤殊异者，乃以彼为有名与质，有始与终。然不也，彼安有名，彼特常谩，彼特常令人待而弗至耳。吾不知吾何忽破颜而笑，时雪镞方刺吾心，接耳则有笑作滞声者，曰，呵——呵——呵！

逮吾张目，乃见巨室明窗出青赤舌作微语曰，"汝见诳矣。当汝孤行期待惆怅时中，彼方在是，妖冶谩迤，与伟美丈夫之侮汝者语。使汝能疾入杀之，则甚善，缘汝所杀，特谩而已。"吾力握匕首，莞尔答曰，"诺，誓杀之。"而窗愀然目我，又愀然言曰，"汝弗能杀，盖汝手中匕首，谩亦犹彼肠也。"时吾影已失，独小黄焰尚战栗于冽寒断望中，与吾并留道上。寺钟忽动，声泣且颤。雪华方狂踊，则排之直度皓气。吾计其数，乃哑然，钟凡十五击，盖萧寺已古，钟亦如之，其指时虽诚，击乃恒妄，每追守伺者疾登，急掣其痉挛之槌止之。嗟此耆艾战栗悲凉之音，自且制于严霜，抑又为谁谩者？如是徒谩，不甚愚且惨耶！

末击已，宅门随辟，有华美者降阶，吾仅见其背，顾立识之，此骄塞之状，昨已视之审矣。吾又识其步，视昨益轻，且有胜态。因念昔者自出此门，步亦常尔，盖凡有男子，使方自善谩女子之唇，得其欤唉，则步之为状皆然矣。

三

吾切齿迫之曰，"语我诚！"而面目依然如冰雪，惊扬其眉，顾盼亦复幽闷不可彻，曰，"吾尝谩耶？"彼知吾不能示之谩，则仅以一言，——以一新谩，——摧吾覃思弘构，俾无孑遗。吾固期之，彼亦终尔。其外满敷诚色，而内乃暗然，曰，"吾爱君，——吾悉属汝，非耶？"

吾居遥在市外，大野被雪，进瞰幽窗，环野皆黳黯，此外亦惟黳黯屹立，茂密无声。野乃自发清光，如死人面目之在深夜。——巨室盛热，一烛方然，其红焰中，死野又投以碧采。吾曰，"求诚良苦，苟知此，吾其死矣。顾亦何伤，死良胜于罔识。今在汝拥抱欤唉中，独觉谩存，……吾且见诸汝眸子，……幸语我诚，则吾亦从此别矣。"顾彼默然，目睐睐直贯吾心，斯裂吾神魂，第以探奇之心视我。吾乃呼曰，"答之，不者杀汝。"曰，"趣杀我，吾生亦太久矣。特汝以迫拶求诚，误亦甚哉。"吾闻言长跽，握其手，泣祈相感，——并以求诚，彼则加手吾顶曰，"可怜哉！"吾曰，"幸柔汝心，吾但欲知诚耳。"遂视其额，思此薄壁之后，诚乃攸居，因不觉作异念，顿欲披其头颅，俾得见诚于此。而跃然隐匈次者，心房也，——又安得以此爪裂其匈，俾一观人心何状。时红焰突发悲光，下然及跋，四壁渐入暗中，寂漠悲凉，怖人欲绝。

女低语曰，"可怜哉！"

黄焰忽转作青赤光，一闪而灭，全室黳然。吾已不见彼人颜色，特觉有纤手触肤，遂亦并忘其谩。吾阖目，去想离生，只觉其手，而手乃诚甚。在幽靖中，独闻私语怅然曰，"君拥我，吾甚怖也。"——次复幽靖，次私语怅然又继之，——曰，"君求诚耶？顾我岂知诚者？吾岂自不欲知诚耶？幸护我，吾甚怖也。"逮吾张目，而微黯已苍皇离罘罳，渐集垣上，继乃自匿于屋角。有巨物作死色，临窗来窥，似死人二目，冷如坚冰，来相踪迹。吾辈乃战栗互抱，女则低语曰，"吁，吾甚怖也。"

四

吾杀彼矣。吾既杀彼，且目击其僵死，当窗横陈，白野外曜，则加足尸上，笑屑屑然。

咄，此笑岂狂人耶！吾所为笑，以匈臆朗然，呼吸顿适，且中心阒彻，蛊之啮吾心者亦坠耳。吾乃屈身临彼人之上，观其目，此巨而憬于流光者，时已洞辟，既大且浊，状如蜡人，吾能以指开阖之，绝不生怖。盖此幽黑瞳子中，已无复药叉，司谩侦疑忌，且啜吾血者寓之矣。比人牵我行，吾复失笑，众遂恂惧，多毕瑟退去，或则先来相吓，顾其目一与吾目大欢喜光遇，辄又变色止立，足若丁于大地者。

曰，"狂人也！"吾知众作是言，盖自谓已解幽隐之半，而一人独不然。其人肥壮和易，颊如渥丹，乃以他辞目我。顾此辞也，则沉我九渊，目亦弗睹光曜矣。曰，"此可怜人也！"言时至有情，不为恶谴，盖吾已前言之，是人固肥壮而和易者耳。

曰，"此可怜人也！"

吾呼曰，"否否，汝不当以是名我！"吾不知胡为狂呼，则自缘不欲令斯人怅恨耳。而众鲰生之谓吾狂者，乃又大怖而叫，吾视之哑然。

迨众牵吾出陈尸之室，吾即迹得此肥壮和易人，斳斳作大声曰，"吾实福人！唯唯，福人也！"

而此诚甚……

五

　　吾幼尝见豹动物苑中，致碍构思之力，且梗塞吾思久久。此豹甚异他兽，状不惘然，或怒目睨观者，特往来两隅间，由此涉彼，行迹反复相同，合于数术。胁黄金色，每行必触槛阑之一，不及他阑，其首下锐，顦而行，目不旁睐。槛前聚观者，或谈或笑，而豹往来自如，视众人蔑尔。众对此阴沉不可救之生象，哂者二三，其太半状乃甚虔，色甚闷，喟然径行，次复反顾而叹，若已悟世所谓自由人，阴实有类于柙兽者。迨吾长而读书，且闻人言无穷之事，则陡念此豹，似无穷暨其苦恼，吾已蚤识之矣。

　　而今者已亦往来石柙中，弗殊此豹矣。吾行且思，……行两隅间，由此涉彼，思路至促，所思亦苦不能申，似大千世界，已仔吾肩，而世界又止成于一字，是字伟大惨苦，谩其音也。时则匍匐出四隅，蜿蜒绕我魂魄，顾鳞甲灿烂，已为巴蛇。巴蛇啮我，又纠结如铁环，吾大痛而呼，则出吾口者，乃复与蛇鸣酷肖，似吾营卫中已满蛇血矣。曰"谩耳。"

　　吾行且思，足次缁色之地，俄乃化为深渊，其底不可极，吾足若蹈虚，身亦越烟雾昏冥，出于天外。匈作一息，则深处徐起反响，闻之栗然。响既徐且嘶，似本历劫相传，而每一刹那，辄留其力少许于烟雾质点中者。吾知其物固如迅风，能拔大木，顾入吾耳，乃不过一低语，曰"谩耳。"

　　低语怒我，顿足叱之曰，"讵复有谩，吾杀之矣。"言已疾退，冀答不入吾耳，而答仍徐出深渊中，曰"谩耳。"

　　嗟夫，吾误矣！吾杀女子，而使谩乃弗死。吁，使未以祈求讯鞫，黏诚火于汝心，则慎毋杀女子矣！吾往来柙之两隅，由此涉彼，反复思且行。

六

彼人之判分诚谩也,幽暗而怖人,然吾亦将从之,得诸天魔坐前,长跪哀之曰,"幸语我诚也!"

嗟夫,惟是亦谩,其地独幽暗耳。劫波与无穷之空虚,欠申于斯,而诚不在此,诚无所在也。顾谩乃永存,谩实不死。大气阿屯,无不含谩。当吾一吸,则鸣而疾入,斯裂吾匈。嗟乎,特人耳,而欲求诚,抑何愚矣! 伤哉!

援我! 咄,援我来!

原载 1909 年 3 月 2 日日本东京神田印刷所版《域外小说集》第 1 册。署名周树人。

默[*]

[俄国]安特来夫

一

五月之夜,仓庚和鸣枝上,月光皎然,牧师伊革那支时则居治事之室。其妇趋进,色至惨苦,持小镫,手腕战动,比近其夫,乃引手触肩际,呜咽言曰,"阿父,盍往视威洛吉伽矣!"

伊革那支不顾,惟张目上越目镜,疾视久之。妇断望,退坐于榻,徐曰,"汝二人……忍哉!"其语至末辞,声乃甚异,颜色亦益凄苦,似以表父女忍心何似者。牧师微笑,渐起阖书,去目镜,收之匣内,入思颇深,黑髯丰厚,星星如杂银丝,垂匈次作波状,应息而动。

已忽曰,"诺,然则行矣。"其妇亦疾起,惴惴语曰,"汝盖知彼何如者,阿父,汝幸勿酷也。"

威罗楼居。木阶至不宽博,曲为弓形,且受伊革那支足音,声作厉响。伊革那支体本修伟,因必屡颇以避牴,而阿尔迦·斯提斑诺夫那素衣拂其面,则辄复蹙蹙,色至不平,盖已知今日之来,将不获善果如前此矣。

威罗袒其臂,引一手复目,一则陈素衾之上,漫问曰,"何也?"神气萧索,状亦漠然。母呼之曰,"威洛吉伽,……"顾忽呜咽而止。父则曰:"威罗,"言次力柔其声曰,"告汝父母,汝今何如矣?"

威罗默然。

父复曰,"威罗,今其语我,讵尔母及我,尚弗足见信于汝耶? 汝试念之,孰则亲过我二人者? 抑乃以爱汝未挚耶? 汝其信我年齿阅历,直陈毋隐,……则忧思将立平。盍视尔母,其困顿亦已甚矣。"时母呼曰,"威洛吉伽,……"而伊革那支仍曰,"而我……"时声微战,似有物突然欲出者,曰,"而我岂亦能堪者。汝有殷忧,顾殷忧何事,则乃父不之知,此当乎?"

威罗默然。

伊革那支轻拂其髯,用意至密,似恐不意中为指所乱者。既乃曰,"汝逆吾意,自诣圣彼得堡,乃怨吾谯责太甚耶? 汝不顺之子,或者以不畀汝多金,抑缘吾不喜汝,遂怅怅耶? 汝胡乃默然者? 吾知之矣,以汝圣彼得堡,……"伊革那支神思中,时仿佛见一博大不祥之市,飞灾生眚,充实其间,而威罗又以是获疾,以是绝声,则立萌憎念,且又烈怒其女,盖以女终日湛默,而其默又至坚定也。

威罗恚曰,"彼得堡何干我者。"已乃阖其目曰,"不如睡耳,此何干我者,时晏矣。"母啜泣曰,"威洛吉伽毋置我,……"威罗似不能忍,叹曰,"嗟夫,母氏!"伊革那支就坐,微笑曰,"汝终无言耶?"威罗略举其身以自理,曰,"父,父盖知我尝挚爱父母,顾今兹已矣,不如归睡耳! ……吾亦且睡,逮明晨或至后日,会当有时言之。"

牧师蹶起,撞几几触于壁,掣妇手曰,"去之!"妇尚延伫,曰,"威洛吉伽!"伊革那支遮之曰,"去之,诏汝! 彼忘明神,吾侪其能救耶。"遂力牵之出,妇故迟其步,低语曰,"汝耳! 父师,凡事悉起于汝,汝当自结此公案耳。嗟我苦人!"言已泪下,目几无见,临梯屡踬,如临深渊。

次日,伊革那支即不理其女,而女亦若弗知,时或独瞑,时或漫步,俱如往日,惟时必取帨拭其目,似是中满以尘埃者。其母性本乐易,嗜笑善谐,今遇默人,则大戚,左右不知所可。威罗平时好游眺,越七日,亦出游步如常,——顾其归也,——乃不以生返,已自投铁轨之上,辁车轹之,碎矣。

伊革那支自治葬礼,妇则弗临,当死耗达其家,骇震几绝,手足劲直,舌强不能声。比伽蓝钟动时,方挺然卧于暗室,第闻人陆续出寺,且作挽歌,欲举手作十字,而臂不之应,又进力欲呼曰,"威罗别矣!"而舌亦重滞如凝铅。使人见其状,必谓妇方偃息,否者盖入睡也。时观者大集寺中,伊革那支识者强半,莫不伤威罗夭折,第见牧师无悲色,则怃然。众咸弗爱牧师,以其人少矜恕,憎罪人,而礼拜者来,则虽赤贫亦力汲其润,殊不自憎。故人闻变大悦,竟欲睹共凌夷,亦俾自悟二恶,为牧师酷,为父凶,缘此罪障,乃不能自保其骨肉。顾众目聚瞩,而伊革那支之立屹然,时盖绝不为殇女悲,特力护神甫威棱,使勿失坠已耳。

木工凯尔舍诺夫曰,"铁牧师也!"是人盖尝为制画棡,直五罗布而不获偿者。特伊革那支之立,则仍屹然,先就垅上,次过市而归家。比达其妇室外,始微屈,然此亦以户低,惧撞其首耳。入室发燧,见妇乃骇绝。其状靖谧无方,忧苦皆退,二目无泪,寂然默然,体则委顿无力,陈胡床之上。伊革那支进询之曰,"若无恙耶?"而声亦寂然类其目。继抚额际,乃湿且寒,妇亦弗动,似绝不觉牧师之相抚者。比引手去,则无动又如故,惟二目厉张,是中更无人感。伊革那支渐怖而栗,曰,"吾归吾室矣。"

伊革那支入客室，见全室整洁，弗殊平时，几衣纯白，卓立如死人临敛。呼其婢曰，"那思泰娑，"则自觉声在虚室中，至复犷厉。窗外悬鸟笼，阑槛已启，其中虚矣。因复微呼曰，"那思泰娑，鸟安在？"婢哀毁，鼻已赤如芦菹，嗫嚅对曰，"自……自然去矣！"伊革那支蹙额曰，"胡为纵之？"婢复泣失声，掣袚角拭其目，咽泪曰，"此性命，……此女士性命，……何可留耶！"

伊革那支闻言瞿然，念此黄色小禽，终日伸首嘤鸣者，殆信威罗性命矣。假此鸟尚存，则威罗殆不云死。因大愤，厉声叱曰，"去矣汝！"婢仓皇未得户，乃又继之曰，"白痴人！"

二

威罗既葬，阖宅默然，而其状复非寂，盖寂者止于无声，此则居者能言，顾不声而口闭，默也。伊革那支如是思惟，每入闺，遇妇二目，目光艰苦，乃似大气俄化流铅，来注其背，——又若开威罗曲谱，叶中尚留故声，或视画像之得自圣彼得堡者，亦复如是。

伊革那支视像有常法，必先审辅颊，受光皓然，特颊际乃见微痕，与睹之威罗尸者密合，此殊弗知其故。使车轮践面而过，颅当糜矣，顾骸乃无损，殆必值移尸去轨，伤于靴尖，或偶创于指爪耳。伊革那支审谛久久，意渐怖，急越颊观其目，乃黑而美，睫毛甚长，投影至于颊际，映著目睛，光益炯炯。目眶似见黑缘，色至悲凉，且画师多能，施之殊采，凡目光所向地，辄作澄明薄膜间之，似夏日轻尘，集于琴台，以减楺木之曜。伊革那支欲去像弗视，而幽默之语，乃息息相从，其默又至昭明，几于入听。伊革那支际此，亦自信幽默为物，自能闻之矣。

每日晨祷已，伊革那支辄入客室，先眺虚笼，次及室中器具，乃据胡床而坐，闭目止息，谛听默然。时所闻至异，虚笼之默，微而柔，满以苦痛，中复有久绝之笑寓之。其妇之默，乃度壁微至，冰重如铅，且绝幽怪，虽在长夏，人耳亦栗然如中寒。若其悠久如坟，闷密如死，则其女之默也。第默亦若自苦，迸力欲转他声，顾暗有机括之力，阻其转化，乃渐牵掣如丝缕，终至颤动且鸣，鸣低而晰，——伊革那支知有声将至，乃悦且怖，引手据胡床之背，屏息俟之。已而闻声益迍，顾忽复中绝，全宅默然。

伊革那支薄怒曰，"音!"遂渐渐起立，则度窗见大道，满负日光，其平如砥，每石均作圆形。并有马厩石垣，浑沌无户牖，屋角立一御者，不动如石人。是人蠢立奚为，又乌能解，意者道绝行客，殆已久矣。

三

伊革那支他适时，颇多言议，如语法师，或对众述其勤修义务，亦时就识者，博塞以游。顾一返故家，乃若永日必绝其声息者，盖当长夜不眠，方思大故，而不能与家人言，思盖曰威罗何由死也。

伊革那支殊不悟时节已晏，尚欲寻绎因缘，且冀解其隐阋。深夜耿耿，每念往日自与其妇立威罗榻前，祈之曰，"语我!"特幻想所造，乃与成事迥殊，见两目朗然，不同画像，威罗欢笑起立，进而陈辞。——顾其辞云何，似此无言之辞，能解大阋，且复密迍，使倾耳屏息，怳忽愈益昭明，惟又迢远不可究极。伊革那支举皴皱之手出空中，挥而问曰，"威罗乎?"然答之则幽默也。

一夕，伊革那支往视其妇，弗入闺已且七日矣，时乃就坐床头，思柔其目光，令勿冰重，乃曰，"阿母，吾欲与汝谈威罗，愿闻之乎?"

妇目默然。伊革那支扬其声，使益威严，如语自忤者状，曰，"吾知之，汝盖谓威罗之死，皆出我手。顾吾岂爱之不若汝耶? 汝想诡矣! ——吾严厉，顾实未尝妨彼，彼不纵行其欲耶? 逮其视吾呵责如无物，吾又不立弃威权，自俛其背乎? ……然汝何如者，汝不尝痛哭呼吁之乎? 微吾诏者，泣且无已，而威罗不悛，吾何当独任其罪。

且吾又不屡面明神，诏之谦，教之爱耶?”言次疾窥妇目，又急避之曰，“使不以苦恼相告，吾何能为？命之与？——吾命之矣。哀之与？——吾亦哀之矣。将必屈膝求婢子，哀号如媪耶？其心！吾乌知其心何蕴者？忍耳冷耳！”伊革那支遂举手击其膝曰，“是人无爱，然也。人谓我奈何？……诚专制耳。顾汝乃号泣不惜自屈，彼终爱汝未?”

伊革那支忽失咲而无声曰，“爱也，何以慰汝？则死耳！其死惨凶，轻如飞羽，……死于粪土，犹犬豕也，人踶以足！”

伊革那支声渐低，……

曰“吾自愧，——行途中自愧，——立祭坛前自愧，——面明神自愧，——有女贱且忍！虽入泉下，犹将追而诅之！”

伊革那支言已视其妇，已厥死矣，历时许方苏。比苏，而目旋默，闻其言或未尝闻，人莫能测也。

是日之夜，——昷煦宁靖，七月之夜也。伊革那支惧惊其妇及侍者睡，乃以趾点梯而升，入威罗之室。小窗自威罗逝后，即严扃不启，全室干昷，烈日贯铁叶屋山，长日照临，入夜留炎熇之气，人迹永绝，则颢气殊异懒散，遍于太空，室壁家具，久而朽败，亦有气蒸蒸涌出。月色度窗，投文至地，且以余光朗照室隅。卧榻雅素，上遗小大二枕，阴森欲动。伊革那支启窗，外气随辟而入，清新芬馥，来自近郊水次，且挟菩提树华香。远有歌声，似出艇内。伊革那支徒跣白衣，状如鬼物，行就威罗榻旁，长跽于地，投首枕上，引手向空而拥，曩日女首所在处也。如是久久，既而歌声顿辍，顾牧师伏如故，长发越肩分披，曼延及枕。少顷，月易其轨，小楼就昏，伊革那支始昂其首，随作微语，声至雄浑，更函不知之爱，如对所生，曰，“威罗吾女！威罗，——汝知否此谊云何？吾女吾女！吾血吾生！……汝老父，颢首骀背，……”言次，两肩忽战，全身随之而动，发声甚柔，若诏孺子，曰，“汝老父祈汝，……唯，威洛吉伽祈汝矣！——彼且泣，彼前此未尝泣也。孺子，汝有忧，忧亦属我，否否，且甚也。”伊革那支时摇其首,曰,"且甚也。威洛吉伽,吾老矣,死则奚惧。然汝,……使汝自知茌弱娇小者,汝念之耶?幼时伤指见血,泣失声矣。孺子,汝爱我,吾深知之。汝实爱我。第语之!语我,胡为自苦?吾将以此手去其忧,此尚强也,威罗,此手!"

伊革那支遂起,复曰,"言之!"随张目视四壁,伸其手,而小楼寂漠,远闻汽笛有声。伊革那支目益厉张,自顾身外,似见形残厉鬼,离榻徐起。渐举柴瘠之手自按其头。及门,尚微语曰,"言之!"而为之对者,又独——幽默也。

四

一日,午食早已,伊革那支趋赴墓场,威罗葬后,此其初次矣。其地炎热靖谧,杳无人踪,虽夏日如在月夜。牧师欲挺身徐行,肃然四顾,自意弗异往时,而不知二足已孱,风度亦变,须髯皓白,如被严霜。墓场前道路修坦,渐高如坡坂,其端墓门,幽黑有光,若张巨口,四周则白齿抱之。威罗葬于杪端,至是已无沙砾。伊革那支旁皇隘路中,左右悉为丘垅,遍长莓苔,久不得出。其间时见断碑,绿华斑驳,或坏槛废石,半埋土中,如见抑于幽怨。内则有威罗新坟,短草就黄,外围嫩绿,榛楛依枫树而立,胡桃柯干,交于墓顶,新叶蒙茸。伊革那支坐邻坟,吐息四顾,上见昊天,净无云气,日轮如如不动,乃初觉在幽宅中。每当风定,万籁辍声,则寂漠满其地。其寂至莫可比方,此刹那间,并起幽默,默似远涉幽宅之垣,且逾垣直至市集,终于目睛,是目则澄碧无声,永靖于默。伊革那支耸其肩,运目至威罗墓上,观纠结之草久久。草曼衍遍地,遥尽于负雪之野,似无暇更被异域者。时乃观之而疑,思地下不六尺,乃为威罗所宅,四周缥缈,莫可执持,则俄有僾扰执迷,起于匈臆。盖往尝谓纵有物没深邃无穷中,顾得之实不在远,殊不知诚乃无有,且亦将终无有也。尔时陡有所念,似倘作一言,此言已冲唇且发,或作一动,则威罗将离墓起立,顾长妙好,一如生时,即四邻陈死人,方以坚冷之默感人者,亦将由是言动,辞其幽宅。伊革那支乃去广缘黑冠,自抚其发,微呼曰,"威罗!"

言已,惧入人耳,则起登坟颠,越十字架外望,见绝无生人,于是复扬其音曰,"威罗!"

此牧师伊革那支垂老之声也。其声干涸,如求如吁,异哉!祈求之切如是而无应也。曰,"威罗!"

时声朗而定矣。比默,怳忽有应者出于渊深,若复可辨。伊革那支复四顾屈其身,倾耳至于草际,曰,"威罗答我!"则有泉下之寒,贯耳而入,塙几为之坚凝。顾威罗则默,其默无穷,益怖益闷。伊革那支力举其首,面失色如死人,觉幽默颤动,颢气随之,如恐怖之海,忽生波涛,幽默偕其寒波,滔滔来袭,越顶而过,发皆荡漾,更击匈次,则碎作呻吟之声。伊革那支眙目愕顾,五体栗然,渐进力伸背而起,自肃其状,俾勿震越。又拂冠及膝际,以去沙尘,交臂三作十字,徐行而去。顾幽宅乃突呈异状,道亦绝矣。

伊革那支自哂曰,"误矣!"遂止歧路间。顾不能俟,未一秒时,即复左折,默迫之耳。默出自碧色垅中,十字架亦各嘘气,地怀僵蜕,孔孔均吐幽波。伊革那支行益急,左右奔驰,越墓撞于阑槛,铁制华环,刺手见血,法服亦斯裂如鹑衣,第心中则止存一念,曰觅去路耳。

伊革那支尽其心力,跳跃往来,久乃益疾,长发散乱法服之上,而去路终不在前。其时状至怖人,张口坌息,色如狂醒,厉于幽鬼。终乃奋力一跃,突出墓场。其地有伽蓝,垣下见一老人,方据榻假寐,状似远方行脚,旁有二刍妇,断断互争。比归家,闺中镫光已曜,牧师不及易衣冠而入,风尘零落,即跽其妇足下曰,"阿母,……阿尔迦,恕我!"言次啜泣曰,"吾且狂矣!"遂撞首于几,泣至哀厉,如未尝泣者之泣也。

迨举首,伊革那支盖信异事将见矣。妇且有语,恕其前愆。因曰,"吾妇!"——则伸首就之,相其二目,而是中恕宥怨愤,两复无有。妇殆已恕其罪,寄之同情与? 顾目乃一无所示,寂然默然耳。……而此荒凉萧瑟之家,则幽默主之矣。

原载 1909 年 3 月 2 日日本东京神田印刷所版《域外小说集》第 1 册。署名周树人。

四月

十七日

《域外小说集》第一册 *

是集所录,率皆近世名家短篇。结构缜密,情思幽眇。各国竞先选译,斐然为文学之新宗,我国独阙如焉。因慎为译述,抽意以期于信,绎辞以求其达。先成第一册,凡波兰一篇,美一篇,俄五篇。新纪文潮,灌注中夏,此其滥觞矣! 至若装订新异,纸张精致,亦近日小说所未睹也。每册小银圆三角,现银批售及十册者九折,五十册者八折。总寄售处:上海英租界后马路乾记弄广昌隆绸庄。 会稽周树人白

原载 1909 年 4 月 17 日《时报》第 1 版。署会稽周树人白。

初未收集。

五月

《劲草》译本序

蘦,比附原著,绎辞绅意,与《不测之威》绝异。因念欧人慎重译事,往往一书有重译至数本者,即以我国论,《鲁滨孙漂流记》,《迦因小传》,亦两本并行,不相妨害。爰加厘订,使益近于信达。托氏撰述之真,得以表著;而译者求诚之志,或亦稍遂矣。原书幖名为《公爵琐勒布略尼》,谊曰银氏;其称摩洛淑夫者霜也。坚洁之操,不挠于浊世,故译称《劲草》云。

著者托尔斯多,名亚历舍,与勒夫·托尔斯多 Lyof Tolstoi 有别。勒夫为其从弟,著述极富,晚年归依宗教,别立谊谛,称为十九世纪之先知。我国议论,往往并为一人,特附辩于此。己酉三月译者又识。

未另发表。据手稿编入。系残稿。
初未收集。

七月

二十七日

《域外小说集》杂识(二)*

《四日》者,俄与突厥之战,迦尔洵在军,负伤而返,此即记当时情状者也。氏深恶战争而不能救,则以身赴之。观所作《屠头》一篇,可见其意。"莗罗",突厥人称埃及农夫如是,语源出阿剌伯,此云耕田者。"巴侬",突厥官名,犹此土之总督。尔时英助突厥,故文中云,"虽当英国特制之庇波地或马梯尼铳……"

原载 1909 年 7 月 27 日日本东京神田印刷所版《域外小说集》第 2 册。署名周树人。

四　日*

[俄国]迦尔洵

吾辈趋经大野,铳丸雨集有声,树枝为动,复入棘林,宛延而进,吾今兹犹记之也。射益烈,天垂时起赤光,隐见无定处。什陀洛夫者,少年军人,第一中队属也,——时吾自念,彼胡为妄入此战线耶?——陡仆于地,默不声,张目厉视吾面,血溢于口如涌泉。是诚然,吾今犹记之确也。且又记之,当大野尽处,丛棘之中,吾乃见……彼。彼巨而壮,突厥人也。顾吾直奔之,虽吾弱且瘠乎。有声霍然,似有物尔许大,飞经吾侧而去,耳为之鸣。吾自念曰,"彼射我矣!"而彼遽大呼,急退走入丛棘。使绕道以出棘林,易易耳,顾惊怖时,乃思虑不能及此,其衣钩于棘枝。吾一击堕其铳,次举铳端利矛力刺之,似中其身,似闻呻吟声。吾遂奔而之他。吾军大呼,——或仆,或射,吾去野入田间时,则亦引机射一二次。

俄复大呼,其声加厉,吾辈皆疾走。顾此不能曰吾辈,当曰我军也。所以者何,缘吾独止于此耳。异哉!惟尤异者,乃觉一切顿失,如一切呐喊,一切铳声,莫不寂然。吾无所闻,第见少许苍苍者,殆天也,已而即此亦杳矣。

异境如是,昔未尝遇也。吾似伏地卧,当吾前者,有土一小片,草数茎,为去岁槁干,有蚁缘其一,蠕蠕而行,厥首向下,——目前全世界,如是而已。且能视者又止一目,其一乃有坚物阻之。物盖枝柯,下障吾首,而首又加于枝,状至不适。吾欲动,然又不能。胡为不能耶?而如是者久之。吾第闻阜螽振羽及蜜蜂嘤鸣,舍此更无他事。终而奋力自曳右手,出于身下,乃并两手抵地,思踉而兴。

有锐而速者,——若电光然,——骤彻于全身,自膝至匈,匈而至首,——吾复仆,遂复惘然,遂复无觉。

吾觉矣。乃又胡以见星,见此灿然于勃尔格利亚蔚蓝天宇者耶?讵吾非在穹庐中,且见弃于众者又何耶?时自动其身,乃骤觉剧痛发于足。

然夫,吾伤于战矣!惟创之轻重奈何耶?渐伸手抚痛处,则右足满以血污,如左足焉。且手之所触,痛乃加剧,其为痛如——龋齿,绵绵无止,彻于心曲。耳大鸣,首亦岑岑然,知两足皆创矣。第众置我于此者曷故?讵已见败于突厥耶?吾回念之,初殊恍忽,继乃了然,终知我军不北。缘吾仆——吾不知此,惟记众趋进,而青色物犹留我目前已耳。——甫田中,在小丘之上。大队长则指之大呼口,"儿郎,吾辈得此矣!"于是据甫田,然则我军固未败也。——顾众胡不将我俱去耶?原田坦荡,无物障其眼界,且敌军射极烈,伤者当不止吾一人也。盍且举首一审视乎?今滋适矣。盖前此更生,见草茎及到行蚁子时,曾进力欲起,继乃仰仆,故今者亦见明星也。

吾欲起而坐地,然两足皆创,綦难也。勉强久之,渐乃得坐,负痛甚,泪满于目矣。

临吾上者,有苍天一角,天半见一巨星,灿然作光,益以小星三四。四周何有,为暗为高,此棘丛也。吾卧棘林中,众遗我矣!

时觉毛发森然皆立。虽然,吾负伤于田,今何缘忽在丛薄中耶?意者受丸而后,因痛失神,遂自狂走入此与?惟今且不能少动其身,昔何能奔逸而至,乃思之殊不可解。是殆初仅一创,比至,始复受其一耳。

地面处处生白,朗而微红,巨星之光渐暗,小者皆隐,月上矣。嗟夫,倘在故乡,其佳胜当何如!……

有异声至吾耳际,如人呻吟。诚然,此呻吟声也!岂不远有伤人见弃,其足糜烂,抑铳丸入于腹耶?唯,否否!其声至迩,而吾侧复无他人。汝!呜呼,天乎!此我也!吾之微吟,吾之哀鸣也!岂痛剧乃至于此乎?然,痛固也,惟吾𥉂若笼于雾,若压以铅,故遂亦无觉。今良不如寐耳,寐哉寐哉!……第使终古不复觉者奈何!然此亦何惧为?

吾就卧,则月色苍凉,朗照四近,相距不五步,有巨物横陈,黝然而黑,月光所照,处处烂有光辉,殆衣结或兵刃也。此其死骸,抑伤人耶?

皆同耳!吾则且寐,……

否否,此何能者?吾军未去,逐突厥遁矣,今方守伺于此,然胡为无人语声或篝火爆列声耶?必吾疲敝既极,不之闻耳,顾吾军乃实在是。

曰，"援我！援我！"其声野且嘶，突吾匈而出。顾无人声为之对，仅有反响发于夜气，其他寂然，独蚤吟如故，及满月在天，凄然临我已耳。

使卧者而为伤人，当闻吾声而觉矣，然则尸也！特不知其为火伴，抑突厥人耳。咄，为仇为友，在今兹不皆同耶。……而吾浮肿之目，时已渐合于瞑卧矣。

吾虽早觉，然尚靖卧，阖其目，吾殊不欲张也。目虽阖，日光犹穿眠而入，比启，则受刺不可堪矣。且卧而不动，于我亦良适。……昨日——吾思殆昨日也，——负伤，至今一日已过，第二日且继之——吾当死矣。凡事皆同，不如弗动胜。人当弗动其身，尤善则弗动其皬，然不可得也，记念思惟，交错于内，第此亦至暂矣，不久将终，仅留数行字于新报中曰，"吾军损失极鲜，伤者若干。一年志愿兵伊凡诺夫战死。"否，不然，报纸且不举氏姓，第约略言之曰死者——一人已耳。兵一人，犹彼犬也。

时吾神思中，则全图昭然皆见，盖昔日事矣。——所谓昔者不止此，在吾一生中，当吾足未见创前，皆昔日事矣。——吾尝见众聚于市，遂延伫审视之，众乃默立，目注一白色物，方流血哀鸣，状至可闵，小犬也，轹于车轮，已垂死如吾今日。乃忽有执事者排众人，攫其领，提之他去，众则亦鸟兽散。今者孰提我去诸乎？嗟夫，野死而已！……人生亦奇觚哉！……昔之日，——即小犬遭祸之日也，——吾生多福，消摇以游，为状如酪酊，第此亦有其所由然也。——嗟汝古欢！其毋苦我，且趣离我矣！——昔日之福，今日之苦，……苦固不可逃，特愿不见窘于怀旧，与往日相仇比耳。呜呼，忧乎忧乎！汝困人良甚于创哉！

今热矣，日乃如炙也。吾启目，见同此丛薄，同此高天，特在昼耳，而邻人亦依然在是。突厥人，尸也！躯体又何伟哉！吾识之，斯人耳！……

见杀于我者，今横吾前。吾杀之何为者耶？

斯人浴血死，定命又何必驱而致之此乎？且何人哉？彼殆亦——如我——有老母与？每当夕日西匿，则出坐茅屋之前，翘首朔方，以望其爱子，其心血，其凭依与奉养者之来归也！

而吾何如者？皆同耳！……然吾甚羡之，斯人幸哉！其耳无闻，其伤无痛，不衔哀，不苦渴，……利矛直贯其心，……在是，——穴在戎衣，大而黝然，四周满以碧血，——此吾业也！

然此岂亦吾愿与？当吾出征，不怀恶念，亦无戕人之心，惟知吾当以匈臆为飞丸之桌，则遂出而受射已耳。

而今又何如者？咄，愚人愚人！然哀哉此茀罗！——斯人盖衣埃及戎衣者，——不较我尤无罪耶？有人令之，则如青鱼入筌，以汽船送之君士但丁堡，为俄罗斯，为勃尔格利亚，两未有所前闻也。人复令之行，则遂行，使其不尔，则轻亦鞭筂，甚或有巴侅之铳，引火射其匈者矣。于是苦辛悠远，自君士但丁堡从军以至卢司曲克，我军进攻，彼则守御，比见吾曹健儿，虽当英国特制之庇波地或马梯尼铳，亦坦然径前，乃始恂惧思退走。此瞬息中，又不图突来一小丈夫，平日仅挥黑拳，击之可蹻耳，而今乃举利矛刺其心。则是人究何罪耶？

杀斯人者我，然吾亦何罪乎？吾何罪？……渴乃苦我至于此耶？渴也，人亦知渴之为事奈何耶？虽昔日过罗马尼亚时，酷热至四十度，日行五十威尔斯忒，其渴不若此也。吁，安得有人至乎！

天乎！彼人军持中不有水耶？惟必就而取之，不知痛当如何耳。

咄，同也，吾进矣。

吾匍匐前，曳足于后，两手失力，才足动垂僵之躯。尸距我不及二克拉式佗，而自吾视之，乃多，——不然，非多也，劳于十二威尔斯忒也。顾亦当勉之，咽且焦矣，如发烈火，汝即失水且死耳。虽然，万一……

吾匍匐前，二足为地所泥，每动辄作大痛，为之号叫，为之呻吟，而匍匐前不止。今终至矣，军持在斯，……其中有水，——水若干，似且越军持之半也。猗，水足用矣！——以至于死。

吾曰，"施主，汝救我矣！……"则以肘支体，解其军持，重心失，遂仆。吾面适触救主之匈，尸气已扑鼻矣。

吾得水狂饮之，水虽晶，然尚不腐，且甚多也，可支数日。吾昔读生理易解，记书中有言曰，"人苟饮水，则虽无食亦能活逾七日以上。"次复举事实为证，谓尝有人绝粒图自杀，顾久之不死，即以不废饮也云。

咄，复次奈何？使更活五日——六日者，其后奈何？吾军已行，勃尔格利亚人亦遁，左近又非达道，终亦死而已矣。惟二昼夜濒死之苦，今则易以七日，殆不如自殊胜耳。邻人之侧，有铳在地，颇似英伦良品，仅劳一举手，——诸事毕矣。且铳丸亦累累满地，似当日用未尽也。

要而论之，吾宁自夭，抑且——待耶？何也？待救，抑待死与？且待，待突厥来，更褫吾足负伤之革耶？则良不如自……

不然，人何当自失其勇气，在理宜力图活以至终也。有见我者，吾即得救矣。吾骨或无损，受治当瘥，于是乃复见故乡，复见吾母，复见玛萨，……

嗟，幸毋令彼知实事矣！幸告之曰即死。假使知其实，知吾受殊苦历二日三日以至四日者，……

吾目忽眩，邻右之游，膂力悉竭矣。复有异气，色亦渐益黝然，……明日及又明日，更将如何？吾亦姑卧此，今无力，不能移也。且容少休，乃返故处，幸适有风，吹奇殡悉他向矣。

吾罢极而卧，日照吾手及头，又无物足以作障。使其顷刻入夜，则——吾自思——似已第二夜矣。

思绪忽乱，——遂复入忘。

吾寐久之。比觉，日已夕矣，见一切如故，足伤依然作剧痛，邻人庞然僵卧，亦复如前。

欲弗念是人，不可得也。何者？吾弃爱绝欢，跋涉远道，陵冻馁，忍炎热，终则陷于巨苦，——乃仅为戕杀斯人来耶？戕杀斯人而外，吾又尝有微利于战事耶？

杀人，杀人者，……顾谁耶？

我也！

念吾自决志从征时，吾母及玛萨泣皆甚哀，顾不相沮。吾则眩于幻想，弗睹其泪，亦未尝知，——今乃知之，——将有忧患之加于眷属也。

然念之奚益，往事不可追矣。

当是时，有故旧数人，其为状亦至异耳。众皆曰，"愚物，徒是扰攘，自且弗知后事，究何为者？"——然此何言？一则曰爱国，再则曰英雄，而此口乃亦能作如是语乎？在彼辈目中，吾非英雄与爱国者又何物？虽然，此固耳，而吾则——愚物也！

吾于是至契锡纳夫，众以革囊及此他武具相授，从军而行。众可千人，中之出自志——如我——者仅三四。他乃不然，假能免其役，皆愿遄返故乡者也，然仍力前，绝不逊自觉之吾辈，徒步至千威尔斯武，临敌而战无慑，视吾辈或且胜也。倘放之归，固当投兵立散，惟令则服其义务不荒。

晨风徐来，棘枝摇动，惊睡鸟出林而飞，明星亦隐，天宇已见晓色，白云如毛羽，菱然蔽之，昏黄渐去大地，吾之第三日至矣。……将何以名？谓之生，抑谓之死乎？

第三日，……将更历若干日耶？谅不多矣。吾罢极，恐不能离此尸而去，且不久将类之，不相恶矣。

吾每日当三饮，——朝，午，夕也。

太阳已出，黑色棘枝，纵横分划巨轮，视之朱殷如人血。意今日者，天气其将酷热矣。

吾之邻人，——今日汝当如何？汝已怖人甚矣！

诚然，彼滋怖人也。毛发渐脱，其肤本黎黑，今则由苍而转黄，面目臃肿，至耳后肤革皆列，蛆蠕蠕行罅隙中，足緎行縢，胫肉浮起成巨泡，见于两端钩结之处，全体彭亨若山丘。更历一日，乃将如何耶？

傍之卧，抑何可堪者，虽必出死力，吾亦迁矣。特不知能动否耳？吾固能自动其手，能启军持，能饮水，特未识运我重滞不动之体则何如？不也。姑试之，纵令动极微，阅一时而得半步与。

迁徙既始，终朝方已，足创固剧痛，然亦何有于我耶！吾尔时已不记常人感觉作何状，渐习于痛矣。阅一朝，乃迁地不及二克拉式佗，顾已至故处，昂首吐吸，将得新气以舒心神者暂耳。离腐尸不六步也。风向忽变，挟异臭正扑吾鼻，其臭至强，吸之欲呕，虚胃亦作痉挛且痛，五内如绞矣。而臭腐之气，则续续扑鼻无已时。

方术已穷，吾遂泣。

时困顿达于极地，乃颓然卧，识几亡，忽焉——此岂神守已乱，耳有妄闻耶？似闻……不然，否，诚也！——人语声也。马蹄声，人语声。吾欲号，顾力自制，万一其人为突厥，则将奈何？恐所遭惨苦，即就报纸诵之，亦毛发立矣。彼辈将生剥人肤，伤足则烙之以火，……善，且不止此，彼辈长于此道，未可测也。——然则见杀于彼，殆不如野死胜乎。顾使来者而为我军，嗟汝鬼棘，何事繁生若崇垣者，吾目不能透棘有所见也。仅得一处，在枝柯间若小窗，能就之少窥外状，远见平隰，其地似有小川，记战前曾饮之，诚然，亦有石片，横亘水之两厈如小桥，来者殆当过此也。——而人声默矣。众操何国语言，绝不能辨，讵吾耳亦已聩耶？天乎，使来者果为我军，……则吾呼号于此，众当能在桥上闻之，此良较见俘于黎什珂，见俘于巴希皤支克优也。胡以不闻蹄声耶？不能忍矣。时尸气虽恶，顾已不之知。

忽而行人见桥上，珂萨克也。戎衣色青，赤绦在袴，持矛，数可五十。率之行者乘骏马，为黑髯军官，众方渡，即据鞍反顾，大声呼曰，"疾走！"

吾亦呼曰，"且止且止！嗟乎，援我来，兄弟！"顾马蹄佩剑声及珂萨克朗语，皆高出吾声之上，——众不我闻也。

吁，吾遂失力而伏，以面亲土，呜咽继之。军持仆，是中之水，——吾性命，吾援救，吾延生之药，乃忽外流。比扶之起，则所余已不及半盏，地面干涸，此他悉为所吸矣。

是举既空，吾已不复能振，惟微合其目，奄然僵卧耳。且风向屡变，时或贶清新之气，时或依然以腐殨来。邻人为状，今日亦益凶，不能尽以楮墨。吾偶启目微睨之，乃栗然。面肉已消，脱骨而去，槁骸露齿，吾虽多见髑髅，或制人体为标本，顾未睹凶厉怖人有如此也。骸著戎服，衣结作光烂然，令吾震慑，心乃作是念曰，"所谓战事，——此耳，其象在是！"

酷热不少减，面与手皆且灼矣，乃饮余水尽之，初苦澈，仅欲饮其一滴，殊不图一吸尽之也。嗟夫，珂萨克自过吾旁，又胡不止之。纵为突厥，亦胜于此，彼苦我不过一二小时耳，今则辗转呻吟，特不知当历几日也。呜呼吾母，使其知此，殆将自擢皓发，牴首于墙，以诅吾诞生之日，——且为此始作战斗以苦人群之全世界诅也。

然汝与玛萨，又胡能知吾之惨死耶？别矣吾母，别矣吾爱吾妻！嗟夫，此苦何可言者！有物填吾膺，……又复此小犬也。忍哉执事人，就墙撞其首，投之尘屯，犬未死，故受楚毒至一日。顾吾之惨苦甚于犬，受楚毒者已三日矣，诘朝而为——四日，于是至五日，至六日。……死！汝安在？趣来前，趣来前，趣攫我矣！

顾死乃不来，亦不攫我。吾惟卧烈日之下，咽干且坼，而水无余滴，尸殨则弥曼空气中，彼肉全尽矣，有无量数蛆，蠕蠕而坠，蠢动满地，既食邻人尽，仅余槁骨戎衣，——则以次及于我，而吾之为状，于是如前人！

白昼既去,深夜继之,亦复如是。比夜阑而东方作,亦复如是。又空过一日矣。……

棘枝动摇,有声如私语,右谓我曰,"汝死矣,死矣,死矣!"左则应之曰,"不复相见也,不复相见也,不复相见也!"

侧有声曰,"伏藏于此,又何能见耶?"

吾忽归我,乃见二碧瞳,自棘枝内瞰,此雅各来夫,吾军之伍长也。曰,"将锄来,此间犹有两人,其一,盖火伴也。"

曰,"毋以锄来,亦勿瘗我,吾生也。"吾心欲号,而唇吻干涸,仅自其间扁微叹而已。

雅各来夫惊叫曰,"嗟乎!彼诚生,伊凡诺夫也。儿郎,彼生也。速召医者!"

可十五分时,似有水注入吾唇,复有勃兰地酒及他物,次乃冥然。

篮舆徐动,其动爽神,吾似觉矣,而旋晕。创伤既裹,痛苦皆失,四肢舒泰,至不可言。……

"止!降!卫者交代!举舆!走!"

施令者彼得·伊凡涅支,为摄卫队护视长,身颀长而瘠,和易善人也。虽舁舆者四人,体悉伟硕,而吾视其人,乃先见其肩,次见疏髯,渐乃见首。微呼之曰,"彼得·伊凡涅支。"曰,"何也?小友,"则屈身临我。吾曰,"医何言?顷刻死耶?彼得·伊凡涅支。"曰,"此何言,伊凡诺夫,——虽然,……汝安得死,汝骨皆无损,此幸事也。动脉亦无故。惟汝何能自活至三日,汝何所食耶?"吾曰,"无之。"曰,"然则何所饮?"吾曰,"得突厥人军持,彼得·伊凡涅支。今兹不能言,尔后……"曰,"诺,神相汝,小友,盍且寐矣。"

又复入寐,入忘。……

觉乃在医院中,医及护视者绕而立。此外更见名医,为圣彼得堡大学主讲,旧识其面,则俛而临吾足次,血满其手,似有所为。少顷，乃顾我言曰，"神则右汝，少年，汝生矣。吾辈仅取汝一足，然此特——小事耳。今能言耶？"

今能言矣。遂具告之，如上所记。

原载 1909 年 7 月 27 日日本东京神田印刷所版《域外小说集》第 2 册。署名周树人。

《镫台守》之诗*

余故园烈炗跂兮，猗尔其若康豫也，
彼康豫之为大祥兮，顾非郁癙者不之悟也。
览汝美又何无伦比兮，繁饰纷其备具也。
托毫素而陈词兮，惟余心之汝慕也。
神后具能智兮，骞多跂赖以允臧。
曜大明于阿思托罗波罗摩兮，猗赫赫其辉光。
相下民之贞信兮，守诺革洛兑之旧疆。
昔余母陨涕其淋浪兮，余则睘枯目以视昊天，
感大神之重竺以生兮，仰帝阖而趋前。
惟尔昔既归余以康豫兮，——
又胡不垂威灵以返我于故乡也？
傍林皋而依绿野兮，
导神魂以翱翔也。

录自 1909 年 7 月 27 日日本东京神田印刷所版《域外小说集》第 2 册《镫台守》一篇。周作人口译，鲁迅笔述。

人生象斅

生 理 学

绪 论

生理学（Physiologia L.）者，所以考核官品之生活，生学（Biologia L.）分科之一也。凡物函生于中，必有象著于外，其所著者，曰生活见象，总此诸象，则名生活。故肇治见象，明其常经，为斯学所有事。

官品（Organismus）者，或称有机体，即动植物。故生理学亦因是别为二：曰植物生理学，曰动物生理学。若后此所言，乃限于人体之官能，又为动物生理学之一部，故具称曰人体生理学。

肇究生理，首在观察，虑其未密，则试验以实之，复有剖析学（解剖学 Anatomia L.）以察官品之构造，有化学以考官品之集成，诸相凑会，斯学以立。于是从其所教，得官品生存时弗失其健康之术，而摄卫学（Hygieina L.）起焉。

然往之学者，思惟言议，胥以为官品与非官品，其固有之力，别而为二。官品所具，微眇幽玄，因是有生，因是能动，为之名曰生力。逮于近今，乃知凡有见象，无间官品非官品。其所显见，皆缘同一之力，初无有二，特一繁一简，有差别耳。是故论非官品固有之力者曰力学（Physik 物理学），则此亦可曰官品力学（Organische Physik）。

人体作用之大嵩，为运动，消化，循环，呼吸，输泻，感觉等，为之主者，即名曰官（Organ），诸官相联，共营一事，则谓之系（System）。如齿，舌，胃，肠，各为人体一官，而此诸官，皆涉消化，则总称之曰消化系。

今假平分人体，则得二半，左右相肖。视其断面，可见二管：在前有消化，循环，呼吸，输泻，繁殖诸系，植物所同具也，故曰植物性管，亦曰藏管；偏后所函，为脑脊髓，则动物所独有，故曰动物性管，亦曰神经管。

又假任取一官，切为薄片，检以显镜，则所见必非榍然若一，实有小物多数，凑合以成材。小物曰幺（Cellula L. 日译细胞），其所结构以成者曰䐃（组织 Textŭra L.），所以治之之学曰䐃学（Histologia L.）。

幺之为质，为半流体，名曰形素（原形质）。其外有膜，形素之微凝者也。中有极小物，名之曰核。凡为幺，必具形素与核二，阙其一，非幺也。

若其为状，虽以圆为正则，而变形亦恒有之：或为扁平，或为多觚，或如纺锤，或如圆柱，亦有延长若丝缕者，则特名之曰幺（纤维 Fibra L.）。

幺为单简生体，故具有生活之见象，如运动，摄取，生长，繁殖，分泌皆是。以能分泌故，则泌质外输，互联成䐃，名其所泌者曰幺间质，或曰原质。惟幺多质少，则与前名；质多幺少，则与后名。

由是观之，有核与形素者为幺，幺相联而成䐃，䐃相联而成官，官相联而成系，系相联而成体，故核人体构造，实亦以幺为本柢，与植物无二致也。

生理学讲义

总　论

人体之构造第一

自外状以区分人体,可作四部:

(一)头　上后半为头盖,其中函脑;下前半有诸腔,所以容视,听,齅,味四官者也。

(二)躯　其基为脊柱,脊髓之所藏也。躯自上而计之为颈,中有声官(喉),气管,食道,神经及脉;为匈,有呼吸,循环,二官(肺及心);为腹,为骨盘,有消化,输泻,生殖诸官。

(三)支　其基本为骨与肌,分二部,曰上支,曰下支。

人体外面幂以肤革,其色虽视人种为异,而质乃莫不滑而柔。至内面腔壁,则覆以赤色软膜,泌分黏液,使壁常泽,在口鼻诸腔中,可以见之。

去人体肤革,见赤色物,是谓之肌。肌著于骨,与夫软骨以行运动。诸骨相联则曰骨骼,人体之基本也。骨之能联,又赖于系,其联处为节。肌骨相附得虚中处曰腔,脑,脊髓,心,肺,肝,胃,肠,脾,肾等在焉。

凡肤革,黏膜,肌骨以及诸藏,咸有无色流质以浸润之,有如海绵函水方湿,是名养液,诸官所赖。养液之来,则自毫管,即脉杪尚。其壁极薄,故血行至此,能外渗也。他复有管与之错综,集合余液,以及膝之分解物曰淋巴者,至淋巴腺处,更过总干以注于心,与血和会。此管曰淋巴管。其属于消化系,以吸收食物之已化者则曰糜管。

若感觉运动,则有神经以主之。其色近白,状如丝缕,分布全体,如网如枝。然诸种官能,各不相同。故神经之峝,亦复殊异,至其根本,乃在中枢。中枢神经者,脑脊髓及延髓也。故其歧分曼衍者,曰杪末神经。

人体之成分第二

取膆及液,以化学分析术理之,至于任用何术,莫能解离者,曰原质。其在人体,为数至少,仅养,炭,淡,轻,硫,磷,绿,弗,钾,钠,镁,钙,锰及铁而已。

若言杂质,所存至多,今别之为二类:

壹　无机性杂质

一　水　为人体主成分之一,其量约居六四％。

二　酸类

（一）炭酸　为气体,多在肺及肠中。

（二）盐酸　在胃液中。

三　盐类

（一）钠绿（食盐）　在液及膆。无机盐类中,此为最多。

（二）钾绿　多在赤血轮及肌。

（三）钙弗二　骨及齿。

（四）钙,钠,钾,锰之炭酸盐及磷酸盐　在骨最多。

（五）钠及钾之硫酸盐　乳及胆汁,胃液而外,皆微函之。

贰　有机性杂质

一　函淡杂质

（一）卵白质　炭,养,淡,轻,硫所合成,多在养液或为膆之成分。

　　甲　亚尔勃明　在血,乳及肌。

　　乙　亚尔勃米那忒　胃中。

　　丙　乡素

　　丁　格罗勃林　在血,淋巴及肌。

（二）似卵白质　其反应甚类卵白质，亦滕之成分也。

　　甲　黏液素

　　乙　胶素（骨胶）

　　丙　角素　在肤及爪。

　　丁　弹力素

　　戊　酵素　在消化液中。

二　不函淡杂质

（一）函水炭素

　　甲　蒲陶糖　血及淋巴中皆存少许。

　　乙　乳糖　乳之主成分也。

　　丙　格里科堪（动物性淀粉）　肝及肌之主成分也。

（二）脂　多在肌及皮下之滕，液体则除尿而外，无不有之。

本　论

运动系第一

第一分　骨 Os, Knochen

一之一　骨之构造及生理

　　人体之骨，数可二百，大都互相联合，或可动，或不可动，以为全体基本。故骨骼为状，应于人身，又成空洞以护要官，如匈廓，颅骨皆是。

　　色与形　骨之质，坚而有弹力。当其新时，作黄白色。假其多血，则作黄赤。形略有三：一曰长骨，概为管状，如上下支骨是；一曰广骨，亦曰扁平骨，其所围抱，大都要官，如颅顶骨及前后头骨是；三曰短骨，如脊椎骨，腕骨，跗骨是。若其形制陵杂，难施统属，如颞颥骨,蝶骨者,则曰不正骨。

成分　骨之成分,为有机物(或曰软骨质)及无机物(亦名垩质)。其量之比,如一与二。甲所以与之韧性及弹力,乙所以使之坚贞。一有盈绌,即不宜于人体。如老人之骨,多无机物,故遇力易折;孺子之骨,多有机物,故偶或不慎,辄至屈曲,至于长大,更无痊时。检二成分之存在,法取长骨著水中,少加盐酸,越数小时,则无机物渐以消化,所余之质,多为有机。执而曲之,虽如环不折,此即有机物赋之韧性及弹力故。又取一骨纳釜中,加水密封,煮之良久,则有机物化为胶质,溶解于水,独无机物尚作骨形,顾甚脆弱,折之即碎,此即无机物仅赋之坚贞故。或取一骨,以火灼而试之,亦然。

软骨　软骨(Cartilago, Knorpel)者,即几无垩质之骨,故多弹力,有韧性,两骨相著处,常被以此,或在时时缩张之处,如气管,如喉。

此种软骨,久而不坚,故曰永久软骨(Permanente Knorpel)。若在孺子骨骼,其后渐成坚骨者,则曰变迁软骨(Transitorische Knorpel)。

骨之细微构造　试横断长骨,观其断面,则周围之质,较为缜密,是曰坚质(Sŭbstantia compecta)。质中有小管联络以通脉,曰赫弗氏管(Haver's Kanäle)。自坚质出小片,略向中心,勾联交互,作海绵状,故名曰海绵质(Sŭbstantia spongiosa)。此质及骨之空处,则实以柔软物曰骨髓(Medullaossis, Knochenmark)。

骨髓　骨髓凡二类:一曰黄色髓,多在广骨;一曰赤色髓,多在长骨。至其成分则有髓幺,有脂肪幺,有赤血轮,又有一种曰造血幺,状与赤血轮之稚者肖。故或谓血之发生,自骨髓也。

骨之生长及荣养　骨膜(Periosteum, Knochenhaŭt)者,在骨之外,其质强韧。中多脉,多神经,主荣养,故受损则骨髓死。膜与骨间,有幺一层,能生新骨。小儿时之生长,折裂后之复续,皆因是也。又骨髓中亦有神经及脉,自赫弗氏管来,用以养骨。

骨之区分 全体骨骼凡分三群:

第一群 头骨

壹 颅骨 在动物性管上端,合成之骨为(一)后头骨,在颅后下,作贝壳状,其下与(二)蝶骨相接。当成人时,二者往往密合不可分,故昔人常以为一也。蝶骨之前,有如蜂房者,曰(三)筛骨,其体离娄多孔,所以通神经也。颅之前部则有(四)前头骨,下部有小窍二,以容泪囊,曰泪囊窠。(五)颞颥骨,在其左右,状至陵杂,中藏听管。是骨之上,有扁方形者则曰(六)颅顶骨。凡六名八骨,合为大空,其形椭圆,以容脑焉。

贰 面骨 是骨在植物性管上端,数凡十四。有(一)上颚骨,其形近方,下有槽以容齿。在其后者为(二)口盖骨,口腔之上壁也。又在眼窠内方者有(三)泪骨,合为鼻梁者有(四)鼻骨,在鼻腔外方者有(五)下甲介骨,在正中者有(六)锄骨,在上颚骨外方者有(七)颧骨。以上诸骨,咸结合綦固,其离而不属者,独(八)下颚骨而已。若在舌根,亦有一小骨作弓状,曰(九)舌骨,可附于此焉。

第一群之骨,其状大都扁平,宛转凑合,而头骨前面遂具数腔:一曰眼窠,一曰鼻腔,一曰口腔。

凑会者,为颅骨相衔之处,皆交错如犬牙。幼时多为软骨,逮长而坚,使其过速,则足以阻脑之发育,疾也。

第二群 躯骨

壹 脊柱 在躯之后,所以支之也。集而成柱之骨曰椎骨,别之为二:曰真椎,曰假椎。

真椎凡二十四枚,分三部:上七枚曰(一)颈椎;中十二枚曰(二)匈椎,旁接肋骨;下五枚曰(三)腰椎。

又从其运动之状,名上二颈椎曰回旋椎,三以下曰屈伸椎。

骨略图 头骨侧视

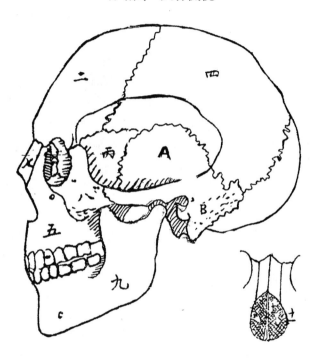

一	后头骨	甲	颞颥腺	七	鼻骨
二	前头骨	乙	外听道孔	八	颧骨
三	颞颥骨	丙	蝶骨之一分	九	下颚骨
	A 鳞状部	四	颅骨	十	锄骨
	B 乳状部	五	上颚骨	十一	下甲介骨
	C 鼓室部	六	泪骨		

凡椎骨必具椎体,椎弓二,而第一颈椎无体,仅前后二弓,凑合如环,上具二小窍,以容后头骨底之隆起,故名曰载域。第二颈椎则体上有枝,翘而向上,贯于上椎之环中,故名曰枢轴。

假椎凡九枚,逮人成年,乃胶合为二:曰(四)荐骨,厥初凡五;曰(五)尾骶,厥初凡四。

椎体位置,在椎弓前。两椎之间,夹软骨曰椎间软骨。弓与体接,造成巨孔,曰椎孔。诸孔相叠,复成长管,曰脊髓管。

脊柱之状,不为直线,颈腹二部略向前,腰部骨盘略向后,所以成曲线之美也。

贰　肋骨　左右各十二枚,后朕匈椎,前接匈骨。上节七枚,各以软骨与匈骨相著,曰真肋,其软骨曰肋软骨。其下五枚,则以次著于在上之助骨,故曰假肋。假肋末二,则一尚孤立,故别谓之浮肋。二肋空处,则曰肋间腔。

叁　匈骨　形略长方,隆前平后。广其上,曰柄;锐其下,曰剑尖。

匈椎,匈骨,肋骨,肋突骨四者相合,是成匈廓。中之腔曰匈腔,心,肺诸要管在焉。

匈廓之状,当如圆锥,上隘而下广。反是者为非天然。欧土女子,多以束腰得之。

女子匈廓,大都小于男子。孺子则广且短,其肋骨位置,亦平而不斜。

第三群　支骨

壹　上支骨　别为二类:曰肩胛带,曰固有上支骨。

肩胛带成于二骨:曰(一)锁骨,在前;曰(二)肩胛骨,在后。

固有上支骨凡三部:曰(一)上膊骨;曰(二)下膊骨,细别为二,一为尺骨,一为桡骨;曰(三)手骨,细别为三,曰腕骨,掌骨,指骨。

腕骨凡八枚,横作二列,上列之骨四:曰舟状骨,曰半月状骨,曰三棱骨,曰豌豆骨。下列之骨四:曰大多棱骨,曰小多棱骨,曰头状

手 背

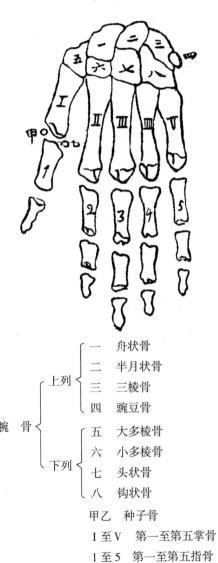

腕骨
- 上列
  - 一 舟状骨
  - 二 半月状骨
  - 三 三棱骨
  - 四 豌豆骨
- 下列
  - 五 大多棱骨
  - 六 小多棱骨
  - 七 头状骨
  - 八 钩状骨

甲乙 种子骨

Ⅰ至Ⅴ 第一至第五掌骨

1至5 第一至第五指骨

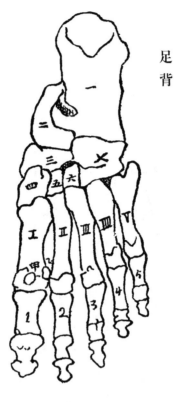

足背

跗　骨 ┫ 后列 ┫ 一　跟骨
　　　　　　　 二　距骨
　　　　前列 ┫ 三　舟状骨
　　　　　　　 四　第一楔状骨
　　　　　　　 五　第二楔状骨
　　　　　　　 六　第三楔状骨
　　　　　　　 七　骰子骨

Ⅰ至Ⅴ　第一至第五蹠骨
1至5　第一至第五趾骨

骨,曰钩状骨。

掌骨之数五,以序名之曰第一至第五掌骨。第一最初而广,第二最长,第五最小。五骨骈列,共成四骨间腔。

指骨之数五,亦以序名之曰第一至第五指骨。第一骨止二枚,以下皆三枚,故全数十四。其状第一最大,第三最长,第五最小。

贰 下支骨 别为二类:曰骨盘带,曰固有下支骨。

骨盘带左右各一骨曰髋骨(亦称无名骨),后接荐骨,前以软骨互联,是成盘状,外方略下,各有巨窍,曰髀曰,所以容上腿骨之崮者也。人当幼时,离为三骨:曰肠骨,坐骨,耻骨,或以软骨相接。比十六七岁,软骨渐坚,乃合为一焉。

固有下支骨凡三部:曰(一)上腿骨;曰(二)下腿骨,细别为三,曰膝骨,胫骨,腓骨;次曰(三)足骨,亦细别为三,曰跗骨,蹠骨,趾骨。

跗骨共七枚:后列凡二,曰距骨,曰跟骨,上下相叠;前列凡五,曰舟状骨,其前骈列三骨,曰第一至第三楔状骨,外侧一骨,曰骰子骨。

蹠骨之数五,以序名之曰第一至第五蹠骨。其第一最短而厚,第二最长,第五最小,五骨骈列,共成四骨间腔。

趾骨之数五,亦以序名之曰第一至第五趾骨。第一骨止二枚,以下皆三枚,故全数十四。其状第一最大,次四皆小,而第二为最短。

骨盘为植物性管下崮,成于髋骨,荐骨,尾骶及第五腰椎等,广上隘下,故画为二部:曰大骨盘,曰小骨盘。男女骨格之差,此其最著。女子骨盘,大都广于男子,而高则逊之。

骨之作用 骨既殊形,用亦遂异。如颅骨职在护脑,故悉扁平,其夹海绵质及多具凑会,盖亦以杀外力之侵袭。载使骨质皆坚,或头颅成于一骨,则小加朴击,辄以溃裂矣。如匈廓四周,骨多轻细,复作圆状,可受逼拶而无损伤。如支骨多存甲错之处,俾腱著之,以便运动,复皆空中,今益胜重。而上支诸骨,大抵轻细灵敏,胜于下支,则以上支之用主握持,下支之用主负载也。

软骨之作用 椎间软骨与椎骨相间而成脊柱,故跃而不传震动于脑,蹶而不遗害于脊髓,前后左右,可以屈伸。匈肋二骨相接之处,亦有肋软骨,故呼吸顷,匈可翕张。若受击撞,亦能退避。他若鼻隔耳轮皆为软骨,察其作用,亦以远害也。

一之二　骨之联接

（节 Articulatio,Gelenk 及系 Ligamentum,Bandfuge）
骨之联接凡二种:曰不动联接,曰可动联接。

不动联接 者,不能运动,或借弹力,仅微有之。其一曰凑会,如在颅骨是;其一曰软骨接合,如在耻骨接合及脊柱是。

可动联接 者,以二骨或数骨联合而成,其相接处曰节面,节面多被软骨曰节间软骨,四围有膜作囊状者曰节囊,中空处曰节腔,腔中函流体曰滑液。

节以作用之异,区别如次:

一 蝶铰节　一作圆形,一有窈以受之,其运动限于一轴,如指节,肘节是。

二 螺旋节　为蝶铰节之一种,节面有沟作螺旋状,如下腰骨,距骨之节是。

三 回旋节　此以甲为轴,乙循之而动,如第一第二颈椎及尺骨,桡骨是。

四 踝状节　一作球面,一有窈以受之,其运动有二轴,如下膊骨,腕骨及载域后头骨之节是。

五 鞍状节　下骨如鞍,上骨如乘,如大多梭骨,第一掌骨是。

六 球状节　二骨隆陷相应,人体诸节,此最自由,如肩节,股节是。

七 丛合节　以数骨相合,其运动最微,如腕骨之互相联接是。

系者为纤状结缔织,色白,强韧有弹力,所以维持骨节者也。区别如次:

一 囊状系　亦称节系,在骨节周围,作囊状,分泌滑液,使无滞涩。若无是,则骨面不泽,或以相磨而生炎。

二 辅系　在囊状系之内或外,所以更巩固之。

三 固有系　联系骨节者皆是。

一之三　骨之摄卫

僮子之骨多软,骨质易于屈挠,故过加压抑,则成畸形。或年龄未至,强使行立,于是下支骨不胜躯体之重,亦往往屈曲至不能痊。老人之骨多垩质,易于折裂,故运动当勿失中,劳作毋宜过剧。

骨之发育善,则作用全,且不易损,故当谨择食品,为之补益。如僮子少于垩质,则授乳以益之。而酒类烟草,大能害骨,尤当禁绝。酒人病骨,治之綦难,其证也。

骨得锻炼,乃益发达,故运动甚有益于骨,特勿过度而已。

疾病　凡节囊皆易缩难伸,两骨位置,赖其制范。设越范而动,则节面相离,不返旧处,是曰脱臼。当加力令之复故,靖止弗动,数日自愈。

凡骨折者,令折处相合,以物夹之,勿动,亦自愈。惟两嵩凑合,宜勿参差,否则多成畸形,至不可治,在脱臼时亦然。倘骨折后锐嵩伤肌,则曰复骨折,非医者莫理。

凡骨节多易受病,使过冷或湿,每生节炎,其甚者或成痛风(关节偻麻谛斯)。

椎间软骨虽具弹力,顾前俯日久,则此力渐失,终作楔状,不复其常,为脊柱屈曲病。故坐而读书,所宜嵩直。假其已病,乃惟户外运动及矫正术治之。

第二分　肌 Musculus,muskel

二之一　肌之构造

体重之半,殆为肌肉,或附丽于骨,或构造为官,且禀伸缩之性,至为自由,数可四百。形则有短、长、厚、薄之异,其长者中部往往弸大,命曰肌腹,两峃渐细,终为结缔织,强韧而细,以止于骨,曰腱。

种类　肌凡二类:曰人主肌,或作或止,皆从人意,附于骨者是;曰自主肌,人意所向,伸缩不能与同,多为内藏之壁,如在肠胃者是。

成分　肌之成分,为卵白质,格里科堪,蒲陶糖,水炭,酸,及淡气少许。

按:人体死后,肌之成分,变化极速。故考定其质,为事至难。近有德人区纳(Kuhne),乃以去血之肌,加冷肇而为糜,谓之肌雪。复滤之,则得肌液,呈碱性反应,内函卵白质数种,其一曰密阿旬(Myosin),肌中所特有者也。

肌之细微构造　人主肌赤色,中见横彣,故一名横彣肌,徒目视之,亦睹缕状。察以显镜,则见细长之幺,是名肌幺,外被薄膜曰肌衣,内容物质,有形横走,曰收缩质。近膜之处,又具数核。此幺集合成一肌束,曰第一束,或曰原束。复相集合曰第二束,复相集合曰第三束,此第三束更相集合,乃成一肌。其外有被,谓之肌鞘,如四支肌,莫不如是。

按:肌幺之长,随处而异,至长者约十三生的密达。亦有仅以一幺,横亘二骨间者,如喉肌是。若其大小,则大抵肌大者幺亦大,而在运动较甚之肌尤然。

自主肌色淡赤,榴然无彣,故亦称无彣肌,其幺皆作纺锥状,锐末而弸中。观其中央,见一二核,以幺间质互联为层。排列之状,多为平行,如心及肠,莫不如是。

肌之区分 肌亦区分如骨,作三大群:

第一群 头肌

壹 颅肌 在颅之肌,仅一薄层,如裹巾帻,顶为腱膜,曰颅腱膜。其肌则在前者曰(一)前头肌,在后者曰(二)后头肌。

贰 面肌 更分五群:一曰耳肌,属之三,曰(一)前耳肌,曰(二)上耳肌,曰(三)后耳肌,皆所以动耳轮软骨。二曰目肌,属之二,曰(一)眼睑轮状肌,司目启闭;曰(二)皱眉肌,所以蹙眉。三曰鼻肌,属之者二,曰(一)鼻翼下掣肌,曰(二)鼻压缩肌,此其作用,皆如所命。四曰口肌,属之者八,别为三层。第一层,为(一)颧骨肌,缩则吻向后上;为(二)方形上层肌,缩则鼻翼上唇皆向上;为(三)笑肌,掣吻使后;为(四)三角颐肌,掣吻使下。第二层,为(五)门齿肌,掣吻使上;为(六)方形颐肌,推下唇使前。第三层,为(七)举颐肌,缩则外皮上向;为(八)颊肌,形成颊部,肌纟曼衍,乃沼唇而成口围轮状肌。五曰下颚肌,皆司咀嚼,属之者四,为(一)咬肌,缩则掣引下颚,使向前上;为(二)颞颥肌,缩则掣引下颚,使向后上;为(三)外翼状肌,使骨节前;为(四)内翼状肌,使下颚进。

第二群 躯肌

壹 颈肌 (一)皮下颈肌,在皮直下,横被颈侧;(二)匈锁乳头肌,亘匈锁二骨间,缩则首旋或左右欹,倘二肌皆缩,则首定而匈举;(三)舌骨诸肌,其一崏皆著于舌骨上下,所以动舌者也。

贰 背肌 其涉于上膊者,有(一)僧冠肌,为状三角,缩则肩胛后向;有(二)广背肌,殆被躯之下半,缩则使上膊内后下向;有(三)菱形肌,分为二束,缩则使胛骨下,偶内向;有(四)举胛肌,缩则使胛骨上举。

其涉于肋者,有(五)后上锯肌,自椎骨下行至肋,缩则肋升,所以助吸,故属于吸气肌;有(六)后下锯肌,自椎骨上行至肋,缩则肋

颈 肌

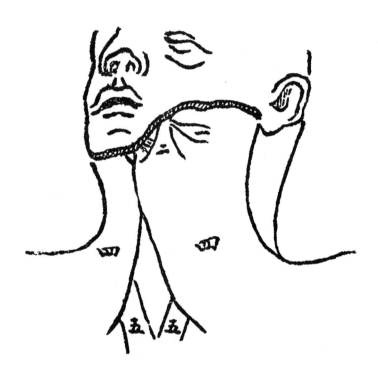

一　笑肌

二　三角颐肌

三　方形颐肌

四　皮下颈肌

五　匈锁乳头肌

降，所以助呼，故属于呼气肌。

其纯为背肌，则多长形，至于极深，乃为短肌。长者有（七）副水肌，自颈匈椎上行至头，缩则使头旋转；有（八）直躬诸肌，缩则椎骨为之旋转屈伸。更至深部，在屈伸椎者，多亘二椎之间，或止于本椎之肋；在回旋椎者，多上行而止于后头骨。

叁　匈肌　其涉于上支者，为（九）大匈肌，作三角形，缩则使上膊向前内；为（十）小匈肌，在前肌之下，缩则肩胛骨降；为（十一）锁骨下肌，居锁骨之下；为（十二）前大锯肌，缩则使肩胛骨前。其纯为匈肌者，为（十三）肋间肌，更分内外，外者助吸，内者助呼；为（十四）横匈机，复分前后，前者助呼，后者助吸。

他则匈腔下岢，有肌界之，是谓横膈，中央白色，如苜蓿叶，名曰腱心。膈有数孔，则食管及脉之孔道也。

肆　腹肌　其形长者，为（十五）直腹肌，是成腹之前壁，腱膜横走，画为四区，名曰腱画，外被劲膜，曰直腹肌膜；其形广者，为（十六）斜腹肌，在前者之侧，为腹左右壁；有（十七）横腹肌，在前二者之后，肌纟横走，辅成侧壁。凡此三肌，缩则令腹腔顿小，减其空量。

腹之后壁，仅有一肌，自末肋至于髋骨上缘，曰（十八）方形腰肌。

第三群　支肌

壹　上支诸肌　此复分为四类：

肩胛肌　且要者为（一）三角肌，被肩胛而止于上膊骨，缩则手（广谊）举；为（二）（三）上下棘肌，起自胛骨，止于上膊骨，缩则手旋；为（四）小圆肌，缩则旋外，同于棘肌；为（五）大圆肌，在其下，缩则旋内；为（六）胛下肌，缩则上膊旋内，同于大圆。

上棘，下棘，小圆三肌，缩则均使上膊外转，其作用相合，凡如是者，曰协和肌。大圆，胛下二肌，缩则使上膊内转，其作用正反于前，故任取彼此各一，称之曰拮抗肌，如大圆肌与小圆肌，或胛下肌与三

背 肌 一

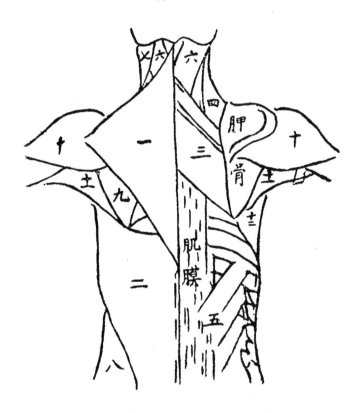

一	僧冠m	七	匈锁乳头m
二	广背m	八	斜腹m
三	菱形m	九	下棘m
四	举胛m	十	三角m
五	后下锯m	十一	大圆m
六	副水m	十二	前大锯m

背 肌 二

一 后上锯肌
二 副水肌
三 直躬肌

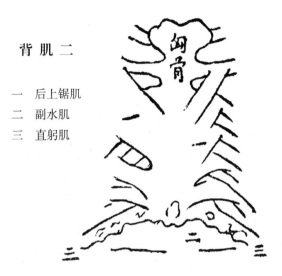

匈肌一 匈廓后面

一 横匈肌
二 横腹肌
三 横膈断面

匈 肌 二

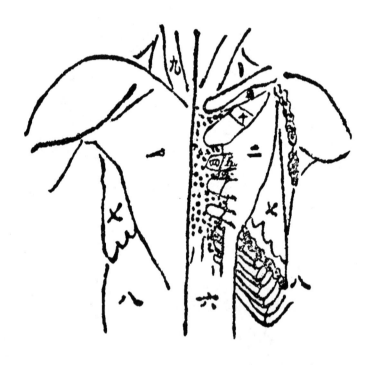

一	大匈m	六	直腹m
二	小匈m	七	前大锯m
三	锁骨下m	八	斜腹m及其断面
四	内肋间m	九	匈锁乳头肌
五	外肋间m	十	脉神经束

角肌是。

囗二上膊肌囗 属于此者,皆为长肌,附着于膊之前后,前者所以使屈,后者所以使伸。

前侧凡三:曰(七)二头膊肌,上耑歧而为二,起自胛骨,止于下膊;曰(八)内膊肌,在上膊下部;曰(九)鸟喙膊肌,在上膊上部。

后侧止一,惟其耑离而为三,故曰(十)三头膊肌,中耑最长,起自胛骨,内外二耑较短,起自上膊,逮降乃合为一,而止于尺骨。

囗三下膊肌囗 属于此者,亦皆长肌,大抵起于上膊,下至下膊或指骨而止,在前侧者所以使屈,在后侧者所以使伸。

前侧凡八,析为四层。第一层之肌四,其上耑相附为一,起自上膊骨上耑,降至中部,乃离为(十一)回前圆肌,上于桡骨;为(十二)桡腕屈肌,循桡骨而下,止于掌骨;为(十三)长掌肌,状极长细,至于掌,散为腱膜;为(十四)尺腕屈肌,循尺骨而下,止于腕骨。第二层仅一肌,曰(十五)浅总屈指肌,起自下膊骨上耑,降而析为四束,止于第二至第五指骨。第三层凡二肌,曰(十六)深总屈指肌,起止略同于前;曰(十七)长屈拇肌,起自桡骨,止于拇指骨之末节。第四层亦仅一肌,曰(十八)回前方肌,居下膊下部,亘尺桡二骨之间,故缩则下膊及手旋而向内。

后侧凡九,析为二层。上层之肌六,循桡骨而下者三,曰(十九)回后长肌,起自上膊,至桡骨而止,故亦称膊桡骨肌;曰(二十)长桡腕伸肌及(二十一)短桡腕伸肌,皆起于上膊骨之末耑,并行而降,止于掌骨。循尺骨而下者三,曰(二十二)总伸指肌及(二十三)固有季指伸肌,皆起自上膊骨之末,前者离为四束,止于第二至第五掌骨,后者则止于第五指骨;曰(二十四)尺腕伸肌,起自上膊骨之末及尺骨上耑,降而止于第五掌骨。下层之肌五,曰(二十五)长回后肌,起自肘节,绕出桡骨而止;曰(二十六)长外转拇肌,起自尺桡二骨之间,降至第一掌骨而止;曰(二十七)短伸拇肌,与前者偕起,降至第一指骨而止；曰（二十八）长伸拇肌，起止皆同于前；曰（二十九）固有示指伸肌，起自尺骨下耑而至于第二指骨，下层诸肌之最内最低者也。

凡展伸肌，其耑皆经腕之后侧，其处有系，绕之若束带然，使腱不能逾越，是系曰后腕系。

四手肌 复分三群：曰（三十）拇指诸肌，属之者四；曰（三十一）季指诸肌，属之者三；曰（三十二）中手诸肌，属之者二。

贰 下支肌 此复分为四类：

一髋肌 此皆集于骨盘内外。其内侧者，为（一）大腰肌，为（二）肠骨肌，以其相附，故合称之曰肠腰肌。其外侧者，凡三层。第一层之肌二：曰（三）股鞘张肌，起自骨盘，终于肌膜；曰（四）大臀肌，缩则使股旋内。第二层之肌一，曰（五）中臀肌。第三层之肌五，曰（六）小臀肌，缩则皆使股远距督线；曰（七）黎状肌；曰（八）内锁肌；曰（九）外锁肌；曰（十）方形股肌，缩则皆使股旋而向外。

二上腰肌 凡属此者，大抵长肌，皆集于前，内，后三侧。在前侧者，为（十一）缝入肌；为（十二）四头股肌，倘其收缩，皆令足（广谊）伸。在内侧者，为（十三）（十四）长短内转股肌；为（十五）大内转股肌；为（十六）薄股肌，假其收缩，皆令足进向督腺。在后侧者，为（十七）半腱状肌；为（十八）半膜状肌；为（十九）二头股肌，假其收缩，皆令足屈。

三下腿肌 凡属此者，亦皆长肌，可别为前，外，后三群。在前侧者，为（二十）前胫骨肌；为（二十一）总伸趾肌；为（二十二）长伸𧿹肌，假其收缩，皆令足伸。在外侧者，为（二十三）长短腓骨肌，假其收缩，则使跖反向后上。在后侧者，复析为二层。上层之肌三：曰（二十四）腓肠肌；曰（二十五）长足蹠肌；曰（二十六）鲽肌。三肌下行，合为巨腱，而著于跟骨，名腱曰阿契黎斯氏腱（Tendo Achillis）。

下层之肌四:曰(二十七)膝腘肌,曰(二十八)长总屈趾肌,曰(二十九)后胫骨肌,曰(三十)长屈踇肌,假其收缩,皆令足屈。

四足肌　在足背者一,曰(三十一)短总伸趾肌。在蹠者凡三群:曰(三十二)踇趾诸肌,属之者三;曰(三十三)季趾诸肌,属之者三;曰(三十四)中足诸肌,属之者四。

肌略图　头股一

一	前头m	二	后头m	三	前耳m
四	上耳m	五	后耳m	六	眼睑轮状m
七	鼻压缩m	八	颧骨m	九	方形上唇m
十	笑m	十一	三角颐m	十二	才形颐m
十三	举颐m	十四	颊m	十五	口围轮状m
十六	咬m				

头股二

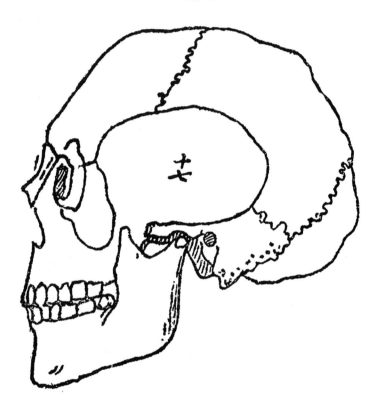

十七　颞颥m

腹 肌

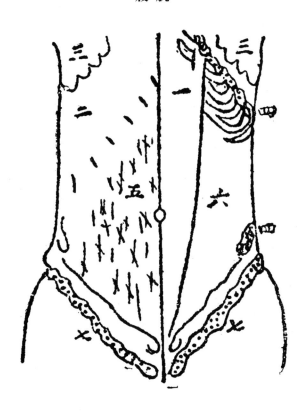

一 直腹m　　　　　五 直腹肌膜

二 斜腹m(外)　　　六 斜腹肌(内)

三 前大锯m　　　　七 皮断面

四 斜腹m(外)断面

上支肢一　前面

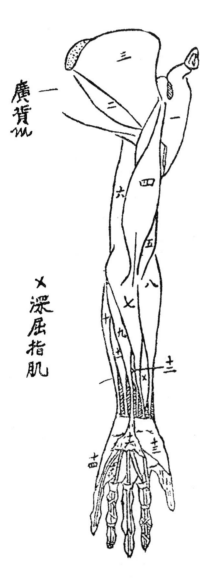

一　三角m

二　大圆m

三　胛下m

四　二头膊m

五　内膊m

六　三头膊m之中央头

七　回前圆m

八　桡腕屈m

九　长掌m

十　尺腕屈m

十一　浅总屈指m

十二　总伸指m

十三　拇指诸m

十四　季指诸m

十五　中手诸m

十六　肌膜

上支肢二 后侧

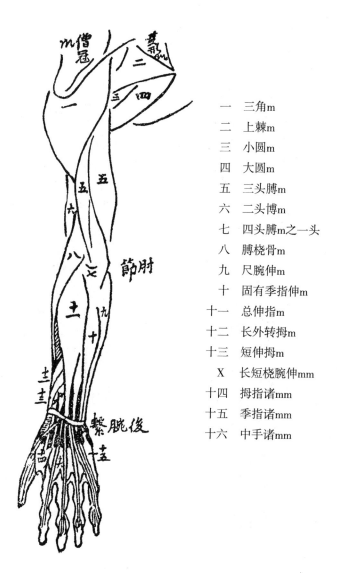

一 三角m

二 上棘m

三 小圆m

四 大圆m

五 三头膊m

六 二头博m

七 四头膊m之一头

八 膊桡骨m

九 尺腕伸m

十 固有季指伸m

十一 总伸指m

十二 长外转拇m

十三 短伸拇m

X 长短桡腕伸mm

十四 拇指诸mm

十五 季指诸mm

十六 中手诸mm

下支肌一　前面

一　　肠骨m

二　　大腰m

三　　薄股m

四　　缝人m

五1　直股m四头股m之一

五2　中股m同上之二

五3　外股m同上之三

六　　栉m

七　　长内转股m

八　　大内转股m

九　　外大股m

十　　前胫骨m

十一　总伸趾m

十二　长伸蹋m

十三　腓骨m

十四　蹋趾诸mm

十五　季趾诸mm

十六　腓肠m

下支肌二 后面

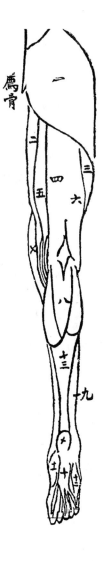

一　大臀m

二　薄股m

三　外大股m

四　半腱状m

五　半膜状m

六　二头股m

七　缝人m

八　腓肠m

九　鰈m

十　中足诸mm

十一　踇趾诸mm

十二　季趾诸mm

十三　Achillis比系（跟骨系）

X　跟骨

二之二　肌之生理

代谢　凡在靖肌，常自毫管之血，取酸素而出炭酸，惟所出炭酸中之酸素量，少于所取之酸素量，以抑留之于体中也。断肌去血，置空气或酸素中，如是见象，虽甚就微，而尚不息。因知代谢官能，实其常态，动力之发，此其本耳。

肌当动时，则血脉偾张，代谢顿盛，所出炭酸中之酸素量，有加于所取之酸素量，盖以时不特行同化作用，且并起分解作用故也。是以劳作而后，则体中之格里科堪（动物性淀粉）及卵白质皆减其量。

偾兴　加撄于肌，则肌应之而缩，是曰偾兴。既生偾兴，遂有动作，动作既始，偕之生温，惟固有体温，在偾兴为最适，过高过低，皆能弱之。

动力　以所举重乘举得高，即为肌之动力。今以动力为 A，重为 P，高为 H，则 A＝PH。设不加重于肌，即 P＝0，则肌无动力，故 A＝0。设其重为肌所不胜，则不能动，而 H＝0，故 A＝0。故重必在前二者之间，乃见动力。

疲劳　劳作过久，减其动力曰疲劳。盖肌当劳作时，质中生游离磷酸，或酸性磷酸加里及炭酸等，是名劳质，屯积不去，遂生此象。待更得血之流通，洗涤至尽，而动力遂复。

强直　肌若失缩张之性，变质成坚，则曰强直。所以致之者二：曰热，曰死。肌临是时，其密阿旬（Myosin）凝而坚，遂至强直。若在死亡，则强直之作，视外缘异其时间，大抵自一至七小时为率，更越一至七日而此象复退，则腐之始也。

第三分　运动 Motus, Bewegung

三之一　运动之理

肌骨相互之作用　肌著于骨，多非直接，或以腱，或以肌鞘。以腱附者，力注于一点；以肌鞘附者，力及于一部。逮受搋而缩，则使所附二点，益益相迩，待其复弛，乃返于初。

此引力大小，视所引方向与肌纟方向而异。肌纟与所引方向合则力大，易言之，即肌与骨成直角是。肌纟与所引方向违则力小，易言之，即肌与骨成锐角是。咬肌及阿契黎斯氏腱属于甲，此他多属于乙。凡属于乙者，骨常作突起，俾肌崩附著之，以减其锐角之度。

附骨之肌，由缩生动，其性与杠干同，可分三种：

一　支点居中，力点重点在其两崩，如举头时，则颈为重点，颈椎为支点，颈肌背肌为力点。

二　重点居中，支点，力点在其两崩，如企足时，则踵为重点，趾为支点，下腿后侧之肌为力点。

三　力点居中，支点重点在其两崩，如曲肱时，则臂为重点，肘节为支点，上膊前侧之肌为力点。

立　肌之为用，不特使骨节动，亦复使骨节定。如人之立，即以自首至足，诸肌皆缩，约束骨节，使毋动摇，而托全体重于足之支面故也。故在是时，首，脊柱，股膝，踝诸节，皆定不动。二踵相接，趾略向外，成五十度角，全体重点，适落此支面之中。若重点转徙，则足必亦变其支面以应之。

坐　人坐于椅，其重点在坐骨及上腿后部，设为崩坐，则躯肌必缩，以固定首脊柱诸节。

步　步为二足互易，使体渐前之运动。初托体重于甲足（广

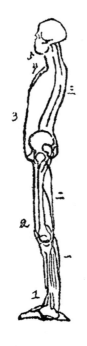

一　腓肌

二　股后面肌

三　背肌

右以支躯之前屈

1　足前面肌

2　肌前面肌

3　腹前面肌

4、5　颈前面肌

右以支躯之后屈

谊），而乙足屈其股节，更举上腿，且屈膝节，使趾离地，出于甲前，以受甲足所支之重，甲足遂缩其腓肠肌及鲽肌，曳踵令起，趾复离地，前如钟摆，更出乙前，代支体重，乙足复屈，同于前时，如是互动，体乃渐进。

趋　步之急者为趋。体之向前，速度益大，其差别于步，则为有一瞬间，全体在空，左右两足，皆不践地。

跃　因足急伸，投体空中甚于趋者为跃。惟一跃而后，全体向上，则尔时失其前进之运动。

三之二　运动与摄卫

骨与系随肌而动，为受动运动官，惟肌自动，故总全运动官，当以是为宗主。摄卫之术，乃在足其养品，正其锻炼。所以者何？盖作之与休，所当迭代，作久则肌劳，休久则官能弱也。

人在运动时，肌及脑中，血行皆王，代谢亦速，故必多生废品。使无养品以补之，肌亦将惫，倘达极度，或至莫痊，故服剧劳而缺养品者，其体辄羸而不壮。

运动之影响于诸官者，为酸化作用盛，呼吸遂急而浅，血中之炭酸量多，心跃遂强而速。倘其过剧，则急发之疾为心痹，缓发之疾为郁血及心之肥大扩张等。此他则皮之官能，亦复亢进，故流汗发温，悉增其度，肌肉充血，消化大行。

运动之时间及速率，宜以渐进，徐徐益其度，则肌肉渐壮，动力遂强，骨与系偕之而固。如运动支肌，则骨节益益自由；运动呼吸肌，则匈廓益益发达，肺之张力，自益强大，复因血行王盛，故常坐者事此，则下腹郁血之疾，可以无患。

运动法中，以体操为最善，能锻炼全体之肌，而均齐其发达，不存偏颇，非若蹴鞠，击剑，其运动偏于一支，或主旨仅在克敌者比也。举要略如左：

一　束体之衣，所不当服，颈部匈部，尤宜去之；

二　全体之肌，动作宜等；

三　匈腹之肌，并司呼吸，故发达宜求其全；

四　运动不可至于甚惫，倘生此感，宜即休止；

五　运动既始及已毕时，均宜在新空气中作强呼吸；

六　运动方中，而呼吸忽迫，血行顿弱，或一分时中，脉搏数逾百二十者止之；

七　方饱，方饥及酒后，于运动有禁；

八　运动当自易为者始事，后渐及其难为，时间则以上下午各一小时为适；

九　体羸及病疝者，运动宜择其易。

皮 第 二

第一分　皮之构造 Cutis, Haut

皮者被于全身,逮至口鼻诸腔,乃成黏膜,其构造可分三部:曰肤(表皮),曰革(真皮),曰皮下结缔织。

肤　肤者,在体最外,析为二层:至上者曰角层,其下者曰摩尔避丌(Malpighi)氏层。角层成自干燥之幺,为状扁平,老死角变,故自剥落。摩尔辟丌氏层,又析为四:一曰圆柱层,有幺一列,状如所名;二曰棘层,幺有棘起,互相钩带;三曰粒层,幺中函粒,黏然有辉;四曰明层,其形素可以激光,而幺核已死,与上之角层相迩。二层厚薄之比,视部分而殊,大抵角层之厚,逊于摩氏层,而掌跖则反之。

圆柱幺间或形素中,常函色素,是有多寡,而人种肤色遂异。黑种最多,黄人其次,白人几无。顾乳峀等处,则亦函。更言此色素由来,乃迄于今兹,未得决论,或谓肤幺所本有,或谓革幺所发生。

肤膆之中,不藏神经血脉,故偶或伤皮,若其创不深,则不见血而无痛。

革　革之构成,本于二者:曰结缔织,曰弹力幺。其与肤相接之处,多见隆陷,有如波涛,是名乳头,神经及血脉杪峀皆藏于此。至于深部,则有彩,无彩肌幺交互若网,毛根汗腺等在焉。

皮下结缔织　此之构成,无异于革,惟结缔织疏而不密,且函脂幺,皮之联肌,赖此膆也。

第二分　皮之属品及其构造

属于皮者二类:曰角变之官,如爪,如毛发;曰腺。

爪　爪为肤幺所角变,互相密合,平如版障,以护指趾之峀。

爪根极末,入于肤中,有幺一种曰爪母,判分新幺,使爪外长,自外视之,其处白色,是名弦月。

[毛发] 毛发亦肤幺所角变,状如丝缕,或刚或柔,掌,跖,唇吻而外,无不被之。半植于皮为根,半露于外为干。根之杪峝,弸为圆形,曰毛丸。虽在革者居多,而巨者则或深入于结缔织。根之周围,有革环拥,是名毛囊,其底内陷,中函幺群。司毛生长曰毛母,且富神经血脉,为之荣养,故此部一毁,即不更生。囊旁各有小肌,缩则毛竖,名曰动毛肌。

干之构造,凡分三层:曰上皮,成自角质之幺,薄如鱼鳞,数片相叠:次曰皮质,实为主部,幺如纺锤,沿长轴而上,至峝益细,色素函内,或在其间,若在根部,则有色素幺,唯以造作色素为务;三曰髓质,其幺方形,止一二列,独毛之大者有之,或涉半涂而止。

色素多寡,亦足以别毛发之色,至老而颁白,则缘色素不生。而皮质,髓质,均含气泡耳。他若卷直之殊,则由外状,黄人正圆,故直;白人椭圆,故如波澜;非洲黑人扁圆,故如羊羺;巴布安人曲圆,故如棼丝。

[腺] 在皮之腺凡二种,一曰皮脂腺,与毛发俱,满布全体,简者状如瓶叠罍,复者类于蒲陶,长可半分,顾在鼻部者较大,其口启于毛囊,或在肤表,输泻脂液,以润泽之;二曰汗腺,毛发所生,此辄与共,而掌,跖,腋下为独多,根在革内,盘旋如丸,输泻液体曰汗,口则启于肤表,是名汗孔。

第三分 皮之生理

[呼吸] 人体之皮,亦兼呼吸,略与肺同。第其强度,则甚逊于肺。计二十四小时中,所出炭酸,不过肺之二百二十分一。而吸入酸素,量乃尤少,惟放散水气,其量极多,若在健体,则一昼夜,所失重量,几居体重之六十七分一。

输泻 皮之所输泻者二，曰汗，曰皮脂。

水在平时，多作气状，逮其骤增，则迸出汗孔之口为汗。此之为用，主以节温，如外温腾上，则血脉偾张，皮赤且润，汗随之发，放其体温，使肤生冷；外温低降，则血脉顿缩，皮白而干，抑制体温，使毋放失。

汗无色澄明，反应酸性，百分中水居九十七，定质居三。中函蚁酸 $CHO(OH)$，酪酸 $C_4H_7O(OH)$，普罗庇翁酸（Propionsäure）$C_3H_6O_2$ 等，故颣之有特殊之臭。

劳作，沐浴，及阻皮蒸发，皆可致汗。又直加撄于发汗中枢，亦能致之，如过温之血（四十五度），及服 Pilokarpin $C_{11}H_{10}O_2N_2$，Nikotin $C_{10}H_{14}N_2$ 是。

皮脂输泻后，即与肤屑共见剥落，不更吸收（？）。至其由来，则自于腺，盖幺之脂变及其分解，遂成液体，主输泻管，凝而如脂，以出肤表，管口或塞，在面则生面疱。

吸收 皮之呼吸，为生理常经，顾酸素而外，亦吸他物，如以脱 Ether $\dfrac{CnH_{2n+1}}{CmH_{2m+1}}$，珂罗昉 Chlorform $CHCl_3$ 等，注诸皮上，则蒸为气状后，即能吸收。又以毒药入水，用浴动物，亦致中毒。然取少许滴肤上乃往往无害，则以肤之角层，阻不令入，即有微量，亦随入尿中，输泻体外，不能屯积于血，达中毒之量也。

效用 皮下结缔织及其脂幺之用，联结肌肤而外，在实陷小，使之圆满。在掌，跖，臀部，则使所受压力，为之减杀，在腋下股节膝腘诸部，则使神经脉管，不见毁伤。革有弹性，可以缩张；肤作之辅，以御外力；表为角层，则不见血，不感痛，既以防毒，亦以护革也。皮脂于泽肤发外，且能防气水之侵蚀，肤又逼挼毫管，使其流质少所消耗，故偶或遭毁，其处辄渐润湿，且作赤色焉。

第四分 皮之摄卫

摄卫主旨,在使其官能具足无阙而已,为术如次:

一清洁 皮之表面,常附垢腻(汗,皮脂,上皮,盐类,尘,脂酸等)能沮阏官能,且为微生物寄生之薮;倘有疵伤,则每以是溃败发炎,故宜时时洁之,令无停垢。其法一为易衣,衣与肤密接,吸收输泻物,故当屡涤;一为温浴,使垢见水而软,去之净尽,复上升体温,亢进脉搏,令血行增速,全体为之爽然,且治疲劳。如服劳终日者,得浴后,则血中之郁积物悉去,肌力辄随之复。

以肥皂涤体,虽能溶解垢秽,而肤面为之不泽,其得失有所难言。

水之温度,以摄氏三十三度为最适,其时宜在劳作而后。未食,已食时,均有禁,盖腹虚则养分阙,腹实则消化止也。

二锻炼 固全体肤革,使能胜寒温之变,而不罹感冒,痛风诸疾,则首在锻炼。体操而外,为术凡二:一为冷浴,一为游泳。冷浴宜在清晨,尔时体温略高,可耐寒水,已而反应起,则加暖矣;游泳当在海水,以运动故,肌力遂增,又促代谢,而肤亦加固。惟此皆不当急行,必以渐进,有不能堪者罢之。

疾病 皮之色素,屯积一点则生痣;革之乳头,长大越度则生疣,以冰醋酸或硝酸反覆涂抹去之。

皮脂输泻,不能出腺外则成疱;输泻不足,或多加洗涤则生龟裂。

皮遇剧寒,则神经痹,官能遂失,脉管大弛,血集于此,是生冻疮,其色黯赤,初特痛痒,糜烂继之,治之以加温及温浴。

皮遇剧热,则成火伤,宜以冰或水冷之,次涂新牛酪,卵黄,石灰水及阿列布油之混合液,使勿触气,惟伤过全体三分之一,则皮之官能大弱,死者有之。

湿疹多本于先天，皮之炎症也，而摩擦抓搔，及衣服药品，亦能致此。

癣疥缘微虫之寄生，为传染之疾，其卵及输泻物，可于肤中见之。与病人同卧起，或被其衣冠，皆能传染，故当急治，头虱亦然，第能洁理全身，则为患自鲜耳。

消化系第三

第一分　消化系之构造

Apparatus digestivus,Verdauungs Apparat

人得食品，先入于口，一分质变，而至血中，所余废品，自肛外泻。质变之事，即名消化 DigestiaVerdauung。司此诸管，曰消化系。此系所属，一消化管，二开口于管之腺。

消化管始于口腔，顿细而成食道，经匈直下，又过横膈，复扩为胃，又隘为大小肠，而尽于肛。故其所在，上始头部，下迄尾骶。当发生时，形简而直，逮夫成人，乃迂曲萦回，长逾二丈，内被黏膜，泌分液体，以润泽之。

一之一　口腔 Cavum oris,Muudhöhle

黏膜　黏膜为皮之续，其色薄赤，成自三层：一曰上皮，次曰固有层，三曰膜下腠。富有脉管，而固有层中尤多，膜当上下唇内面中央，隆为襞积，是曰唇系。比近齿槽，则弥益加厚，直与骨膜联接，而为齿龈，又当舌下，亦作襞积曰舌系。根部左右，隆如两黍，谓之舌阜。舌下腺，颔下腺之输泻管，共启口于此焉。

腺　口腔之腺，可分二种：一曰小腺，二曰大腺。

小腺遍布口腔黏膜前部，启口于表，输泻管在固有层，腺体则在膜下腺，泌分液体，聚口腔中，是曰唾 Saliva, Speichel。

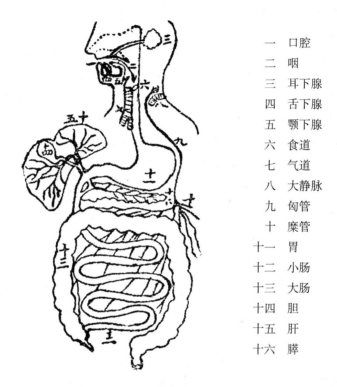

一	口腔
二	咽
三	耳下腺
四	舌下腺
五	颚下腺
六	食道
七	气道
八	大静脉
九	匈管
十	糜管
十一	胃
十二	小肠
十三	大肠
十四	胆
十五	肝
十六	膵

唾无色澄明，反应弱亚尔加里性，大分为水，且函唾素 Ptyalin，黏素 Mucus 及卵白质并盐类少许。其固形物，则有卢可企丁 Leukozyten，名之曰唾小体 Speichel kör Perchen，并剥落之肤幺，及食品之余屑。

大腺凡三：曰舌下腺，在舌之下；曰颚下腺，在下颚骨下缘内面，二腺之管，启于舌阜；最大者曰耳下腺，上起颧骨弓，下及下颚隅角，输管前进（高低略与鼻等），贯咬肌、颊肌，至上颚第二或第三白齿近处而启，是腺时或分生小腺，则谓之副耳下腺。

按：大小诸腺，可据其所生之液，别为二类。生浆液者，曰浆腺 Serösudrüsen（耳下腺）；生黏液者，曰黏腺 Schleimdrüsen（口盖小腺，舌根小腺）。兼生二液者曰杂腺 Gemischte Düsen（舌下腺，颚下腺）。

　　腺之输泻管，成自方形式圆柱形之幺一二层，结缔织被其外，至于下部，则有分泌幺一种，大都圆形。当靖止时，浆幺之核居中，黏幺之核偏下。若乎杂腺，乃溷有二者，末崙中央，多为浆幺，其他多为黏幺。故浆幺受压，成半月状，是名瞿阿努契氏之半月 Gianuzzisepe Halbmonde，而哈覃哈谟 Heidenhain 则定为黏幺之稚者，谓之补阙幺 Ersatzzellen，其说曰补阙说 Ersatzthearie。

　　口盖　此凡二部，硬口盖以上颚骨及口盖骨为依据，故其质坚。后之软口盖则为肌质，末崙下垂向咽，是名悬壅垂。前后各成穹窿，曰前后口盖弓。两弓之间，各有一腺，曰扁桃腺。

　　舌　　其质为横彣肌，上覆黏膜，前部甲错而向口腔，后部坚滑而向软口盖及咽，肌中多函脉管神经，故其运动，至为自由，言语咀嚼，赖其成就。

　　齿　　齿所以挈食，成人所有，为三十二，骈列上下，各得十六，其著于骨，正如楔之入木也。任取一列，名其前四曰门齿 Dentes incisivi，次左右各一曰犬齿 D. Canini，次左右各二曰小臼齿 D. molares minores，次左右各三曰大臼齿 D. M. majares。中之第三大臼齿，发达最迟，故亦谓之智齿 Dens seratinŭs。齿之外露者曰冠，在骨中者曰根，在龈中者曰颈。齿冠与根，状各殊异，其冠或锐或平，根或歧或直。根之中央，各有细管曰齿管，上通于腔，腔则实以物质曰齿髓。

　　齿之构造，主为象质 Sŭbstantia eburnea 齿腔，齿管，皆自此成。视以显镜可见小管，起自腔中，平行向外，管中则齿幺居之，向外尽处，又有空洞，象质遂突出作丸状，谓之象质丸。齿冠一部，则被磁质 S. adamantina，成自六棱柱状之幺，为质极坚。齿根一部，则被骨质 S. ossea，相其构造，无异于骨，惟无赫弗氏管，然人之暮年者，亦往往有之。

齿髓为结缔织幺，又有幺甚多，状为纺锥，或如星芒，互相联络。芒之长者为齿幺，入于管中，其循象质而列者则曰造齿幺 Odontoblasten。

齿髓之中，甚多脉管，与夫神经脉管杪峃，不入质内，神经终点，则未之知，惟磁质象质，磋之无痛，因知其无有耳。

赤子既生，历月凡七，则齿见于外。及二周岁，共得二十，门齿二，犬齿一，臼齿二，是名乳齿 Dentes lactei。期之迟速，人不相同。大抵最初生下颚之内侧门齿，次生上颚之内侧门齿。迨一岁，则生第一臼齿，次生犬齿，末乃生第二臼齿而告终。

达一定年，乳齿复脱，新齿代之，是为久长齿 Dentes permanentes，其期约始于七龄，终于十二，外见次序，与乳齿同。然至五岁，未脱齿前，第一大臼齿必先见，故久长齿中，此其最古者也。次届十四至十五六岁而第二大臼齿生，十六至三十岁而第三大臼齿生。

按：齿之发生，始于孕后二月，初循上下颚齿槽之缘，黏膜陷为齿沟 Zahnfurche，已而上皮速生，填陷中至于隆起，又出突起，向固有层，其状如瓶，名之曰磁质胚 Schmelzkeim。此胚既见，固有层亦生隆起如乳头，名之曰齿乳头 Zahnpapillen。胚与乳头，终相接触，而胚峃应之内陷，上皮幺之近乳头者日益长，远乳头者日益短，名长者曰内磁质幺 Innere Schmslzzellen，短者曰外磁质幺 Aussere Schmelzzellen，二者之间曰磁质髓 Schmelzpulpe。越百五十日，而外磁质幺之外，皆环以结缔织层，是曰齿囊 Zahnsackchen。齿髓之表，则生造齿幺以造象质，逮将外见，其齿囊下部，终成骨质，乳头全部，则为齿髓。此他结缔织，则与颚骨齿槽之骨膜，相密合焉。

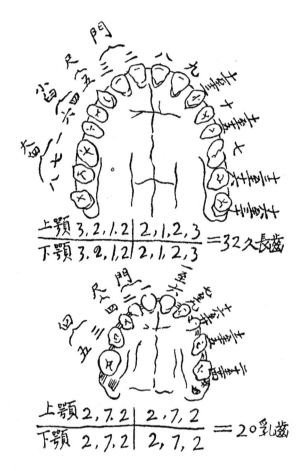

$$\frac{上颚\ 3,2,1,2\ |\ 2,1,2,3}{下颚\ 3,2,1,2\ |\ 2,1,2,3} = 32久長齒$$

$$\frac{上颚\ 2,7,2\ |\ 2,7,2}{下颚\ 2,7,2\ |\ 2,7,2} = 20乳齒$$

一之二　咽　Pharynx,Schlundkopf

咽在口鼻二腔之后下,形若漏斗,多所交通,上联鼻腔,侧通鼓室,前启于口及喉,下则续于食道,质为肌肉,外被黏膜。肌之类凡二:一曰缩肌,纟皆横走;一曰举肌,纟皆直行。

一之三　食道　Esophagus,Speiseröhre

此为膜管,上始于咽,至胃而终。初在气管后方,逮少下降,乃略偏左,至匈部则居大动脉之右,过横膈之食道裂孔,入腹以迄于胃。

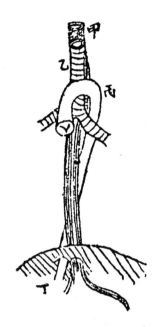

甲　食道
乙　气管
丙　大动脉
丁　横膈

食道内面黏膜,与咽及胃者相续,次为肌层,内者横走,外者直行,上部四分之一为横彣肌,下部四分之二为无彣肌,余则二者溷合,更次为糸层,即结缔织及弹力糸也。

一之四　胃　Ventriculus,Magen

消化管中,胃为最大,上联食道曰贲门 Cardia,下接小肠曰幽门Pylorus,其处微隘曰幽门瓣 Valvula Pylori。胃之上缘作弓形而小曰小弯 Curvatura Minor,下缘较大曰大弯 Curvatura major。贲门近处曰胃底 Fundus,幽门近处曰幽门部 Pars Pylorica,其间曰胃体 Corpus。胃之大小,因人而异。惟最大者不当过脐,其位置则六分之五在督线左。贲门居左,近于督线,幽门在右,下行而续于肠。食饮以后，位置微变，大弯向前，小弯则向后下，胃体之大，遂益其度。

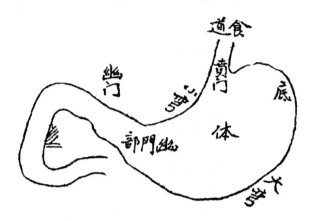

　　胃之黏膜，其色浅赤，幼者较深，老则灰白。当果腹时，面皆坦平；若未饮食，则生襞积。二襞积间，复有小窍曰胃窝 Foveolae gastricae，胃腺之口，皆启于此。更言其细，则黏膜构造，一为上皮，次固有层，其中函腺，为数至多，是名胃腺 Glandulae gastricae。又有卢可企丁，聚而为团，名淋巴节 Lymphknötchen，其逍遥者，则常入于脉中。次为肌层，次膜下膝，其外复环肌幺层，或横或纵，最外则浆膜裹之。

　　胃腺凡二种，在胃底者曰胃底腺 Fundusdrüsen，形作长管，函二种幺，其一核藏不见，所泌分者为沛普旬 Pepsin 及企摩旬 Chymosin，是名主幺 Hauptzellen；其一核偏近膜，泌分盐酸，是名盖幺 Belegzellen。在幽门部者曰幽门腺 Pylorusdrüsen，形稍迂曲，幺内之核，亦不居中，所分泌者，则黏液也。

　　　　一之五　　肠 Iutestinum, Darm

　　肠别为二部：一曰小肠，二曰大肠，其长约得人身之六倍。

　　小肠　小肠殆占全肠之五分四，横径初大而终小，亦区别为三：

十二指肠 Duodenŭm，为胃之续，长容十二指横径，曲如匚字，膵之首实其中。

空肠 Jajunum，为十二指肠之续，长居全小肠之五分二。

回肠 Ileum，为空肠之续，而界域甚不明晰。迂回屈曲，至督线右方而为智肠，其处有瓣，以防大肠内物之逆流，曰庖新氏瓣 Bauhin'sche Klappe。

空肠，回肠，皆受腹膜覆裹，遂以相联，名是膜曰肠间膜。

小肠构造，凡分三层：第一层为黏膜，隆陷起伏，交互作轮形，其表满生突起，蒙茸如毛毲，谓之肠茸。茸之底部为腺，一曰肠腺 Darmdrüsen，曼衍全部；二曰勃仑那氏腺 Brunnersche Drüsen，则仅十二指肠有之。第二层为肌膜。第三层为浆膜，皆同于胃。

大肠　殆占全肠之五分一，自骨盘内右侧续小肠而起，分为三部，终于肛。

智肠 Coecum 为大肠之始，状较弸大，下附小管曰虫状垂 Processŭs Vermiformis。在他动物，如牛如兔，皆司消化；而在人类，则已失其官能。

结肠 Colon 为智肠之续，起骨盘内右侧，向上之肝曰上行结肠，次曲而左，曰横行结肠，又曲而下曰下行结肠，比达左侧骨盘内，则屈作 S 字形，曰 S 状部。

直肠 Rectum 起始，为 S 状部末峁，达肛而止，其处有肌，为状如环，曰约肛肌。

大肠构造，亦分三层，与小肠同，惟黏膜不作襞积，肌膜则直肠而外，皆内彡横走，外彡直行，遂作三带，逼肠略如三角形，是曰结肠系。

一之六　膵 Pancreas（肠管大腺一）

膵在胃后下，首广末隘，有如牛舌，首接十二指肠，尾接脾肾，其间则谓之体。

膵之构造，与唾腺同，为蒲陶状腺，故亦称腹唾腺 Bauch Speicheldrüsen。其输泻管曰膵管，与胆管合（亦或不合），而启其口于十二指肠。

腺幺之异于唾腺幺者一事，即内函微粒，屈光极强，食已辄隐，少顷复增，若不饮食，则居其半，偏于腺腔，下乃澄明，是名发酵小粒 Zymogen Kernchen。

一之七　肝 Hepar（肠管大腺二）

肝在横膈直下，大部偏右，色作紫赤，质坚而易碎，形略长方，上隆下陷，下面有沟如 H 字，因分四叶，前后叶间沟曰横沟，亦名肝门，肝动脉，门脉，肝管等，出入于是焉。

肝之构造，始于肝幺。幺形如骰子，中函微粒，司泌胆汁，多数相聚，而成一群，曰小叶。其幺间有空处，曰微丝胆道；叶间有空处，曰叶间胆道，众道集合，出于肝门为胆管。

胆者，储积胆汁处，其形顶广下锐，顶露肝缘之外，末向肝门，是为胆管，与肝管合，而启其口于十二指肠。

胆之构造，表为黏膜，次为肌层，最外为浆膜，共得三层。

第二分　消化系之生理

消化成于二事，一曰机动，二曰质变。机动云者，糜烂食品，和消化液，借诸官之运动，使以适宜速率，次第下行，泻诸体外之谓；质变云者，因消化液，转变食品，俾其定质，渐成液体之谓也。

二之一　机动

口及咽　食品入口，若为定质，则先以切齿决之，次由唇，舌，颊三者之助，在上下曰齿间，磨之令碎，是曰咀嚼。咀嚼者，为下颚之动，所向凡六，曰上，下，前，后，左，右。食品渐碎，唾液和之，又赖舌之调剂，遂成食团，转运向后，过咽及食道而入于胃。其入咽运动之次第如下：

（一）唇因口围轮状肌之收缩而合；

（二）下颚为咀嚼肌（下颚肌）微迫向下；

（三）舌举向上，密接硬口盖，推食团使向咽；

（四）食团既越前口盖弓，则软口盖略向下，与舌背接，阻其逆行；

（五）咽之缩肌递缩，逼食令下，软口盖之悬壅垂遂举向上，以阻鼻腔之通路；

（六）喉亦被掣，前向舌根，会厌软骨适蔽之，以阻气道之通路；

（七）食团过咽，入于食道。

食道 食团入于食道时，其下降一由于蠕动，二由于重量。蠕动者，环状肌彡以次缩张之谓，即甲缩乙张，乙缩丙张，其动循序，如蛇之行地是也。

胃 食团入胃，胃受其撄，幽门遂闭，胃肌俱缩，迫压食团，且起机动，其类凡二，曰回旋动，曰蠕动。

回旋动，如置物于掌，左右逆搓之，初沿大弯以至幽门部，又自幽门部而至小弯，如是反复回旋者屡，故食团外表，渐合胃液，次第剥落而成食糜，蠕动亦起，自贲门进向幽门部，惟食团既软，撄力渐退，幽门亦渐开，遂输内容物于十二指肠。

食品为流质，自胃至肠，需数分时；为定质，则需二至六小时。

蠕动逆行，爰成呕吐，而腹肌及横膈之挛缩助之，内外迫拶，食品遂过贲门，食道，以出于口，惟胃底发育愈进，则呕吐必愈难，故僮子之呕吐多，而成人则鲜。

呕吐之发，原于数事：（一）饮食过度，或撄胃之黏膜；（二）加撄于咽及舌根；（三）肠中之寄生虫；（四）方妊；（五）脑疾；（六）吐药。

$\boxed{小肠}$　此之运动，颇为著大。一为蠕动，自十二指肠渐及于次，输送食糜，使之下行，惟十二指肠之肠间膜，其度较短，故不如空肠及结肠之自由，而动之速率，则不甚大，故荣养品，能以吸收，倘其反是，爰生痢疾；一为摆动，仅见于肠之一部，忽降忽升，有如钟摆。凡此二种，空腹及入睡则止，即攓以物，亦不之应，惟食品入肠，始能作之。

小肠内物，历一至三小时，则过庖新氏瓣而入大肠。

$\boxed{大肠}$　其机动如小肠，惟甚弱而缓，在腹壁菲薄者，可自外目睹之。

大肠内物，历十二小时，则转为固体，输泻于外。

二之二　质变

$\boxed{口}$　食品既受咀嚼，得唾浸润，能溶成分，大抵液化，又因润泽，易成食团，而入于咽。

按：束缚大腺之管，则食品入咽极难。马之食刍，平日需十分时而入咽者，束缚以后，则需二十四分时（摩侃氏实验）。

口中质变之要事，在化淀粉而为糖，其有力者，实为唾素，即淀粉遇此，生授水分解，经数阶级，乃转成糖。

按：昔之学者，咸以为唾素作用于淀粉，使成兑克希忒林 Dextrin 及糖，顾实非是。淀粉之为糖，所经阶级，乃至繁复，不成径成也（林德纳尔及杜勒氏说）。

蔗糖，卵白，脂肪，其在口中无变。

唾素合食品，入胃遇盐酸则力减，入肠遇膵液则力消。

$\boxed{食道}$　食品过此，仅为黏液所泽，其质无变。

$\boxed{胃}$　食品入胃，养素攓其黏膜，令起分泌，是生胃液，顾在人类及哺乳动物，则唾之分泌方始，胃液辄随之生，此他不消化物及液体,亦能诱之分泌,惟冷水及冰则抑止之。胃液之中,系于消化之要者三:曰盐酸,曰沛普旬,曰企摩旬。

按:盐酸生成,盖在胃底腺之盖幺,而其成因,则缘炭酸与食盐相作用,故若不以盐与动物,则盐酸亦止其泌分(复易忒氏说)。

胃中盐酸,其类凡二:若时有卵白或卵白之分解产物,则与相结合,曰结合盐酸;倘其无有,如当空腹时,则盐酸游离,曰游离盐酸,其量约居胃液之万分三。

胃中既存盐酸,则制止发酵,当无气体,然亦时时有之。寻其由来,一与食团同时咽下,一自十二指肠上升。气体成分,为 N_2 六六％～六八％,CO_2 二五％～三三％,O_2 〇.八％～六.一％。沛普旬及企摩旬之生成,自胃底腺之主幺。其在幺中,甲为普罗沛普旬 Propepsin,乙为企摩堪 Zymogen,皆无消化力,逮泌分后,得盐酸之作用,始成沛普旬及企摩旬。

淀粉入胃,盐酸之量不多,则唾素仍使之糖化。递盐酸增其量,而唾素之力,始渐就微。卵白入胃,受胃液之作用,成沛普敦 Pepton。若为肉类,则中所函之卵白先化,结缔织亦渐消,软骨坚骨,则胶质既化,骨面渐粗,终而亚质亦碎。

按:卵白至沛普敦,凡数阶级。

又按:钑验尸休,其胃往往自化,盖见蚀于胃液也。惟必具二种因,一曰胃中不虚,一曰体非骤冷,而在生人,则无此象。论者谓当生活时,胃幺之形素,富抵抗力,故虽盐酸,不能蚀之。更有一说,则谓胃动脉中血,具阿尔加里性,故环流时,能中和酸类,使不自化。此其为说,可以实验,即取一犬,束缚胃之小动脉管,使血绝流,则其胃辄自化。

脂肪入胃,固者溶于体温,若为脂幺,则幺膜受胃液转化,脂滴外注,集为一丸。

盐类入胃,能溶者即溶解入胃液中。

乳汁入胃,先凝集成定质,次转化为沛普敦。

胃液之力，一为转化，一为杀菌，故若胃不得疾，酸量弗减，则病菌与遇，往往灭亡。

按：马铃薯，豆等植物，颇不易化，其绿色部尤然，惟烹饪极熟，或蔬菜之嫩者，则消化较易（华氏凯氏）。酒类入胃，使卵白之消化较迟，若加非，茶，炭酸水及寻常水，则于胃之消化，无大影响云（绪方正规氏）。

小肠 食糜自胃入于小肠，则以膵液，胆汁，肠液之力，仍变其质如次。

胆汁之色，人及肉食动物为黄，草食动物为绿，味极苦微甘，具特异之臭。其成分之主者，曰胆汁酸（甘胆酸及牛胆酸），曰胆质色素（赤色素及绿色素）。作用之要，为乳化脂肪，俾肠壁易于吸收，又撄黏膜，增其蠕动，且止朽腐，与盐酸同。

按：人在平时，其胆汁泌分，亦不止歇，储于胆囊，临消化顷，乃泻入十二指肠，至其生成，则胆汁酸来自肝幺，胆汁色素成自血液云。

膵液无色澄明，味咸无臭，成分之主者三：曰膵提阿斯泰什 Pancreasdiastase，所以变淀糖之质，使转成糖，其力强于唾素；曰脱里普旬 Trypsin，所以转蛋白质为沛普敦；曰斯台普旬 Steapsin，则所以分解脂肪，使成脂酸及格里舍林 Glycerin，是又乳化之。

格膵提阿斯泰什在幺中时，亦为企摩堪 Zymogen，当唾中之企摩旬相类。

肠液作黄色，质不澄明，其中略含酵素，能作用于淀粉及麦牙糖，令转成蒲陶糖，其与卵白脂肪之关系，今兹未详。

大肠 不呈质变，仅有吸收。

二之三 吸收

凡荣养品，水及盐类而外，所含之主要者不过三，曰卵白，脂肪及含水炭素。是等入消化管,唾素肠液及脬提阿斯泰什变淀粉使为糖,胃液及斯台普旬变卵白使为沛普敦,脱里普旬及胆汁酸则使脂肪乳化,所变诸质,爰受吸收,入于体内。

吸收者,摄物入血之谓。直摄于脉,谓之径接吸收;由淋巴管而入脉,谓之间接吸收。古之所知,惟有径接。逮十七世纪,则专归之间接(一六二二年阿舍黎 C. Aselli 氏主张如是)。摩侃提出,始知甲乙二者,两皆有之。至其主因,又原于二:曰幺之自动官能,曰力学上之交流机。

口腔　食品在口腔中,为时极暂,故殆无吸收。

胃　食团既入于胃,质变已多,其时亦久,故糖之溶液,吸收最多,沛普敦较逊之。水则惟含酒精炭酸者,多量受摄,其纯者依然。他若盐类溶液及毒物等,亦吸收于胃。

小肠　食品吸收,以小肠为最著,盖所泌消化液,此为最多,加以襞积肠茸(约四百万),广其黏膜之面,中复饶有脉管及淋巴管(即糜管),故养分经此,大抵见摄焉。

含水炭素至此,由毫管入于血。

沛普敦至此,径由毫管或自淋巴管入于血。

按:人体摄受沛普敦,有一定量,倘逾此量,即见输泻。当吸收时,在胃壁或肠壁间,已受类化,返为卵白,故若注沛普敦入脉,必随尿而出,倘其过多,状若中毒焉。

脂肪之乳化者至此,由毫管入于血。

按:人体摄受脂肪,亦有定量,其时有逍遥幺,至黏膜外,抱脂肪滴,以返淋巴管内,或谓沛普敦之入血中,亦复如是。

水及盐类溶液至此,皆甚见吸收,水之见摄,几无定量,盐类溶液则不然。

大肠　此中吸收,以水为主,而沛普敦或卵白亦微摄之(罗培氏实验）。食糜至是，度遂益浓，渐出直肠而泻于外。

按：养素既入体内，施行类化，用之诸官，爰生不足，则复补以养品，其已用者，输泻于外，是谓之代谢 Elabaratio Stoffwechsel。代谢之事，起于幺中，至要为卵白质，形素（其中之 Nuklein）之成，实基于此，而含水炭素，脂肪其次也，故纵无后二，幺可以生，惟失卵白则死。

人需养品，又不特缘代谢而已，倘方生长，则一分储藏，以成媵理，故所用量亦较多，如养品足以应之，出入均等，则其生不匮。惟一日所需养品几何，乃因人为异，即一，生长与否；二，劳作与否；三，其体量之重轻是。今设有成人，亦事劳作，则平均代谢，二十四小时内，当需养品如左表。

品目（一日夜所需量以格阑为单位）	Pettenkofer		Voit		Molesehott	Forster	Valentin
	靖　时	动　时			中等劳作	同　　上	同　　上
卵　　白	一三七·〇	一三七·〇			一三〇·〇	一三一·二	一一六·九二八
脂　　肪	七二·〇	一七三·〇			八四·〇	八八·五	一二九·七二八
含水炭素	三五二·〇	三五二·〇			四〇四〇·〇	三九二·三	二六三·〇八八
淡　　素	一九·五	一九·五					……
炭　　素	二八三·〇	三五六·〇			……	……	……
无机盐类					三〇·〇	……	一九七·二七〇
水					二八〇〇·〇	二九四五·九	二六二六·八四〇

第三分　消化系之摄卫

食品宜于消化及吸收，则量虽不多，已足荣养，故其品质，先应简择，使其难于转化，乃纵多含养分，亦无宜于人身。

食品温冷，不得越度。过温则伤消化管之黏膜，过冷则阻胃肠之官能，而齿之磁质，亦蒙其损。又任食野蔬及自生之菌，中毒者往往有之。

储食之器，以平面不粗，涤之易洁者为佳，如磁，波黎，银，锡，铝等皆是。若杂铜，铅，则不可用。含铜者易生铜绿，含铅者遇醋酸则生醋酸铅，皆有毒。近时输入壶釜，金属为质，上敷白色物如磁，窃疑含铅，然未分析，不敢决也。

凡有食品，不当生食，若不饪熟，寄生动物每以是入于体中。

按：人体寄生动物，今兹所知，已得一百数十种，问其由来，大都导于食品，如不熟之肉，不沸之水是，病菌亦然。今就此二品略述之。

水中病菌之至有害者，为霍乱菌及谛普斯菌。然此二皆不能长生水中，往往见杀于他微生物。特在夏季，温度既高，水复不洁，则不但能生，且繁殖焉。

寄生物中要者有几，即绦虫类 Taenia Solium, Trichocephalus dispar，蛲虫 Oxyuris vermicularis，蛔虫 Ascaris lumbricoides，血二口虫 Distoma haematobium 等多寓于人；肝二口虫 Distoma hepaticum 多寓于兽。又线状虫 Filaria me dinensis，十二指肠虫 Ankylostoma duodenale 二者，亦其至有害于人体者也。肉中病菌，最有害者为结核菌，而在豕肉最多，必以华氏七十度热，煮三十分时始死。此他脾胱疽，马鼻疽菌及恐水病菌，亦能自未熟之肉，转递于人。

寄生动物之在肉者，亦为绦虫类，一曰裂头绦虫 Bothriocephalus latus，其囊虫多在于鱼；二曰有钩绦虫 Taenia Solium，其囊虫多在于豕；三曰无钩绦虫 Taenia medioeanellata，其囊虫多在于牛。而豕肉中又时有特别动物曰旋毛虫者居之，倘入人体，为害亦大。

绦虫之类，常多数相衔，其长者至数丈，上峲较细为颈，顶具吸盘，常附着于十二指肠部，下乃循肠以降，成而产卵，或老而脱离，则输泻于外。其卵（一）或入水内，或附植物，或混气中，偶入动物之胃，卵包溶于胃液；（二）遂去胃入肌，择处而止，变为囊虫；（三）任历何年无变，故其动物曰中间寓主，人既食肉，而不饪熟，

有钩绦虫之发生

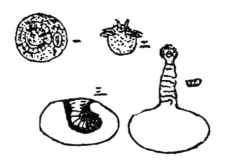

蛔虫

绦虫之头

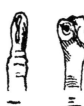

十二指肠虫

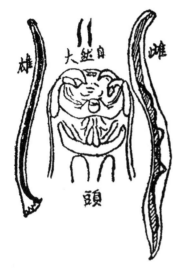

蛲虫

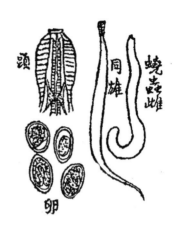

旋毛虫之囊虫

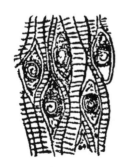

肝二口虫

则囊复消化,独留其头;(四)吸着肠间,日益长大,其人日终末寓主。

人受寄居,久必衰弱,而驱除令去,事复綦难,遇无钩绦虫尤甚。言其要略,则一使肠空虚,二令虫麻醉,翌日绝食,服驱虫剂,次又以缓下剂促之,必见其头为度。

各种绦虫之囊虫,遇热约五十度则死,又食盐渍肉至透,亦能杀之。

蛔虫所在,全世界无不有之,而湿地及多雨之年尤甚。其形细长,可五六寸,寄居人体,常在小肠,少必二三,多或至数百。时或上行入胃,以至食道,又或下至大肠,其小形者,亦偶入肝管,以达于肝,或穿胃而入体腔,遂溃腹壁外出,转迻于人。未详其故,或谓有虫类为其中间寓主,或谓可无待于此而发生,驱除之术与绦虫等。

蛲虫分布之广,亦如蛔虫。夏月气候及不洁或生食,皆其转迻之因。寄居之地,则在大肠,入夜寝息,每自肛而出,以入他处。诱引诸病,且又难于驱除,其发生人体中,不待中间寓主,洛凯德尝生咽其卵,即生蛲虫云。

血二口虫居大静脉中,以血为食,惟埃及为独多。

肝二口虫形如矛尖,长约四分,色微透明,或作薄赤,常寄生于兽,而以软体动物(蜗牛)为中间寓主,然以人为终末寓主者,亦每有之。

线状虫黄色,长一二尺,横径则仅半分,以水中小虫为中间寓主,迻入人体,多居下支之结缔织中,热带有之。

十二指肠虫雄长二三分,雌长三至六分,头作圆锥形,口具强齿如蛭,附著于小肠(十二指肠及空肠)黏膜,吸取人血,体则密比肠壁,尾亦内向,至不易驱。若其转迻,则为卵达外界,在湿处或水中,蜕为幼虫,俟机以入人体。

旋毛虫形体极微,非显镜莫见,其囊虫寄寓于豕肉,多者一立方寸中,数至二三十万,人食其肉,消化于胃,虫囊为垩质,故亦被化,虫得自由,乃在肠中,胎生幼虫,穿腠理分布于肌,变为囊虫而蜇,遇热至摄氏五十五度则死,又加盐渍,亦能杀之。

临食不可用思,食之前后,不宜沐浴。

齿　首宜洁净,食物留遗,久而腐败,能招龋齿,故必以牙粉及牙刷洁之。牙刷之毫,过软则无功,过坚则伤齿,当择厥中,其面择窈者善。

牙粉所重,在质细而柔,能溶于唾,止食屑之酸化,阻微生物之发生,倘无善者,不若用醇,加薄荷油数滴,时拭其齿,而龈缘沉垩,则以极细炭末去之。

龈缘沉垩,亦称齿石,实为矿质,自唾液来,成分大要,为磷酸石灰,炭酸石灰,脂肪及食屑等,堆积既久,能损齿根,并伤龈肉,宜就医剔除,且防其复积。

温度急变,及食物过坚,皆害磁质,故饮冰及啮坚壳果,齿截丝麻,皆所当慎,否则磁质一损,象质亦蚀,遂病齿痛,或至脱落。齿既有疾,咀嚼必因之不全,而胃病随起。

胃　食物入胃,胃必扩张旋动,故勿紧束腹部,或前屈其身以迫压之。

酒醇勿饮,辛香宜少,肉与菜类,宜杂食而勿单,食品种类,亦当时易。观是人之所喜,即适于是人之食品,苟非有害物,可任与之,惟勿过度,如小儿之于糖是。

咀嚼食品,宜至极碎,加汁放饭,甚害于人。盖液体过多,能阻碍咀嚼,薄释胃液,使消化力为之不完,而食物过量而频,则胃亦病。倘其方始,可绝食一二日,时取流质食品少许饮之。

毒物入胃,当急令呕吐,法在以指探喉,或用吐剂出之。

肠　食品不良,腹部遇冷,皆生肠病,或下痢,或腹痛,宜加温以治之。至便秘之疾,乃缘大肠,灌肠使降,愈之甚易。否则仅有运动,或服下剂,又赖习惯,亦能渐愈。

循环系及淋巴管第四

第一分　血 Sanguis, Blut.

血为赤色液体，循环体中，味咸，反应碱性，量较水稍重，居体重之十三分一。检以显镜，可见水状液，是曰血汁，及极小固体，游浮于内，是曰赤血轮，曰白血轮，曰血小板，曰原粒。

一之一　固体成分

赤血轮　Farbig Blutzellen 形在人类及哺乳动物（除剌摩 Lama 及橐佗 Kamel），皆作正圆，两面微陷，泻之体外，少顷即相联如缗钱，增血汁之浓度，则收缩作荔支实状，其质至软，故出入细隙至为自由，每一立方米密中数可五百万，径之大小在人类为七·五密克伦，然若排比全体赤血轮，作正方形，则一周可八十步。

按：一密克伦为一米密之千分一，每一米密等于华尺约三分三厘。

又：鸟类，两栖类，鱼类之赤血轮，形皆椭圆，中央有核，今举数种动物赤血轮之大小如左。

（一）圆形赤血轮

象	九·四密克伦	人	七·五密克伦
犬	七·二密克伦	兔	七·一六密克伦
猫	六·二密克伦	绵羊	五·〇密克伦
山羊	四·二五密克伦	麝	二·五一四密克伦

（二）椭圆形赤血轮

剌摩	小四·二　大七·五	鸠	小六·五　大一四·七
蛙	小一六·三　大二三·〇	守宫	小一九·五　大二九·三

赤血轮有膜无核，中藏形素，其内含主要成分，曰血色素 Hämatoidin，故色遂赤。血色素能与酸素相离合，离则暗赤，合则鲜朱，性溶解于水，复能结晶，且易分解，分解后所成质曰赫摩丁 Hämatin。此复化为二：一曰赫摩妥定 Hämatoidin，二曰赫明 Hämin。赫明易于结晶，久则愈易，故法医学用之。

赤血轮 Farbloze Blutzellen 白血轮无色亦无常形，成自形素。是中函核，或一或二，其在血中为数较少，与赤血轮若一与五百之比，然亦以时有差，如消化，刺络，化脓时则增，空腹及荣养不良时则减，倘顿增其数，与赤血轮成一与六十之比，则成疾曰白血病 deŭpämie。

白血轮具固有官能二：一吸收沛普敦，至黏膜而成卵白，使身体免于中毒；一防止病菌不入血中，使身体不罹传染之疾，必病菌大增，数不相埒，其力乃衰。

血小板 Blutplattchen 无色而小，约得赤血轮之三至四分一，形圆或椭圆，每血一立方米密中，数可二十万，一遇空气，辄即消失，故确定殊难，此一八九二年时，毕卓察罗 Bizzozero 所发见者也。至其作用，迄今未喻，为之说者有几：一曰后当化为赤血轮，二曰与血之凝固有相涉，三曰为赤血轮之缩小物，四曰为白血轮之破片。

原粒 Elementar Körperchen 脂肪小丸也，在草食动物及哺乳动物之方哺子者，往往有之。

血之固体成分中，四者而外，又有微粒，妙罗 Müller 氏名之曰赫穆珂宁 Hämokonien，其发生由来及作用所在皆未之悉。

按：赤血轮发生，在胚胎之始，其中含核，且不具血色素，以间接性判分，次第增益，递肝成，判分始止，核亦随消，其发生之处，即为肝脾及淋巴腺。递夫成人，亦不止歇，如女子天癸 menstruation 月至，而血最不减，又如动物冬蛰，赤血轮皆减其量，顾入夏即增，皆其凭证，然发源所在，乃无确说。或则谓出自骨髓，其说曰骨髓之中,函幺一种,名造血幺 Hämatoblasten,中亦函核,与见于胎儿之有核赤血轮相同。或则谓变自白血轮,其说曰:(一)已在脾静脉及骨髓中,见其方变之中间物;(二)且培克林好然 Beoklinghausen 亦常取蛙血置巨波黎器中,日通湿气,而目击其形变。

白血轮即卢可企丁,发生自脾及淋巴节,入于血中。赤血轮生存之长短,未能确言,经一时期而后,往往消灭。其消灭之处,或谓即在肝脾及骨髓中,故于此诸官,常有血色素及残分,又胆汁色素,亦自此成,则消灭于是,可以想见。

白血轮之小分,多变性为脂,因而消灭。

一之二　液体成分

血除固体成分外,所余者为血汁,既出脉外,一分又凝而固,是曰幺素 Fibrin,余为黄白色液,曰血清。

幺素之力,能令血凝结。设脉壁受病,或触空气,遇大热,皆能致是。而健康之人,则无此象。又多函炭酸,卵白,或加糖,盐,水及亚尔加里液,皆能缓之。

按:幺素凝血之理,旧谓血汁之中,函物三种,一曰幺母 Fibrinogen substanz,二曰幺形素 Fibrinoplastische Substanz,三曰幺酵素 Fibrinferment。比泻体外,则因幺酵素之作用令幺母与幺形素抱合为一,而血遂凝(A. Schmidt 氏说)。惟据最近覃究,知实非是,纵无幺形素,而血之凝固自若。盖幺母实溶解性卵白质,一得酵素作用,即成定质,无待与幺形素相抱合也。然血在脉中,不函酵素,仅有其前级物曰前幺酸素,必待他因,始成为幺酸素,以作用于血云。

血清中所函,为血清卵白,血清格罗勃林,脂及水分大半,并蒲陶糖及盐类少许。

第二分 循环系之构造

循环系之成,本于二者:曰心,曰脉。心在全系,实为中枢,以其官能,血乃入脉,环流全体,复归于心,是曰血循环。

二之一 心

心为圆锥状中空之官,成自无纹肌,与拳等大,内外有膜,内曰内膜,外曰心囊,位居两肺之间,大半偏左,前当匈壁,后由食道大动脉以与脊柱相隔,尖之所在,适当第五肋间腔,乳之内下,顶则与第四匈椎对,体具二面,前者隆起,后者较平。又具二缘,居右者锐,左则稍圆。

心之内部,由纵隔判为两腔,各腔俱有横隔,又判为二:上之二腔,曰左房,曰右房;下之二腔,曰左室,曰右室。心房容积,小于心室,其壁亦较弱,左右各有附赘,是曰心耳。二房之中,为静脉启口也,在左者四,为肺静脉;在右者三,为上下大静脉及大冠状静脉。房底各有椭圆形孔,与室相通,其孔曰房室孔。左右心室各具二孔,右之一曰肺 A 孔,左之一曰大动脉孔,与大动脉干相通,一即房室孔,咸有瓣膜,开张向室,即受心房之血,闭则驱血入动脉中。心尖内面,有肌突起,勾联如网,谓之肉柱。上行以向心房,其杪化而为腱,是曰腱束,分联瓣膜之峁,以防其反张而入房内。

心前视图

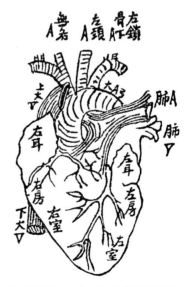

右室之壁,较薄于左。房室口瓣膜,曰三尖瓣,肺动脉起发于

此，有三半月瓣界之。倘右室开张，是瓣即闭，俾血不反流以入于室。

左室与房之界，具瓣膜二，是曰双尖瓣，或曰僧冠瓣，大动脉起发自此，亦有三半月瓣界之。倘左室开张，俾血之已入动脉者，不更逆流以入于室。

二之二　脉

动脉　动脉之干，大抵居体之深部，若在四支，则以屈侧为多，其分布于体，常与静脉骈行，包以脉鞘，时或二脉分枝，交相连合，则谓之吻合。

动脉构造，凡分三层：自内数之，则一为内皮，曰内膜；二为肌层，曰中膜；三为结缔织，曰外膜。内皮成自扁平之幺，其中函核，肌层之幺，状如纺锤，脉之大者，则往往函弹力幺，而结缔织内，亦函此至多。

毫管　毫管接动脉杪岢，勾联如网，分布全体腠内以及诸官，为状至微，非显镜不能见，言其构造，则仅内皮一层而已。

静脉　此为送血于心之膜管，位有浅深，深者与动脉骈行，浅者即居皮下。质之构造，与动脉同。惟三层之中，时有所缺，而弹力亦复至微，其枝亦交相吻合。内复有瓣，状如弦与月，内膜之襞积也。

二之三　脉之区分

脉出自心，可别为二：曰动脉，曰静脉。其间曰毫管，已如前言。动脉者，谓自心输血于体之脉，而血之性质，则所不论。静脉反是。详言之，即血既循环，乃由以归注于心之道也，为区分如次。

甲　肺动脉　此出于右心室,分为二枝,曰左右肺动脉,以布于肺。

乙　大动脉　此出于左心室,上行渐曲,成大动脉弓,沿椎体之左而下,至第四腰椎处,歧而为二,成左右总肠骨动脉,名上行部曰上行大动脉,下行部曰下行大动脉。

壹　上行大动脉　此为心囊所包,分歧仅数小枝,分布于心,其干上行而为大动脉弓。

贰　大动脉弓　在匈骨后方,自右曲左,出脉凡三:曰无名动脉,曰左总颈动脉,曰左锁骨下动脉。

一　无名动脉　此复歧而为二:曰右总颈动脉,曰锁骨下动脉。

(一)右总颈动脉复歧而为二:曰外颈动脉,分布于面,颅及颈之前部;曰内颈动脉,析为三枝,一布于目,曰眼动脉,二布于脑,曰前大脑动脉及中大脑动脉。

(二)右锁骨下动脉分布于上支,至第一肋骨处,曰腋窝动脉。下曰上膊动脉,更下曰下膊动脉,此析而为二,曰桡骨动脉,曰尺骨动脉,比至于掌,则二者相吻合,曰掌弓。

二　左总颈动脉　直起自大动脉弓,分枝与(一)相似。

三　左锁骨下动脉　直起自大动脉弓,分枝同(二)。

叁　下行大动脉　其干与大动脉弓联,贯横膈而下,歧为总肠骨动脉,可分二部如次。

一　匈部大动脉　其分歧皆为小枝,布于肋间及气管,食道等。

二　腹部大动脉　凡分二大枝:曰体壁枝,曰内藏枝。

(一)体壁枝　属此者二:曰横膈动脉,曰腰动脉。

(二)内藏枝　属此者六:曰大内藏动脉,布于胃,肝及脾;曰上肠间膜动脉,布于小肠及胰;曰下肠间膜动脉,布于结肠;曰副肾动脉;曰肾动脉(较大);曰内精系动脉。

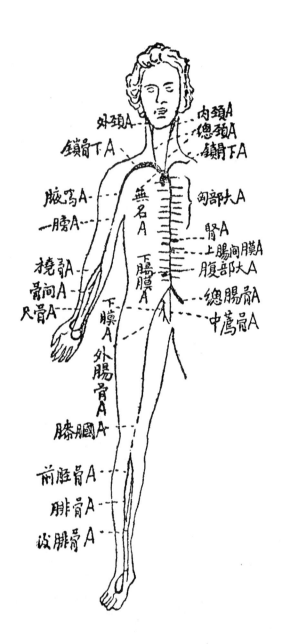

外頸A
内頸A
總頸A
鎖骨下A
鎖骨下A
腋窩A
胸部大A
一膊A
無名A
腎A
上腸間膜A
橈骨A
骨間A
尺骨A
下膈膜
腹部大A
總腸骨A
中薦骨A
下膜A
外腸骨A
膝膕A
前脛骨A
腓骨A
從腓骨A

三　中荐骨动脉　在腹部大动脉分歧处。

四　总肠骨动脉　此又分为二枝如左。

甲　内肠骨动脉分为三枝：一曰体壁枝，布于臀部；二曰内藏枝，布于旁光；三曰末枝，亦备内阴部动脉，布于内阴部。

乙　外肠骨动脉，仅二小枝，其下股动脉继之，布于上腿，更下则贯肌至后面而成膝腘动脉，居膝腘中，次更析而为二：一出前面，曰前胫骨动脉，其崋为足背动脉，布于足背；一居后面，曰后胫骨动脉，至于足蹠，其分枝与足背动脉之一分枝吻合而为足蹠弓。

第二静脉

甲　肺静脉　左右各二，始自左右肺之毫管，出肺门而注于心之左房。

乙　大静脉　区别为三：曰心静脉，曰上大静脉干，曰下大静脉干，全身之静脉血，因此归于心之右房。

壹　心静脉　此凡三枝，分布于心。

贰　上大静脉干　居上行大动脉之右，上行而注于右房，左右无名 V 之所会合也。

无名 V　此在左右，皆为外颈 V，内颈 V 及锁骨下 V 之所会合，细枝则降注者有椎骨 V，深项 V 等，上注者有上肋骨间 V，内乳 V 等。

（一）内颈 V　在内颈 A 之后，与相骈行，脑中颈部之分枝注之。

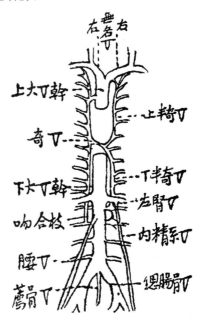

（二）外颈 V　此为细枝,位颈部之 V 注之。

（三）锁骨下 V　此为上支 V 之干,分为二群,一深一浅,深者与 A 骈行,浅者布于皮下,其他有在椎骨左右,以收肋间回流之血者,右曰奇 V,左曰半奇 V。

叁　下大 V 干　居下行大 A 之右,上行而注于右房,左右总肠骨 V 之所会合也,区别为三。

（一）体壁枝　分枝凡二:一曰腰 V,二曰横隔 V。

（二）内藏枝　分枝凡三:一曰肾 V,二曰内精系 V,三曰肝 V。

此他有脾 V 及上下肠间膜 V 三枝,会合为一者,曰门 V,简称门脉。入自肝门,左右分歧而布于肝内。

（三）终枝　是即总肠骨 V,与同名 A 骈行,分枝凡二:一曰内肠骨 V,二曰外肠骨 V。其二为下支 V 之主干,分为二群,一浅一深,与上支等。

第三分　循环系之生理

血居脉内,恒动不居,首出自心,入大动脉及肺动脉。次至分枝,终达毫管,更经较大之静脉,复归于心,是名循环。出自心之右室,由肺动脉以入肺,更经毫管,集肺静脉中而归左房者,曰小循环,亦称肺循环。出自心之左室,由大动脉干布于全身,更经毫管,会于上下大静脉干以入右房者,曰大循环,亦称全体循环。

大循环之动脉,其血函泌分及荣养所需诸品,复饶酸素,当循环时,用溉全体之膝。静脉所函,则多炭酸,及诸废品,为膝理所已用与代谢所生成者,以归于心。故一则鲜朱,一则暗赤,而小循环反之。

心之运动　心之运动,一缩一张,交互而起,休憩间之,故血因以环流,周于全体。运动之法,首为房之收缩,次为室之收缩,次为休憩,名前二者曰缩期,后一曰舒期,其要略如次。

一　房之扩张　假取右房为例，则大 V 之血，灌注于中（如左房则为肺 V 血），又因呼吸，引心令放，房之四壁，遂以扩张，即心耳中，亦复受血。

二　房之收缩　心耳先缩，逼血入房，房壁继之，静脉孔口，因轮状肌，并时收缩，血遂莫入，过三尖瓣，注入室中，而肺之引力，引室令大，亦为其助。

三　室之收缩　室既受血，遂起收缩，房室口瓣，同时闭塞，血无他道，遂入脉中。

四　室之扩张　收缩既毕，半月状瓣皆闭，以防血之逆流，而室乃扩张，继以休憩。

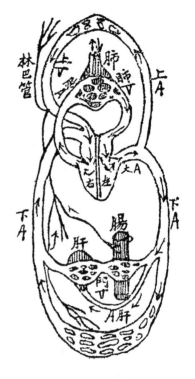

心搏　左匈第五肋间（间或为第四肋间）乳腺略下之处，时有搏动，可以触知，是名心搏。盖心收缩时，位置及形状皆变，初之椭圆，突呈圆形，心尖触击于匈，遂生此象。故体势转易，能微变其位置，又罹疾病如肋膜炎等，亦然。

心搏之状，可作曲线示之，其曲线曰心波线 Kardiogramm 如次。

心音　以耳抵匈之第五肋间，可闻心音二种，一浊而长，一清而短。浊而长者，为室收缩时，肌肉皆缩，遂成杂音，房室瓣之紧张及颤动，亦为之助；清而短者，则纯为动脉瓣闭锁之音，而大动脉中血之分子振动，亦补助之。

心之自动中枢　分布于心之神经凡三种：一曰肺胃神经（以其道径不定故亦称迷走神经），职司制止；二曰交感神经，职司鼓舞；三

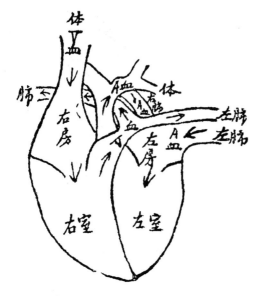

曰雷摩克氏神经节 Remok's Haufen，及毕特尔氏神经节 Bidder's Haufen，在心之实质中，昔谓心之能自动者因此。顾近今新说，则谓不然。纵取动物心肌，切去神经节，而波动固不休止，则非此之力，憭然可知。盖心之运动，全属肌质，以幺传幺，遂生自动，即静脉末嵩之肌幺，受撄最易，故先收缩，次传于房及室之肌幺，而次复波及大动脉，爰起收缩，促血运行。

脉搏　心收缩时，逼血入脉，冲突管壁而联动不止者，曰脉搏。若在浅部，可以触知，能借是见心之运动状态。成人脉搏之数，每一分时，平均得七十至七十五，过曰盈脉，不及曰绌脉。又因心收缩速率之异而别为二，过曰疾脉，不及曰徐脉。此他大脉小脉，则视脉管扩张之度；坚脉软脉，则因脉管内压之强。

脉搏之状，亦能用曲线示之，其曲线曰脉波线 Sphygmogramm 如次。

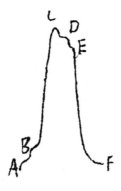

A 至 B ＝休憩 + 房之收缩
B 至 C ＝室之收缩
E 至 F ＝室之扩张
D ＝大 A 瓣之闭锁
E ＝肺 A 瓣之闭锁

心收缩时,血入脉而使管扩张,故隆起为上行线,已而脉管收缩,则又陷为下行线。惟脉管虽缩,而大动脉瓣已闭,故血之一部流入分枝,一部逆行而触已阖之瓣,遂生反冲波动。脉管缩张颤动,则成弹力性隆起。露动物之脉,令进血为图,亦复同此,是名阑陀氏脉波图 Landais' Hämatograph。

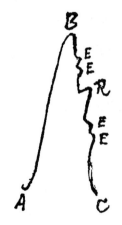

A 至 B（上行线）＝动脉之扩张
B 至 C（下行线）＝动脉之收缩
E＝弹力性隆起
R＝反冲波动

速率 血行速率,因脉之种类及大小而异。大抵大动脉及肺动脉为最速,渐至分枝,速亦渐减,迨及毫管而达极度,次入静脉,乃渐复增多。如每一秒时,大动脉中血,行三六六米密;右颈动脉中血,行二六一米密。若在静脉,则为所属动脉之负〇·五至〇·七倍。

循环之因 此之主因,在血所受压力之不等,如大动脉与上下大静脉,及肺动脉与肺静脉是,惟不均等,故脉中之血,历就其压力低处,差异愈大,环行愈强。

循环之助 血入静脉,道程颇远,当在途中,历受抵抗,故得于心之进行力,已失太平。其为运动,半由二力之助,一曰匈廓之吸引力,一曰肌收缩时之迫压。

<u>循环之用</u>　大静脉聚淋巴管及门脉所赍之养品，与诸小静脉所赍膝理之废品，归纳于心，复入于肺，与一分之空气接，授以废品之一分，更取养气，成鲜朱色肺静脉血，由心入大动脉，循环全身，随其所至，以养品及养气供给膝理，废品余分，则送之输泻之官，故全体之膝，咸赖于血，设其无是，必至死亡。在动作时，尤须多量，如消化时之肠胃，运动时之肌肉，思虑时之脑，所用血量，咸较平时为多。

第四分　淋巴管之构造及生理

血流脉内，故所赍养品及养气，不能直与膝理之幺，必待淋巴为之介。淋巴者，液状如水，沿毫管壁，充满幺间。成分所函，略同于血，惟无赤血轮，其与白血轮相当者，曰淋巴幺，作用亦类。盖血中养分，常以渗透作用，通过脉壁，以注淋巴中，淋巴则分赋于幺，并集幺之废品，以注于血。

幺间之淋巴，一分归血，而其大半，则集注于淋巴毫管，诸毫管次第相合，遂为淋巴管。是管从静脉而行，其壁至薄，内具瓣膜，至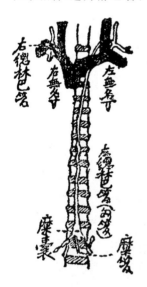体腔内，乃会合为二大枝：一曰右总淋巴管，为体上半之淋巴管所会，启口于右内颈静脉与锁骨下静脉之歧中；一曰左总淋巴管，亦称匈管，为体下半之淋巴管所会，启口于左内颈静脉与锁骨下静脉之歧中。管在腰部，则张大其峕，谓之糜囊，由肠胃来者，则谓之糜管。

淋巴系中，常有圆形或椭圆形节，曰淋巴腺。其主要者，居颈之外侧及腋下与鼠蹊部，内函淋巴幺无数，曰髓；外裹结缔织，曰膜，淋巴幺之生灭处也。

第五分　脉腺之构造及生理

脉腺构造,略类他腺,惟无输泻管,而其作用,亦不甚明。要者有三:曰脾,曰副肾,曰甲状腺。此他更有匈腺,仅见于婴儿,生三月则萎;有血淋巴腺(Blutlymphdrüsen),去动物(或人类)之脾,则循大动脉而见,意其作用,在生血轮,顾不甚要,故略之。

五之一　脾 Splen,Milz

脾在腹腔左方,胃底外侧,状如大豆,色暗赤,与空气遇,则成浅蓝,外被结缔织膜,曰白膜,膜之所包曰脾髓,为质极柔,且饶脉管。白膜入于质中,交互若网目,腺幺实之,是名脾材。脾门者,在脾内面之中央,脉管神经所出入也。

脾之作用,今兹未详,所能知者,仅制作白血轮一事而已。

按:食后六七时间,脾必膨大,故或谓恐尔时生成物质,入于血中,又入肠胃,则能振起酵素之作用,以助消化云。

五之二　副肾 Capsula suprarenalis,Nebenniere

副肾为三角形小物,被左右肾之上若冠,其色黄颊,外包结缔织囊,内为实质,质分二部:外曰皮质,色正黄;内曰髓质,其色较黑。

副肾作用,不能详知,今所探索,凡左数事。

一 孚克 Füich 氏自副肾析出物质一种曰苏普刺来宁 Spurarenin,注于动物皮下,则脉管收缩,而循环益盛,故知副肾当有令血行增盛之作用。

二 去动物两侧副肾,则瞬息中毒,而成麻痹。惟用副肾浸水,注诸皮下,乃立愈,故知副肾当有扑灭血中毒品之作用。

三 副肾变性,则成安提孙氏病。又去兔之副肾,辄见其唇吻皮下,盛生色素,波纳 Boinet 氏验之于鼠,亦然。或谓髓质中有物曰诃摩堪 Chomogen,倘其失此,则体中大生色素,逾于平时,故知副肾当有制止色素形成过多之作用。

五之三 甲状腺 Glandula thyreoidea, Schiddrüse

甲状腺在气管上部,形如马蹄铁,二崮向上。当胎儿时,尝有输泻之管,启于口腔,顾将生则灭。是腺外被结缔织膜,且浸入实质,形成网目,腺幺实在目中。

腺之作用,今兹未详,所可言者如次。

一 去动物之甲状腺,则头部血行,辄失其序,故知有调节头部血行之作用。

二 去动物甲状腺,则神经及肌肉,皆呈异状,初为战栗痉挛,少顷遂死,以所取出者饲之,辄平复少顷,故知有扑灭毒品之作用。

甲状腺灭毒之有效成分,弗阑该尔(Frankel)氏尝取得之,为之名曰谛罗安替托克旬(Thyro-antitoxin),用治自甲状腺所得诸病,然服之过量,辄病脱虚云。

第六分 摄卫

心为循环系之中枢,所系甚大,而获疾亦易,如劳作过度,及多饮醇酒烟草,皆能使膨大肥厚,及罹瓣膜之疾。醇酒尤能伤脉,饮之多年,脑内小动脉,往往变质,易于绽裂,血温而殒,名曰卒中。又若阻其循环,如过屈身体,或衣不宽博,亦能令全体腠理,贫于荣养,故压抑束缚,至所不宜。

摄卫循环系,亦以适宜之运动为首要。若其如是,则肌肉作用,因而亢盛,需血颇多,又能压迫静脉,令中之血行,益加敏速,循环全系,为之一新,然过于剧烈,又所当禁。

创伤失血,或急生热症,及赤血轮发生之处罹疾,皆令赤血轮减其数;又运动或休息之不足,衣食及居室之不良,及患疟与寄生虫居于体内等,厥果亦尔。如是者谓之贫血,其状皮色苍白,荣养不完,往往为他病之因,宜视其最初之原,加以治理。

荣养及同化作用,过于旺盛,则皮色深赤,动脉怒张。脑中充血,乃觉冥眩;肺中充血,乃觉呼吸之艰,如是者谓之多血。节饮食而行适宜之运动,足以治之。

止血术 倘遇外伤,出血如注,置而不理,足以危生。故宜先止之以待治,惟伤口小而浅,则以血有凝固之力,顷刻自止。独有动脉之稍大者断,乃必迸鲜朱色血,为势甚猛,尔时可就伤口上部,即近心一侧,力压其脉,血当顿止,可以就医。倘用指压之过久,渐觉疲乏,则取布条作巨结,适当脉上,结其两嵩,用木杙或他物绞紧之。

血出平等而不急者,为伤毫管;血出徐缓,而暗赤者,为伤静脉,力压伤口,良久可愈。

输血术 人遇变故,失血至其三分二或四分三,则可用他人之血,注入脉中以为之助,其术曰输血 Blut Transfusion,即以血注射者曰直接输血,去血之糸素(血清)而注射者曰间接输血。惟所用血,必为同属,如犬之与狐,驴之与马,人之与青明子 Schimpanse 皆是(H. Friedentteal 氏说)。倘其异属,则他血入于脉中,赤血轮即时崩溃,立失其生命者有之。

近亦有以〇·九％食盐水,代血或血清之用者,所获成效,亦复甚良。

呼吸系第五

第一分　呼吸系之构造

呼吸系者,为口鼻二腔,喉,气管与肺,口腔已见消化系,鼻则归五官之分言之。

喉 为三角形物,上向于咽,下连气管,饮食之际常自上下,可视而知。内面咸被黏膜,与咽接处,会厌软骨在焉。

气管 联喉者为气管,作圆柱状,在食道前,其下歧而为二,曰左右气管枝;比达肺门,又益分析,曰小气管枝,布于肺之各叶。

气管构造,以软骨为本柢,骨状如玦,阙处实以无纹肌纤,数自十六以至二十。每玦之间,有结缔织为之连结,是名轮状系。管之内面,满被黏膜,上覆毡毛上皮,又有黏腺而在两软骨间及管之后部为最多。气管支构造,与前大同,惟略细小,软骨之数,左凡九至十二,右凡六至八。

肺 在心之左右,形如圆锥,外被浆膜,面见切痕,右三而左二,肺因受判为数叶,故名其痕曰叶间切痕。视肺内面,有穴为淋巴管,气管支及脉管神经之所出入,是名肺门。出入于是者,束以结缔织,如为肺之支柱,故亦有肺根之称。细察肺表,可见多瓠之文,黑色为其界画,老则愈显,色素之沉着者也,名曰肺小叶。

进言细微构造,则以肺亦为腺,故作复胞状。其气管,支气管及喉,与输泻管类,若与常腺之分泌部相当者,曰气管支呼吸部。盖小气管支之末嵩,分而益细,终成小囊,四壁变形,隆如半鞠,是名肺胞。众胞会集,被以结缔织,则成肺小叶,更会诸叶,始为一肺,故肺胞会集处,正与复腺之分泌部相类似也。

肺之动脉,来自右心室,分而入左右肺,更析为孙枝,遂成无数毫管,缠络肺胞之外,有如鱼网,次复相集为肺静脉,归于心之左房。

横膈 见消化系。

匈膜 亦有肋膜之称,实为浆膜,凡分二叶:一以包肺,曰肺匈膜,或内藏匈膜;一密著于体壁,曰体壁匈膜。甲至匈骨及匈椎处,则翻向体壁而为乙,心居其间,是成二腔,曰前后纵膈腔。

第二分 声官(喉)之构造及发声

呼吸之管,自呼吸而外,亦兼发声之用,其要者莫如喉。喉之构造,主为软骨,一曰甲状软骨,作 V 字形,下接环状软骨是骨之颠,有二小骨,曰披裂软骨。

甲状,环状二骨,联而能动,会厌软骨则居舌骨后下,饮食之际,屈而下覆,使毋妄入于喉。喉之腔中,每侧各有二系,上被黏膜,左右相对,而留隙于其间,是名声带,上曰假声带,下曰真声带,隙曰声门,空气所出入也。

喉俯视图 喉之构造

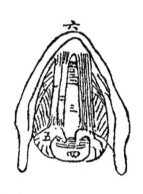

一 假声带
二 真声带
三 声门
四 环状软骨
五 披裂软骨
六 甲状软骨

一 甲状软骨
二 环状软骨
三 披裂软骨
四 会厌软骨
五 气管软骨

当呼吸时,声门辟启,前隘而后广,故空气出入,至为自由。若喉肌收缩,则声带紧张左右相接,声门后部,亦几阻塞,呼出气流,为之窒碍而难行,于是迸力上升,声带颤动,而声音始以发。此声既出,经咽口鼻诸部,因其形状之变,爰成诸音。顾声之要官,惟真声带,若在其上者,乃于发声无关,故谓假声带焉。

发声要因,厥数有三:(一)左右相对二缘,当几相接;(二)有呼息之流,其力足以突出声门,而振动其声带;(三)声带当具弹力,且不着黏液,振动至为自由。

声之高低,亦关三事,(一)声带长短,如婴儿,女子,男子,后较诸前,皆薄且短,故声亦前者高而后者低;(二)声带紧张之度,其度强者,发声必大;(三)呼气之强弱,呼气愈力,声乃愈高。

声带弛张,主以肌肉,其目如次。

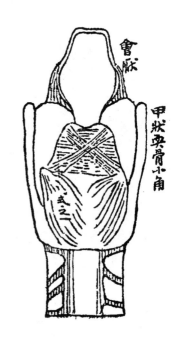

壹　前肌

环状甲状肌　此肌收缩则声带二附着点,相距加远,故遂紧张。

贰　后肌

一后环状披裂肌　所以扩张声门。

二 横披裂肌　所以隘小喉之上口。

三 斜披裂肌　同前。

叁　侧肌

一 侧环状披裂肌　缩则声门变隘。

二 甲状披裂肌　以隘带门,且张声带。

三 甲状会厌肌　此为后肌(二)(三)之助。

声之发于咽及口鼻二腔者为低语,声带同时而颤,其语乃高。语之诸音,可别为二:一曰母音,合于乐律;一曰子音,则杂响也。

第三分　呼吸系之生理

血中气体与空气及腠中气体相交换者谓之。言其主的,在输入酸素,以供所需,代谢之废品(炭素),则驱诸外。其血中之气与空气相交换者,谓之外呼吸,主以肺以皮;腠与血之气相交换者,谓之内呼吸,则大循环血与所及腠理间之作用也。

呼吸　审度匈廓,或缩或张,当其张时,空气入肺曰吸 lnspiration;已而匈廓顿缩,肺亦从之,压迫内气,更出于外曰呼 Expiration,二事成就,谓之一息 Einatemzug(或曰一呼吸)。次乃休憩继之,倘止不行,死亡随至,故知人体需气,量当至多,肺定不动,固以内外气自生之交流,能成代谢,而肺血得此,犹未为足,必别有运动以催促之焉。

呼吸运动　凡有气体,必自压力高处,以就于低,故两肺既缩,内压乃高,肺中之气,自向口鼻二道而逸于外;已而复张,则外气之压,反高于内,遂复流入,充其空虚。故呼吸之成,一归于肺容积之增减,亦即匈腔容积之增减,而匈腹肌肉,实左右之。

一 横膈在匈腔底部,平时隆而向上,肌㣺收缩,则隆度顿减,下压肠胃,推腹向前,匈腔之内,增其容积,迨复故处,而容积亦从之减。

一 肋骨在匈腔周围，平时邪而向下，此骨与椎骨间，有举肋肌。二肋之间，有内外肋间肌，举肋肌与外肋间肌缩，则提肋向上，腔之四面，容积以增。迨二肌之收缩止，内肋间肌之收缩起，而容积亦从之减。

按：呼吸时动作之肌，若更举细目，则如下方。

一 平常吸息时收缩诸肌：横膈，外肋间肌，举肋肌。

（一）强剧吸息时收缩诸肌：躯肌，颈肌，鼻肌，口盖肌及咽肌。

二 平常呼息已缩诸肌之弛及匈廓重量。

（二）强剧呼息时收缩诸肌：腹肌，内肋间肌，方腰肌。

平常呼吸时，男子皆隆陷其上腹部，而肋骨殆无动，是名腹式呼吸；女子反是，肋动偏胜，腹动极微，是名匈式呼吸。顾强剧时，则无间男女，混有二式，是名匈腹式呼吸。

呼吸量 肺中空气，决不因呼吸而具易，所出入者，其量有定，顾量之多少，则一系于呼吸之浅深。若呼吸具足，犹有留遗，则曰余气 Residualluft，在康健无疾者，约得一二〇〇至一七〇〇立方生密（兑飞及格垒安 Davgh，Grehant 氏实验）。平常呼吸而后，尚能力呼而出者曰储气 Reserveluft，其量约得一〇〇〇至一五〇〇立方生密（赫钦孙 Hutschinson 氏实验）。若平时呼吸，则出入之气，约得五〇〇立方生密（同上），在婴儿则为成人之四分一。

深吸而后，即行深呼，所出空气之量，谓之活量 Vitalkapazität，盖空气交换之极量也。在德意志人，平均得三二二二立方生密，日本人平均得三〇一二立方生密（明治生命保险会社统计为二万人之中数）。计之之器曰赫钦孙氏检息器 Hutschinson's Spirometer。

按：检息器构造，要略如图，有器 A，上附量尺。其内注水，次覆一器如 B，系索过活车，加重物 C，俾其平均，迨届检息，则启活塞 D，人作深吸，乃以口当 E 处作深呼，器 B 受托渐升而上，至呼已，则闭 D 活塞，读 B 顶与尺所刻画相平之数，为肺活量。

量之差数,又系属于数事,言人较如次。

一 身长　长者量多,短者量少。

二 躯体容积　积大者量多,大抵为其体积之七分一。

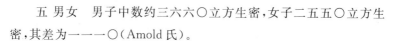

三 体重　过体重中数者递减,如每增重一启罗克兰,则肺活量减三七立方生密。

四 年龄　以三十五岁为最多,上至六十五,下至十五,皆每差一年,辄减二三立方生密。

五 男女　男子中数约三六六〇立方生密,女子二五五〇立方生密,其差为一一一〇(Amold 氏)。

六 职业　此盖以荣养善否,而影响及于肺活量者,可别三级:一曰军人及航海者,二曰工人,巡士,三曰贫民,贵人及学生,每一级约差二〇〇立方生密(同上)。

七 体之位置　直立及空腹时则量多,劳作后及衰疲则量少。

总上七事,视肺活量大小,又可施以为内籀,归于四因:一为匈廓大小,二为呼吸肌力之强弱,三为肌肉动作之抵抗力(如肋软骨之弹力及腹部充实等),四为肺之扩张力。

呼吸数　呼吸之数,每一分时中,在成人以一三至二四为中数,脉搏四至,则行一息,顾亦以外缘生差如左:

一 体位　　　　次为一分时中,成人呼吸之中数

　卧　　　　　　　一三

　坐　　　　　　　一九

　立　　　　　　　二三

二 年龄　　　壮者最少,老幼递增,如下:

○至一岁	四四
五	二六
一五至二○	二○
二○至二五	一八·七
二五至三○	一六
三○至五○	一八·一

呼吸变态　平常呼吸而外,更有为其变态者数事。

咳嗽在先行深吸,闭其声门,乃俄作强剧呼息,逐气或他物出于外。

謦欬为延长呼气,令过舌根及软口盖隙路之间。

嚏为先作反覆短吸气,次顿生强呼,突过鼻腔,挟黏液等与之俱出。

鼾为当睡眠时,软口盖弛而向下,空气经此,颤而成声。

哭为先隘其声门,次作短深吸息,继以长呼,如是相续。

笑为紧张其声带,时相离合,短促呼气,过之上出,若继若联。

欠者,张其口,作深长吸息也。

换气　检平常一呼吸之气,炭酸得四·三八％,酸素得十六·○三三％,则人在空气,摄取酸素多于所呼出炭酸之酸素,可以了然。凡此酸素,一分转成炭酸,大分则用其他之诸酸化作用,今举成人二十四时间中换气量如次。

一吸入酸素　七四四克阑(五一六五○○立方生密)。

一呼出炭酸　九○○克阑(四五五五○○立方生密)。

一　　　水　三三○至六四○克阑。

然炭酸排出之量,复以种种因缘而生差异,其著如左。

一　年龄　年愈进则量愈增,迨二六至三○岁而达其极,迄六○岁不变,后乃渐衰。

二　男女　男子量多。

三 强弱　强者量多。

四 晨夕　晨之呼吸疾而深，故量增，将午稍减，正午复增，达于极度，午后又渐衰，夕而就食，是乃更增，逮就眠则减。

五 寒温　凡温血动物，体温减则量减，若体温无变而外界寒，则量增。

六 劳逸　劳者量多。

七 饥饱　饱者量多。

八 呼吸数　呼吸愈多，则排出之量愈微，如左表。

每一分时呼吸数　呼出气百分中之炭酸量

一二	四·三
二四	三·五
四八	三·一
九六	二·九

肺内之气体交流　肺胞内之空气，较之他部，尤富炭酸，上而至喉，乃渐与外气似。故设断一呼息为二，收集其气，则前半呼息所含之炭酸，必少于后半呼息，此以甲气出自喉与气管，而乙气之来，则从深部故也。气在肺中诸部，既异其构造，遂生交流作用，终相溷合，达于肺胞，而外气乃与肺毫管之血相接。

肺毫管中血与肺胞间之换气　为之说者，今世有二。一为力学作用，亦即交流，谓静脉血中之酸素压力，小于肺胞内气体之酸素压力，而炭酸压力则胜之，因有此差，气以相易，顾究其实，乃不尽然。设令人吸纯酸素，而所摄取者不加多，其证一；闭动物于密室，比死而室内之气，已无酸素，其证二。一为质学作用，谓换气之成，全由于血色素，赤血轮在静脉中，搜集炭酸，以至肺之毫管，与肺胞内之大气接，乃放散炭酸，摄取酸素，成酸化血色素，环行全身，以所函酸素，分与腠理，故外气或变，而所取不异其量。

异性气体之呼吸　凡温血动物，偶阙酸素，即失其生。空气中酸素,平时为二一％,是为最适;若减至七·五％,则呼吸渐艰,至四·五％而达其极,比及三％乃全体痉挛而殒,是曰绝息。

酸素而外,可分气体为三类:一曰无力性气体,吸之无害,顾亦无益,如轻气及淡气是;二曰绝息性气体,其量若多,则声门作痉挛性锁闭以拒之,使为小量,乃致咳嗽,如绿化轻,硫化轻,次硝酸,亚谟尼亚,绿气等是;三曰毒性气休,则不独无益于生,且实足以致死,如炭酸,亚酸化淡素,酸化炭素,硫化水素等是。

呼吸中枢 呼吸运动中枢,在延髓之生点。生点云者,微毁即死之部也。

第四分　呼吸系之摄卫

换气一事,在人生为首要,使非收吸酸素,排出炭酸,则人之生命立殒。欲其圆满,当慎二事:一曰空气宜择清新,二曰呼吸官宜使康健。

空气 空气之于肺,犹养品之于胃。人体欲健,固需养品,而尤赖有酸素之空气。故所呼吸,必求清新,保持健康其效一,治理疾病其效二,而小儿为尤然。若在校中,空气匮乏,则积渐成疾者,所在多有。故若操坐业,居暗室,则宜时出户外,或得暇辄逍遥卉木繁列之地,运动身体,或作深吸息以匡之。

空气污浊者,易令人病,如尘埃,煤臭,足以撄肺。而尘埃之中,常函病菌,故尤所当警。他若众人群居,室少户牖,呼吸既久,酸素益匮。或冬日拥炉燃烛,而大气不能流通,则数小时后,空气即污,使百分中含炭酸及〇·七至一分,已可齅而辨之;假其更多,居者乃觉头痛耳鸣,呼吸艰苦,心跃加疾,颜面紫赤,更不趋避,遂至绝息。又入窖室古井,或至储积酒类及石炭之地,中炭酸而绝息者,亦恒有之,故慎者当先探以火,见不灭,则就之无害。

人类呼息及烛炬炉火所生炭酸量,为数颇大,如左表。

	炭酸 每小时所生之量以立得为单位（一立约中国之五合半）	水气（同上）
婴儿（男）	一〇	二〇
僮子	一七	四〇
成人　靖定时	二〇	六〇
劳作时	三六	一二三
蜡烛	一五	一〇——一二
石油火	五六——六一	三五——四〇
菜油火	三一——五六	二六——四〇
煤气灯　平光	九〇	一二〇
圆光	一三〇	一五七

炭酸而外,呼气中又函有机物质,其毒尤烈。一人居室,窗隙诸处,自能通风,或不为害。顾冬日懂户,或众人集会,则所当慎,甲宜懂不过密,乙则必畅开窗牖,俾迎新气。若患病之人,卧室窗棂,尤不当闭,第亦不可使风直吹其体,故宜立屏风为之蔽,使新气回环入室,以速其痊。

按:计室内炭酸量,以仑该 Lunge 氏术为最简。术如下图:为波黎瓶,内容一〇立方生密,口加树胶之塞,上植长短二波黎管,长管一崗殆达于底,一崗则联树胶管 A,短管一端,则联树胶之丸 B。空其中,容七〇立方生密,C 处有穴,可以出入空气。次用炭酸素特 Na_2CO_3 五·三克,斐诺尔支答林 $C_2OH_3O_4$ 〇·一克,同溶于蒸水一立中,取其二立方生密,

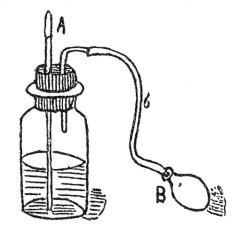

加蒸水一立,则成淡红色液。临测计时,先取此液一〇立方生密,纳瓶中,乃以二指压 A 管,又捺 B 丸,则空气过 C 而出,次纵二指,外气即入瓶内,加以震荡,则所函炭酸,为素特水所收,成重炭酸素特 $NaHCO_3$。次复压 AB,又纵之如前,至淡红液褪为无色而止,乃计加压次数,检下表,即得炭酸之含量。

次数	四八	三五	二七	二一	一七	一三	一〇	九	八	七	六
炭酸性	○・三%	○・四%	○・五%	○・六%	○・七%	○・八%	○・九%	一・〇%	一・二%	一・四%	一・五%

空气之要,既如前陈,而日光则有扑灭病菌之力,故居室要事,既需空气之流通,亦必使日光无匿,久居暗室,病必随之,故凡人家,宜择明朗。又植物能取空中炭酸借日光之力,使之分解,归酸素于空中,故草木繁茂之区,其空气必洁。欧土大都,人烟所会,必有公园。即一族之家,亦好辟土治畦,以植卉木,就一面言之,固可云赏其华实,顾云所以保人体之康豫,固蔑不可也。

呼吸官本体之摄卫 欲呼吸官之健康,首重三事:一曰圆满之匈廓,二曰壮健之呼吸肌,三曰清新之空气。人当婴儿时,匈部不施逼拶,或著隘小之衣,束缚躯体,读书习字,其身不屈曲伛偻,则匈部之发达全,又借运动及体操,亦能匡而正之。

计呼吸肌之发达,要因凡二:一曰养品,二曰运动。摄卫合律,自益加强,若不然,则呼吸极微,全体遂弱。

感寒虽小疾,然为肺病之因,故当深警。豫防其发,宜坚皮肤(详见上),又不可谈话唱歌,或呼吸温气而后,即当风寒。设不得已,则坚合唇吻,呼吸以鼻,眠时亦然。盖鼻腔曲折,空气经此,能增其温,而腔内毫毛,又能阻尘埃入于气管。今人有喜雍刈之者,则犹战士之祖裼而迎敌刃矣。

疾病 衄血为鼻腔黏膜之出血,无害者多。是时宜岿坐,以指压鼻,或取绵罄明矾末塞之,设尚不已,则用布片浸冷水绕其额及颈,即愈。

加答儿之起于鼻腔，喉，气管，气管支者，为黏膜之发热，肿而色赤，泌黏液颇多，且作咳嗽，惟皮肤强健者，不罹是疾，既病而后，则呼吸不宜自口，且戒吸烟。

肺炎为肺胞之发炎，肺结核为腠理之坏灭。究其初因，皆缘病菌，惟肺强固不蒙害。一人之疾，能传于众，故必有唾壶，盛消毒药及水，以贮其痰，使不干燥，否则病菌涵入空气，传于他人。

声嘶者，为喉内黏膜之发热，避尘埃及湿空气，且不多言，则愈。

口吃为声官之肌肉痉挛，其运动不受神经之命令，故意所欲语，口不随之。若先作深吸息后，徐徐发语，以练习此肌肉之运动，即能匡正之。

吃逆者，亦呼吸变态之一，因横膈痉挛，逼气上出而然，久则有害，举手向天，联作吸息即愈。

泌尿系第六

第一分　构造

人体废品，其一分为尿，有机关以司制造输泻，曰泌尿系。属于系之官四：曰肾，职在造作；曰输尿管，职在输送；又所以储输入物之处曰旁光；所以泄输入物之处曰尿道。

肾　左右各一，傍腰椎骨相对，新者色暗赭，形如蚕豆，前面微隆，左肾略隘而长，右肾较广而短，后面与腹壁相接，借前面所被腹膜出入之脉与含脂之结缔织以固之，是名脂囊。男子之肾，常较大于女子，又亦有浮游不著于腹壁者（右肾为多），曰悬肾；有左右下端相合者，曰蹄铁肾。

肾之外面，被以结缔织膜，离之极易，内见浅窈，区为数叶，名之曰肾小叶。其内缘之陷处曰肾门，内通肾窦，肾动静脉之出入处也，剖视其质，可析为二：在表者曰皮质，其色深赤，复有血管如丸，是名

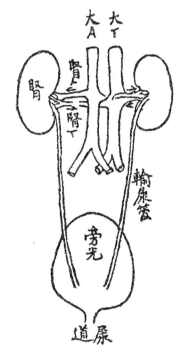

摩尔辟其氏小体 Corpuscula malpighii；在内者曰髓质，作锥体状，数凡一○以至十五，名之曰肾锥 Pyramis renales，底向皮质，顶向肾窦，谓其顶曰肾乳头 Papillae re-nales，锥体之中，有线状物，自底集合而趋顶，在底者尤巨，谓之髓线。

肾之两质，咸为极小管之集合，其管曰细尿管 Tubuli renales。因其状态，复别为二：一曰曲细尿管，主在皮质；一曰直细尿管，主在髓质。曲者回环迂曲，始于摩尔辟其氏小体，渐下益直，径亦益大，成乳头管，终启其口于肾乳头。

摩尔辟其氏小体之内，函丸状脉，亦称丝丸，为肾动脉之末，入者曰输入管，出者曰输出管，输出管至小体外，即易为静脉，出于肾门，包丝丸者为小囊，成自两叶，内叶与丸直接，外叶则否，各集自扁平之幺，逮离丸较远，是成方状，即为细尿管。

输尿管　髓质之间，挟有空隙曰肾盂。下而成管，其状细长，是名输尿管。左右相对，沿腹壁而降，斜启其口于旁光。

此之构造，凡分三层：内为黏膜，次为肌膜，最外则结缔织被之。

旁光　在耻骨软骨接合之后，实时正圆，虚则略椭。前下部之中央，启有孔道，所以通尿道者也。

此之构造，亦分三层：如输尿管，惟黏膜皱作三角形；其顶向下，是为旁光三角；又旁光与尿道之界，肌膜特为发达，是名旁光约括肌。

尿道 起于旁光之峀，女子微曲，男子则作 S 字形。此之构造，凡分二层：内曰黏膜，外曰肌膜。

第二分　尿

尿当新时，为澄明之液，色微黄以至赤黄，具特异之臭，反应酸性（惟草食动物为弱酸性或亚尔加里性），每二十四小时中，排泄量为八合，女子逊之。

尿所含质，其有形者，有脂肪及上皮之幺，而百分之九六则为水，余亦为固形分，溶于水中如次。

一　尿素 Harnstoff $CO(NH_2)_2$

此为有形物之主分，且占多量，置之稍久，则受细菌之作用，取水而成炭酸亚穆纽谟 $CO(NH_2)_2 + 2H_2O = (NH_4)_2CO_3$。

尿素之成，一由于卵白质之分解，其代谢有盛衰，即泌分有多寡，故常因时而变如下。

（甲）食蛋白质多则加，胃虚则减。

（乙）男子尿素，多于女子，小儿虽少，顾较之体重，则多于成人。

（丙）晨起最少，次乃渐增，至五时而造其极，后此复减。

（丁）食格里科尔，硇沙，炭酸及植物酸亚穆纽谟盐类，则其淡素在人体中，转成尿素。

与尿素类者，又有尿酸 Harnsaure（Trioxypurin）$C_5H_4N_4O_3$，克来爱谛宁 Kreatinin $C_4H_7N_3O$，克珊丁 Xanthin $C_5H_4N_4O_2$ 等。

二　马尿酸 Hippursaure $C_9H_9NO_3$。

此在草食动物为最多，顾人类亦有之。

三　脩酸 Oxalsaure $C_2H_2O_4$。

四　尿色素 Harnfarbstoff

其著者曰乌罗比林 Urobilin $C_{32}H_{40}N_4O_7$。尿输泻后，少顷即

生,与以微黄色者也,考乌罗比林之成,由胆汁色素,而胆汁色素之成,则由血色素,故尿之色素,与血相关。

五 无机物

最多者为食盐,每日所泻,至十六克,其他有硫酸,磷酸及铁少许。

六 气体

尿一立中,约含气体百至二百立方生密,其中炭酸约九〇,淡素约一〇,酸素极微。此他亦有异常成分,则惟病时见之,如(一)血中多卵白质,(二)血过漓薄,渗出而生浮肿,(三)不食含盐等,则见血清阿尔勃明;(一)罹糖尿病,(二)中亚硝酸阿弥尔毒及(三)罹膵病,则见蒲陶糖;获黄疸病,则见胆汁酸与胆汁色素。

第三分　泌尿系之生理

脉中之血,环流全体,因取其废品,如卵白质分解物,用遗盐类及水分等,经肾动脉而入肾,其毫管络摩尔辟其氏小体,故因血压之力,滤水分及盐类入细尿管中,混管壁诸幺之泌分物为尿,降至乳头,出输尿管,入旁光,储之少顷,乃经尿道而泻于外。

尿之色与量　尿素尿酸及盐类之量多则色浓,水之量多则色淡。若尿量之寡,则关及肤。如酷暑时,皮之脉张,血集于此而汗盛,则尿之量自少;逮夫冬,皮部之血行就衰,输泻之事,肾负其责者大半,则汗少而尿多。故皮之与肾,实一致其作用者也。顾亦有异常者数事,如饮水不辍及心之官能亢进,其量亦增,反是者减。

尿之成就　尿之成分尿素及尿酸等,考其成就,如在于血。试去动物之肾而察其血,则动脉中所含,常多于静脉,其成不在肾,视此可悟。更索原起,麦思那(Meissner)氏则以归诸肝,顾为学者所斥。近以炭酸亚穆纽谟合血,令过未死之肝,见尿素之增,至于二倍,乃始复信之。

然有不可解者,为血中尿素,其量甚微(〇·一％)。而人体日所输泻,则居全尿量之百分二,多寡之异,莫可比方。使仅借毫管之滤析,当难至此,路特惠克(Ludwig)遂为之说曰:滤自丝丸者,本非甚浓,第以经曲直细尿管,水分遂受吸收,而益增其浓度耳。波曼氏又反之曰:丝丸所泌,厥惟水分,若有形成分如尿素,则曲细尿管上皮幺之所分泌也。二说孰是,以下列实验决之。

哈覃哈因(R. Heidenhain)用靛硫酸钠注家兔血中,逮其尿初呈蓝色,即截肾一薄片检之,则见靛硫酸钠仅在曲细尿管中,丝丸及直细尿管,绝不有此。观于是,可必丝丸所泌,仅为盐分及水,而尿之主分如尿素等,则泌自曲细尿管之上皮幺,两相溷合,遂经直细尿管以外泻。固形,液体二者,泌分之处不同,则多寡悬殊,固无足异矣。

尿之输泻 尿既聚于肾盂,因输尿管之蠕动而入旁光,分泌愈多,则蠕动亦愈速,旁光渐廓大以受之,借约括肌之蹙收,抑不令泄,所储既多,则知觉神经受其攫,生蓄尿感,而约括肌亦因反射作用,约之益坚,比膀胱紧张越其度,则亦以反射作用而蹙收,其力胜约括肌,尿遂作逆意之输泻。顾在平时,则随意输泻者为多。

闭锁旁光之神经中枢,在于脊髓,当第六及第八椎间,病则旁光立弛。

第四分　摄卫

肾与皮肤,关系至密,既如前言,而肺亦分司体中水分之输泻,故三者而病其一,则他二之责,益重且劳,作业越常,遂亦疲病,是以肺,皮及肾之发达,当力图其平均。

酒精入体,能加肾以攫,设饮之久长,则肾乃发热,为慢性肾炎。

肾既受疾,输泻作用必为之不完,体内废品,泻出无自,则成水肿。

食卵白质过多,形成尿酸及尿酸盐类,亦逾常度,并生沉堑,则成结石，在肾者曰肾结石，在旁光者曰旁光结石，或仅由沉垩，或有黏液（？）黏合之。

肾疾之因，主在感冒，纵酒及身体濡湿等，顾皮肤病及传染病等，亦能致之。摄卫之道，惟有戒酒慎寒，及豫防传染之疾而已。

其他又有尿闭之疾，大抵缘尿道之闭塞。至于遗尿，则以约括肌之麻痹，或脊髓之障害而得者也。

五官系第七

凡质学或力学之作用，加于神经杪末，则由神经幺以达脑，各就中枢，生某感觉，其作用谓之擽。觉有二：一曰通觉，其起无定域，如痛如快；一曰别觉，其起有常处，如见如闻。二者虽俱发于中枢，顾复转达至杪，而令其处生某觉，是曰离心性觉律。

就根底以论通别二觉，则甲惟在身内生觉，乙必待外物乃生觉耳，而其应各各外物，又各各异，每就一事，则有一官，惟一定擽，可以兴起，总名其官曰五官，名一定之擽曰适擽。如目所以感光，而光即为目之适擽；耳所以感音，而音即为耳之适擽是。

第一分　触官

一之一　构造

前言肤革，尝谓二者之界，多见隆陷，是名乳头，脉及神经，咸藏于此。此神经者，实亦杪崩之一也，若司触觉末官，则状凡种种，可区别为四如次。

⬚层板小体⬚　亦称跛提尔巴希尼氏小体 Vater-Pacini'sche Körperchen，在掌跖之皮下结缔织中，关节周围及生殖器，其状卵圆，外环结缔织为囊，远疏而近密，隙含流体，视之透明，神经杪末，贯囊而入，弸大其崩而终于囊内。

神经终丸 此在结膜，舌及软口盖，为丸形小胞，膜有结缔织性，内函液体，神经纟之末即终液中，其岢锐细而不弸大。

触觉小体 此在革之乳头中，状略椭圆，被结缔织膜，有文如螺旋，幺核亦横走应之，一小体函众触胞，神经岢即终其内，故螺旋之文，殆即生于触胞之重叠者耳。

神经终节 在角膜上皮中，岢作结节状而尽，角膜知觉神经之末岢也。

一之二　生理

触觉 以隘谊言，触觉者，为知抵触"而知物形"之官，皮及舌中具之。触觉适攥，曰压，曰引，若越一定之度，则成痛而触觉亡。皮之触性，随处殊异，最发达者在指及舌，故欲辨别微密，辄指抚之。

然以广谊言，则触之为觉，必非单一，抵触而后，他觉随生，其觉曰处觉，曰压觉，曰温觉。

处觉 设就人肤，触以锐物，则是人所觉，不仅为见触于物，且并所触之处而觉之，是名处觉。

处觉精粗，可检以威培尔 E. H. Weber 术。术用不锐之规，略展两足，令受检者闭目，触诸皮上，历问所觉，为单为双，则得成果如次。

（一）在或一距离时，常生单一之觉。

（二）部分相异，则距离必或大或小，始能与单觉浑融，此规足距离大小，即所以测处觉之钝锐。发育而大，则距离小，亦知其变，最锐为舌岢，即距一分，亦尚能觉。次为指岢之掌侧，距与舌同，历腕渐升，觉亦弥弱，而背侧尤钝于掌，必距五分乃知非单。其他则颊及眼睑最敏，唇次之，而背为最钝。

压觉 皮上置重物，人即知所生压之大小，是名压觉。其官为压点，肤薄则敏，厚者反之，故在前额，虽置一米克，亦生压觉。四肢则离心愈远，敏度愈增。据麦斯那氏实验，盖此觉之发，乃在受压与非受压之界云。设载重略多，而支以肌力，则压觉而外，更生肌觉，能识其重，敏较压觉尤胜之。

温觉及寒觉 温度变化，肤革能感其异，是为温觉及寒觉。其官为温点及寒点，所遇物之导热力大，则较诸导热力小者，愈益感寒，此以感其夺温作用故也。觉之最敏者为舌，而颊，眼睑，外听道次之。温之细别，以指能觉自摄氏一五至三五度之异，更大或小，则渐莫知。温觉之兴，亦关皮表之大小，设有四〇度水，探以一指，辄不若探以全手之温。

上述四官，独存于皮。设去动物之皮，搔其各点，则不复有触，处，压，温诸觉，独有通觉，即痛苦而已。

痛觉 凡知觉神经所在地，一受强搔，莫不感此，其觉发于神经全干，而以受搔之处为尤。痛之由生，其因有几，如迫拶，掣引，药物，寒热等属之。中之寒热，较易窨索，据所实验，则摄氏四八度乃生热痛，一二度而起冷痛，顾复与受搔面积之大小相关。

痛之强弱，因神经之勃兴度而异，故各有差，以全体言，则三叉及内藏神经，勃兴最大，他皆逊之。又以搔言，则受搔之地愈大，其痛即愈剧。

其余通觉 此谓饥，渴，痒，快，战栗，恶心等。此诸觉中，惟痒似能指其处，他皆不然。

一之三　摄卫

见第二十五至二十七叶（注：见运动系第三分三之二）。

第二分　嗅官

二之一　构造

嗅觉之官为鼻部，区而为二：曰外鼻，曰内鼻。外鼻为状，略作三角形，以软骨为基础，上覆皮肤，多函脂腺；内鼻则为鼻腔及其黏膜，膜皆密着于骨及软骨，强厚弸大，类于海绵，函脉甚富。此复别为三部：曰前庭部，曰呼吸部，曰嗅觉部。

前庭部　在鼻孔近处，上皮之中，多含小腺，并生毫毛。

呼吸部　此为毡毛上皮，其色赤，中亦函腺，以泌分黏液及浆液，而数劣于前庭部。

嗅觉部　所在最深，色作褐黄，徒目可判，嗅神经分布于此，名其膜曰嗅上皮，支柱幺及嗅幺在焉。

支柱幺上部，作圆柱状，于函黄色色素粒；下部甚隘，而歧其崟，与邻幺吻合，成形素网，每列之幺所函核，略同其高。嗅幺之形，上下皆锐，弸大之处有核，环以形素，上崟生茸毵，下崟则锐灭，与神经幺联，其核之高，亦悉等一。

上列两种而外，亦有类嗅幺并类支柱幺而实非是者，盖其中间物也。

二之二　生理

嗅神经杪，布于嗅觉部，臭素达其地，则受黏液吸收，以撄其杪，经神经而达于脑之一中枢，中枢感之，爰生嗅觉。

臭素之触嗅幺，厥初最敏，历二三分时则勃，越一分时复其初，惟既勃于甲，而以乙易之，则复敏。

臭虽觉于吸息之际，顾亦能觉诸呼息时，如函臭素于口，呼而出之，则鼻亦能觉，特不如吸入之敏耳。

嗅触钝锐,因左三事:一曰接触面之大小,如海豹鼻腔,具无数襞积而覆以嗅上皮,故嗅觉之敏,殊超其类;二曰臭素接触于嗅幺之多少;三曰臭素与空气溷合之浓淡,然或种臭素,则虽极淡,尚能觉之。

臭素生觉,大抵溷于空气,以入鼻腔,若为液体,则令鼻黏膜有变,故悉不能觉,然若合诸〇·六％之食盐水中,亦能别其香臭,惟较气体为逊而已。

臭素种别,繁不可理,近亦有为之析分者,顾论者訾其未备,今姑录之如次。

（一）以脱臭 Ether　一切果实;

（二）阿罗摩臭 Aroma　酒精等;

（三）巴尔撒谟臭 Balsam　华;

（四）安勃罗希阿臭 Ambrosia　琥珀,麝香等;

（五）蒜臭　蒜及盐素等;

（六）焦臭　焦米及烟草等;

（七）膻臭　干酪及汗;

（八）毒恶性臭　阿片等;

（九）呕哕性臭　腐朽之动物质。

嗅觉性质,亦如臭素,数多而性殊,今兹未知其细,惬之者谓之香,不与惬者谓之殠,惬与不惬,其故安在,亦未详也。

二之三　摄卫

嗅官平日,常宜洁净,亦不当时受过度之攫,如强烈之气体等,否者辄成麻痹,又中国之鼻烟,亦甚害于嗅官,故当戒绝。

人罹感冒,或多吸函尘空气,则黏膜肿胀,出水状液,嗅觉忽钝,且病头痛,是名鼻加答儿,能波及于喉及气管点,是宜慎寒,以防斯疾,倘其既发,则时时吸温水或盐水入鼻以涤之。

外鼻道之毫毛,所以去气中尘埃,使不入于深部,故以刀薙刈,至所不宜，其甚者或因此而中传染病之毒。又小儿好以指探鼻孔，或纳他物，亦当止之。

第三分　味官

三之一　构造

味觉之官在于舌。舌者犹前此消化系所论列，在口腔中，成自横彣肌纟，上被黏膜，虽徒目视，亦见前后二分：前方大半，面极甲错；后方小半，则面平滑而坚。其甲错之处，乳头在焉。

乳头凡二种，为黏膜之隐起，互相混骰，存于舌面：一曰纟状乳头，视之如毳，检以显镜，则见每乳头之峏，分散如草，为上皮纟，且多角变，乳头之内，结缔织及弹力纟实之；二曰菌状乳头，状如所名，而数少于甲，弸其峏，上缀第二乳头，惟在舌侧舌峏者，峏皆平滑，内亦实结缔织，少弹力纟，皮不变角，故其色丹。

舌前后二分之间，有圆物一列，数自七以至十二，曰轮状乳头，其直径一分余，高一分，作角度状。而颠向后，邻比隆起，周围陷而成沟，味神经秒多存于此，是曰味蕾。其处在轮状乳头侧面，为上皮幺数个所集成，回环如华之蓓蕾，上峏辟启，谓之味口，味神经秒入于底，而终其中，幺之形凡二，咸隘且长：一曰支柱幺，形素澄明，其核多在上部，向外而隆；一曰味幺，核之所在，亦复隆起，顾以在下部者为多，上峏缀小茎，仿佛有光，达于味口，故亦谓之小茎幺，下峏或细或粗，亦有分歧者。

味蕾除轮状乳头外，亦存他处，如菌状乳头侧面，软口盖后面，及悬壅垂等皆有之，惟数乃甚少。又轮状乳头之后，更有小隆起，作圆形，中央有孔，内函卢可企丁，名之曰舌滤胞，囊状腺也。

三之二　生理

多种物质，置之舌面，则令人起一种觉，名曰味觉。是觉概别为四，曰甘，酸，苦，咸。味之甘者如蔗糖，蒲萄糖，酸者如酸类，苦如植物性碱类，即几那，马菲等，咸如食盐，凡此数者，或本为液体，或遇唾能溶，倘不如是，即无味觉。

含味之液，既着舌面，则触味蕾，撄其神经，似因质学作用，爰生味觉。而觉味之处，复各不同，如舌尚善觉甘，舌根善觉苦，舌缘善觉酸，舌面前部善觉盐，盖其味觉神经杪，当有种种，各导兴奋至于中枢，遂起特异势力，令在觉官，生某味觉也。

味觉锐钝，系属于数事如左。

一 接触物质之面积，即味面愈大，觉斯愈锐，而最敏者为轮状乳头。

二 所味物质之浓淡，次所胪列，即受离难易次序，先者加水，易于失味，后者递难。

一饴 二糖 三盐 四芦荟 五几那 六硫酸

即最易者为糖，而硫酸虽屬水极多，犹不失酢，然若浓厚，则味蕾败坏，味觉遂亡。

三 物味去口难易，因物不同，盐最速，甘酸苦次之，故食盐而后，少倾失咸，而一食几那，则苦口至久。

四 味觉敏否，多由先天，然亦成于练习，惟久食略同之味，或善撄之质，则渐就衰。

五 味之不同，亦时赖齅觉及视觉之助，顾其别异，为谬非诚。

六 食物温度，极关味觉，最适者为摄氏十度至三十五度，此上此下，皆能夺之。

三之三　摄卫

舌面宜洁，亦勿屡食撄舌之品，以钝其神经。

舌受病及干燥被苔，皆害味觉，前二当就医治理，倘遇后一，则刮之令去，留意于消化系即瘥。

第四分 听官

四之一 构造

司听之官为耳,析之得三:曰外耳,曰小耳,曰内耳。

外耳 云者,在外为耳翼,少进为内听道。耳翼基础,悉属软骨,外被以皮,惟聃独含脂而无骨。外听道继之,其状微曲,所被与耳翼同,上具茸毛,并藏脂腺,名之曰耵聍腺,所泌分者曰耵聍。外皮渐进,乃益菲薄,终迄合于鼓膜,以作外耳与中耳之界。鼓膜为状,略作椭圆,外面正中,向后微陷,受槌骨柄之所牵掣也,名之曰脐。膜质凡分三层:中为结缔织;外为外皮,即外听道外皮之续;内为黏膜,与鼓室黏膜联。

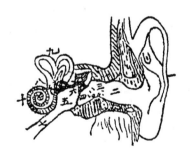

一	耳翼	七	欧氏管
二	外听道	八	前庭
三	耵聍腺	九	三半规管
四	鼓膜	十	蜗牛壳
五	鼓室	1	卵圆窗
六	耳中小骨	2	圆窗

[中耳] 此为颞颥骨中之一腔，外隔鼓膜，以接外耳；内为鼓室，其上下前后内外六壁，咸覆黏膜。室容小骨三：其二较大，曰槌骨，曰砧骨；一较小，曰镫骨。槌骨之柄，联于鼓膜；镫骨之底，则正抵内壁之穴曰卵圆窗；而砧骨居二骨间，各联以系（韧带），善于运动。鼓膜前壁，又渐次隘作管状，开口于咽，曰欧斯泰希 Eustachi 氏管，长可三〇至四〇米密，常通耳与口腔之空气，且输泻黏液，出之口中。

[内耳] 此藏颞颥骨实质之内，为状觚奇不正，神经终末在焉，析之为二：曰骨状迷路，曰膜状迷路。二者之形，皆略相似，而乙藏于甲中，微具间隙，其隙与膜状迷路中，皆实水状液，隙中者曰外淋巴，膜中者曰内淋巴。

骨状迷路图式

（一）骨状迷路凡三部：曰前庭，曰三半规管，曰蜗牛壳。

前庭在三半规管与蜗牛壳之间，形略卵圆，外界鼓室之处，有穴二，皆蒙薄膜，一曰圆窗，一曰卵圆窗。又具五孔，三半规管足之启口处也。

三半规管别之为三：曰上，后，侧，皆在前庭之后，弯环如半规。各具二足，一足则弸其峏，谓之壶腹，上后二管之各一足，相合为一，是名总足，故其启于前庭，仅五孔焉。

蜗牛壳当轴纵剖

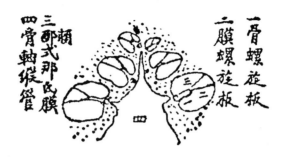

蜗牛壳在前庭之前,状如所名,峃与欧氏管相对,区为三部:曰骨轴,曰骨螺旋管,曰骨螺旋板。骨轴之起,即自蜗牛壳底,其峃渐锐,有如圆锥,质具小孔无数,以藏神经。骨螺旋管绕轴而上,至颠凡二周半,内有骨螺旋板,一峃著轴,一峃游离。是处锐而翘起,名之曰钩,旋管得此不具有隔,遂判为二:上前半分曰前庭道,由卵圆窗通于前庭;下半分曰鼓室道,由圆窗通于鼓室。二道至蜗牛壳颠,遂以小孔互相交通,是曰旋孔。

(二)膜状迷路为透明薄膜,在骨状迷路中,亦应其状,区为三部:曰前庭小囊,曰膜状三半规管,曰膜状蜗牛壳。

膜状迷路图式

前庭小囊凡二：一曰卵圆囊，一曰正圆囊。卵圆囊有启口处六，其五通膜状三半规管，其一通膜状蜗牛壳。侧壁一分，较形甲错，谓之听斑，正圆囊属之，以一管迂回相接，侧壁甲错之处，亦有听斑在焉。

膜状三半规管者，起自卵圆囊，状与骨状三半规管相应。壶腹之中，亦有听斑，高者谓之听栉，成自神经上皮，而以柱状幺拥之。神经上皮所含，有幺二种：一曰支柱幺（亦称彳状幺），弸其两峝，下部函核，且亦弸大，而下峝时或分歧；一曰毳幺，作圆柱形，存于表部而不达上皮之底，中亦函核，下峝微弸，上峝则被薄膜，毳丛其上，是称听毛。神经至壶腹内，更分细枝无数，交互成络，杪末则终于幺中，小囊听斑，亦复如是。

卵圆及圆囊听斑之上，更覆白色胶状物质，曰听石膜。中藏听石多数，其状极小如梭，炭酸石灰之结晶体也。然或种下级动物，则有合为一较巨之石者。

膜状蜗牛壳在骨状者之内，状与之符，膜之一分，自侧壁横行，以接骨状螺旋板之钩，前庭鼓室二道，交通遂绝，名之曰基膜。前庭道内，复有膜起自骨螺旋板，斜上著壁，前庭遂复区而为二，名之曰赖式那尔氏膜 Reissners Membran，成自单层上皮，联于基膜，以与珂尔谛氏官 Corti's Organ 相接。珂尔谛氏官者，居基膜之上，听神经终末之地也。

珂尔谛氏官之主部，为珂尔谛氏弓 Corti's Bogen，内外相依，内弓有唇，以覆外弓之项。全螺旋之数，约四至六千，两侧又各拥幺二种，一曰支柱幺，一曰毳幺，状与在听斑者类。毳幺在人，大都四至五列，比其渐远，而达蜗牛壳壁，乃为上皮幺。两弓之上，又覆网状小板，具孔三列，位置井然（Kölliker 氏说）。

内耳神经为听神经杪末，入蜗牛壳之骨螺旋板根部，乃隆起作神经节，自节更出丝络，布于珂尔谛氏官，此他分歧，则布于小囊及壶腹之听斑，惟决不入三半规管之内。

蜗牛壳螺旋腔剖面

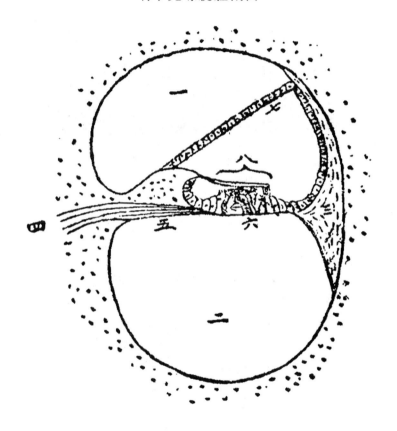

一	前庭道	五	骨螺旋板
二	鼓室道	六	基膜
三	结缔织	七	赖式那氏膜
四	蜗牛壳神经	八	珂尔谛氏官

445

珂尔谛氏官放大

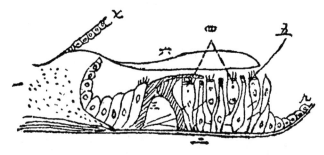

一　骨螺旋板　　　六　珂氏板
二　基膜　　　　　七　赖氏膜
三　珂氏弓　　　　八　神经
四　毳幺　　　　　九　上皮幺
五　支柱幺

膜状迷路内听神经分布想象式

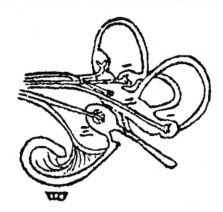

一　壶腹　　　　三　圆囊
二　椭圆囊　　　四　蜗牛壳

四之二　生理

声之传导　声所由生,本于弹力体之振动,道经空气,以达神经,爰生听觉。故若绝无空气,则纵有振动物体,亦无物导其声波,媒介既亡,而听官亦废矣。

听官导声图式

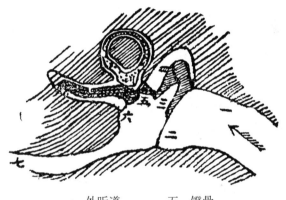

一	外听道	五	镫骨
二	鼓膜	六	圆窗
三	槌骨	七	欧氏管
四	砧骨		

声波之来,先抵外耳,耳翼使之集合,入听道中,复因共鸣,增其强度,次乃至于鼓膜,声波击之,有如击鼓,鼓膜应之而颤,力及于槌骨之柄,由是传诸砧骨,复传诸镫骨,此骨之底,当椭圆窗,故窗膜亦颤,有如鼓膜,则又传其动于外淋巴,更及内淋巴,令起波动,次第以进,至于前庭,则触小囊及壶腹之听斑,乃入蜗牛壳之前庭道中,动珂尔谛氏官,出旋孔而降鼓室道,抵圆窗之膜而止。惟液体容积,莫能蹙收,故受压于椭圆窗膜,则自必相推益前,至于圆窗,逮窗膜外隆,其流始定。由是审之,椭圆窗及圆窗之膜,其作用实相反,而借

以生内淋巴之波动者也。

波动经过,至于小囊,动听石膜,力及于听石,遂传导至石下之幺,诸幺受擾,爰以兴奋(然在下级动物有合为一石者,则如是作用,亦臆测耳)。而其壶腹,则毳幺感之,在珂尔谛氏官,今兹未知其细,审别以臆,殆亦毳幺之力也。

声传自外耳而外,亦能由头盖骨以至迷路,设微击音叉,令作微颤,经过外气,不能闻其声,顾置诸头上,则振动自此递传,了然可辨。

欧氏管之用 鼓室中压力与外界空气之压力,使不相同,则鼓膜状态,不能无变,故欧氏管为之介,用平匀之,惟其道路恒阖不开,必咽物时乃启。作之证者,有跋尔萨勒跋 Valsalva 氏术,即吸息而后,闭口及鼻,继以咽气,则大气入管,至于鼓室,增高内压,迫鼓膜外隆,遂闻微响;又呼吸而后,施行前术,厥果亦同,惟尔所闻,乃口腔收吸空气,出诸鼓室,内压为降,而外气迫压鼓膜,令其内陷之响耳。

欧氏管之不恒启者,为益有三:(一)使其不尔,则传导语声,令生恶感;(二)呼吸之际,杜绝孔道,使鼓室之气,不为动摇;(三)输泻鼓室泌分物,出诸口腔,使无停滞。

三半规管之用 此与听觉,漠焉无关,弗罗连斯 Frourens 氏尝去鸠之三半规管,而见其体重平匀,几莫能保,故谓职在衡身,且主冥眩。然斯泰尔纳 Steiner 氏施诸鲨鱼,则不甚验。爱华德 Ewald 氏仍施之鸠,厥果亦同。故此官为用,今兹未之能决。

音之性质 擾耳之声,种类至杂,从力学所区别,大较凡二:一曰乐音,生于弹力体之律动;二曰噪音,则非律之动为之也。

乐音类别,又可得三:设有琴弦于此,张而拨以指,则动生音,使张之度同,而拨之度异,音乃生差,是曰强弱;惟尔时动数,初无有异,特其动之大小,有损益耳,次就同弦,更立一轸,俾判为二,又拨以指，为力如前，则拨之之度虽同，而弦鸣之高，乃胜于昔，此之增益，缘于动数多少，是曰高低；盖当尔时，半弦动数，实加于全弦，至二倍矣，他若乐音二种，高低强弱，度悉相同，而来撄听官，确知有别，如琴与笛，不可榍同，是曰音色，则乐音固有之性也。

独弦所生，其动止一，此所成就，谓之单音；单音越二，而相榍合，则曰复音。复音之中，有惬非惬，设乙之动数，二倍于甲，则能惬耳，是名协音，故协音者，二弦动数，当成比例；假其反是，比不能适，则其为音，即难惬人，是曰不协音。

觉音之理　如前所言，音出动体，以成声波，进撄鼓膜，爰生听觉，故为声强，即其动大，则声波随之大；为声小，即其动小，则声波随之小。神经受撄，于是有差，兴奋之度不同，而强弱亦以辨。

声之高低，原于动数，然其最低，即一秒时之动，不及十六，乃莫能闻；又使极高，越于四万，则惟感痛，听觉亦亡。故高低之度，当有定数，不越此数，则声波递传入耳，基膜应之。基膜之中，函有众幺，中之某幺，仅感某音，感此音者，应之而动，力及毳幺，且撄神经，俾之勃兴，导至中枢，高低以辨；若为复音，则入耳而后，各分为单，比至中枢，合而觉复，其闻噪音，亦复如是。

按：觉音之说，今所成就者如上。总其要约，乃归功于毳幺。至珂尔谛氏官，则未详悉。如赫绥 Hasse 氏言，奏乐响，鸠亦能听取，顾抓验其蜗牛壳，则无珂尔谛氏官，仅有毳幺而已。故是官设之何事，尚存疑也，若夫听柈，听斑，乃仅生普通声觉云。

音乐方向及距离之识别　别声之由来，多据强弱，至至要者为耳翼，觉前强则定为前，左强则定为左，别距远近，为理亦然。第仅赖听官，恒致巨谬，故非辅以他觉，往往不诚。

两耳合听　人用两耳，盖以别音原之方向以及距离，又赖首之运动，可就至近之侧，即行倾听。而一音之发，感于两耳，是否同然，则未详也。据陀威 Dove 氏实验，乃不一致。术即用同调之音叉二，各就一耳，甲定不动，乙则转旋，尔时受验者所闻，时甲时乙，定动二音，不能合听，故此殆如颤官，亦行交代，又使左耳受搅之性，强于右耳，则仅有左耳，觉其二音之一而已。

四之三　摄卫

听官要部，深伏颞颥骨中，故在平时，不易受创，然其疾病，亦以所在隐奥，颇难知之。耳之蒙损最易者，为外听道，屡以耵聍屯积，或阑入异物，至于不聪。此他亦因疾病，如炎症及化脓，则得耳痛，重听，耳聋，耳鸣诸疾。

鼻加答儿及扁桃腺肿，常使欧氏管闭而不启，则亦患重听及耳鸣，吸温空气从水蒸气，可以治之。又隙风入耳，亦所当忌。

过微及过大之声，无不劳听神经，而高低二者，倏忽转换，或倾听一事，至于久久，其害尤甚。如果多日，则神经为之麻痹而失其听者有之，故从事于日闻大声之业者，所当团绵为丸，塞左右耳。倘偶闻极烈之声，则声波过猛，鼓膜或裂，宜掩以掌，或即张口，令欧氏管中空气，得以自由，用退避之。

耳病原因，多在感冒。盖寒气（或冷水）入耳，每侵鼓膜或鼓室，俾生急性炎，其本有慢性炎者，则令转成急性，寒或剧甚，乃侵迷路，瞬息之间，即至耳聋。故履寒地，游海水，或烈风方作，中挟沙尘，则出门必塞以绵，用防其入。

耵聍屯积，以至不聪者，可用微温汤或素特水涤去之，次更徐拭令干，毋使存水。惟不当用不净或锐利之器，或以薙刀，薙外听道，盖以刀若用经多人，则能为丹毒或其他传染病传导之具也。

第五分　视官

五之一　构造

视官区为二部：一曰睛（眼球）；一曰辅官，如睑如睫，所以护睛者也。

（一）睛

睛居头骨之眼窦中，其状近圆，外被囊膜，内有函质，借视神经联于脑。膜壁凡二分，前之小分，澄澈通明，后之大半则反是。全膜区分，可得三层：曰外膜，曰中膜，曰内膜。函质亦凡三分：曰水晶体，曰波黎体，曰房水。

外膜　其质甚强，更别为二：曰角膜，曰白膜（亦称巩膜）。角膜澄明通光，为外膜之前小分，世谓之青眼者此。前隆后陷，其缘接于白膜，细微构造，可分五层：一曰角膜上皮，为圆柱状幺所集合；二曰前弹力膜；三曰角膜固有层，为此膜主部，极微之幺，凑会以成；四曰后弹力膜；五曰角膜内皮，则单层扁平多角形幺之所成就也。

角膜之中，有淋巴道，有神经，皆在固有层中，而独无脉管，惟与白膜接处，有管如环，为静脉窦而已。

白膜续于角膜，积占全外膜之五分四，滑泽而色白，老人微黄，僮子青色。后方偏内，较厚而有孔，以通视神经，全部构造，俱为结缔织，亦含弹力幺，神经血管及淋巴道出入之。

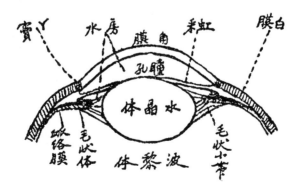

中膜　此凡三分：曰脉络膜，曰毛状体，曰虹采。

脉络膜占中膜之大半，前接毛状体，后有圆孔，以通神经，为质甚薄,脉管饶多,并含色素。其质或自四层:一曰脉络膜上层,即结缔织,亦含弹力么及色素么,与白膜联,颇不易析;二曰脉管层,内函动静脉管,静脉至此,曲如旋状,名之曰涡状静脉;三曰毫管络层,为毫管之所构造;四曰基膜,则波黎状之薄膜也,故亦称之曰波黎膜。

毛状体即脉络膜前峃,惟较肥厚,相接之处,皆如锯齿,其体多具襞积,曰毛状襞积。更上则与虹采联,体中多函无彣肌么,作辐射或轮状,谓之毛状肌,所以缩张毛状体者也。

虹采为毛状休之续,居角膜与水晶体间,密按水晶体前面,为状如轮。中央有孔曰瞳孔,能应光线强弱,或缩或张。其面被上皮么,次为结缔织,终则具色素层,所含色素或寡或多,视人种而异。亦含肌么,其一环走,所以使瞳孔收缩;其一辐射,所以使瞳孔开张。

内膜　亦称网膜,为囊襞内层,色白而薄,后方大半,有神经杪末,可以感光,谓之网膜视神经部;前方小半,则覆毛状体及虹采,谓之网膜毛状部及网膜虹采部,皆无杪末神经,并阙光觉。睛轴内侧,有孔以通视神经,其缘微隆,谓之视神经乳头。轴之中点,略作黄色,是称黄斑,中心稍陷,曰中心窝,视觉最敏之处也。网膜视神经部,为质虽极菲薄,顾检以显镜,可得十层。自外举之,则首一曰色素上皮层;次四曰神经上皮层,为视么所在地;次五曰脑层,则出入于脑之么之所在地也。

色素上皮层为单层之么,内函色素,作六角形,进覆毛状体及虹采,则为网膜毛状部及网膜虹采部。

柱状层之中,有么二种,一如圆柱,排比整然;一如圆锥,则稍陵杂。下峃均作彳状,入于脑层,二么之性,并有光觉。

外境界膜在前者之下,证明薄膜也。

外颗粒层为层较厚,圆形之么实之。

外网状层则为薄层,神经突起,织作网状,而圆形之么,函于隙间。

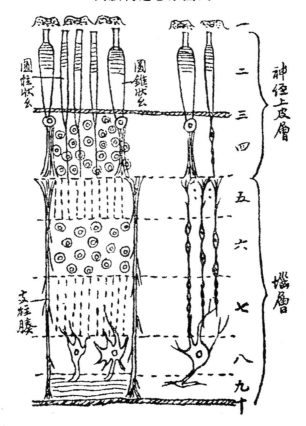

网膜构造想象图式

内颗粒层椭圆或圆锥形有核幺之所凑合者也。

内网状层成于多角形神经幺之突起，交互错综，有如网络，且亦函圆形之幺。

神经节幺层成于多角神经幺，其突起入内网状层，织作网状。

视神经纤层质如其名，为视神经幺之所构造。

内境界膜所在最内，亦证明薄膜也。

波黎体　在网膜内面，形略近圆，质为胶状，可以澈光。外被

453

囊膜,曰波黎体囊;前有陷处,曰水晶体窝,以容水晶体。

水晶体 在波黎体与虹采间,前面微隆,而后面尤甚,位于水晶体窝内,名前面之项曰前极,后面之项曰后极。二极之间设直线,曰水晶体轴,轴长度,凡四米密,周缘则钝圆而游离。是体构造,外被通明薄膜,曰水晶体囊,内容则前面有单层圆柱状幺,其下即发育为幺状,是名水晶体幺。诸幺之嵩,会于两极,有黏质联合之。

水晶体周缘,环以幺束,其束起于毛状体,至缘而成环状,故曰毛状小带,亦曰辛尼氏带。

房水 角膜虹采间及瞳孔之处,爰有空虚,曰前眼房,中所含液体,曰前房水;虹采水晶体间,亦有空虚,曰后眼房,所函液曰后房水。

视神经 起自视神经交叉,经蝶骨之孔,以入目瞳,逮至后壁,乃贯白膜而分布于网膜,其分散中心,名之曰盲点。神经之外,被鞘三层,皆为脑膜之续。外中二层,迳合于白膜,内层则至网膜而终。中央函二脉管,曰网膜中心动静脉。比出乳头,即分二枝,以扩布于网膜之内。

(二)辅官

辅目之官有几,所以动之者有眼肌,所以卫之者有眼窠,有睑,有结膜,所以润之者有泪,其官谓之泪官。

眼肌 司眼启闭者有轮状肌,已述于前,次有上睑举肌,缩则睑启。若纯以动睛,则有二种,各依排列而为之名:曰直肌,曰斜肌。其细目如次。

一 上直肌　令睛上转;

二 外直肌　其一嵩析为二,令睛外转;

三 内直肌　令睛内转;

四 下直肌　令睛下转;

睛及视神经之纵断

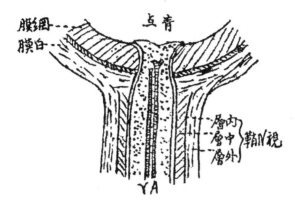

膜绸---
膜白---
点青
层内
层中 }鞘N视
层外
YA

视神经中心AY分布之状

斑黄
乳頭

眼肌(自外侧视)

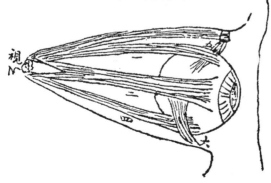

视
N
大

五　上斜肌　令睛回转；

六　下斜肌　同上。

眼窠　为七骨之所构成。其上为前头骨，下为上颚骨，口盖骨，蝶骨，外（及下）为颧骨，内为筛骨，泪骨。眼窠之中，目睛眼肌及视神经外，复实脂肪，以为之卫。脂与睛之后壁，则隔以薄膜，曰提农氏膜 Bursa tenoni。此与白膜间，复有微隙，曰提农氏腔 Spatium tenoni，所以使目瞳运动，不受窒碍者也。

睑　在睛之前，上下凡二，闭则适相合会。二睑交处，内崇作钝角曰内眦，是处上下，各有一孔曰泪点；外崇较锐曰外眦，游离之缘，则骈列坚毫曰睫毛。上睑之大，胜于下睑，而眉在其上。

睑之最外，被以上皮，密生嫩毳，次为肌层，即眼睑轮状肌，次为睑软骨，亦上大下小，与睑相应，形如弦月，其后有腺曰麦逢氏腺 Meibom's drüsen，泌脂状物，谓之眼脂。

结膜　为外皮之续，被睑内面以及目睛，谓甲曰睑结膜，谓乙曰睛结膜。

睑结膜密著于睑之内面，函脉络至多，故其色赤。有小黏腺，以泌黏液，上行复下，则迤入睛结膜，名其处曰结膜穹窿。睛结膜则先覆白膜，后乃密著于角膜之缘，内眦近处，成一襞积，谓之弦月状襞积，泪湖，泪阜等在焉。

泪官　泪之由来，本于泪腺。是腺作椭圆形，居眼窠外上部，小腺多数，集为腺体，而启输泻管之口于结膜穹窿，凡所泌分，先注泪湖（在内眦之睛结膜上，中央稍隆，是名泪阜），次入泪点，过泪小管，储诸泪囊，更出较大之管而至鼻腔，其所经之管曰鼻泪管。

五之二　生理

屈光　视官之用，如摄影箧，是箧前面，具一灵视，后置干板，

泪官联合

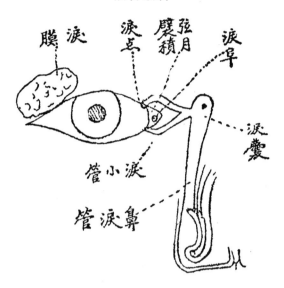

图中标注：膜泪　泪点　屡积　弦月　泪阜　泪囊　泪小管　鼻泪管

适如网膜,设有物体,放射光线。如 A 与 B,则 A 点之光,通过灵视,遂作屈折,比及干板,即成影于下,有如甲图。B 点之光,亦复如是。而干板之上,成倒影焉,睛之构造以及造象,绝不异此。中层多脉,供给以血,又函色素使不通明,惟其屈光,较为繁复。盖在暗中屈光之体,为数有三,非如摄影筬,只一灵视,故光线入目,当经角膜,房水,水晶体及波黎体,历受屈折,而其结果,乃如乙图,网膜结影,亦复倒置。

明视　自发光点射来之光,先屈于角膜,受其束集,达水晶体,再受束集,乃落网膜。故必一切光线,悉集网膜上之一点,始得明视。假使过近过远,则所造之象,即落网膜前后,觉官所见,为之蒙龙,是称散象。设视距不相同之物,其一著明,一必隐约,即以一当明视,一成散象故耳。

调节　目之明视,恒有定数,较远或较近物体,或莫能审,则有官能,用调节之,使一切物,皆可审辨。其主曰水晶体,此在平时,由毛状小带之掣引,常与波黎体密接,轴亦较短,递视近处之物,则毛状体缩而向前,小带亦弛,水晶体遂以前隆,增长其轴,屈光度大,而物象结于网膜,如是屡变,爰得明视诸物。此他则瞳孔收缩及虹采前行二事,亦辅其成(图丁)。

正视及远近视 明视距离,其界有定,顾亦以人而生差别。名距目极远,尚能明视之极限曰远点;距目至近,尚能明视之极限曰近点。倘在靖时,远点至于无限,远距物体之平行光线,亦能结于网膜,而近点凡五卓尔(华尺约四寸),则曰正视,倘不能尔,是为远视,或为近视。

近视者,远距之光,靖时不能结于网膜,盖其目睛,缘先天或遗传性,过于修长,故如戊图,光线之来,未达网膜,既已交叉于波黎体,而所见象,遂以恍忽,倘欲匡正,当用陷中灵视,置目睛前,令光扩散,始导入目,则外象适结于网膜,所见始以了然。若其反是,而目睛之轴,为度过短,则如己图,光线集合,在网膜后,所结物象,亦以蒙龙,爰成远视。匡救当反前术,用隆中灵视,集合其光,俾方至网膜,正已结象,则其所见,始明晰焉。

虹采之用 虹采为用,所以遮光,阏阻周围之光,使物明晰。倘其过烈,则轮状肌彳收缩,令瞳孔小,入目之光,遂减其量;假使过晦,则辐射状肌彳收缩,纵瞳孔大,所入之光,量亦遂增。二肌主宰,甲为动眼神经,乙为交感及三叉神经,故撄其一,则瞳孔之变应之。

瞳孔大小,左右常同,又以诸因,而生变化,即仅撄一侧瞳孔,而他侧瞳孔,亦与俱变焉。

(一)光撄网膜,则瞳孔缩,撄视神经亦然。

(二)注视近距之物,则瞳孔缩小以调节之。

(三)虹采充血则缩,贫血则张。

(四)中毒则瞳孔变其状,如服阿忒罗宾(Atrobin)则张,服马菲则缩是。

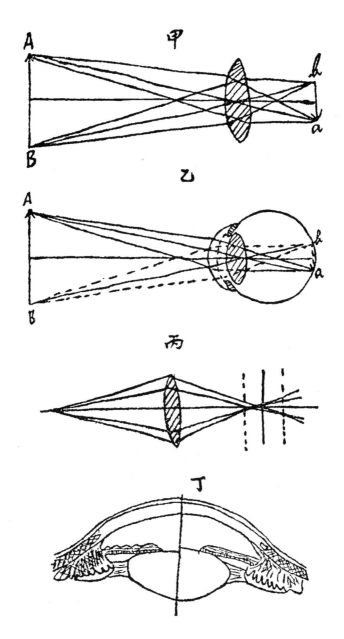

甲

乙

丙

丁

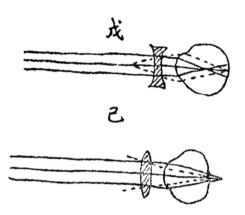

光觉　光觉在于网膜，其尤要者为圆柱状幺及圆锥状幺，若其无此，即无光觉，盲点是也。

凡视神经幺，决无觉光性，故视神经所入之盲点，不能感光，而感光最敏之黄斑，不存视神经幺。

圆柱及圆锥状幺为状，各如所名，每幺可分二节：嵩曰外节，末曰内节。圆柱幺外节，含紫色素，倘遇日光，其色即褪，寇纳（Kühne）氏名之曰视紫。视紫遇光，虽即分解，旋复新生。故网膜者，正如干板，视光晦明，能结物象，结象而后，顷刻已消，又生视紫，以为之补，见千万象，无冲突焉。惟视紫为物，虽不存于圆锥状幺，顾黄斑所函，乃悉锥状，其觉最明，则网膜中，自当尚存他种视素，始能如此，然殆无色，故不能详。二幺末端，则咸与视神经幺相接，故此所变化，即导入脑，至于中枢，复从离心性觉律，返至视官，而见外物。

同强之光，攒目久久，则作用渐弱，而目疲劳，必靖少顷，其力始复。光之生感，亦有一定，倘光线倏忽，为时极短，则网膜得此，或不勃兴。然黏之如电，人亦能见，则其时不妨至暂，了然可知。又勃兴而后，其象亦不即去，如眙目视日，旋即闭睑，而日之为象，尚在目前，是名残象，生轮之作，本此理也。

色觉　依据力学家言，则光线成因，乃在光原子之波动，其波大小,亦如声波。摄视官而别强弱,动数多少,则犹声音之有高低,来摄视官,爰异色采。譬如日光,为动数殊异之光波多数所合成,入目感白,然使过三棱波黎,则因屈折之度不同,见析为六,遂与人以特别光觉,亦即色觉。其色曰赤、赭、黄、绿、青、紫,是名单色,单色之间,犹有色存,则曰楇色。

六单色中,赤色之屈折度最弱,紫色最强。然赤紫二色前后,实乃犹有光波,特因动数过弱,或则过强,故不能起人视觉,亦如过高或过低之声,不能起人听觉然也。

色觉之理,未能确知。据扬克 Young 及赫仑霍支 Helenholtz 氏说,则谓网膜所函,有神经糸三种,摄甲则生赤色感,摄乙则生绿色感,摄丙则生紫色感。此三种糸,受色之摄,必为同质,其奋兴之度乃大,如以赤之光波,来摄甲糸,乃大奋兴,倘以摄乙,则其度小,余糸仿之。故色觉之成,当有原觉三种,摄有强弱,而相溷合,爰觉诸色。倘三觉奋兴,强度同一,乃仅觉白色而已。左所列图,即以阐发此理,今更演解,有如下方。

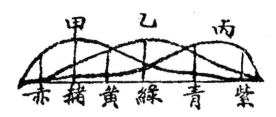

　一　赤色觉　摄甲糸最强乙丙糸皆弱
　二　赭色觉　摄甲糸最强乙糸较弱丙更逊之
　三　黄色觉　摄甲乙糸皆强丙糸较弱
　四　绿色觉　摄乙糸最强甲丙糸皆弱
　五　青色觉　摄丙糸最强乙糸较弱甲更逊之
　六　紫色觉　摄丙糸最强甲乙皆弱
　七　白色觉　摄甲乙丙糸强度相同

至色觉主官，则当为圆锥状幺，色觉之幺，与相联属，倘三种中，或阙其一，是成色盲。色盲者，为有疾之目。其类凡几：或不感赤，或不感绿，或不感紫，是名偏色盲，而中以不感赤者为最众；倘其一切色采，俱不能感，则视察万有，只见黑白，观采色画，亦如墨描，是名全色盲。

双目视　视以二目，其益有四：(一)所见者广；(二)网膜造象，成自二发光点，故物之容积；(三)可以察知距离与夫大小；(四)一目缺点，可借他目以补之。

大小之别，主在网膜造象之大小，象大者知大，象小仿之。顾距离不同，则大小常妄，故宜审慎其距而判断之，如月与星，其一例也。

距离之别，主在调节，即劳者为近，逸者为遥。若远近二物，造象于网膜者同大，则据往之经验，以近者为小，而远者为大焉。

单视　凡网膜造象，其数止一，则见物一，二则见二。顾平日视物，左右二目，各结一象，合之成二，而所见物，不觉为复者，缘左右目有符合点，使物体之光，适落于此，则遵离心律，在外见象，适相合符，故觉为一。

实体视　注视实体时，两目所见，实非相同，因目之位，而有微异。如右目所见，必稍偏右；左目所见，必稍偏左，二目合见，始总其全，如实体镜 Stereoscopep，即用斯理，如图有二棱锥体甲乙，置于左右，各稍稍偏，然入镜中，二目合视，则左右相合，状遂如丙。

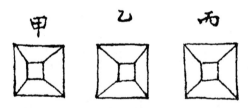

幻视　依目所见，而别大小距离，多缘经验，以及判断，既如前

462

言。故所决定,时有幻妄,如月之初升,与至天半,目之所见,似有大小。盖思想中,谓同一物,远小近大,而仰视天半,颇若远于地平。又月行渐上,终乃孤立,非如在地平时,可与他物,互相比较,故所判断,遂迷误矣。

他若二目所见,有物甲乙,其状全异,不能相容,则当并见二物,或偏见其一,是名视野竞争。如用赤青二色波黎,罩目视物,则所见或为斑赤,或为斑青,其色采不能一定,已而视觉麻痹,外界之物,遂成灰色。

五之三 摄卫

睛在眼窠之中,骨环于外,前则稍隆,可御撞击,表又覆以眼睑,启闭如意,且能反射闭阖,避外物不意之袭来。睑缘有睫毛列于上下以去尘,上复有眉以阻汗,结膜则平泽濡湿,令睛之运动,无所滞著。瞬目屡作,则尘埃既去,而角膜亦因以不干,其天然之摄卫,诚可谓近于美备者矣。

顾人为摄卫,亦非可怠,在先天弱目,尤见其然。譬如撞击敲扑以及外物入目,可不待言,即尘埃烟灰大热冷水以及隙风,亦所当避。又如光线过度,为害亦多,而灿烂之光,撄网膜之力特强者,厥害弥甚,故对日,月,火焰,明镜等发大光耀物,勿应久视,亦不得对极强之光线,作画读书。倘其如是,皆令目弱。若就微光,如黄昏以及昧爽,以治用目之业,结果亦然。此他则以不定之光,如跃动之烛或风动树阴之下,而读书至久,亦令目劳,故所当禁。

目之获疾,亦每因于职业。假使制作精微之品,如描写雕镂,或有光泽,或过暗黑,或发大光,则从事久之,每发目疾。故当时行休养,展视远处暗色物体,或暂易他事,以纾其劳。而所治物体,距目过近,则日久渐为近视,当深懲之。

近视亦为学校病之一,如校室光线,过弱过强,或就坐姿势,不能合法,皆得斯疾。据近年欧土调查结果,则大抵学校愈高,而近视者亦愈众。如德人珂谟言,村小学为一·四％,市小学为六·七％,中学校为一〇·三％,师范学校为一九·七％,高等学校为二六·二％。易言之,即中学校占十分一,师范学校几占其五分一,而高等学校乃越四分一也。

　　近视之原因及其豫防,要略如次。

　　原因之主者:(一)读书习字时,目之离案过近,劳调节者久,故目肌疲劳,水晶体渐益弸隆,更推网膜向后,而眼轴遂长于常人;(二)卓倚高卑,不能合度,故读书习字或作画时必屈曲其体,俯首向前,眼窠之内,遂至充血,而目眼受其压迫,渐益以长;(三)读细字书籍过久;(四)在光线不足之处,久劳视力;(五)不眠及目之不洁等,亦间接诱至。豫防之术,乃在审察原因,施行矫正。语其要略,则为:(一)在家庭或学校读书习字时,必当崇坐,体勿前屈,亦勿俛首;(二)卓倚高卑,必使相称;(三)书籍文字,宜择其大,纸勿粗糙,亦勿有光,色则微黄或白;(四)日光须足,而不当令其动摇,入夕明灯,亦复如是。

　　卓倚之度,与目极相系属,近视而外,亦致他疾,故小学校尤应慭之,揭其要旨如次。

　　(一)倚之高度,与坐者下腿之长等;(二)倚之广,与坐者上腿之长等;(三)卓倚相差,以坐者崇坐后,两腕适置卓上,而不待肩胛有所低昂为度;(四)卓倚距离,当用无距,或用负距。

　　目病之中,有传染病,流毒人群,为害亦大,最甚者曰颗粒性结膜炎。是疾初在结膜之上生黄白色椭圆或圆形粒,继而结膜赤肿,泌液体如黏液状,视力稍衰。使数年不治,则结膜因瘢而缩,目遂失其运动,睑软骨曲而向内,睫毛亦然,日攫目睛,厥疾益甚。校中之一人患此,传播及全校者有之,故若未盛,则当禁病者登校,传毒之具,悉取以消毒,并禁取用。若传播已及多人,乃必暂时闭校,待流行稍衰,始复开学,而患者则速就医者理之。

神经系第八

凡神经系，厥类有二：一曰动物性神经系，二曰植物性神经系。如是两系，又析二分：一曰杪末，二曰中枢。中枢云者，实其主分，而末梢则为所分派，此分派物，通称神经。

动物性神经中枢为柔软质，头骨腔及脊髓管即动物性管中，分枝外行，多布于肌以及觉管。布于肌者，受撄则缩，爰生运动，故曰运动神经。布于觉管者，受诸种撄，乃即奋兴，因以生觉，故曰知觉神经：其受质力之撄，能识其性者，谓之通觉神经；惟遇适撄，乃始兴起者，谓之别觉神经。运动及知觉神经二者，盖犹电信，时时往来，甲传内撄，达于杪末，乙传外撄，纳诸中枢，故亦名甲曰求心性神经，乙曰离心性神经。又缘二者皆以脑脊髓为中枢，故亦总称之曰脑脊髓神经系。

植物性神经所在，为植物性管之内，脊柱左右，中枢为神经节，多数相联，有如贯珠，杪末则作彳状，大都分布于内藏及脉。其在脉者，命之缩张，俾有节度，故亦有动脉神经系之名。若所统御，乃为荣养及孳殖二能，于知觉运动，绝无系属，然亦与志及识，善相感应，以其感状，表见于外，故亦谓之交感神经系。

神经形成，本于三质：一曰神经幺，二曰神经彳，三曰神经胶质。惟一与二，实其主分，总称之曰诺伦（Neuron），或曰神经元。（一）神经幺形状大小，凡有种种，中函颗粒或色素，复具一核，核中更有微点曰小核，体则有突起外延，或神经彳，名曰轴索。其他复有突起多数，状如树枝，则名之曰形素突起，轴索绵延，长如丝缕，爰成（二）神经彳，外包髓鞘，质如脂肪，时或断而不续，髓鞘之外，又被结缔织膜，处处函核，谓之勖横（Schwann）氏鞘，兼有二鞘者，曰有髓神经，具乙阙甲者曰无髓神经。而神经幺及彳而外，则有（三）胶质为之支柱，成自幺与极微之彳似结缔织之物也。

神经幺为生理之中枢，彳则职司传导，外撄与遇，即以奋兴，将其所受，报告于内，惟荣养失正，则初呈奋兴之状，而久乃衰弱，又断以器械，使不与中枢联续，厥果亦同，顾其后乃入于死。

神经成分，主为蛋白以及脂肪，靖止之时，呈中性或弱亚尔加里性反应，劳作而后，则呈酸性，死后亦然。

第一分　脑脊髓神经中枢部之构造

一之一　脑

脑在头盖腔中，状与骨腔，略相一致，即为椭圆，左右相称。其质柔软，内之质白，名曰白质；外则有灰色质被之，是名灰质。其表被膜三重，自外数之，则一为坚膜，密着于骨，颇厚而强，亦谓之硬脑膜，顾至脊髓，乃以脂肪与骨相间，是为硬脊髓膜；次曰蜘蛛膜，在前者之内面，为质极薄；三曰脉络膜，亦称软膜，直接脑面，与蜘蛛膜共入于回旋及罅隙之中。此诸膜中，有流质少许，往来于脑与脊髓间，则名之曰脑脊髓液。

脑之析分，可得三部：曰大脑，曰小脑，曰延髓。延髓本为脊髓之变形，顾以构造繁复，故亦置诸此分，而说述之。

（1）大脑外面

（2）大脑内面

大脑　此为脑之最大分，形略卵圆，其表多见隆起，谓之脑回旋。诸回旋间，多见陷处，谓之脑沟，深者曰主沟，浅者曰副沟。中央有深沟直走，界脑为二，左右相等，是名大脑纵裂。其半脑曰大脑半体，所以结合左右半体者曰胼胝体，而半体大分，则自上及外，覆脑干以及小脑，故亦谓之脑盖。

左右半体，均分三面，曰内，外，下。至大主沟，在于外面，曰什尔维 Sylvü 氏窝，亦称外沟。次分为二，名直而上升者曰什氏前枝，横走向后者曰什氏后枝。脑在前枝之前，则为前头叶，在后枝上，为颅顶叶，在后枝下，为颞颥叶，此叶深处，更有回旋五六，是为岛叶，或曰雷侠儿之岛。

大亚于外沟者，有中心沟，始自纵裂，至外沟近处而灭，以作前头及颞颥二叶之界。前后更有副沟，谓之前后沟，其回旋曰中心前后回旋。脑之后半，则复有亚于中心沟者一，内面尤显，是称颅顶后头沟，脑在是沟之后者曰后头叶。此他则半体内面上部，即半体与胼胝体间，有胼胝体沟，又其下部，即后头叶与脑干间，有海马沟，皆主沟也。胼胝体为结合左右两半大脑之主部，其糸横走，入于脑中，体之前耑，细如鸟喙，名之曰嘴；次乃顿巨，名之曰膝；自膝后行，则谓之曰干；干之下面，廓然而广，爰成苔盖，下覆脑室，后耑弸大，是为副木。胼胝体干之下，有物屈曲，是名穹窿。此二者间，以透明中隔结合之，而穹窿后下，则视神经系在焉，视神经之发原地也。

脑室亦曰脑侧室，由透明中隔界为左右，其中部曰中央室。自此分向三方，伸张为角，是曰前角，后角及下角，后角最小，下角最大。

大脑之质，内白外灰，顾白色质中，亦有灰白色质，是名大脑神经核，一曰尾状核。在脑室之底，白灰二质，互相缭绕，故亦谓之缘状核。此核之中，又有小核一列，名之曰卢斯状核。缘状物外方，更有一核，为状隘长，曰索状核。

脑干者，成于众纟，其纟来自小脑及延髓，入大脑中。属于此者，有跋罗理氏桥，居延髓及大脑之间，状略隆起，其后与小脑联，成自白质与灰白质，后者成核，谓之桥核。干之上部，则有钝圆隆起一

（3）脑之前额断

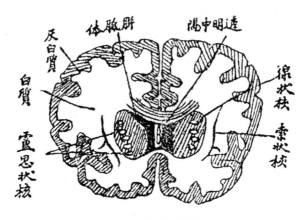

（4）大脑纵断

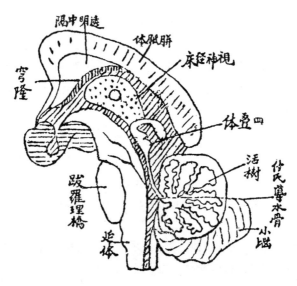

列,厥数凡四,谓之四叠体。是体之下,存一小空,曰什尔维氏导水管,与脊髓之正中管相通者也。

小脑　在大脑后头叶之下,状略椭圆,上岢微隆,谓之上虫;下岢中央,亦复下陷,是名小脑纵裂,裂中有小隆起,谓之下虫。全体分为三叶,又具三足:一联跋罗理氏桥,曰桥足;一联四叠体,曰四叠体足;一联延髓,曰延髓足。

（1）脑之末视

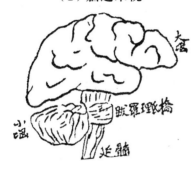

（2）延髓前面

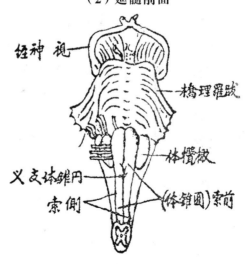

小脑构造,亦有白灰及白色二质,与大脑同。白灰色质居于其表,为质甚菲,白质则在内部,实为主分,向外角张,如枝柯状,是名活树。

延髓 即脊髓上岢,颠较弜大,与跌罗理氏桥相联。前面中央,具一细沟,曰前纵裂沟,故延髓遂分作左右两半。又因神经根纵裂,分为三束:一曰前束,即圆锥体,束之下半,有神经纟相错,是名圆锥体交叉,上半级以椭圆小体,是名橄榄体;二曰侧索,在体之左右;三曰后索,则在体之后面者也。后面亦具裂沟,与前面等,曰后纵裂沟。

横断延髓下岢,则中央有极小孔,曰正中管,上联什氏导水管,下与脊髓之同名管相通。孔周有灰白质,略可通光,是名中心胶状质,次为寻常灰白质,次为白质。前纵裂沟与灰白质间,有神经纟左右交互,是即圆椎体交叉,而灰白质则多作突起,角张向外,名向前外者曰前角,向后外者曰后角。

一之二 脊髓

脊髓在脊柱管中,略呈圆形,上接延髓(约以第一头椎为界),下则至于尾骶,全经过中,弜大之处凡二,一曰颈弜大部,二曰腰弜大部,分布于上下支诸神经之发原地也。腰弜大部之下,乃更锐细,是名终末圆锥,毕于第二腰椎骨管中。

脊髓前后,各有裂沟,名之曰前后纵裂。因有此裂,而脊髓遂略分为左右二半,每半更分三束,曰前,后,侧索,与延髓同。前索侧索之间,略陷向内,后索侧索之间亦然,名甲曰前侧沟,乙曰后侧沟,其中央小孔,接延髓之孔而下者,则仍谓之正中管。

脊髓之质,亦为灰白质及白质,惟甲被于外,乙藏于内,与大小脑正反,横断而视其状,见白质如 H 字形,上岢较大,谓之前角,神经纟之自此出者曰前根;下岢修长,谓之后角,神经纟之自此出者曰后

（3）延髓下岩横断

（4）脊髓横断

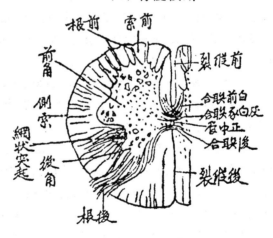

根。二角之间,更有小突起多数,交互如网,伸张向外,曰网状突起。

第二分　脑脊髓神经系秒末部之构造

末梢全部,更析为二,名出自脑者曰脑神经,出自脊髓者曰脊髓神经。

二之一　脑神经

凡十二对，咸出自脑及延髓之底，自前列数，则如下方。

（1）齅神经　为别觉神经之一，具求心性，司齅觉。为状本细而弸其尚，自此出小枝多数，名曰齅沫，皆过节骨之孔，入于鼻腔，乃更析分，交互成网状，以分布于鼻中隔及侧壁之黏膜。

（2）视神经　为别觉神经之一，具求心性，司视觉，其经颇粗，外包坚膜曰视神经鞘，起自视神经交叉，过头骨之视神经孔，至于眼窠，更贯白膜与脉络膜，析为细枝，分布于网膜，是为视神经纟层（第九层）。

（3）动眼神经　此为纯粹运动神经之一，具离心性，司动眼肌。起于导水管底，贯脑膜而出，以入眼窠，更析二枝，其上枝分布于上直肌及上眼睑举肌，下枝则分布于内直肌，下直肌及下斜肌，又以细枝，走入虹采，而布于虹采中肌纟及毛状肌。

（4）滑车神经　此亦为纯粹运动神经之一，具离心性，司动眼肌。为状较细，起于四叠体近处，前走以入眼窠，而布于上斜肌，是肌亦名滑车肌，故神经之名应之。

（5）三叉神经　脑神经中，此为最大，以前后二根，发于跋罗理氏桥之侧。后根较细，司运动，具离心性；前根颇巨，司知觉，具求心性。二根并行，贯脑膜而出。前根乃析为三：名甲曰眼枝，或曰第一枝，更析为之，以分布于（一）前额，（二）毛状体与鼻翼及（三）泪腺；乙曰上颚神经，或曰第二枝，较甲尤巨，更析为二，以分布于（一）眼睑，鼻翼，唇，上颚诸齿及（二）颞颥部，颧部之外皮；丙曰下颚枝，即第三枝，诸分枝中，最大者此，三叉神经之后根，并入其中，故兼运动知觉二性。次复析分，一种为知觉枝，一种为运动枝。知觉枝复别三数：（一）布于齿槽，齿龈，颐之外皮；（二）颞颥外皮，下颚关节，耳翼，鼓膜；（三）舌之黏膜及舌下腺等。运动枝则别为四，布于（一）咬肌，（二）颞颥肌，（三）翼状肌，（四）颊肌及口吻外皮，颊部黏膜等。

三叉神经之三枝,各缀神经节一枝,甲曰毛状神经节,乙曰鼻神经节,丙曰耳神经节。运动及知觉神经之纤,时或分于节,乃更分布于他分。

　　(6)外旋神经　此为纯粹运动神经之一,具离心性,专司运动外直肌,起自跋罗理氏桥之缘,前行入眼窠内,而分布于外直肌。

　　(7)颜面神经　此为纯粹运动神经之一,具离心性,起自延髓之上外方,与听神经共入内听道,遂分数枝:其布于内者,在鼓室中;其外行者,则分布于颜面肌之大分,及颈肌之一分。

十二对脑神经之所从出

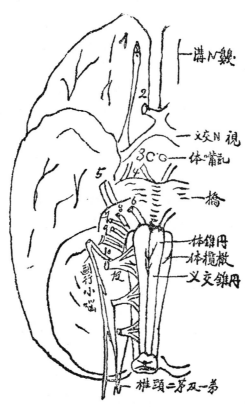

473

（8）听神经　为别觉神经之一，具求心性，司听觉，起自延髓之上外分，颜面神经之后，与颜面神经偕入内听道，遂分二枝：一布于膜状之半规管，一布于蜗牛壳。

（9）舌咽神经　此兼运动知觉二性，又函别觉性神经幺，司味觉，起自延髓之上外方，析为二枝，又以小枝布于鼓室黏膜，主枝之一曰舌枝，二曰咽枝，舌枝终于轮状乳头中，咽枝则分布于咽肌及其黏膜。

（10）迷走神经　此亦兼运动及知觉二性，分布区域，至为广大。起自延髓之上外方，合幺束一〇至一五而成一干。其经过中，枝别至众，列布于软口盖，咽，食道，喉，气管，心，肺，胃及肝等，又以分泌幺，赋于所经之诸腺焉。

（11）副行神经　此为纯粹运动神经之一，起自延髓与脊髓间，歧为二枝，一布于匈锁乳头肌，一布于僧冠肌。

（12）舌下神经　此为纯粹运动神经之一，以一〇至一五束，起于延髓前面，橄榄体与锥状体间，已乃合为一干，出头盖腔，更析二枝，布于舌肌。

二之二　脊髓神经

凡三十一对，各以前后二根，起于脊髓之前侧沟及后侧沟。后根颇大，主知觉，基部弸张，曰椎间神经节；前根较小，主运动。二根相合，成神经干。次乃复分为二，名甲曰前枝，布于躯干前部与夫四支；乙曰后枝，则分布于躯干之背部。

脊髓神经可据发原之处，为五部，自上举之则如次。

（1）颈椎神经　此凡八对，出自颈椎各侧，前枝互络，成神经丛。自此出细枝，布于颈及肩胛，又以较巨之干，循腋下及上膊而降，途中多分细枝，布于皮表，干之最末，则止于指耑。

（2）背椎神经　此凡十二对，出自匈椎各侧，布于肋间，名曰肋间神经。上方七对，穿大匈肌，布于匈部之表面；下方五对，则出腹部皮表,分布于斯。

（3）腰椎神经　此凡五对,出自腰椎各侧,互络为神经丛,布于腰部诸肌。又以较巨之干,至于下肢,凡所经过,多分细枝,分布于皮及肌,而杪末则终于趾峝。

（4）荐骨神经　此凡五对,在骨盘之内,以细枝错综交互,成神经丛。自此更出分枝,布于臀部上腰以及孳殖之官。又有巨干,循上腰后侧,经膝腘而下,终于蹠侧趾峝,名曰坐骨神经,人体神经干之最大者也。

（5）尾骶骨神经　在尾骶骨两侧,为极小肢,布于是骨之峝,与夫皮表。

　　附　交感神经系之构造及官能

　　构造　交感神经本干,为二索条,在脊柱两侧,自上而下,处处弸大,成神经节。各依位置而与之名,曰颈神经节,背神经节,腰神经节,荐骨神经节及尾骶骨神经节。

交感神经与脊髓神经之关系

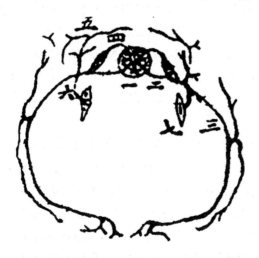

一　脊髓

二　前根

三　肋间神经

四　后根

五　后枝

六　内藏枝

七　交感神经节

此诸神经节，实为中枢，自此更出枝别，其一分与脊髓神经相交通，他之大半，则勾联为神经从，以分布于脉及内藏，亦依所在而为之名，曰头部，颈部，匈部，腹部及骨盘部交感神经。

官能　交感神经所分布，主在脉及内藏，故所主宰，为荣养孳殖，已言于前。然以与中枢相交通，故亦受其兴奋，以发起运动及分泌，或阻止之。

第三分　中枢神经系中神经纟之径路

中枢部成自二质，灰白质多幺，白质多纟，而其诸纟，又相勾联，故神经全系，绝无窒碍之患。其在 脑 者，略有三群：（一）居同侧半体中，互联邻部，谓之联络纟；（二）自一侧半体至于异侧，最大者为胼胝体，谓之联合纟；（三）自大脑皮质（灰白质）下行以至小脑延髓脊髓诸部，总称之曰放线冠。其诸纟中，要者有四：一曰圆锥体径路，始自中心回旋之皮质，经跛罗理氏桥而入延髓，或圆锥体，已而转入异侧脊髓中，易响之处，则为圆锥体交叉；二曰大脑桥径路，其一分起于前头叶，一分则起于后头叶，各至跛罗理氏桥之桥核，乃与小脑桥径路联，小脑桥径路云者，神经纟之始自小脑皮质而至桥核者也；三曰知觉性径路，始自颅顶叶皮质，降至圆锥体后，乃作交叉，次入脊髓之后索，与索中神经纟联络，爰出后根，溷入知觉神经中，布于诸部；四曰颜面神经及舌下神经之中枢性径路，始自中心回旋之皮质，过脑干以至延髓，与同名之二神经相联。

若在 脊髓 ，则徒目审察，亦见三群，即前索，侧索及后索。顾（一）前索之纟，复为二分，在内方者曰圆锥体前束，发达之度，因人而殊，大抵始自匈部，愈上升则愈益盛大，后乃终于圆锥体：在外方者曰固有前索，其纟有运动性，入于前根。（二）侧索之纟，更析为四：甲曰圆锥体侧索，亦始自匈部，上升而益发达，与圆锥体前索同，比至交叉，其系遂各入于异侧，次更前进，达大脑皮质而终；乙曰孚微游 Foville 氏索,居甲之外侧,司随意运动,其长亘全脊体,上升入异侧小脑而终;丙曰前外索,亦名格威 Gower 氏索,更在乙前,司知觉,长亦亘全脊髓,上升入延髓而终;丁曰固有侧索,则极细之纤之所凑会者也。(三)后索之纤,亦犹前束,析而为二,在内方者曰皋尔 Goll 氏索,在外方者曰楔状索,二者纤皆上行,终则入于延髓。

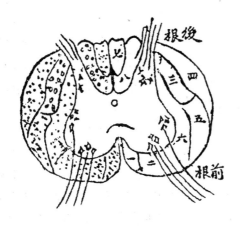

一　圆锥体前索

二　固有前索

三　圆锥体侧索

四　孚微游氏索

五　前外索

六　固有侧索

七　皋尔氏索

八　楔状索

第四分　脑脊髓神经中枢部之生理

四之一　作用

精神作用　凡人举手投足,多因意识之力,如是意识,在中枢幺。此幺具固有能力,能自愤兴,次传诸离心性纤,以至外部,俾生动作,是为随意运动。

设体表受撄,则其处之神经杪末,为之愤兴,次由求心性纤,传诸中枢,爰生感觉。故中枢幺,又有特别能力,能知外界之撄。惟有此觉,乃有外界观念,且此观念,又非刹那之间,即归消亡,即于中枢,永久不灭,故人遂以有忆。

中枢之幺,每遇外界事物,既有忆力,则尔后倘逢同一事物,自

477

能征诸前之所忆,而断其性质之同,如是作用,其名曰知。

又中枢幺,既具忆力,则人自可据此,以求同事物之显见于方来,如是作用,名之曰志。若联前后所忆,用应外界事物之变,则名曰才(智)。

凡此诸力,咸为中枢之幺所固有,其显见于外者。则总称之曰精神作用。

反射作用　因知觉性神经而生之运动,曰反射运动。如是动作,不必受意识之命令,而能自行,如操锥刺指,则当方觉未觉之际,指已先退。又用撄性气体,薰人鼻腔,嚏必先作,觉乃与偕。凡此见象,皆应外撄而来,非任人意,故谓之反射作用。

盖外撄频繁,沓来纷至,使尽借精神作用以应之,则不特不胜其烦扰而已,每来一撄,必先辨其撄之性质,次由意识以生动作,故其应之也迟,或且有害于生命,缘此二因,则有反射作用,使外撄之来,不必一一有判别于大脑,仅由知觉性神经幺,导入脊髓灰质中之幺,次即迄入运动性神经幺,爰生动作,以应外撄。故初之待精神而动者,久久益习,则能自行,所谓熟练或习惯者,此也。

顾反射作用,亦能制以意识。苟其立意不动,则伸指触睫,亦不目逃,以手搔肤,可不失笑,是名反射制止机。惟在此机,亦有定限,设外撄过强,或其时过久,则官能遂消。又反射作用中,虽意识所莫能制止者亦有之,如男根勃起,分娩,虹采运动等皆是。

自动作用　人体诸官之中,有不因意识,不根外因,而自动作者,谓之自动作用,有如呼吸,即属斯例。盖中枢幺,具一能力,能自偾兴,令杪末所布之官,自生动作,由生至死,更无休时,且动止有序,无紊乱焉。

传导作用　如第三分所言,诸神经幺,互相勾联,故甲之偾兴,可传于乙,是名传导作用。譬如偶逢一撄,则由知觉性神经幺,传入反射中枢,更迄入运动性神经幺,而动作见于外,惟尔时亦传此撄,至于精神中枢,故反射起时,亦并生觉。

上述作用,非同一中枢,兼有其四,乃各以固有能力,分任其事者也。

四之二 官能

大脑 凡精神作用,咸为大脑所主宰,发育有害,知能必低,倘蒙毁伤,亦复如是。惟仅毁半体,则他之半体,尚能代之;逮毁其全,而所司作用,遂以丧失。

大脑之中枢,要者凡三,皆在皮质如次。

(一)运动中枢 居大脑全表,倘一侧偾兴,则他侧之肌,能生运动,其在前头叶之一分,特名之曰言语中枢,司舌,口及颚诸肌之运动,倘加毁坏,则得失语之疾。

(二)寒热中枢 与运动中枢偕。

(三)感觉中枢 司五官觉:一曰视中枢,在后头叶;二曰听中枢,在颞颥叶;三,四曰齅中枢及味中枢,在前头叶;五曰触(广谊)中枢,在胼胝体及前后中心回旋之处。倘其某中枢毁,则某觉亡。

小脑 此虽受伤,于觉官知能及精神作用,咸无核碍,惟全身运动,为之不调,步行亦失常度,故调整身体之细致运动,及支持躯干,当属小脑主之。

延髓 此之中枢,可作二类,一为自动,一为反射,亦有统辖脊髓一切之反射者,则曰主中枢。其自动中枢中,于保续生命之要,有出大脑及脊髓右者,今分别记之如下。

自动中枢第一

(1)呼吸中枢 此在小脑与延髓间之菱形窝中,位于下崗,毁之则呼吸止息,生命立殂,故亦谓为主点。而其兴奋,则与血中酸素及炭酸素之函量相关。使酸素极多,炭酸至少,则中枢不为所撄,遂无呼吸;二者不越常量,则呼吸均齐,有如恒态;惟炭酸量多,酸素量少,则呼吸遂频数而艰,久而唵喎,终乃绝息。

(2)心制止神经中枢　偾兴弱则心动为之衰,强则为之止。

(3)心鼓舞神经中枢　偾兴则心搏为之数,而收缩之力亦加强。

(4)动脉中枢　偾兴则动脉收缩,心与静脉,遂以廓张。

(5)张脉神经中枢　官能与(4)正反。

(6)痉挛中枢　延髓贫血或静脉性充血,则撄此中枢,令发痉挛,加以质学及力学之撄亦然。

(7)主发汗中枢　此统御脊髓之发汗中枢者也。

反射中枢第二

(1)闭睑中枢

(2)喷嚏中枢

(3)咳嗽中枢

(4)发声中枢

(5)啜入运动及咀嚼中枢

(6)泌唾中枢

(7)咽下中枢

(8)呕吐中枢

(9)开瞳中枢

(10)主反射中枢　统辖脊髓中一切反射中枢者也。

脊髓　脊髓所存之中枢,厥数凡八,咸有反射作用,即与延髓断绝,亦尚能暂保其官能,惟在健休,乃悉受延髓之主反射中枢所主宰,故亦谓之下级脊髓中枢,其目如次。

(1)散瞳中枢　约在第一至第三匈椎部,暗则偾兴,而瞳孔为之散大;

(2)排矢中枢　约在第五至第六七腰椎部中;

(3)排尿中枢　同前;

(4)勃起中枢　在腰椎部;

480

（5）射尽中枢　约在第四五腰椎部；

（6）分娩中枢　在第一及第二腰椎部；

（7）脉神经中枢　散在全脊髓中，司脉之收缩与其廓张；

（8）发汗中枢　所在同上。

第五分　脑脊髓神经中枢杪末部之生理

见第二分之一。

第六分　神经系之摄卫

人之所以灵者，尚缘脑及神经与夫五官暨言语之官，善能发达，别具睿智，超于他禽，故能依据旧有，加以薰修，克成事业，他物莫逮。然使训习摄卫，不能合律，或毁损疾病，未能豫防，则上述诸官，即为不豫，而人之睿智，亦沮阏矣。

图神经系之康健者，首重荣养，即消化呼吸等系，咸当检摄，血脉顺遂，空气清新，诸凡要事，已具前分。盖躯体既衰，精神安托，故前言摄卫诸术，于神经一系，实能咸有至大之系属者也。此他则宜视身体之强弱，渐加磨练，与体育同。

凡劳动精神之人，时必有所休息，倘其过剧，则休止之时宜长，睡眠之时宜久。假使不尔，脑乃受过度之撄（如思虑感动，永日不已，或则过强等），终易常度，是成神经衰弱，或为神经过敏，遇事易激，或则易忘，一切精神官能，无不减退。

脑之受撄，除上述之思虑感动，为直达者而外，更有介达者数种，能使其病。介达之道，或因五官及知觉神经（如撄精神过剧之视觉，听觉，严寒，极热等），或因于血（如服麻药，醇酒及过饮浓茶，加非等），此他则打击头部，亦能令脑，脊髓官能为之核碍，成脑或脊髓之震荡症焉。

脑震荡症者，为大脑官能之伤，外见之征，为呕吐，失神，昏睡，脉搏徐缓，呼吸就微及皮肤转成苍白色等；脊髓震荡症则为脊髓官能之核碍,大抵缘脊柱直受撞击,或由四肢与臀部之冲突而生,外见之征,为失觉,失动,遗矢,遗溺,呼吸及心搏之不正,减弱等。又伤时无他,而后日则知觉运动,渐易常态者亦有之。当始发时,宜令安卧,就头部行冰罨术,或视病状,服以亢奋之利,后急延医,令加治理。

乱服醇酒烟草,甚害神经,常因此发脑充血,脑出血(卒中)诸疾。若在龆中,厥害尤甚,故有嗜此二品者,必禁绝之。

过剧之寒热,无不害神经系,而小儿为尤,如病感冒,能作神经系病之因,又受酷热,则病中暑,其甚者,或至脑膜炎。

眠 者,即脑之弱度贫血,脑中之血,散逸于外,负荷既减,乃得安谧,故此之于人,实为休养神统系惟一方术。惟其有此,而凤昔劳倦,得以净尽。故眠之时间,当视职业之种类,长短及劳逸而定。约言中数,则成人约七八时间,小儿约十至十六时间。倘就眠,则精神五官及随意运动,莫不停止;而不随意运动,如循环呼吸等,亦略减弱,物质代谢,缓于醒时,吸收酸素之量,亦从而减。假使日间受过强之撄,或入寐而外撄至,则脑之一分,虽息不安,或复奋兴,而梦作焉。

此他要事,为择寝室,一曰宜广,二曰宜安,三曰宜静。此他则空气宜燥,且不得置善于挥发之品(如酒及石油等)。室少户牖,则人不宜多。

Generatio 第九

第一分　构造

一之一 Organa Genitalia Virilia

Ⅰ.Testis et epididymis 甲之状卵圆,而质柔软,其外被膜,曰白膜，更成襞积，侵入质中，其全体遂受画为多数小叶，名之曰 Lobuli testis。每叶之成，集自细管，亦具曲直，与细尿管同，名前者曰 Tubuli seminiferi contorti，后者曰 T. s. recti。诸管之终，吻合如网，复自此出细管十以至十二，外行至 Epididymis 中，又作回旋，成 Lobuli epididymis，次又会合，而为一枝，乃迳行为 Ductus spermaticus。甲乙二者，咸为细管所集成，故按其性质，实为复腺。曲管构造，成自三层：最外即扁平之幺，次为膜质，内则复层上皮。此上皮幺，靖时形圆，逮夫动作，则见诸相，名其业曰 Spermatogenesis。如是官能，难见于人，至易者莫若鼠，铫验其幺，可得数种，至要者曰 Spermatiden，即形成 Spermatozoon 者也。

自细管所分泌者，谓之 Sperma，呈亚尔加里性，其在 Testis 中，质殊浓厚，迨其既出，则涵合 Ductus spermaticus 及柯贝氏腺，摄护腺等泌分之液，质遂加漓，有形成分，所函止一，即 Spermatozoon，为孳殖之要品，成自三分：上崫为首，中部为体，最终则谓之尾。其首扁平，有如梨实，以 Nuclein 为质，与核相当；体则自微幺之合成，其外被膜；尾亦如是，性能运动，类于颤毛。

Ⅱ. Ductis spermaticus 为 Epididymis 之续，长约三〇至四〇生密，自下而升，终至 Vesicula seminalis 近处，入摄护腺而启口于尿道之后部。

此之构造，凡分三层：内为黏膜，次有肌层，最外则为幺膜。

Ⅲ. Vesicula seminalis 在旁光之后，直肠之前，左右各一，司泌液体，以漓 Sperma，启口之处，同于前者。

Ⅳ. Urethra virilis 此在第六，已记其略，此当更加诠释者，为可析为三部：一曰摄护腺部，环以同名之腺；二曰膜状部，环以肌肉；三曰海绵体部，则为 Corpus cavernosumUrethrae 之所绕，柯贝氏腺，启口于是焉。

摄护腺之状，有如栗实，锐崫向下，所泌分者，乃为浆液，柯贝氏腺亦然。

V. Penis 析为三部：后崮曰 Radix P.，前崮曰 Glans P.，中央则谓之 Corpus P.。前崮弸大，旋复小隘，其处多腺，泌分液体，储之隘中，全体覆以外皮，多函色素，凡黄色人，皮常不覆至崮，皙人则否，若其成人而不脱，则谓之 Phimosis。

构成此者，为海绵体，名之曰 Corpus cavernosum penis，厥数凡二，分居左右，检以显镜，则为极细之弹力幺，布于是者，有动静脉。设在后崮之肌，缩而不弛，则静脉血，不能归流，蕴积海线体中，爰生勃起。

一之二　Organa Genitalia muliebria

I. Ovarium et parovarium 此于孳殖，实为要官，比诸男子，则犹 Testis 也。甲之位置，居 Uterus 两侧，左右各一，形略椭圆，长二·五至五生密，广一至三生密，以系（韧带）与 Uterus 联，而此及 Tuba uterina 之间，则有细管所集成之小体一群，名曰 Parovarium。考 Ovarium 之构造，实亦一腺，别为三层：首曰白膜，成自结缔织，上被单层圆柱状幺，谓之胚上皮；次曰皮质，与白膜无特别之界；三曰髓质，则纤曲之脉，与无形肌幺所构合也。皮质之中，有小囊多数（在人约三六〇〇〇），成自上皮之幺，谓之滤泡，在皮质外层，则秩然成列，谓之滤泡带，每泡之中，各函 Ovum，为孳殖要品，与男子之 Spermatozoon 相当者也。

Ovum 发生，在胚上皮。此上皮中，函有较巨之幺，能渐次浸入皮质，次成丸形，而上皮亦益孳殖，以成复层，所函 Ovum，终乃偏居一侧。上皮幺外，更有薄膜，中央则见空虚，实以液体，名此丸形者曰滤泡，膜曰滤泡膜，液曰滤泡滴。

Ovum 亦作圆形，其外被膜，可见细文，曰透明带 Zonapellucida。膜中所有，亦为形素，又具颗粒状物，则曰第二形素，总称之曰 Vitellus。中央有核，谓之胚泡，核中更具二仁，谓之胚点，常作运动，如阿弥巴然（Nägeli）。

Ⅱ. Tuba Uterina 左右各一,与 Uterus 及 Ovarium 相联,Ovum 之入 Uterus。此其道径,一崀向内,启口于 Uterus 之顶;一崀则启口于腹腔,此崀之缘,甚有隆陷,名曰 Fimbriae tubae(输卵管剪彩)。亦有细长而达 Ovarium 者,则谓之 F. ovarica,是中十分,长而弸其崀,是为摩尔该尼氏之水泡体 Sinus morgagni。

此之构造,亦分三层,自内数之,则一曰黏膜,次曰肌膜,终曰浆膜。

Ⅲ. Uterus 位居旁光与立肠之间,状如落苏,上崀弸大,是曰底,中央曰体,下崀狭小,是曰头,突出于 Vagina 中。正中有孔,谓之 Orificium externum uteri。本若一字,迨分娩而后,乃成圆形,全部内面,略皆平泽,惟头部稍有襞积,谓之枝状襞积,而顶之两旁,则 Tuba uterina 启口之孔在焉。

此之构造,亦分三层:最内为黏膜层,次为肌层,最外则为浆膜。黏膜之中,多函小腺,谓之 Glandulae uterinae,而及头部,则上皮及具毡毛。

Ⅳ. Vagina 此为纯粹 Copulatio 之官。上崀与 Uterus 相续,全体虚作管状,微弯如弓,隆部向后,与旁光及直肠,则系以结缔织;下崀辟启,本有薄膜蔽之,是名 Hymen,膜上往往有孔,或圆形或如半月,或如筛孔,所以通 Menstruation 者也。

此之构造,亦凡三层:首曰黏膜,表面多具襞积,中不函腺;次曰肌膜,内层轮走,外层直行;终曰糸膜,则为结缔织与弹力糸之所构成。

V. Par genitales externae

此之两侧,有大襞积,成自肤革,表具毫毛,内函脂腺,名曰 Labium majus pudendi。而其下面,乃更有较小襞积,谓之 L. minus pudendi。二襞积互于上下,各相联合。乙之上崀,存一小体,谓之 Clitoris,亦能勃起,与男子之 Corpus cavernosum penis 相当者也。

附:mammae。此之位置,在匈骨左右,第三至第四肋间,比至成期,乃顿发达,顾女性为尤著,状约半圆,小央具一突起,谓之乳头(Papilla mammae),周围有色素沉著,是名乳腺构造。

晕(Areola mammae)。乳腺构造为复胞状腺,数约二十,其输细管,则共启口于乳头,诸腺之间,联以结缔织。倘方有身,或方授乳,则并有脂幺实之,人当有身之终,腺即弸大,腺壁之幺,泌分脂肪,又有卢可企丁,自膝而入腺中,摄取其脂,浮游液内,令其色白,是名乳丸,达授乳之时垂毕,则乳腺萎缩,终乃惟输泻管仅存。若在男子,则无腺房,第有分岐之输泻管而已。

乳之成分,据区匿 Ko'nig 氏所析分,(二十次)得中数如次。

水　八七·四一　卵白质二·二九　脂肪　三·七八
乳糖六·二一　矿质〇·三一

第二分　生理

Generatio 之官,既臻成熟,则人遂入于成期。是期之初,男约十四以至十六,女则自十三以至十五岁,爰始有 Spermatozoon 与夫 Ovum 之泌分,器官亦充血具足,爰起 Copulatio 之欲。身体诸部,多见变更,如是官能,女子至五十而衰,而男子乃至于耄耋。

Menstruation 挛殖之官,发育具足,则在女子,乃见 Menstrnation,每四七日而一至,此 Ovum 已熟,脱离 Ovarium 之征象也。

滤胞发生,在 Ovarium 中,比其成熟,大如豌豆,中函 Ovum 及卵白质液体,至于尔时,其量大增,终乃破裂,胞膜亦函脉络,故于脉中之血,两相楣合,并皆外行,且 Uterus 亦复充血,脉之细者,往往绽裂,巨者亦有赤血轮通过管壁,其量极多,缘此数因,则遂有 Menstruation 之见象。

滤胞既裂,Ovarium 之膜随之,而 Tuba uterina 之剪彩,时乃向 Ovarium,以受其 Ovum。又因管壁之幺,具有颤毛,故赖其运动,得至 Uterus 中,受尽发育。设其不尔,则遂死亡。Fecundation 此之成因,由于遘会,射尽而后,男性之 Spermatozoon,乃在挛殖官之一处,与 Ovum 遇,贯入于 Uterus,尔时 Ovum 之膜,突然增厚,形素亦忽收缩,用拒其余,使勿更进,倘尽纟之入,数不止一,则胎儿发育,遂为畸形。

第三分　摄卫

略

结　论

体温第一

人方生活,必有常温,不因外缘而变,是称体温。其度亦因处所,微见差异:血最高,体腔次之,外皮又次之。测计之处,厥惟腋下,或在口中,以摄氏三十六度五分至三十七度五分为常数。

变动　体温常数,时亦变动,列举其要,则如下方。

一 因于时　午后四时最高,清晨及夜半最低。

二 因于食　进食而后,体温常升,设其饥饿,则温度渐降,至摄氏二十度,乃遂死亡。

三 因于年　赤子最高,老人较低。

四 因于时　劳作方中,或精神感动,皆使之增,温浴饮酒而后,皆使之减。

发生　此之由来,可别为二:一曰质学作用,二曰力学作用。

一 质学作用　凡有物质,与酸素化合,则曰酸化,亦名燃烧。而人所饮食荣养之品,析为元素,要不过三,曰水素,淡素,炭素,若至要之酸素,则因呼吸,取诸气中。四者在腠理之内,爰生变化,脂肪及函水炭素,遇酸素为水及炭酸,卵白则成尿素,当此质变之际,即生体温,而硫成硫酸,磷成磷酸,亦作之助。

按:据力学家言,凡力不能骤生,必有所本。如一物质,不动不变，而究其实，乃有力存，是名能力；倘燃烧后，此力遂变，是称活力，爰以生温。人类食品，皆具能力，遇得酸素，则受其酸化，转成活力，即为体温。故言体温之原，当在食品与呼吸之酸素。

二 力学作用　内藏及肌肉之运动，亦能生温。如血之循环，历受抵抗，呼吸之际，空气出入，肋骨上下，及肌腱与骨节之互相摩擦皆是。又胃肠运动，亦复有温，第其温度，甚微小耳。

调节　人之体温，既不因外缘而生差，则自必别有机能以调节之，其略如次。

一 发生之调节

（甲）体外过寒，则生温多，呼出炭酸之量增，而所需酸素，量亦益大。

（乙）外皮遇冷，则肌肉发随意及不随意（战栗）运动，促生体温。

（丙）温度升降，每影响于食品，如届严冬，或居寒地，则常感饥，且需多食脂肪之属，而夏日及热地则反之。

二 放散之调节

（甲）体温上升，则皮肤之脉张，皮作赤色，使善导热，偕以发汗，逮其蒸发为汽，乃遂挟热，与之俱行；倘其下降，则脉遂缩，使其体温，少所放失，而皮表之色，于以转苍。

（乙）心之收缩，能驱血至于皮表，令放其温，故心动亢进，则血之环流次数为之增，而体温放失，亦加其量。

（丙）体温过高，则呼吸数，当吸气时，虽因空气摩擦，略能增温，顾当呼息，则水汽挟温，与之外行，复能催促循环，使益迅速。

（丁）寒地动物，皮下每具极厚脂肪层，以遏体温，使少放失，而居热带者不然。

此他体温放散，亦因姿势，猬缩则减，伸展则增。倘其体温发生，忽失常度，或调节官能，不能健康，则体温顿升，是为发热，当制止其发生，或促放散以治之。

人类体温,调节至适,既如前言,顾外界温寒,转变亦剧,爰乃不能不假他质为之辅,而古人衣室之制,于是防矣。

衣 食品酸化,乃生体温,衣以保之,使勿妄耗。而热之散失,每缘三因:一曰放射,二曰传导,三曰蒸发。衣服当具之道,即系于斯。

(一)质多气孔,使内外换气,不疾而徐,盖衣之为用,非禁止体温,俾弗放失,惟在抑留长久,节其消耗,故质疏多孔者,既能收汗,又复函空气甚多,适于蔽体。毛布最上,棉布次之,而麻布所宜,乃独炎夏,若夫罗谷锦绣,则仅修饰而已。

(二)空气之往来频而疾,则能导热,使之散亡,倘蔽体以衣,则空气出入,仅由小孔,温之散失,亦因以徐,然使密塞不通,乃复有害。

(三)人体之表,恒泻水气炭酸,故衣之为质,既需与外气隔,又需与外气通,导输泻品,宜之于外,复宜有吸水性,其湿其燥,皆甚徐徐。此性毛布最上,棉布次之,与第一事同。若麻与绢,则沁水极速,气孔俄顷即塞,能阻蒸发,燥亦极速,能夺体温,故衣此而不慎懲者,每罹感冒之疾。

通观上述之事,可知衣之为用,非能生温,而在留发生之体温,使勿顿散,故衣不宽博,及质地致密,皆不宜于人。

衣之色采,亦与体温相属。收热之力,白色最少,黑色最多;然反射光线之力,则白色最多,黑色最少,故白色宜于夏,黑色宜于冬。

衣之寒燠,当视习惯,亦因年龄,然言通理,则大抵上部可寒,下部宜暖。首已有发,无假及冠,颈在动时,勿用棉领,此他隘窄之衣,虽为时样,然甚有害于摄卫,勿御可也。

夜卧之衣,厥惟衾褥。人当眠时,体温略降,脑亦稍稍贫血,故衾褥宜温于衣,使体温放失,为时益徐,又引血下行,俾脑休息。其表里所宜,为棉与麻,常需洗涤,毋使垢污,至塞气孔,而所夹之棉,则以干燥洁净,多具空气者为最适。

⬚室⬚ 室者,所以御风雨,防寒暑,人居其中,得以安定。约言之,即以此作人为之气候,使勿受外界之变者也。当慎之事,大凡有三:一曰屋材,二曰空气,三曰日光。

(一)屋材最要,在于通气,次为导温。通气之力,大者为善,石最上,木与土次之,宜作室壁。通气之力小者,可葺为盖,茅最善,顾以能然,遂鲜见用,多用板或瓦作之。

(二)室中空气合生物呼出之气,久则污浊,故宜易之。易气之法,天然者为风,常时则有气体交流作用,人为者其术有几,如暖炉及风轮皆是。使室有湿气,则至害人,此之由来,多自地面,若四壁濡湿,则空气出入,受其阻碍,而易气为之不良。

(三)室中之光,宜甚明晰,在昼有日,夜则用灯,色以白者为适,余所当慎者,略如下方。

一 光量宜大,然不可灿烂夺目。

二 光原不宜极热,令室增温。

三 光线不可动摇。

四 所生气体,令室中空气变恶者,所不当用。

代谢第二

⬚生活⬚ 绪论尝言,人体本柢,实始于幺,幺合为腠,腠合为官。体之诸官,各有作用,施行不止,爰始有生,而作用之来,则赖酸化。如举手投足,或设想用思,则所司之官,其一分必有酸化与分解之事。故生象之见,分解随之,既有分解,自生废品,废品留于体内,是以害生,故人体遂不能无所输泻,既分解输泻矣,爰乃自生不足,当有新质,用补其虚,而始取食品,即荣养之要,遂由是起焉。

⬚代谢⬚ 代谢者,即合上述荣养,酸化,输泻三事而言。人之方生,刻不止歇,而体温亦随属之。人体为物,譬如流水,流虽长存,水

490

乃常易,所谓交臂成故者也。区别代谢,可得八级如次。

(甲)荣养

一 食品之食素,转化于消化系中。

二 食素之已质变者,被收入脉,因血之循环,遂遍布于体之诸部。

三 全体诸官之腠,乃由淋巴液之媒介,取其养分,纳诸幺中。

四 幺得养分,乃用以生长孳殖,以补腠之所不足。

(乙)酸化

五 空气中之酸素,因呼吸而入肺胞。

六 通过胞壁,以至毫管,亦因血之循环,遍布于体之诸部。

七 全体诸官之腠,亦由淋巴液之媒介,取其酸素,酸化分解,以生活力,与夫体温。

(丙)输泻

八 已分解之腠,复借淋巴液之媒介,返而入脉,函于血中,至输泻之官,出于体外,自肾为尿,自皮为汗,而自肺则为呼出之气。

腠既分解,因生不足,当有饮食,以弥补之,爰有所觉,谓之饥渴。饥者,胃中方空,黏膜生变,因由神经,传诸脑中,使其荣养,无有疏失;而渴者,则口腔干燥,软口盖继之,因由神经,传入脑中所生之感也。

代谢盛衰 以代谢譬诸经济,正复相同,荣养为收入,输泻为支出。少之时,荣养之作用盛,收入之量,多于所出,故能用其养分孳生新幺,令其身体,日益发育,是为生长。逮至成年,出入之量,殆相等一,新幺新腠虽亦生长,而仅作补分解之阙,故骨心肺等要官不更增大,即荣养偶或有余,亦不过益其脂肪与肌肉之量,是谓之肥。使其反是,支出之量,多于收入,则本有之腠渐减,是谓之膄。若夫老人,则其幺与腠,生育皆衰,支出之量,必超于收入,身体因是渐益衰耗,终乃死亡。

通言摄卫第三

个人摄卫　　以一个人,自图体力之茁壮,防疾病于未萌,致意于饮食衣室以至动止起卧者谓之。若在平时,通言要略,实止二事:一曰洁净,即体之诸官,毋使蒙垢,倘其不洁,则作用渐滞,终乃毁伤,故附体之物,咸当湔濯,并屡曝诸日光之中,俾所著微菌,不能繁生;二曰运动,此之为事,不徒能发达肌骨而已,且亦能盛大其代谢官能,令体长健,故当勉行,惟勿越度,作而至劳,爰乃休息,使体中废品,得以排除。日中作劳,晚必晏息,劳精神身体者愈剧,则晏息之时宜愈多,惟起卧之时,当立定限,朝气常新,暮气常浊,夙兴早卧,摄卫之通则也。

若如前言,摄卫无恙,全体之官壮而官能全,则曰健康;体之一分,觉其异常,或某官能,见有障碍,则曰疾病。疾病之原,大要有几:或缘器械之力,如挫折创伤;或缘寒温之变,如感冒及呼吸器病;又或缘荣养不良,劳作过甚,及服烟草,醇酒,毒物或败肉,馁鱼之属,则人体为之衰弱易常,能招他病之发生,或与病菌以寄生之机会。

未病之前,宜慎豫防,已言于前,既病而后,则当治理。首需反省,平时何事,背于摄卫,逮知其故,即迁改之。次宜服药,用图止病,惟药之为物,非能除病,仅能遏止或促进体之某官,令其官能,或增或减,逮生体作用,复其常度,则曰病瘳。故不善摄卫,而托命于药石者,揆诸学理,正如南行而辕北向者也。

病之痊否,多视体质。设有病菌,寄生于人,若其质弱,无抵抗力,则菌盛人衰,终至于死;若其质强,则卢可企丁,食菌令绝,或在体中,别生物质,曰反毒素,力能抗毒,并灭病菌,而此物物质,亦能长留。自此而后,则此种病菌,即入人体,莫能寄生,是称免疫质,如中国之痘,既出而后,多不更生,即斯理也。

公共摄卫 在行政权范围以内，维持社会摄卫者谓之。顾其基本，在于个人，若譬国家于人体，则个人正如一幺，幺而不健，体奚能壮？故政家立制而善，个人所当遵行，同一心力，俾群安善，当行之事，略如下方。

一 关于食品者，则设水道，使全群所饮，无有不洁。又巡饼饵，果实，鱼肉诸肆，检其商品，倘有不良，即禁发售。

二 关于家室道路者，宜开沟渠，以宣污水。又运尘埃污物，勿积于市，定制造场等之地，俾勿以有害气体，弥漫市中，且设公园，令市民劳作之余，怡神于此。

三 关于豫防传染病者，为公众卫生首要，凡最险之疾，如霍乱，赤痢，黑疫，痘疮等，时或流行，则当急施遏止及扑灭之术：（一）有人物自病源地来，则行检疫及消毒；（二）普行洒扫及免疫（如痘）之制；（三）纳病人于一定之医院，病家邻近，当绝交通，而病人所用什物，衣服及输泻品，则并施消毒，此法常用日光蒸汽，或以石炭酸，升汞水及石灰乳洒之。

本篇系 1909 年在杭州浙江两级师范学堂任生理学和化学教员时所编生理学讲义。

未另发表。